M

LAURA GALLEGO

EL CICLO DEL ETERNO EMPERADOR

Montena

Papel certificado por el Forest Stewardship Council®

Primera edición: septiembre de 2021
Primera reimpresión: octubre de 2021

© 2021, Laura Gallego
© 2021, Penguin Random House Grupo Editorial, S. A. U.
Travessera de Gràcia, 47-49. 08021 Barcelona

Penguin Random House Grupo Editorial / Manuel Esclapez
© Vero Navarro, por la ilustración de cubierta

Printed in Spain – Impreso en España

ISBN: 978-84-18483-54-7
Depósito legal: B-9010-2021

Compuesto en Compaginem Llibres, S. L.
Impreso en Liberdúplex, S. L.
Sant Llorenç d'Hortons (Barcelona)

GT 8 3 5 4 7

Prólogo

La noche en que el Eterno Emperador de Akidavia nació por decimoséptima vez, el cielo estaba claro y las dos lunas brillaban con fuerza, aunque ninguna lucía llena. Era una de aquellas raras noches en las que la constelación de las Hilanderas era completamente visible desde todos los confines del imperio, pero esta circunstancia no tenía ningún significado especial.

El Emperador podía renacer en cualquier lugar de Akidavia, siempre treinta y tres días después de su última muerte. Durante el período intermedio entre una encarnación y la siguiente, conocido como la Larga Noche, todo el imperio estaba de luto. Sus súbditos ayunaban, se cubrían la cabeza y tenían prohibido reír y cantar. El tiempo de las celebraciones solo comenzaba cuando el Consejo proclamaba oficialmente el renacimiento de aquel que habría de gobernarlos durante cientos de años antes de morir de nuevo y reiniciar el ciclo.

Durante la Larga Noche, el imperio akidavo era especialmente vulnerable, de modo que los zaldrim, los guerreros enmascarados del ejército, patrullaban sus fronteras sin descanso para protegerlas de cualquier amenaza exterior. No obstante, Akidavia era cada vez más extensa. Durante el reinado del decimosexto Emperador había sumado dos provincias más, expandiendo sus límites y dilatando el tiempo que se tardaba en alcanzarlos desde la Ciudad Imperial de Armonía, el corazón de la nación.

Por otro lado, dado que Su Divinidad podía renacer en cualquier rincón del imperio y este continuaba ampliándose, podría darse la circunstancia de que aquellos que debían recibirlo no llegasen a tiempo de asistir a su retorno. Las crónicas relataban que esto había sucedido dos veces desde que se tenían registros. La primera, cuando el Augur cometió un error al señalar el lugar en el mapa y, como consecuencia, la novena Emperatriz nació sin protocolo hasta que el Consejo logró localizarla por fin, dos semanas después. La segunda, cuando una tormenta hizo naufragar el barco en el que viajaba la comitiva, incluyendo al Augur, que era el único que sabía con certeza a dónde se dirigían; por esta razón, el decimocuarto Emperador nació y creció ignorado por el mundo en alguna provincia remota, mientras en el corazón del imperio estallaba una revuelta que el ejército tardó varios meses en sofocar. Aquel Emperador no llegó a reinar, porque nunca lo encontraron; solo se tuvo noticia de su muerte prematura catorce años después de su nacimiento, pues fue entonces cuando el siguiente Augur anunció el advenimiento de una nueva encarnación.

En esta ocasión, el nuevo Augur había señalado en el mapa un punto en la provincia de Gratitud, en el continente meridional del imperio. No era la más alejada de la Ciudad Imperial, pero aun así requería una travesía en barco, y las aguas eran traicioneras en aquella época del año.

Por todo ello, y tal como habían previsto, el viaje resultó largo y complicado, hasta el punto de que, cuando la comitiva llegó por fin a su destino, sus integrantes no estaban seguros de haberlo alcanzado a tiempo. Según sus cálculos, aquel era el día en que debía renacer Su Divinidad, pero ya hacía rato que se había puesto el sol.

Se detuvieron en lo alto de una loma a contemplar la pequeña aldea que se extendía a sus pies. A pesar de lo tardío de la hora, desde lejos podía verse una casa que tenía la lumbre encendida.

—Es posible que hayamos llegado a tiempo, después de todo —murmuró el Consejero Kunavamastedal, esperanzado.

—También es posible que nos hayamos perdido —rezongó la Consejera Kalinamanteni, lanzando una mirada irritada hacia el Augur.

Este bajó la vista, abochornado. Sunodavindu era muy joven para ser Augur, pero su predecesor había fallecido apenas un par de años atrás, y él había resultado ser el más aventajado de entre sus discípulos. La mayoría de los Augures se preparaban durante toda la vida para un reto que nunca llegarían a afrontar, pues solo nacía un nuevo Emperador cada mil años aproximadamente. El decimosexto Emperador había llegado a cumplir ochocientos cuarenta y siete. El pobre Sunodavindu había dado por sentado que podría contar con varias décadas para prepararse antes de tener que predecir su renacimiento, y, además, existía la nada remota posibilidad de que ni siquiera le tocase a él, sino a alguno de los discípulos a los que adiestraría cuando llegase el momento.

—Las... las señales parecían claras, excelencia —farfulló.

—Pero este sitio es tan... pequeño y provinciano —se quejó la Consejera.

—El Eterno Emperador no hace distinciones —le recordó Kunavamastedal con severidad—. Para él, cualquier hogar del imperio es digno de acogerlo.

Ella arrugó la nariz y se envolvió aún más en su capa. La ligera túnica que vestía debajo no la protegía bien del frío y la humedad que eran habituales en aquella región.

—Acabemos, pues —murmuró—. Si Su Divinidad ha renacido en una de esas... de esas... sucias chabolas, cuanto antes lo devolvamos al palacio, mejor.

El Consejero optó por no responder a eso. Se volvió hacia el zaldrim, que se alzaba serio y circunspecto sobre su caballo, y le hizo una seña de asentimiento con la cabeza.

Los cuatro descendieron por la senda que conducía hasta la aldea. Guiaron a sus monturas a lo largo de la calle principal, pero no hallaron a nadie. Todas las contraventanas estaban firmemente cerradas, como correspondía al duelo debido a la Larga Noche, que se observaba incluso en rincones remotos como aquel.

La Consejera detuvo su caballo, sin embargo, al localizar a un niño de unos siete años que los espiaba tras una esquina, con los ojos muy abiertos.

—¿Qué haces ahí, muchacho?

Él dio un respingo y se echó a temblar.

—Nada..., no estoy haciendo nada, señora... Ya me iba... Solo había salido a... a...

Enrojeció. Había salido a aliviar la vejiga, y lo había hecho a aquellas horas porque el hambre causada por el ayuno no lo dejaba dormir, pero no sabía cómo decirlo con palabras que no resultasen demasiado groseras.

—¿Cómo te llamas, chico? —preguntó entonces el Consejero, tratando de tranquilizarlo.

—Reku, señor.

—¿Sabes si alguna de las mujeres de la aldea ha dado hoy a luz?

—¿Cómo?

—Que si ha tenido un bebé.

—Yo... no sé, creo que..., creo que Noli estaba a punto, pero...

Los Consejeros cruzaron una mirada radiante.

—Excelente —aprobó Kunavamastedal, satisfecho—. ¿Podrías indicarnos dónde vive Noli?

Reku inspiró hondo, aún impresionado. No entendía qué era lo que estaba pasando, ni había visto jamás a personajes tan elegantes y distinguidos como aquellos visitantes, con sus ropajes coloridos y sus singulares peinados. Sin duda debía de estar soñando. Eso, o los forasteros estaban muy perdidos y habían llegado a su pueblo por error.

Pero les señaló cuál era el camino hasta la casa de Noli, que vivía a las afueras de la aldea. Antes de volver grupas, el hombre que parecía ser el líder le ordenó:

—Avisa al alcalde de que estamos aquí.

Reku parpadeó.

—¿El... alcalde? Pero ahora... estará durmiendo..., señor —se apresuró a añadir.

No obstante, ellos no se habían detenido a escuchar sus objeciones. Seguros, al parecer, de que el niño cumpliría sus órdenes por inadecuadas que estas parecieran, los visitantes se alejaban ya por el camino que les había indicado.

Reku, sin embargo, dudaba. Aún no estaba del todo seguro de que aquello no fuese más que un extraño sueño. ¿Y si iba y despertaba al alcalde, lo acompañaba hasta la casa de Noli y resultaba que los forasteros no estaban allí? O, peor aún... ¿Y si el alcalde lo reprendía por estar levantado a aquellas horas y lo enviaba de vuelta a casa sin que él pudiera contarle lo que estaba pasando?

Reku no lo pensó mucho más. Para avisar al alcalde siempre habría tiempo, se dijo. Entretanto, quizá sería buena idea averiguar quiénes eran aquellas personas y para qué buscaban a Noli.

Sentía especial curiosidad, además, por el gigante encapuchado que no había hablado en ningún momento. Había algo extraño en él y, si era real y no un sueño, Reku no pensaba volverse a la cama sin echarle un buen vistazo.

El Augur, el zaldrim y los dos Consejeros se detuvieron ante la puerta de la casa de Noli, indecisos. Se oía trasiego en el interior: gritos y sollozos, y una voz femenina, suave pero autoritaria, que daba instrucciones en el idioma local.

Lo cierto era que, a pesar de que habían estudiado a conciencia los tratados, las crónicas y los protocolos, ninguno de ellos se había visto jamás en una situación semejante, y se sentían fuera de lugar. Kalinamanteni volvió a mirar al Augur.

—Si te has equivocado...

—Excelencia —protestó Sunodavindu—, repasé los cálculos y los mapas una docena de veces antes de emprender el viaje...

Un llanto infantil interrumpió sus disquisiciones. Kalinamanteni se cubrió la boca con las manos, emocionada.

—¿Es... Su Divinidad? —susurró.

Dio un paso al frente, dispuesta a entrar en la casa, pero la puerta se abrió de golpe ante ella, sobresaltándola.

Una mujer anciana se asomó con gesto malhumorado y les echó un largo vistazo antes de preguntar en lengua común, con un acento atroz:

—¿Quiénes sois vosotros? ¿Qué buscáis aquí?

Kalinamanteni se envaró, ofendida.

—Somos...—empezó, pero Kunavamastedal la interrumpió con un gesto.

—Déjame hablar a mí —pidió, y ella asintió, reticente.

El Consejero se aclaró la garganta, elaborando mentalmente lo que iba a decir. Existía un discurso protocolario que, por descontado, había aprendido de memoria. Pero las dudas de su compañera habían sembrado la incertidumbre también en su corazón. ¿Y si, después de todo, el Augur se había equivocado? ¿No sería mejor realizar las pruebas pertinentes para asegurarse de que el recién nacido era, en efecto, Su Divinidad, antes de revelar las razones de su presencia en aquella aldea?

—Venimos a ver al bebé que acaba de nacer —informó a la mujer, que supuso que debía de ser la partera—. Hemos de hablar con su madre. ¿Podemos pasar?

Ella volvió a mirarlos con suspicacia.

—Todos, no —ordenó—. Puede entrar solamente uno.

Kunavamastedal abrió la boca para deslizar alguna objeción, pero se rindió ante la evidencia de que la casa parecía demasiado pequeña para acoger a la comitiva al completo. Se volvió hacia sus compañeros.

—Esperad aquí —dijo, y le hizo un gesto de asentimiento a la partera.

La mujer le dio bruscamente la espalda y volvió a entrar en la casa, renqueando. El Consejero dudó un momento, pero finalmente la siguió.

La puerta se cerró tras él.

Reku los observaba desde lejos, prudentemente escondido. Vio al visitante de más edad entrar en la casa de Noli junto a Laya, la partera, y lo vio salir un rato después. El niño se deslizó hacia ellos en silencio, entre las sombras, y se ocultó tras un muro cercano para escuchar lo que decían. Hablaban en la lengua del imperio, que

Reku entendía bien, porque era el idioma en el que se impartían las clases en la escuela. Con todo, los forasteros tenían un acento extraño, casi cantarín, y empleaban un vocabulario muy por encima del nivel del niño.

—Nos vamos —anunció el hombre—. Haremos... —utilizó una palabra que Reku no conocía— en otra parte. Cuanto antes nos marchemos de aquí, mejor.

La mujer no parecía muy conforme.

—Pero los... y la... —Habló tan deprisa que el niño apenas entendió lo que decía—. ¿Y qué le vamos a decir al alcalde?

—Nada —decretó el hombre—. No debe saber que hemos venido.

Se mostraba nervioso de pronto, y con ganas de irse de allí cuanto antes. Reku frunció el ceño, convencido de que no lo había oído bien. Después de todo, ¿no le había pedido el forastero que avisara al alcalde?

—¿Y la partera? —preguntó el joven, inquieto.

—Ella no lo contará. Y tampoco la madre.

La mujer respondió algo, pero Reku no la oyó. Alarmado al ver que, en efecto, iban a marcharse sin que él llegase a entender lo que estaba sucediendo, se arriesgó a asomarse por detrás del muro.

Los extranjeros le daban la espalda, ocupados en desatar las riendas de los caballos. El cuarto miembro de la comitiva, sin embargo, pareció sentir su presencia, porque se volvió bruscamente hacia él, haciendo ondear su capa en torno a su robusta figura. Sus ojos centelleaban con un brillo rojizo en la oscuridad, y cuando se clavaron en Reku, el niño se sintió tan horrorizado que ni siquiera tuvo voz para gritar.

Había oído hablar de los zaldrim, el temible batallón de élite del ejército imperial, pero nunca había visto de cerca a uno de ellos. Sabía que aquellos formidables luchadores poseían poderes inexplicables, y que eran precisamente las máscaras que ocultaban sus rostros lo que los convertía en algo casi sobrehumano. Pero no estaba preparado para vislumbrar la diabólica ferocidad que retrataba aquel antifaz, de colores estridentes e inquietantes iridiscencias que resplandecían como fuegos fatuos en la oscuridad.

El zaldrim entornó los ojos —Reku pudo apreciar perfectamente que lo hacía, a pesar de que llevaba el rostro cubierto— y dio un paso al frente.

El niño retrocedió por instinto y tropezó con sus propios pies. Aterrorizado, se incorporó como pudo, dio media vuelta y echó a correr sin mirar atrás.

No se detuvo hasta que se halló de nuevo en su cama, oculto bajo la manta. Cuando pudo dejar de temblar, recordó de pronto el encargo del forastero de mayor edad.

Después pensó que, de todas formas, el propio visitante parecía haber cambiado de opinión al respecto, así que probablemente no valía la pena molestar al alcalde por eso.

Un poco más aliviado, cerró los ojos y se propuso firmemente olvidar todo lo que había visto aquella noche. Y si en los años siguientes su memoria llegaba a jugarle alguna mala pasada, él estaría dispuesto a jurar por el Eterno Emperador que todo aquello no había sido más que un extraño sueño.

Día 147, año 16 de la era de Vintanelalandali

Los aroiman, antiguos habitantes de la provincia de Prudencia, dividían las vidas humanas en tres etapas. Durante la primera, que llamaban la etapa del polluelo, el ser humano depende de otros para su seguridad y bienestar, pues no es capaz de valerse por sí mismo. En la segunda, la etapa del tigre, se vuelve libre y autónomo; no depende de nadie y establece relaciones con otros en plano de igualdad, pero tampoco tiene a nadie a su cargo. Por el contrario, la tercera etapa, la de la hormiga, se caracteriza por la responsabilidad: el ser humano es adulto y maduro, pero no es libre, pues debe cuidar y proteger a otras personas que están atravesando la fase del polluelo. Esto les sucede a aquellos que tienen hijos, pero también a quienes tienen a su cargo ancianos o enfermos.

Porque las tres etapas no son sucesivas, y no se desarrollan por igual en cada persona. Los hay que pasan de la etapa del polluelo a la de la hormiga, porque tienen hijos muy pronto; serán tigres cuando sus hijos se independicen, o seguirán siendo hormigas el resto de sus vidas, cuidando de sus nietos o de familiares de mayor edad. Muchos pasan por las tres etapas, pero regresan a la del polluelo cuando envejecen y ya no pueden valerse por sí mismos. Otros son tigres la mayor parte de su vida y nunca asumen mayores responsabilidades. Cada vida humana es diferente.

A pesar de ello, los aroiman elegían siempre a sus líderes entre aquellas personas que habían atravesado la etapa de la hormiga en algún momento de sus vidas. Consideraban que solo aquellos que sabían lo que implicaba que la vida de otras personas dependiese de ellos estaban preparados para asumir la responsabilidad de gobernar su comunidad.

Yo cumpliré dieciséis años la próxima primavera y soy lo que los aroiman denominarían «un polluelo». Y lo seré durante el resto de mi vida, que estará siempre guiada por lo que dictan las normas, las leyes y los protocolos. Nunca podré decidir nada por mí misma. Jamás se me permitirá salir del recinto de este palacio.

Y, no obstante, las vidas de los veinte millones de habitantes del imperio de Akidavia dependen de mí. Personas a las que ni siquiera tendré la oportunidad de conocer. Personas que solo me conocerán por los retratos oficiales que se repartirán en los próximos años por todo el imperio.

Me llamo Vintanelalandali, soy la Emperatriz de Akidavia y estoy destinada a vivir mil años.

La cola del grano

Kelan aguardaba su turno en la cola, intentando fingir una calma que no sentía en absoluto. La caravana del reparto del grano visitaba su aldea todos los años a finales de verano, y él había acompañado a su padre a la cita desde que tenía memoria, aunque aquella era la primera vez que lo hacía solo. A su alrededor, sus vecinos charlaban animadamente, pero Kelan prefería mantenerse en segundo plano.

—¡Ya viene! ¡Ya viene! —exclamó entonces un niño, y todos prestaron atención.

Kelan estiró el cuello y comprobó que, en efecto, los caballos que tiraban del carro cargado con los sacos de cereal estaban entrando ya en la plaza. Hubo un murmullo de excitación en la fila, pero todos se mantuvieron en su lugar.

El alcalde Yibazun se adelantó para recibir al funcionario imperial. Este bajó del carro con gesto cansado, pero se las arregló para componer una sonrisa cordial.

Kelan observó a los dos hombres mientras examinaban la documentación que traía el funcionario para comprobar que todo estaba en orden. Inspiró hondo. El año anterior, su padre había presentado una solicitud para que subiesen su asignación, así que en teoría debían recibir dos sacos y no solo uno. Pero, dado que no habían obtenido respuesta por parte de la administración, ignoraban si habían aceptado o no su petición.

—Kelan.

El chico dio un ligero respingo y se volvió hacia la persona que le había hablado, un hombre de barba castaña y expresión tranquila y amable.

—Hola, Darak.

—¿Qué haces aquí solo? ¿Y tu padre?

—Se rompió la pierna hace unos días —respondió él—. Puede caminar con muletas, pero le cuesta mucho, y de todos modos no sería capaz de cargar los sacos.

—Entiendo. —Darak frunció el ceño, pensativo—. No podrá salir al bosque, entonces.

—Lo estoy haciendo yo en su lugar. No conozco todas sus rutas, pero puedo traer leña y caza, y también hierbas medicinales y frutos. Es temporada de avellanas.

—Ya veo. Precisamente quería hablar con tu padre porque me hace falta madera en la carpintería. Él sabe dónde encontrar los mejores nogales.

—Se lo comentaré.

La fila se movió por fin, y Kelan empujó su carretilla con cierta torpeza, golpeando sin querer las piernas de la persona que estaba delante.

—Perdón.

—Mira por dónde vas, renacuajo.

—Ya he dicho que lo siento —replicó él, molesto.

El otro se volvió para mirarlo. Se trataba de Reku, un joven varios años mayor que él. Por lo general solían ignorarse el uno al otro, aunque, por alguna razón que Kelan desconocía, en los últimos tiempos Reku había empezado a burlarse de él y a ponerlo en ridículo siempre que tenía ocasión.

—¿A dónde vas con eso? —le preguntó con una sonrisita de suficiencia—. ¿Crees que no serás capaz de cargar con el saco tú solo, niño del bosque?

«Ya empezamos», se dijo Kelan. Sabía que lo más efectivo a la hora de tratar con Reku era la indiferencia, pero no pudo evitar responder:

—Dos sacos. Nos corresponden dos sacos, no uno.

—Eso será cuando cuentes en el censo como hombre adulto, Kelan. Porque de momento sigues siendo un crío.

Él desvió la mirada y apretó los dientes. Reku no solo lo superaba en edad, sino también en fuerza y en altura. Kelan era listo y rápido, y sabía moverse por el bosque con el sigilo del zorro y trepar por los árboles como una ardilla, pero eso nunca le había bastado para ganarle una pelea a Reku.

Por fortuna, no tuvo que pensar más en cómo debía reaccionar ante la afrenta, porque el otro chico ya no le hacía caso. Había llegado su turno, y él y sus hermanos avanzaban hacia el carro del cereal. Kelan observó, sin embargo, que no parecía muy interesado en el proceso. Mientras su hermano mayor respondía a las preguntas del funcionario, Reku trataba de entablar conversación con Muna, la hija del alcalde Yibazun. Pero ella estaba concentrada en su labor como ayudante de su padre y apenas le prestaba atención.

Frustrado, Reku murmuró unas palabras de despedida y se reunió de nuevo con sus hermanos, que cargaban ya con los sacos de cereal. Kelan los contó: nada menos que seis costales, repartidos sobre los hombros de los cuatro muchachos. Reku formaba parte de una familia numerosa.

El alcalde lo llamó por fin, y Kelan empujó la carretilla, con el corazón latiéndole con fuerza. Reku se despidió de él con un gesto burlón, que el chico decidió ignorar. Se detuvo ante el funcionario y lo miró esperanzado. Pero él tenía la vista fija en sus documentos.

—¿Nombre? —le preguntó.

—Kelan, señor.

—Hummm..., no te tengo en la lista. ¿Eres mayor de edad?

—Vengo en nombre de mi padre, Dugan. Se ha... se ha roto una pierna y por eso no ha podido venir hoy.

—Aaah, ya veo. Dugan, sí. —El funcionario hizo una marca en el papel—. ¡Un saco! —anunció a los costaleros, y a Kelan se le cayó el alma a los pies.

—Pero... pero solicitamos... —El hombre alzó la mirada para observarlo por encima de los anteojos, y el muchacho tragó saliva—. Señor —se corrigió—, solicitamos recibir dos sacos otra vez, y nunca nos respondieron...

—¿Otra vez? —El funcionario revisó sus notas—. Veo que tu familia lleva cinco años recibiendo un solo saco, muchacho.

—Sí, desde que murió mi madre. Pero ya no soy un niño, y el invierno pasado fuimos muy justos de grano, así que...

—¿Pasasteis hambre? —interrumpió el funcionario con brusquedad—. Ningún ciudadano pasa hambre en el imperio de Akidavia.

Kelan reflexionó un momento. No, no habían llegado a ese extremo, porque su padre era capaz de encontrar caza en el bosque incluso en invierno. Pero sí habían tenido que apretarse el cinturón. Desde entonces, Kelan había crecido un palmo más, y su apetito había aumentado en consecuencia.

—No hemos pasado hambre, pero...

—¿Qué edad tienes?

Kelan tragó saliva.

—Voy... voy a cumplir dieciséis años, señor.

—Entonces os corresponden dos sacos a partir del año que viene.

—Sí, pero... el invierno es muy largo y nos preguntábamos...

El funcionario alzó la mano para hacerlo callar y miró a su alrededor.

—¿Alguien me puede facilitar el padrón de este muchacho? —demandó.

El alcalde estaba conversando con algunos de los vecinos de la fila, así que fue Muna quien se apresuró a buscar el documento en el cartapacio que había dejado sobre el taburete.

—Aquí lo tenéis, señor.

Le entregó el papel mientras le dirigía a Kelan una sonrisa alentadora. Pero él no se dio cuenta, porque mantenía la vista baja.

El funcionario se ajustó los anteojos para examinar la información.

—Vamos a ver... «Kelan, hijo de Dugan y Noli» —leyó—. Oh. Naciste durante la Larga Noche —comentó, y lo miró con cierta lástima.

Kelan sintió que enrojecía.

—Así es, señor.

Oficialmente, el imperio honraba a las personas nacidas en el intervalo entre un Emperador y el siguiente, porque cualquiera de ellas podría haber sido su encarnación. Pero la realidad era que, especialmente en las zonas rurales, los niños de la Larga Noche eran símbolo de mala suerte. Porque podrían haber sido la encarnación del Eterno Emperador, pero no lo eran. Y porque, para colmo, habían nacido cuando todo el imperio estaba de luto, cuando más vulnerable era, cuando no lo guiaba la luz de Su Divinidad. Había una historia que hablaba incluso de un monstruo que nacería en la Larga Noche y derrocaría al Eterno Emperador, pero pocos se atrevían a relatarla. No estaba recogida en los volúmenes oficiales de Fábulas, Cuentos y Leyendas que se leían en las escuelas y, de todos modos, a nadie le gustaba.

—Según esto —prosiguió el funcionario—, todavía te quedan varios meses para cumplir la mayoría de edad.

—Lo sé, pero seré adulto antes de la próxima cosecha, y nos preguntábamos si quizá podríamos contar este invierno con...

—El año que viene recibirás dos sacos, muchacho.

—Pero...

—Es la ley.

Kelan agachó la cabeza, con las orejas ardiéndole. Muna le dirigió una mirada apenada.

—Lo siento —murmuró, pero él solo sacudió la cabeza.

Contempló el saco que el costalero dejó caer sobre su carretilla. Tal vez podría haberlo cargado a hombros, como hacían todos los hombres de la aldea, pero tenía que reconocer que no estaba seguro de poder llegar a casa con aquel peso a cuestas. Había crecido en el último año, sí, pero aún le faltaba terminar de desarrollarse.

Suspiró. Estaba claro que aún no era adulto, así que quizá el funcionario tuviese razón después de todo.

Empujó la carretilla con dificultad. Tenía una rueda torcida y le resultaba complicado maniobrar con el peso del saco. La giró con esfuerzo hacia la derecha para internarse por una calle lateral.

Pasó cerca de Reku y sus hermanos, que se habían detenido junto al abrevadero para charlar con un grupo de muchachas. Siguió su camino sin dirigirles una sola mirada, pero entonces un pie surgió de improviso del grupo, golpeó la rueda delantera de la carretilla y le hizo perder el control.

Aunque Kelan trató desesperadamente de enderezarla, la carretilla volcó, vencida por el peso del saco, que cayó sobre el suelo polvoriento.

—Mira por dónde vas, renacuajo —dijo Reku a sus espaldas, y las chicas se rieron.

Kelan inspiró hondo y apretó los puños. Los hermanos de Reku fingían que no habían visto nada, pero si los dos chicos se enzarzaban en una pelea, intervendrían sin dudarlo, y Kelan sabía muy bien a quién apoyarían.

Por otro lado, tenía cosas más importantes de las que preocuparse: el saco se había abierto, y parte de su preciada carga se había desparramado por el suelo.

Kelan masculló una maldición y se inclinó para recogerlo. Enderezó el saco y empezó a devolver el grano a puñados al interior.

Alguien se inclinó para ayudarlo. Kelan alzó la mirada y vio que se trataba de Muna.

—Lo ha hecho a propósito —dijo la chica—. Lo he visto.

Kelan se encogió de hombros.

—Ya —se limitó a responder.

—¿Qué haces, Muna? —intervino Reku, claramente molesto—. Si es torpe, que lo asuma. Así aprenderá a tener más cuidado.

Muna se levantó y se encaró con él.

—¿No te da vergüenza? —le espetó—. Él nunca se mete contigo, pero tú no dejas de molestarlo. ¿Qué es lo que te pasa?

Reku enrojeció y dio un paso atrás, contrariado. Sus hermanos observaban la escena con curiosidad, sin intervenir. Las chicas habían empezado a murmurar.

—Y tú, ¿por qué lo defiendes? —protestó—. ¿Es que el chico del bosque no es capaz de hablar por sí mismo?

Muna no supo qué responder. Los dos se volvieron hacia Kelan, que había devuelto el saco a la carretilla y trataba de enderezarla, ajeno a la conversación. Al darse cuenta de que lo observaban, les dirigió una mirada cargada de hastío.

—Dejadme en paz —replicó—. Los dos.

Muna se sonrojó levemente, pero no dijo nada. Reku esbozó una sonrisita de suficiencia.

Kelan les dio la espalda y empujó la carretilla por el callejón. A su espalda, aún oyó decir al chico:

—¿Lo ves, Muna? No vale la pena.

Sacudió la cabeza. Kelan y Muna tenían la misma edad y habían asistido juntos a la escuela, pero no tenían mucha relación en realidad. Él era «el chico del bosque», el niño de la Larga Noche, y ella era la hija del alcalde. Nunca habían jugado juntos cuando eran pequeños, y tampoco eran amigos. De hecho, si tenía que ser sincero, incluso le sorprendía que Muna supiese su nombre.

«Bueno, al fin y al cabo, es un pueblo pequeño», pensó.

Día 152, año 16 de la era de Vintanelalandali

Me llamo Vintanelalandali.

Vintanelalandali.

Vintanelalandali.

Me costó mucho aprender a pronunciar mi propio nombre cuando era niña. A pesar de todos los esfuerzos de la maestra Mindaleva para que articulase todas y cada una de las sílabas, me trababa constantemente y me quedaba sin aire a mitad, cuando no se me olvidaba alguna parte. Cuando me atreví a sugerirle a la maestra que me llamase simplemente «Vinta», se mostró escandalizada.

Entonces yo no lo sabía, pero el nombre de cada akidavo indica su posición social. Cuanto más largo es tu nombre, más importante eres.

Me llamo Vintanelalandali, y no hay nadie en todo el imperio que tenga un nombre tan largo como el mío. Por eso la maestra Mindaleva nunca me permitió acortarlo.

Pero ella tampoco pronuncia mi nombre completo. Como todo el mundo en el palacio, suele dirigirse a mí como «Divinidad».

Nací en la provincia de Integridad hace casi dieciséis años. En realidad, esta es mi vida número diecisiete; mi alma lleva existiendo en el mundo desde hace trece milenios, probablemente más, porque mis primeras encarnaciones hollaron la tierra en los Tiempos Incivilizados, anteriores al imperio. Sería extremadamente útil que recordase todo lo que aprendí en mis vidas anteriores, que conservase la memoria de todas mis experiencias, de toda la sabiduría que debería haber acumulado a lo largo de miles de años de existencia. Pero lo cierto es que no es así. Cuando renazco, para mí es siempre la primera vez.

Por eso adopto un nombre diferente en cada encarnación. Por eso debo dedicar los primeros años de cada vida a estudiar lo que hicieron, dijeron o pensaron mis encarnaciones pasadas. A recuperar todos mis conocimientos acerca del imperio que debo regir. A volver a aprender todas las normas, leyes y protocolos que regulan el uso de mi poder, por el bien de Akidavia.

Así que paso la mayor parte del tiempo en la gran biblioteca imperial, que consta de cinco plantas y atesora todo el saber de nuestra nación. Hay una sección entera dedicada a las memorias de mis predecesores, y la visito a menudo. Cuando comprendí el sentido de mi existencia y la tarea que tenía entre manos, empecé a sentir curiosidad por aquellos que habían regido el imperio antes que yo. Y he aprendido mucho estudiando sus diarios, aunque me producen una sensación extraña. Porque, al no conservar los recuerdos de las vidas pasadas, cada encarnación es una nueva experiencia y modela el carácter del Eterno Emperador de forma diferente. También yo tengo mi propia personalidad, y aun así fui cada uno de ellos en algún momento de mi existencia. Es una contradicción que todavía estoy intentando asimilar.

Por ejemplo, me gustaría saber qué llevó a Karanuvidalastan, el quinto Emperador, a transformarse en el sangriento tirano que aterrorizó al mundo durante casi dos mil años. Pero él no dejó memorias escritas, y aún no he decidido si me siento decepcionada o aliviada al respecto.

Sí sé que los abusos de Karanuvidalastan llevaron a sus sucesivas encarnaciones a elaborar leyes cada vez más severas y restrictivas para limitar el poder del Emperador, hasta el punto de que hoy en día el gobierno descansa en gran medida en el Consejo Imperial.

Ellos han estado dirigiendo Akidavia desde que renací, porque en sus primeros años ningún Emperador está capacitado para hacerlo.

Cuando llegue el momento habrá responsabilidades que tendré que asumir. Y el momento debería estar cerca, porque en unos meses cumpliré dieciséis años.

Pero contemplo mi imagen en el espejo todos los días y sigo sin reconocer en ella a una Emperatriz de Akidavia.

Mayoría de edad

Kelan empujó la carretilla hasta el patio de la casa. Su padre estaba sentado junto a la puerta, con la pierna entablillada bien estirada, y tallaba algo en un trozo de madera. Alzó la cabeza sonriendo al oírlo llegar, pero se le apagó la mirada cuando vio el saco solitario en la carretilla.

—¿No recibieron nuestra petición? —preguntó.

Kelan se dejó caer a su lado en el banco.

—No lo sé. Dicen que, de todos modos, no he cumplido la mayoría de edad, así que solo nos corresponde un saco. El año que viene serán dos.

—Oh —murmuró Dugan—. Entonces ¿por qué no nos contestaron?

—Ni idea. Probablemente tenían cosas más importantes que hacer. —Kelan se estiró y cerró los ojos para sentir el sol crepuscular en la cara—. ¿Cómo se las arreglaba la familia de Reku cuando sus hijos eran pequeños? —preguntó de pronto—. Solo tenemos derecho a un saco por adulto, pero los niños comen también.

—Tienen cerdos —le recordó su padre—. Eso ayuda mucho. Si crías tus propios animales, no tienes que preocuparte si no encuentras caza en el bosque durante el invierno.

Kelan abrió los ojos.

—Nosotros podríamos hacerlo también.

Dugan desvió la mirada, incómodo.

—Necesitaríamos un permiso del alcalde.

—Podemos solicitarlo. Podemos construir un corral detrás de casa. No estoy diciendo que le compremos lechones al padre de Reku, pero Yavi tiene gallinas, y quizá podríamos...

—Los animales requieren cuidados, Kelan. Hay que estar en casa para atenderlos, y nosotros pasamos mucho tiempo fuera.

El muchacho guardó silencio. Aquel asunto había sido una fuente frecuente de discusiones cuando su madre vivía. Dugan solía ausentarse a menudo durante días para explorar el bosque o visitar las aldeas vecinas. Cuando regresaba, nunca lo hacía con las manos vacías; llenaba la despensa con lo que había cazado y recolectado en el bosque, y traía también víveres y utensilios que había intercambiado en otros pueblos. Nunca habían pasado necesidad, pero Kelan empezaba a sospechar que podrían vivir de forma más desahogada si su padre hubiese escogido un oficio más convencional.

—Darak necesita madera de nogal —recordó de pronto.

Dugan asintió.

—Ah, sí. Conozco un buen lugar. Aunque no podrá ser pronto, me temo —suspiró, echando un vistazo apenado a su pierna entablillada.

—Yo puedo ir a talar, si me dices dónde es —se ofreció Kelan.

Pero su padre lo miró dubitativo.

—Talar un nogal robusto no es cualquier cosa, hijo.

Kelan resopló. Era un buen leñador, pero aún le faltaba fuerza. Se miró los brazos, frustrado.

—¿Me crecerán los músculos de golpe cuando alcance la mayoría de edad?

Nada más preguntarlo se dio cuenta de lo infantil que había sonado. Su padre se rio.

—Serías el primero al que le pasa —comentó—. Nadie se vuelve adulto de la noche a la mañana.

—Entonces ¿por qué la diferencia entre un saco de cereal o dos depende tanto de una fecha en concreto?

—Porque en algún punto tenían que poner el límite, supongo.

Kelan frunció el ceño, pensativo.

—La Emperatriz también cumplirá pronto la mayoría de edad, ¿verdad?

Dugan alzó la cabeza para mirarlo.

—¿Por qué preguntas eso ahora?

—Porque nacimos en la misma fecha. Solo me preguntaba... cómo será para ella.

Dugan sacudió la cabeza.

—Bueno, seguro que no tiene que preocuparse por recibir un saco más de grano —comentó—. No tiene sentido compararse con ella.

—No lo hago —respondió Kelan al punto.

Pero lo cierto era que no podía evitarlo. Tampoco era culpa suya, en realidad. Cuando vivía, su madre mencionaba aquella coincidencia a menudo. «Naciste durante la Larga Noche, igual que la Emperatriz», le recordaba. «No hay muchos niños que puedan decir eso.»

Así que Kelan había crecido pensando que la fecha de su nacimiento lo convertía de algún modo en alguien especial. Al empezar la escuela, sin embargo, el maestro y sus compañeros lo habían puesto rápidamente en su lugar. Había sido tan humillante para él que nunca había vuelto a mencionar en público las circunstancias de su nacimiento.

Aunque Reku solía recordárselo de vez en cuando, pero solo para subrayar, básicamente, que no era nadie importante.

—Ve a guardar el grano en el cobertizo —ordenó su padre—. Conseguiremos que dure todo el invierno.

El chico se levantó para seguir sus instrucciones. Dugan no había mencionado el hecho de que el saco estaba abierto, y Kelan se lo agradeció interiormente.

Porque sabía que se había dado cuenta. A su padre nunca se le escapaban ese tipo de detalles.

Día 183, año 16 de la era de Vintanelalandali

Intento escribir a menudo en este diario, pero mis estudios me mantienen muy ocupada. No obstante, mi mente no deja de pensar. Y estoy descubriendo que me sienta bien poner esos pensamientos por escrito. Me ayuda a organizar mis ideas y a comprender qué es realmente importante.

Todos los días cruzo la gran galería para ir a la biblioteca. Los retratos de mis vidas pasadas me contemplan desde las paredes. A veces me detengo y les devuelvo la mirada. Me llama especialmente la atención Ayanimadelanti, la décima Emperatriz, que a los trece años ya tenía el cabello blanco como la nieve. Lo comparo con el mío, de color castaño rojizo, y me pregunto por qué tarda tanto en cambiar.

—No sufráis, Divinidad —me dice Zaralane mientras me peina; como de costumbre, parece leer mi rostro como si fuera un libro abierto—. Mi abuela siempre decía que vuestra anterior encarnación no encaneció hasta bien entrados los diecisiete.

Zaralane no es una más entre las sirvientas que me atienden a diario. Ella es mi doncella de compañía, mi amiga, prácticamente mi hermana, porque hemos crecido juntas. En realidad, cepillarme el cabello no entra dentro de sus obligaciones, pero ella lo hace con gusto o, al menos, eso dice. Y aunque charlamos muy a menudo, es precisamente en esos momentos cuando suelo sentirme más inclinada a compartir confidencias con ella.

No obstante, en los últimos tiempos soy consciente de que también Zaralane examina mi cabello con atención al cepillarlo, buscando la señal más evidente de que mis dos poderes están despertando por fin.

Quizá no debería impacientarme. Tal vez debería dejar de comparar mi cabello color cobre con las espléndidas melenas blancas de los retratos de la galería. Pero no puedo evitarlo.

Todo está relacionado. El cambio de color en mi pelo, el primer retrato oficial, los primeros actos públicos, los primeros Juicios. Una cadena de acontecimientos que cambiará mi rutina para el resto de esta vida. Podré contemplar por primera vez otros rostros diferentes a los que veo diariamente en el palacio, y eso me produce emoción y alegría.

Seré la encargada de ejecutar la ley del imperio, y eso me causa una profunda inquietud.

Y todo comienza con un mechón blanco.

Brotes

Kelan nunca atravesaba la aldea si podía evitarlo. Para ir al bosque no lo necesitaba, y cuando quería visitar el mercado que se celebraba en el pueblo vecino daba un rodeo por las afueras, aunque tardase un poco más. Así se ahorraba encuentros indeseados.

No era que la gente de la aldea lo tratase mal. Todos solían ser amables con él, pero Kelan detectaba cierta conmiseración en sus palabras. Había sido así desde que podía recordar, pero se había acentuado a partir de la muerte de su madre.

No le gustaba que lo mirasen con lástima. Lo hacía sentir incómodo, como si fuese peor que los demás, y nunca había llegado a descubrir exactamente por qué. Podía ser debido al oficio de su padre, a la muerte de su madre, al hecho de haber nacido durante la Larga Noche o a las tres cosas a la vez. El caso era que no importaba, porque ninguna de aquellas circunstancias era realmente culpa suya, ni podía hacer nada para cambiarlas.

Aquella mañana, sin embargo, no había tenido más remedio que adentrarse en el pueblo. Lucía el sol, por fin, después de una semana de intensas lluvias que habían complicado mucho sus expediciones por el bosque. Esperaba que el buen tiempo se mantuviese durante unos días para recuperar las horas perdidas, pero entretanto necesitaba llenar la despensa de alguna manera.

Se detuvo ante el portón de la casa de Yavi, que vivía en la plaza central del pueblo. Le daba un poco de vergüenza presentarse allí,

porque siempre recurría a ella cuando las cosas iban mal. Pero se debía a que había sido buena amiga de su madre, la recordaba con afecto y no solía fallarle.

Golpeó el portón con los nudillos, un poco nervioso. Las gallinas cacarearon con más intensidad, y desde el patio sonó la voz de Yavi:

—¡Un momento, ahora mismo voy!

El portón se abrió con un chirrido, y el rostro redondo y colorado de Yavi se iluminó con una sonrisa al ver al muchacho.

—Kelan. Qué agradable sorpresa. ¿Has venido a buscar huevos?

Él asintió sin una palabra.

—Bien, veamos qué traes.

Kelan vaciló un momento antes de mostrarle el interior de su zurrón. Un puñado de setas y varias nueces mohosas era todo lo que se adivinaba en su interior.

Yavi alzó la cabeza para mirarlo, perpleja.

—Ha sido..., ha sido una mala semana —balbuceó Kelan—. Ha llovido mucho, los senderos están embarrados, los torrentes se han desbordado y...

—Tu padre sigue sin poder caminar, ¿verdad? —Yavi lo comprendió.

Kelan desvió la mirada con la cara ardiéndole de vergüenza. A Dugan nunca lo habían detenido cosas tales como la lluvia, la nieve o el granizo. Cuando, el primer día de tormenta, Kelan había regresado a casa empapado hasta los huesos y con las manos vacías, su padre no había hecho ningún comentario; pero a la mañana siguiente, mientras Kelan aún dormía, se había calado el sombrero, se había colgado el zurrón al hombro y había salido de casa apoyado en sus muletas, desafiando a la lluvia.

Kelan lo había encontrado un poco más tarde tirado en el camino. Había resbalado sobre el suelo húmedo y no había podido levantarse por sí mismo. El chico lo había llevado de vuelta a casa y, tras una tensa conversación, Dugan había acabado por reconocer, a regañadientes, que tendría que quedarse en casa hasta recuperarse por completo.

—Las cosas mejorarán con el buen tiempo —murmuró Kelan—. Seguro.

Pero no parecía muy convencido. Yavi se quedó mirándolo un momento y después sonrió.

—Espera aquí —le dijo.

Cerró el portón. Kelan aguardó en la calle, inquieto. Vislumbró una figura que salía de la casa del alcalde, y con el rabillo del ojo reconoció a Muna. Le dio la espalda discretamente, fingiendo que no la había visto.

Yavi abrió de nuevo instantes después. Portaba una cesta con no menos de una docena de huevos, y Kelan la miró, dubitativo. Yavi echó un vistazo rápido por encima del hombro y dijo en voz baja:

—Llévatelos todos. No hace falta que me des nada ahora. Ya me traerás algo a cambio más adelante, setas, caza o bayas, cuando sea temporada.

—Pero...

Se oyó una voz masculina llamando a Yavi desde el interior de la casa, y ella volvió a mirar hacia atrás con nerviosismo.

—Vamos, llévatelos —le urgió.

Y Kelan comprendió entonces que probablemente su marido no aprobaría aquel regalo. Estuvo a punto de rechazarlo, pero los huevos tenían muy buen aspecto, y realmente había sido una semana muy complicada.

Tomó una decisión. En lugar de agarrar la cesta, cogió cuatro huevos y se los guardó en el zurrón.

—Con esto será suficiente. Muchas gracias, Yavi.

Ella lo miró dubitativa.

—¿Estás seguro?

Kelan asintió.

—Los pagaré, te lo prometo.

—No es necesario que... —empezó ella, pero de nuevo se oyó la voz de su marido:

—¿Yavi? ¿Con quién estás hablando?

—Vamos, vete —urgió ella, y Kelan asintió, le dio las gracias otra vez y dio media vuelta para marcharse.

Apenas había avanzado unos pasos cuando se tropezó con Muna.

—Hola, Kelan —dijo ella.

El chico había olvidado que estaba allí. Se volvió hacia la casa de Yavi, pero el portón se había cerrado ya tras él. Miró de nuevo a Muna y esbozó una sonrisa incómoda.

—Hola —respondió.

—Hacía tiempo que no te veía —prosiguió ella—. Desde el día del reparto del grano. —Kelan no contestó, por lo que Muna añadió—: ¿Va todo bien?

—Sí..., sí, todo bien.

—¿Cómo está tu padre?

—Haciendo reposo todavía. Pero no tardará en volver a caminar, espero.

Muna sonrió.

—Eso está bien. Deséale una pronta recuperación de mi parte, por favor.

—Claro.

A Kelan no le gustaba que Muna fuese amable con él, aunque no sabía explicar por qué. Estaba bastante seguro de que era sincera. Sin embargo, también tenía la sensación de que la chica trataba de construir unos puentes que en realidad ninguno de los dos podría cruzar nunca.

Había sido así desde que ya no se veían todos los días en el colegio, como si ella hubiese desarrollado de pronto un especial interés por mantener el contacto con él. Kelan no comprendía por qué y no se sentía del todo cómodo con aquellos intentos de acercamiento, por lo que no solía responder a ellos. De hecho, era consciente de que ella podría haberle retirado la palabra mucho tiempo atrás, decepcionada por su actitud. Sin embargo, y a pesar de todos sus desaires, Muna siempre se acercaba a saludarlo e incluso salía en su defensa cuando se metían con él.

La mirada de Kelan se desvió hacia el lugar donde, un par de semanas atrás, Reku había hecho volcar su carretilla tras el reparto de grano.

Muna se dio cuenta.

—¿Todavía estás molesto por lo de la carretilla? Reku es un idiota; no sé por qué la ha tomado contigo, pero no tiene razón en nada de lo que dice sobre ti.

Kelan no tenía el menor interés en saber lo que Reku decía sobre él. Por otro lado, acababa de ver algo que le había llamado la atención.

Necesitaba estudiarlo de cerca, de modo que se alejó de Muna sin darle explicaciones y se inclinó junto a la pared del callejón.

Allí, justo al pie del muro, habían germinado tres brotes verdes.

Kelan frunció el ceño y los acarició con la yema del dedo. Había otras plantas que crecían a ambos lados del callejón o incluso entre los ladrillos de la pared, pero estas eran diferentes. Pasó los dedos por la tierra de la que habían nacido los brotes, pensativo.

—¿Qué estás mirando? —La voz de Muna a su espalda lo sobresaltó—. ¿Qué hay ahí?

—Aquí es donde volcó mi carretilla —explicó él, aún concentrado en las plantas—. Recogimos todo el cereal que pudimos, pero... creo que quedaron algunos granos.

—¿Y? ¿Qué quieres decir?

Kelan se apartó un poco para mostrarle lo que había descubierto.

—Creo que algunas de esas semillas han germinado, Muna.

Ella contempló los brotes con cierta incredulidad y luego se volvió hacia el chico para mirarlo.

—Eso no es posible —dijo sin más—. Todo el mundo sabe que en Gratitud no puede crecer el cereal. Lo aprendimos en la escuela, ¿no te acuerdas?

—Sí, lo sé. Nuestro clima es demasiado duro para el cereal, hace mucho frío en invierno y llueve demasiado en otoño y primavera —recordó él—. Y tenemos demasiadas montañas, y el cereal crece mejor en llanuras bien soleadas.

—Y por eso es propio de las provincias interiores, de clima más seco —completó ella—: Respeto, Lealtad, Integridad y, por supuesto, Armonía. Allí se cultiva y cosecha para todo el imperio.

Kelan no contestó. De nuevo, sus dedos rozaron los pequeños tallos verdes.

—Eso no puede ser cereal, Kelan —insistió Muna—. Ha de ser otro tipo de planta.

El chico se puso por fin en pie.

—Tal vez —murmuró, pero sus pensamientos estaban lejos de allí—. Tal vez —repitió—. Hasta la vista, Muna.

Y dio media vuelta y se alejó sin más por el callejón.

Muna no se molestó en tratar de detenerlo; se quedó mirándolo un momento y exhaló un suspiro apenado.

Día 190, año 16 de la era de Vintanelalandali

Hoy he concedido audiencia al Consejo. Es una curiosa forma de expresarlo, ya que en realidad es el Consejo el que me concede audiencia a mí. La maestra Mindaleva me ha acompañado hasta la Sala de las Deliberaciones, donde hoy se encontraban cuatro de los seis Consejeros. El Consejero Viyatenisgani me ha puesto al día del estado de las finanzas del imperio, y he pedido a Mindaleva que tomase nota de todo para estudiarlo con calma. El Consejero Kunavamastedal ha sonreído y ha dicho que no era necesario, pero creo que Viyatenisgani no estaba de acuerdo.

En realidad, no tiene ningún sentido que muestre tanto interés por los asuntos del imperio porque todavía no he sido entronizada, y cuando eso suceda tampoco podré decidir gran cosa de todos modos. Pero Viyatenisgani se comporta como si mi cabello fuese a cambiar de color mañana mismo. La maestra Mindaleva dice que se debe a que está impaciente por servirme, puesto que entró en el Consejo cuando yo era apenas un bebé. Casi todos los demás, en cambio, estaban ya aquí con el decimosexto Emperador. Es decir, me conocen de mi anterior encarnación, aunque yo no los recordaba a ellos cuando renací. Supongo que por eso entienden que tengo mucho tiempo por delante para ponerme al día.

Sé que Kunavamastedal me observa con indulgencia. Es consciente de mis esfuerzos por aprender y mejorar, y parece convencido de que estaré a la altura de mi responsabilidad como Emperatriz. Es reconfortante contar con su confianza.

Sin embargo, tengo la sensación de que la Consejera Kalinamanteni no me aprecia del mismo modo. Durante un tiempo me pregunté a menudo si era culpa mía, si había hecho algo que mereciese su desaprobación y, en tal caso, cómo podía arreglarlo. Era importante para mí, porque Kalinamanteni, como responsable de los asuntos del palacio, es la Consejera con la que trato más a menudo.

Más tarde comprendí que ella ya estaba en el Consejo cuando regía mi anterior encarnación. Así que busqué en la biblioteca los diarios de Ulayanamivandu, el decimosexto Emperador, para tratar de descubrir cómo era su relación con los Consejeros. Pero, aunque menciona a Kalinamanteni a menudo, no pude averiguar si había existido alguna desavenencia entre ellos en el pasado.

Zaralane dice que la Consejera es estricta con todo el mundo y que solo quiere lo mejor para mí. Puede que tenga razón y que yo esté viendo animadversión donde solo hay severidad.

Por otro lado, es la primera vez que los Consejeros asisten a un período de transición entre un Emperador y otro. Puede que mis encarnaciones vivan mil años, pero las vidas humanas corrientes son mucho más cortas. Los miembros del Consejo pasaron de servir a un Emperador de ochocientos años, que ya regía Akidavia cuando ellos nacieron, a inclinarse ante un bebé recién nacido. Y es posible que no todos lo hayan asimilado igual. Los diarios de mis predecesores están repletos de anécdotas similares, de personas que los conocían de su anterior encarnación y se mostraban decepcionadas porque el nuevo Emperador no se comportaba igual que el antiguo.

Es difícil asumir las expectativas que deposita la gente en nosotros. Puede que el Eterno Emperador lleve muchos milenios hollando el mundo, pero para nosotros cada renacer sigue siendo el primero.

Viejas y nuevas ideas

K elan no volvió a mencionar a nadie el asunto de los brotes de la plaza, y ni siquiera lo comentó con su padre. Pero en los días siguientes no dejó de darle vueltas mientras una idea germinaba en su mente y crecía poco a poco, alimentada por las largas horas de soledad en el bosque.

Aquella idea, sin embargo, tenía que luchar contra otras más antiguas que ya habitaban en su cabeza y que la contradecían, tratando de menospreciarla o de minimizarla.

Pero, por alguna razón, la idea siempre salía triunfante y se volvía un poco más poderosa después de cada contienda.

«Todo el mundo sabe que el cereal no crece tan al sur.»

«Pero el grano brotó.»

«Probablemente no crecerá más. Y por supuesto no llegará a espigar, este clima no le favorece.»

«Pero brotó. Al pie de un muro, tras una semana de lluvia intensa. Y sin nadie que lo cuidara. Quizá este cereal sea más resistente de lo que pensamos.»

«Si fuese así, cultivaríamos cereal en la provincia de Gratitud, y también en Franqueza y en Compasión, incluso en las islas Fortaleza. Y no lo hacemos.»

«Puede que a nadie se le haya ocurrido antes.»

«Y a ti se te ha ocurrido porque, por supuesto, eres más listo y más sabio que todos los demás.»

Este fue un duro golpe para la idea novedosa, que permaneció unas horas en silencio. Pero después volvió a la carga.

«A lo mejor podría intentar plantar algunas semillas», sugirió. «No muchas, solo para ver si crecen o no. En un pedazo de tierra bien soleado, resguardado y apartado del camino, para que nadie lo pisotee.»

«Solo tenemos un saco de cereal para todo el invierno. No deberías malgastarlo.»

«Sería solo un puñado, nadie lo notaría. Y si las plantas crecen y espigan, podríamos sembrar más el año que viene. Toda la gente del pueblo podría hacerlo. Si cultivamos nuestro propio cereal, no tendrán que traer los sacos desde otras partes del imperio.»

«Y no se le ha ocurrido a nadie antes porque...»

«No lo sé. No niego que vaya a ser difícil o que conlleve problemas, pero si no sabemos qué problemas son exactamente, nunca encontraremos la manera de solucionarlos.»

«El cereal se cultiva en las provincias interiores, de largos días soleados, amplias llanuras y suelo fértil. Y aun así, con todo a favor, hay años en los que la cosecha no es buena, o se echa a perder del todo.»

«Y sigue habiendo grano para todo el imperio porque el excedente de las buenas cosechas se guarda en silos para cuando hay escasez. Nosotros podríamos hacer algo parecido. No necesitamos producir cereal para todo un imperio, solo para la aldea.»

La nueva idea se había vuelto tan poderosa que los viejos prejuicios tardaron un poco en responder esta vez.

«A padre no le va a gustar», dijeron por fin. «No quiere tener animales porque eso nos obligaría a quedarnos en casa todo el tiempo para cuidarlos. Una plantación no es muy diferente.»

La idea novedosa vaciló un instante.

«No sería una plantación en realidad, solo un pequeño huerto. Mucha gente en la aldea los tiene. Además, padre no tiene por qué enterarse.»

«No puedes hacerlo a sus espaldas.»

«Es la mejor opción, porque sé que no le parecerá buena idea. Además, si resulta que al final las plantas no crecen, de todos modos no habrá nada que discutir. En cambio, si consigo que crezcan y produzcan grano, todo podría ser muy diferente.»

«¿No se lo vas a contar a nadie?»

«No, al menos hasta que demuestre que tengo razón.»

«No la tienes. Si sigues adelante, harás el ridículo y todos se burlarán de ti por haberte creído más listo que nadie.»

«Déjame probarlo. Nadie se enterará.»

Y los viejos prejuicios se rindieron por fin.

«Bueno. De todos modos, es una idea estúpida y no va a funcionar.»

Día 199, año 16 de la era de Vintanelalandali

Llevo guantes desde que me alcanza la memoria. Mis anteriores encarnaciones los llevaban también. Es una costumbre que se remonta a tiempos muy remotos, aunque originariamente el Eterno Emperador solo empezaba a usarlos como parte de su indumentaria habitual el día de su entronización. Fue Ayanimadelanti, al parecer, quien impuso la norma de que debía llevar guantes desde el mismo día de su renacimiento y hasta el momento de su muerte, porque sus poderes despertaron antes de lo que nadie esperaba, causaron un grave incidente en palacio y ella se sintió tan culpable que decidió que aquel error no debía volver a repetirse.

Así que tengo las manos siempre cubiertas. Estreno guantes cada día, y cada par es aún más bello y exquisito que el anterior, pero no se me permite conservarlos. En su día pregunté a la Consejera Kalinamanteni por las razones de semejante despilfarro, y me explicó que en la provincia de Generosidad hay toda una industria especializada en el tejido de guantes para el Emperador. Parece ser que todas las familias tienen una o varias mujeres que dedican su tiempo en exclusiva a esta tarea, y para ellos es un gran honor que yo lleve sus guantes por un día, porque de este modo me sienten más cercana a ellos. Le dije entonces a la Consejera que deseaba viajar a Generosidad y visitar sus talleres después de mi entronización, pero ella me miró con severidad y me recordó que la Emperatriz no salía jamás del palacio.

Así que nunca podré conocer en persona a las tejedoras de guantes de Generosidad, ni a los habitantes de Confianza, Obediencia, Compasión, Alegría y el resto de las provincias exteriores. Tampoco se me permitirá visitar provincias más cercanas, como Dignidad, Lealtad o Valentía. Ni tan siquiera podré recorrer Armonía, que es el corazón del imperio akidavo, donde se alza la Ciudad Imperial.

Ya lo sabía, por descontado. Lo sé desde que, de niña, empecé a explorar las dependencias del palacio y a preguntar qué había más allá de sus muros. Cuando descubrí que no se me permitiría traspasarlos jamás, me encerré en mi habitación y pasé allí varios días llorando, negándome a comer y sin querer hablar con nadie. Los sirvientes no sabían qué hacer, y la pobre Zaralane se llevó un gran disgusto porque creía, por alguna razón que ya no recuerdo, que había sido ella la causante de mi berrinche.

También los Consejeros estaban desconcertados. Acostumbrados a tratar con un Emperador que atesoraba la sabiduría y la experiencia de ochocientos años, no sabían cómo lidiar ahora con una niña obstinada y caprichosa.

Fue el Consejero Kunavamastedal quien logró por fin hacerme salir de mi enfurruñamiento. Cuando entró en la habitación pensé que me reprendería, que me diría que lo había decepcionado, que aquel no era un comportamiento propio de una Emperatriz de Akidavia. Pero solo suspiró, sacudió la cabeza y dijo:

—Él me advirtió de que pasaría esto.

Saqué la cabeza de debajo de los almohadones.

—¿Él? —repetí.

—Vuestro predecesor. Ulayanamivandu, el decimosexto Emperador de Akidavia.

En aquella época no me gustaba oír hablar de él. Decían que yo era su encarnación, pero no lo recordaba. Sentía que no me parecía en nada a él y tenía miedo de que me obligasen a dejar de ser yo misma para convertirme en aquel anciano de los retratos. (Eso fue antes de descubrir que uno de los muchachos de la galería era el propio Ulaya-namivandu en la época de su entronización. Debo admitir que era bastante atractivo por entonces; pero, naturalmente, ni siquiera un Emperador tiene el mismo aspecto con diecisiete años que con ochocientos.)

De todos modos, me volví para mirar al Consejero, aunque con cierta desconfianza.

—¿Acaso el Eterno Emperador puede ver el futuro? —pregunté—. ¿Es otro de los poderes que despertarán en mí cuando mi cabello se vuelva blanco?

Kunavamastedal sonrió.

—No, pero Ulayanamivandu tenía buena memoria —respondió—. Y es de admirar, teniendo en cuenta la gran cantidad de recuerdos que se acumulaban en su cabeza después de vivir ocho siglos.

Me senté sobre la cama, pensativa.

—A lo mejor es por eso por lo que olvidamos nuestra vida anterior cada vez que renacemos —comenté—. Porque, si tuviésemos que conservar tantos recuerdos, nos reventaría la cabeza.

Kunavamastedal se rio de buena gana. Creo que ese fue el día en que me di cuenta de que, a pesar de todo, le caía bien.

—No tuve la posibilidad de conocer a Ulayanamivandu cuando tenía vuestra edad —comentó—. De hecho, cuando yo nací él era ya muy anciano.

El Consejero decía estas cosas a menudo, para asegurarse de que poco a poco yo me iba haciendo a la idea de que, aunque en mis primeros años crecería como una niña normal, no lo era en absoluto. Por aquel entonces me costaba mucho imaginarlo, porque Kunavamastedal era muy viejo desde mi punto de vista. Pero él insistía en que debía comprender lo que implicaba la extraordinaria longevidad imperial.

Nunca me contó, sin embargo, la consecuencia más obvia: que acabaré viendo morir, tarde o temprano, a todas las personas a las que conozco. A Kunavamastedal, a Kalinamanteni, a la maestra Mindaleva, a Zaralane, a todos los demás. Y a sus hijos, y a los hijos de sus hijos, y a los hijos de los hijos de sus hijos. Todos ellos abandonarán mi vida, uno tras otro, y solo yo permaneceré aquí para recordarlos. Hasta que llegue mi turno también y los olvide cuando vuelva a nacer.

No obstante, aquella era la primera vez que Kunavamastedal mencionaba que mi predecesor hubiese sido niño alguna vez. Lo miré con curiosidad.

—¿Ulayanamivandu... tuvo mi edad?

—Hace ochocientos cuarenta y siete años, sí —asintió el Consejero—. Y recordaba que para él también había sido complicado crecer en el palacio imperial y comprender que no era un niño como los otros. También quería salir a explorar y a conocer el mundo exterior, y se enfadó mucho cuando se lo prohibieron.

Lo miré con cierta desconfianza. Todavía me resistía a admitir que yo pudiese tener algo que ver con «el viejo», como lo llamaba para mí misma.

—Y por eso pudo vaticinar que esto sucedería —concluyó el Consejero—. Porque ya ha sucedido en otras ocasiones, cada vez que Su Divinidad ha renacido entre nosotros.

No dije nada, pero aparté la vista, aún un poco enfurruñada. Kunavamastedal añadió:

—«Tened paciencia conmigo cuando renazca», me dijo. «Porque habré de aprenderlo todo de nuevo. Pero acabaré por ponerme al día, y Akidavia recuperará a su Emperador.» Emperatriz, en este caso —matizó con una sonrisa.

—Pero no puedo salir —refunfuñé con obstinación.

—Cierto, no podéis salir. Hay una buena razón, y con el tiempo acabaréis por descubrirla. Entretanto, permitidme señalar que el palacio imperial es inmenso y aún guarda muchos secretos. Estoy bastante seguro, por ejemplo, de que nunca habéis visitado los invernaderos del ala oeste.

Traté de fingir desgana, pero lo cierto era que había despertado mi curiosidad.

—¿Qué hay ahí? ¿Plantas?

—Las flores más hermosas de los rincones más remotos del imperio, Divinidad. También hay un pequeño jardín con animales exóticos que podría ser de vuestro interés.

Momentos más tarde salía de mi habitación de la mano del Consejero, olvidada ya la pataleta.

Desde entonces he intentado rebelarme alguna vez contra la norma que me impide salir. Pero lo cierto es que, pese a lo mucho que desearía poder viajar por todo el imperio y tener la oportunidad de contemplarlo con mis propios ojos, tampoco he insistido demasiado: un comentario aquí, una pregunta allá..., para tantear los límites y nada más.

Porque, en efecto, conozco muy bien las razones por las cuales la Emperatriz de Akidavia no debe abandonar el palacio jamás.

El secreto del cobertizo

etrás de la casa de Kelan y Dugan había un pequeño cobertizo. Lo utilizaban para almacenar víveres y herramientas diversas, aunque Kelan llevaba tiempo pensando que, si se libra-
sen de todo lo que no utilizaban, quedaría casi vacío. Había, por
ejemplo, un carro con el eje roto que estaba prácticamente destrozado, pero que nunca habían sacado de allí. También había varios
toneles vacíos (o, al menos, Kelan esperaba que lo estuviesen, porque
nada que pudiese quedar dentro podría ser ingerible a aquellas alturas), un par de cubos desfondados y un banco comido por la car-
coma.

También había varios aperos de labranza colgados en una pared.

Kelan se detuvo frente a las herramientas y las contempló, pensativo. Reconoció un par de azadas y un rastrillo, pero las demás no
sabía para qué servían. De todos modos, comprobó con decepción
que estaban oxidadas, y la madera de los mangos se había podrido.

Sacudió la cabeza con un suspiro. Todo aquello había pertenecido
a sus abuelos, al igual que la casa. Tenía recuerdos de su padre prometiendo a su madre que haría limpieza en el cobertizo en cuanto
llegase el verano... Pero el buen tiempo traía también buena caza a
los bosques, y al parecer Dugan nunca encontraba el momento
apropiado para ponerse manos a la obra.

Kelan sospechaba que ya nunca lo haría. De hecho, el chico no
recordaba la última vez que su padre había entrado en el cobertizo.

Ahora, con la pierna entablillada, era todavía menos probable que apareciese por allí.

Entonces se le ocurrió una idea y avanzó hasta el fondo del cobertizo, por donde entraba un haz de luz solar. Alzó la cabeza hacia el techo. Mucho tiempo atrás, un rayo había impactado sobre el tejado; sus padres habían logrado apagar el fuego antes de que se extendiese al resto de la casa, pero el agujero seguía allí, porque era otra de las cosas que Dugan nunca había llegado a arreglar. Por aquel boquete entraba el sol a raudales, y también la lluvia. Su padre se había limitado a apartar a otro lado las cosas que guardaba en aquel rincón, para protegerlas de las inclemencias del tiempo.

Bajó la vista a los pies. El suelo estaba cubierto por tablones, pero podría retirarlos con facilidad. De hecho, comprobó con el corazón acelerado que algunas hierbas y matojos crecían entre la madera, buscando la luz del sol.

Inspiró hondo. No costaba nada intentarlo, pensó.

Tardó varios días en acondicionar aquel rincón del cobertizo. Retiró los tablones, rastrilló el suelo y acarreó tierra del exterior para formar otra capa más de mantillo, solo por si acaso. Lo regó todo abundantemente con agua y, cuando consideró que estaba preparado, birló un par de puñados de grano del saco y los sembró en su huerto secreto, separando bien las semillas unas de otras; después las cubrió de tierra y las regó bien otra vez.

Se acostumbró a visitar la plantación dos veces al día: a primera hora de la mañana, antes de salir al bosque, y por la tarde, cuando regresaba. Una vez hecho el trabajo inicial, ya no le quedaba más que esperar. Sabía que llevaría tiempo, sobre todo porque había sembrado en otoño, y cada vez entraba menos luz solar por el hueco del techo. Pero no podía evitar impacientarse. Se preguntaba si la tierra tenía suficiente agua, y regaba generosamente; después veía el suelo encharcado y temía haberse extralimitado. Lo cierto era que no tenía ni idea de si debía regar más o menos, de si sus semillas necesitaban sol o sombra... Porque la tierra continuaba muda, sin mostrar ni el brote más diminuto.

Casi todos sus vecinos tenían huertos en los que cultivaban diversos tipos de verduras y hortalizas, de modo que Kelan, que los había visto trabajar desde niño, tenía cierta idea de lo que debía hacer. Pero, por descontado, ninguno de ellos sembraba cereal, así que no tenía sentido tratar de tantearles al respecto. Temía, por otro lado, que se rieran de él si se atrevía a contarles lo que estaba intentando hacer.

Al cabo de unos días decidió volver a acercarse a la plaza y comprobó que los tallos verdes que había visto tiempo atrás seguían creciendo al pie del muro, con lentitud, pero con firmeza. Estudió el lugar. Parecía que recibían mucho sol, pero no podía estar seguro con respecto al agua. Kelan había descubierto los brotes después de varios días de intensas lluvias; desde entonces, sin embargo, solo habían podido contar con algún chaparrón ocasional.

De regreso al cobertizo, tomó una decisión. Trazó en el suelo del sembrado dos líneas de separación para crear tres zonas diferenciadas, y decidió que cada una de ellas recibiría una cantidad de agua diferente.

A pesar de todo, y de que visitaba el cobertizo todos los días, el cereal que había plantado no daba muestras de germinar.

Las viejas ideas volvieron a sembrarle la mente de dudas. ¿Y si estaba haciéndolo todo mal? ¿Y si era cierto que no podía cultivarse cereal en Gratitud? ¿Y si los tallos que crecían al abrigo del muro no habían nacido del grano que se le había caído, sino que se trataba de otra clase de planta?

El otoño seguía avanzando, los días se acortaban y el tiempo era cada vez más frío. Pero era buena época para cazar y, por otro lado, ahora que había dejado de llover, Kelan no estaba teniendo problemas para llenar el zurrón de setas y hongos de todas clases. De modo que él y su padre se las arreglaban con lo que el chico traía cada día, y ni siquiera necesitaban moler grano para hacer gachas o pan, por lo que podían reservarlo para los días más duros del invierno que estaba por llegar. Kelan incluso se pudo permitir el lujo de llevarle a Yavi una perdiz a cambio de los huevos que ella le había regalado tiempo atrás.

El muchacho estaba empezando a aceptar que sembrar cereal había sido una idea estúpida después de todo, y que tal vez podrían arreglárselas con un solo saco de grano todo el invierno, aunque en el fondo se sentía un poco decepcionado. Aun así, todos los días visitaba el cobertizo y regaba la tierra bajo el boquete del techo, cada vez con menos esperanzas de ver brotar algo allí.

Un buen día, sin embargo, detectó unos pequeños puntos claros entre los surcos. Pestañeó, temeroso de que su vista lo estuviese engañando. Pero los puntos seguían allí, de modo que se inclinó para examinarlos. Los acarició con suavidad, rozándolos apenas con la yema de los dedos. Se estremeció de emoción.

Había brotado. El grano que había plantado no había germinado en las amplias y soleadas praderas de Armonía o Lealtad, sino en un rincón de un cobertizo en Gratitud, una de las provincias meridionales, donde en teoría no se podía cultivar cereal.

Trató de calmarse. Quizá se estaba precipitando. Al fin y al cabo, que la semilla germinara no implicaba que fuese a crecer y madurar. Tal vez muriera a lo largo del invierno sin llegar a espigar. Quizá no tuviese fuerza suficiente o no generase bastante grano como para alimentar a nadie.

Kelan se incorporó y examinó su pequeña plantación con gesto crítico. Advirtió entonces que solo había brotes en una de las tres zonas, precisamente la que más riego había recibido. Tomó nota al respecto.

Cuando salió del cobertizo y se encaminó hacia el bosque, sonreía para sí. Aún era pronto para compartir su secreto con nadie, pero tenía la sensación de que, paso a paso, estaba avanzando en la buena dirección.

Día 245, año 16 de la era de Vintanelalandali

Estoy estudiando geografía antigua. Es una materia que encuentro fascinante, y es curioso, porque Oronavaniladal, mi duodécima encarnación, la detestaba con todas sus fuerzas. Al examinar los mapas antiguos, sin embargo, puedo comprender su frustración: el imperio akidavo estaba formado por muchos territorios diferentes, habitados por pueblos que hablaban idiomas distintos, y su toponimia podía resultar una pesadilla para los estudiosos. Esta es la razón por la cual Oronavaniladal decidió dividirlo en provincias y denominar cada una de ellas con nombres que pudiese recordar. Para ello eligió la lista de las virtudes que caracterizan a todo buen akidavo, y los emperadores y emperatrices sucesivos continuaron con la tradición, renombrando de esta manera cada nuevo territorio que conquistaban.

No obstante, los pueblos antiguos no se diluyeron por completo en el crisol del imperio. En la actualidad existen no menos de veintitrés lenguas autóctonas en Akidavia, aunque todo el mundo aprende el idioma imperial en la escuela, y de esta manera el comercio y las comunicaciones fluyen mucho mejor. En tiempos antiguos, un mayali de Confianza no habría logrado entenderse con un bei-bei de Obediencia, pero ahora cualquiera de ellos puede viajar por todo el imperio, aprovechando las calzadas que conectan todas las provincias, y comunicarse sin problemas con cualquier otro akidavo, independientemente de su origen.

Es responsabilidad del Eterno Emperador fortalecer todo aquello que nos une; pero pienso que también es importante recordar cómo eran las cosas antes y mantener un registro de las peculiaridades de cada provincia.

Esto es crucial en dos casos particulares: los drim, de Valentía, y los akidavu, de Armonía.

Solo los drim poseen la facultad de elaborar las extraordinarias máscaras que utiliza el ejército imperial de Akidavia. Y solo los más resistentes entre ellos son capaces de ponérselas sin perder la razón.

Por su parte, los akidavu son el linaje más arcaico de nuestra nación. Entre ellos nací por primera vez, hace casi diez mil años. Y, aunque ahora puedo reencarnarme en cualquier individuo de cualquier tribu del imperio, aún mantengo un vínculo especial con los poquísimos akidavu que quedan en Armonía. Porque solo ellos son capaces de predecir dónde y cuándo renaceré en cada ocasión.

De modo que la antigua tribu de los akidavu es en la actualidad la Orden de los Augures, y está dedicada por completo a fortalecer el lazo que los une a su Emperador para ser capaces de hallarlo una y otra vez, por remoto que sea el lugar de su renacimiento.

Hemos estudiado con profundidad a los drim y a los akidavu porque sobre ellos descansa gran parte de la fortaleza de nuestro imperio. Pero no puedo evitar preguntarme qué otras sorpresas ocultan mis gentes, de Paciencia a Humildad, de Alegría a Gratitud. Desearía poder recorrer todos los rincones de mi imperio, aprender las lenguas de sus habitantes, sus peculiaridades, sus costumbres. Si voy a vivir mil años, sin duda encontraría tiempo para todo ello. Y quizá descubriese algún conocimiento sorprendente o una virtud extraordinaria en alguna aldea perdida, como mi encarnación Rayinemagaloran encontró a los drim hace siete mil años, en una península remota y de difícil acceso que, con el tiempo, acabó por convertirse en la octava provincia del imperio.

Sin embargo, parece que por el momento tendré que conformarme con leer sobre ellos en los libros y las enciclopedias. Con esto me basta por ahora, porque aún tengo mucho que aprender. No obstante, me pregunto si no acabaré por aburrirme de estudiar sobre algo que jamás conoceré. Tal vez esto es lo que le sucedió a Oronavaniladal: puesto que se vio obligado a conocer su imperio a través de los mapas, decidió rehacer los mapas para transformar su imperio a través de ellos.

Me pregunto si lo consiguió, en realidad. Quisiera saber qué queda del mundo antiguo bajo la pátina de civilización del imperio akidavo, bajo sus calzadas y sus fronteras, bajo su idioma común, su hacienda y sus leyes.

Y si seré capaz de detectarlo estudiando los libros y examinando los mapas que otras personas trazaron miles de años atrás.

Sobrevivir al invierno

Los brotes del cobertizo se habían transformado en una suave alfombra de color verde. Kelan intentaba visitar la plantación a menudo, pero ahora debía andarse con mucho cuidado si quería mantenerla en secreto: su padre ya caminaba por sí mismo y, aunque todavía cojeaba un poco, eso no le impedía merodear por la casa y los alrededores, impaciente por recuperarse del todo.

El cereal crecía bien, pero a Kelan le había costado mucho llegar hasta ese punto. Primero había tenido problemas con el agua: había regado la tierra demasiado y las plantas habían estado a punto de ahogarse. Había tardado un poco en comprender que el cultivo no necesitaba la misma cantidad de agua en todas las fases del proceso.

En cuanto ajustó el riego, los brotes recuperaron su buen aspecto habitual; pero no tardaron en empezar a marchitarse sin que Kelan comprendiese por qué. Estuvo un par de días contemplando con impotencia la agonía de su plantación hasta que se dio cuenta de que en un extremo del sembrado los brotes estaban aguantando mejor. Tras examinarlo todo con atención y darle muchas vueltas al problema, detectó que aquella parte recibía más luz solar que el resto, y comprendió que había sido un error sembrar en un interior de cara al invierno. Había pensado que de aquel modo las plantas estarían más protegidas, pero lo cierto era que disfrutaban de menos horas de sol cuanto más avanzaba la estación. De modo que, después de pensarlo un rato, se decidió a agrandar el agujero del techo y a abrir un gran boquete en la pared que daba al este, rezando internamente al Eterno Emperador para que aquello fuese suficiente. El ruido que produjo al destrozar las tablas alertó a Dugan, que se acercó para averiguar qué estaba pasando.

—Tablones podridos —se le ocurrió decir a Kelan ante la mirada inquisitiva de su padre—. Te prometo que lo repararé.

—Bah —murmuró él con desgana—. No hay prisa.

Y no volvió a preguntar por el tema.

Kelan podía considerarse afortunado porque su padre prestase tan poca atención al cobertizo. Empezaba a pensar que no levantaría una ceja ni aunque le prendiese fuego.

Las modificaciones, por burdas que fuesen, parecieron sentar bien al sembrado. Perdió algunas plantas por el camino, pero las más fuertes siguieron creciendo lentamente. Todos los días, Kelan se preguntaba si había llegado por fin el momento de compartir su trabajo con la gente de la aldea. Y todos los días decidía esperar un poco más, por si acaso.

Pero llegó el invierno, con sus noches de nieve y sus mañanas de escarcha, y la plantación apenas se resintió. Kelan pasaba en el bosque todo el día, desde el amanecer hasta el crepúsculo, para aprovechar todas las horas de luz. A menudo regresaba con las manos vacías, y el contenido del saco de cereal de la despensa menguaba poco a poco. Kelan sabía que no aguantaría hasta la primavera, pero él y su padre nunca hablaban del tema.

Sin embargo, Dugan empezaba a estar de mejor humor. Ya volvía a caminar, aunque aún cojeaba un poco y avanzaba con lentitud, por lo que había decidido que esperaría a que los días fuesen más largos para regresar al bosque.

Entretanto, Kelan había aprendido mucho. Sus aptitudes como rastreador y cazador habían mejorado, espoleadas por el hambre que torturaba sus tripas durante las largas noches de invierno. Su vista se había agudizado, su oído se había afinado y hasta su olfato se había vuelto más sensible.

—Estás más alto —comentó un día Dugan, tras observarlo con detenimiento.

Kelan no respondió. Era probable que hubiese crecido en estatura, pero seguía siendo delgado y no particularmente fuerte. Tampoco había gran cosa que pudiese hacer, si no se alimentaba como era debido. Y, aunque sabía que las cosas acabarían por mejorar cuando llegase la primavera, una parte de él confiaba en que el secreto del cobertizo les proporcionaría a él y su padre una vida más desahogada.

Era consciente de que, si el cereal llegaba a madurar, el grano que pudiese cosechar apenas llegaría a llenar el fondo de una escudilla. Pero el objetivo de su plantación no era alimentarlos a ambos durante toda una estación, sino demostrar que era posible, para organizar algo a mayor escala más adelante, contando con la colaboración de otros vecinos del pueblo.

Cuanto más lo pensaba, más emocionado se sentía. Imaginaba un futuro en el que la aldea estaría rodeada de amplios campos de cereal dorándose al sol. Un futuro en el que podrían cosechar su propio grano sin depender del número de sacos que el imperio tuviese a bien entregarles. Un futuro en el que su ejemplo se extendería por toda Gratitud, y la provincia podría llegar a contarse entre las más prósperas de Akidavia.

Se moría de ganas de contárselo todo a su padre, y después al alcalde. Pero al final resolvió que aguardaría a que el cereal espigara para mostrarlo por fin al resto del mundo. Porque los viejos prejuicios seguían allí, agazapados en algún rincón de su mente, y la posibilidad de fracasar y hacer el ridículo delante de todos le resultaba insoportable.

Una mañana, sin embargo, sucedió algo que dio al traste con todos sus planes. El sol apenas asomaba aún por el horizonte, pero Kelan ya estaba en el cobertizo, supervisando la plantación antes de partir en su expedición diaria por el bosque. Retiró las malas hierbas que asomaban entre los tallos de cereal y, cuando se puso en pie, comprobó con satisfacción que las plantas ya casi le llegaban a la rodilla. Calculaba que, si nada se torcía, florecerían con la llegada de la primavera, y como muy tarde a principios del verano podría recoger la primera cosecha de cereal.

Dio media vuelta, aún con una sonrisa en los labios..., y se tropezó con Muna, que lo observaba con curiosidad.

—¿Kelan? —dijo ella.

Cuando el chico la miró con perplejidad, Muna se sonrojó levemente. Él pestañeó, sin terminar de asimilar su presencia en el cobertizo.

—¿Qué haces aquí? —preguntó, con más brusquedad de la que pretendía.

Ella vaciló.

—Hacía mucho que no sabía de ti, y me preguntaba... —Pareció insegura de pronto—. Lo siento, no pretendía molestar. Tu padre me ha dicho que podía encontrarte aquí, pero si prefieres...

Reparó de pronto en la plantación que crecía bajo el boquete del tejado, y abrió mucho los ojos. Kelan se movió para interponerse entre la muchacha y el cereal, pero Muna ya lo había visto.

—¿Tienes... un huerto aquí dentro? ¿No sería mejor cultivar al aire libre?

Kelan dudó. Podía echarla con cualquier excusa, pero lo cierto era que ardía en deseos de compartir aquel secreto con alguien, y Muna siempre se había portado bien con él.

De modo que respondió:

—Es que no se lo he dicho a nadie, ni siquiera a mi padre. Después de todo, no estaba seguro de que fuese a funcionar. —Inspiró hondo, hizo una pausa y lo soltó—: Estoy cultivando cereal.

Ella lo miró con incredulidad.

—Me estás tomando el pelo.

—Para nada. ¿Recuerdas las plantas junto a la fuente? Sí que habían brotado del grano que se me cayó. Probé a sembrar un puñado y ya ves, está creciendo bien —concluyó con orgullo—. Perdí una parte al principio porque regué demasiado la tierra, y tuve que sacrificar otra parte porque tenía hongos, pero el resto ha salido adelante y estoy seguro de que llegará a madurar.

Muna seguía contemplándolo, sin terminar de comprender lo que le estaba explicando.

—Pero ¿por qué lo haces? El cereal viene de las provincias interiores, todo el mundo lo sabe.

Kelan procedió a contarle todo lo que había estado rumiando durante aquellos meses. La posibilidad de que cultivasen su propio cereal. De que ellos mismos lo sembrasen y lo cuidasen hasta verlo crecer y espigar. De que lo cosechasen y trillasen para que la aldea pudiese contar con grano propio sin tener que depender del cereal que enviaban desde el corazón del imperio.

—Eso es mucho trabajo —replicó Muna, moviendo la cabeza—. No le veo ningún sentido. El imperio nos proporciona el grano que necesitamos, así que... ¿por qué querríamos cultivarlo nosotros?

—Porque así no dependeríamos de la caravana del grano, Muna.

—¿Estás seguro? Parece que llevas mucho tiempo cuidando de tu huerto secreto y, sin embargo, lo que vayas a sacar de ahí no llenaría el fondo de uno de los sacos que reparte la Emperatriz.

—Eso es porque estoy aprendiendo —se defendió Kelan—, pero, si le dedicase tiempo y utilizase un terreno más amplio, si sembrase en primavera...

—¿Invertirías tu tiempo y tu grano en algo así? ¿Qué pasaría si, después de todo, consigues una cosecha mediocre? Tú y tu padre pasaríais hambre. El reparto de grano se hace precisamente para evitar esas cosas. Así, siempre recibimos lo que nos corresponde, aunque la cosecha haya sido mala, porque el imperio almacena el excedente de los años buenos para poder contar con él en los años malos.

Kelan resopló por lo bajo, pero no replicó. La expresión de Muna se suavizó.

—No pretendía molestarte —le dijo—. Es muy valiente por tu parte intentar una cosa así, a pesar de todos los problemas.

Kelan alzó la mirada hacia ella.

—Por favor, no digas nada a nadie todavía. Quiero esperar a que madure el cereal para ver cuánto grano puede producir, antes de mostrárselo a tu padre y al resto de la gente. Creo de verdad que puedo conseguirlo, pero si por cualquier motivo no funciona...

—Claro —asintió Muna enseguida—. No sé si saldrá algo útil de todo esto, pero supongo que no tiene nada de malo intentarlo.

Kelan sonrió.

Día 317, año 16 de la era de Vintanelalandali

Dentro de tres días cumpliré dieciséis años. He estado repasando las crónicas y he comprobado que la mayoría de mis vidas pasadas fueron entronizadas a esa edad. Pero claro, para entonces sus dos poderes ya habían despertado y todos ellos lucían una hermosa melena blanca.

Mi cabello sigue siendo castaño rojizo. Lo llevo muy largo, casi por la cintura. No se me permite cortarlo todavía, porque se espera que cambie de color pronto, y es importante que la melena del Eterno Emperador luzca larga y lustrosa el día de su entronación.

Por desgracia, no parece que eso vaya a suceder antes de que cumpla los dieciséis.

El año pasado, los Consejeros Kunavamastedal, Kalinamanteni y Viyatenisgani elaboraron un plan de festejos para mi decimosexto cumpleaños. Las celebraciones durarían dos semanas y se extenderían a todos los rincones del imperio, porque tenían la intención de hacer coincidir mi cumpleaños con mi entronización. Kunavamastedal estaba muy satisfecho con mis progresos en el estudio y decía que me veía más que preparada para ocupar por fin el lugar que me corresponde; Kalinamanteni pidió prudencia, puesto que mi cabello no había encanecido todavía, aunque Viyatenisgani estaba muy seguro de que lo haría en los meses siguientes.

Yo también lo creía. Pero, ayer mismo, Kunavamastedal me informó de que finalmente han decidido reservar aquella ambiciosa planificación para el año que viene, «o puede que para el siguiente», añadió, sin mirarme a los ojos.

De modo que mi decimosexto cumpleaños será como todos los demás. Igual que cada año, los akidavos disfrutarán de un día de asueto en todos los rincones del imperio, yo me someteré de nuevo al Ritual del Vínculo con mi Augur, Zaralane se ocupará de que los cocineros preparen mis platos favoritos a la hora de la cena, y poco más.

Me limitaría a sentirme decepcionada si no fuese porque he notado que Kunavamastedal, a quien nunca pareció inquietarle el hecho de que mi cabello fuese castaño todavía, empieza a estar preocupado. ¿Debería ponerme nerviosa yo también? ¿Y si mi pelo nunca cambia de color? ¿Y si mis poderes nunca llegan a despertar? ¿Qué sería entonces del imperio... y de mí?

Un triste final

Kelan había partido de casa por la mañana un poco preocupado por el hecho de que Muna hubiese descubierto la plantación del cobertizo, pero, a medida que pasaban las horas, había empezado a verle al asunto más ventajas que inconvenientes. Después de todo, era agradable poder compartir su secreto con alguien.

Para cuando regresó a la aldea por la tarde ya se encontraba de mejor humor; además, había sido una buena jornada de caza y no veía la hora de mostrarle a su padre el contenido de su zurrón.

Por eso, cuando vio a Dugan hablando con el alcalde Yibazun, con Reku y con el padre de este, Tobal, en la puerta de su propia casa, le costó un poco detectar el gesto sombrío de sus rostros.

Se detuvo ante ellos, dispuesto a saludarlos; pero, cuando los cuatro alzaron la mirada hacia él, las palabras murieron en sus labios.

—¿Pasa algo malo? —preguntó con brusquedad. Cruzó una mirada con Reku, que le dedicó una sonrisilla autosuficiente, y sus temores se acrecentaron.

Dugan se cruzó de brazos.

—Yibazun quiere ver lo que escondes en el cobertizo —dijo, y, aunque su actitud pretendía ser firme y desafiante, Kelan percibió una sombra de inquietud en su mirada.

Y entonces se preocupó de verdad. Porque ni la visita del alcalde, ni la presencia de Reku, ni siquiera el hecho de que al parecer

Muna les hubiese contado su secreto tenía por qué ser algo necesariamente malo. No obstante, a su padre nunca le había importado lo que otras personas pudieran decir acerca de él o de su familia.

Y ahora, por alguna razón, le importaba.

Kelan vaciló.

—Se suponía que... no teníais que verlo todavía —objetó.

Yibazun sacudió la cabeza con un suspiro.

—No trates de retrasar lo inevitable, Kelan. Si es cierto lo que me han contado, cuanto antes lo resolvamos, mejor.

Kelan se mostró desconcertado. Con el rabillo del ojo vio que la sonrisa de Reku se acentuaba, y tuvo la desagradable sensación de que había algo que se le escapaba.

—No sé lo que te han contado, alcalde —replicó—. Pero yo no he hecho nada malo.

—¿Por qué no me lo muestras para que pueda valorarlo por mí mismo?

—Claro —accedió Kelan.

Dejó el zurrón sobre el banco y guio a los visitantes hasta el cobertizo. Yibazun paseó la mirada por el lugar con gesto desaprobador, y Kelan se sintió avergonzado. Como había pasado bastante tiempo allí en los últimos tiempos, había aprovechado para ordenar un poco el espacio, pero solo por encima. Dugan, sin embargo, no se sintió impresionado.

—Suéltalo de una vez, Yibazun —gruñó—. ¿Qué estás buscando exactamente?

—Mirad, está ahí —dijo entonces Reku, señalando el sembrado con el dedo.

Tobal se volvió para buscar el lugar que indicaba su hijo, y al hacerlo pisó la plantación sin la menor consideración. Kelan se apresuró a apartarlo.

—¡Con cuidado, lo estás aplastando todo!

Trató de empujarlo, pero Tobal era un hombre alto y fuerte, y no se movió al principio. Solo cuando observó el suelo un poco mejor y descubrió la naturaleza de las plantas que crecían allí, dio un paso atrás para no maltratarlas más.

—¡Conque era verdad! —murmuró el alcalde.

Dugan contempló el sembrado, miró a Kelan y después a los visitantes, sin terminar de comprender lo que estaba pasando.

—Así que mi hijo tiene un huerto en nuestro cobertizo —recapituló, despacio—. No veo cuál es el problema.

—Está cultivando cereal —acusó Reku.

Dugan lo observó un momento y después estalló en carcajadas.

—¿Cereal, dices? ¿Esas plantuchas tan esmirriadas? Eso es imposible, Reku. No cultivamos cereal en Gratitud, lo sabe todo el mundo.

—Porque el clima y el suelo no son adecuados, el cereal no crecería como debe y solo conseguiríamos... estas plantuchas esmirriadas —concluyó el alcalde, frunciendo el ceño.

—No están esmirriadas —estalló Kelan—. Planté semillas y germinaron, a pesar de todo. Y están creciendo. Y espigarán y producirán grano, si me dejáis cuidarlas.

—¿Estás diciendo que eso es cereal, después de todo? —Dugan miró a su hijo, incrédulo—. ¿De dónde sacaste...? Ah, espera, no me lo digas. El saco del grano, ¿verdad? El que debía durarnos todo el invierno y se terminó hace tres semanas.

Kelan enrojeció.

—Solo cogí un puñado. Y lo sembré, y brotó, y eso significa que podemos hacerlo, preparar un campo grande y producir nuestro propio cereal...

—No sembramos cereal en Gratitud —insistió el alcalde, y Kelan se volvió hacia él, acalorado.

—¡Bueno, pues yo sí lo he hecho! ¡Y ya podéis ver que no es imposible! Así que ahora...

—No sembramos cereal en Gratitud —repitió Yibazun, impertérrito—, porque se necesita un permiso especial del imperio para cultivar o criar cualquier cosa que no esté detallada en los archivos de la comarca.

Aquellas palabras cayeron sobre Kelan como un jarro de agua fría.

—No lo sabía —farfulló.

—Detrás de cada norma y detrás de cada ley hay siempre un por qué, muchacho. Que tú no conozcas todos los detalles no significa que se trate de reglas absurdas.

Kelan inspiró hondo.

—Muy bien —dijo al fin, tratando de calmarse—. ¿Puedo solicitar un permiso?

—Tú, no. Tendría que ser yo quien presentase una petición ante el cabildo de la comarca, que tendría que ser debatida por todos los alcaldes y elevada por fin al gobernador de Gratitud. Y solo si él nos diera su visto bueno podríamos empezar a cultivar cereal en la aldea.

—Oh —murmuró Kelan, abatido—. No lo sabía. ¿Presentarás la petición, entonces?

Yibazun lo miró un momento y después dijo:

—No.

—¿Por qué no? —insistió el muchacho—. ¡Si cultivamos nuestro propio cereal, no necesitaremos que nos envíen el grano desde las provincias interiores!

A los ojos del alcalde asomó un brillo de advertencia; pero, antes de que Kelan pudiese descifrar lo que significaba, Tobal se echó a reír, y su hijo lo secundó.

—¿Pretendes dar de comer a la aldea con eso? —se burló el hombretón, señalando el humilde sembrado de Kelan.

El chico enrojeció.

—Es solo una prueba, pero he aprendido mucho en todo este tiempo. Estoy seguro de que la próxima vez...

—No habrá una próxima vez, Kelan, y no voy a volver a repetirlo: no cultivamos cereal en Gratitud. Y no voy a consentir que mi gente desperdicie tiempo y esfuerzo atendiendo una plantación condenada al fracaso.

Kelan bajó la cabeza, con las orejas ardiéndole. Sentía la mirada de su padre sobre él, pero no podía adivinar si estaba triste, enfadado o decepcionado. En todo caso, parecía que compartía el punto de vista de Yibazun, puesto que no había alzado la voz para defender a su hijo.

El alcalde suspiró de nuevo y se volvió hacia Tobal y Reku.

—Acabad con esto de una vez.

Y, ante el espanto de Kelan, los dos tomaron respectivamente un rastrillo y una vieja azada y comenzaron a arrasar el sembrado.

—¡No! —gritó el chico—. ¡Parad! No, por favor, ¿qué hacéis?

Tobal tuvo la decencia de detenerse y mirar a Kelan, dubitativo. Pero Reku le dirigió una sonrisa burlona y pisoteó las plantas con deliberado ensañamiento.

La ira brotó en algún lugar del estómago de Kelan y le subió por el pecho hasta la garganta. Sin detenerse a pensar lo que estaba haciendo, se arrojó contra el joven con un salvaje grito de guerra.

Kelan había crecido durante el invierno, pero Reku aún era más alto y musculoso que él. Con todo, el súbito movimiento de su oponente lo tomó por sorpresa, y cuando este cayó sobre él, ambos perdieron el equilibrio y rodaron por el suelo.

Kelan trató de golpear a Reku, pero él consiguió apartarlo de un manotazo. Alargó la mano hacia la azada, pero Kelan fue más rápido.

Se alzó sobre Reku, triunfante, con la azada en la mano; solo cuando vio al otro chico gritar de terror y cubrirse la cara con los brazos se dio cuenta de que acababa de cometer un grave error.

—¿Qué haces, desgraciado? —bramó Tobal a sus espaldas—. ¡No te atrevas a tocar a mi hijo!

Kelan no tuvo tiempo de explicar que en ningún momento había tenido la intención de descargar la azada contra Reku, sino que solo pretendía alejarla de su alcance. Soltó la herramienta como si le quemase, pero Tobal ya lo había apartado con brutalidad y se inclinaba junto a Reku para ayudarlo a levantarse.

Kelan, aturdido, se volvió para mirar a Dugan y al alcalde. Los dos estaban pálidos y contemplaban a los muchachos como si no pudiesen creer lo que acababan de ver.

—Esto..., esto es demasiado, Kelan —logró farfullar Yibazun.

—Yo no... —empezó él, pero estaba tan asustado que no fue capaz de seguir hilando la frase.

—Se acabó —concluyó el alcalde—. Reku, termina con el sembrado. Kelan, acompáñanos.

Dugan reaccionó por fin.

—¿Cómo? ¿Por qué? ¿A dónde...?

—Podríamos haber solucionado este asunto con discreción, pero me temo que has llegado demasiado lejos. Voy a presentar tu caso ante el juez de la comarca.

—¿Es... necesario? El huerto ya no está, nadie ha salido herido...

—Es lo más razonable, Dugan. Las cosas se han descontrolado un poco, todos estamos alterados y no estamos en la situación más adecuada para tomar decisiones. El juez valorará lo que es mejor.

—Pero...

—Padre —cortó Kelan—, a mí me parece bien.

La perspectiva de poder exponer su caso ante alguien imparcial no le disgustaba. Tenía la sensación de que Yibazun estaba siendo tremendamente injusto con él, quizá porque había creído cualquier mentira que Reku pudiese haberle contado. Pero el juez no lo conocía y, por tanto, no podía albergar contra él los mismos prejuicios que aquellas personas para las que Kelan era el «chico del bosque» o «el niño de la Larga Noche».

—De acuerdo —aceptó Yibazun—. Escribiré al juez para pedirle que venga cuanto antes. Entretanto, tendrás que quedarte en la alcaldía.

—¿Es necesario? —repitió Dugan—. Kelan no va a ir a ninguna parte.

—Eso no lo sabemos —gruñó Tobal—. Tu chico puede desaparecer en el bosque durante días, así que no podemos dar por sentado que estará aquí cuando venga a buscarlo el juez.

—Pero...

—Está bien, padre —repitió Kelan con suavidad—. No pasa nada.

En el fondo, se le habían acabado las ganas de discutir. El arrebato de rabia había cedido el paso a un cansancio de piedra. Lo único que quería era salir de allí, cerrar los ojos y tratar de no pensar en nada.

Antes de abandonar el cobertizo, escoltado por Tobal y por el alcalde, echó un último vistazo a lo que quedaba de su huerto; vio cómo las últimas plantas agonizaban destrozadas bajo las suelas de los zapatos de Reku y cerró los ojos, deseando que todo aquello no fuese más que un mal sueño.

Día 318, año 16 de la era de Vintanelalandali

Hoy terminaré de bordar el estandarte que me representará durante todo mi reinado. El motivo es siempre el mismo en todas mis encarnaciones: la bandera del imperio de Akidavia. Pero cada Emperador lo interpreta de una manera diferente, añade distintos matices o filigranas, y así todos los estandartes representan lo mismo, pero no hay dos que sean iguales.

Es una hermosa manera de explicar la naturaleza del Eterno Emperador.

Yo he optado por adornar mi estandarte con motivos vegetales en diversos tonos verdes y dorados. Ulayanamivandu prefería las formas geométricas, y Rodenivanadriyen, un apasionado de la astronomía, encontró su inspiración en los cielos nocturnos.

Todos los estandartes, sin embargo, tienen elementos comunes que no pueden faltar.

La silueta de la Mano Imperial, mitad roja, mitad dorada, para expresar la insondable dualidad de nuestro poder.

La Cadena que rodea la Mano, y cuyos eslabones representan cada una de las provincias del imperio. La que elaboró mi antecesor, Ulayanamivandu, tenía diecinueve anillos. Yo he bordado veintiuno: Armonía, Disciplina, Rectitud, Dignidad, Respeto, Lealtad, Integridad, Valentía, Confianza, Moderación, Humildad, Generosidad, Compasión, Franqueza, Gratitud, Fortaleza, Paciencia, Constancia, Obediencia, Prudencia y Alegría.

Me pregunto si mi siguiente encarnación deberá alargar la cadena y añadir más eslabones. Se diría que el imperio de Akidavia ya es bastante grande, pero los planes del Eterno Emperador siempre han incluido expandir las fronteras del mundo civilizado. Algunas de mis encarnaciones se han dedicado a ello con más entusiasmo que otras. Algunas han tenido más éxito que otras.

Por el momento no es un asunto que yo, personalmente, considere prioritario. Si no voy a tener la oportunidad de recorrer en persona mi propio imperio, ¿por qué debería tener interés en extenderlo?

Es probable que cambie de idea a medida que pasen los siglos. Por el momento, mi horizonte más inmediato está en mi entronización. Ya no se celebrará el día de mi cumpleaños, pero estoy satisfecha con mi estandarte y contenta de haberlo terminado por fin.

Contemplo la silueta de la mano de oro y sangre en el paño que me ha de representar durante las próximas centurias. La comparo con mi propia mano enguantada. He despedido a las sirvientas por hoy y Zaralane se ha ausentado un momento, así que aprovecho para quitarme el guante y observarla con atención.

Es una mano pequeña, casi de niña, y de piel muy blanca. Es lógico, puesto que siempre tengo las manos cubiertas y nunca reciben la luz del sol. No transmite fuerza ni firmeza. No parece el tipo de mano capaz de sostener las riendas de un imperio como Akidavia.

No hay nada que anticipe que mis manos vayan a cambiar cuando lo haga mi cabello. Seguirán siendo pequeñas y pálidas.

Y, sin embargo, la figura bordada en mi estandarte será más certera que nunca.

Oro y sangre. Vida y muerte. Así habla el poder del Eterno Emperador.

Encierro

L a alcaldía era el único edificio de piedra de la aldea. Por lo que Kelan sabía, había sido financiada por el imperio mucho antes de que él naciera, para uno de los predecesores de Yibazun, y seguiría siendo el hogar de todo el que accediera al cargo después que él. De modo que no era solamente la casa de Yibazun y su familia, sino también el centro administrativo del pueblo, el lugar donde se solventaban las disputas entre vecinos y donde se convocaban las asambleas para debatir cuestiones importantes que afectaban a todos.

El edificio tenía también un sótano con una pequeña celda, pero pocas veces se utilizaba. Kelan solo recordaba el caso de un vecino del pueblo que siempre regresaba ebrio de las ferias comarcales y llegaba a ponerse muy agresivo, por lo que optaban por encerrarlo allí hasta que se le pasaba la borrachera.

Ahora, el propio Kelan debía pasar la noche en aquella celda, que contaba apenas con un ventanuco enrejado, un bacín, una escudilla de agua y un camastro que olía sospechosamente a vómito.

—Lo siento, chico —se disculpó el alcalde desde el otro lado de la puerta—. Es lo que hay.

—No pasa nada —murmuró Kelan.

Pero sí que pasaba. Había dormido en lugares más incómodos, por descontado, pero siempre al aire libre. Estar encerrado en un lugar tan pequeño le producía una angustiosa sensación de claustrofobia.

Se tumbó en el catre, de cara a la pared, y cerró con fuerza los ojos, tratando de dormir.

Era ya de noche cuando oyó pasos ligeros en la escalera y una voz conocida que susurraba:

—¡Kelan! Kelan, ¿estás ahí?

El chico se incorporó. Se acercó a la puerta y se asomó a la ventanilla.

—¿Muna?

La muchacha se pegó a la puerta para poder hablarle en susurros. Portaba un candil, y su llama iluminó su rostro preocupado.

—¡Lo siento mucho, Kelan! No sabía que te habían encerrado aquí. Me acabo de enterar.

—No pasa nada —respondió él.

—Mi padre dice que te has peleado con Reku. Que has amenazado con matarlo porque ha destruido tu plantación.

—No es verdad —replicó Kelan de inmediato—. Sí que ha pisoteado mi cereal, y sí que nos hemos peleado, pero no lo he amenazado como él dice.

Muna se mostró aliviada.

—Me alegra saberlo, aunque tienes todo el derecho del mundo a estar enfadado.

Él la contempló, sin saber todavía qué pensar de ella.

—¿Por qué le has contado a Reku lo que estaba haciendo en el cobertizo? —le soltó sin más.

A la débil luz del candil, Muna palideció.

—Yo no se lo he dicho a nadie. Reku me ha seguido sin que yo me diera cuenta cuando he ido a verte, y probablemente nos ha espiado mientras hablábamos. Y después ha ido a contárselo todo a mi padre.

Kelan suspiró. Debería sentirse aliviado de que Muna no lo hubiese traicionado después de todo, pero eso no mejoró su humor.

—Mi padre ha enviado a buscar al juez —prosiguió ella—. Dice que, si no se retrasa, debería estar aquí pasado mañana como muy tarde.

Kelan sintió un retortijón de angustia. ¿Debía estar encerrado en la celda durante todo ese tiempo? No estaba seguro de que fuese capaz de soportarlo. Cerró los ojos un momento, tratando de tranquilizarse.

—¿Estará bien tu padre? —preguntó Muna entonces—. ¿Necesita que le lleve alguna cosa?

Kelan negó con la cabeza.

—No, gracias. Ya se las arregla bastante bien él solo, y tenemos suficientes provisiones en casa para varios días. Pero... si vas a verlo, por favor, dile que estoy bien. Me han dicho que no puede visitarme hasta que llegue el juez.

Muna lo miró con pena. Kelan desvió la mirada, incómodo.

—Lo siento mucho, Kelan.

El chico no dijo nada. Muna se despidió y se fue en silencio, y él se quedó solo de nuevo.

Día 1, año 17 de la era de Vintanelalandali

Hoy cumplo dieciséis años. Dado que mi cabello sigue siendo castaño, no se han celebrado grandes fiestas, ni tampoco el desfile que el
Consejo había preparado con tanto esmero, y que ahora reserva para
una mejor ocasión.

Pero sí hemos realizado el Ritual del Vínculo, como todos los
años. Por el momento, y hasta que encanezca mi cabello, esta ceremonia es la única ocasión en la que se me permite sentarme en el trono
que me está destinado. La Sala del Trono ocupa casi todo el Pabellón
del Imperio Perdurable, que es uno de los más grandes del palacio.
En el futuro, será también el lugar donde asista a los Juicios y con-
ceda audiencias, pero eso solo sucederá cuando hayan despertado mis
dos poderes.

Por el momento me limito a entrar aquí el día de mi cumpleaños,
para reencontrarme con mi Augur.

Se llama Mayadilaya y debe de tener unos diez años más que yo,
o tal vez quince. Es difícil de todos modos deducir la edad de un
Augur, porque todos ellos tienen un aspecto similar, con sus hábitos
rojos bordados de oro, evocando los colores imperiales, y la cabeza
completamente rasurada..., a excepción de un único mechón de cabello que brota de la nuca y que tienen prohibido cortar desde que toman los votos hasta el momento de su muerte, así que lo llevan

siempre recogido en complejos peinados atados con cintas de los mismos colores que su atuendo.

Al parecer, ese mechón simboliza el vínculo de su Orden con el alma del Eterno Emperador. No sé qué pensarían mis anteriores encarnaciones al respecto, pero lo cierto es que a mí no me importaría en absoluto que se peinasen o se vistiesen de cualquier otra manera. Porque la raíz de su unión conmigo no está en esos detalles..., sino en mi sangre.

Mayadilaya lleva sometiéndose a este ritual catorce años ya, según consta en los archivos. Y la ceremonia siempre se desarrolla de la misma manera: ella se inclina ante mí, seria e impasible como una estatua de mármol, y yo le devuelvo la reverencia desde el trono mientras los Consejeros, formando dos filas a ambos lados de la sala de audiencias, nos observan con gravedad.

Entonces ofrezco uno de mis antebrazos (hoy ha sido el derecho, el año pasado fue el izquierdo) a un Augur de rango superior, que porta un estilete de plata. Para facilitarle la tarea, utilizo unos guantes más cortos de lo habitual, que quedan un poco por encima de la muñeca. El Augur desliza la hoja del estilete por la piel de mi antebrazo. Es un corte fino, no demasiado profundo. Otro Augur se apresura a colocar debajo una copa de oro engastada con rubíes para recoger el hilo de sangre que resbala sobre mi piel. Con el paso de los años he aprendido a no torcer el gesto ni una sola vez a lo largo del proceso.

Después, Zaralane me venda la herida mientras los Augures preparan la mezcla que beberá Mayadilaya. Desconozco qué ingredientes lleva, aparte de unas gotas de la sangre del Eterno Emperador. También sospecho que no importa, en realidad, y que podrían elaborarla de muchas otras maneras, siempre que no falte el elemento más importante.

Por último, y con gran solemnidad, Mayadilaya bebe de la copa hasta apurarla del todo. De este modo mi alma queda ligada a la suya para que, si yo muero antes de tiempo, ella sea capaz de predecir dónde y cuándo renaceré.

Para que el vínculo no se debilite, Mayadilaya y yo debemos repetir el ritual todos los años. Cuando ella muera, la Orden elegirá a otro Augur para ocupar su lugar.

Es poco probable que Mayadilaya llegue a predecir mi renacimiento, puesto que yo debería vivir muchos siglos más que ella. Pero nunca se sabe; algunas de mis anteriores encarnaciones vieron sus vidas truncadas prematuramente a causa de un accidente o un asesinato. Si descuido la renovación del vínculo con mi Augur, al Consejo le resultará mucho más difícil encontrarme la próxima vez que renazca.

Hoy la ceremonia se ha desarrollado sin incidentes. Después, Mayadilaya y sus compañeros se han retirado de nuevo a su monasterio, en las afueras de la ciudad. No volveré a verla hasta el año que viene.

Kunavamastedal dice que no siempre es así, y que no todos los Augures se toman su misión con tanta seriedad como Mayadilaya. Que otras encarnaciones del Eterno Emperador llegaron a desarrollar una relación más estrecha y cordial con alguno de sus Augures, si no con todos.

Pero al parecer Mayadilaya no es ese tipo de Augur. Quizá se relaje un poco con los años. Al fin y al cabo, si todo va bien, tendremos que repetir la ceremonia del vínculo durante toda su vida.

Hace unos años leí que hubo un Emperador con varios Augures vinculados al mismo tiempo. Al parecer pensaba que uno solo no era suficiente; temía que fallara en su predicción y no lograra encontrar a su nueva encarnación cuando renaciese.

Lo que sucedió al final fue que, con tantos Augures ligados al alma del Emperador, el vínculo verdadero se diluyó tanto que, cuando finalmente murió, ni uno solo de sus Augures fue capaz de dar con él tras su renacimiento.

Es posible que sea solo una leyenda, pues no he podido encontrar en las crónicas el nombre del Emperador que se perdió. O puede que esto sucediese en el amanecer de nuestro imperio, hace tanto tiempo que de aquella época solo conservamos muchos mitos y muy pocas certezas.

Al final, el Eterno Emperador siempre regresa, incluso sin un Augur que esté presente en el momento de su renacimiento. Puede vivir muchos años ignorado, confundido entre la gente normal, pero siempre llega el momento en que su cabello encanece de repente porque sus dos poderes han despertado por fin.

El Eterno Emperador puede sobrevivir sin Augures. Pero el imperio no puede prescindir de su Eterno Emperador. Si su nueva encarnación no regresa al palacio después de la Larga Noche, sería el comienzo del fin para Akidavia.

Rencor

L
a alcaldía permaneció sumida en un extraño silencio a lo largo del día siguiente. Aún encerrado en la celda del sótano, Kelan sintió crecer su inquietud a medida que pasaban las horas. Ardía en deseos de poder preguntarle a Muna qué estaba pasando, pero, para su decepción, no fue ella quien le llevó la comida del mediodía, sino Riven, uno de sus hermanos.

—¿Ha llegado ya el juez? —se atrevió a preguntarle Kelan.

El joven le dirigió una mirada hosca y respondió escueto:

—Llegará por la tarde.

Después dio media vuelta y se fue, cerrando la puerta tras él.

Kelan se resignó a seguir esperando.

Por la tarde oyó a los niños jugando y gritando en el descampado, y le extrañó, porque a aquellas horas deberían estar en la escuela. Cuando el sol ya casi se ponía por el horizonte, percibió cierto revuelo en el piso de arriba, voces alegres, pasos apresurados y alguna carcajada ocasional. Se pegó a la puerta y escuchó con atención. Le pareció que también había un trasiego poco habitual en la cocina, a juzgar por los sonidos que procedían de allí.

¿Qué estaba pasando? No tenía sentido que estuviesen organizando una fiesta solo para recibir al juez. «Tiene que ser otra cosa», pensó. ¿Tal vez una boda? Vivía tan poco pendiente de los asuntos de la gente del pueblo que no tendría nada de particular que no se hubiese enterado.

Por la noche, fue de nuevo el hermano de Muna quien le llevó la cena. Aunque la comida que le servían no era mala, porque la madre cocinaba para toda la familia y apartaba una escudilla para él, la de aquella noche parecía bastante más elaborada y abundante que la del día anterior.

—Gracias —soltó Kelan, un poco sorprendido.

El muchacho asintió con la cabeza sin una palabra. Antes de que se marchara, Kelan lo detuvo:

—¡Espera! ¿Ha llegado ya el juez? —Nuevo asentimiento—. ¿Podría verlo..., por favor? —suplicó, pero Riven sacudió la cabeza.

—Hoy, no —replicó.

—¿Por qué? ¿Qué está pasando? ¿Hay una fiesta?

El joven lo contempló con incredulidad y cierto desprecio antes de marcharse sin decir palabra.

Kelan suspiró. Teniendo en cuenta la hora, era poco probable que el juez fuera a interrogarlo aquel día. Tendría que pasar una noche más en la celda.

Empezaba a preocuparse. Era habitual que los chicos jóvenes se enzarzasen en peleas, y que estas se saldasen con algunas contusiones, algún diente roto y algún ojo morado; eso nunca era motivo para hacer venir al juez desde la otra punta de la comarca, y de hecho su propia refriega con Reku ni siquiera había llegado a esos extremos. En su momento, la posibilidad de poder explicarse ante alguien imparcial le había parecido la mejor opción, pero ya no estaba tan seguro de que lo fuera.

Por lo menos, la comida estaba rica. Dio buena cuenta de su cena mientras los primeros compases de una alegre melodía empezaban a resonar desde la plaza. También había músicos en la fiesta, al parecer. En efecto, debía de tratarse de una boda.

Las risas, la música y los cánticos continuaron hasta bien entrada la madrugada. Kelan casi había logrado conciliar el sueño cuando oyó pasos que bajaban por la escalera. Se incorporó un poco, medio adormilado.

—¿Muna...? —murmuró.

—No soy Muna —respondió una voz al otro lado, arrastrando las palabras.

Kelan se levantó, aún aturdido, y se puso de puntillas para mirar a través del ventanuco de la puerta. Pero el visitante no llevaba luz alguna, de modo que solo pudo distinguir su silueta en la penumbra. Se había dejado caer junto a la puerta, con las piernas estiradas y la espalda apoyada en la pared.

—Muna ya no va a venir a verte —prosiguió el visitante—. Sus padres no quieren que se relacione contigo.

Kelan reconoció por fin la voz.

—¡Reku! —exclamó con desagrado—. ¿Qué haces aquí?

—Todos se han olvidado de ti, niño de la Larga Noche —dijo él con desprecio, ignorando su pregunta. Finalizó la frase con un eructo, y Kelan se dio cuenta de que había bebido de más—. Incluso la gente importante que vino a buscarte cuando naciste.

—No sé de qué estás hablando.

—Oh, ¿tu madre no te lo contó? Estaba seguro de que sí. Por eso no quieres tratos con nadie. Te comportas como si fueses mejor que todos nosotros.

—Eso no es verdad —protestó Kelan.

—Nadie recibe un saco de grano extra antes de cumplir la mayoría de edad, pero, por supuesto, tú merecías uno. Nadie siembra cereal en Gratitud, pero, claro, tú tenías que intentarlo, porque a ti sí que iba a salirte bien.

—Yo no...

—Y nadie despreciaría las atenciones de una chica como Muna, pero al parecer ni siquiera ella es lo bastante buena para el gran Kelan, el Casi-Emperador-de-Akidavia.

Kelan iba a protestar de nuevo ante lo inadecuado del apelativo, pero de pronto las palabras de Reku hicieron encajar todas las piezas en su cabeza.

—Espera. Todo esto es por Muna, ¿verdad? ¿Estás celoso?

El joven respondió algo ininteligible que sonó como un gruñido, y Kelan lo comprendió de golpe. Reku todavía no se había casado;

llevaba ya un tiempo intentando atraer la atención de Muna con bastante insistencia, pero ella no le hacía caso.

Inspiró hondo. Lo que quiera que pasase entre aquellos dos no era asunto suyo.

—No tengo nada que ver con ella —explicó—. Solo somos amigos.

—¡Ja! —Reku dejó escapar una carcajada incrédula—. ¿Me tomas por idiota?

Kelan empezaba a enfadarse.

—Te digo la verdad —replicó—. Ni siquiera tenemos mucha confianza. Solo íbamos a la escuela juntos y...

Reku se echó a reír otra vez.

—Por el alma del Eterno Emperador, es verdad que no me tomas por idiota —soltó—. Resulta que el idiota eres tú.

—¿Estás intentando provocarme?

—Huy, qué miedo —respondió Reku con calma—. ¿Qué vas a hacer, niño de la Larga Noche? ¿Lanzarme una maldición?

—Ojalá pudiera —replicó Kelan con resentimiento—. Entonces haría que te saliesen pústulas verdes y apestosas por todo el cuerpo. Te avergonzarías tanto de tu horrible cara que no volverías a salir de casa nunca más.

Pero Reku solo se rio.

—Qué desagradable. No me sorprende que la gente importante se marchara por donde vino nada más verte. Eras demasiado salvaje para ellos, al parecer.

—Deja de hablar de esa «gente importante». Estoy cansado de tus mentiras.

Reku se levantó bruscamente y se acercó a la puerta. Kelan retrocedió, pero aun así pudo oler su aliento a alcohol cuando dijo:

—¿Crees que miento? Yo los vi con mis propios ojos. Llevaban ropa extraña, muy fina, de unos colores que no había visto jamás. Y peinados absurdos. Había uno que no tenía nada de pelo en la cabeza, solo una especie de moño pequeño atado a la nuca. Y hablaban el idioma del imperio mucho mejor que el maestro de la escuela. —Hizo una pausa y añadió, con emoción contenida—:Y uno de ellos era enorme, grande como un gigante, y llevaba una máscara monstruosa que brillaba en la oscuridad.

—¿Una... máscara? ¿Como los del ejército imperial? —Kelan nunca los había visto, pero había oído hablar de ellos—. Debes de haberlo soñado.

—Eso te gustaría, ¿verdad? Es lo que pensé durante mucho tiempo, pero ahora sé que no fue un sueño, que fue real, porque yo no podría haberme imaginado a gente tan extraña.Vinieron a la aldea la noche que tú naciste, cuando todos dormían, y preguntaron por tu madre. Los vi entrar en tu casa y después se marcharon sin más.

—Claro —murmuró Kelan, aburrido ya de aquella historia sin sentido.

—No lo entiendes, ¿verdad? Naciste durante la Larga Noche y vinieron a verte desde la Ciudad Imperial. Pero les decepcionaste tanto que se marcharon sin ti y se buscaron a otro Emperador. Una chica —se burló.

—No funciona así, y lo sabes —replicó Kelan—. Nadie elige al Emperador, él... o ella... simplemente renace. Si hubiese sido yo, viviría ahora en un palacio y no estaría aquí encerrado escuchando tus tonterías de idiota borracho.

Reku se rio.

—Me da igual que me creas o no, yo sé lo que vi.Y ahora tú lo sabes también —añadió, apartándose de la puerta.

—¿Y qué? —replicó Kelan.

Pero Reku no respondió. Kelan lo oyó subir con torpeza las escaleras, tropezar, lanzar una maldición y alejarse de allí arrastrando los pies.

Día 2, año 17 de la era de Vintanelalandali

Hoy, la Consejera Galakuntiname ha regresado a la Ciudad Imperial. La conozco desde siempre, pero no tengo ocasión de verla a menudo, porque se pasa el tiempo viajando por todos los rincones del imperio, ejerciendo de enlace entre el Consejo y los gobernadores de las provincias. Galakuntiname siempre trata de estar de regreso en el palacio para el día de mi cumpleaños, y a veces lo consigue. Pero, aunque es la mejor amazona que conozco y está acostumbrada a los rigores del camino, es habitual que le surjan imprevistos en el viaje.

No pasa nada. No me importa que no llegue a tiempo para mi cumpleaños, porque sé que volverá tarde o temprano.

Me gustan sus visitas porque, además de informar al Consejo sobre lo que sucede en otras provincias, ella siempre encuentra tiempo para hablarme de lo que ha visto a lo largo de sus viajes, de lugares lejanos con los que yo solo puedo aspirar a soñar.

Así que, cuando Zaralane me ha contado esta mañana que Galakuntiname acababa de llegar, he salido corriendo a recibirla. La he buscado por los jardines, por donde paseaba con Kunavamastedal mientras los sirvientes preparaban sus aposentos. Los he visto desde lejos y me he acercado con sigilo, escondiéndome entre los setos, con intención de sorprenderlos.

Juro que no pretendía espiarlos. Además, en teoría, nada de lo que puedan hablar mis Consejeros debería ser un secreto para mí, la Emperatriz de Akidavia. Pero, mientras me aproximaba de puntillas, los he oído hablar sobre un asunto que jamás había mencionado nadie en mi presencia.

—¿... la rebelión en Alegría? —estaba preguntando Kunavamastedal.

Y fueron estas palabras las que me hicieron detenerme en el sitio, convencida de que no había oído bien. Presté atención.

—El gobernador dice que está prácticamente controlada —respondió Galakuntiname—, pero a mí no me ha dado esa impresión. Los rebeldes se ocultan en zonas montañosas de difícil acceso y las autoridades aún no han detenido a todos los cabecillas.

—Ya veo.

—El gobernador afirma que es cuestión de tiempo, pero solicita refuerzos. Dice que, si pudiésemos enviarle más zaldrim, acabarían con la rebelión con mayor facilidad.

—Hum, no sé. Alegría está en los confines del imperio. Tardarían mucho en llegar, y los necesitamos en otros lugares.

—Si no los enviamos, podría dar la sensación de que no tenemos suficientes efectivos. Hay que transmitir el mensaje de que el imperio es fuerte y está dispuesto a defender a sus ciudadanos en todos sus territorios, no importa lo lejos que se encuentren.

—Entiendo. Hablaré con el Consejero Yinimakintanam para organizar una reunión.

—Te lo agradezco, Kunavamastedal.

Podría haber pensado que se trataba de un error y que tenían intención de informarme a mí también. Pero lo cierto es que era la primera noticia que tenía acerca de una rebelión en las islas Alegría o en cualquier otra parte. Además, Alegría se encuentra en el confín occidental del imperio, y yo estaba segura de que Galakuntiname había estado visitando el continente oriental. O, al menos, eso me habían dicho.

Siguieron hablando de otros asuntos mientras se alejaban. Me sentí dolida porque me estuviesen ocultando un tema de tal gravedad. Probablemente se debe a que todavía no he sido entronizada, pero, aun así, ya no soy una niña y mi alma es más vieja que todas las del Consejo juntas.

Respiré hondo, compuse lo que esperaba que pudiese pasar por una sonrisa inocente y les salí al encuentro, fingiendo que no había oído nada.

—¡Gala! —exclamé, mientras Kunavamastedal torcía el gesto con desaprobación.

Ella se volvió hacia mí con una sonrisa. Es la única Consejera que permitió que le acortase el nombre cuando era niña, porque al parecer no le ofende de ningún modo. Sé que, a pesar de ello, cuando mi cabello cambie de color ya no podré hacerlo más.

—¡Divinidad! —respondió ella, sonriendo a su vez.

Nos abrazamos. Galakuntiname es una mujer alta, fibrosa y tan resistente como cualquier hombre, posiblemente más que muchos de ellos. Huele a cuero, a caballo y a lugares lejanos, o quizá esto último sea solo fruto de mi imaginación. Lleva el cabello rubio ceniza recogido detrás de la cabeza y nunca luce ningún tipo de adorno, salvo cuando tiene que asistir a ceremonias solemnes con embajadores o gobernadores de otras provincias. Entonces se transforma en la dama más elegante de toda Akidavia, independientemente de si debe vestirse a la moda de Armonía, de Confianza, de Paciencia o de las islas Fortaleza. Galakuntiname siempre está perfecta para cada ocasión.

Me observó de arriba abajo, aún sonriendo.

—Habéis crecido mucho, Divinidad. Ya sois toda una mujer.

Me ruboricé un poco, aunque la sonrisa se me congeló en los labios al advertir que la mirada de Galakuntiname se detenía un momento en mi cabello, pensativa.

En aquel momento llegó una doncella para informar de que las habitaciones de la Consejera ya estaban listas. Ella sonrió, se echó el petate al hombro y se volvió hacia el edificio principal del palacio.

—¿Entramos? —sugirió—. Ha sido un viaje muy largo y me gustaría descansar un poco.

—Por supuesto —asintió Kunavamastedal—. ¿Te unirás a nosotros durante el almuerzo?

—Con gusto. Tenemos mucho de que hablar.

Recordé la conversación que había oído unos minutos antes y escogí cuidadosamente mis palabras.

—¿Me contarás todos los detalles de tu viaje por las tierras orientales? —pregunté con fingida inocencia.

Detecté un rápido cruce de miradas entre los dos Consejeros. Sin embargo, Gala respondió con naturalidad:

—¡Por supuesto! No vais a creer lo que sucedió mientras estaba alojada en casa del gobernador de Constancia. ¡Oh! También estuve en Paciencia, como sabréis, y pude supervisar las obras del puente sobre el río Lakiri. Os complacerá saber que avanzan a buen ritmo; pronto, las comarcas más septentrionales de la provincia estarán mucho mejor comunicadas con la capital.

—¿Estuviste en Paciencia? —repetí—. Me has traído nueces, ¿verdad?

Galakuntiname titubeó un breve instante.

—Lo lamento, Divinidad, pero no es temporada de nueces —respondió por fin.

—Es cierto —dije con suavidad—. Lo había olvidado.

Como no salgo del palacio, a veces mis Consejeros piensan que no sé mucho del mundo que se extiende ahí fuera. Pero no soy tan tonta ni tan ignorante como parecen creer a veces.

Las nueces de Paciencia no son nueces en realidad. Son el fruto del árbol mik-mik, que crece por toda la provincia y especialmente en las comarcas centrales, donde se encuentra la capital. Y, aunque su fruto se parezca al del nogal, lo cierto es que se recolecta precisamente en esta época del año, y no en otoño, como sucede con las nueces corrientes.

Las nueces de Paciencia son uno de mis manjares predilectos y, al parecer, también lo eran de mi predecesor, por lo que los Consejeros consideran que se trata de una reminiscencia de mi vida anterior. Aunque yo creo que no es más que una coincidencia, este tipo de cosas les complacen mucho, especialmente a aquellos que tuvieron ocasión de tratar a Ulayanamivandu en persona.

Conozco a Gala. Si de verdad hubiese estado en Paciencia, se habría acordado de traerme nueces. O, por lo menos, no habría inventado una excusa estúpida para ocultar una mentira.

El almuerzo ha transcurrido de forma distendida. Todos nos hemos puesto al día, Galakuntiname nos ha hablado de sus experiencias en el continente oriental y los Consejeros la han escuchado con mucha atención, aunque he detectado que Yinimakintanam me miraba de reojo de vez en cuando.

Finalmente me he levantado de la mesa y he anunciado que estaba cansada y me retiraba a mi habitación hasta la siguiente lección con la maestra Mindaleva. Y de nuevo he visto que los Consejeros intercambiaban miradas de entendimiento.

Un poco molesta, pero sobre todo muy decepcionada, he abandonado el salón para no importunarles más con mi presencia.

Un rato más tarde, en la biblioteca, le he preguntado a la maestra Mindaleva si podíamos estudiar la provincia de Alegría durante nuestra lección de Geografía. Se ha mostrado ligeramente sorprendida, pero no ha visto en ello ningún inconveniente. No me ha dado la sensación de que tenga noticias de la rebelión, así que no debe de ser algo que los Consejeros me oculten solamente a mí.

Esto es lo que sé acerca de las islas Alegría: están situadas en el confín occidental de Akidavia, y solo hace trescientos veintisiete años que forman parte del imperio. Es decir, que fue Ulayanamivandu, mi anterior encarnación, quien las integró como nueva provincia de su vasto territorio. La última en unirse a él, según tengo entendido.

Cuando era más pequeña, pensaba que Alegría debía de ser muy similar a Armonía, el corazón del imperio, porque sus nombres sonaban de forma similar. Pero con el tiempo descubrí que no podía estar más equivocada.

Armonía goza de un clima suave y benigno y está formada por amplias llanuras fértiles y valles regados por largos ríos. En Alegría, sin embargo, siempre es invierno. Son islas inhóspitas, sacudidas por vientos helados y por un oleaje feroz e inmisericorde. Sus cielos están casi siempre cubiertos por pesadas nubes plomizas que rara vez dejan pasar la luz del sol.

Sus habitantes son gente dura y resistente, acostumbrada a la adversidad. Desde que forman parte del imperio, sin embargo, su vida ha mejorado notablemente. Bajo el gobierno de Ulayanamivandu se creó un puerto que permite la llegada regular de barcos desde el continente. Se han construido caminos, túneles, pasos y puentes que salvan la abrupta orografía de las islas. Se han allanado terrenos para pastos y cultivos. Se han edificado escuelas, casas de salud, salas de justicia.

No entiendo por qué razón los habitantes de Alegría querrían dejar de ser parte del imperio. Y de veras me gustaría entenderlo. Pero, si mis propios Consejeros me ocultan este tipo de información, ¿cómo voy a comprender qué está sucediendo fuera de los muros del palacio? ¿Cómo voy a ser capaz de tomar la decisión adecuada sobre cualquier asunto cuando llegue el momento?

Interrogatorios

Unos golpes enérgicos despertaron a Kelan.

—Levántate, el juez te espera —oyó desde el otro lado de la puerta.

El muchacho se apresuró a incorporarse.

Momentos más tarde, Riven lo conducía hasta el patio trasero para que se aseara con el agua del pozo. Kelan miró a su alrededor mientras lo hacía. Ya no había rastro de la fiesta del día anterior. Un chico barría el suelo bostezando de sueño y, en el corral del fondo, Muna daba de comer a las gallinas.

Kelan se quedó mirándola. Ella se percató de su presencia y alzó la mano para saludarlo, pero su hermano apartó a Kelan de un empujón y lo obligó a entrar en el edificio.

Su siguiente parada fue la cocina, donde la madre de Muna le ofreció un tazón de gachas, que el chico comió con apetito.

—¿Te encuentras bien? —le preguntó la mujer—. Muna ha preguntado mucho por ti.

Kelan asintió en silencio. Masticó, tragó y alzó la cabeza para mirarla:

—¿Podré irme a casa hoy?

La madre de Muna sonrió, pero él detectó un brillo de inquietud en su mirada.

—Esperemos que sí —se limitó a responder—. Solo tienes que contestar a las preguntas del juez y él decidirá. Desde luego, no vas a

quedarte en el sótano para siempre —bromeó, aunque a Kelan sí se le había pasado por la cabeza aquella posibilidad.

Lo condujeron después hasta la sala de reuniones, que era probablemente la estancia más grande de la alcaldía y estaba presidida por un tapiz bordado con el escudo del imperio. Allí se encontraban ya el alcalde y el juez, un hombre calvo y robusto de gesto tranquilo y mirada apacible. Kelan lo había visto un par de veces a lo largo de su vida, pero nunca había hablado con él. En esta ocasión se había presentado acompañado de su ayudante, un joven larguirucho que apenas lograba disimular su profundo aburrimiento.

El juez estaba sentado tras la mesa, tomando notas en unos legajos. Alzó la cabeza cuando el chico se detuvo frente a él.

—Kelan, ¿verdad? —Él asintió, y el juez se volvió para mirar al alcalde—. Déjanos a solas, por favor.

Yibazun se envaró.

—Pero yo soy uno de los testigos y estaba presente cuando...

—Ya lo sé. Luego hablaré contigo, pero ahora es el turno del chico.

El alcalde se resignó y dio media vuelta para salir de la habitación, no sin antes dirigirles a ambos una mirada de desconfianza.

Cuando la puerta se cerró tras él, el juez indicó a Kelan que podía hablar por fin.

—Cuéntamelo todo desde el principio, hijo. Comencemos por el cobertizo. ¿Qué estabas haciendo allí, y por qué?

Sintiéndose un poco más seguro, Kelan le relató todo lo sucedido desde el día del reparto del grano. Le habló del vuelco de la carretilla, de las semillas que habían germinado tiempo después, de cómo se le había ocurrido sembrar cereal él mismo. Le contó con detalle los pasos que había seguido, las dificultades que había afrontado a lo largo del invierno para lograr que la semilla germinase y fuese creciendo poco a poco. Le describió por fin lo que había sucedido el fatídico día en que Muna lo había sorprendido cuidando de su plantación, hasta el momento en que lo habían llevado a la casa del alcalde para retenerlo allí.

Durante todo aquel rato, el juez lo interrumpió varias veces para pedirle que aclarara o matizara algún aspecto de su narración, pero por lo demás lo dejó hablar y hablar mientras tomaba nota de todo lo que Kelan decía.

—Y en ningún momento quise hacerle daño a Reku —concluyó el muchacho al fin—. Solo trataba de evitar que siguiese destruyendo mi sembrado, y por eso le quité la azada, pero lo único que quería era alejarla de él.

—Entiendo —murmuró el juez, y Kelan se preguntó si lo decía de verdad. Hasta el momento no había expresado ninguna opinión acerca de su historia, de modo que el chico no podía saber si le creía o no.

El hombre alzó por fin la mirada de sus papeles y le sonrió con cortesía.

—Puedes salir —le dijo, y a Kelan le dio un vuelco el corazón.

—¿Puedo... volver a casa? —preguntó esperanzado.

—Todavía no —respondió el juez—. Debo oír al resto de los testigos antes de tomar una decisión. Espera fuera, por favor.

Kelan tragó saliva, pero asintió y salió de la sala.

En el vestíbulo lo aguardaba su padre, que dejó escapar una exclamación de alivio en cuanto lo vio. Kelan fue a decir algo, pero el hombre lo estrechó con tanta fuerza entre sus brazos que casi lo dejó sin aliento. Después se apartó un poco para mirarlo con atención.

—¿Estás bien? ¿Qué te han hecho estos desgraciados? —gruñó.

—Dugan —lo reprendió el alcalde, pero él no le hizo caso. Seguía observando el rostro de su hijo con preocupación.

—Estoy bien —murmuró Kelan, aún algo aturdido y sorprendido por la efusividad de su padre—. Solo me han tenido encerrado todo este tiempo, pero nada más.

Dugan apartó la mirada con un bufido.

—No entiendo a qué viene tanto alboroto —rezongó—. El otro chico no tiene un solo rasguño.

—No es solo por la pelea —intervino Yibazun—. También está el asunto del cereal.

Dugan entornó los ojos, pero no dijo nada.

El juez llamó entonces a Reku, y Kelan se dio cuenta de que también se encontraba allí, acompañado por su padre. Dugan les dio la espalda cuando pasaron junto a ellos, pero Kelan cruzó una mirada interrogante con Reku, preguntándose si se acordaría de todo lo que le había dicho la noche anterior. El chico se mostraba algo somnoliento, señal de que se había acostado tarde. Pero eso no le impidió dedicar a Kelan una sonrisa burlona.

Cuando la puerta se cerró tras él, Dugan se cruzó de brazos y movió la cabeza, preocupado.

—Esto no me huele bien —murmuró.

Kelan le colocó una mano sobre el hombro para tranquilizarlo.

—El juez es un hombre razonable —le dijo—. Estoy seguro de que todo se solucionará.

A lo largo de la mañana y hasta bien entrada la tarde, el juez se entrevistó con todas las personas implicadas en el incidente. Kelan no sabía qué habrían contado los demás, pero estaba seguro de que tanto Muna como su propio padre habrían hablado en su favor. Por otro lado, Tobal y Reku podían exagerar su versión cuanto quisieran; el hecho incontestable era que el joven no había sufrido ningún daño durante la pelea.

Finalmente, el juez mandó llamar a Kelan, a Dugan y al alcalde. El chico quiso creer que el hecho de que Reku y su padre se quedasen fuera era una buena señal.

Entraron en la sala. El juez seguía tomando notas incansablemente, y los tres aguardaron en silencio a que terminara.

—Bien —dijo por fin.

Tendió los papeles a su ayudante, que solo entonces pareció despertar de su sopor. Mientras el joven enrollaba los legajos para atarlos con una cinta, el juez se dirigió hacia el resto de los presentes:

—Pues ya tengo todo lo que necesito: las declaraciones de los implicados y los testigos, los padrones de los dos jóvenes y el escrutinio del sembrado sin autorización. No quedaba mucho que pudiese examinar, la verdad, pero sí lo suficiente como para hacerme una idea.

Kelan se sobresaltó.

—¿Habéis... estado en mi cobertizo?

—Vinieron a verlo esta mañana temprano —murmuró Dugan, incómodo.

Kelan tragó saliva. Estaba convencido de que, si había pasado tres noches en la celda, se debía a su pelea con Reku, pero tanto el juez como el alcalde volvían al asunto del sembrado una y otra vez.

—Entonces ¿cuál es tu decisión? —preguntó Yibazun con impaciencia.

El juez se levantó con cierta parsimonia, tomó el rollo de legajos que le tendía su ayudante y se lo guardó en su bolsa.

—Ninguna —anunció por fin—. Lo de la pelea, en fin, es un asunto menor, pero sobre los permisos de los cultivos no tengo ninguna jurisdicción. Son leyes imperiales.

Kelan y Dugan cruzaron una mirada repleta de desconcierto. El alcalde resopló por lo bajo.

—¿Qué quiere decir eso? ¿Que hemos estado aquí todo el día para nada?

El juez sonrió con amabilidad.

—¡Oh, no, en absoluto! He registrado toda la información necesaria, así que no ha sido una pérdida de tiempo. Pero la decisión sobre el chico no puedo tomarla yo. Tiene que hacerlo un juez de la capital.

Kelan pestañeó, perplejo. Pero el juez no había terminado.

—Así que dispongo que Kelan acuda escoltado hasta los juzgados de Gratitud, donde su caso será expuesto ante los funcionarios imperiales. Se les proporcionará toda la información recopilada y redactada por un juez imparcial (es decir, yo) y tomarán sobre ella la decisión que estimen oportuna.

Kelan tardó un poco en asimilar lo que estaban diciendo.

—¿Tengo que ir... a Gratitud? Es decir..., ¿a la capital? —Jamás había salido de su comarca y nunca había estado en una ciudad. Sintió temor y emoción al mismo tiempo—. Pero eso está... muy lejos —acertó a decir.

—Cinco jornadas para llegar, otras cinco para volver —precisó el alcalde. Por alguna razón, parecía haber recuperado el buen humor—. No te preocupes; no es un viaje tan largo en realidad.

Kelan asintió, inseguro. Le hubiese gustado poder participar de la alegría del alcalde, pero la sentencia del juez, lejos de apaciguarlo, lo había llenado de inquietud.

Galakuntiname ya se ha marchado. Va a iniciar un viaje por las provincias interiores, o al menos eso es lo que me han dicho. Pero la he visto desde la ventana cuando se alejaba, a galope tendido, por la avenida que conduce a las puertas principales del palacio. Iba acompañada por siete zaldrim.

Sé que regresa a Alegría, a sofocar la rebelión, o lo que quiera que esté sucediendo allí. No he logrado averiguar más, porque nadie quiere contarme nada. Pensé en encarar directamente a Kunavamastedal y preguntarle al respecto, porque sé que tendría problemas para mentirme sin más. Pero sospecho que lo haría finalmente, aunque fuese entre balbuceos y sudores fríos. Y el resultado sería que mis Consejeros seguirían ocultándome información, pero se volverían mucho más cuidadosos con sus conversaciones privadas. Y, dado que he descubierto más espiando que haciendo preguntas directas, me temo que tendré que seguir escuchando a escondidas y fingiendo que no sé lo que hacen a mis espaldas.

Estos días me siento muy insegura. Crecí pensando que, cuando cumpliese la mayoría de edad, sería por fin la poderosa Emperatriz que todos esperan ver en mí. Pero lo cierto es que cada día que pasa tengo más dudas y menos certezas. Si no puedo confiar en mis Consejeros, ¿qué me queda? Ellos son mis ojos y mis oídos, mi único vínculo con el mundo que se extiende al otro lado de los muros del palacio. Sin el Consejo de mi parte, me siento sola y vulnerable.

He leído en los diarios que algunos de mis antecesores tuvieron pensamientos similares mientras fueron adolescentes, hasta que su cabello encaneció y pudieron ser entronizados. El poder político del Eterno Emperador está restringido por las leyes del imperio, pero aun así posee la prerrogativa de destituir Consejeros y nombrar otros nuevos. No obstante, no puede sustituir a todo el Consejo de golpe, y solo se le permite despedir a varios al mismo tiempo bajo circunstancias excepcionales, como, por ejemplo, que se demuestre que dichos Consejeros están involucrados en una conspiración o en otro crimen de similar gravedad.

No creo que el hecho de que mis Consejeros me oculten información entre dentro de esta categoría. Y, para ser sincera, tampoco sería capaz de destituirlos sin más. No a todos ellos, al menos.

He hallado entre las normas y procedimientos, sin embargo, algo que puede servirme. Si bien no tendré ninguna jurisdicción sobre el Consejo hasta que sea entronizada, sí puedo contar ya con una guardia personal, puesto que he cumplido la mayoría de edad.

Llevo pensando en ello varios días, desde que releí la legislación específica. La guardia personal de la Emperatriz tampoco puede interferir en los asuntos del Consejo, pero respondería directamente ante mí. Mis elegidos pronunciarán un juramento que los obligará a servirme y protegerme durante el resto de sus vidas, o hasta que yo decida lo contrario.

Cinco zaldrim a mi disposición.

No sé si eso mejorará mi relación con los Consejeros, pero al menos podré demostrarles que no soy una niña, que no estoy indefensa y que me siento preparada para subir al trono y tomar las decisiones que corresponden a mi condición.

Así que he mandado llamar a la Consejera Nayanalidestu. Se ha presentado en mis aposentos a última hora de la tarde, sin duda extrañada por mi requerimiento. Nayanalidestu raras veces sale de Noradrim, la gran escuela-taller de los pintores de máscaras.

Tampoco he estado nunca en Noradrim, aunque desearía poder visitarla algún día. Está situada a las afueras de la Ciudad Imperial, y el edificio, con sus altas torres y sus amplios ventanales, data de la época del emperador Rodenivanadriyen. Allí habitan los drim que han entrado en el Trance.

No todos los que tienen sangre drim pasan por este proceso. Solo algunos elegidos se ven afectados por el Trance, que los aboca a crear una máscara extraordinaria, una obra de arte única a la que insuflan su aliento vital para encerrar en ella los poderes sobrehumanos que concederá a su portador.

Y la tarea de la Consejera Nayanalidestu consiste en localizar a todo drim que haya entrado en Trance, conducirlo hasta Noradrim y supervisarlo durante la creación de su máscara, una labor que ocupará el resto de sus días.

Todas las primaveras, Nayanalidestu reúne las máscaras finalizadas por sus pupilos a lo largo del año y las entrega al Consejero Yinimakintanam, que está a cargo del ejército imperial. Él se encarga de que las nuevas máscaras se distribuyan entre los reclutas más preparados, aquellos que serán capaces de portarlas sin perder la razón y de dominar su poder sin ser consumidos por él.

Hay una excepción a este procedimiento: como ya he comentado, el Emperador posee la prerrogativa de elegir cinco máscaras elaboradas en Noradrim y de escoger a las personas que las portarán. Ellos serán su guardia personal y estarán directamente a sus órdenes, sin obligación de responder ante el Consejero que dirige los ejércitos.

Como Emperatriz, tendré que seleccionar a mi guardia personal en varias ocasiones a lo largo de mi vida, pues ninguno de mis zaldrim vivirá tantos años como yo.

Pero esta será mi primera vez, y confieso que, cuanto más pienso en ello, más me emociona la idea.

Nayanalidestu se ha sorprendido un poco cuando le he planteado mi petición, pero no ha puesto ninguna objeción. Después de todo, no sería la primera vez que presenta las máscaras a un Emperador para que seleccione a su guardia personal.

Nayanalidestu lleva treinta y siete años como Consejera en Noradrim. Nadie conoce como ella a los pintores de máscaras. Nadie está más al tanto de las normas y procedimientos que rigen la escuela-taller. Es posible que no esperase que fuera a reclamarla tan pronto, pero sin duda sabía que este día llegaría antes o después.

—Se hará como deseáis, Divinidad —me ha respondido con una inclinación de cabeza.

Nayanalidestu es una mujer robusta y no muy alta que transmite muchísima serenidad. Noradrim no es un lugar fácil de manejar. No por los pintores que, una vez entran en el Trance, no piensan en otra cosa que en la obra que tienen entre manos, sino por los efectos indeseados que a veces causa su extraordinario don. Máscaras descontroladas que absorben la energía de sus creadores antes de tiempo, que desatan su poder antes de estar finalizadas o que, debido a un error del trazo, provocan desastres imprevistos. Cualquier cosa extraña puede suceder en Noradrim, y Nayanalidestu se enfrenta a todas ellas con calma y firmeza, y siempre devuelve el orden a la escuela-taller antes de que nadie tenga que preocuparse al respecto.

—¿Cuándo podré escoger las máscaras? —le pregunté, tratando de no parecer demasiado impaciente.

Ella sonrió un poco y comprendí que no lo había conseguido.

—Solemos esperar hasta la primera doble luna del verano —respondió. Y añadió, al detectar mi gesto decepcionado—: Pero es solo una tradición y, además, este año tendremos un buen número de máscaras para la primera selección de vuestra Divinidad. Aguardar hasta la doble luna incrementará el número de máscaras en una o dos, a lo sumo. Pero, si lo preferís...

—Desearía realizar la selección cuanto antes, Consejera —me apresuré a aclarar.

Ella sonrió de nuevo.

—Eso me parecía. En ese caso, lo dispondré todo para poder presentar las nuevas máscaras a vuestra Divinidad en cuanto sea posible.

—Te lo agradezco mucho, Consejera —le respondí, aliviada.

Voy a tener mi propia guardia personal. Voy a tener mi propia guardia personal.

Sé que no debería sentirme tan emocionada. Después de todo, mi entrevista con Nayanalidestu me ha recordado que cada máscara finalizada implica la muerte del pintor que la creó.

Por esta razón los zaldrim del ejército imperial realizan al ser escogidos un juramento de lealtad a las leyes que regulan su condición. Sus extraordinarios poderes solo pueden ponerse al servicio del imperio para velar por todos los ciudadanos que habitan en él.

Y, por descontado, para proteger a su Eterno Emperador.

La justicia imperial

Kelan jamás había imaginado que pudiese existir una ciudad tan grande. En realidad, la capital de Gratitud no era una de las más pobladas del imperio; pero para el muchacho, que jamás había salido de su comarca, donde las aldeas más grandes no superaban las cincuenta casas, un lugar como aquel resultaba abrumador.

El viaje había transcurrido en calma y sin incidentes. Había llegado hasta allí en un carro conducido por Riven, el hermano mayor de Muna, y escoltado por el ayudante del juez, que atendía al nombre de Aigol. Al principio, ambos se habían mostrado cautos con Kelan, hasta que se habían cerciorado de que el chico no tenía la menor intención de escaparse. Ahora lo trataban con más amabilidad, pero aún con cierta distancia.

Tampoco le ofrecían mucha conversación, de modo que él se había limitado a contemplar el paisaje desde la carreta. Gratitud era una provincia agreste, cuyas vías de comunicación discurrían por largos y estrechos valles fluviales entre montañas. A pesar de todo lo que había sucedido, Kelan todavía se preguntaba si sería posible cultivar cereal en aquellos pequeños campos verdes que se extendían a las riberas de los ríos. Era cierto que aquel paisaje no se parecía mucho al que, según le habían enseñado, se extendía en las interminables praderas de Armonía o Integridad. Pero tal vez, con un poco de esfuerzo...

Había planeado aprovechar la visita a la ciudad para exponer su caso y preguntar qué había que hacer para solicitar los permisos de cultivo que necesitaba. Así, cuando regresara a casa...

Cada vez que pensaba en el viaje de vuelta, sin embargo, recordaba la forma en la que su padre lo había abrazado antes de partir, como si no fuera a verlo nunca más. Kelan había sonreído, tratando de reconfortarlo.

—No me voy al fin del mundo, padre —le había dicho—. Ya has oído: cinco jornadas de ida y cinco de vuelta. El alcalde viaja a la capital varias veces al año, ya ves.

Pero Dugan había desviado la mirada con el ceño fruncido de preocupación.

—No me gustan las ciudades —masculló—. Demasiada gente. Demasiadas normas.

Ahora que la carreta alcanzaba las afueras de la capital, Kelan empezaba a comprender lo que quería decir.

Había aprendido que, en tiempos remotos, Ciudad Gratitud, que entonces se llamaba de otra manera, era mucho más pobre y pequeña, y estaba protegida por una alta muralla. Ahora las murallas ya no eran necesarias porque, como parte del imperio de Akidavia, ningún enemigo exterior habría osado atacarla. De modo que la ciudad había expandido sus límites y se había extendido tanto que sus barrios exteriores podían permitirse casas aisladas y amplias avenidas, porque al parecer había espacio de sobra.

No obstante, en opinión de Kelan, eso solo hacía que pareciese todavía más grande de lo que era en realidad. Habían pasado la noche en una posada situada en la primera hilera de casas junto al camino, habían reanudado la marcha al amanecer y, aun así, solo habían alcanzado la Casa de la Justicia cuando el sol estaba ya alto.

Se encontraba en una plaza rodeada de edificios similares, todos ellos sedes administrativas del imperio. Kelan se sorprendió de lo familiares que le resultaban. Recordaba haber visto en la escuela una lámina que representaba las enormes puertas del palacio en la Ciudad Imperial de Armonía, y el chico descubrió que, aunque mucho más modestos, los edificios oficiales en Gratitud reproducían el mismo estilo arquitectónico, en ladrillo rojo con molduras y cenefas pintadas en oro.

Tuvieron que esperar su turno detrás de una larga hilera de personas que, al parecer, también tenían asuntos pendientes en la Casa de la Justicia. Como Kelan había sido remitido allí por un juez comarcal, su cola era bastante más corta que otra que daba la vuelta a la manzana y en la que aguardaban los ciudadanos que acudían por iniciativa propia.

Riven abandonó la cola a mediodía y regresó un poco más tarde con algo de comida para los tres. Kelan dio cuenta de su parte, abatido. Tenía hambre, pero a medida que pasaban las horas se sentía cada vez más inquieto e inseguro.

Cuando el sol ya se ponía por el horizonte, se encontraron por fin ante un juez que parecía bastante menos benévolo que el que había recibido a Kelan en casa del alcalde Yibazun. Al muchacho se le retorció el estómago de angustia.

Aigol se adelantó y le entregó al juez toda la documentación del caso. El hombre se caló unos anteojos y la examinó con atención durante un largo rato. Kelan respiró hondo, tratando de calmarse. Eran más páginas de las que había calculado.

Finalmente, el juez alzó la mirada y la clavó en el muchacho.

—Kelan —dijo, y él asintió sin una palabra—. Aquí dice que amenazaste a otro chico con una azada. Algunos testigos lo califican como «pelea de muchachos». Otros, como «intento de asesinato».

—Yo no...

—No te he dado permiso para hablar. Ya lo hiciste en su momento, por lo que veo, y expresaste tu punto de vista. Está todo aquí —concluyó, señalando los legajos.

Kelan tragó saliva y asintió de nuevo.

—Tenemos este otro asunto. El de la plantación ilegal.

—¿«Ilegal»? —repitió Kelan. Era la primera vez que oía esa palabra.

—Que va en contra de las leyes —tradujo Aigol.

—No sabía que tenía que pedir un permiso —se defendió Kelan—. Entiendo que hice mal, pero si pudiese volver a intentarlo... De forma no ilegal, quiero decir...

El juez alzó la mano y el muchacho se mordió la lengua.

—Es una falta administrativa —dijo, y Kelan inspiró hondo, preguntándose qué querría decir con eso, y si se trataba o no de algo muy grave—. Los ciudadanos del imperio tienen la obligación de conocer las leyes comunes, pero no de saberse de memoria todas las regulaciones. Para eso están los representantes públicos, como los alcaldes. —Le dirigió una mirada severa—. Si lo hubieses consultado con tu alcalde, te habrías ahorrado muchas molestias.

—Entiendo —asintió Kelan, abatido.

—Esto otro, sin embargo —prosiguió el juez, alzando uno de los legajos—, tiene difícil justificación. No fue una «pelea de muchachos», Kelan. Eres mayor de edad.

Él pestañeó, desconcertado.

—¿Cómo...? Disculpad, señor, pero eso no es así. Tengo quince años todavía.

El juez sacó otro papel de entre los documentos.

—Según tu padrón, no. Tienes ya dieciséis. Naciste durante la Larga Noche. Celebramos el Renacimiento hace siete días.

Kelan lo miró un momento, sin comprender, hasta que todas las piezas encajaron en su cabeza. La fiesta que se había celebrado mientras él estaba en la celda..., la música, las risas... No se trataba de una boda. Eran los festejos de fin de año que conmemoraban el Renacimiento del Eterno Emperador y, por consiguiente, el aniversario de la actual Emperatriz.

Había pasado su cumpleaños encerrado en el sótano de la casa del alcalde. E, irónicamente, el único que lo había recordado había sido Reku. De ahí que volviese a mencionar la noche de su nacimiento entre los efluvios del alcohol. El niño de la Larga Noche que había nacido al mismo tiempo que la Emperatriz.

—Oh. Es verdad —murmuró, aún aturdido.

—Entonces tu disputa con ese otro muchacho, Reku, no fue una

simple chiquillada. Los dos sois adultos. Estas cosas tienen consecuencias, especialmente cuando se empuña un arma.

—¿Una azada es un arma? —soltó Kelan, cada vez más asustado.

El juez le dirigió una larga mirada.

—Si la hubieses descargado sobre la cabeza de Reku, ¿podrías haberlo matado? —preguntó a su vez. Kelan no respondió, de modo que el juez concluyó—: Pues ahí tienes la respuesta. El imperio no tolera la delincuencia, Kelan. Ser un ciudadano adulto te otorga muchas ventajas, pero también implica responsabilidades.

Kelan seguía sin comprender del todo lo que estaba pasando, pero intuía que la entrevista no estaba saliendo bien. Se devanó los sesos buscando algo que decir en su defensa... y entonces se dio cuenta de que había un dato incorrecto en el razonamiento del juez.

—Señor —se atrevió a decir—, si la mayoría de edad marca una diferencia tan importante..., debéis saber que yo aún tenía quince años cuando me peleé con Reku. Cumplí los dieciséis después del incidente.

El juez entornó los ojos y volvió a examinar los papeles.

—No es eso lo que dice aquí.

—¿Cómo? —saltó el chico, cada vez más asustado—. La pelea fue hace... hace... —Nunca había prestado demasiada atención a las fechas, pero esta vez se esforzó por tratar de recordar el día exacto—. Hace ocho días —completó por fin.

—Tal como consta aquí —asintió el juez—. «El alcalde Yibazun, acompañado de otros tres vecinos, registrados como Tobal, Reku y Dugan, padre este último del acusado, Kelan, fue a examinar el sembrado del susodicho el día 319 del año 16 de la era de Vintanelalandali.» Fue entonces cuando se produjo el altercado, según está registrado.

«Año 16», repitió Kelan para sí mismo, aliviado.

—Es correcto. Día 319, año 16.

Le resultó extraño volver a utilizar la cronología que le habían enseñado en el colegio, pues, salvo para las celebraciones del Renacimiento, los habitantes de la aldea raramente llevaban la cuenta de los días. Solo el alcalde, que anunciaba con bandos las fechas importantes cuando se producían, sabía exactamente en qué día vivía según el cómputo imperial.

—Y ese día eras ya mayor de edad —concluyó entonces el juez, alarmándolo de nuevo.

—¿Cómo? No, no, debe de tratarse de un error. Yo nací al comienzo de la nueva Era. El mismo día que la Emperatriz —añadió, y sintió que se le calentaban las orejas de vergüenza al detectar la mirada que cruzaron los tres hombres.

El juez exhaló un suspiro, y Kelan se dio cuenta de que empezaba a perder la paciencia. Lo vio alzar el documento que lo registraba como ciudadano del imperio.

—Esta es tu hoja del padrón —dijo, alzando la voz por primera vez—. Aquí consta tu fecha de nacimiento: día 27 de la Larga Noche entre la era de Ulayanamivandu y la era de Vintanelalandali.

—Día… 27 —repitió Kelan, tratando de asimilarlo. La Larga Noche duraba treinta y tres días. Él había nacido durante la madrugada de la última noche, antes de que amaneciera el primer día de la nueva Era. El día de la proclamación de la nueva Emperatriz que había nacido horas atrás—. Es un error —murmuró—. Es un error, yo nací el día 33.

El juez suspiró de nuevo, ligeramente molesto. Le tendió la hoja.

—Sabes leer, ¿no? Compruébalo tú mismo.

Aún anonadado, Kelan examinó el documento. En el renglón dedicado a su fecha de nacimiento, el alcalde había escrito, con su cuidada caligrafía habitual: «Nacido en nuestro Municipio, hijo de Dugan y Noli, el día 27 de la Larga Noche entre la era de Ulayanamivandu y la era de Vintanelalandali».

El papel se le escurrió entre los dedos. Aigol lo pescó en el aire antes de que cayera al suelo y volvió a depositarlo sobre el escritorio.

—Día 27 de la Larga Noche —repitió el juez—. Es un poco complicado calcular tu cumpleaños debido a que naciste en un Período Intermedio, pero no es imposible. Cinco días antes del Renacimiento. Eso implica que cumpliste la mayoría de edad el día 315

del año que acabamos de cerrar. Es decir: que, como habíamos afirmado, el día de tu pelea con Reku ambos erais mayores de edad, por lo que tu acción debe ser penalizada como el delito de un adulto. Como un intento de asesinato. Sin atenuantes. ¿Queda claro ya? ¿Podemos continuar?

La irritación era claramente perceptible en su voz, pero Kelan aún estaba tratando de asimilar aquella nueva información.

—Pero..., pero mi madre siempre me dijo... que yo nací la misma noche que la Emperatriz.

—Tu madre te mintió —replicó el juez; cuando Kelan alzó sus ojos verdes hacia él, el hombre suspiró y pareció ablandarse un poco—. O quizá no sabía contar muy bien. Mira, muchacho, las cosas son como son. No vamos a discutirlas más. No tenemos todo el día.

—Claro —musitó él—. Perdón.

Se volvió para mirar a sus acompañantes. Aigol permanecía impasible, pero Riven apartó la mirada, incómodo. Algo en su actitud le llamó la atención a Kelan.

—Bien —estaba diciendo el juez—. Prosigamos, pues. «En virtud de las pruebas que se han aportado, debidamente registradas por el juez comarcal, por la autoridad que las leyes me confieren, declaro que el ciudadano Kelan, de la Comarca Suroeste de la provincia de Gratitud, es culpable de todos los cargos aquí presentados: una falta administrativa de grado menor y un delito de intento de homicidio.»

Los ojos de Kelan seguían clavados en Riven, que se mostraba cada vez más nervioso. Seguía rehuyendo su mirada.

—¿Riven? —lo interpeló Kelan—. ¿Qué...?

—Por tanto, decretamos —cortó el juez, molesto por la interrupción— que el ciudadano Kelan deberá cumplir una condena de trabajos forzados durante un año en los campos de Lealtad. Durante este período perderá sus derechos de ciudadanía y solo los recuperará cuando su deuda con el imperio haya quedado completamente satisfecha.

Kelan se volvió hacia el juez, incrédulo.

—¿Un... año? ¿En... Lealtad?

El funcionario se encogió de hombros.

—Es la ley, hijo. La pena por asesinato son diez años, así que aún puedes dar gracias al Eterno Emperador de que no llegaras a abrirle la cabeza a ese muchacho.

—Pero..., pero mi padre... ¿Qué le voy a decir? ¿Cómo...?

Kelan no fue capaz de seguir hablando. A su espalda, Riven tiró de la manga de Aigol.

—Vámonos. Aquí ya no tenemos nada más que hacer.

Aigol le dirigió a Kelan una mirada apenada, pero asintió y dio media vuelta.

—Esperad. ¡Esperad! —exclamó el chico, asustado—. ¡No os vayáis sin mí!

Trató de seguirlos, pero los oficiales que vigilaban la puerta le impidieron el paso.

—¿A dónde vas? —oyó al juez a su espalda—. Ya no tienes permiso para moverte por donde te plazca, Kel.

El muchacho apenas lo escuchó. Se zafó de los oficiales, salió corriendo de la sala y se precipitó escaleras abajo en pos de Aigol y Riven.

Los alcanzó en la plaza. Agarró a Riven por el brazo y lo obligó a mirarlo a los ojos.

—Sé cuándo nací —le dijo—. No tengo solo la palabra de mi madre. Lo he visto antes en los documentos, en los certificados de la escuela. En los bandos del alcalde. Siempre anuncia los cumpleaños de todos con dos días de antelación y la fecha del mío nunca había cambiado. Hasta hoy.

Riven dirigió una mirada hacia Aigol, que lo esperaba un poco más lejos. Después se volvió hacia Kelan, y su expresión culpable confirmó las peores sospechas del muchacho. Abrió la boca para pedir explicaciones, pero oyó las voces de los guardias a su espalda y comprendió que no tenía mucho tiempo.

—Es por Muna, ¿verdad? —se apresuró a añadir—. Ya he dicho muchas veces que solo somos amigos.

Pero Riven negó con la cabeza.

—No es por eso. Mi hermana se casará con alguien de nombre más largo que el suyo en el futuro, no es una decisión que dependa de ella.

—¿Tiene que ver con el padre de Reku, entonces? ¿Le pidió a tu padre que cambiase la fecha de mi nacimiento en el padrón? Tengo derecho a saberlo —urgió al ver que Riven vacilaba—. Tiene que haber una manera de arreglar esto.

Por fin, el joven se rindió.

—Es por el cereal.

—¿El... cereal? —repitió Kelan sin comprender.

—Aún no entiendes por qué no es una buena idea, ¿verdad? Si el imperio nos incluye en la lista de productores de cereal, dejarán de enviarnos grano. Eliminarán nuestra aldea de la ruta. Tendremos que trabajar todo el año para poder cosecharlo por nuestros propios medios y no podremos dedicar ese tiempo a otras labores. Si la cosecha no es buena, pasaremos hambre. La caravana del grano no vendrá a rescatarnos.

—Pero si saliese bien... —insistió el chico—, si tuviésemos éxito y nos imitasen en otras zonas de Gratitud..., podríamos prosperar. Dejaríamos de ser una de las provincias pobres del imperio.

—Y entonces nos veríamos obligados a cultivar cereal no solo para nosotros, sino también para las provincias menos prósperas. Al final seríamos como las comarcas interiores de las provincias centrales. Solo viviríamos para cultivar cereal.

Kelan se había quedado tan anonadado que no fue capaz de responder. Riven sacudió la cabeza.

—¿Entiendes ahora por qué mi padre te quiere lejos? ¿Entiendes por qué es mejor dejar las cosas como están?

Kelan no tuvo oportunidad de replicar. En ese mismo instante, los guardias se le echaron encima y lo apartaron de su compañero.

—Lo siento —dijo Riven, mientras se llevaban a Kelan a rastras—. Te despediré de tu padre. Y también de Muna, y de todos.

Kelan apenas lo escuchaba. Se dejó llevar de nuevo hasta el juez, que lo observó con una mezcla de lástima y resignación.

—Nadie escapa de la justicia imperial, Kel —le reprochó—. No sé qué te ha hecho pensar que tú podías ser una excepción. Pero míralo por el lado bueno: un año pasa rápido y, por otra parte, dados tus antecedentes..., estoy seguro de que encontrarás tu nuevo destino muy interesante.

Día 19, año 17 de la era de Vintanelalandali

Hoy ha sido un día importante para mí. Ayer Kalinamanteni me informó de que la Consejera Nayanalidestu había solicitado audiencia, de modo que programamos una reunión para esta misma mañana, a primera hora. Nayanalidestu se presentó puntual, seguida por dos sirvientes que empujaban un carrito ricamente decorado en rojo y oro. Lo situaron ante mí, retiraron el velo que lo cubría y desplegaron una tabla forrada en raso, sobre la que Nayanalidestu había dispuesto las trece máscaras finalizadas este año en Noradrim.

Las examiné con atención. Cada una es diferente y otorga habilidades distintas a la persona que la porta. A menudo, el motivo elegido por el pintor puede dar una idea de la clase de poder que encierra su máscara, pero no siempre. Por ejemplo, entre las trece máscaras que he visto hoy había una adornada con un relámpago que la partía en dos. ¿Significa eso que otorga el poder de convocar tormentas? ¿De generar rayos? ¿De controlar el tiempo atmosférico? Cualquiera de estas opciones es posible cuando hablamos de las extraordinarias máscaras de los drim, pero, hasta que su nuevo dueño no se cubra el rostro con ella, no podremos saberlo seguro.

Nunca antes había visto máscaras tan de cerca. No en esta encarnación, quiero decir. Naturalmente, he tratado con zaldrim del ejército imperial, he hablado con algunos de ellos incluso, pero no es lo mismo. A simple vista, las máscaras drim no tienen nada de particular. Se confeccionan en cuero, como cualquier prenda corriente, y las pinturas que se utilizan para decorarlas, aunque se elaboran en Noradrim, no poseen ninguna propiedad especial. El estilo drim, que muestra preferencia por los colores vivos y los patrones complejos e intrincados, es fácilmente reconocible, pero nunca existen dos máscaras iguales.

Algunas personas piensan que, para obrar su magia, la máscara drim necesita absorber el alma de la persona que cometa la osadía de probársela. Es por eso por lo que, en algunos lugares remotos, a los zaldrim se los llama «Sin-Alma», se los considera criaturas maléficas y se los cree capaces de toda clase de atrocidades.

Lo cierto es que estas máscaras que reposan inocentemente sobre el paño de raso ya han «absorbido un alma»: la del pintor que las creó. Ya poseen poderes que la razón humana no es capaz de explicar. Pero se trata de un poder latente que no se manifestará hasta que la máscara entre en contacto con su portador.

Entonces se produce un efecto extraño: ambos se fusionan en uno y la máscara deja de ser un objeto para transferirse al rostro del individuo, como si hubiese sido pintada directamente sobre su piel. Algunos no son capaces de soportar el proceso y pierden la razón. Solo los más fuertes, física y mentalmente, están preparados para asimilar el poder que otorga una máscara drim.

Es posible que sí pierdan el alma, en cierto modo.

Tardé no menos de media hora en escoger las máscaras que entregaré a los cinco componentes de mi guardia personal. Y, a pesar de eso, aún no estoy segura de haber elegido correctamente.

Las máscaras son las siguientes:

1) Una en tonos grises y blancos, dibujada en un patrón de líneas verticales y decorada con toques de plata. Intuyo que sus poderes guardan relación con la niebla, o tal vez con las sombras y el ocultamiento. ¿Podría ser perfecta para un espía?

2) Otra decorada con formas geométricas en verde y azul. Confieso que no tengo ni idea de qué clase de poder conferirá, pero guarda

un ligero parecido con otra que he visto en los registros de máscaras de los tiempos de Oronavaniladal. Su portador era capaz de alterar las mareas y cambiar el curso de los ríos. Fue probablemente una de las máscaras más poderosas creadas en Noradrim, y por eso he elegido esta, que tiene unos colores similares. Aunque al volver a consultar los registros esta tarde he visto que aquella máscara presentaba un patrón de olas. Así que quizá he cometido un error después de todo.

3) Una tercera que refleja un complejo entramado de plumas en rojo, plata y azul. Con la nariz dibujada como un pico de pájaro. ¿Transformación en ave, poder de vuelo, control sobre los pájaros? No sé si es útil para un guardia de la Emperatriz, pero confieso que la he elegido por motivos sentimentales. Me evoca la libertad de la que yo jamás disfrutaré.

4) y 5) Dos máscaras gemelas. Me han llamado la atención de inmediato porque una representa el sol, en tonos rojos, dorados y anaranjados. Y la otra tiene dibujada una luna en cada mejilla.

Era tan evidente que habían sido pintadas por el mismo artista que alcé la mirada hacia Nayanalidestu, sorprendida. Ella carraspeó, incómoda.

—Un mismo pintor ha dado vida a dos máscaras —explicó—. A veces sucede.

Me detuve, perpleja. Es posible que haya leído alguna anécdota similar en las crónicas, aunque nunca les di demasiado crédito.

—¿Qué significa eso exactamente? A nivel práctico, quiero decir.

—Que entre los portadores de las dos máscaras se establecerá un vínculo que jamás serán capaces de romper. Eso los convertirá en perfectos compañeros en el campo de batalla, pero podría tener efectos indeseados. Por otro lado, el pintor que crea dos máscaras no confiere el doble de poder al ejército imperial, sino la mitad. —Negó con la cabeza—. No os recomiendo escoger estas dos, Divinidad. Será como si tuvieseis solo la protección de cuatro zaldrim, y no de cinco. Las máscaras gemelas son en realidad una sola dividida en dos.

Volví a revisar las máscaras, y estuve tentada de descartar las del sol y las lunas en favor de una decorada como una pared rocosa y otra que tenía pintados unos ojos enormes, como los de un búho, y que probablemente confiera poderes relacionados con la visión.

Pero al final, no sé por qué, me decidí por las máscaras gemelas, a pesar de la advertencia de la Consejera.

Ella no hizo el menor comentario. Se inclinó ante mí, mandó recoger las máscaras descartadas y envolvió las elegidas en un paño con el escudo imperial. No volveré a verlas hasta el día en que deba entregarlas a los integrantes de mi guardia personal.

Pero antes, debo elegirlos entre los soldados de élite del ejército, aquellos que han superado las pruebas este año y serán recompensados con una máscara drim en la ceremonia de la doble luna de la primavera.

De modo que tengo que hablar con el consejero Yinimakintanam para que lo organice todo.

Campos infinitos

Kelan jamás había imaginado que pudiese existir más de una clase de cereal. Durante toda su vida, la gente de su aldea había recibido los mismos sacos de grano alargado de color pardo, y él había dado por supuesto que era lo único que producía el imperio. Pero no tardó en descubrir que allí, en los campos de Lealtad, se cultivaban muchos tipos de cereal, y cada uno de ellos tenía un nombre diferente: trigo, cebada, avena, mijo, arroz y, por descontado, centeno, que era el que, al parecer, enviaban a Gratitud. Los campos se extendían hasta donde alcanzaba la vista; un mosaico en diferentes tonos verdes, pardos o amarillos, en función del tipo de cultivo de cada plantación.

Había tardado dos semanas en llegar a su destino, después de una espantosa travesía marítima encadenado en la bodega del barco y un último trecho en carreta por una larga calzada que recorría la costa meridional del continente central del imperio. Durante el viaje en barco lo habían tratado como a una mercancía más: con indiferencia, pero sin ningún tipo de crueldad ni ensañamiento. Había compartido aquella parte del trayecto con otros tres convictos que parecían bastante más fieros y peligrosos que él, así que los guardias tendían a no prestarle atención a él en particular. Después de desembarcar, se unieron a un grupo más numeroso de prisioneros de diversas procedencias que, al parecer, estaban siendo trasladados al mismo lugar al que lo conducían a él, de modo que Kelan pasaba todavía más desapercibido. La primera vez que lo veían, los funcionarios solían preguntar al encargado de la caravana si aquel muchacho no era demasiado joven para estar allí. Después consultaban los documentos, se encogían de hombros y no comentaban nada más.

Tiempo después, Kelan lamentaría no haber aprovechado aquellos primeros días para intentar escapar. Pero lo cierto es que no se atrevió. Temía no ser capaz de regresar a casa por sus propios medios y, por otro lado, sabía que, si volvían a capturarlo, los jueces le impondrían un castigo todavía más severo. Una parte de él, además, aún conservaba la esperanza de que alguien se diera cuenta de que estaban cometiendo un error con él, una injusticia o las dos cosas, y lo enviara por fin de vuelta a casa. No obstante, este sueño se fue debilitando poco a poco a medida que pasaban los días, hasta que la esperanza se desvaneció por completo.

Pero había un motivo todavía más poderoso para permanecer en la plantación. Se lo recordaron el primer día, cuando los guardias lo llevaron ante el capataz Drisevali, que lo examinó de arriba abajo con el mismo gesto de desprecio que le habría dedicado a un piojo.

—¿Quién es este crío tan esmirriado?

Kelan, de hecho, era más alto que él, pero se abstuvo de señalarlo. Tenía la impresión, por otro lado, de que el capataz no se mostraría tan arrogante si no tuviese un nombre tan largo y un zaldrim cruzado de brazos a su lado, un individuo imponente con una máscara oscura que parecía tener vida propia.

—Me llamo Kelan, señor, y soy de... —empezó, pero el guardia que lo escoltaba lo hizo callar de un codazo en las costillas.

—Kelan —repitió el capataz, alzando una ceja.

Él se dio cuenta enseguida de su error, pero Drisevali no le concedió la oportunidad de enmendarlo.

—Te llamas Kel —le recordó—. Perdiste cualquier derecho a usar un nombre de dos sílabas cuando atentaste contra las leyes del imperio, convicto, así que yo en tu lugar no volvería a pronunciar ese nombre hasta que hayas cumplido tu condena. Hasta el final —especificó—. ¿Queda claro?

Kelan tragó saliva y asintió.

No había sido consciente al principio, impresionado como estaba por la sentencia del juez, de que los guardias y funcionarios habían comenzado a llamarlo «Kel». Tardó unos días en darse cuenta de lo que implicaba el hecho de que hubiese perdido una sílaba de su nombre.

Lo había estudiado hacía tiempo en la escuela, pero no se le había olvidado: solo los esclavos poseían nombres monosilábicos. Significaba que no eran nada, que no eran nadie. Ni siquiera podían considerarse ciudadanos de pleno derecho del imperio.

Los esclavos que lograban acceder a la ciudadanía en algún momento de sus vidas podían añadir una sílaba más a su nombre, pero no era una meta fácil de alcanzar. Muchos seguirían siendo esclavos hasta el fin de sus días.

Al comprender por fin por qué todo el mundo había empezado a llamarlo «Kel», el chico se había sentido invadido por el pánico, había tratado de explicar a los guardias que se trataba de un error..., hasta que uno de los marineros del barco le había aclarado que los convictos solo eran esclavos hasta que cumplían su condena. Después recuperaban su nombre completo y sus derechos de ciudadanía.

De modo que el muchacho tenía por delante un año de esclavitud, en el sentido más estricto de la palabra. Ya no era un ciudadano libre. Ahora, su cuerpo y su alma pertenecían al imperio, como si fuese un animal de granja, un edificio o un mueble cualquiera. Podía tratar de escapar, naturalmente. Pero no encontraría un hogar en ninguna parte. Nadie le pagaría por trabajar. No podría poseer nada propio.

Y en el caso de que se las arreglara para huir y regresar a su casa, pondría en serios apuros a su padre, puesto que las leyes del imperio también castigaban severamente a cualquiera que ocultase a un esclavo fugado. Dugan tendría que elegir, pues, entre entregar a su propio hijo a las autoridades, o encubrirlo y arriesgarse por tanto a ser denunciado con él. Kelan podía imaginarse perfectamente abandonando el pueblo junto a su padre para echarse al monte y vivir como proscritos el resto de sus vidas.

Y comprendió que no podía hacerle eso.

No; si regresaba a casa, debía hacerlo como ciudadano libre. Y solo volvería a serlo si cumplía su condena en los campos de cereal.

Así que, en realidad, la única forma de escapar de la esclavitud consistía en seguir siendo esclavo.

El capataz Drisevali le recitó las normas de la plantación, pero Kelan apenas lo escuchaba. Se limitó a permanecer ante él, en silencio, con los hombros hundidos y la cabeza gacha.

Después lo condujeron hasta el barracón que sería su hogar en los próximos meses, y que compartiría con diecinueve esclavos más. En aquel momento estaba vacío, porque todos los hombres se encontraban en el campo. Una mujer robusta y enérgica que se presentó ante él como «la oficial Dalena» le informó de que su cuadrilla no tardaría en regresar.

—Todavía es pronto para la siega, incluso en el caso de los cereales más tempranos —comentó, sin dejar de tomar notas en su cuaderno—, pero eso no significa que no vayas a tener faena, Kel. Hay que limpiar los campos de malas hierbas, y tenemos un par de sembrados con plagas que hay que controlar. Te servirá de preparación para cuando llegue el trabajo duro de verdad. —Movió la cabeza con desaprobación y añadió, más bien para sí misma—: Necesitaremos más gente para la cosecha, y si siguen enviándonos trabajadores tan jóvenes...

Siguió murmurando mientras se alejaba por entre los barracones, hasta que Kelan ya no la oyó más.

Apenas unos momentos más tarde, cuando el sol ya había desaparecido por el horizonte, empezó a llegar más gente al campamento. La mayoría eran hombres, delgados y musculosos, con la frente cubierta de sudor y la piel tostada por el sol. Varios de ellos se dirigieron hacia el barracón donde habían instalado a Kelan. Uno tras otro, fueron dejando sus herramientas junto a la puerta, entraron en el interior y se dejaron caer sobre sus respectivos camastros. Alguno miró a Kelan con desinterés, pero nadie le prestó mayor atención ni se dignó a dirigirle la palabra.

Kelan no se atrevió a preguntar por la cena. Al parecer, aquellos hombres no esperaban recibir ninguna clase de alimento.

El muchacho se tendió en su catre en silencio y se resignó a esperar.

Le costó mucho conciliar el sueño aquella noche. Pero, cuando lo logró, tuvo la sensación de que apenas había cerrado los ojos antes de que alguien lo sacudiese bruscamente por el hombro.

—En pie, novato —oyó que le decían.

Se levantó, aturdido, para comprobar que sus compañeros salían ya del barracón, listos para encarar una nueva jornada. Se apresuró a vestirse y los siguió.

Los trabajadores de todos los barracones se habían reunido en la plaza y hacían cola frente a un enorme perol humeante. Kelan tomó una escudilla y ocupó el último lugar en la fila. Le sirvieron un tazón de gachas pegajosas que él devoró sin rechistar.

Después tuvo que hacer cola también para usar las letrinas y, por último, para asearse un poco en el abrevadero. Estuvo a punto de perder de vista a su cuadrilla, que había enfilado por el sendero que salía del poblado en dirección a los campos de cereal. Corrió para alcanzarlos y se unió a ellos justo en el momento en que uno de los guardias se llevaba la mano al cinto, del que pendía un látigo.

—Por esta vez lo dejaré pasar, novato —le advirtió—. Pero, si te retrasas, juro por el Eterno Emperador que me aseguraré de hacerte correr.

Kelan agachó la cabeza y no replicó.

Pasó el resto del día inclinado arrodillado sobre la tierra, arrancando las malas hierbas de un campo sembrado de un cereal de largos tallos verdes y flexibles que se mecían suavemente al son del viento. Al principio, le pareció incluso agradable. No hacía excesivo calor, y aquella tarea no se diferenciaba mucho de lo que hacía de buena gana en su propio cobertizo. Sin embargo, a medida que pasaban las horas comenzó a sentirse incómodo. Le dolían las rodillas y la espalda de estar agachado, y tenía las manos entumecidas, con los nudillos hinchados y las palmas llenas de cortes y raspaduras.

Se detuvo un momento para estirarse y alzó la mirada al sol, para tratar de calcular la hora. Inmediatamente, un súbito dolor lacerante en las pantorrillas lo arrojó de rodillas al suelo. Kelan jadeó, tratando de incorporarse. La sombra del guardia se cernió sobre él. La fusta que portaba en la mano todavía vibraba por el impacto contra la piel del muchacho.

—No te he dado permiso para descansar, esclavo —le recordó con aspereza.

Kelan inspiró hondo y apretó los dientes, pero no dijo nada. Sus manos se cerraron sobre sendos manojos de malas hierbas y tiraron de ellos para arrancarlos del suelo. Tenían raíces profundas que se resistían a dejarse desenterrar, por lo que Kelan tiró con más fuerza. Los tallos se le clavaron en las palmas de las manos, desollándole la piel, pero él no se quejó ni se detuvo hasta que logró arrancar las plantas por completo.

—Así me gusta —gruñó el guardia, complacido.

Kelan no replicó. Se miró las palmas de las manos, heridas e inflamadas, y se preguntó cuánto tiempo más tendría que permanecer allí.

Cuando tenía ya las manos en carne viva y empezaba a considerar seriamente la posibilidad de dejarse azotar a cambio de unos minutos de descanso, los guardias anunciaron un receso para almorzar. Kelan se incorporó, un poco receloso. Pero vio a sus compañeros abandonando los campos para reunirse en una explanada y se apresuró a seguirlos.

Se habían colocado todos en fila ante un carromato que había llegado a la plantación mientras ellos estaban trabajando. Kelan comprobó, emocionado, que los guardias estaban repartiendo víveres entre los trabajadores. Por lo que pudo apreciar desde allí, el almuerzo consistía en una hogaza de pan, un trozo de queso y un odre de agua.

Se le retorcieron las tripas de hambre. Hacía mucho rato que había digerido las gachas del desayuno. Se puso colorado, pero nadie le estaba prestando atención.

Esperó su turno pacientemente, mientras veía que los cestos de pan y queso del carromato se iban vaciando uno tras otro. Angustiado, llegó a temer que no quedase nada para él. Pero, cuando se detuvo por fin ante el guardia, este le entregó su parte sin una sola palabra.

Kelan sonrió sin poderlo evitar, le dio las gracias y corrió a sentarse con los demás para dar cuenta de la comida. La mayoría de los trabajadores, sin embargo, ya habían terminado y se estaban poniendo de nuevo en pie. Kelan se detuvo un momento a observarlos, inseguro, pero el esclavo que estaba sentado a su lado le dio un brusco codazo.

—Espabila si quieres comer algo, novato —le advirtió—. La hora de descanso está a punto de acabar.

Kelan se apresuró a comerse el pan y el queso, y bebió abundantemente del odre. Se detuvo antes de acabarlo, sin embargo, porque pensó que sería buena idea guardar algo para después. Había pasado sed a lo largo de la mañana y en ningún momento se le había permitido dejar de trabajar para ir a beber.

Pero cuando por fin se levantó y se dispuso a regresar a la plantación, aún con el odre entre las manos, uno de los guardias lo detuvo señalándolo con el látigo.

—¿A dónde crees que vas con eso, esclavo?

Kelan se dio cuenta entonces de que todos los demás habían devuelto los odres al carromato. Reprimió un suspiro de decepción.

Aún tuvo tiempo de apurar el contenido de su odre antes de que el guardia se lo arrebatara. Al hombre no pareció gustarle el gesto, porque le propinó un latigazo en la espalda mientras se alejaba.

Kelan se dobló de dolor, tropezó y cayó de rodillas sobre el suelo. Pero se apresuró a levantarse al ver que el guardia alzaba el látigo de nuevo. Aún incapaz de incorporarse del todo, se arrastró como pudo de regreso a la plantación para proseguir con su trabajo.

La tarde le resultó interminable. Tenía las palmas de las manos en carne viva, y entre las malas hierbas que debía arrancar se encontraban también algunas especies espinosas o urticantes. Había comprobado que todos los esclavos realizaban aquella tarea sin herramientas, de modo que sabía que no tenía sentido pedirlas. Más tarde se enteraría de que los capataces preferían que desbrozasen los campos a mano para no dañar el cereal. Aunque sus esclavos se dejasen literalmente la piel en el proceso.

Kelan acabó por arrancar un par de tiras de tela del bajo de su camisa para envolverse las manos en ellas. Esto lo alivió un poco, aunque no lo suficiente.

Aún se ganó un par de golpes más de la fusta del guardia a lo largo de la tarde por detenerse a recuperar el aliento. Cuando por fin el sol comenzó a hundirse por el horizonte y los trabajadores formaron fila de nuevo frente al carromato, Kelan no tuvo fuerzas para levantarse.

El guardia lo hizo incorporarse de un puntapié.

—Arriba, esclavo —le ordenó—. Nadie va a llevarte a cuestas, ¿sabes?

Kelan reprimió un gruñido, reunió toda su fuerza de voluntad y se levantó como pudo. Avanzó hasta la fila arrastrando los pies y se puso a la cola, bamboleándose. Estuvo a punto de tropezar y caer sobre la espalda del compañero de enfrente, pero logró mantener el equilibrio.

De nuevo recibió un odre lleno y una hogaza de pan, aunque en lugar de queso le dieron un pedazo de embutido de color rojizo que no fue capaz de identificar.

Se sentó junto al resto de los trabajadores. Lo primero que hizo fue beber un trago del odre porque se moría de sed. Pero, en lugar del agua que esperaba recibir, un líquido fuerte y amargo le resbaló por la garganta.

Sorprendido, Kelan se puso a toser. Su primer impulso fue arrojar

el odre lejos de sí, pero se contuvo, porque aún tenía sed. Frunciendo el ceño, examinó la boca del recipiente con desconfianza.

Entonces se dio cuenta de que el resto del grupo lo miraba fijamente.

—Lo siento —murmuró—, creo que mi agua no está buena.

Y, de pronto, todos estallaron en carcajadas.

—¡El niño no sabe lo que es la cerveza! —comentó uno con guasa.

Kelan enrojeció al oírse llamar «niño», pero no quiso discutir.

—No —murmuró—. No la había probado nunca. ¿Es... lo que se bebe por aquí?

—En unos días, chico, es lo único que querrás beber —vaticinó otro de los esclavos—. Porque incluso una cerveza aguada y apestosa como esta es lo único que merece la pena de este lugar.

Kelan no replicó, pero se resignó a probar de nuevo el líquido de su odre, ya que no tenía otra cosa con la que regar el pan duro y el embutido salado y ligeramente picante que le habían entregado.

Uno de los esclavos lo observaba con cierta simpatía.

—No tienes edad para estar aquí, ¿verdad?

Kelan desvió la mirada.

—Cumplí la mayoría de edad hace tres semanas, en realidad.

Alzó la cabeza al percibir un súbito silencio a su alrededor.

—¿Eres un niño de la Larga Noche? —preguntó alguien con cierta inquietud.

Kelan se encogió de hombros.

—Como tantos otros —respondió—. No tengo nada de especial.

Los demás se quedaron mirándolo un momento, pero acabaron por aceptar sus palabras y dejaron de prestarle atención.

Con el tiempo, Kelan aprendió que la cerveza se elaboraba con un cereal conocido como «cebada». Aprendió a apreciarla, en efecto, porque, aunque los primeros días le producía una ligera sensación de mareo, lo ayudaba a dormir mejor por las noches.

En los días siguientes arrancó malas hierbas hasta que las manos le encallecieron, y su piel enrojeció primero y se volvió más morena después bajo los despiadados rayos del sol. Recibió más golpes de fusta, pero aprendía rápido, y asimiló la rutina hasta que su ritmo de trabajo se adecuó al de los demás, por lo que los guardias no hallaban ya motivos para castigarlo.

Estaba aprendiendo mucho sobre el cultivo del cereal, y los primeros días se preguntó por qué el juez lo había enviado allí, si en teoría era una actividad de la que debía mantenerse alejado.

Le bastarían unas semanas más trabajando allí para comprender la razón: cuando hubiese cumplido su condena y volviese a ser un hombre libre, jamás volvería a acercarse a un campo de cereal voluntariamente.

Día 46, año 17 de la era de Vintanelalandali

Hoy he tenido la oportunidad de escoger a los integrantes de mi guardia personal. Ha pasado ya un tiempo desde que elegí las cinco máscaras que les entregaré cuando llegue el momento, pero no ha sido posible organizar la selección hasta hoy porque, según me ha explicado el Consejero Yinimakintanam, las pruebas previas no habían concluido todavía.

Por lo que tengo entendido, el ejército recluta nuevos soldados constantemente en todas las provincias del imperio. Todos ellos reciben un adiestramiento básico, pero a algunos de ellos, a los más prometedores, se los selecciona para entrenarlos aparte. Esta instrucción especial dura tres años y es tan exigente que muy pocos logran completarla. Los hombres y las mujeres que lo consiguen pasan a formar parte de la élite del ejército, lo que llaman la Excelencia. Son los más fuertes, los más tenaces, los más resistentes. Y serán los futuros comandantes y generales del ejército imperial de Akidavia.

De cada nueva promoción de Excelentes, además, se selecciona un grupo formado por los que superan unas pruebas específicas. Ellos, los mejores entre los mejores, se incorporarán al batallón de los zaldrim.

Esta mañana, los dieciséis aspirantes que superaron con éxito las pruebas de este año han formado ante mí en el patio principal del palacio.

—Pero solo han salido trece máscaras de Noradrim —le susurré a Yinimakintanam cuando los conté.

—No os inquietéis, Divinidad —respondió él—. Los elegidos que no obtengan una máscara este año dispondrán de una nueva oportunidad el año próximo. Estos soldados ya han demostrado lo que valen. El ejército imperial no prescindirá de gente como ellos.

Asentí, un poco más tranquila. No conozco a Yinimakintanam tanto como a otros Consejeros, como Kalinamanteni o Kunavamastedal, porque pasa más tiempo en los cuarteles que en palacio, y, de hecho, esta es la primera vez que tengo que tratar un asunto importante directamente con él. Pero estoy satisfecha, porque sin duda Yinimakintanam ha estado a la altura.

Kalinamanteni dice que mi decisión de reclamar tan pronto a mi guardia personal ha tomado a todos por sorpresa, porque no esperaban que lo hiciera hasta después de ser entronizada. Pero Yinimakintanam no puso ninguna objeción. Nos dijo que organizaría un encuentro con los elegidos de este año tan pronto como concluyesen las pruebas de selección, y ha cumplido con diligencia.

Cualquiera podría imaginar al Consejero de los Ejércitos como un viejo y veterano general. Y así era, de hecho, el Consejero Vandanimasara, su antecesor en el cargo. No obstante, Yinimakintanam es más bien un diplomático. Es relativamente joven, para ser un Consejero. Kunavamastedal me ha contado que el Consejo lo eligió tras la muerte de Vandanimasara porque, al parecer, está muy bien relacionado y tiene un perfil amable y conciliador. Los períodos intermedios entre la muerte de un Emperador y la entronización del siguiente suelen ser tiempos delicados para Akidavia, puesto que el nuevo Emperador aún no ha desarrollado sus poderes y el imperio puede parecer vulnerable a los ojos de sus enemigos. Por eso el ejército, y especialmente los zaldrim, aumentan su influencia para reforzar las defensas de la nación, tanto en sus fronteras como en las provincias interiores.

No obstante, es fácil que los ciudadanos interpreten el poder renovado del ejército como una amenaza, y de ahí que se escogiera a

Yinimakintanam como su representante en el Consejo y, sobre todo, ante el resto de los akidavos.

Y ahora comprendo por qué. Yinimakintanam es diligente y resolutivo, y al parecer ha solucionado multitud de conflictos sin necesidad de luchar, simplemente haciendo gala de su buen talante y su facilidad de palabra.

Según Kunavamastedal, el Consejero de los Ejércitos es también un joven brillante y ambicioso. No se me ocurre qué más podría desear Yinimakintanam que no haya logrado ya. En Akidavia no se puede llegar más lejos que él, con un puesto en el Consejo del Imperio. Tal vez en el futuro sea el tipo de Consejero que defienda la necesidad de iniciar nuevas campañas de conquista más allá de nuestras fronteras; pero, si se diese el caso, no sería una decisión que dependiese de él en exclusiva.

Hoy, desde luego, se ha mostrado deseoso de ayudar. Ha aguardado en un discreto segundo plano mientras yo pasaba revista a los dieciséis candidatos y hablaba con ellos, uno por uno. Recordaba bien cómo eran las máscaras que elegí en su momento, y me ha resultado muy sencillo decidir quiénes serán los portadores de algunas de ellas. Para otras, en cambio, me ha costado más.

En una primera selección he nombrado a dos nuevos zaldrim: un hombre y una mujer. Para la máscara gris tenía tres buenos candidatos y he tardado un poco en decidirme por uno de ellos.

He dejado las máscaras gemelas para el final, porque estaba segura de que sería complicado encontrar a dos aspirantes capaces de llevarlas, con todo lo que implican. Pero durante mi tercera ronda he sorprendido una mirada de entendimiento entre dos de los soldados, y me he acercado a hablar con ellos.

Resulta que son amigos desde la infancia, proceden del mismo pueblo, se alistaron juntos en el ejército, se conocen bien y, según su superior, se compenetran a la perfección.

Así que los he escogido a ellos.

Y ya he seleccionado a mi guardia personal. Tres hombres y dos mujeres, elegidos entre los mejores, entre los Excelentes, la élite del ejército imperial. Me he aprendido sus nombres de memoria: Radania, Kadari, Yarene, Darkalun y Barkonin. El día del nombramiento de los nuevos miembros del cuerpo de zaldrim, yo misma les entregaré sus máscaras durante la ceremonia. Desde entonces me acompañarán allá donde vaya, serán mis embajadores fuera del palacio y me protegerán de cualquier amenaza.

Supongo que he pasado el resto del día parloteando sobre el tema, porque al final Zaralane ha murmurado, un poco dolida:

—Ignoraba que os sintierais tan sola, Divinidad. Os ruego que me perdonéis si no soy una digna compañía para vos.

La he abrazado con afecto. Zaralane solo tiene unos pocos años más que yo, pero ha estado a mi lado desde que puedo recordar. Es mi doncella de compañía, pero también mi mejor amiga, si es que una Emperatriz puede permitirse el lujo de tener amistades. Me siento muy afortunada por tenerla a mi lado; sin ella, el palacio me parecería mucho menos un hogar y bastante más una cárcel.

Y me gustaría poder decírselo, pero creo que no merece que cargue sobre sus hombros mis inquietudes y preocupaciones. Cuando era niña, Zaralane lo abandonó todo para servir a su Emperatriz. Aunque apenas ha podido ver a su familia desde entonces, nunca la he oído quejarse por ello.

No obstante, soy consciente de su sacrificio. Por esa razón procuro no aburrirla demasiado con mis tribulaciones. Por eso, entre otros motivos, empecé a escribir este diario.

Le he asegurado que mi guardia personal también tendrá que protegerla a ella, y ha abierto mucho los ojos.

—¿A mí, Divinidad? ¿Por qué? ¡Yo no soy importante!

—Para mí sí lo eres —le he respondido, con total sinceridad.

Y lo pienso de verdad. Zaralane, Kalinamanteni, Kunavamastedal y la maestra Mindaleva son ahora mi familia.

Pero pasarán los años, y los siglos, y ellos abandonarán mi vida uno tras otro, mientras yo permanezco aquí. Y, aunque sé que llegarán otros para ocupar su lugar, sospecho que ninguno será para mí tan importante como las personas que estarán a mi lado durante los primeros años de esta nueva encarnación.

O tal vez sí. Quizá Zaralane y los demás se diluyan en mi memoria con el paso del tiempo. Quizá las nuevas experiencias acaben por matizar mis primeras vivencias hasta empequeñecerlas en la perspectiva del tiempo.

Todavía me resulta extraño pensar que voy a vivir cientos de años. Los días pasan muy despacio. La ceremonia de designación de los nuevos zaldrim parece estar muy lejos aún.

Pero no tanto como el momento en que despierten mis poderes.

Porque mi cabello sigue siendo decepcionantemente castaño.

La cosecha

Las jornadas se sucedían en la plantación, una detrás de otra, y la única diferencia apreciable consistía en que cada día era un poco más largo que el anterior. La primera semana fue un infierno para Kelan. Tenía la piel abrasada por el sol, las manos en carne viva y la espalda cruzada por las marcas de los fustazos ocasionales que recibía cuando se retrasaba en alguna tarea.

No obstante, y a medida que su cuerpo se hacía más fuerte y resistente, fue también acostumbrándose a la rutina diaria. Las labores que le encomendaban iban variando en función de las necesidades del momento; podían enviarlo a arrancar malas hierbas en una plantación de mijo, a purgar zonas afectadas por hongos en un campo de trigo o a trabajar con el agua hasta las pantorrillas en los bancales de arroz a la orilla del río. Y Kelan lo iba haciendo cada vez mejor, porque aprendía deprisa.

Una tarde, sin embargo, uno de sus compañeros comentó durante la cena:

—¿Crees que lo tienes todo controlado, novato? Espera a que llegue la cosecha.

Los otros se rieron a carcajadas; Kelan sonrió un poco, pero se quedó preocupado.

Porque, en efecto, a medida que las espigas crecían y se iban dorando cada vez más bajo los primeros rayos de sol del verano, los oficiales y los capataces empezaban a mostrarse más nerviosos. La

oficial Dalena revoloteaba entre las filas de los esclavos cuando regresaban del trabajo al anochecer, contándolos una y otra vez, tomando notas en su libreta y murmurando:

—Necesitaremos más gente... Necesitaremos más gente...

Y era obvio que iban a llegar más trabajadores en algún momento. No obstante, Kelan sabía que algunos de los barracones del poblado estaban vacíos, de modo que se sorprendió cuando vio a varias cuadrillas de esclavos construyendo media docena más.

—No tardarán en llegar los refuerzos —oyó comentar a alguien.

Cada cierto tiempo se incorporaban nuevos trabajadores a la plantación, a medida que los antiguos cumplían sus condenas o eran trasladados a otra parte. Pero solía ser un goteo, dos o tres cada vez como mucho, nunca en grupos demasiado grandes.

Cuando los nuevos barracones estuvieron terminados, sin embargo, Kelan comprobó que el número de esclavos de la plantación comenzaba a aumentar notablemente. Cada día llegaban diez o doce más, y eran rápidamente reubicados por la oficial Dalena, que trotaba de un lado para otro casi sin levantar la vista de sus notas.

Kelan no pudo evitar preguntarse de dónde sacaba el imperio tantos esclavos cuando los necesitaba. Le habían contado que, en tiempos pasados, solían ser prisioneros de las guerras de conquista. Los traían desde el campo de batalla encadenados, formando largas hileras que recorrían las calzadas a la vista de todos, hasta sus nuevos destinos en las minas, las bodegas de las naves remeras o los campos de cereal. Algunos, los más insumisos, serían esclavos durante toda su vida. Pero la mayoría podrían obtener la ciudadanía al cabo de los años si trabajaban bien para honrar al imperio. Sus hijos, por descontado, nacerían ya siendo akidavos de pleno derecho.

No obstante, hacía mucho que el imperio estaba en paz con las naciones vecinas. A veces surgían grupos rebeldes en regiones remotas, o se producían ataques esporádicos en algunas zonas fronterizas, pero nada como una guerra abierta. Por esta razón, en tiempos de paz eran los delincuentes comunes los que ocupaban el lugar de los prisioneros de guerra.

Pero no era posible que la delincuencia aumentara convenientemente coincidiendo con la época de la cosecha, de modo que Kelan empezó a observar con mayor atención a los recién llegados. La mayoría de ellos tenían la piel cetrina, el cabello castaño, más claro o más oscuro, y los iris de diferentes tonalidades de marrón, como era habitual en las provincias interiores. Pero otros parecían proceder de los rincones más remotos de Akidavia. Había gente de piel clara y cabello negro, castaño o rojizo, que probablemente había llegado desde las tierras meridionales del imperio, como Kelan. Había también imponentes esclavos de las provincias orientales, de elevada estatura, piel oscura o moteada y ojos de diferentes tonos verdes o ambarinos, casi felinos, que les otorgaban una mirada entre exótica y feroz. Los había de piel y cabello claros, descendientes de las antiguas tribus del norte. Kelan reconoció incluso algún mayali oriundo de las estepas occidentales, con la melena azulada recogida en trenzas y la piel cubierta de tatuajes.

Todos ellos, no obstante, tenían algo en común: ya no eran ciudadanos de pleno derecho del imperio. Algunos parecían peligrosos, hombres y mujeres agresivos y pendencieros, condenados por delitos de sangre. Otros tenían la mirada huidiza de los ladrones. Pero también había algunos que miraban a su alrededor con aturdimiento, como si no terminaran de comprender cómo habían llegado hasta allí.

Y había muchos jóvenes, chicos y chicas. Alguno parecía incluso menor de edad, y Kelan los contemplaba con incredulidad. ¿Podría ser que los jueces impusieran penas más duras en función de la mano de obra que necesitaban en los campos?

Se fijó en concreto en un muchacho que no debía de superar los quince años, pero que ni siquiera parecía desconcertado. Se limitaba a mantenerse separado del resto, acurrucado sobre sí mismo la mayor parte del tiempo de descanso, con la mirada fija en cualquier lugar menos en los rostros de la gente que lo rodeaba, como si no se encontrase realmente allí.

Por suerte para él, no estaba solo. Lo acompañaba a todas partes una joven que se le parecía mucho, probablemente pariente suya, quizá una hermana. La mirada de la chica era feroz y recelosa, y su postura, siempre alerta, dispuesta a saltar para defender a su compañero de cualquier amenaza.

Kelan los vio a ambos el día que llegaron. La chica discutía con los oficiales porque querían instalarlos en barracones diferentes, mientras el muchacho mantenía la vista fija en el suelo, como si nada de aquello fuera con él. Kelan no pudo quedarse a ver cómo terminaba el conflicto pero, cuando al día siguiente volvió a cruzarse con la muchacha, que se mostraba huraña y esquiva, detectó que tenía un cardenal en el pómulo.

En los días siguientes coincidió con ellos en más ocasiones. En la plantación, los hombres y las mujeres dormían en barracones separados. Pero a veces Kelan observaba parejas mixtas que se reunían durante los descansos, se sentaban juntos a la hora del almuerzo o trabajaban codo con codo si sus respectivas cuadrillas coincidían en el mismo campo. Nada de eso, al parecer, molestaba a los guardias, mientras todos los esclavos, hombres y mujeres, cumpliesen con sus tareas de forma diligente y puntual.

La chica nueva, en cambio, tardó en aprender las normas del lugar. Kelan la vio enfrentarse a los guardias en varias ocasiones más. A veces ellos tenían que llevársela a rastras del lugar donde la habían encontrado, lejos de su cuadrilla, porque se escapaba a menudo para reunirse con el otro muchacho, que, en efecto, resultó ser su hermano menor. A menudo la chica era castigada por su comportamiento, pero ello no impedía que volviese a buscar a su hermano una y otra vez. Ante aquella situación, algunos guardias empezaron a hacer la vista gorda cada vez que los veían juntos. Al parecer, el chico se distraía a menudo, no escuchaba las instrucciones o no las entendía, y trabajaba mucho mejor cuando tenía a su hermana cerca para guiarlo.

—No sé cómo han acabado aquí, la verdad —oyó Kelan que comentaba uno de los guardias a propósito de los dos hermanos—. No sirven para nada.

—Vagabundos —respondió su compañero—. Están mejor aquí que en cualquier otra parte.

—No soportarán la temporada de la cosecha. La chica puede que sí, pero su hermano...

El segundo guardia se encogió de hombros.

—No es nuestro problema.

Pero, a medida que pasaban los días, Kelan sentía cada vez más curiosidad hacia la extraña pareja. Ambos tenían la piel de un tono similar al del bronce, poco habitual en la plantación y, desde luego, completamente inusual en Gratitud. Tenía el vago recuerdo de que la gente de piel broncínea procedía del lejano oeste, probablemente de Humildad, o tal vez de Generosidad. Como casi todos los pueblos de las provincias exteriores, sus habitantes hablaban dos lenguas, la común del imperio y la propia de la región, que se resistía a desaparecer del todo. Kelan había oído a la chica nueva jurar y maldecir en un idioma incomprensible cuando se enfrentaba a los guardias, pero eso no lo había ayudado a identificar su procedencia.

En realidad, y teniendo en cuenta que todos los trabajadores de la plantación eran esclavos, poco importaba su lugar de origen, su lengua natal o el color de su piel. Al final, todos debían doblar el espinazo bajo el sol desde el amanecer hasta el crepúsculo.

Pronto se vio obligado a dejar de prestar atención a los recién llegados, porque los capataces empezaron a enviar a las cuadrillas a cosechar.

Las variedades de cereal no maduraban todas al mismo tiempo, de modo que la época de la cosecha se prolongaba durante varias semanas, desde finales de la primavera hasta bien entrado el verano. Kelan tuvo que familiarizarse con nuevas herramientas, como hoces, corvos y guadañas, que los esclavos de las herrerías mantenían siempre bien afiladas. Los primeros días fueron complicados, como cada vez que debía aprender una tarea nueva. Kelan sabía que más de un trabajador novato había perdido algún dedo en el proceso, así que se esforzó por concentrarse en su trabajo.

De vez en cuando, aún veía de lejos a los dos hermanos, uno junto al otro siempre que los guardias se lo permitían, y por lo general apartados del resto de los trabajadores, como si ellos dos formasen un mundo aparte. Los otros esclavos nuevos habían acabado por integrarse en el grupo antes o después, pero Kelan tenía la sensación de que ellos dos no tenían el menor interés en intentarlo siquiera.

Una tarde se desató una violenta tormenta sobre la plantación. Los esclavos estaban acostumbrados a trabajar bajo la lluvia, pero aquel temporal era tan intenso que los guardias decidieron reunirlos a todos en los graneros hasta que amainase un poco.

Aprovecharon también para servir un almuerzo temprano. Cuando Kelan se sentó con su hogaza de pan, su odre de agua y su pedazo de queso, se dio cuenta de que los dos hermanos se habían acurrucado en una esquina del cobertizo, apartados del resto de los trabajadores. El chico parecía concentrado en dibujar algo en el suelo con el dedo, y su hermana miraba a su alrededor con nerviosismo.

Kelan no los había visto en la cola del almuerzo. Probablemente la chica no debería estar allí y se había alejado de su cuadrilla para reunirse con su hermano una vez más, cuando los guardias no miraban.

Siguiendo un impulso, Kelan se acercó a ellos. La muchacha lo miró con desconfianza y se movió para interponerse entre él y su hermano, que seguía con la vista fija en el suelo, ajeno a todo.

—¿Qué quieres? —le preguntó con brusquedad.

Kelan llevaba suficiente tiempo observándola como para saber que aquella era su manera de tratar a todo el mundo, de modo que no se sintió ofendido. Se sentó junto a ella, a una prudente distancia, partió en dos su hogaza de pan y le ofreció un trozo.

—Me llamo Kel —le dijo—. Toma, no es bueno trabajar con el estómago vacío.

Ella lo miró unos instantes con los ojos entornados. Después le arrebató el pan sin una palabra y empezó a devorarlo con ganas. Estaba claro que tenía hambre, y Kelan no pudo evitar preguntarse cuántas comidas más se habría saltado desde su llegada.

—¿Tu hermano no quiere nada? —preguntó—. Puedo ofrecerle un poco de mi queso.

La chica dejó de comer y, de nuevo, lo miró con suspicacia.

—¿Por qué?

Kelan se mostró perplejo.

—Por qué, ¿qué?

—¿Por qué quieres darle tu queso a mi hermano?

—Para que no pase hambre —respondió él—. Sé que habéis llegado tarde al reparto del almuerzo y que las normas son muy estrictas, pero, en fin, el hambre no entiende de esas cosas. Si no comes, te retuerce el estómago, te embota los sentidos y hace que tus piernas se vuelvan flojas. —Sacudió la cabeza—. Y eso no es bueno, sobre todo cuando tienes que segar cereal con los guardias y sus fustas vigilando todo lo que haces.

La joven se quedó mirándolo, un poco sorprendida de que hablase tanto. A decir verdad, el propio Kelan también se sentía desconcertado ante su propia elocuencia. Siempre había sido un chico de pocas palabras, no porque no tuviese pensamientos propios, sino porque consideraba que no merecía la pena compartirlos con nadie. Pero, después de varias semanas hablando solo lo indispensable, por alguna razón sentía el impulso de conversar con la arisca muchacha nueva.

Ella lo contempló unos instantes más y finalmente pareció concluir que era inofensivo, porque se encogió de hombros y volvió a centrarse en su pan.

—Mi hermano no va a comer nada ahora mismo —replicó con la boca llena—. No vale la pena intentar obligarlo a que lo haga.

Kelan estiró el cuello para observar al chico con curiosidad. La joven volvió a interponerse entre ambos con una furiosa mirada de advertencia.

—Déjalo en paz.

Kelan se apartó un poco.

—No voy a hacerle daño.

—No fisgonees. Mi hermano no es asunto tuyo.

—Lo siento. —Hizo una pausa antes de preguntar—: No está bien, ¿verdad?

—No es asunto tuyo —repitió la chica.

—No me interesa saberlo, en realidad —le aseguró Kelan, aunque lo cierto era que sí sentía curiosidad—. Lo preguntaba solo por si podía ayudaros de alguna manera. Sé que no te permiten estar con él a todas horas, y había pensado que...

—¿Por qué?

De nuevo lo miraba con aquel gesto de feroz desconfianza. Kelan abrió la boca para responder, aunque en esta ocasión no tenía tan claro lo que debía decirle. Lo pensó un poco antes de contestar:

—Es posible que tu hermano me recuerde a mí mismo, en cierto modo.

La chica soltó una carcajada socarrona y movió la cabeza con incredulidad.

—No os parecéis en nada —declaró con cierta irritación.

—Me refiero a que... parece demasiado joven para ser esclavo. A mí también me juzgaron como a un adulto cuando todavía no lo era. Solo por unos días, pero, aun así..., no hay día que no piense que yo no debería estar aquí.

Ella le dedicó una sonrisa sesgada.

—Ya, eso es lo que dicen todos —comentó.

Kelan reprimió el deseo de seguir preguntando y se puso a comer su propio almuerzo. Cuando ofreció en silencio un pedazo de queso a la joven, ella no lo rechazó. Él no estaba seguro aún de que le cayese bien, pero al menos parecía que toleraba su presencia.

Se quedó mirándola de reojo unos instantes. Tenía el cabello muy negro, casi azulado, y, aunque lo llevaba corto, algunos mechones rebeldes del flequillo le caían sobre los ojos. Kelan pensó que era guapa, aunque no se pareciera a ninguna de las chicas que había conocido hasta entonces. O quizá precisamente por eso.

Pero se guardó sus pensamientos para sí, porque sospechaba que no serían bien recibidos si se atrevía a expresarlos en voz alta.

Finalmente, la chica se limpió las manos en los pantalones y echó un rápido vistazo a su hermano, que seguía dibujando cosas en el suelo.

—Tiene catorce años —confirmó en voz baja—, pero eso da igual. Somos vagabundos. No encajamos en ningún otro sitio.

Kelan inclinó la cabeza. En una nación tan regulada como el imperio de Akidavia, todo el mundo debía estar registrado en alguna parte. Todos, incluso los esclavos, estaban inscritos en el censo. Cualquier ciudadano podía irse a vivir a otra provincia, pero en ese caso debía comunicarlo a las autoridades y registrarse en el lugar donde fuera a instalarse.

Los vagabundos, en cambio, desaparecían un buen día y no se molestaban en informar a nadie de que se habían marchado. A veces cambiaban de nombre, se mudaban a otra provincia o pasaban el resto de su vida viajando por los caminos, eludiendo a las autoridades y manteniéndose al margen de cualquier tipo de registro. Los esclavos no eran importantes, pero al menos constaban en el censo.

Los vagabundos directamente no existían.

A Kelan le habían contado que todos los vagabundos eran delincuentes por definición. En primer lugar, y si no tenía nada que ocultar, ¿por qué razón querría nadie desaparecer de los registros? Y, en segundo lugar, quien no estuviese censado no podría tener un trabajo respetable, así que los vagabundos solo podían vivir del robo, la estafa o el pillaje.

Pero decidió no compartir sus pensamientos con la chica. Ella había pronunciado la palabra «vagabundos» con una nota de desafío en la voz, como retando a Kelan para que hiciese algún comentario al respecto.

Justo en aquel momento los guardias anunciaron que la tormenta había amainado lo suficiente como para que los esclavos volviesen al trabajo, de modo que los dos jóvenes se pusieron de nuevo en pie.

—Me llamo Kel —volvió a decir Kelan, con la esperanza de que, en esta ocasión, la muchacha decidiese presentarse también.

Ella lo evaluó con la mirada antes de encogerse de hombros y responder:

—Yo soy Ran. Y él es Dif —añadió, señalando a su hermano.

Tiró de él suavemente para ponerlo en pie. El chico se dejó llevar sin una queja, aunque alargó el brazo hacia los garabatos que había trazado en el suelo, como si le costara abandonarlos. Ran se apresuró a borrarlos con el pie, pero Kelan ya había entrevisto algunos de ellos, y le pareció reconocer un extraño patrón.

Dif había estado pintando caras en el suelo.

Pero, de nuevo, Kelan se abstuvo de hacer ningún comentario.

Día 72, año 17 de la era de Vintanelalandali

Hoy he descubierto algo que no sabía acerca de la Consejera Kalinamanteni. Todo ha empezado a la hora del almuerzo, cuando Kunavamastedal me ha comunicado la fecha definitiva de la ceremonia del nombramiento de los zaldrim. Al parecer, mi reacción ha resultado ser demasiado entusiasta para el gusto de Kalinamanteni, que me ha reprendido con tono gélido:

—Guardad las formas, Divinidad. No sois una chiquilla cualquiera, sino la nueva Emperatriz de Akidavia.

Es habitual que se muestre severa conmigo, pero en esta ocasión me ha amonestado con tanta dureza que incluso Kunavamastedal se ha quedado mirándola, sorprendido, mientras yo bajaba la cabeza, roja de vergüenza.

Un poco más tarde, aprovechando que estábamos a solas, Kunavamastedal ha considerado necesario intervenir en favor de Kalinamanteni.

—No se lo tengáis en cuenta, Divinidad. A la Consejera le está costando un poco asimilar el cambio.

—Han pasado ya dieciséis años, Kunavamastedal —señalé—. Me ha visto crecer. ¿No ha tenido ya suficiente tiempo para hacerse a la idea? Sé que estaba muy unida a mi predecesor, pero... esto empieza a ser ridículo.

Kunavamastedal suspiró.

—Admito que Kalinamanteni no está siendo razonable. No está siendo fácil para ella, de todos modos.

—¿Por qué? Tú también estabas muy unido a Ulayanamivandu, ¿no es cierto? Fuiste su Consejero durante más de treinta años.

—No es lo mismo. Yo sentía un gran aprecio por vuestro predecesor, y me gustaría creer que era mutuo. Pero nuestra relación era profesional. Para Kalinamanteni, sin embargo, entraba en el terreno de lo personal.

Me quedé mirándolo con los ojos muy abiertos.

—¿Quieres decir que Ulayanamivandu y Kalinamanteni...?

Pero él desechó la sugerencia con un gesto.

—Oh, no, no me refiero a ese tipo de relación. Kalinamanteni nunca fue amante del Emperador. —Sonrió antes de explicar—: Era su hija.

Confieso que esto me parece todavía más complicado. El Eterno Emperador vive muchísimo tiempo, de modo que es habitual que sus encarnaciones lleguen a tener varias parejas a lo largo de su reinado. A veces son solo amantes ocasionales, a veces son relaciones que duran muchos años, y que pueden engendrar descendencia.

Pocas encarnaciones del Eterno Emperador llegan a contraer matrimonio. Dado que ellos no pueden comprometerse para toda la vida, no parece justo que pidan a su pareja que lo haga. Por otro lado, los hijos del Eterno Emperador no heredarán su trono, porque su poder no se transmite a sus descendientes de sangre, sino a su siguiente encarnación.

No obstante, sus hijos sí tienen derecho a una serie de prerrogativas. Se les conceden nombres casi tan largos como el del Emperador y pasan a formar parte de la aristocracia. Es relativamente habitual, también, que ocupen cargos en el Consejo.

De modo que Kalinamanteni es hija de Ulayanamivandu.

Él nunca mencionó este hecho en sus diarios, aunque siempre hablaba con afecto de ella. Y, dado que Kalinamanteni era ya Consejera antes de que yo naciera, imagino que debió de mantener una relación bastante estrecha con su padre. No todos los vástagos imperiales lo consiguen.

Kunavamastedal tiene razón. Ahora empiezo a comprender lo extraño que debe de haber resultado para ella asimilar que el alma de su padre habita ahora en el cuerpo de una muchacha. Sobre todo teniendo en cuenta que, dado que cada encarnación tiene su propia personalidad, Ulayanamivandu y yo no nos parecemos en nada.

—Pero ella... no esperaría que yo fuese su padre... o su madre... —farfullé, confundida—. Soy una encarnación diferente. No tenemos nada que ver.

—La Consejera lo sabe. Sin embargo, es humana. Yo no la culparía por esperar hallar en vos una chispa del padre que perdió, dado que sois su reencarnación.

Bajé la cabeza, un tanto entristecida. Kunavamastedal sonrió con amabilidad.

—Tampoco vos tenéis la culpa de no cumplir con sus expectativas, Divinidad —añadió—. Nadie podría.

La conversación con Kunavamastedal me ha ayudado a comprender un poco mejor a la Consejera Kalinamanteni, aunque me ha hecho pensar en mi propio futuro. Tengo cientos de años por delante y no existe nadie que pueda vivir todo ese tiempo a mi lado. Puede que me enamore una sola vez y pase el resto de mi vida triste y sola después de su muerte. Puede que tenga varias parejas. O quizá ninguna.

¿Tendré hijos? ¿Los conservaré a mi lado como Consejeros o los enviaré lejos, para no tener que verlos envejecer y morir con el paso de los años?

Quizá Kalinamanteni pensó que su padre, como encarnación del Eterno Emperador, la sobreviviría también a ella. De todos modos, he hecho cálculos y Ulayanamivandu debió de engendrar a Kalinamanteni a los ochocientos quince años, aproximadamente. Podría haber vivido más años que ella, pero también existía la posibilidad de que no lo hiciera.

Yo no me imagino teniendo hijos ni aun con ochocientos años. Ni siquiera estoy segura de que eso sea posible.

Lo que sí tengo claro es que no quiero pasarme toda la vida sola. No obstante, ¿tendré valor para enamorarme sabiendo que veré a mi pareja envejecer y morir, mientras yo seguiré siendo joven?

Protector

En los días siguientes, Kelan tuvo más ocasiones de conversar con Ran. Al principio, la chica seguía observándolo con desconfianza cuando se sentaba a su lado durante el almuerzo; al cabo de una semana, era ella quien lo buscaba a él.

No hablaban mucho, en realidad. A veces se limitaban a charlar sobre algún suceso intrascendente de la jornada, pero casi siempre permanecían sentados el uno junto al otro en silencio mientras almorzaban. Algunos de sus compañeros les dirigían comentarios mordaces, pero Kelan los ignoraba y Ran les devolvía una mirada feroz sin molestarse en responder, de modo que al final acabaron por dejarlos en paz.

De todas formas, apenas tenían tiempo para nada porque, a medida que avanzaba la estación de la cosecha, el trabajo en los campos se volvía más y más exigente. Ya no solo se trataba de segar: también había que atar los manojos en haces para transportarlos hasta las eras, donde se dejaban secar. Posteriormente debían trillarlos para separar el grano de la paja; aunque de aquella tarea, que implicaba el manejo de bueyes, solían encargarse los esclavos de mayor experiencia, a los novatos como Kelan los hacían trabajar con las horcas y los rastrillos para retirar la paja sobrante. Por último, se cribaba el grano y se guardaba en sacos, mientras que la paja se amontonaba aparte para ser trasladada al pajar.

Kelan era consciente de que a Ran le estaba costando seguir el ritmo. Él mismo tampoco lo habría logrado si no llevara ya varios

meses trabajando en la plantación. No obstante, la muchacha era enérgica y obstinada, y no se rendía con facilidad.

Su hermano, sin embargo, era otra cuestión. Kelan se había dado cuenta de que Dif se volvía más arisco y esquivo con el paso de los días, como si su mente fuese deslizándose poco a poco hacia un abismo muy profundo del que cada vez le costaba más escapar.

La carga extra de trabajo también ponía nerviosos a los guardias y los volvía más intransigentes, por lo que Ran tenía problemas a la hora de escabullirse para reunirse con Dif. Dado que ella ya no estaba a su lado tan a menudo, el chico se despistaba mucho, recibía más golpes y, como consecuencia, se encerraba todavía más en sí mismo.

—Creo que Dif no lleva muy bien todo este trajín de la cosecha —comentó Kelan un poco preocupado, en una de las escasas ocasiones en las que coincidieron los tres.

Pero Ran negó con la cabeza.

—No es por la cosecha —replicó.

—Ah, ¿no? Entonces ¿por qué es? ¿Qué le pasa?

—No es...

—... asunto mío, ya lo sé —completó Kelan con un suspiro—. Aun así, me gustaría poder ayudarlo.

Por el rostro de Ran cruzó una sombra de tristeza.

—No puedes ayudarlo. Nadie puede, Kel. Se va a poner peor y no seré capaz de evitarlo.

Kelan se volvió para mirarla, sorprendido por aquel súbito arranque de franqueza. Pero Ran se puso en pie con brusquedad, dándole la espalda, y el chico ya no pudo hablar más del tema con ella.

Con todo, estaba siendo sincero cuando decía que quería ayudar a Dif. Los guardias habían hecho la vista gorda con él durante un tiempo, pero empezaban a perder la paciencia. Uno de ellos, de hecho, fruncía el ceño cada vez que lo veía, y no necesitaba excusas para obligarlo a trabajar a golpe de fusta en cuanto veía que se despistaba un poco. Kelan tenía la sensación de que, si las cosas seguían así, no tardarían en descontrolarse.

Sucedió antes de lo que esperaba. Aquella mañana estaban segando en un campo de avena que crecía junto a una arboleda. Dif se las había arreglado para ocultarse entre la maleza y los guardias no lo habían visto todavía. Allí, olvidado de todos, se había centrado de nuevo en sus extraños dibujos, abstrayéndose hasta tal punto que no se dio cuenta de que el resto de los esclavos habían despejado ya la parcela más próxima al lugar donde se encontraba, dejándolo más expuesto a las miradas. Kelan lo vio desde el otro extremo del campo, acuclillado en el suelo, con la hoz abandonada a sus pies. Y comprendió que, si él había podido descubrirlo desde allí, los guardias no tardarían en hacerlo también.

Sin dejar de trabajar con la hoz, empezó a desplazarse subrepticiamente hacia el lugar donde se encontraba Dif. Algunos de sus compañeros se percataron de la maniobra y lo miraron con curiosidad, pero no hicieron ningún comentario.

Kelan se detuvo un momento a medio trayecto para buscar a los guardias con la mirada. Descubrió, con el corazón en un puño, que dos de ellos conferenciaban en voz baja señalando a Dif. Lo habían visto.

Kelan apretó el paso, ya sin preocuparse por disimular. Cuando vio que uno de los dos guardias, precisamente el que le tenía inquina a Dif, se dirigía hacia él con la fusta desenfundada, echó a correr por entre las espigas de avena para llegar cuanto antes hasta ellos.

Dif ni siquiera había levantado la vista del suelo. El guardia, furioso por verse ignorado, le gritó de tal forma que el chico dio un respingo, alarmado:

—¡Tú..., idiota, inútil, pedazo de vago! ¡Estoy harto de ti! ¡No vales para nada!

Alzó la fusta sobre él; Dif retrocedió como pudo, tropezó y cayó sobre sus nalgas. Cuando el guardia descargó su arma, sin embargo, Kelan se interpuso entre ambos con el brazo en alto y recibió el golpe en lugar de Dif.

El guardia dio un paso atrás, sorprendido, mientras el joven apretaba los dientes, luchando por ignorar el furioso dolor que sentía en el antebrazo.

—¿Cómo te atreves, gusano? ¿Quién te has creído que eres?

Kelan bajó el brazo, inspiró hondo un par de veces y después clavó la mirada en el suelo.

—Nadie, amo. Pero..., si me lo permites..., puedo ayudar a Dif. A trabajar. Para que no sea una carga.

El guardia oprimió con fuerza el mango de la fusta. Parecía que iba a negarse, pero entonces su compañero intervino.

—Déjalos. Tú y yo sabemos que, por mucho que golpees al pequeño idiota, no sacarás nada mejor de él. —Se volvió hacia Kelan—. Os quiero ver a los dos segando inmediatamente, Kel. Si no, tu amigo no será el único en recibir un castigo ejemplar.

—Entendido, amo —respondió Kelan.

Se inclinó junto a Dif, que miraba a su alrededor, perplejo, como si acabase de despertar de un profundo sueño. Kelan se estremeció al ver a sus pies, trazada sobre un pedazo de tierra despejada, una cara de rasgos inquietantes. Los dibujos de Dif eran cada vez más detallados, pero nunca se apartaba de lo que parecía ser su temática favorita: rostros vagamente humanos, algunos feroces o aterradores, otros afligidos o incluso horrorizados. Ran nunca le había explicado por qué su hermano dibujaba aquellas cosas, pero por alguna razón le preocupaba mucho la posibilidad de que alguien lo descubriera; de modo que, cuando Kelan consiguió que el chico se incorporase por fin, se apresuró a borrar el esbozo con el pie.

Dif no se molestó por ello. Nunca lo hacía. Cuando siguió dócilmente a Kelan hasta la plantación, de hecho, parecía haberse olvidado incluso de que había estado dibujando.

Ran apareció un poco más tarde, jadeando. Se sorprendió un poco al ver a Dif trabajando con gesto ausente muy cerca de Kelan, que no le quitaba ojo.

—¿Cómo...? —empezó, pero el chico se encogió de hombros.

—Parece que se ha acostumbrado a mí —comentó—. No estoy seguro de gustarle todavía, pero supongo que, al menos, no me odia demasiado.

Ran reparó entonces en la marca, de un rojo brillante, que adornaba el antebrazo de Kelan. Abrió la boca para decir algo, pero se dio cuenta de que los guardias habían descubierto su presencia.

—Tengo que irme —masculló—. Ahora mismo debería estar con mi cuadrilla en los bancales.

Vaciló un instante y, antes de dar media vuelta, dedicó a Kelan la primera sonrisa auténtica desde que lo conocía.

—Gracias —susurró, y no tardó en desaparecer entre las largas espigas del campo de avena.

Kelan sonrió a su vez, aunque ella ya no podía verlo. El gesto de Ran le había despertado una agradable calidez en el pecho y había acelerado súbitamente los latidos de su corazón.

Día 86, año 16 de la era de Vintanelalandali

Llevo un buen rato intentando ordenar mis ideas para escribir lo que ha sucedido hoy, pero todavía me tiembla la mano y me cuesta contener las lágrimas. A pesar de todo lo que he leído, a pesar de mis prácticas de escritura, ni siquiera estoy segura de ser capaz de transmitir lo angustiada y traicionada que me siento en estos momentos.

Qué ironía, ¿verdad? Yo, Vintanelalandali, Luz de Akidavia, decimoséptima encarnación del Eterno Emperador, engañada y manipulada por uno de mis Consejeros, o tal vez por varios. Incapaz de hacer nada al respecto. Sin poder, sin libertad, sin autoridad. Jamás imaginé que pudiese sentirme tan inútil.

¿Por dónde empezar...? Compruebo en las páginas de mi diario que ya hablé de la selección de los integrantes de mi guardia personal y de las máscaras que iba a entregarles. Aún puedo recitar sus nombres de memoria: Radania, Kadari, Yarene, Darkalun y Barkonin.

Esperaba verlos esta mañana, durante la ceremonia anual de nombramiento de los zaldrim. Estaba tan emocionada, de hecho, que anoche apenas pude dormir.

Aún no estoy acostumbrada a participar en eventos públicos, porque Kalinamanteni dice que no es apropiado que una Emperatriz se deje ver sin su melena blanca. Podría inspirar pensamientos extraños en los ciudadanos como, por ejemplo, la idea de que su gobernante es una persona corriente, y no una encarnación del Eterno Emperador. Supongo que, una vez que sea entronizada, tendré tiempo de aburrirme de actos solemnes y ceremonias diversas, entre ellas, por descontado, los Juicios. Pero, por el momento, todo esto es nuevo para mí.

Por la mañana, mis doncellas me ayudaron a vestirme y acicalarme para la ocasión, dirigidas por Zaralane. Sé muy bien que, a ella, todo este asunto le genera sentimientos encontrados. Aun así, se mostraba feliz por mí, compartiendo mi emoción de cara a lo que iba a ser mi gran día. ¡Es tan buena y generosa...! A veces pienso que no la merezco.

Me acompañó hasta el patio de armas, pero no estaba previsto que permaneciera a mi lado durante la ceremonia. Y la he echado de menos. Me habría venido muy bien contar con su apoyo, teniendo en cuenta lo que sucedió después.

Ocupé mi lugar en el estrado, junto con algunos de mis Consejeros. Kunavamastedal, como Consejero de Leyes y Justicia, se encontraba allí para asegurarse de que todo el procedimiento se ajustaba a las normas establecidas. Me pareció que se mostraba más serio de lo habitual, aunque pensé que se debía a la solemnidad de la situación. También Kalinamanteni se hallaba presente, como responsable de todo lo que atañe a la Emperatriz hasta que sea entronizada. Me observó de arriba abajo durante un largo momento y después pareció concluir que mi aspecto era el adecuado para la ocasión, porque asintió para sí misma y, con la barbilla en alto y la espalda bien recta, me indicó el lugar donde debía situarme. Ella nunca hace ni dice nada fuera de lugar. A veces pienso que, por muchas horas que dedique a estudiar el protocolo, yo nunca seré capaz de asimilarlo e interiorizarlo con tanta perfección como Kalinamanteni.

A su lado se hallaba la Consejera Nayanalidestu. La ceremonia de nombramiento de los zaldrim es una de las pocas ocasiones en las que abandona la escuela-taller que dirige, puesto que es su deber asistir todos los años, como responsable del proceso de creación de las máscaras. Vestía de forma más discreta que Kalinamanteni, pero, desde mi punto de vista, su sobriedad aportaba más trascendencia a la situación.

No obstante, sería Yinimakintanam, como Consejero de los Ejércitos, quien presidiría la ceremonia. Se había vestido con sus mejores galas, y por un momento me pregunté si lo hace así todos los años. Es un acontecimiento importante, desde luego, pero me dio la sensación de que Yinimakintanam le estaba concediendo más relevancia de la que debía. Deduje que se debía a mi presencia en el estrado.

Qué equivocada estaba.

Ante nosotros, en perfecta formación, aguardaban ocho soldados de la promoción de Excelentes de este año. Los cinco que yo había escogido para integrar mi guardia personal no formaban parte de aquel grupo, y tampoco los vi por ningún sitio.

En ese momento, sin embargo, no me preocupé por eso. Sabía que la primera parte de la ceremonia consistía en el nombramiento de los zaldrim que se unirían al ejército imperial, y que la designación de mi guardia personal se realizaría después.

Sin embargo, el hecho de que mis elegidos no estuviesen presentes debería haberme hecho sospechar. Porque lo que sí que había en el patio era un palco ocupado por varias personas a las que yo solo conocía de vista y, sobre todo, de oídas: gente importante de la Ciudad Imperial de Armonía, miembros de la aristocracia que aún no he tenido oportunidad de tratar pero con quienes, sin duda, me cruzaré a menudo cuando sea entronizada.

Me mantuve en mi lugar, muy formal, mientras Yinimakintanam entregaba las máscaras a sus nuevos propietarios, una detrás de otra. Ellos la recibían con una breve inclinación de cabeza y la sostenían un momento entre sus manos con reverencia antes de colocársela.

En cuanto la máscara tocaba su piel, sucedía algo maravilloso e inquietante al mismo tiempo: el objeto parecía cobrar vida y los trazos de pintura comenzaban a vibrar y ondear, despidiendo intensos destellos de color. Es entonces cuando la máscara se fusiona con su portador, envolviendo su rostro igual que los guantes cubren cada uno de mis dedos cuando introduzco las manos en ellos.

Es un proceso extenuante para quien lo sufre; no solo lo agota física y mentalmente, sino que al parecer causa un agudo dolor difícil de soportar.

Pero los ocho nuevos zaldrim han sido elegidos entre los mejores. La mayoría de ellos aguantaron el trance con estoicismo, con los pies bien plantados sobre el suelo, los puños cerrados y el rostro contraído en un rictus de resignada agonía. Hubo uno que tuvo que hincar una rodilla en el suelo porque sus piernas no lo sostenían. Pero inspiró hondo, alzó la mirada y se puso en pie de nuevo, con la cabeza bien alta.

Cuando la fusión se hubo completado, los ocho zaldrim juraron lealtad a su general y al Consejero Yinimakintanam. Se habrían inclinado también ante mí, si mi cabello fuese ya de color blanco.

Me volví disimuladamente hacia Kunavamastedal para dirigirle una sonrisa emocionada. Pero él no me sostuvo la mirada, y en ese momento empecé a intuir que algo iba mal.

Durante toda la ceremonia había tratado de ignorar el palco de los aristócratas, que había estallado en murmullos al contemplar cómo las máscaras se fundían con los rostros de sus nuevos dueños. Me había parecido una conducta ciertamente inapropiada, como si aquellas personas no hubiesen asistido nunca a un evento como aquel. Sé que a Kalinamanteni tampoco le gustó, porque su gesto se iba agriando por momentos. Pero mantuvo la compostura durante toda la ceremonia.

Yo había dado por hecho que, por alguna razón, el protocolo había cambiado desde mi última encarnación, y ahora se permitía la asistencia de aristócratas a la ceremonia de nombramiento de los zaldrim. Pensaba que aquellos acudían todos los años y que, sencillamente, estaban siendo maleducados.

Por eso, cuando el secretario de la Consejera Nayanalidestu se situó ante el estrado portando una bandeja con las cinco máscaras que yo había elegido para mi guardia personal, volví a mirar a mi alrededor, buscando a los cinco hombres y mujeres que debían ponérselas.

Seguía sin verlos por ninguna parte.

—¿Yinimakintanam? —pregunté al Consejero de los Ejércitos en un susurro—. ¿Dónde están mis elegidos? ¿Por qué se retrasan?

Y él respondió, sin perder la sonrisa:

—Ha habido un cambio de planes, Divinidad.

Tardé unos instantes en asimilar lo que me estaba diciendo.

—¿Un... cambio de planes? —repetí con un hilo de voz—. ¿Qué quieres decir? ¿Yinimakintanam?

—Vuestra selección fue buena, sin duda, pero hemos pensado que no era del todo apropiada.

—Apropiada —musité con la boca seca. Volví a mirar a Kunavamastedal, exigiendo explicaciones, pero él rehuyó de nuevo mi mirada.

—Es mejor así, Divinidad —se limitó a decir.

Me puse en pie, alarmada. Kalinamanteni me observó con severidad, pero no dijo nada.

Los nuevos zaldrim se habían retirado para formar una fila al fondo del patio, encabezados por su general. Y mientras tanto, cinco jóvenes del palco de los aristócratas habían avanzado hasta situarse frente al estrado. El secretario de Nayanalidestu se mantenía en su sitio, sosteniendo la bandeja con gesto impenetrable. La Consejera parecía un poco más seria de lo habitual, pero tampoco había hecho ningún comentario.

Cuando Yinimakintanam se puso en pie para entregar las máscaras a los jóvenes aristócratas, solté sin poderlo evitar:

—¡Tiene que ser una broma!

—¡Divinidad! —exclamó Kalinamanteni, escandalizada.

—¿Dónde están mis elegidos? —demandé—. ¿Quiénes son estas personas?

Yinimakintanam exhaló un breve suspiro y se volvió hacia mí.

—El Consejo ha decidido que los soldados que habíais elegido no eran dignos de pertenecer a vuestra guardia personal.

—¿Qué quieres decir? ¡Han superado todas las pruebas! ¡Son los mejores entre los mejores! ¡La Excelencia del ejército imperial!

—No lo dudo, Divinidad. Y formarán parte del batallón de zaldrim el año que viene, para mayor gloria del imperio. No obstante, vuestra guardia personal debe estar integrada por gente... de otra clase.

—¿Otra... clase?

Volví a mirar a los jóvenes aristócratas con incredulidad. Se mostraban bastante incómodos, aunque alguno parecía molesto ante mi actitud. Todavía ignoro si fue algo que eligieron ellos de forma voluntaria o si la decisión fue tomada por el Consejo sin que ellos pudiesen opinar nada al respecto. Es indiferente, en realidad; el caso es que no han contado conmigo.

—Todos ellos descienden de linajes nobles —siguió explicando Yinimakintanam—. Tienen nombres largos, de cinco sílabas. Los ciudadanos saben quiénes son. Sus rostros son bien conocidos en la Ciudad Imperial.

—Eso no tiene mucha importancia cuando vas a ocultarlos detrás de una máscara —comenté con acidez.

—Sed razonable, Divinidad —masculló Kalinamanteni entre dientes.

Yinimakintanam suspiró de nuevo.

—También ellos han sido seleccionados entre la aristocracia —siguió explicando—. Han entrenado, son fuertes y resistentes.

—No han realizado el entrenamiento adecuado. No pueden estar a la altura de los Excelentes. ¿Estás insinuando acaso que tu Emperatriz no merece tener a los mejores entre su guardia personal?

—Estos muchachos son los mejores. —Yinimakintanam empezaba a perder la paciencia—. Los mejores para este trabajo.

—Van a proteger a la Emperatriz.

—Van a ser la cara visible de la Emperatriz. Vuestro pueblo no os conoce todavía. Ellos, en cambio, ya son célebres fuera de estos muros. Serán vuestro séquito, más que vuestra guardia. Dado que no está previsto que salgáis del palacio imperial, nunca estaréis en peligro en realidad. Por eso vuestra guardia puede ser...

—¿... meramente decorativa?

Yinimakintanam se había puesto muy serio.

—Yo no osaría llamar «decorativo» a nadie que porte una máscara drim, Divinidad.

Me mordí la lengua, porque percibí que incluso Nayanalidestu comenzaba a mostrarse visiblemente molesta.

Sacudí la cabeza, aún incapaz de creer que todo aquello estuviese sucediendo de verdad. Me volví hacia Kunavamastedal, suplicante, pero él seguía sin sostenerme la mirada. De pronto me pareció más viejo, como si una docena de años le hubiese caído de golpe sobre los hombros. Comprendí que, por las razones que fueran, no podía contar con él para plantar cara al Consejero de los Ejércitos.

De modo que me volví hacia Yinimakintanam y traté de transmitirle toda mi autoridad imperial a través de mi voz.

—No estoy de acuerdo con este cambio de planes. Trae a mis elegidos. Ahora.

El Consejero adoptó una expresión de falsa conmiseración.

—Me temo que eso no es posible, Divinidad. La decisión está tomada.

—No eres tú quien debe tomar esta decisión en concreto, Yinimakintanam.

—En realidad..., sí —intervino entonces Kunavamastedal—. Está escrito en la ley, Divinidad.

Me volví para mirarlo, incrédula.

—Pero... pero la Emperatriz escoge a su guardia. Me dijisteis...

—Pero aún no habéis sido entronizada; hasta entonces, es prerrogativa del Consejero de los Ejércitos escoger a todos y cada uno de los zaldrim. Incluyendo los de la guardia personal de la Emperatriz.

Me costaba respirar. Lo había leído en las leyes, en efecto. La Emperatriz elige a su guardia, pero, mientras su cabello siga sin encanecer, el Consejero de los Ejércitos puede escoger por ella, si lo estima oportuno.

Me volví hacia Kunavamastedal.

—¿De verdad no hay nada que pueda hacer?

Él se mostró incómodo.

—Me temo que no, Vintanelalandali.

—¡Pero yo soy la Emperatriz!

—Y la ley es la ley.

De nuevo, Yinimakintanam se adelantó con una sonrisa artificial que empezaba a provocarme náuseas.

—Lamento muchísimo haberos disgustado, Divinidad, pero sin duda con los años acabaréis comprendiendo que esta es la mejor opción. Y me lo agradeceréis.

Si hay algo que detesto aún más que la traición es la condescendencia.

—¡Hicimos una selección! Ya teníamos a cinco Excelentes, yo los escogí uno por uno...

—Y os pido mis más sinceras disculpas por haber desperdiciado vuestro valioso tiempo, Divinidad. Esa ceremonia nunca debió haberse celebrado. Fue un error.

De nuevo volví a mirar a los jóvenes aristócratas que Yinimakintanam había elegido. Me contemplaban con perplejidad y cierto desprecio, como si no acabasen de creer que aquella muchacha enrabietada fuese en realidad la Emperatriz de Akidavia. Les di la espalda, humillada, para volverme hacia mis Consejeros. Ni uno solo tuvo el valor de enfrentarse a Yinimakintanam, por razones que solo ellos conocen.

Kunavamastedal tuvo la decencia de mostrarse un tanto avergonzado. Carraspeó, incómodo, y empezó:

—Divinidad...

No me quedé a escuchar sus excusas. Hecha una furia, di media vuelta, les di la espalda a todos y corrí a refugiarme bajo la sombra protectora del palacio.

No fue mi momento más brillante, supongo. Pero confieso que me vi superada por las circunstancias.

¿Cómo es posible? Mi alma tiene más de diez mil años y, aun así, mis Consejeros me han manipulado como si fuese una niña cualquiera.

Zaralane me salió al encuentro en el pasillo, con una radiante sonrisa en los labios.

—Divinidad...

—Ahora no, Zaralane —musité, y su sonrisa se marchitó—. Necesito estar sola.

Me encerré en mis aposentos, y aquí sigo desde entonces. No he querido ver a nadie. Ni a Zaralane, ni a Kalinamanteni, ni siquiera a Kunavamastedal, cuyas sabias palabras han sido mi luz y mi guía desde que me reencarné.

Tampoco tengo fuerzas para enfrentarme a mi nueva guardia. No sé si seré capaz de soportar verlos con las máscaras que había elegido para otros.

Es posible que me esté comportando como una niña caprichosa, pero no puedo evitarlo. Me siento tan furiosa, tan decepcionada y tan inútil...

Pero no me engañarán dos veces.

Nunca volveré a confiar en nadie.

Trance

En los días siguientes, Kelan se tomó muy en serio su trabajo de protector y se mantuvo cerca de Dif siempre que le fue posible. Cuando podía supervisarlo, el hermano de Ran se las arreglaba para trabajar, aunque fuera de forma mecánica, aunque sus pensamientos estuviesen muy lejos de allí. No obstante, a veces a Kelan no le era posible seguirle la pista, porque sus respectivas cuadrillas trabajaban en plantaciones diferentes. Si Ran tampoco había podido escaparse para estar con él, no era raro que el pobre Dif regresase a los barracones cabizbajo, magullado y con marcas de fusta en las piernas o los brazos.

Ran estaba muy preocupada. Sus escapadas eran cada vez más arriesgadas y, como consecuencia, también ella recibía más castigos. Una tarde, durante la cena, Kelan descubrió que tenía una herida en la ceja que todavía sangraba un poco. Alargó la mano hacia ella, pero se detuvo cuando Ran hizo ademán de apartarse. Finalmente, la chica lo pensó mejor y alzó la cabeza hacia él.

Kelan rozó apenas su piel con la yema de los dedos, sintiendo que la rabia, que llevaba un tiempo hirviéndole a fuego lento en las entrañas, burbujeaba ahora con más fuerza.

—No tienen por qué hacer esto —murmuró.

Ella desvió la mirada.

—Me lo he ganado, por desobediente —replicó con sorna.

Kelan sacudió la cabeza. Sentía la acuciante necesidad de abrazar a Ran con todas sus fuerzas, de modo que cerró los puños, tratando de disimularla.

—Solo intentas proteger a tu hermano. Que no debería estar aquí.

Ran entornó los ojos.

—¿Dónde crees que debería estar, entonces? —le preguntó. Había una vibración peligrosa en su tono de voz, pero Kelan no la captó.

—No lo sé. En cualquier otra parte, supongo.

—Ya —musitó ella—. En cualquier otra parte. —Sonrió, como si se riese de un chiste que solo ella había entendido—. Por qué no.

No dijo nada más aquella tarde; permaneció sumida en sus propios pensamientos, y Kelan, que empezaba a conocerla mejor, sospechó que tramaba algo.

Aquella misma noche, todo se descontroló. Kelan estaba dormido en su camastro cuando alguien lo sacudió con fuerza y lo sacó bruscamente de su sueño. El joven abrió los ojos, sobresaltado, pero le cubrieron la boca antes de que pudiese proferir palabra.

—¡Ssshhh! —susurró la voz de Ran en su oído—. Soy yo, Ran. ¡No digas nada!

El chico pestañeó con desconcierto, pensando que se trataba de un sueño. Miró a su alrededor; era noche cerrada y el resto de sus compañeros aún dormían. En la penumbra, no obstante, distinguió el rostro de Ran.

Iba a lanzar una exclamación de sorpresa, pero ella mantuvo la mano presionada con firmeza sobre su boca.

—¡En silencio! —le susurró.

Kelan se incorporó sobre su catre y volvió a mirarla, esta vez más espabilado. Asintió lentamente, y Ran retiró la mano, despacio.

—¿Qué haces aquí? —le preguntó él en voz baja—. ¿Cómo has entrado?

Los barracones permanecían cerrados por las noches. Los esclavos no tenían permiso para salir de sus alojamientos, y mucho menos para visitar otros.

—Ven, te lo enseñaré —musitó ella.

Kelan se sentía muy tentado de seguirla. Aún no sabía qué había llevado a Ran a saltarse las normas para ir a buscarlo en plena noche, pero en el fondo no le importaba. Una parte de él deseaba seguirla a donde fuera.

Se esforzó por escuchar a su sentido común.

—Ran..., no voy a ir a ninguna parte —dijo, a su pesar—. Nos meteremos en un lío.

Había cumplido ya un cuarto de su condena y no veía el día de regresar a casa por fin. Si causaba problemas, ese momento podría retrasarse todavía más.

—Por favor, Kel. Te necesito. Es importante.

Él detectó el miedo y la desesperación en su voz, y volvió a observarla en la oscuridad, aún preguntándose si no estaría soñando. No era propio de Ran mostrarse tan vulnerable.

—Es Dif —añadió ella—. Se ha puesto peor.

Y Kelan ya no lo dudó. Se puso en pie y siguió a Ran de puntillas a través del barracón, sorteando los camastros donde dormían los demás esclavos.

Había un par de tablones sueltos en la pared del fondo. Kelan siguió a Ran hasta el exterior, desconcertado.

—¿Cómo...?

—Casi todos los barracones tienen puntos débiles como este. Los guardias no lo saben, claro. Y los esclavos no lo cuentan a cualquiera.

—Pero... pero... ¿por qué no se escapa nadie, entonces?

—Porque no tiene importancia, en realidad. Puedes salir del barracón, pero no superar el muro que rodea el recinto, ni esquivar a los guardias, y mucho menos al zaldrim. —Se estremeció—. No por la noche, al menos, cuando están todos aquí. Es mejor de día, mientras se encuentran en los campos.

Kelan se dijo que parecía haber pensado bastante en el tema; pero no tuvo oportunidad de preguntarle, porque ella seguía hablando:

—Si los tablones sueltos de los barracones siguen siendo un secreto, los esclavos pueden salir a reunirse con otras personas... de otros barracones... sin que nadie lo sepa. Pero si los guardias lo des-

cubren porque alguien intenta escapar, repararán todos los tablones sueltos y entonces nadie volverá a salir, ¿entiendes?

Kelan seguía perplejo.

—¿Cómo sabes todo esto? Yo llevo aquí más tiempo que tú y, sin embargo, nadie me había hablado de los... tablones sueltos.

—Porque te conformas —replicó ella sin más.

En otros tiempos, quizá habría habido cierto matiz de desprecio en su voz. Ahora, Ran se limitó a constatar un hecho, pero sin juzgar a Kelan por ello. Por alguna razón, parecía comenzar a apreciarlo tal como era.

Mientras hablaban, la muchacha había guiado a Kelan hasta un espeso matorral que crecía tras la última fila de barracones. Allí, oculto entre la maleza, estaba Dif. Había conseguido un pedazo de carboncillo y, de nuevo, pintaba caras en la pared exterior del barracón. Kelan detectó que tenía un brazo vendado.

—¿Le han vuelto a golpear los guardias? —susurró.

Ran se mordió el labio inferior con indecisión. Finalmente confesó:

—No, ha sido él quien se ha herido a sí mismo.

Kelan se estremeció.

—¿Por qué?

Ran tragó saliva. Desvió la mirada antes de decir, con cierto esfuerzo:

—Necesitaba... color. Para sus pinturas.

Kelan tardó unos segundos en comprenderlo.

—«Color» —repitió.

—Rojo, de momento. Es todo lo que ha podido conseguir, pero pronto... buscará más.

Kelan se volvió para mirarla fijamente.

—Hablas de todo esto como si le hubiese sucedido antes.

—Ha sucedido antes, muchas veces. Con otras personas. Para Dif, en cambio, es la primera vez.

—¿Qué quieres decir? —Ran guardó silencio, y Kelan insistió—: No me has sacado del barracón solo para ver cómo Dif dibuja sus caras raras, ¿verdad?

Ran suspiró.

—¿Has oído hablar de los drim? —preguntó por fin—. ¿Los pintores de máscaras?

Kelan frunció el ceño, rebuscando en su memoria.

—¿Los... drim? Puede que lo estudiásemos en la escuela, sí. ¿Te refieres al pueblo que hace las máscaras mágicas para el ejército imperial?

—Sí y no. Puede que fueran un pueblo hace tiempo, o un linaje, pero desde que forman parte del imperio... su sangre se ha diluido, ¿entiendes?

—No muy bien —murmuró él con precaución.

—Antes eran una comunidad aislada. Su don se heredaba de padres a hijos. Pero hace miles de años que a los drim que entran en Trance se los llevan a Noradrim, y al resto los entrenan para formar parte del ejército y después los envían por toda Akidavia. Sus descendientes nacen en otras provincias y se mezclan con la población. Hoy, los drim ya no viven solo en Valentía, de donde proceden originariamente y donde todavía quedan algunas aldeas habitadas por ellos. Ahora están dispersos por todo el imperio. —Suspiró de nuevo—. Mi hermano y yo nacimos en Humildad.

Kelan frunció el ceño. Empezaba a seguir la argumentación de Ran, aunque todavía había detalles que se le escapaban.

—¿Quieres decir... que la capacidad de crear máscaras... no es un arte que se aprende, sino que se trata de un... talento que se hereda?

Ran asintió.

—La capacidad de entrar en Trance y de infundir vida a una máscara se transmite de padres a hijos, pero no siempre en línea recta. A veces salta una generación, o dos. A menudo, no todos los hermanos la heredan. —Inspiró hondo y añadió—: Yo ni siquiera sabía que en mi familia tuviésemos algún antepasado drim.

Kelan se enderezó, impresionado.

—Entonces... ¿es esto lo que está haciendo Dif? ¿Creando una... máscara drim?

Ran asintió.

—Empezó a tener... ausencias... hace un par de años. Su maestro de la escuela se quejaba de que se dormía en clase, de que no prestaba atención. El médico dijo que se estaba volviendo tonto. Y entonces empezó a dibujar caras... y una noche oí discutir a mis padres al respecto. Mi padre opinaba que tenían que contar lo de Dif a las autoridades, pero mi madre se negaba. Porque entonces lo llevarían a un lugar llamado «Noradrim» y no volveríamos a verlo nunca más.

»Consulté los libros de la escuela. Aprendí sobre los drim. Descubrí que en Noradrim obligarían a mi hermano a pintar una máscara, y que eso le costaría la vida. Así que, cuando mis padres finalmente tomaron la decisión de contarle al alcalde lo que pasaba con Dif, comprendí que lo mejor que podíamos hacer era escapar de allí, muy lejos, a donde nadie pudiese encontrarnos.

»Pasamos mucho tiempo en los caminos, buscando un lugar donde instalarnos sin despertar las sospechas de nadie. Estábamos tratando de llegar a la frontera cuando nos apresaron por ser vagabundos y nos enviaron aquí.

Kelan guardó silencio un momento, tratando de asimilar lo que ella le estaba contando.

—Pero Dif... sigue dibujando caras —observó—. Y tú dices que se está poniendo peor.

Ran sacudió la cabeza.

—Al principio creí que podría detener el proceso y evitar que entrara en Trance. Y cada vez que él se ponía a dibujar, yo intentaba despertarlo de mil y una maneras. Pero aquello solo empeoraba las cosas. Ahora, sin embargo... —Dudó un momento antes de reconocer, derrotada—: Ahora he comprendido que no se puede obligar a un pintor drim a ser aquello que no es. No está en su naturaleza. Y Dif nunca será un chico normal. Toda su vida estará consagrada a la máscara que quiere pintar. Y cuando la haya terminado..., morirá.

Kelan sintió un escalofrío.

—Y, si va a suceder de todos modos, ¿no sería mejor dejar que lo enviaran a Noradrim? —se atrevió a preguntar.

Ran le lanzó una mirada feroz.

—¿Lejos de su casa, de su familia, rodeado de extraños y obligado a entregar su máscara al ejército imperial? —Negó con la cabeza—. Nunca. —Kelan no supo qué decir, de modo que guardó silencio. Ran añadió, en voz baja—: Si no puedo evitarlo, si este es el destino al que está atado mi hermano..., al menos seguiremos juntos hasta el final. Y quizá yo pueda usar su máscara después, porque tengo sangre drim también, y seré capaz de usar sus poderes sin que me consuma.

—¡Pero eso... está prohibido! —exclamó Kelan, alarmado—. Todas las máscaras drim pertenecen al ejército imperial. Si te sorprenden llevando una, te condenarán a muerte por traición.

Ran alzó la cabeza para mirarlo, desafiante.

—Antes tendrán que atraparme —replicó.

Kelan la observó un momento. Sabía que hablaba en serio pero, aun así, le costaba digerirlo.

—Ya te han atrapado —señaló—. Tú y tu hermano sois esclavos del imperio.

Ella entornó los ojos.

—No por mucho tiempo —masculló—. Tengo un plan para escapar.

Kelan sacudió la cabeza con incredulidad.

—Te puedes meter en muchos problemas si te pillan, ¿sabes?

Ran se volvió a mirar a su hermano.

—No tenemos otra opción. No podemos esperar más. —Vaciló un momento antes de añadir—: Nos vamos mañana mismo.

Kelan inspiró hondo. Conocía a Ran lo suficiente como para saber que no estaba hablando por hablar, y se sintió profundamente preocupado. Aquello era una locura. Era imposible que lograsen escapar de allí. Cuando los descubrieran, el capataz no tendría piedad con ellos.

Se preguntó de pronto por qué estaría Ran compartiendo sus planes con él.

—¿Me estás diciendo todo esto... porque esperas que huya contigo? —inquirió, tratando de disimular el tono esperanzado de su voz.

—No tienes agallas —replicó ella y, de nuevo, no utilizó un tono despectivo, sino simplemente descriptivo.

Kelan no se sintió ofendido, porque sabía que tenía razón. Aunque no le gustaba la idea de separarse de Ran, tampoco estaba dispuesto a jugárselo todo por seguirla. No obstante, se vio en la necesidad de justificarse:

—Mi condena es de un año —señaló—, y quiero recuperar mi nombre completo y mis derechos de ciudadanía. Ya llevo mucho tiempo aquí y no veo la hora de regresar a casa, pero, si trato de escapar o me meto en problemas..., los jueces añadirán más años a mi castigo. Es como para pensárselo, ¿no crees?

Ran sonrió.

—Lo suponía. Pero sí quieres ayudar a Dif, ¿verdad? —Antes de que Kelan pudiese replicar, ella continuó, deprisa—: Solo necesito que lo escondas en tu barracón hasta mañana. Debajo de tu cama, quizá. No molestará. Tiene un carboncillo para dibujar en el suelo, aunque lo más probable es que se quede dormido.

Kelan se sintió un poco decepcionado porque ella no le había propuesto que se fugasen juntos, después de todo.

—Pero...

—Lo dejaremos aquí por la mañana —prosiguió Ran sin dejarle hablar—. Tú y yo iremos a trabajar a los campos, como todos los días. Después, yo volveré a buscar a Dif sin que nadie se dé cuenta. Pensarán que nos hemos escabullido entre las plantaciones. Mientras todo el mundo pierde el tiempo buscándonos allí, nosotros escaparemos hacia la calzada.

—Es muy arriesgado, Ran.

—Por favor. No tienes que venir con nosotros. De hecho, si te quedas buscándonos en los campos con todos los demás, nuestro engaño será más creíble. Solo... necesito un lugar donde esconder a mi hermano. Necesito dejarlo con alguien en quien pueda confiar.

Kelan suspiró. Había demasiadas cosas que podían salir mal en aquel plan descabellado. Pero tenía la sensación de que Ran acabaría por llevarlo a cabo de una manera o de otra, con o sin su ayuda. Si él le echaba una mano, tal vez ella y su hermano tuviesen más posibilidades de salir indemnes.

—De acuerdo —accedió por fin—. Démonos prisa, entonces, antes de que amanezca y se despierte todo el mundo.

Dif había terminado su dibujo, al parecer, porque se había acurrucado en el suelo, hecho un ovillo, y se había quedado dormido. Ran lo despertó con suavidad y lo hizo levantarse, aún aturdido.

—Vas a irte con Kelan —le susurró—. Dormirás bajo su cama sin hacer ruido y harás todo lo que te diga, ¿de acuerdo?

Dif miró a Kelan con cierta curiosidad. Luego se volvió hacia su hermana y asintió.

Ahora que conocía su historia, Kelan empezaba a comprender que el chico no era estúpido, como todo el mundo creía. Si era capaz de seguir las instrucciones de Ran, y de permanecer escondido y en silencio hasta que ella pudiese ir a buscarlo..., tal vez su plan de fuga tuviese alguna oportunidad de salir bien.

Regresaron hasta el barracón de Kelan, y el muchacho pasó por el hueco entre los tablones. Ayudó a Dif a entrar tras él y se volvió para despedirse de Ran. Quizá tuviese ocasión de verla por la mañana, en la plantación, o quizá los enviasen a campos separados, y en ese caso, si su fuga tenía éxito, aquello era una despedida.

Cruzaron una mirada. Kelan se quedó sin respiración al ver en los ojos de ella una emoción intensa. Quiso decirle algo, confesarle lo que sentía, pero se mordió la lengua.

—¿Qué haréis cuando seáis libres? —preguntó en cambio—. ¿A dónde iréis?

Ella se mordió el labio inferior, incómoda.

—No te lo puedo contar, Kel. Lo siento.

—Entonces ¿cómo voy a encontrarte después?

—¿Después? —repitió Ran sin entender.

—Cuando cumpla mi condena y sea libre por fin —explicó él, cada vez más angustiado—. ¿No podré volver a verte?

—No hay futuro para nosotros en Akidavia. Tenemos que encontrar la forma de cruzar las fronteras del imperio y llegar a las tierras incivilizadas. Lo entiendes, ¿verdad?

Kelan inspiró hondo, intentando reprimir el pánico que empezaba a apoderarse de él.

—Cuando pueda regresar a casa —balbuceó por fin—, me las arreglaré para convencer a mi padre de que nos vayamos a vivir a ciudad Gratitud. —De ningún modo pensaba quedarse en la aldea después de todo lo que había pasado—. Cuando estéis a salvo, mándame un mensaje. ¿Lo harás? Me gustaría... me gustaría tener la oportunidad de visitarte, dondequiera que estés —añadió con timidez.

Ran le sonrió con cierta ternura.

—Lo pensaré —dijo solamente, y Kelan comprendió que era lo mejor que podía esperar de ella.

—Buena suerte, allá donde vayáis —susurró.

—Buena suerte a ti también, Kel.

—Cuando nos veamos de nuevo podrás volver a llamarme Kelan.

Ella rio en voz baja.

—También puedo empezar a hacerlo ahora, Kelan —respondió, guiñándole un ojo.

Después, tras un instante de vacilación, se inclinó hacia él y lo besó suavemente en los labios.

A Kelan todavía le latía el corazón con fuerza cuando volvió a colocar los tablones en su sitio. En silencio, condujo a Dif hasta su catre, le dio una manta y le indicó que se ocultara debajo.

Momentos después, oyó la suave respiración del chico dormido. Ninguno de sus compañeros de barracón se había percatado de su maniobra, al parecer, pero Kelan permaneció despierto mucho rato, devorado por la inquietud y, al mismo tiempo, disfrutando del agradable cosquilleo que aún pervivía en sus labios, donde Ran lo había besado.

Día 88, año 17 de la era de Vintanelalandali

Han pasado ya dos días desde la ceremonia de nombramiento de los nuevos zaldrim, y no he salido de mis aposentos desde entonces. Únicamente he permitido entrar a Zaralane, y solo por ratos cortos, porque necesito estar sola. Me encuentro tan decaída que apenas tengo fuerzas para levantarme de la cama. Si fuese una chica corriente, diría que estoy enferma. Pero el Eterno Emperador no puede enfermar. Sus encarnaciones somos inmunes a todas las dolencias que aquejan al cuerpo y a la mayor parte de los venenos, y cuando comenzamos a envejecer, los estragos de la edad se muestran sumamente benevolentes con nuestro cuerpo.

Pero hoy me siento mal, débil y sin fuerzas, y soy consciente de que la gente en el palacio, desde los sirvientes hasta los Consejeros, creen que lo único que tengo es un berrinche monumental.

Bueno, no estoy enferma, eso por descontado. No de la forma en que podría estarlo cualquier otra persona, quiero decir. Pienso que se trata de una dolencia del alma, si es que es eso posible.

Zaralane intentó animarme al principio, sugiriéndome que hiciésemos juntas algunas de mis actividades favoritas; también hizo traer de la biblioteca mis libros predilectos y dio instrucciones en las cocinas para que preparasen los menús a mi gusto, como si fuese mi cumpleaños. Tuve que pedirle que no se molestara. No tengo apetito, ni tampoco ganas de leer, ni de subir a la Torre de las Dos Lunas a contemplar el paisaje, ni de pasear por el invernadero. Solo quiero estar sola, tendida en la cama, a oscuras y en silencio, dejando pasar las horas.

Esta tarde, Kunavamastedal ha tratado de hablar conmigo a través de la puerta. No es la primera vez que lo intenta desde la ceremonia, pero no le he respondido hasta hoy.

—Vengo a informaros acerca de los miembros de vuestra nueva guardia, Divinidad —anunció.

Guardé silencio, esperando que se marchara, como hizo ayer, y anteayer. Precisamente ese tema era el último del que me apetecía hablar en aquellos momentos.

Kunavamastedal carraspeó, incómodo.

—Como ya sabéis, los nuevos candidatos no habían seguido una formación específica, de modo que las máscaras... les han afectado seriamente.

No dije nada, pero me incorporé un poco y presté atención. Kunavamastedal debió de detectar un cambio en mi humor, porque suspiró e insistió.

—¿Podemos hablar cara a cara, Divinidad? Será solo un momento.

Respiré hondo.

—Pasa, Kunavamastedal —lo invité por fin.

Él abrió la puerta y entró en la habitación. Frunció el ceño al ver las cortinas echadas, pero no hizo ningún comentario. Tomó asiento cerca de la cama y me observó con atención.

Yo le devolví la mirada. Kunavamastedal es mi Consejero de mayor edad, al que yo consideraba el más sabio, el más sensato, el más prudente. Confiaba plenamente en él, pero ahora ya no sé si seré capaz de perdonarle que haya apoyado a Yinimakintanam en esto.

—Sé que estáis decepcionada, Vintanelalandali, pero...

—Ahórrate los sermones, Consejero —lo corté. Cuando me llama por mi nombre es porque se avecina una larga charla y, la verdad, no estaba de humor para ello—. ¿Qué les ha pasado a esos chicos?

Kunavamastedal sonrió un poco.

—¿Realmente os importa?

—Claro que sí. No les deseo ningún mal. Los zaldrim se enfrentan a un adiestramiento tan duro por una razón poderosa, no por mero capricho.

Kunavamastedal suspiró de nuevo.

—Hubo tres que superaron la fusión —informó—. Con dificultades, pero la superaron. Aún están recuperando fuerzas. Habrá que esperar a que se restablezcan por completo para comprobar hasta qué punto les ha afectado el poder de la máscara.

Asentí, impresionada. Dudé un momento antes de preguntar:

—¿Y los otros dos... están bien?

Kunavamastedal negó con la cabeza.

—Uno de ellos se encuentra en estado crítico, Divinidad. La máscara le está arrebatando todo su aliento vital, y se trata de un proceso muy doloroso. Los médicos parecen convencidos de que no sobrevivirá.

Callé, impresionada, intentando encontrar las palabras adecuadas para expresar lo que pensaba. Kunavamastedal prosiguió:

—La quinta joven no llegó a ponerse la máscara. Su familia cambió de idea al ver lo que sucedía con los demás. De modo que Yinimakintanam escogió a otra para ocupar su lugar.

Alcé la mirada.

—¿Otra?

—Está convencido de que aprobaréis su decisión esta vez —se apresuró a añadir el Consejero—. Se trata de una Excelente. Superó las pruebas del ejército imperial con grandes resultados. Su familia tiene antepasados drim, al parecer. Uno de sus abuelos incluso pasó por el Trance.

—Pero no es... ninguna de las dos chicas que yo había escogido.

—No, Divinidad. Esta joven también pertenece a la aristocracia. Tiene un nombre de cinco sílabas. Yinimakintanam no se conforma con menos.

—Ya veo —murmuré. Me encogí de hombros—. Entonces está bien, supongo.

Kunavamastedal sonrió un poco.

—¿De veras os lo parece?

—Sí, por supuesto. —Intenté mostrarme un poco más amable—. ¿Se puso la máscara, pues? ¿Cómo le fue?

—Excepcionalmente bien, Divinidad. Bastante mejor que a los otros cuatro, debo añadir.

—Bien —murmuré, un poco más aliviada—. Bien.

—¿Entiendo que lo aprobáis, pues?

—Por supuesto. Pero... ¿qué va a pasar con el otro joven, el que está agonizando?

Kunavamastedal negó con la cabeza, apenado.

—Como sin duda sabéis, ya no puede quitarse la máscara porque forma parte de su ser. Esperaremos a que fallezca, y entonces escogeremos a otro portador. Probablemente uno de los Excelentes también. Quizá el que elegisteis vos en su momento.

Me incorporé, sorprendida.

—¿En serio?

El Consejero asintió.

—Yinimakintanam opina que ahora ningún otro aristócrata osará probarse esa máscara en concreto. Así que prefiere entregarla discretamente a alguien que sepa qué hacer con ella, por si acaso. El hecho de que se haya abierto a considerar a uno de vuestros elegidos debe entenderse como una especie de ofrenda de paz, Divinidad. Una solución de compromiso, podríamos decir.

Sacudí la cabeza con incredulidad.

—¿Por qué le habéis permitido hacer esto, Kunavamastedal?

—Él es el Consejero de los Ejércitos. Los demás no tenemos jurisdicción sobre la elección de los zaldrim.

—¿Y qué hay de Nayanalidestu?

—Ella no está satisfecha con la decisión de Yinimakintanam, pero tampoco puede hacer nada al respecto. Su trabajo consiste en proveer de máscaras al ejército, no en decidir qué se hace con ellas.

Hundí el rostro entre las manos, abatida.

—Esto no está bien. No es así como deben hacerse las cosas.

—Al parecer, Yinimakintanam tiene... una concepción «moderna» de cómo deben hacerse las cosas —respondió él con amabilidad—. Sucede, además, que un Emperador de Akidavia vive mucho tiempo. Si existe algún momento propicio para fomentar cambios, es justo al inicio de su dominio. Es entonces cuando las normas... se vuelven flexibles. Porque cada nuevo Emperador impone su propio estilo de gobierno.

—Pero... los cambios en la guardia personal... no son algo que haya decidido yo —protesté.

—Yinimakintanam opina que ha sido una decisión de consenso, Divinidad.

—¿De «consenso»? —repetí, sin poder creer lo que acababa de oír.

—Ha escuchado vuestras consideraciones al respecto y ha accedido a sustituir a dos de los cinco zaldrim.

No me molesté en discutir más. Le di la espalda, molesta, y Kunavamastedal comprendió que la conversación había terminado. Se levantó en silencio, se despidió con una inclinación y dio la vuelta para marcharse.

—Kunavamastedal —lo llamé cuando estaba ya en la puerta.

—¿Sí, Divinidad?

—Cuando mi cabello cambie de color, lo primero que voy a hacer es sustituir a todos los miembros de mi guardia personal que no hayan superado las pruebas por otros que sí pertenezcan al cuerpo de Excelentes.

—Sí, Divinidad —respondió él con calma, y tuve la sensación de que me daba la razón como a los niños. O como a los locos.

—Lo segundo que haré —proseguí— será destituir a Yinimakintanam como Consejero de los Ejércitos.

—Se lo comunicaré, Divinidad.

Y probablemente se lo haya dicho, porque Kunavamastedal es muy diligente. Pero sigo teniendo la sensación de que ninguno de los dos se lo va a tomar en serio.

En el fondo no puedo evitar preguntarme si vale la pena todo esto. Puede que yo sea la Emperatriz, pero mi conocimiento del mundo es muy limitado a estas alturas de mi vida. Sé que la mayoría de mis antecesores confiaron ciegamente en sus Consejeros hasta que fueron lo bastante maduros y experimentados como para tomar las riendas del imperio. Quizá sea solo cuestión de tiempo, quizá me esté comportando como una niña caprichosa, quizá mis Consejeros hacen bien en ignorar mis berrinches.

Pero, por otro lado..., tengo la sensación de que algo no va bien.

Ojalá tuviera fuerzas para hacer algo al respecto, pero me siento tan inútil que no sé ni por dónde empezar. Ni si vale la pena intentarlo.

El día de la huida

Kelan apenas pudo pegar ojo aquella noche, muy consciente de que Dif seguía acurrucado bajo su cama. El muchacho, en cambio, no tuvo problemas para dormirse, a juzgar por el sonido de su respiración, profunda y regular, aderezada con algún suave ronquido ocasional. Kelan se preguntó hasta qué punto comprendía Dif lo que él y su hermana se estaban jugando. Antes de su conversación con Ran, habría estado seguro de que no se enteraba de nada en realidad. Ahora sospechaba que sí entendía lo que estaba sucediendo, pero en realidad no le importaba.

Antes del alba, como todos los días, el sonido de la campana resonó por todo el campamento, y los esclavos se levantaron de sus catres entre gruñidos de resignación. Kelan lo hizo también, aunque fingió estar más dormido de lo habitual, y se vistió con torpeza a propósito para poder quedarse rezagado. Cuando el último de sus compañeros salió del barracón, sin embargo, se incorporó de un salto. Sabía que tenía apenas unos instantes antes de que los guardias entraran a buscarlo, así que se apresuró a inclinarse para echar un vistazo bajo la cama. Dif le devolvió desde allí una mirada sorprendentemente alerta, muy impropia de él. Se había acurrucado al fondo, aovillado sobre sí mismo, y parecía un poco asustado.

—Quédate aquí en silencio hasta que Ran venga a buscarte —le susurró Kelan.

Dif dejó escapar un sonido indefinido, a medias entre un gemido y un gruñido de frustración. Kelan vio que abría y cerraba las manos como si echara algo en falta, de modo que rebuscó en sus propios bolsillos hasta hallar un carboncillo. Desde que se relacionaba con los dos hermanos, había aprendido a guardar aquella clase de cosas para Dif. Alargó la mano para entregárselo, y el chico lo agarró con ansia.

—No es gran cosa, pero tendrá que servir —prosiguió Kelan—. Por favor, pase lo que pase, no salgas de aquí, ¿de acuerdo?

Dif no respondió. Estaba examinando el carboncillo en la penumbra de su escondite, como si se hubiese olvidado por completo de Kelan. El joven suspiró, rogando en su fuero interno al Eterno Emperador para que la loca empresa de Ran llegase a buen puerto sin meterlos en problemas a los tres.

Se incorporó justo en el momento en el que se abría la puerta.

—¿A qué estás esperando, esclavo? —refunfuñó el guardia.

—Perdón, amo —murmuró Kelan, bajando la cabeza—. Ya estoy listo.

Salió del barracón y se reunió con sus compañeros en la plaza, reprimiendo el impulso de mirar atrás para comprobar si Dif seguía bien escondido.

Mientras los esclavos abandonaban el recinto en dirección a los campos, Kelan miró a su alrededor disimuladamente en busca de Ran. La vio un poco más lejos, caminando entre las mujeres de su cuadrilla con la mirada baja y el gesto inexpresivo. Se preguntó de pronto si los compañeros de Dif lo habrían echado de menos. Debían de haberse dado ya cuenta de que no se encontraba en su catre al sonar la campana. Localizó a algunos de ellos, pero avanzaban entre el grupo como todos los días. Quizá no hubiesen notado su ausencia, o tal vez sí, pero no les importase.

Kelan perdió de vista a Ran poco después, cuando los guardias condujeron a su propia cuadrilla hasta el campo de centeno que debían segar. El joven respiró hondo, tratando de calmarse. Debía fingir que todo seguía como siempre, pero estaba demasiado nervioso.

Logró centrarse en el trabajo durante las horas siguientes; pero, a medida que se acercaba la pausa del almuerzo, empezó a preocuparse. Los guardias estaban acostumbrados a verlo junto a Ran y Dif. Si uno de ellos faltaba, se darían cuenta.

Pero la joven ya lo había previsto. Poco antes de que llegara el carro con las provisiones, Kelan detectó un cierto revuelo en un campo vecino. Se irguió, tratando de distinguir algo por encima de las doradas espigas, pero estaba demasiado lejos.

Un rato después llegó un guardia, conferenció unos instantes con los vigilantes del campo en el que trabajaba Kelan y se volvió para mirarlo directamente. El chico tragó saliva.

—¡Tú! —lo llamó—. Acércate, tengo que hablar contigo.

Kelan obedeció, inquieto.

—Han perdido de vista al chico tonto, al hermano de tu novia. ¿No está contigo?

Kelan reprimió el impulso de responder que ni Dif era tonto ni Ran era su novia, pero se mordió la lengua y se limitó a decir:

—No, amo.

—¿Cuándo fue la última vez que lo viste?

—Esta mañana, de camino para la plantación —mintió él—. Estaba con Ran.

—Ella dice que puede que se escapara para venir a buscarte, que es algo que hace muy a menudo. ¿Es eso verdad?

Kelan inspiró hondo, tratando de adivinar qué esperaba Ran que respondiera a eso. Alzó la cabeza para mirar a su alrededor, y entonces se le ocurrió. Se volvió de nuevo hacia el guardia.

—Sí, pero no siempre. Otras veces se ha escondido en el bosque. Para dibujar en el suelo sin que nadie lo moleste. —Sostuvo la mirada del guardia y se esforzó por imprimir seguridad y firmeza a sus palabras—: Estoy seguro de que lo encontrarán allí.

El hombre cabeceó, conforme, y le dio la espalda para informar a sus compañeros.

Poco después, los guardias organizaron un grupo de búsqueda para rastrear el bosque en busca de Dif. No contaron con Kelan, y él se percató de que los que se quedaron en el campo de centeno no le quitaban ojo a él en concreto, tal vez por si Dif aparecía finalmente por allí.

El joven siguió trabajando, tratando de fingir que aquello no iba con él. Pero, durante la pausa del almuerzo, los guardias volvieron a interrogarlo, y esta vez no se mostraron tan amigables.

—Tu novia se ha escapado. Ha aprovechado la búsqueda de su hermano para escabullirse también, probablemente para reunirse con él. Todo era parte de un plan de fuga.

Kelan luchó por fingir estupor, pero los guardias leyeron en su rostro como en un libro abierto.

—¿Tú lo sabías, pequeña cucaracha?

La fusta cayó sobre él. Kelan estaba acostumbrado a los golpes, pero, por alguna razón, aquel le dolió más que todos los anteriores juntos.

Comprendió que no valía la pena negarlo, de modo que inventó una historia sobre la marcha:

—¡No...!, quiero decir, ¡sí! Ella decía a menudo que quería escapar, pero yo no sabía que iba a hacerlo hoy.

—¿Qué más sabes?

—¡Nada! ¡Nada, lo juro!

Como era de esperar, los guardias no le creyeron. Kelan permitió que lo golpearan varias veces más antes de suplicar, acurrucado en el suelo:

—¡Por favor, basta! Hay algo que sí sé... Ran dijo... dijo que intentarían llegar hasta las montañas a través del bosque. —Los guardias cruzaron una mirada—. Que ahora, de cara al verano, sería sencillo sobrevivir allí y que podrían tratar de llegar hasta la capital de Respeto, y desde allí embarcarse de vuelta a Humildad.

En realidad, Ran nunca había dicho tal cosa, pero él sí lo había pensado, tiempo atrás, durante sus primeras semanas en la plantación. Por aquel entonces no tenía a nadie con quien hablar, de modo que había dedicado sus pensamientos a trazar planes de evasión que sabía que jamás llegaría a poner en práctica.

Y no debía de ser un mal plan, puesto que los guardias parecieron tomarlo en serio. Parlamentaron entre ellos un momento en voz baja y después abandonaron allí a Kelan para reunirse con sus compañeros. El muchacho se atrevió a levantarse, dolorido, solo cuando se aseguró de que habían dejado de prestarle atención. Después, lentamente, volvió a coger la hoz. La mejor forma de no llamar la atención era seguir trabajando como cualquier otro esclavo.

Durante el almuerzo, sin embargo, se dio cuenta de que todo el mundo lo miraba. Era muy evidente que faltaban Ran y Dif a su lado, y Kelan detectó algunas expresiones burlonas entre sus compañeros. Sabía lo que estaban pensando: que sus amigos habían escapado sin él, que lo habían dejado atrás. Que «su chica» le había dado la espalda en cuanto había tenido la oportunidad.

Kelan no respondió de ninguna manera a las sonrisas mordaces, las miradas significativas ni los comentarios irónicos. Le daba igual lo que pensasen de él, mientras Ran y su hermano estuviesen libres y a salvo.

Pero sí prestó atención a lo que hablaban los guardias cuando creían que no los estaba escuchando. Así se enteró de que la búsqueda de los dos hermanos se había prolongado toda la mañana, y también buena parte de la tarde, sin resultado.

No obstante, cuando ya empezaba a pensar que el plan de Ran había funcionado, los guardias acudieron a buscarlo por tercera vez, y en esta ocasión no estaban dispuestos a conversar. Antes de que Kelan comprendiese lo que estaba sucediendo, lo golpearon repetidas veces con las fustas hasta que al muchacho se le doblaron las rodillas. Entonces lo hicieron levantarse a patadas, le arrebataron la hoz y se lo llevaron a rastras de la plantación.

Kelan sabía que, en aquellas circunstancias, lo mejor que podía hacer era mantener la boca cerrada, de modo que se limitó a dejarse conducir, dolorido y con la cabeza gacha, de regreso hasta los barracones. Tenía la esperanza de que la furia de los guardias se debiese a que sus amigos habían conseguido escapar. Era consciente de que probablemente lo pagarían con él, y estaba dispuesto a soportarlo. También sabía que, si los dejaba desahogarse, acabarían por dejarlo en paz.

Día 89, año 17 de la era de Vintanelalandali

Kunavamastedal acaba de informarme a través de la puerta de que el zaldrim que estaba gravemente enfermo al final ha fallecido esta mañana.

Lo siento mucho por él y por su familia. Me pregunto hasta qué punto me harán responsable. Fuera de los muros de este palacio, los akidavos creen que aquí no se hace nada sin mi consentimiento. Me pregunto cómo habrán acogido la decisión de Yinimakintanam de cambiar el protocolo y poner en peligro a jóvenes nobles, despreciando así la formación, el esfuerzo y el espíritu de sacrificio de los Excelentes del ejército imperial.

Me pregunto si pensarán que yo fui capaz de permitir esta locura en algún momento. Y si me considerarán una soberana frívola y caprichosa, dispuesta a exponer a sus jóvenes aristócratas, pensando que de esta manera los favorecía un poco más.

Pero ya no importa, está hecho.

De modo que he salido por fin de mis aposentos y he informado a Kunavamastedal con frialdad de que solo haré uso de mi guardia personal cuando salga del palacio. Que es exactamente para lo que se creó, en tiempos de Ayanimadelanti, cuando a una Emperatriz todavía se le permitía pasear por la ciudad.

Dado que las leyes actuales señalan que no puedo traspasar los muros del palacio, resulta que no voy a hacer uso de mi guardia personal en absoluto.

Kunavamastedal ha vacilado un brevísimo momento.

—Entonces ¿no vais a hacerlos llamar, Divinidad?

—No será necesario.

—Pero vos deseabais...

—He cambiado de idea.

Puesto que ya no confío en Yinimakintanam, prefiero prescindir de mi escolta a sentirme controlada por los zaldrim que él eligió.

Máscara

Cuando llegaron por fin al recinto, Kelan se sintió desfallecer.

El capataz Drisevali los aguardaba en la plaza, con gesto irritado y los brazos cruzados ante el pecho. A su lado, como de costumbre, se hallaba el zaldrim.

Y ante él, sujeta entre sus férreos brazos, estaba Ran. Tenía el rostro lleno de magulladuras y contusiones, pero se debatía con fiereza, tratando de escapar. Kelan miró a su alrededor en busca de Dif, pero no lo vio por ningún sitio.

—Bien, bien, bien —masculló el capataz—. Parece que ya estamos todos. ¿De verdad pensabais que podríais escapar de aquí, esclavos?

El primer impulso de Kelan fue bajar la cabeza. Pero no podía apartar los ojos de Ran.

—¡Kelan! —chilló ella entonces, y él se estremeció, porque el simple hecho de que conociera su nombre completo, de que se atreviera a pronunciarlo en voz alta, suponía ya una grave infracción de las normas, y tendría consecuencias. Pero la joven estaba fuera de sí—. ¡Kelan! —repitió—. ¡Se han llevado a Dif! ¡Se lo han llevado a Noradrim!

El zaldrim alzó la mano para cubrirle la boca. Kelan dio un paso adelante.

—¡Suéltala! —reclamó.

El enmascarado alzó la mirada, y Kelan se quedó helado.

Se había cruzado con él a menudo, como todos en la plantación. Un guerrero imponente contra el que cualquier hombre adulto habría llevado las de perder, y eso sin contar con la máscara. Pero todo el mundo evitaba mirarlo a la cara, pintada de un profundo color negro que parecía ondular, formando volutas y espirales en tonos añiles y violáceos. La máscara estaba inquietantemente viva, y los trazos que teñían las facciones de su dueño fluían sobre su piel como si tuviesen voluntad propia.

En el momento en que el zaldrim activó su poder, sin embargo, la oscuridad saltó de su rostro como una nube de tinta, envolviendo su cuerpo por completo para convertirlo en una sombra de silueta difusa y profunda negrura. Sus ojos, que habían sido castaños tras la máscara, se habían transformado en dos siniestros círculos rojizos que brillaban como ascuas.

De modo que, cuando la criatura clavó su mirada en Kelan, el joven se estremeció de terror. Los guardias dieron un paso atrás inconscientemente.

Ran ahogó un chillido horrorizado y trató de morder al zaldrim, luchando por escapar.

Lo que sucedió a continuación resultó tan asombroso que Kelan tardó unos instantes en asimilarlo.

La mano del zaldrim se disolvió en el aire, como si estuviese hecha de humo, por lo que los dientes de Ran se cerraron en el vacío. Su captor corrigió el movimiento a la velocidad del rayo, y su mano volvió a solidificarse justo en torno al cuello de Ran, aferrándolo como una tenaza.

La muchacha trató de soltarse, boqueando, desesperada.

Kelan no esperó más. Aprovechando que los vigilantes aún se mostraban confusos, alargó la mano hacia el más cercano y recuperó de un tirón la hoz que pendía de su cinto, la misma con la que había estado trabajando aquel día en los campos y que los guardias le habían arrebatado antes de llevarlo a rastras hasta allí.

El hombre tardó un poco en reaccionar.

—¡Eh! —dijo, pero Kelan ya había lanzado la hoz al zaldrim. Tal como esperaba, la criatura se hizo intangible y la herramienta lo atravesó sin causarle el menor daño.

Pero Ran quedó libre también. Cayó al suelo, inspiró hondo y, con la agilidad de una liebre, se puso en pie y huyó de allí.

—¡Eh! ¡Eh! —seguía gritando el guardia.

—¡Detenedla! —bramó el capataz.

Pero el zaldrim ya corría tras ella, ligero como un soplo de viento, y los guardias dudaron, porque tenían prohibido interferir en los asuntos de los enmascarados imperiales. Uno de ellos, de hecho, se disponía a reducir a Kelan, pero se detuvo al oír la orden del capataz. El chico aprovechó su vacilación, lo empujó contra otro de sus compañeros y echó a correr.

—¡Cerrad las puertas! —oyó que ordenaba Drisevali tras él—. No podrán escapar.

Era cierto, y Kelan lo sabía. Pero no le importaba. Su prioridad en aquellos momentos era alcanzar a Ran y tratar de evitar que el zaldrim le hiciese daño. En su carrera, se inclinó un instante para recoger del suelo la hoz que había arrojado contra la criatura. No era más que una herramienta, y probablemente no le serviría de nada contra el extraordinario poder del zaldrim. Pero se sentía más seguro con ella en la mano.

Recorrió el recinto, buscando a la fugitiva y a su perseguidor entre los barracones. El lugar estaba desierto porque los esclavos y los guardias no habían regresado todavía de los campos, aunque, a juzgar por la posición del sol, que comenzaba a hundirse en el horizonte, no tardarían en hacerlo.

De pronto, Kelan oyó un gemido, y reconoció la voz de Ran. Corrió, desesperado, en aquella dirección. Y halló al zaldrim arrojando brutalmente a su amiga contra el muro.

—¡No! —gritó.

Ran cayó al suelo, respirando con dificultad. Pero volvió a ponerse en pie y, con una fuerza nacida de la desesperación, se arrojó contra su oponente, esperando, tal vez, tomarlo por sorpresa.

No ocurrió una segunda vez. La criatura se apartó sin apenas esfuerzo y proyectó el puño hacia ella.

Lo que sucedió después perseguiría a Kelan durante mucho tiempo en sus peores pesadillas.

El brazo del zaldrim atravesó el estómago de Ran como si estuviese hecho de niebla. Y entonces, en apenas un parpadeo, se solidificó.

Ran dejó escapar un jadeo de agonía y abrió mucho los ojos, sin comprender lo que estaba sucediendo. Bajó la mirada y contempló con incredulidad el brazo, ahora perfectamente tangible, que la atravesaba de parte a parte como una lanza. Trató de hablar, pero solo escupió sangre.

—No —susurró Kelan, sintiendo que se le helaban las entrañas.

El brazo del zaldrim volvió a convertirse en humo. El cuerpo de Ran, libre ya de su sujeción, cayó al suelo sin más.

Kelan apenas podía respirar. La rabia que llevaba tiempo borboteando en su interior estalló de pronto como las entrañas de un volcán. Con un salvaje grito de guerra, se arrojó contra el zaldrim, que clavó en él sus ojos ardientes como brasas. La criatura lo esquivó sin problemas. Pero Kelan logró mantener el equilibrio, giró sobre sus talones y proyectó el puño contra el rostro sin rasgos del zaldrim.

Su contorno se disolvió de nuevo como si fuese líquido, y Kelan tuvo la impresión de estar atravesando un banco de niebla. Lo sintió moverse, sin embargo, para recuperar su corporeidad justo a su lado. Había alzado la mano, apenas una silueta de garras oscuras, para aferrar al muchacho, pero se detuvo a medio camino, desconcertado.

Miró hacia abajo, de forma dolorosamente similar a como lo había hecho Ran, y encontró la hoz de Kelan sepultada en su pecho.

El chico le dedicó una torva sonrisa.

—Aprendo rápido —le dijo.

El zaldrim trató de sacarse la herramienta del pecho con torpeza. Intentó volverse intangible de nuevo, pero la vida se le escapaba, y lo único que consiguió fue llevar su cuerpo a un estado intermedio, casi fluido, como si fuese de gelatina.

Kelan retrocedió y lo contempló, fascinado, mientras el zaldrim luchaba por librarse de la hoz que lo estaba matando.

No lo consiguió. Finalmente cayó de bruces al suelo, hundiendo aún más la herramienta en su pecho. Y cuando por fin exhaló su último suspiro, su cuerpo se volvió completamente sólido y la máscara cayó de su rostro, privada del aliento vital de su dueño.

Kelan inspiró hondo. La aterradora criatura que había sido el zaldrim se había transformado en un hombre corriente, y el objeto que le proporcionaba sus asombrosos poderes no era más que un pedazo de cuero decorado con tinta negra y azul.

El muchacho no se entretuvo más. Corrió junto a Ran y se inclinó a su lado.

Ella todavía estaba viva. Había una enorme cantidad de sangre bajo su cuerpo destrozado, pero un hálito escapaba aún de sus labios entreabiertos.

—Ran —musitó Kelan con la voz rota—. Aguanta, Ran. Te sacaré de aquí. Te curaré.

No sabía ni por dónde empezar a cumplir lo que le estaba prometiendo. Y ella probablemente lo sabía, porque lo miró casi sin verlo.

—Dif —susurró con esfuerzo—. Dif. Por f...

No fue capaz de finalizar su petición. Con un último estremecimiento, su cuerpo se quedó inmóvil por fin, y sus ojos dejaron de luchar por enfocar el rostro de Kelan.

El muchacho se sintió de pronto como si el zaldrim le hubiese hundido la garra en el pecho para arrancarle el corazón. Quiso seguir respirando, pero le faltaba el aire. Cuando por fin logró exhalar algo de aliento, lo hizo en forma de sollozo ahogado. Abrazó el cuerpo roto de Ran, sin prestar atención a la sangre que los empapaba a los dos.

Estuvo así, con los ojos cerrados con firmeza, estrechando a Ran entre sus brazos, lo que le parecieron horas. Pero probablemente transcurrieron solo unos minutos hasta que oyó un susurro tras él:

—Ha matado al zaldrim.

Volvió a la realidad. Abrió los ojos y alzó la cabeza, aún sin soltar el cuerpo de Ran.

Descubrió entonces que no estaba solo. A su alrededor, aunque a una prudente distancia, se había formado un semicírculo encabezado por el capataz y varios de sus guardias. Tras ellos se apelotonaban las primeras cuadrillas de esclavos que acababan de regresar de la plantación.

Kelan dirigió una breve mirada al cadáver del zaldrim. Poco a poco, empezó a ser consciente de lo que había hecho.

—Ha matado al zaldrim —repitió el guardia, anonadado—. Con una simple hoz.

Hubo un murmullo entre los esclavos. El capataz reaccionó por fin.

—¡Traición! —aulló—. ¡Detenedlo! Pagará este crimen con su vida.

Los guardias dudaron. Kelan se dio cuenta de que lo miraban con otros ojos, como si no lo reconocieran.

Y posiblemente tenían razón. Después de lo que acababa de suceder, ya no habría vuelta atrás. Jamás recuperaría su nombre ni podría regresar a casa. De hecho, tal como había anunciado Drisevali, lo más probable era que lo condenaran a muerte.

Bajó de nuevo la vista hasta el rostro pálido y ensangrentado de Ran, preguntándose si había valido la pena. Había matado al zaldrim, pero no había sido capaz de salvarla a ella.

«Dif», había musitado Ran. Sus últimos pensamientos habían sido para su hermano. Con cierto esfuerzo, Kelan recordó entonces que ella había dicho momentos antes que se lo habían llevado a Noradrim.

De nuevo sintió la ira hirviendo en su interior. Todo lo que los dos hermanos habían pasado, todo lo que habían luchado... no había servido para nada.

Se levantó con brusquedad. El súbito movimiento alarmó a los guardias, que ya avanzaban lentamente hacia él, con las armas desenvainadas, y los hizo retroceder un paso. Kelan los miró como si los viese por primera vez.

—¡No le tengáis miedo! —aulló el capataz—. ¡Es solo un crío!

«Lo bastante mayor como para ser juzgado como adulto», recordó él entonces. «Lo bastante fuerte como para trabajar como esclavo en los campos de cereal.»

—¡Ha matado al zaldrim! —se oyó por tercera vez, y en esta ocasión la voz había salido del grupo de los esclavos. Los murmullos se reanudaron.

«Lo bastante poderoso como para derrotar a un zaldrim del ejército imperial.»

Drisevali notó un cambio en el ambiente y trató de recuperar el control.

—¡Entonces es peligroso! —exclamó—. ¡Matadlo ahora que está desarmado!

Las palabras del capataz infundieron ánimos a los guardias, que adoptaron una expresión decidida. Kelan fue consciente del peligro por fin y retrocedió, alerta. Drisevali tenía razón: su hoz seguía bajo el cuerpo del zaldrim y no tendría tiempo de recuperarla antes de que sus oponentes se le echasen encima.

Dio otro paso atrás, mirando a su alrededor en busca de una vía de escape. Pero los guardias lo tenían rodeado, y a su espalda se alzaba un muro que no sería capaz de escalar por sus propios medios. Estaba perdido.

Entonces pisó algo blando sobre las baldosas de piedra, y bajó la mirada para ver qué era. Y allí, junto a su pie derecho, como si jamás hubiese sido otra cosa que un pedazo de cuero pintado, estaba la máscara del hombre al que acababa de matar.

Y, de nuevo siguiendo un impulso, se agachó para cogerla... y se la puso.

Había estudiado en la escuela que los zaldrim tenían que superar unas pruebas muy duras para ser dignos de portar una de las extraordinarias creaciones de los drim. Había oído historias sobre desdichados que no habían estado a la altura, que habían muerto entre agónicos alaridos o que habían perdido la razón. Y todo aquello le vino a la memoria justo después de que la máscara tocase su piel, cuando ya era demasiado tarde.

Apenas oyó la exclamación de asombro y terror que brotó de la garganta de todos los presentes. Porque la máscara se adhirió a su rostro como una segunda piel, y Kelan sintió como si unos tentáculos de fría oscuridad se introdujesen en su cuerpo, revolviéndolo hasta las entrañas. Dejó escapar un jadeo de terror y trató de arrancarse la máscara, arañándose la cara incluso, pero no lo consiguió.

Mientras tanto, el poder de la máscara drim siguió invadiéndolo por dentro, causándole un dolor similar al de miles de cuchillas de hielo atravesándolo al mismo tiempo. Se dejó caer de rodillas sobre el suelo, temblando, convencido de que había llegado su final.

Y entonces el dolor desapareció tan deprisa como había llegado. Kelan se apartó las manos de la cara, perplejo, y alzó la cabeza.

Vio a la multitud que lo contemplaba con sobrecogido horror y, de alguna forma, fue como si los observase por primera vez. Su visión se había vuelto ahora más nítida; los colores eran más brillantes, los contornos más definidos, los rostros más detallados.

Percibía los movimientos con un extraño efecto de anticipación, como si los hubiese detectado antes de que se produjesen. Por eso, cuando uno de los guardias alzó la daga para arrojarla contra él, el cuerpo de Kelan reaccionó de forma instantánea.

Y sintió que se disolvía en el aire como una voluta de humo, que seguía allí, pero al mismo tiempo no estaba; y, cuando el arma atravesó su cuerpo sin causarle ningún daño y rebotó en el muro, inofensiva, Kelan experimentó una extraña sensación de terror y euforia al mismo tiempo.

No podían dañarlo. No podían retenerlo. Ni siquiera podrían volver a capturarlo.

Pero la máscara había actuado por él, activando su poder antes de que fuese siquiera consciente de que debía utilizarlo. No era algo que hubiese hecho por su cuenta y, por mucho que le hubiese salvado la vida, no se sentía cómodo con aquella situación.

Se levantó lentamente y contempló sus propias manos, ahora transformadas en dos garras de silueta difusa y profunda oscuridad. Cuando alzó la cabeza para mirar a los guardias, estos lanzaron exclamaciones de miedo y asombro. Uno de ellos dejó caer su arma y huyó entre gritos de pánico.

—¡Acabad con él! ¡Acabad con él! —bramó el capataz en cuanto recuperó la voz.

Kelan lo observó. Podía matarlo, comprendió, a él y a todos los guardias, de la misma manera que el otro zaldrim había asesinado a Ran.

Entonces uno de los guardias lanzó un grito de batalla, probablemente más para infundirse ánimos a sí mismo que porque esperase amedrentar a su rival, y se arrojó contra Kelan con la daga en alto.

Él lo vio venir. En esta ocasión activó su poder voluntariamente y se quedó sorprendido de lo sencillo que le resultó, como si estuviese remando a favor de la corriente. El guardia lo atravesó sin causarle el menor daño y chocó contra el muro, incapaz de corregir el impulso de su movimiento. Kelan recuperó su corporeidad y le arrebató el arma sin dificultad.

Después se volvió de nuevo hacia el capataz. Fue apenas consciente de que el resto de los guardias retrocedían, asustados. Pero sí oyó el grito de uno de los esclavos, coreado de inmediato por los demás:

—¡Kel es libre!

—¡Kel! ¡Kel! ¡Kel! ¡Kel es libre!

Kelan detectó el momento exacto en el que el capataz Drisevali comprendió que la situación se le había ido de las manos. Lo vio palidecer, abrir mucho los ojos y dar un paso atrás, buscando la protección de los guardias.

Pero era demasiado tarde. Cuando el primer esclavo atacó al guardia más cercano y logró arrebatarle el arma, aprovechándose de su desconcierto, Drisevali supo que todo estaba perdido. De inmediato, los otros esclavos se unieron a la lucha contra los guardias y se desató una violenta escaramuza en la que estos últimos, superados en número y sin el apoyo del zaldrim, no tenían ninguna posibilidad de vencer.

Kelan observó al capataz mientras huía en medio de la confusión y valoró brevemente la posibilidad de perseguirlo. Después miró a su alrededor. Comprendió que los esclavos esperaban que los ayudase en su rebelión espontánea, pero él no había querido iniciar nada de todo aquello. Tras echar un último vistazo al cuerpo de Ran, aún tendido en el suelo, se evaporó como si estuviese hecho de niebla, atravesó el muro... y desapareció.

Tras él dejaba una batalla que pronto se extendería al resto del recinto, pero no tenía la menor intención de quedarse para ver el final.

Sus sentidos se habían agudizado, su cuerpo era más ágil, más rápido, más fuerte. Pero en su memoria todavía resonaba la última palabra pronunciada por Ran:

«Dif...».

Día 103, año 17 de la era de Vintanelalandali

Llevaba muchos días sin escribir en mi diario, porque no encontraba nada que mereciera la pena registrar. Es decir, sigo reflexionando sobre muchas cosas, pero no me siento con ánimos de plasmar esos pensamientos por escrito porque tengo la impresión de que no son importantes.

Esta sensación de que mi opinión no es importante la tengo muy a menudo últimamente. No es un sentimiento agradable.

Sin embargo, sigo siendo la Emperatriz de Akidavia, aunque mi cabello no haya encanecido todavía, aunque no haya logrado ganarme el respeto de algunos de mis Consejeros. De modo que he continuado con mis lecciones, rituales y responsabilidades, como de costumbre, pero sin fuerzas ni ganas, como una sonámbula o un fantasma.

Hoy, no obstante, he mantenido una conversación con los Consejeros Kunavamastedal, Yinimakintanam y Viyatenisgani que me ha inquietado profundamente. Por eso he decidido transcribirla en mi diario, aunque solo sea porque esto me ayuda a aclarar mis ideas.

Todo ha comenzado cuando este mediodía, al regresar de mis lecciones con la maestra Mindaleva, he oído sus voces discutiendo desde la Sala de las Deliberaciones y me he acercado para tratar de averiguar qué sucedía.

—¿Consejeros? ¿Hay algún problema?

Los tres han interrumpido su conversación de inmediato. El Consejero Viyatenisgani se ha levantado enseguida al verme. Parecía superado por la situación, y eso me ha preocupado. Viyatenisgani es un hombre extremadamente eficiente y capaz, y de hecho no conozco una mente más brillante para el cálculo que la suya, pero le cuesta lidiar con los contratiempos inesperados y con cualquier problema que no haya sido capaz de prever.

—Divinidad. Celebro que hayáis podido uniros a nosotros. Nos será muy útil vuestro criterio.

—¿De verdad? —pregunté, gratamente sorprendida. Clavé la mirada en Kunavamastedal y Yinimakintanam—. Ignoraba que había una reunión.

Kunavamastedal se mostró un tanto avergonzado, pero Yinimakintanam ni se inmutó. Lo he estado evitando desde su traición del día del nombramiento de los zaldrim, pero actúa como si no se diese cuenta, o como si no le importase.

—No queríamos molestaros con menudencias, Divinidad —tuvo el descaro de decirme.

—Yo no lo llamaría una menudencia —observó Viyatenisgani, un poco perplejo—. Hemos perdido una quinta parte de las cosechas de Lealtad en los incendios. Si el invierno resulta ser duro, tendremos problemas para alimentar a todas las provincias.

—¿Incendios? —repetí.

—Contra eso ya nada se puede hacer —opinó Yinimakintanam—, pero está en nuestras manos que, en efecto, el conflicto quede en una menudencia y no salga de Lealtad ni, por descontado, llegue a afectar a nuestra Emperatriz en lo más mínimo.

—Agradezco tus desvelos, Consejero, pero mi integridad física no correrá peligro por «molestarme con menudencias».

Kunavamastedal suspiró.

—No tiene sentido discutir por esto. Por lo que sabemos, Yinimakintanam, el cabello de la Emperatriz podría cambiar mañana mismo. Es absurdo que pretendas tratarla como a una niña hasta que eso ocurra.

Me crucé de brazos.

—Vaya, muchas gracias, Kunavamastedal.

Yinimakintanam alzó las manos con una sonrisa conciliadora.

—No era esa mi intención. En fin, ya que insistís, os pondré al día. Hace un par de semanas se produjo una rebelión de esclavos en los campos de cereal de Lealtad. Tomaron las armas, mataron al capataz, a los oficiales y a todos los guardias y prendieron fuego a los campos.

Me quedé helada.

—Pero... pero... ¿y los zaldrim? ¿Dónde estaba el ejército imperial?

—Había un cuartel no lejos de la plantación, pero cuando llegaron estaba todo en llamas, y tuvieron que elegir entre ir en pos de los fugitivos o tratar de sofocar el incendio. Optaron por lo segundo.

—Y, gracias a ello, la mayor parte de los graneros están intactos, según los informes —terció Viyatenisgani—. Tardaremos un poco en hacer inventario de lo que se ha podido salvar, pero la cosecha aún no había finalizado, y muchos campos han ardido antes de que los hubiesen segado.

—En cuanto a los zaldrim —prosiguió Yinimakintanam—, teníamos a uno de ellos al cargo de la seguridad en la plantación, pero el... líder de los rebeldes... lo asesinó y le robó la máscara.

Sentí que me quedaba sin aire.

—¿Que le robó... la máscara? ¿Y qué hizo con ella?

—Se la puso, al parecer. Lo lógico hubiese sido que eso lo incapacitase un tiempo, puesto que, como bien sabéis, se necesita un entrenamiento especial para utilizarlas.

Dijo esto con un ligerísimo tono burlón, o al menos a mí me lo pareció. Pero los otros dos Consejeros no parecieron notarlo.

—Lo sé —repliqué con sequedad—. ¿Y bien? ¿Qué pasó entonces?

—El rebelde debe de tener sangre drim, sin duda —concluyó Yinimakintanam, encogiéndose de hombros—, porque se repuso casi enseguida. Naturalmente, eso enfervorizó a los esclavos todavía más. Los guardias ya no pudieron hacer nada para contenerlos.

—Entiendo. ¿Y después? ¿Qué fue del rebelde con máscara?

—Huyó, y no se ha sabido nada de él desde entonces.

Reflexioné.

—De modo que tenemos a un prófugo asesino con el poder de un zaldrim que ha iniciado una revuelta en una plantación de cereal. Pues debo decir que estoy de acuerdo con el Consejero Viyatenisgani. A mí no me parece una menudencia en absoluto.

—Lo será en cuanto nos hayamos ocupado del rebelde, Divinidad.

—Pero no sabéis dónde está.

—No. El poder de su máscara lo vuelve..., digamos..., escurridizo. Pero estamos investigando sobre su identidad y sus orígenes, y cuento con que esa información nos dé alguna pista sobre su paradero. También he dado órdenes de que se busque y capture a los esclavos fugados. Los interrogaremos acerca de su líder.

—Galakuntiname está de camino a Lealtad —intervino Kunavamastedal—. Se encontraba en Disciplina cuando recibió una paloma del gobernador de Lealtad relatando lo sucedido en la plantación. Hoy mismo ha llegado su mensaje informando de que tiene previsto reunirse con él en cuanto llegue a su destino.

—Bien —asentí—. En adelante, informadme a mí también, Consejeros. Como Emperatriz, debo estar al tanto de todo lo que sucede en Akidavia, incluso si no puedo hacer nada al respecto.

Viyatenisgani se mostró desconcertado. Sé que mi discusión con Yinimakintanam es de dominio público en la corte, así que no debería sorprenderle que me muestre sarcástica, pero él vive en su propio mundo de números, pesos y medidas, ajeno a los conflictos del palacio.

También es el único Consejero que me trata como si hubiese sido ya entronizada, así que imagino que no concibe la posibilidad de que su Emperatriz «no pueda hacer nada al respecto» de cualquier cosa que se le ocurra.

Yinimakintanam, por su parte, inclinó la cabeza con su sonrisa de zorro.

—Así se hará, Divinidad.

—Hablo en serio —insistí—. ¿Kunavamastedal?

El Consejero suspiró de nuevo.

—Así se hará, Divinidad —confirmó.

Y a él sí le creí.

Quizá es lo que más me inquieta de todo este asunto, la razón por la que siento la necesidad de ponerlo por escrito. Yinimakintanam dice que sofocarán la rebelión en la plantación de Lealtad y que capturarán al rebelde que ha robado la máscara. Que no debería preocuparme, que está todo bajo control.

Y ese es el problema: que ya no creo ni una sola palabra que salga de los labios del Consejero Yinimakintanam.

Proscrito

El tiempo parecía fluir de una forma extraña cuando estaba transformado en sombra. Kelan percibía las cosas de un modo más intenso, casi irreal. Corría entre los árboles como un soplo de viento, veloz y silencioso, casi imperceptible.

Cuando desactivaba su poder para volver a ser él, se sorprendía de lo mucho que había avanzado mientras era intangible como la bruma. A veces se acercaba a las poblaciones, siempre como sombra, siempre de noche y en silencio, para escuchar las conversaciones de los aldeanos. Al principio solo lo hacía para tratar de orientarse, porque se desplazaba por los bosques y los montes, lejos de los caminos, y era inevitable que se desviase un poco de su ruta. Pero, con el paso de los días, las noticias acabaron también por alcanzarlo.

Así se enteró de lo que había sucedido en los campos de cereal. De la rebelión, de los incendios. De que el imperio había puesto precio a su cabeza.

Se estremeció al oír aquello. Se separó en silencio de la ventana bajo la que había estado escuchando y se alejó del pueblo para volver a internarse en la espesura.

Allí, en un claro del bosque, se sentó al pie de un árbol y desactivó su poder.

Y su cuerpo volvió a ser sólido. De nuevo percibió los atronadores latidos de su corazón y sintió los ojos cargados de lágrimas tras la máscara.

Su vida estaba acabada. Ya no tenía ninguna posibilidad de regresar a su aldea, no cumpliría su condena en los campos de cereal, no volvería a ser un ciudadano del imperio. Ni siquiera estaba seguro de poder recuperar algún día la humanidad que había perdido.

Si quería sobrevivir, debía convertirse en un proscrito, en un vagabundo, como lo habían sido Ran y Dif. Nunca podría volver a casa porque, si lo hacía, arruinaría para siempre la vida de su padre.

Si algún día lo capturaban, por otro lado, ya no lo enviarían de vuelta a los campos de cereal, sino que lo encerrarían y lo condenarían a muerte.

Y, de todas formas, aunque lograse sobrevivir, jamás volvería a ser un humano normal. La máscara formaba ya parte de él, y así sería durante el resto de su vida.

Respiró hondo y alzó una mano para contemplarla casi sin verla. Con apenas desearlo, la transformó en una garra de oscuridad intangible cuya esencia parecía formar rizos y espirales que rebasaban sus contornos.

—¿En qué me he convertido? —susurró. Su voz sonó extraña, más profunda y con un ligero eco, como si hablase desde el interior de una caverna.

Recordó entonces que aquello era lo que buscaba Ran. Ella había estado dispuesta a ponerse la máscara que Dif iba a crear, decidida a desafiar al imperio, con tal de defender su libertad y la de su hermano.

Pero ahora, Ran estaba muerta.

Kelan la echaba de menos. Los días eternos segando bajo el sol abrasador, las conversaciones intrascendentes durante las pausas de la comida, las miradas cómplices, las sonrisas sesgadas. La confianza que habían construido poco a poco, con la prudencia y la lentitud de un caracol que asoma fuera de su concha al sentir los primeros rayos del sol. La llama que ella había prendido en su interior.

Todo aquello ya no existía.

Kelan cerró los ojos. Sentía la máscara sobre su rostro como una segunda piel. Ni siquiera había intentado quitársela, porque habría sido tan absurdo como tratar de desprenderse del color de su cabello.

Y, de nuevo, la voz de Ran susurró en su recuerdo: «Dif...».

Kelan abrió los ojos. Desde la misma noche de su huida había tenido un único objetivo: llegar hasta Noradrim y rescatar a Dif. Había evitado las calzadas y los caminos principales para despistar a sus perseguidores, pero, con ello, había perdido también la oportunidad de alcanzar a las personas que se habían llevado al muchacho.

Por eso había optado por ocultarse en los bosques durante una temporada para aprender a utilizar su poder. Avanzaba hacia la capital por zonas agrestes, lejos de los pueblos y los caminos, y mientras tanto intentaba elaborar un plan de rescate. Después de todo, sabía a dónde se llevaban a Dif. Y de allí no se iba a mover durante el resto de su vida.

Según tenía entendido, Noradrim era una especie de escuela, pero también una fortaleza.

Volvió a contemplarse la mano, capaz de disolverse en el aire como el humo. Al fin y al cabo, pensó, ahora ya no había muros que pudiesen detenerlo.

Día 112, año 17 de la era de Vintanelalandali

Hoy por fin han llegado noticias de Lealtad. Una carta de Galakuntiname, que ha traído un mensajero desde la capital de la provincia. Todo el Consejo se ha reunido en la Sala de las Deliberaciones para examinar la información, y en esta ocasión no me han dejado al margen. Intuyo la mano de Kunavamastedal en este aspecto, pero también sé que cuento con el apoyo de Viyatenisgani.

—¿Y bien? —he preguntado a mis Consejeros—. ¿Alguna noticia sobre el fugitivo?

Yinimakintanam, como Consejero de los Ejércitos, es el principal responsable de la seguridad del imperio y, por tanto, de la búsqueda del rebelde. De modo que fue quien contestó a mi pregunta:

—Nos han informado sobre avistamientos en algunas poblaciones, Divinidad, pero es posible que algunos sean falsas alarmas.

—¿Ha... herido a alguien más?

—No, Divinidad. Está tratando de evitar todo contacto con otras personas. Se oculta en bosques, montañas y lugares de difícil acceso. Sigue una ruta concreta, al parecer. Nos ha llamado bastante la atención.

Alcé la cabeza con curiosidad.

—¿Por qué? ¿Hacia dónde se dirige?

Yinimakintanam sonrió levemente.

—Hacia la Ciudad Imperial.

Me quedé mirándolo sin comprender.

—¿Hacia... aquí? Pero... ¿por qué? ¿No le sería más fácil escapar de la justicia en las provincias exteriores, o incluso más allá de las fronteras del imperio?

—Tenemos dos hipótesis sobre sus motivaciones, Divinidad. Y aquí es donde entra la información que hemos recibido desde Lealtad.

Me volví hacia Kunavamastedal, que sostenía la misiva enviada por Galakuntiname. El informe constaba de varias páginas.

—Las autoridades de Lealtad han capturado e interrogado a algunos de los esclavos fugados —empezó él—. Uno de ellos estuvo presente en el germen de la revuelta y conocía personalmente al cabecilla rebelde. Contó que todo empezó cuando otros dos esclavos, un chico y una chica, trataron de evadirse del recinto. El zaldrim los interceptó. Ante su sorpresa, el muchacho entró en Trance en aquel preciso momento.

Me incliné hacia delante.

—¿En trance?

—En Trance drim, Divinidad.

—A ver si lo he entendido bien. ¿Teníamos a un drim trabajando en la plantación?

—Él y su hermana ocultaron su condición. Ella se negaba a que lo enviasen a Noradrim.

—Hum —murmuró Nayanalidestu, un poco perpleja.

Esperé a que interviniera, pues pensaba que, como directora de Noradrim, tendría algo que decir. Pero ella no añadió nada más.

Kunavamastedal continuó:

—Pero, obviamente, no había otra opción para el chico. De modo que el capataz ordenó que lo mandasen allí de inmediato. Por lo que sabemos, uno de los guardias se lo llevó a caballo sin perder un instante. Hemos tenido noticias de ellos; cruzaron la frontera de Lealtad hace unos días y están de camino hacia aquí —añadió, volviéndose hacia Nayanalidestu—. No deberían tardar en llegar a Noradrim.

Ella asintió.

—Los recibiremos como corresponde.

—Bien —asintió Kunavamastedal, bajando de nuevo la mirada hacia sus papeles—. Nuestro fugitivo y la hermana del joven drim aprovecharon la confusión del momento para iniciar la revuelta. La chica murió en la reyerta y su compañero mató al zaldrim como venganza. —Alzó la cabeza para mirar a Yinimakintanam—. Entiendo la relevancia de esta información, pero no veo de qué manera nos puede ayudar a localizar al criminal fugado.

El Consejero juntó las yemas de los dedos.

—Tenemos entendido que estos tres esclavos en concreto estaban muy unidos. Algunos testigos mencionan incluso una relación amorosa entre nuestro fugitivo y la muchacha muerta. Por eso pensamos... que es posible que él se dirija ahora a Noradrim para rescatar a su hermano.

—Oh —comprendió Kunavamastedal—. Ya veo.

—«Rescatar» —repitió Nayanalidestu, alzando una ceja.

—Desde su punto de vista —aclaró Yinimakintanam—. Si el objetivo de la joven era mantener a su hermano lejos de Noradrim, no es descabellado pensar que el fugitivo intente hacer cumplir sus deseos.

Incliné la cabeza, pensativa.

—Tiene sentido. Habrá que reforzar las defensas de Noradrim, pues.

Yinimakintanam y Nayanalidestu cruzaron una mirada.

—Estamos en ello, Divinidad.

—Tenías dos hipótesis —le recordé al Consejero—. ¿Cuál es la segunda?

—Ah. —Yinimakintanam se echó hacia atrás en la silla e hizo una pausa para escoger sus palabras—. Esto es aún más delicado. Resulta que nuestro fugitivo...

—¿Tiene nombre «nuestro fugitivo»? —pregunté, un poco cansada ya de circunloquios.

—Kel —respondió Kunavamastedal, consultando los informes—. De Gratitud.

Todavía me sorprende que haya gente con el nombre tan corto. Ni siquiera parecen nombres, solo... sonidos.

—Condenado a un año de trabajos forzados en los campos de cereal por intento de asesinato —prosiguió Kunavamastedal. Negó con la cabeza, disgustado—. Tan joven y tan violento.

—¿Por qué? ¿Qué edad tiene?

—Ahí es a donde quería llegar —apuntó Yinimakintanam—. La misma que vos, Divinidad. Es un niño de la Larga Noche.

Kunavamastedal dejó escapar una exclamación de sorpresa. Cuando me volví para mirarlo, vi que se había puesto pálido.

—¿Te encuentras bien? —le pregunté.

La Consejera Kalinamanteni alzó la cabeza. Había estado presente desde el principio de la reunión, pero aún no había intervenido porque, como tiene a su cargo la gestión del palacio imperial, todo lo que sucede más allá de sus muros escapa de sus competencias y su interés. En aquel momento, sin embargo, le dedicó una curiosa mirada a Kunavamastedal.

—Qué casualidad —comentó ella.

—¿Por qué? —pregunté.

—Nacieron muchos niños en la Larga Noche —farfulló Kunavamastedal—. En todos los rincones del imperio, no solo en Gratitud.

—¿Qué importancia tiene que sea de Gratitud? —seguí preguntando con curiosidad.

Kalinamanteni observaba a Kunavamastedal en silencio con una ceja alzada. Él le devolvió una mirada de advertencia. ¿Qué se traen entre manos estos dos?

Kunavamastedal carraspeó.

—Ninguna en absoluto, Divinidad.

—Lo importante es la fecha de nacimiento —terció Yinimakintanam—. Es un niño de la Larga Noche. Cada uno de ellos es un pequeño proyecto de rebelde, Divinidad.

Pestañeé, perpleja.

—¿Por qué?

—Por la leyenda —respondió Kunavamastedal—. La que vaticina que un guerrero nacido durante la Larga Noche acabará con el poder del Eterno Emperador.

—¿Oh? —Fruncí el ceño con confusión—. No recuerdo haber leído eso en ninguna parte.

—Porque no está escrito en ninguna parte. Se eliminó esa historia de todos los libros en tiempos del Emperador Hanikavandanasu. Desde entonces está prohibido volver a registrarla por escrito, bajo pena de prisión.

—Parece un poco drástico —opiné.

Kunavamastedal se encogió de hombros.

—Es menos drástico que mandar asesinar a todos los niños nacidos durante la Larga Noche —comentó.

Me quedé sin aliento.

—¿Quién sería capaz...? Espera..., eso ya ha sucedido, ¿verdad?

—En la era del tirano Karanuvidalastan —asintió él—. Alguien le contó esa historia cuando tenía siete años, y él decidió que no quería arriesgarse a ser derrocado por el rebelde de la leyenda. Así que ordenó que todos los niños y niñas nacidos durante la Larga Noche fuesen ejecutados. Como en aquel entonces el imperio no mantenía un registro de nacimientos, resultaba imposible localizarlos a todos. De modo que finalmente se sacrificó a todos aquellos que tenían entre seis y ocho años.

—A... todos —repetí con la boca seca.

—A todos. Para asegurarse de que no se le escapaba ninguno.

Cuando pienso que ya estoy al tanto de todos los horrores acontecidos durante el imperio de Karanuvidalastan, descubro una nueva historia terrorífica que hace palidecer a las anteriores.

—Es una leyenda antigua, como veis —prosiguió Yinimakintanam, retomando la conversación—. Y es cierto que no está escrita en ninguna parte. Pero la gente la sigue contando. De madres a hijas, de abuelos a nietos... En especial en las zonas rurales y en las áreas más remotas del imperio. Por eso muchos creen que los niños de la Larga Noche traen mala suerte.

»Otros, en cambio..., piensan realmente que el Eterno Emperador será vencido por el rebelde de la leyenda. Y si lo meditáis con detenimiento, Divinidad..., os daréis cuenta de que no hay muchas oportunidades en la historia de que eso suceda.

Entiendo lo que quiere decir. Ahora mismo hay muchos jóvenes en el imperio que nacieron al mismo tiempo que yo. Dentro de cien años, en cambio, ya no quedará ninguno.

Pero yo seguiré aquí. Y solo cuando muera y regrese de nuevo bajo otra encarnación podrá nacer también una nueva generación de niños de la Larga Noche. Pueden pasar mil años hasta entonces. O incluso dos mil, si resulto ser tan longeva como el aciago Karanuvidalastan.

Incliné la cabeza, pensativa.

—Esa historia... ¿de verdad es una leyenda? ¿O es una profecía?

—Es una historia estúpida —respondió Yinimakintanam, encogiéndose de hombros—. Pero forma parte del saber popular de nuestro pueblo, nos guste o no. Y nunca podremos evitar que, en los albores de cada nueva etapa del imperio, algún jovenzuelo con ínfulas se crea el rebelde elegido de la leyenda solo porque ha nacido en la fecha adecuada. ¿Entendéis lo que quiero decir?

—Perfectamente —respondí con sequedad—. Estás insinuando que ese fugitivo..., ese tal Kel..., ¿podría intentar atentar contra mí?

—Es una posibilidad, sí. ¿Para qué, si no, robaría una máscara drim? Una especialmente peligrosa, al parecer.

Se volvió hacia Nayanalidestu, que conserva un registro de todas y cada una de las máscaras que han salido de Noradrim desde que ella está al mando allí.

—Intangibilidad —respondió ella—. Puede transformarse en humo y atravesar cualquier objeto sólido, y eso significa que nadie puede atraparlo y ningún muro puede detenerlo.

Empecé a sentirme intranquila.

—Es posible que solo quiera infiltrarse en Noradrim para sacar a su amigo de allí.

—Es posible, sí —admitió Yinimakintanam—. Pero yo no me arriesgaría. Sé que aún no habéis recibido a vuestra guardia, Divinidad, y creo que en estos momentos...

—No —corté con sequedad.

Yinimakintanam respiró hondo.

—Vos queríais una guardia personal —me recordó.

—No esa guardia personal —repliqué.

—Ya hemos hablado de esto —intervino Kunavamastedal—, y no necesitamos volver a debatirlo ahora. Sin duda el Ejército Imperial detendrá a ese rebelde antes de que tenga ocasión de poner un pie en palacio, ¿no es cierto?

Yinimakintanam hizo una pausa antes de responder:

—Por supuesto, Consejero.

—Y reforzará la vigilancia en toda la Ciudad Imperial, en torno a Noradrim y muy especialmente en los alrededores del palacio.

—En efecto.

—Pero —tercié— ¿cómo vais a detenerlo, si tiene el poder de volverse intangible?

—Hay maneras —respondió Nayanalidestu.

La miré, intrigada, pero su gesto era impenetrable.

Kunavamastedal se levantó, aún con los papeles en la mano.

—Voy a estudiar con calma toda esta información —anunció—. Quizá encuentre en ella algo de interés.

Aún se mostraba algo pálido, y estoy un poco preocupada por su salud, porque no lo he visto desde entonces.

Con esto, la reunión finalizó. En cuanto al rebelde Kel, tengo la sensación de que Yinimakintanam exagera un poco el peligro, con el objetivo de tener una excusa para controlarme todavía más. Sé que Kel es un asesino, que lleva una máscara con un poder inquietante, que nació durante la Larga Noche (¡tiene mi edad!) y que es posible que se crea destinado a matarme.

Pero, aun así, no me siento amenazada.

Incursión nocturna

A Kelan le había sentado bien viajar por el bosque. Le evocaba a su antiguo hogar en Gratitud, a los días que había pasado con su padre. Qué lejano parecía todo aquello.

Pero recordaba muy bien cómo era sobrevivir en el bosque, y en pleno verano había caza y comida de sobra. Ni siquiera necesitaba sus nuevas capacidades para moverse por allí con la rapidez y la discreción de una ardilla.

A medida que se fue acercando a su objetivo, sin embargo, le resultaba más difícil permanecer oculto. Los bosques dieron paso a praderas y campos de cultivo, las montañas se abrieron para mostrar amplios valles salpicados de poblaciones que eran cada vez más grandes. Los caminos pasaron a ser anchas calzadas transitadas por carros a casi cualquier hora del día.

Por todo ello, Kelan comenzó a viajar exclusivamente de noche. Había detectado, además, una considerable presencia de soldados en la ruta, tanto en los puestos de guardia como en las aldeas. Sospechaba que lo estaban buscando a él y, a pesar de su nuevo poder, temía que llegaran a capturarlo si se acercaba demasiado a Ciudad Imperial.

Cuando por fin la divisó desde lo alto de una colina, experimentó una mezcla de emociones contradictorias. Ante todo, asombro y maravilla, porque la capital de Armonía era inmensa. Carecía de murallas, pues hacía milenios que ningún enemigo amenazaba el corazón del poderoso imperio akidavo, y esta circunstancia le había permitido expandirse hasta alcanzar el horizonte. Desde su posición, Kelan podía distinguir un entramado de calles, estrechas y tortuosas las del centro, amplias y rectas las de las sucesivas ampliaciones. Había edificios de varias alturas, enormes villas a las afueras, casitas más pequeñas en los barrios nuevos, puestas en hilera como las huellas de un ciempiés.

Y había una construcción cuya grandeza y magnificencia eclipsaba todo lo demás: el palacio imperial, rodeado de extensos jardines y protegido, este sí, por una alta muralla, tan blanca que el sol del amanecer arrancaba destellos nacarados a su superficie.

Kelan había visto el palacio representado en grabados en la escuela, pero jamás había imaginado que fuera tan grande. Se encontraba demasiado lejos como para asegurarlo, pero le parecía que toda la capital de Gratitud habría cabido sin problemas en el interior del recinto. Por lo que tenía entendido, aquel era el hogar del Eterno Emperador, pero ¿quién más vivía allí con Su Divinidad?

El joven sacudió la cabeza. Lo que sucediese tras aquella muralla blanca no era de su incumbencia.

Su mirada se detuvo en un edificio situado a las afueras de la ciudad. Se elevaba por encima de los árboles de un bosquecillo y parecía una pequeña fortaleza en sí misma, con ocho altas torres cuyas cúspides relucían también de una manera singular bajo la luz del amanecer.

«Noradrim», lo reconoció Kelan, sobrecogido. Por alguna razón se había imaginado que Dif estaría prisionero en algún lugar similar al sótano donde lo habían encerrado a él mientras esperaba que lo juzgaran, en su aldea natal.

Pero aquello era algo muy distinto, y eso lo llenaba de inquietud. ¿Cuántas personas podían vivir allí? ¿Cómo iba a entrar sin que nadie lo descubriese? Y, en el caso de que lograse localizar a Dif..., ¿cómo iba a sacarlo de allí, si él no era capaz de atravesar paredes?

Sacudió la cabeza. No pensaba rendirse tan pronto. Si había llegado hasta allí, ya encontraría la manera de completar con éxito su misión.

Optó por aguardar a que se hiciese de noche para acercarse más a la ciudad, y mientras tanto siguió observando Noradrim desde su posición. El brillo de las torres desapareció cuando el sol se elevó un poco más, y Kelan se dio cuenta entonces de que procedía de unos enormes ventanales acristalados que, al parecer, estaban distribuidos por toda la fachada. Frunció el ceño. Había esperado barrotes, no cristaleras. Imaginó que aquellas torres serían los aposentos de los responsables de Noradrim, y que los internos estarían encerrados en los pisos inferiores.

Al caer la tarde, activó su poder y se puso en marcha por fin hacia las afueras de la capital. Se deslizó como una sombra bajo la luz del crepúsculo, bordeando las zonas habitadas y buscando las arboledas.

Era ya de noche cuando alcanzó por fin la muralla de Noradrim. Rodeó el recinto para asegurarse de que nadie podía verlo desde el camino, y una vez en la parte posterior del edificio asomó la cabeza a través del muro.

Había ido a parar a un patio trasero que estaba completamente desierto a aquellas horas. Kelan atravesó el muro por completo y miró a su alrededor.

Había varias ventanas iluminadas al otro lado del patio, de modo que lo atravesó y se puso de puntillas para mirar a través.

El interior de la estancia era un enorme comedor. Estaba ocupado por cerca de un centenar de personas de ambos sexos y procedencias diversas. Había muchos jóvenes, pero también adultos, aunque ningún anciano, por lo que Kelan pudo comprobar. Cenaban en silencio, sumidos en sus pensamientos. Todos llevaban el cabello corto y vestían de manera similar: una especie de hábito marrón salpicado de manchas de pintura de todos los colores.

Así que aquellos eran los pintores de Noradrim. Los creadores de máscaras.

Kelan no vio en ellos nada de particular. Ni siquiera tenían el gesto ausente que caracterizaba a Dif. Por el contrario, parecían tranquilos y concentrados.

Con un ligero sobresalto, Kelan reconoció por fin a su amigo, a pesar de que le habían cortado el cabello y vestía igual que todos los demás. Estaba sentado en una mesa del fondo, por lo que no lo veía si trataba de hacerle señas desde la ventana.

Pero estaba allí. Y estaba bien.

Kelan se retiró de la ventana. Transformado en sombra no sentía el latido de su propio corazón, pero estaba seguro de que, si fuese completamente humano, se le habría acelerado de nerviosismo y anticipación. Allí estaba Dif, lo había encontrado e iba a salvarlo, tal como Ran hubiese deseado. Y después...

Kelan borró aquellos pensamientos de su mente. Ya llegarían a eso. Por el momento, lo principal era encontrar el modo de rescatar a Dif.

Halló un rincón oscuro en el patio, junto a un cobertizo, y se retiró allí en silencio. Cualquiera que pasara por delante no vería más que la sombra que la techumbre proyectaba sobre el muro, y solo si se fijaba bien podría distinguir los ojos rojos de la criatura reluciendo en la penumbra. Pero Kelan lo veía todo desde allí, y detectó el momento en el que los internos acabaron de cenar y se levantaron de sus asientos.

Salieron por la puerta que daba al patio, y Kelan los vio pasar ante él en fila, dirigiéndose hacia otra de las torres. Su mirada no se apartó de Dif hasta que este desapareció de nuevo en el interior del edificio.

No obstante, esperó. Los pintores no tardarían en irse a dormir, porque probablemente no podrían trabajar con una luz tan escasa. Y fue entonces cuando comprendió la razón de que hubiese tantos ventanales, y se le ocurrió que las enormes cristaleras de las torres tal vez no correspondiesen a las alcobas de los directores, sino a los talleres donde trabajaban los drim.

Momentos después, sus suposiciones se confirmaron cuando las luces comenzaron a apagarse en casi todas las ventanas. Kelan aguardó hasta que apenas hubo dos o tres estancias iluminadas, y entonces entró.

La puerta estaba ya cerrada, pero él la atravesó sin más. Se encontró en un recibidor del que partía una escalera de caracol. Recorrió toda la planta baja, pero solo encontró almacenes y un par de despachos que estaban vacíos a aquellas horas. Regresó al recibidor, pues, y subió por las escaleras hasta el primer piso.

No tardó en localizar los dormitorios. Había dos en aquella planta, amueblados con media docena de camas cada uno. Kelan se deslizó por entre los drim durmientes sin hacer el menor ruido y examinó sus rostros en la oscuridad, pero ninguno de ellos era Dif. El segundo dormitorio estaba ocupado únicamente por mujeres, de modo que Kelan no se entretuvo y subió al segundo piso.

Allí había algo nuevo. Además de los dormitorios, la planta contaba con un pequeño taller... y había luces encendidas en su interior.

Kelan se asomó con precaución. La sala estaba ocupada por cuatro escritorios y varios caballetes con lienzos cubiertos de rostros a medio terminar. En una de las paredes había una alta alacena abarrotada de todo tipo de utensilios de pintura: lápices, pinceles, botes con pigmentos de todos los colores, lienzos... Incluso máscaras de cuero sin pintar, amontonadas unas encima de otras, formando una torre.

También había allí dos personas, trabajando a la luz de sendos candelabros que dispersaban una luz cálida y trémula por toda la estancia. Uno de ellos, un hombre de mediana edad, estaba inclinado sobre una máscara a medio pintar, y parecía profundamente concentrado en decorarla con un pincel minúsculo.

El otro pintor era Dif. Se había sentado frente a uno de los lienzos y dibujaba rostros, como solía hacer en la plantación en la que Kelan lo había conocido. Solo que ahora contaba con instrumentos adecuados, y el resultado era mucho más detallado e inquietante.

Kelan echó un vistazo al hombre de la máscara. Parecía demasiado absorto en su labor como para percatarse de su presencia, de modo que se arriesgó a acercarse a Dif.

El muchacho estaba dibujando un nuevo rostro con carboncillo, y sus trazos eran firmes y seguros. Kelan se recordó a sí mismo que

Dif llevaba mucho tiempo haciendo aquello. Y quizá porque evocaba la forma en que parecía olvidarse del mundo cuando pintaba, se sorprendió cuando Dif se volvió de pronto hacia él y lo miró a los ojos.

—¿Quién eres tú? —le preguntó, frunciendo el ceño con preocupación—. ¿Qué haces aquí?

Kelan se quedó un momento inmóvil. Nunca antes había oído hablar a Dif. Ni mirarlo con tanta lucidez como ahora.

—Dif —susurró, con la voz cavernosa que le confería su máscara—. ¿Me reconoces?

—Es evidente que no —replicó el muchacho—. ¿Eres el zaldrim de la plantación de Gratitud? ¿O eres otro con un poder similar?

Kelan se sentía cada vez más desconcertado. Había dado por sentado que tendría que sacar a Dif a rastras de allí, y que el chico, como de costumbre, simplemente se dejaría llevar sin hacer preguntas. Lo que no esperaba era tener que conversar con él. Se suponía que Dif nunca hablaba con nadie. Ni siquiera con su hermana.

Se le pasó por la cabeza la posibilidad de que aquel no fuese realmente Dif, sino otro zaldrim con el poder de imitar el aspecto de otras personas. Kelan había oído historias de zaldrim que podían hacer eso y muchas cosas más, aunque nunca les había prestado atención.

Ahora, trasformado en una sombra de pesadilla en el corazón de Noradrim, estaba dispuesto a dar crédito a todas y cada una de ellas.

—¿Eres Dif, de Humildad? —trató de asegurarse—. Y tienes... tenías —se corrigió— una hermana llamada Ran, ¿verdad?

—Difenki es mi nombre verdadero —se presentó él—. De Humildad, sí. —Desvió la mirada con un gesto pesaroso—. Y sí, tenía una hermana. Pero falleció recientemente. —Volvió a alzar la mirada hacia él—. ¿Quién eres tú? ¿De qué me conoces? Si no te identificas ahora mismo, llamaré a los guardias.

Kelan echó otro vistazo al pintor de más edad, pero este, sumido en su tarea, seguía sin prestarles atención.

Entonces desactivó su poder. Su cuerpo recuperó la solidez y su aspecto volvió a ser humano.

No estaba seguro de que Dif..., «Difenki», se corrigió..., fuese a reconocerlo tras la máscara. Pero el rostro del chico se iluminó con una amplia sonrisa.

—Kel —lo saludó—. ¿Cómo has llegado hasta aquí? ¿Te han liberado ya? ¿Y por qué llevas...? —Lo comprendió de pronto, y su expresión se ensombreció—. Oh, no, Kel. ¿Qué has hecho?

—¿Qué te han contado? —preguntó él a su vez, cada vez más inquieto—. ¿Qué sabes de Ran?

Difenki bajó la cabeza de nuevo.

—Quiso venir conmigo, pero no se lo permitieron. Se resistió, hubo una pelea... y murió.

—La mataron, Dif —corrigió Kelan.

—Difenki —puntualizó él con sequedad.

—La mató el zaldrim. Pero yo vengué su muerte, y ahora he venido a rescatarte.

Difenki lo miró con los ojos muy abiertos.

—¿«Rescatarme»? ¿A mí? Por el Eterno Emperador, ¿qué estás diciendo?

Kelan vaciló.

—Es lo que habría querido Ran —acertó a decir.

El chico se puso en pie y lo miró con atención.

—Por el Eterno Emperador —repitió en un susurro horrorizado—, ¿qué has hecho?

—Tengo que sacarte de aquí —insistió Kelan, desesperado.

—Es la máscara, ¿verdad? Te has convertido en un zaldrim y no tienes sangre drim. ¿Acaso has... perdido el juicio?

—¡No! He venido a buscarte porque te han traído... en contra de tu voluntad.

—En contra de la voluntad *de mi hermana* —puntualizó Difenki—. ¿No lo entiendes? Todo este tiempo... me ha mantenido lejos del lugar donde debía estar. Me sacó de mi casa, impidió que me trajeran a Noradrim. Me arrastró por los caminos como si fuese un fardo, sin comprender que yo necesitaba venir aquí para pintar mi máscara. Y no podía decírselo, porque mis pensamientos estaban lejos, muy lejos, saturados con imágenes de caras que debía dibujar, que se me aparecían constantemente, dormido y despierto. —Hizo una pausa para tomar aire—. Y solo aquí he sido capaz de liberar todo eso. Solo aquí se me permite sacarlo de mi cabeza, dibujar cuando quiero y seguir la senda de los rostros, uno tras otro, hasta que esté preparado para pintar mi máscara por fin. —Suspiró con anhelo, y había lágrimas de alivio en sus ojos cuando prosiguió—: No imaginas lo que ha significado para mí este lugar. Estar rodeado de gente como yo, de personas que me entienden y saben lo que necesito. Me ha permitido... volver a ser yo. Escapar de la prisión en la que se encontraba mi mente. ¿Lo comprendes?

Kelan no estaba seguro de comprenderlo. No era eso lo que Ran le había explicado.

—Pero... pero si pintas esa máscara..., morirás.

—Y si no la pinto, nunca viviré. No de verdad.

Kelan sacudió la cabeza.

—Pero Ran... Ran me contó...

Esta vez fue Difenki quien negó con la cabeza.

—Mi hermana tenía buena intención, pero no lo entendía. Nunca lo entendió. Y, por desgracia, yo no estaba en condiciones de poder explicárselo.

Kelan se dejó caer contra el escritorio, abrumado.

—¿Qué voy a hacer ahora? —susurró.

Difenki suspiró con pesar.

—Me temo que ya no hay nada que puedas hacer. Lo siento mucho.

Kelan percibió un cambio en su mirada, enfocada ahora más allá de su interlocutor, en la puerta. Se irguió, a punto de activar su poder..., pero justo entonces sintió un aguijonazo en el cuello.

Cuando ordenó a la máscara que lo transformara en humo, esta no obedeció. Y su cuerpo, perfectamente sólido y anormalmente débil de pronto, se desplomó a los pies de la Consejera Nayanalidestu.

Difenki observó a Kelan con consternación.

—Solo estaba intentando ayudarme —murmuró—. O eso es lo que creía él, al menos.

Nayanalidestu guardó de nuevo la cerbatana con la que había abatido al intruso.

—Lo sé. Pero tal es la ley de Akidavia.

Día 116, año 17 de la era de Vintanelalandali

Han capturado al fugitivo que inició la revuelta en la plantación de Lealtad.

No creo realmente que tuviese intención de atentar contra mi vida. Me han explicado que lo atraparon en Noradrim, donde se había infiltrado para tratar de contactar con su compañero drim, tal como Yinimakintanam vaticinó que haría.

No obstante, sus crímenes son muy graves: asesinó a un zaldrim, inició una revuelta entre los convictos, se fugó de la plantación y robó una de las máscaras drim del ejército. Con semejante historial, cualquier juez lo condenaría a la pena capital sin dudarlo ni un solo momento.

No debería ser un asunto de mi incumbencia, puesto que hace ya milenios que el Eterno Emperador se mantiene al margen de la justicia del imperio. No me corresponde a mí decidir quién vive y quién muere, y así seguirán las cosas cuando sea entronizada, a pesar de los Juicios.

Pero sí seré la Mano Ejecutora, pues tal es el deber y la responsabilidad del Eterno Emperador. La principal razón, de hecho, por la que a veces desearía que mi cabello permaneciese siempre de color castaño.

Debería haber sospechado, por tanto, que había algo extraño en el hecho de que Yinimakintanam solicitase audiencia conmigo y con Kunavamastedal para deliberar sobre el destino del rebelde.

—Doy por hecho que será juzgado —aseguré—, y castigado conforme a lo que dictan nuestras leyes.

—No es tan sencillo —respondió Yinimakintanam.

—¿Insinúas que la Emperatriz debería concederle un indulto? —preguntó Kunavamastedal, y parecía casi aliviado.

—¿Puedo hacer eso? —planteé con sorpresa.

—En situaciones muy excepcionales, quizá...

Pero Yinimakintanam negaba con la cabeza.

—No, no, al contrario. Tengo la sensación de que ninguno de los dos sois conscientes del peligro que ese joven representa para el imperio.

—¿Todavía crees que intentará atacarme? —pregunté con escepticismo.

Yinimakintanam me miró fijamente.

—Él ya no lo hará, por descontado —respondió con frialdad—, pero otros desearán seguir su ejemplo. Recordad lo que sucedió en Lealtad. Cómo una breve chispa bastó para desatar un incendio devastador.

—¿A dónde quieres ir a parar entonces, Yinimakintanam? —me impacienté.

El Consejero hizo una pausa antes de empezar:

—Seré sincero, Divinidad: vuestro dominio se encuentra en una situación muy delicada en estos instantes. Akidavia lleva dieciséis años sin su Eterno Emperador.

—Eso no es cierto —repliqué, molesta—. No hables de mi período de adiestramiento como si fuese la Larga Noche, Yinimakintanam. Estoy aquí, exactamente en el lugar que me corresponde, desde que renací.

—No lo dudo, Divinidad —respondió él con una media sonrisa—. Pero vuestro pueblo no os ha visto. No os conoce. Pasan los días, los meses..., los años..., y vuestro poder sigue sin despertar. Es natural que algunas personas... duden.

Lo miré sin comprender.

—¿Dudar? ¿De mí, quieres decir?

—Las épocas de transición siempre son complicadas —prosiguió el Consejero, sin responder a la pregunta—. Vuestro antecesor reinó durante más de ochocientos años. Pero murió, y es natural que algunas personas se sientan inseguras ante los cambios. Que se pregunten... si las cosas podrían ser de otra manera. Si el dominio del Eterno Emperador es realmente perpetuo o, por el contrario... —Volvió a mirarme con fijeza y reprimí un escalofrío—. Podría estar próximo el día de su final.

Kunavamastedal asintió, pensativo.

—Quieres decir que ese muchacho podría ser un símbolo. Que, incluso si no fuese el rebelde de la leyenda, habrá gente que desee creer que lo es.

—En efecto, Consejero. Es complicado luchar contra un símbolo. Puedes condenarlo a muerte, puedes ejecutarlo, pero su recuerdo permanece en la memoria de aquellos que creen en él. Y a menudo sirve para inspirar a otros que tratan de seguir su ejemplo.

—Si la Emperatriz le perdona la vida, podría demostrar de ese modo que su poder está por encima de cualquier amenaza, real o imaginaria —sugirió Kunavamastedal, esperanzado.

Por tercera vez, Yinimakintanam negó con la cabeza.

—Sería un gesto regio y magnánimo, sin duda. Pero podría interpretarse también como un signo de debilidad.

Me costaba respirar. Empezaba a ver los mimbres del plan de Yinimakintanam y, aunque no terminaba de comprender cuál era su objetivo, sospechaba que no me iba a gustar. Me esforcé en mantener un tono neutro cuando pregunté:

—¿Qué sugieres, pues?

Si los buitres pudiesen sonreír, lo harían exactamente igual que Yinimakintanam cuando respondió:

—Sugiero que derrotemos un símbolo con otro mucho más poderoso. Que el rebelde sea ejecutado por la misma Emperatriz.

Me quedé sin aliento. Kunavamastedal se volvió hacia Yinimakintanam y lo miró como si se hubiese vuelto loco.

—No —respondí sin dudar. Al menos, me habría gustado que mi

voz hubiese sonado mucho más firme, pero me avergüenza reconocer que me tembló un poco.

Él se encogió de hombros con indiferencia.

—Algún día tendréis que empezar a hacerlo, Divinidad. ¿Qué mejor ocasión que el Juicio al rebelde que ha osado alzarse contra la autoridad del imperio?

Kunavamastedal frunció el ceño y se cruzó de brazos.

—Es una idea descabellada, Yinimakintanam.

—Sabes que debe morir —insistió él, y ambos cruzaron una larga mirada. Tuve la sensación de que se me escapaba algo—. No puedes ignorar todo lo que ha hecho. La revuelta en la plantación, el asesinato y la suplantación del zaldrim...

Fue Kunavamastedal quien apartó la mirada primero.

—No podemos. No podemos —insistió, aunque detecté que también a él le temblaba la voz.

—Podemos, y debemos. Antes de que sea demasiado tarde.

Kunavamastedal alzó la cabeza de nuevo.

—¿Y por eso sugieres retrasar su ejecución? Eso no tiene ningún sentido.

—Oh, no, no; el rebelde debe ser juzgado y ejecutado de inmediato.

Inconscientemente, me llevé una mano a mi melena castaña. La aparté en cuanto me di cuenta de que lo había hecho, pero el gesto no pasó desapercibido a mis Consejeros. Kunavamastedal señaló lo obvio:

—No podemos saber cuándo despertará el poder de la Emperatriz.

Y, de nuevo, Yinimakintanam sonrió como si fuese cien pasos por delante de nosotros.

—Nosotros no, pero el pueblo de Akidavia sí lo sabrá.

No entendí lo que quería decir, de modo que miré a Kunavamastedal, que se mostró escandalizado.

—¡En todas mis décadas de servicio al Eterno Emperador..., jamás había escuchado una blasfemia semejante! —estalló.

Yinimakintanam no se inmutó. Seguía sonriendo, como si él tuviese razón en todo y el resto del mundo estuviese equivocado.

—¿Qué es? ¿De qué estáis hablando? —insistí.

Kunavamastedal inspiró hondo varias veces para calmarse antes de volverse hacia mí.

—Os ruego mil disculpas, Divinidad. Estoy convencido de que Yinimakintanam no ha meditado bien las consecuencias de su propuesta.

—Pero...

—Permitidme que lo debatamos los dos en privado antes de volver a molestaros con... despropósitos.

Yinimakintanam alzó una ceja, pero no pareció ofendido en absoluto.

—Me parece correcto, Consejero —asintió—. Probablemente me he precipitado al plantear esta propuesta a la Emperatriz. Por descontado, estoy abierto a debatirlo a fondo.

—Pero...

—Gracias por vuestra paciencia, Divinidad.

Debería ser yo quien decidiera cuándo y cómo terminan las audiencias con mis Consejeros, pero me temo que muy a menudo resulta ser al contrario. Hubo una época en que traté de rebelarme contra este tipo de maniobras. Pero incluso una muchacha inexperta como yo es capaz de aprender un par de cosas, especialmente cuando está rodeada de maestros del ardid y la manipulación.

De modo que compuse mi mejor sonrisa, di por finalizada la reunión y los vi marchar sin objetar nada más.

Zaralane me estaba esperando junto a la puerta, leal y silenciosa como siempre. Se acercó a mí en cuanto los Consejeros abandonaron la Sala de las Deliberaciones.

—Divinidad...

—Shhh... —la silencié—. No hemos terminado —añadí en voz baja.

Me miró, interrogante, pero no me cuestionó.

Seguimos en silencio a los Consejeros pasillo abajo sin que advirtieran nuestra presencia. Los vimos entrar en un pequeño salón de recepciones y cerrar la puerta tras ellos.

Naturalmente, aplicamos la oreja a la puerta para escuchar.

—... no podemos ejecutar a ese muchacho —estaba diciendo Kunavamastedal, muy alterado—. Es él, estoy seguro. El bebé de la aldea. Kelan de Gratitud, hijo de Dugan y Noli.

—Yo también he consultado los documentos —replicó Yinimakintanam, con calma—, y su fecha de nacimiento no cuadra. Tiene que tratarse de otro Kelan.

—¿Y si no lo es?

—¿Qué propondrías, en ese caso? ¿Que pasemos por alto la rebelión, el robo de la máscara, el asesinato...? Está a punto de iniciar una revolución, Kunavamastedal. Hay que arrancarla de raíz. Y debe hacerlo la propia Emperatriz. —Kunavamastedal no dijo nada, y Yinimakintanam insistió—: Sabes que tengo razón.

—No está preparada.

—Ayanimadelanti ejecutaba en los Juicios con trece años.

—Porque los Poderes Imperiales ya habían despertado en ella. No es el caso de Vintanelalandali.

—Pero lo será, tarde o temprano, así que... ¿qué importa que adelantemos un poco el momento?

—No podemos engañar a todo el mundo...

—Nadie lo sabrá. Y, aun en el caso de que lo descubriesen en el futuro, para entonces ya no importará.

Sobrevino un tenso silencio.

—No la traje al palacio para esto —murmuró al fin Kunavamastedal.

—Al contrario, Consejero. La trajiste precisamente para esto. Y si quieres que llegue a ser entronizada, y que gobierne Akidavia durante mucho mucho tiempo..., debemos eliminar cualquier obstáculo que se interponga en su camino. Incluido el chico de Gratitud.

De nuevo, Kunavamastedal calló durante unos largos instantes.

—No es así como imaginaba que comenzaría su dominio —suspiró al fin, y tuve la sensación de que ya se había rendido—. Su primer acto público después de la entronización tiene que ser una Restauración, no un Juicio. De los dos Poderes Imperiales, el de Restaurar es el más amable, el que infunde esperanza y devoción en los corazones de los akidavos. Por eso, si la Emperatriz se presenta por primera vez ante ellos como Mano Ejecutora en un Juicio... —Suspiró—. Es un mal augurio, muy malo.

—Debería hacerse como dices en otras circunstancias, sin duda —lo consoló Yinimakintanam—. Pero vivimos tiempos complicados. Ya es problemático el hecho de que el cabello de Vintanelalandali tarde tanto en encanecer. Si a eso le sumamos la aparición de un rebelde, un niño de la Larga Noche...

—Ese muchacho es mucho más que un niño de la Larga Noche.

—Lo sé, Kunavamastedal. Pero hace dieciséis años tomaste una decisión. Y tiempo después me explicaste por qué, y me pediste que me mantuviese alerta, por si acaso ese niño reaparecía en algún momento. Y es lo que estoy haciendo, ¿no es así? Porque es mi deber asegurarme de que las consecuencias de tu decisión no amenacen con derribar los cimientos del imperio.

No escuchamos nada más, porque la conversación derivó hacia otros derroteros, y nos alejamos para que nadie descubriese nuestra presencia.

Pero estoy todavía más confundida que antes. No termino de comprender qué planea Yinimakintanam. Cómo pretende que ejecute al rebelde, si todavía no poseo el Poder Imperial que me capacita para ello.

Y, ante todo, no entiendo por qué ese chico rebelde es tan importante, de qué lo conoce Kunavamastedal ni qué hay en su mera existencia que lo perturba tanto.

Antes del Juicio

Kelan no podía moverse, pero seguía consciente, y podía escuchar las conversaciones que se desarrollaban a su alrededor. La mujer que lo había derribado había enviado a un sirviente a llevar un mensaje al cuartel general del ejército, en el recinto del palacio imperial.

—Asegúrate de que llega a las manos del Consejero Yinimakintanam —ordenó—. Es sumamente importante. Y urgente.

—Así se hará, Consejera Nayanalidestu —respondió él con una inclinación de cabeza.

Después lo habían sacado a rastras de la habitación, al parecer para que su presencia no siguiese perturbando el trabajo de Difenki y del otro drim. Lo habían dejado tirado en el suelo de una estancia contigua, como si fuese una alfombra. El muchacho que lo había llevado hasta allí se mostró inquieto, pero la Consejera lo tranquilizó:

—La droga que le he administrado lo vuelve completamente inofensivo a pesar de la máscara. Mientras duren sus efectos, no podrá utilizar su poder. Ni siquiera será capaz de moverse.

De modo que se fueron, cerraron la puerta y lo dejaron allí abandonado.

Kelan había tratado de ponerse en pie, pero la Consejera estaba en lo cierto: su cuerpo no lo obedecía. Apenas era capaz de parpadear, a pesar de que lo intentaba con todo su empeño, así que optó por permanecer con los ojos cerrados.

No obstante, se sentía sumamente inquieto. Su instinto le exigía a gritos que saliera corriendo de allí, y la angustia y la impotencia lo estaban devorando por dentro. Pero no podía moverse. Era como si la sustancia que le habían inyectado hubiese drenado todas sus fuerzas.

Un buen rato después, la puerta se abrió de nuevo y entró la Consejera Nayanalidestu, acompañada por un zaldrim cuya máscara estaba decorada con un patrón de líneas zigzagueantes de un estridente color escarlata. El zaldrim alzó a Kelan como si fuese una pluma y se lo cargó al hombro, y el muchacho sintió vibrar sus poderosos músculos bajo la piel. No dudaba de que aquel hombre sería capaz de aplastarle la cabeza de un solo manotazo, y sospechó que no habría sido buena idea forcejear para escapar, aun en el caso de que hubiese podido hacerlo.

Nayanalidestu salió de la habitación y el zaldrim la siguió, acarreando a Kelan sin el menor esfuerzo. Bajaron las escaleras y salieron al patio delantero, donde esperaba un carro conducido por otro zaldrim. El primero dejó caer a Kelan en la parte posterior del vehículo como si fuese un fardo. El conductor dirigió una mirada interrogante a la Consejera.

—No se moverá —le aseguró ella—. Está anulado.

«Anulado», pensó Kelan. Era una palabra fría y terrible al mismo tiempo, pero describía a la perfección su situación en aquellos momentos.

Apenas tenía visibilidad en aquella posición, por lo que no pudo distinguir por dónde lo llevaban. Sí fue consciente del momento en que franquearon las enormes puertas del recinto del palacio, porque el carro se detuvo para que el conductor pudiese entregar su credencial a los vigilantes de la entrada. Pero, por descontado, no lo condujeron hasta la residencia de la Emperatriz, sino a otro complejo que quedaba cerca de la muralla, y que Kelan descubriría más adelante que se trataba del cuartel general del ejército.

Allí sí lo encerraron en una celda. Más sólida y mejor construida que la del sótano de la casa del alcalde Yibazun, pero igual de pequeña y asfixiante. El zaldrim de la máscara roja tuvo la deferencia de dejarlo caer sobre el jergón en lugar de arrojarlo al suelo, pero eso fue todo. Cerraron la puerta con llave y lo dejaron allí.

Y de nuevo pasaron las horas.

Cada poco tiempo, Kelan probaba a moverse. Al principio, su cuerpo seguía sin obedecerlo. Pero el muchacho no dejó de intentarlo, y su paciencia se vio recompensada cuando empezó a percibir que parpadeaba con menor dificultad.

Había logrado hacer temblar un dedo índice cuando, cerca ya del mediodía, alguien entró en la habitación. Era un soldado regular, no un zaldrim, y portaba una bandeja con una escudilla, una jarra de agua y un pequeño frasco cerrado. Con gesto indiferente, el soldado dio de beber al prisionero y lo alimentó con el contenido de la escudilla, una papilla insípida que Kelan tragó como pudo. Después, el soldado lo dejó caer de nuevo sobre el jergón y cogió el frasco de la bandeja.

El muchacho lo observó con curiosidad y cierta aprensión. El soldado destapó el frasco y derramó su contenido entre los labios de Kelan. Él trató de resistirse, pero seguía inmovilizado. Todo lo que pudo hacer fue tragar el brebaje que acababan de administrarle.

De inmediato, una nueva oleada de debilidad se expandió por su cuerpo. Incapaz de mantener los párpados separados, Kelan cerró los ojos, sintiendo cómo perdía de nuevo las pocas energías que había recuperado.

Oyó al soldado recoger los bártulos y caminar hacia la puerta. Cuando estaba a punto de salir, habló por fin:

—Yo en tu lugar no perdería el tiempo. No podrás moverte, por mucho que lo intentes. —Hizo una pausa y concluyó—: Volveré esta noche con una nueva dosis.

Y se marchó, dejando la puerta cerrada con llave a pesar de todo.

A media tarde, Kelan recibió una nueva visita. Para entonces había logrado abrir los ojos otra vez, y contempló con cansancio a la mujer que lo había capturado. Tenía la piel oscura que era propia de los habitantes del continente oriental y vestía una túnica de color

naranja de gran calidad, aunque de corte sencillo. Recordó que la habían llamado Consejera Nayanalidestu. Aquel era el nombre más largo que Kelan había oído en su vida, a excepción del de la Emperatriz, así que dedujo que debía de tratarse de alguien muy importante.

La Consejera se alzaba muy seria junto a la puerta. Venía acompañada por un hombre más joven que ella, de cabello claro y porte altivo, que vestía con una túnica similar a la suya, pero mucho más recargada y de tonos anaranjados más vivos y brillantes.

Los dos lo observaron con curiosidad.

—¿Es peligroso? —preguntó el hombre.

—Lleva una máscara drim —respondió la Consejera—. Pero la droga impedirá que pueda utilizarla.

—Ni siquiera es capaz de moverse, por lo que veo.

—La única forma de anular el poder de una máscara drim sin matar al portador consiste en arrebatarle la energía que necesita para activarse. Esta droga causa tal debilidad en el cuerpo de la persona a la que envenena que la máscara no tiene manera de transformarlo.

El hombre alzó la ceja con interés.

—¿Es un efecto permanente?

—No, Consejero. Por eso, si queremos mantenerlo así, debemos seguir suministrándole las dosis correspondientes. Ya he dado instrucciones al respecto.

El Consejero se volvió para mirarla.

—¿Será capaz de hablar en el Juicio? —quiso saber.

Nayanalidestu vaciló por primera vez. Antes de responder, indicó a su compañero que saliese de la celda con ella. Cerraron la puerta tras ellos para conferenciar con mayor discreción en el pasillo, pero Kelan siguió oyéndolos de todos modos, aunque sus voces sonasen más amortiguadas.

—Podemos ajustar la dosis —estaba diciendo la Consejera—, para que sea capaz de hablar y caminar. Pero es peligroso. La máscara activará su poder en cuanto cuente con energía suficiente para hacerlo.

—Comprendo.

—Y con él no servirán de nada las cadenas ni los grilletes, Yinimakintanam. En el momento en que sea capaz de utilizar su máscara, escapará.

«Más nombres largos», pensó Kelan. Debía de estar soñando. No entendía cómo era posible que aquellas personas tan importantes le dedicasen tanto tiempo precisamente a él, que no era nadie.

—Pero no podrá responder a las preguntas del juez en estas condiciones —objetó el Consejero.

—No es imprescindible que sea juzgado. Existen precedentes de zaldrim que fueron ejecutados sin juicio porque eran demasiado peligrosos. Es el caso de aquellos que no soportan bien la transición, pierden la razón y se vuelven violentos o inestables. No sería descabellado pensar que este joven fuese uno de ellos. Después de todo, se puso una máscara drim sin haber superado las pruebas correspondientes. —Nayanalidestu pronunció estas palabras con evidente disgusto, pero Yinimakintanam no pareció darse por aludido—. Ahora es vulnerable y podemos eliminarlo. Si le damos una sola oportunidad de recuperar su poder y aprovecha para escapar..., no creo que podamos capturarlo por segunda vez.

—Lo sé. Pero a este debemos juzgarlo, es importante. —Hizo una pausa, larga y teatral, antes de anunciar—: La Emperatriz desea estar presente. Será su primer Juicio.

Nayanalidestu tardó un poco en reaccionar.

—¿La Emperatriz...? ¡Oh! ¿Quieres decir que... ha sucedido?

—Ha sucedido, Consejera —confirmó Yinimakintanam con evidente satisfacción—. Y este joven rebelde tendrá el honor de ser su primer condenado.

Nayanalidestu guardó silencio un momento.

—Ya entiendo —murmuró por fin—. Pero ella... no ha sido entronizada aún, ¿verdad?

—Son nuevos tiempos. Cada encarnación del Eterno Emperador tiene su manera de hacer las cosas.

Nayanalidestu suspiró.

—Puedo ver lo que pretendes hacer, Yinimakintanam, y entiendo tus motivos. Pero yo llevo casi cuatro décadas dirigiendo Noradrim. Conozco mejor que nadie el poder de las máscaras drim. Es posible que pienses que tu plan es muy inteligente, pero yo en tu lugar no subestimaría a ese muchacho.

—No permanecerá cautivo mucho tiempo —le aseguró el Consejero—. Estamos preparándolo todo para que el Juicio se celebre cuanto antes. Después..., ya no tendrás que volver a preocuparte por él.

—Más vale que sepas lo que estás haciendo...

Los Consejeros se alejaron por el pasillo, y Kelan dejó de oírlos.

Como no tenía otra cosa que hacer, reflexionó acerca de lo que acababa de escuchar. Habían hablado de la Emperatriz, pero él no había comprendido muy bien aquella parte. Le había parecido entender que estaría presente en el juicio, aunque probablemente había interpretado mal las palabras de los Consejeros. No era posible que Su Divinidad, la propia Emperatriz Vintanelalandali, Luz de Akidavia, decimoséptima encarnación del Eterno Emperador, tuviese el menor interés en los disturbios causados por un esclavo fugado.

Sin duda, Kelan era consciente de que había cometido crímenes muy graves, y estaba seguro de que lo condenarían a muerte. La Consejera de Noradrim, de hecho, acababa de sugerir incluso que lo ejecutaran sin juicio. Kelan no esperaba que los jueces fuesen benevolentes con su caso.

Pero no había nada que pudiese hacer al respecto y, por otro lado, neutralizado como estaba, tampoco podía imaginar siquiera que tuviese otra opción que aceptar su destino.

Sin embargo, la conversación entre los Consejeros había encendido en su pecho una llama de esperanza.

Iban a reducir la dosis del veneno para que pudiese hablar en el juicio. ¿Y si recuperaba las fuerzas hasta el punto de ser capaz de utilizar su poder? ¿Y si conseguía hallar una oportunidad de... escapar?

«¿A dónde iré?», se preguntó.

Hasta aquella noche, su objetivo había sido rescatar a Dif. Pero ahora, después de hablar con él, no estaba seguro de nada.

Lo único que deseaba en realidad era regresar a casa. Pero sabía que sería el primer sitio donde lo buscarían, y tampoco quería causarle problemas a su padre. Si escapaba, ni siquiera podría pasarse por la aldea para saludarlo, para contarle todo lo que había sucedido..., para despedirse de él. Porque, si alguien en la aldea los veía juntos y los denunciaba..., Dugan podía acabar en prisión.

Así que..., dado que no existiría en todo el imperio un lugar seguro para él, Kelan supuso que tendría que marcharse. Lejos, a las tierras incivilizadas, al otro lado de la frontera. Sería difícil pasar desapercibido en cualquier parte a causa de la máscara que ocultaba su rostro, pero quizá podría sobrevivir en el bosque, sin tener contacto con nadie.

«Si consigo escapar», se recordó a sí mismo. La única opción que le quedaba era intentarlo. Ya había confiado en la justicia con anterioridad y, en vistas de los resultados, no creía que pudiese volver a hacerlo.

Si tenía la mínima posibilidad de escapar, no tenía intención de quedarse a escuchar el veredicto.

Día 117, año 17 de la era de Vintanelalandali

Si ayer me hubiesen preguntado en qué momento perdí definitivamente las riendas de mi vida, habría respondido sin dudar que fue el día en que Yinimakintanam nombró a mi guardia personal. No obstante, incluso entonces pensaba que las cosas cambiarían cuando fuese entronizada.

Ahora, sin embargo, dudo mucho que eso suceda.

Tengo la sensación de que acabo de perder la batalla decisiva y el poco control que me quedaba sobre mi presente... y, probablemente, también sobre mi futuro.

Y lo peor de todo es que debí verlo venir. Conocía los planes de Yinimakintanam, él mismo me los expuso. De modo que ni siquiera podría acusarlo de traición. Además..., ¿cómo podría hacerlo, si todas las decisiones que ha tomado por mí son, en teoría, por el bien del imperio y para asegurar la continuidad de mi mandato? ¿Cómo reprochárselo siquiera, cuando la alternativa conduce a la revolución, la guerra y la más que probable muerte de miles de ciudadanos del imperio?

Supongo que, si me siento tan turbada, se debe a que no es una decisión que haya tomado yo. Debería haber deducido cuáles eran los planes de Yinimakintanam, para oponerme si lo consideraba conveniente, haber aportado algo propio a su estrategia o, como mínimo, no haberme sentido tan estúpidamente desconcertada cuando todo se puso en marcha.

Me había avisado ya y, sin embargo, me ha tomado por sorpresa. ¿Qué clase de Emperatriz se supone que soy? ¿De qué me han servido todos mis estudios y mis lecturas, toda la sabiduría acumulada de mis vidas pasadas?

¿Es demasiado tarde para volver atrás, para redirigir el rumbo de la embarcación en lugar de dejarme arrastrar por la corriente?

Parece demasiado tarde, en efecto. Como una bola de nieve arrojada desde lo alto de una cumbre montañosa que ha alcanzado las dimensiones de un alud imposible de detener.

Ahora he visto la avalancha por primera vez, y he sido consciente de su magnitud y de mi absoluta incapacidad para hacer nada al respecto.

Todo ha empezado esta mañana, muy temprano, cuando Kalinamanteni ha entrado en mi alcoba para despertarme. Lo habitual es que lo haga Zaralane, de modo que comprendí enseguida que sucedía algo grave. Kalinamanteni, por otro lado, estaba extraordinariamente seria.

—Poneos en pie, Divinidad. Hoy es un día importante y tenemos mucho que preparar.

Me incorporé, aún un poco aturdida.

—¿Por qué? ¿Qué sucede?

Miré a mi alrededor, esperando ver junto a ella a Zaralane y a las sirvientas que me atienden todas las mañanas. Pero Kalinamanteni estaba sola.

—¿Dónde está Zaralane? —pregunté.

—A partir de ahora yo me encargaré personalmente de vuestro aseo y aderezo, Divinidad.

La miré, convencida de que se trataba de una broma o de un error. Kalinamanteni es la Consejera que se ocupa de todos los asuntos del palacio. Ella está, al igual que el resto de los miembros del Consejo, tan solo un escalafón por debajo del Eterno Emperador. Por tanto, no resulta adecuado que dedique su tiempo a tareas propias de una ayudante de cámara.

—¿Qué le ha pasado a Zaralane? —insistí, cada vez más preocupada.

Me dirigió una mirada severa.

—Zaralane está bien. Disculpad que insista, pero no tenemos mucho tiempo. El Juicio tiene que dar comienzo antes del mediodía.

—¿El... juicio?

—El del rebelde, Divinidad. Tenía entendido que el Consejero Yinimakintanam os había puesto al día con respecto a este asunto.

Fruncí el ceño.

—Sí, mencionó... sus planes, pero eran irrealizables. Quiero decir...

Le mostré mi melena, aún de color cobrizo, y con ello solo conseguí que su gesto de desaprobación se hiciera todavía más acusado.

—En efecto, es otra de las cosas que tendremos que resolver antes de que llegue la hora. De modo que os ruego que no os entretengáis. Tenemos trabajo que hacer.

Kalinamanteni lleva organizando mi casa y mi vida desde que renací, por lo que mi respuesta natural es obedecer siempre sus instrucciones, incluso antes de que me dé cuenta de que lo estoy haciendo. Así que me levanté de la cama y me dirigí a la sala del baño, donde hice mis abluciones habituales mientras ella me aguardaba fuera.

Después me puse la bata y los guantes y acompañé a Kalinamanteni hasta el vestidor. Entonces descubrí que había preparado para mí una túnica muy solemne y elaborada que yo nunca había visto antes. Era de color rojo y negro, y me pareció demasiado seria e incluso intimidante. No el tipo de prenda que habría elegido Zaralane para mí, por descontado.

—¿Esta es... la ropa que voy a llevar hoy? —pregunté sin aliento.

—Es lo adecuado, Divinidad.

Me ayudó a vestirme y, una vez lista, contemplé mi reflejo en el espejo. El atuendo, digno de una Emperatriz poderosa y enérgica, contrastaba con la palidez de mi rostro y mi gesto inseguro y asustado. Me hizo parecer todavía más insignificante, como un gorrión que comete el atrevimiento de probarse el plumaje de un halcón.

Kalinamanteni movió la cabeza con desaprobación. Estaba claro que a ella tampoco la convencía el resultado.

—Todavía estamos a tiempo de elegir un conjunto más discreto —insinué esperanzada.

Torció el gesto de nuevo.

—No pretenderéis actuar con discreción precisamente hoy, Divinidad —me reprochó—. No será un Juicio multitudinario, pero sí contará con un público selecto. —Exhaló un suspiro de resignación—. También a mí me hubiese gustado que vuestro primer Juicio se desarrollase de otra manera, en otras circunstancias..., pero es lo que hay.

Evoqué las palabras de Yinimakintanam y las objeciones de Kunavamastedal.

—No debería poder asistir siquiera —le recordé—. Aún no he sido entronizada.

—Es lo que hay —repitió ella—. El Consejo lo debatió ayer y votó a favor de adelantar vuestro primer Juicio como Mano Ejecutora. No es lo que dicta la costumbre, pero ya tendremos tiempo de organizar una entronización digna del Eterno Emperador cuando se haya solucionado ese molesto asunto de la rebelión.

Me volví hacia ella, asombrada. Había tanta información nueva en sus palabras que no sabía por dónde empezar a preguntarle.

—Espera... ¿Mano Ejecutora? Eso no puede ser, Kalinamanteni. —De nuevo me llevé las manos al pelo—. No se trata solo de que haya que celebrar la entronización antes o después. Es que no puedo participar en los Juicios. Yinimakintanam lo sugirió, pero...

—Yinimakintanam lo tiene todo previsto, al parecer.

Creo que tardé tanto en asimilar lo que iba a suceder porque no imaginé ni por un instante que el Consejero hubiese hablado en serio.

—Pero mi cabello no es blanco todavía —insistí—. Los Poderes Imperiales no han despertado aún en mí.

Kalinamanteni volvió a suspirar.

—Permitid que os muestre algo, Divinidad —dijo, y se internó en el vestidor.

La seguí, inquieta e intrigada a partes iguales. Por fin la vi detenerse ante un armarito cuya puerta había estado siempre cerrada. Naturalmente, Kalinamanteni poseía la llave, y lo abrió por primera vez para mí.

Se apartó a un lado para que pudiese ver lo que había en su interior. Tardé unos instantes en comprender lo que era.

Sobre un soporte de madera noble con forma de cabeza reposaba una peluca de largo cabello blanco, pulcramente peinada en una trenza recogida en torno a la base.

—Perteneció a vuestro antecesor, Ulayanamivandu —explicó entonces Kalinamanteni.

—¿Ulayanamivandu? —repetí desconcertada. Me volví hacia ella—. ¿Quieres decir que el Emperador... utilizaba esto? ¿Por qué razón?

Ella se encogió de hombros.

—Bueno, se fue quedando sin cabello a medida que pasaban los siglos. Pero igualmente debía mostrar su melena blanca en público. Como bien sabéis, es la marca del Eterno Emperador.

—Pero..., pero... —balbucí—. ¿Quieres decir que el cabello blanco del Emperador... es una farsa?

Kalinamanteni negó con la cabeza, escandalizada.

—¡No, no, en absoluto! Todas las encarnaciones del Eterno Emperador encanecen en cuanto despierta su poder. Esta peluca, de hecho, está elaborada con auténtico cabello de Ulayanamivandu. De antes de que lo perdiera, quiero decir.

La miré con escepticismo.

—¿Cómo es posible? Ninguna peluca de cabello natural duraría tanto tiempo.

—Pero no estamos hablando de cabello humano corriente, Divinidad. Se trata de la melena blanca del Eterno Emperador.

—Sigo sin comprender por qué Ulayanamivandu guardaría algo semejante.

—No es tan extraño, en realidad. De hecho, es habitual que las encarnaciones del Eterno Emperador cuenten con postizos de su propio cabello, especialmente para ocasiones especiales. El pueblo espera ver a su Emperador con una lustrosa melena, y algunos prefieren llevar el cabello más corto, por comodidad. Cuando vuestra cabellera se vuelva blanca, podremos elaborar una peluca con vuestro propio pelo, si así lo preferís. Pero por el momento tendremos que conformarnos con esta.

Respiré hondo mientras ordenaba mis ideas.

—¿Estás insinuando que yo... debería llevar esta peluca hoy?

—En público, sí. —Observó mi cabellera castaña—. Por eso debemos apresurarnos. Tendré que cortaros el cabello para que podáis esconderlo bajo el postizo sin que nadie lo note.

Traté de evitar que me dominara el pánico.

—Kalinamanteni, no podemos hacer eso —insistí—. Mi pelo no es blanco aún, no debería mostrarme ante el pueblo todavía, y mucho menos participar en Juicios.

—Las noticias que llegan desde los distintos rincones del imperio sugieren lo contrario, Divinidad. Las revueltas ya han comenzado. No podemos esperar más.

—¿Y por eso vamos a hacer creer a la gente que poseo los Poderes Imperiales? —Kalinamanteni asintió con gravedad—. ¡Pero eso no es verdad! —protesté.

—Pero ellos no lo saben, Divinidad. Además —añadió, dirigiéndome una severa mirada—, vuestro cabello podría encanecer en cualquier momento, ¿no es cierto? Si es algo que va a suceder tarde o temprano, ¿qué importa que lo escenifiquemos con un poco de antelación?

De modo que observé, impotente, cómo cargaba con el soporte y lo llevaba hasta el tocador. Y allí me hizo sentar frente al espejo y trasquiló mi cabello con rápidos y enérgicos cortes hasta dejarlo por encima del hombro. Mientras tanto, lo único que yo pude hacer fue contemplar cómo mis largos mechones castaños caían al suelo, en torno a mis pies, como todas las expectativas que mi pueblo y mis Consejeros, empezando por Kalinamanteni, habían depositado sobre mis hombros el día que renací.

Supongo que no me he rebelado contra esta farsa porque me siento fracasada. Porque, aunque sé que no depende de mí, el hecho de que mi poder todavía no haya despertado ha situado al imperio y a su Gobierno en una situación muy delicada. Porque, a pesar de toda mi preparación, no estoy a la altura del papel que se me ha encomendado.

Cuando terminó, Kalinamanteni recogió hasta el último cabello del suelo y lo echó todo al brasero. El humo se volvió oscuro y de un olor intenso y desagradable, así que arrastró el brasero junto a la ventana, lejos de nosotras.

Después peinó lo que quedaba de mi melena en un rodete y, cuando estuvo todo bien sujeto, me colocó la peluca sobre la cabeza.

Confieso que me impresionó verme por fin con el cabello blanco, tal como había soñado tantas veces que sucedería. Pero me causó al mismo tiempo una honda tristeza.

Porque era mentira.

El ceño de Kalinamanteni se hizo todavía más profundo al comprobar que la peluca me quedaba un poco grande. Utilizó entonces diversas horquillas y pasadores para ajustar el cabello postizo en torno a mi rostro. Con eso y una diadema enjoyada, y tras deshacer la trenza para que la melena blanca me cayese por la espalda, el resultado fue bastante más aceptable.

—Podéis poneros en pie, Divinidad —dijo ella por fin.

Obedecí. Las dos observamos de nuevo mi reflejo ante el espejo.

—Ahora sí parecéis una auténtica Emperatriz de Akidavia —declaró Kalinamanteni, pero detecté un cierto tono agrio en su voz.

No fui capaz de hablar. Me sentía ahogada por la ropa, por el peinado, por la extraña que me devolvía la mirada desde el espejo.

Entonces se abrió la puerta de golpe y Zaralane entró precipitadamente, seguida de tres sirvientes más, armados con baldes de agua.

—¡Divinidad! ¿Estáis bien?

—Zaralane —cortó Kalinamanteni con severidad—. Dejé claro que nadie debía molestar a la Emperatriz esta mañana.

—Nos avisaron de que salía humo de la ventana, y pensamos...
—se excusó ella, pero las palabras murieron en sus labios.

Su mirada se había dirigido primero al brasero junto a la ventana, pero después se había vuelto hacia nosotras. Reparó entonces en mi ropa y, sobre todo, en mi magnífico cabello de color blanco, tan puro como la nieve recién caída.

Tan indiscutiblemente imperial.

Vi cómo sus labios se separaban y sus ojos se abrían como platos.

—Divinidad —susurró con reverencia, y cayó de rodillas ante mí.

Los sirvientes que la acompañaban la imitaron de inmediato.

Abrí la boca para sacarla de su error, pero sentí que Kalinamanteni me tomaba del brazo con discreción. Me volví hacia ella y vi que negaba casi imperceptiblemente con la cabeza.

Y entonces comprendí por qué Zaralane ya no volverá a atenderme por las mañanas ni a cepillarme el cabello, al menos hasta que encanezca de verdad.

He de mentirle también a ella. Tengo que fingir, incluso ante ella, que soy alguien que no soy.

Y esto, quizá, es lo que más daño me está causando por dentro.

Kalinamanteni echó a Zaralane y a los sirvientes fuera de la habitación con el pretexto de que aún no había terminado de maquillarme.

Pero lo cierto era que, al parecer, tenía programada una reunión privada con el Consejero Yinimakintanam.

Fue él quien se presentó en mis aposentos cuando Kalinamanteni acabó de acicalarme. Se detuvo en la puerta y me contempló de arriba abajo evaluadoramente.

—Esto está mucho mejor —aprobó—. De este modo, nadie volverá a dudar de que sois la verdadera Emperatriz.

Me puse en pie para enfrentarme a él.

—Esto es una patraña, Yinimakintanam —le reproché—. Parezco una Emperatriz, pero no lo seré del todo hasta que no despierten mis dos poderes.

—Sucederá tarde o temprano —replicó él con indiferencia—. Pero, entretanto, la vida sigue y nosotros no podemos esperar más. El rebelde debe ser ejecutado hoy mismo.

Me estremecí.

—No puedo hacerlo yo. Podéis vestirme como a una Emperatriz, podéis ocultar mi cabello bajo una peluca blanca, pero no hay manera de que me otorguéis la Mano Ejecutora.

Yinimakintanam sonrió.

—Lo cierto es que sí la hay —respondió.

Extrajo de su túnica un estuche alargado, lo abrió y me mostró su contenido.

Eran los guantes más sencillos que he visto en mi vida, de color cremoso y sin el menor adorno, salvo unas pequeñas manchas esmaltadas en el extremo de los dedos que imitaban las uñas con bastante acierto. Si me los ponía, comprendí, a simple vista parecería que ni siquiera llevaba guantes.

Alargué la mano para examinarlos con mayor atención, pero Yinimakintanam apartó el estuche y lo puso fuera de mi alcance.

—No os recomiendo que los toquéis, Divinidad. Las yemas de los dedos están impregnadas de un poderoso veneno extraído de la piel del sapo brillante, una letal criatura que habita en lo más profundo de las selvas de Obediencia. Cuando os pongáis estos guantes, debéis hacerlo con la máxima precaución, y tocarlos solo por el extremo de la manga.

Lo escuché, atónita, mientras me explicaba que debía enfundarme los guantes venenosos debajo de un par de guantes corrientes, y que llevaré ambas capas sobre las manos durante el Juicio. Después, cuando el joven rebelde sea declarado culpable, lo único que tendré que hacer será quitarme uno de los guantes normales y tocar el rostro del condenado. Desde cierta distancia, nadie se dará cuenta de que llevo otro par de guantes debajo, porque además son del color exacto de mi propia piel. Cuando el rebelde caiga al suelo fulminado, a todos los presentes les parecerá que ha sido ajusticiado por la Mano Ejecutora de la Emperatriz.

Sentí que me mareaba. Me volví hacia Kalinamanteni, y sorprendí en ella una clara mirada de desprecio dirigida hacia mí. Comprendí que no aprobaba el plan de Yinimakintanam, pero no lo culpaba a él por haberlo elaborado, sino a mí, por no ser capaz de cumplir con mi deber de la forma que sería deseable.

—¿Esto es lo que habéis votado en el Consejo? —fui capaz de farfullar por fin—. ¿Y estabais todos de acuerdo?

—Con reticencias por parte de alguno de los Consejeros, pero sí, es lo que hemos acordado.

—¿Y qué opina Kunavamastedal? Quiero hablar con él —exigí—. Quiero escuchar de sus labios que aprueba esta absurda farsa.

Yinimakintanam bajó la mirada con pesar.

—Me temo que eso no será posible, Divinidad. El Consejero Kunavamastedal se encuentra indispuesto esta mañana.

Me volví hacia Kalinamanteni, que asintió con gravedad.

—¿Qué es lo que le pasa? —pregunté, cada vez más asustada.

—Tiene mucha fiebre y no puede levantarse de la cama —respondió Kalinamanteni.

—Quiero ir a verlo.

—El médico lo desaconseja, Divinidad. Le ha recomendado mucho reposo.

—Podréis visitarlo después del Juicio, si se encuentra consciente —añadió Yinimakintanam.

No supe qué responder.

—Debéis tener en cuenta que Kunavamastedal ya no es un hombre joven —prosiguió el Consejero—. Su cuerpo no posee la vitalidad de antaño y es lógico que las fiebres y enfermedades lo ataquen con mayor virulencia. Necesita descansar para poder recuperarse, de modo que será mejor que no lo perturbemos con los asuntos de palacio mientras se recupera.

Inspiré hondo.

—Pero él es... es el Consejero de Leyes y Justicia. Debería estar presente en el primer Juicio de la Emperatriz. Especialmente si se trata de uno tan irregular como este.

Yinimakintanam se encogió de hombros.

—Yo también lamento su ausencia, Divinidad, pero no podemos arriesgar la salud de Kunavamastedal obligándolo a abandonar el lecho antes de tiempo. Y tampoco podemos arriesgar la paz del imperio retrasando la ejecución del rebelde.

Depositó por fin el estuche con los guantes sobre el tocador y dio media vuelta para marcharse.

—El Juicio comenzará al mediodía —dijo, dirigiéndose a Kalinamanteni—. Procura que esté lista para entonces.

Ella asintió con los labios apretados.

Cuando el Consejero se fue, Kalinamanteni me ayudó a ponerme los guantes envenenados con sumo cuidado de no tocar los extremos, y comprobamos que se ajustaban a mis manos como una segunda piel. Después los cubrimos con otro par de guantes que ella había seleccionado para la ocasión, de color rojo, a juego con la túnica.

Contemplamos por última vez mi reflejo en el espejo.

«No voy a ser capaz de hacerlo», pensé, pero no pronuncié las palabras en voz alta.

—Esto no está bien —dije en cambio—. Voy a matar a un muchacho.

—Un asesino —corrigió ella—. Una Emperatriz debe utilizar su Mano Ejecutora, es parte de su deber.

Pero negué con la cabeza.

—La Mano Ejecutora se compensa con la Mano Restauradora —le recordé—. No debería hacer uso de un poder sin contar con el otro. Cualquiera puede arrebatar una vida, pero solo el Eterno Emperador es capaz de devolverla. Por eso es el Eterno Emperador. Por eso se le venera en todos los rincones de Akidavia. —Me volví hacia ella para mirarla con fijeza—. Si puedo Ejecutar, pero no Restaurar, ¿en qué me convierte eso?

Kalinamanteni desvió la mirada sin responderme, pero pude ver la amarga decepción que había en su gesto.

Después, me dejó a solas para que terminara de prepararme, con un ejemplar de la *Ley y Ordenanza de los Juicios Imperiales*, por si necesitaba repasar el procedimiento. No hace falta, puesto que, aunque jamás haya asistido a un Juicio desde que renací, conozco de memoria la teoría. Así que me he dedicado desde entonces a poner por escrito en mi diario todo lo que acaba de pasar, ya que no se me permite contárselo a Zaralane, ni puedo pedir consejo a Kunavamastedal.

¿Qué he de hacer? ¿Debo seguir adelante con la farsa por el bien del imperio? ¿O debo negarme a representar mi papel y alentar así las brasas de la rebelión? Yinimakintanam tiene razón en cierto modo. Mi cabello podría blanquearse en cualquier momento, de modo que esto es solo un anticipo de lo que está por venir.

Porque sucederá tarde o temprano, es inevitable. Así es como son las cosas. Así funciona el poder del Eterno Emperador, así ha sido para todas sus encarnaciones.

Entonces... ¿por qué mi corazón está repleto de dudas?

Cara a cara

Cuando la puerta de la celda se abrió por fin, Kelan fue incapaz de mover la cabeza para ver quién acababa de entrar.

Se sentía desconcertado y cada vez más angustiado. Debería haber notado alguna mejoría, debería sentirse más fuerte. Pero la extrema debilidad que lo aquejaba desde el día anterior continuaba torturándolo.

De modo que no pudo hacer nada cuando los soldados lo depositaron sobre una camilla y se lo llevaron de allí, bajo la atenta mirada del zaldrim de rostro escarlata.

Cuando salieron al patio, logró con esfuerzo cerrar los párpados para que la luz de la mañana no hiriese sus pupilas. Y eso fue todo.

Sintió que colocaban la camilla en el suelo y oyó voces conocidas junto a él.

—¿Qué le pasa? ¿Por qué se encuentra aún en un estado tan lamentable? —exigió saber el Consejero Yinimakintanam.

La voz de la Consejera Nayanalidestu, suave pero firme, le respondió:

—No me pareció prudente rebajar la dosis, así que anoche le administramos la droga en la medida habitual.

Yinimakintanam resopló, irritado.

—No es eso lo que habíamos acordado.

—He cambiado de idea —replicó la Consejera con calma.

Kelan sintió los miembros todavía más pesados al comprender que acababa de evaporarse su única esperanza de escapar con vida del Juicio.

—Ya veo —murmuró Yinimakintanam, contrariado—. Pero, si ni siquiera puede hablar, no será capaz de defenderse en el Juicio.

—Contamos con los testimonios de los supervivientes de la plantación, y yo voy a intervenir como testigo por el asalto a Noradrim. El chico podría hablar, pero nada de lo que pueda decir cambiará el veredicto, de modo que… ¿para qué arriesgarnos?

Yinimakintanam suspiró con resignación.

—Confío en tu buen juicio, Consejera —dijo sin más.

La camilla se alzó de nuevo, y Kelan sintió que lo llevaban durante un buen rato por diversas estancias y corredores, patios abiertos, escaleras arriba y abajo… No abrió los ojos, sin embargo, porque en el fondo de su corazón todavía ardía una llama de esperanza, y tenía intención de reservar sus energías todo lo posible, solo por si acaso.

Sus porteadores se detuvieron por fin y lo alzaron de la camilla para sentarlo en un asiento con respaldo. Dado que Kelan ni siquiera tenía fuerzas para mantenerse allí, lo amarraron por los brazos y la cintura, aunque eso no impidió que la cabeza le colgara a un lado, como si fuese un muñeco de paja.

—¿Seguro que sigue vivo? —oyó preguntar a alguien.

—Debería estarlo para ser juzgado —fue la respuesta.

Se oían más murmullos a su alrededor, por lo que finalmente entreabrió los párpados con curiosidad. Desde su posición, lo único que vio fue un salón de techos altísimos y grandes columnas blancas. Al fondo había un enorme trono vacío tras el que pendía un inmenso tapiz bordado con el escudo de Akidavia. A la derecha del trono se hallaba un estrado ocupado por varias personas que vestían de forma similar a Yinimakintanam y Nayanalidestu, y que debían de ser también miembros del Consejo. A la izquierda había una mesa larga de madera oscura, y tras ella se encontraba sentado un hombre vestido con la túnica de los jueces.

Y había mucha más gente, cerca de un centenar de asistentes, y todos estaban ataviados con elegancia y repartidos en bancos perfectamente ordenados. Kelan pensó por un momento que se habían equivocado de sala, porque no era posible que todas aquellas personas hubiesen acudido a ver cómo lo juzgaban a él. Recordaba, de hecho, que el juicio al que había sido sometido en su aldea natal apenas había involucrado a una docena de personas, incluyéndolos a él y al juez.

Pero entonces los murmullos cesaron de golpe, y todos los presentes se pusieron en pie como un solo hombre. Kelan percibió un silencio maravillado, y luchó con todas sus fuerzas por mover la cabeza para tratar de averiguar qué estaba pasando.

Vio con el rabillo del ojo una figura de cabello blanco, vestida de rojo y negro. Avanzaba por el pasillo ante la mirada atónita de los presentes, y subió hasta un estrado donde se encontraba el magnífico trono, que, al parecer, había sido preparado para ella.

A Kelan le pareció que vacilaba un momento antes de ocuparlo. Cuando lo hizo por fin, todos los demás tomaron asiento también. Kelan ni siquiera había tenido oportunidad de levantarse, pero a nadie le importó porque, a pesar de ser el acusado en el juicio, aquel día no era él el centro de atención.

De nuevo se oyeron susurros.

—Es la Emperatriz...

—Su cabello...

—Pero ¿cómo...?

—Oh, es bellísima.

—Y tan magnífica...

—Loado sea el poder del Eterno Emperador.

Uno de los soldados que custodiaban a Kelan se apiadó de él y le movió la cabeza para que pudiese observar mejor a la figura del trono.

A pesar de sus majestuosos ropajes, su cabello blanco y sus labios pintados del color de la sangre, era tan solo una muchacha. Kelan había oído hablar mucho de la Emperatriz de Akidavia desde niño, particularmente debido a la circunstancia de que ambos habían nacido el mismo día. Pero, a pesar de ello, nunca se la había imaginado de aquella manera. Por alguna razón, pensaba que el hecho de albergar en su interior el alma del Eterno Emperador la haría parecer mayor, más grave, más madura. En cambio, se mostraba seria y pálida, y Kelan tuvo la sensación de que todo le venía grande: las joyas, la ropa, el trono. Y se preguntó por primera vez cómo sería estar destinada a regir un imperio desde la cuna. Tenía entendido que no gobernaría hasta que su cabello cambiase de color con la adolescencia, pero al parecer aquello ya había sucedido. ¿Cuándo? Kelan no lo sabía. Quizá mientras viajaba hacia Noradrim y se mantenía alejado de la civilización, y en tal caso no habría tenido nada de particular que él no se hubiese enterado. Pero, por los comentarios que oía a su alrededor, parecía que también era una sorpresa para los presentes, gente de la capital que sin duda estaba más al tanto de lo que acontecía tras los muros del palacio.

Recordó entonces que los Consejeros lo habían mencionado la noche anterior en las mazmorras, cuando creían que él no los oía. Habían dicho que sería el primer Juicio de la Emperatriz.

Y eso quería decir que sería ella quien lo ejecutaría.

Si hubiese podido, habría sacudido la cabeza con un resoplido incrédulo.

Él no era tan importante. Había cometido un crimen terrible, sí, pero no tanto como para merecer la atención de la mismísima Emperatriz de Akidavia.

Cerró de nuevo los ojos. Tal vez todo aquello no fuese más que un sueño absurdo. Quizá estaba aún profundamente dormido en su jergón del barracón, en la plantación de cereal. O tal vez en casa, en su pequeño hogar en Gratitud. En cualquier momento se despertaría para desayunar gachas con su padre, y después él lo enviaría al bosque, y Kelan iría, dando un rodeo en torno al pueblo para no tener que cruzarse con los otros chicos, en particular con Reku.

Y entonces volvió a oír la voz del joven en su memoria: «Naciste durante la Larga Noche y vinieron a verte desde la Ciudad Impe-

rial. Pero les decepcionaste tanto que se marcharon sin ti y se buscaron a otro Emperador. Una chica».

Abrió los ojos para contemplar a la Emperatriz y sus Consejeros, acomodados en la tribuna. En su momento, la perorata de Reku le había parecido el delirio de un pobre borracho. Todo lo que le había contado era absurdo, porque no concebía la posibilidad de que a nadie en Armonía le importase lo más mínimo la existencia de un muchacho nacido en una humilde aldea en los confines del imperio.

Y, no obstante, allí estaba él, en el corazón de la Ciudad Imperial, e iba a ser juzgado ante el Consejo y ante la mismísima Emperatriz, que lo ejecutaría personalmente.

«Tiene que ser una pesadilla», se repitió a sí mismo.

Todavía lo pensaba cuando el Juicio comenzó. Apenas escuchó a la Voz Acusadora leyendo la lista de crímenes que se le atribuían. Tampoco prestó atención a los testigos que afirmaron que todo lo que se decía sobre él era cierto. Si lo hubiese hecho, en realidad, habría detectado que le estaban imputando un par de asesinatos de más, pero de todos modos tampoco habría podido hablar para rebatirlo.

Estaba notando, por otro lado, que respiraba un poco mejor. De modo que se concentró en inspirar hondo varias veces, con lentitud. Si pudiese recuperarse a tiempo..., si tuviese una oportunidad de activar su poder...

De pronto sintió que lo desataban y abrió los ojos, aturdido. Le costó mucho menos hacerlo en esta ocasión, pero ya era demasiado tarde. Los soldados lo levantaron y lo llevaron a rastras hasta la tribuna.

Al parecer, el juez ya había emitido el veredicto, pero Kelan, concentrado en recuperar energías, tampoco lo había escuchado.

Los presentes volvían a cuchichear entre ellos; algunos expresaban su desprecio por el condenado, otros se mostraban emocionados ante la perspectiva de asistir a la primera Ejecución de la Emperatriz.

Los guardias obligaron a Kelan a arrodillarse ante el trono y lo sostuvieron para que no se cayera al suelo. Uno de ellos tiró de su cabello negro hacia atrás, obligándolo a alzar la cabeza.

La Emperatriz se puso en pie, y un nuevo murmullo maravillado recorrió la multitud. Kelan se sintió sobrecogido. Aquella joven parecía en efecto una diosa, con su largo cabello de un blanco deslumbrante que habría hecho palidecer de envidia al mármol más puro, con aquellos fastuosos ropajes del color de la sangre y las joyas que la envolvían en un halo de luz multicolor. Por un momento, Kelan sintió que las escasas fuerzas que había logrado reunir volvían a abandonarlo. Y, cuando ella se quitó un guante de color escarlata y lo tendió a un sirviente para que lo recogiese, el joven apenas fue consciente de que iba a morir.

Pero entonces, los ojos de ambos se cruzaron. Los de la Emperatriz eran pardos, y Kelan pensó vagamente que su mirada le recordaba a la de un corzo sorprendido en el corazón de la floresta.

Aterrorizada.

Kelan volvió a la realidad y la miró con mayor atención. Tuvo la sensación de que ella habría deseado estar en cualquier otra parte. La vio tragar saliva, y entonces se dio cuenta de que estaba acercando a su mejilla la mano desnuda.

La Mano Ejecutora de la Emperatriz de Akidavia, capaz de dispensar la muerte a cualquier persona con un solo roce.

Logró mover un poco la cabeza, apartándola de ella por instinto, y eso hizo renacer sus esperanzas. Si pudiese activar el poder de su máscara...

Pero no hizo falta. Porque, en aquel momento, un destello de decisión iluminó los ojos de la Emperatriz, que cerró la mano y la dejó caer a un lado sin llegar a tocar al condenado.

Él la miró de nuevo, sin comprender. Ella alzó la cabeza.

—No lo haré —declaró entonces con voz firme.

El juez se inclinó hacia delante con desconcierto.

—¿Cómo habéis dicho, Divinidad?

Ella se volvió hacia la tribuna.

—Ordeno que se aplace la Ejecución y que se repita el Juicio cuando el rebelde esté en condiciones de participar en él. Si no puede hablar para defenderse, no puede ser juzgado.

El juez inclinó la cabeza, aceptando el argumento, mientras el público murmuraba con perplejidad.

Sin embargo, la mayor conmoción se produjo en el estrado donde se situaban los miembros del Consejo.

—Divinidad, este joven es peligroso —protestó Nayanalidestu, poniéndose en pie—. Tal como he explicado antes, si permitimos que se recupere, utilizará el poder de la máscara para escapar, y no seremos capaces de retenerlo.

—Encontrad la manera —replicó ella—. No ejecutaré a nadie que no haya sido juzgado según dictaminan nuestras leyes. —Hizo una pausa y añadió en voz alta, para que todos pudiesen oírla—: Tal es la justicia de la Emperatriz de Akidavia.

Se formó un ligero revuelo, pero Kelan no llegó a ver ni oír nada más. Siguiendo las órdenes de Yinimakintanam, los guardias se lo llevaron de allí de inmediato, de regreso a su celda.

Día 117, año 17 de la era de Vintanelalandali (por la tarde)

No he sido capaz. No he podido ejecutar al rebelde.

Estaba dispuesta a hacerlo, por el bien del imperio, y porque, después de todo, forma parte de mi labor como Emperatriz, así que no debería titubear a la hora de utilizar la Mano Ejecutora.

Salvo que no era la Mano Ejecutora, sino un guante impregnado de veneno letal. Una mentira.

Hoy me he sentado en el trono que preside el Salón del Imperio Perdurable, ante un centenar de ciudadanos distinguidos que creen haber visto en mí a una verdadera Emperatriz. Pero no debí haberlo hecho, no estoy preparada para presidir Juicios ni para ocupar ese trono. Todo ha sido un engaño, un fraude, y ahora me desprecio a mí misma por haber accedido a participar en él.

Podría afirmar que he perdonado la vida al joven Kel por principios, pero sería otra mentira. Si fuese así, me habría arrancado la peluca delante de todo el mundo y habría confesado la verdad.

Podría añadir también que, a pesar de que los crímenes de Kel son merecedores de la pena capital, en el Juicio se le ha mantenido inmovilizado para evitar que utilizase su poder para escapar, por lo que ni siquiera ha podido hablar para defenderse ante el juez. De hecho, gracias a esta grave infracción del procedimiento he podido justificar mi negativa a ejecutarlo.

Por último, podría admitir, sencillamente, que lo he mirado a los ojos y no he tenido valor para acabar con su vida.

No soy capaz de describirlo con detalle, porque la máscara drim, que ya forma parte de su ser, ocultaba sus facciones, pero he visto que tiene el cabello negro y los ojos verdes, y parece tan tan joven...

No puedo salvarle la vida. Aunque se repita el Juicio, aunque se le permita hablar en su propia defensa, volverá a ser condenado, y será ejecutado, por mí o por un verdugo cualquiera. No hay nada que pueda hacer, salvo asegurarme de que, al menos, cuenta con un juicio justo.

Tampoco tengo especial interés en salvar a un muchacho que inició una revuelta en la que murieron varias personas, tras asesinar a un zaldrim y arrebatarle su máscara para infiltrarse en Noradrim con la intención de secuestrar a uno de los pintores. Pero siento que, aunque sea la Emperatriz, no tengo autoridad para ejecutarlo. No mientras mi cabello siga siendo castaño bajo la melena postiza.

No sé qué va a pasar ahora. Yinimakintanam estaba furioso, y confieso que verlo así me ha resultado muy satisfactorio.

—He recurrido a mi autoridad imperial para tomar una decisión importante sobre la justicia, Consejero —le he respondido cuando por fin hemos podido hablar en privado—. ¿No es eso lo que los ciudadanos esperan de una Emperatriz de cabello blanco?

Yinimakintanam se tomó un momento antes de responder.

—Entiendo vuestra postura, Divinidad, y sin duda será necesario que lo hagáis en otras ocasiones, sobre todo después de que hayáis sido entronizada. No obstante..., quizá hoy no era el mejor momento para hacer gala de vuestra... «autoridad imperial».

—La persona juzgada tiene derecho a defenderse —le recordé—. Está escrito en nuestras leyes desde los tiempos de Oronavaniladal.

—Ya habéis oído a la Consejera Nayanalidestu. Si hubiésemos permitido que el rebelde recuperase fuerzas para participar en el Juicio, y él hubiese aprovechado la coyuntura para escapar..., ¿qué clase de mensaje habríais transmitido a los ciudadanos del imperio?

—¿Que soy una Emperatriz justa y ecuánime, tal vez?

Me dirigió una mirada severa.

—Debilidad —me corrigió—. Y no es el mejor momento para eso ahora mismo, Vintanelalandali. No mientras tengáis que seguir usando una peluca en público.

Me ruboricé, herida en mi orgullo.

—No debería ocultar mi cabello bajo una peluca en público porque, para empezar, ni siquiera debería aparecer en público todavía —le recordé—. Eres un hombre inteligente, Yinimakintanam. Estoy convencida de que puedes arreglártelas para que el rebelde sea juzgado con garantías y evitar al mismo tiempo que escape de tu custodia sin tener que recurrir a trampas y engaños. ¿No es cierto?

Frunció el ceño, pero enseguida volvió a dedicarme esa sonrisa condescendiente que tanto detesto.

—Sin duda hallaremos la manera. Pero eso no resuelve nuestro problema principal.

—Si te refieres al rebelde, no creo que...

—Me refiero al hecho de que todos han visto vuestra cabellera blanca, pero aún no habéis hecho una demostración pública de vuestro poder. El Juicio de hoy no tenía como único objetivo la ejecución del rebelde, si me permitís la observación.

Respiré hondo.

—¿Qué quieres decir?

—Que aún habrá gente que dude, Divinidad. Podemos neutralizar al rebelde, disfrazaros con una peluca blanca y organizar una ceremonia de entronización como no se haya visto otra en Akidavia, pero nada de eso hará que todos vuestros súbditos os veneren de corazón como a la auténtica encarnación del Eterno Emperador.

Bajé la cabeza, pensativa.

—De todos modos —murmuré—, fingir que poseo la Mano Ejecutora no es tan complicado, al parecer. Y tampoco es eso lo que me convierte en la verdadera Emperatriz. Porque ni siquiera tú serías capaz de reproducir la Mano Restauradora en uno de tus teatrillos, Yinimakintanam.

Sonrió de nuevo.

—Tal vez podría hallar la manera también —respondió misteriosamente.

Y tuve la sensación de que no hablaba por hablar. Quisiera creer que ni siquiera un hombre como Yinimakintanam sería capaz de simular los Poderes Imperiales. Pero también pensaba que nadie podría confundir a una chica disfrazada con una Emperatriz de melena blanca, y por lo visto todo el mundo ha creído la mentira orquestada por el Consejero. Hoy he aprendido que es sorprendentemente sencillo embaucar a la gente con un ropaje suntuoso y una peluca blanca. Incluso Zaralane, que es quien mejor me conoce, ha caído en el engaño.

Resulta sorprendente, sí..., pero también descorazonador, e inquietante, en cierto modo.

—En cualquier caso —prosiguió él—, me permito recordaros que, con todo esto, lo único que pretendemos es ganar tiempo hasta que vuestro poder despierte y ya no sea necesario recurrir a «teatrillos» —pronunció la palabra con cierta sorna y desvió la mirada hacia mi falso cabello blanco— para convencer a vuestros súbditos de que el Augur no se equivocó con vos.

Me estremecí. Nadie había osado hasta ahora sugerir semejante cosa en mi presencia. Ni siquiera yo me había atrevido a expresar estas dudas en mi diario, al menos no con tanta claridad. Pero me las he planteado, claro que sí.

Y Yinimakintanam debió de leer en mi expresión que había dado en el blanco, porque se inclinó ante mí con una sonrisa satisfecha, se despidió y se fue, dejándome sumida en un océano de incertidumbre.

Después de eso he estado evitando a Zaralane todo el día, porque no me siento capaz de mentirle sobre la verdadera naturaleza de mi nuevo cabello. Pero sí he buscado la forma de reunirme con Kunavamastedal. Al parecer, sigue convaleciente, y Kalinamanteni ha insistido mucho en que no debía molestarlo.

No obstante, contar con una melena blanca, aunque sea falsa, tiene sus ventajas. Dado que Kalinamanteni no ha podido estar pendiente de mí todo el día, he aprovechado una de sus ausencias para ordenar a los sirvientes que me dejaran pasar. Ninguno de ellos conoce el engaño y, por otro lado, se sienten intimidados ante mi nuevo aspecto, por lo que me han obedecido sin cuestionarme.

Kunavamastedal está, en efecto, muy enfermo. Se encuentra tan débil que no puede levantarse de la cama. Tiene la piel muy pálida y cubierta de sudor frío, y se retuerce de dolor entre las sábanas. Cuando entré en su habitación, lo hice con la intención de contarle todo lo que había pasado antes, durante y después del Juicio, pero finalmente no tuve valor. He de reconocer que, en este caso, Yinimakintanam y Kalinamanteni estaban en lo cierto: Kunavamastedal no se encuentra en disposición de atender a nadie. Ni siquiera a su Emperatriz.

—Lo lamento mucho —murmuré, tomándolo de la mano—. No he debido entrar a molestarte, Kunavamastedal.

Me dirigió una mirada cansada. Se fijó entonces en mi cabello blanco y palideció todavía más.

—Kelan —susurró entonces con urgencia, aferrándome la mano—. Kelan.

Lo miré sin comprender.

—Kelan... de Gratitud —insistió.

Me di cuenta entonces de que debía de referirse al rebelde, quien probablemente perdió una sílaba de su nombre cuando fue condenado a trabajos forzados.

—¿Está... vivo? —preguntó con urgencia.

—Sí —respondí—. No he podido ejecutarlo, Kunavamastedal. No tengo el poder. Esto es solo una mentira, ¿cómo voy a...?

—No —cortó él, negando con la cabeza—. No, no. No debes. Aún no sabemos...

El dolor lo aguijoneó de nuevo y lo hizo gritar y arquear la espalda sobre el lecho.

—Voy a buscar al médico —susurré, alarmada, pero Kunavamastedal me retuvo a su lado.

—Rayi... Rayi...

—¿Cómo dices? No te entiendo, Kun —utilicé el nombre por el que lo llamaba cuando era muy pequeña, a pesar de las reprimendas de Kalinamanteni, y me supo extraño y amargo, por todo el tiempo que llevaba sin pronunciarlo—. No sé qué quieres decir. Ni cómo puedo ayudarte.

Kunavamastedal inspiró hondo y pudo pronunciar la palabra completa al fin:

—Rayi... nemaga... loran.

Después se dejó caer sobre el lecho, agotado.

—¿Rayinemagaloran? —repetí, perpleja.

Ese fue el nombre del séptimo Emperador. Murió hace cerca de siete mil años, así que no tenía sentido que Kunavamastedal lo mencionase precisamente en aquellos momentos.

Pero él asintió.

—Busca... Rayi... nemaga... loran. Tienes..., tienes que entender...

De nuevo, los dolores lo aquejaron y lo hicieron gemir y retorcerse. Justo en aquel momento entró Kalinamanteni, acompañada del médico, y entre los dos me echaron de allí.

Tuve ocasión de hablar con el médico un poco más tarde. Me dijo que la afección de Kunavamastedal se debe probablemente a que ha comido algo en mal estado. Le está administrando purgantes, pero es posible que no baste con eso. Su dolencia lo está devorando por dentro, y lo único que queda por hacer es esperar a que su cuerpo sea capaz de recobrarse por sí mismo.

Kalinamanteni me reprendió después por haberlo molestado. Me regaña a menudo, pero hoy se está mostrando mucho más severa conmigo. Noto que aprieta los labios cuando me ve, como si se estuviese mordiendo la lengua, como si quisiese echarme en cara más de lo que manifiesta en voz alta. Sé que cada día que pasa la decepciono un poco más, probablemente porque no estoy a la altura de mi predecesor, Ulayanamivandu, por mucho que me esfuerce.

No obstante, Kalinamanteni podía entender que, al fin y al cabo, no es culpa mía que los Poderes Imperiales no hayan despertado aún en mí.

Pero hoy he sido incapaz de ejecutar al condenado, y esto sí ha sido responsabilidad mía, pues he decidido voluntariamente echar a perder la escenificación de Yinimakintanam. Supongo que con esto le he demostrado que tampoco tengo el temple necesario para gobernar un imperio.

Porque, si antes me miraba con desencanto, ahora percibo en su expresión un punto de desprecio.

Y me siento inútil, una vez más. Solo me queda esperar a que los acontecimientos se desarrollen de la mejor manera posible. A que Kunavamastedal se recupere de su enfermedad, a que Yinimakintanam encuentre el modo de celebrar el Juicio del rebelde, a que mi cabello encanezca de verdad y despierten mis poderes por fin.

Si es que lo hacen algún día.

No, no debería pensarlo siquiera, mucho menos plasmarlo por escrito. El renacimiento del Eterno Emperador y su poder sobre la vida y la muerte son los cimientos de nuestra civilización. La sola posibilidad de que el Augur pudiese haber cometido un error hace dieciséis años...

No quiero pensar en eso. Al fin y al cabo, algunos de mis predecesores tardaron mucho en encanecer, incluso más que yo. Sin duda, mi melena se volverá blanca el día que menos lo espere.

Y entonces podré dejar de fingir y mostrar al mundo mi verdadero cabello.

Y tendré que utilizar mi Mano Ejecutora, porque tal es la Justicia de la Emperatriz de Akidavia.

Propuesta de magnicidio

Kelan volvía a estar tumbado en su celda, incapaz de moverse. Nadie le había explicado qué sucedería ahora que, al parecer, la Emperatriz se había negado a ejecutarlo personalmente. Le había parecido entender que debía repetirse el Juicio, pero no se hacía ilusiones al respecto. Volverían a declararlo culpable, así que lo más probable era que lo enviarían ante un verdugo que no mostraría tantos escrúpulos a la hora de acabar con su vida.

El joven no terminaba de comprender qué había sucedido exactamente. Había estudiado en la escuela que el Eterno Emperador poseía los poderes de la Ejecución y de la Restauración, y los utilizaba obedeciendo a un rígido sistema de normas y protocolos que estaba vigente desde tiempos remotos, para evitar que se repitieran los excesos cometidos por el Emperador Desalmado (Kelan no recordaba su nombre, pero así lo llamaban en los cuentos y las canciones populares). La Emperatriz actuaba como Mano Ejecutora en los Juicios porque también contaba con una Mano Restauradora, y ambos poderes estaban compensados.

No obstante, aquella Emperatriz se había negado a ejecutarlo. Había argumentado que se habían producido irregularidades en el Juicio y que este debía repetirse, pero Kelan había leído en sus ojos que no deseaba matarlo en realidad.

¿Podía un Emperador de Akidavia negarse a Ejecutar y utilizar su poder solamente para Restaurar? Kelan no sabía de ninguno que lo hubiese hecho. Sin duda habría pasado a los libros de historia como un soberano mucho más magnánimo que el resto de sus encarnaciones.

¿Podría ser Vintanelalandali la Emperatriz que cambiase las reglas del juego?

Rememoró de nuevo a la muchacha asustada que había intuido bajo el deslumbrante envoltorio imperial. Era poco probable, pensó.

No obstante, ella era muy joven aún. Y a pesar de ello, en su primera aparición pública había desafiado abiertamente el criterio de su Consejo Regente. Si estaba destinada a vivir cientos de años, aún tenía tiempo para...

Sacudió la cabeza, tratando de apartar aquellas ideas de su mente. Después de todo, era una encarnación del Eterno Emperador. Aunque cada una de ellas poseyese una personalidad diferente, había algo que nunca cambiaba, y era su naturaleza dual, reflejada en el escudo de Akidavia, que representaba la Mano Imperial teñida de dos colores: oro para la Restauración, escarlata para la Ejecución.

Kelan se dio cuenta entonces de que había sido capaz de mover la cabeza, y se olvidó por completo de la Emperatriz. Se concentró en los dedos de la mano derecha y logró agitarlos lentamente.

El corazón se le aceleró. Los efectos de la droga se estaban desvaneciendo por fin, y por lo visto nadie se había acordado de proporcionarle una nueva dosis después del Juicio.

Cerró los ojos y trató de restablecer la conexión con su máscara. Sintió el poder allí, palpitante, aguardando a que hiciese uso de él. Pero aún no tenía fuerzas para tomarlo.

Respiró hondo. Si aguardaba un poco más, tal vez...

La puerta se abrió de pronto, y Kelan contuvo el impulso de girar la cabeza para ver quién entraba. Se limitó a abrir los ojos.

Una voz femenina que no conocía ordenó que la dejasen a solas con él, y el soldado al que sí conocía respondió con un respetuoso: «Sí, Consejera».

La puerta volvió a cerrarse, y la recién llegada avanzó hasta situarse en su campo de visión.

Vestía, en efecto, con los ropajes anaranjados propios de los miembros del Consejo Imperial, pero no era Nayanalidestu, la mujer que lo había capturado en Noradrim. Esta parecía un poco mayor que ella, de cabello entrecano, más alta y de formas más rotundas. Vestía también con mayor ostentación, distanciándose así del estilo práctico de Nayanalidestu.

Su gesto, no obstante, era serio y severo, con el tipo de mirada que sugería que no toleraría una sola frivolidad en su presencia.

Estudió a Kelan de arriba abajo, con calculadora curiosidad.

—La Emperatriz te permite seguir con vida hasta que se celebre un segundo Juicio —dijo por fin con tono gélido.

Kelan no contestó. Podría haberlo intentado, y tal vez lo habría conseguido, pero decidió que era más prudente permanecer en silencio, por muchas razones.

Aparentemente, la Consejera tampoco esperaba que respondiera, porque siguió hablando:

—El Consejo opina que es una temeridad. Que, si se te da la mínima oportunidad, la aprovecharás para escapar y, tal vez, atentar contra su vida.

En esta ocasión, Kelan tuvo que luchar contra la tentación de replicar. Tenía la sensación de que, si trataba de convencer a la Consejera de que no tenía nada en contra de la Emperatriz, solo serviría para que ella se diese cuenta de que los efectos de la droga comenzaban a disiparse. De modo que se mordió la lengua.

—Naturalmente, el deber del Consejo es proteger a su Emperatriz a toda costa. Porque ella es la Luz de Akidavia. Sin ella, el imperio estará perdido.

Se desplazó hacia la mesita, y Kelan la siguió con la mirada. Descubrió entonces que el soldado había dejado allí preparada la bandeja con una nueva redoma de droga.

La Consejera la tomó con cuidado y la alzó ante Kelan para que la viese bien.

—Por tales razones —prosiguió—, la labor de los Augures es tan sumamente importante. Si durante la Larga Noche señalasen al bebé equivocado...

Y, ante la sorpresa de Kelan, la Consejera dio media vuelta y se dirigió a la esquina de la celda, donde había un sumidero que probablemente conectaba con las cloacas. Después, tras asegurarse de que Kelan podía verla bien, sostuvo el frasco por encima de la rejilla y lo destapó, dispuesta, al parecer, a derramarlo allí.

—Si se te concede una segunda oportunidad, Kel de Gratitud —dijo—, ¿qué harás con ella? ¿Atentarás contra la vida de la Emperatriz?

En esta ocasión, Kelan respondió con voz ronca:

—No... es... mi intención —logró decir con esfuerzo.

La Consejera negó con la cabeza, decepcionada, como si no fuera aquella la respuesta que esperaba.

—Es una lástima —comentó, y apartó la redoma de la rejilla.

El joven pestañeó, perplejo, y la miró sin comprender.

—Puedo vaciar este frasco —prosiguió ella— y salir de aquí sin haberte proporcionado la dosis que te corresponde. Diré a todo el mundo que lo hice, por descontado. Al fin y al cabo, ¿quién va a dudar de la palabra de la Consejera Kalinamanteni?

Kelan no dijo nada. Siguió observándola con cautela.

—A cambio —concluyó al fin la mujer—, lo único que pido es que acabes con la vida de la Emperatriz Vintanelalandali.

Kelan dejó escapar un resoplido de incredulidad.

—Ella no es la verdadera Emperatriz —continuó la Consejera, con rabia—. No es más que un fraude, una niña normal y corriente que ni siquiera tiene la determinación necesaria para fingir al menos que se toma en serio su papel. Y mientras ella juega a gobernar el mundo desde su palacio, el alma del Eterno Emperador sigue perdida en alguna parte, en el interior de un muchacho desconocido que ignora su verdadero potencial. —Suspiró con frustración—. A estas alturas, el poder del Eterno Emperador estará a punto de despertar, si es que no lo ha hecho ya, en algún rincón del imperio. Pero para entonces será demasiado tarde. La impostora habrá sido entronizada, y cuando el verdadero Emperador se alce para reclamar su lugar, nuestra nación se verá envuelta en un conflicto que la romperá en dos.

»Tú puedes evitar eso, Kel. Eres un niño de la Larga Noche. Tal vez las leyendas fueran ciertas..., tal vez estés destinado a derrocar a una Emperatriz, a un ídolo falso..., para abrir paso al auténtico Emperador de Akidavia.

Kelan tenía la garganta seca.

—¿Y si es... la verdadera...? —farfulló.

Kalinamanteni sonrió con desprecio.

—Créeme, no lo es. ¿Por qué piensas que no ha manifestado el alcance de su poder esta mañana, en el Juicio? Porque no posee ninguno. Todo es mentira, mentira. Y si permitimos que la impostora sea entronizada, se convertirá en un títere en las manos de Yinimakintanam... Él posee el verdadero poder, él controla el Ejército Imperial y a todos los zaldrim..., salvo a ti —concluyó, clavando la mirada en Kelan.

Kelan cerró los ojos, mareado.

—Sé por qué iniciaste la revuelta en la plantación —dijo entonces la Consejera—. Aquel zaldrim había matado a tu chica, ¿verdad?

Kelan abrió los ojos de golpe. El gesto no pasó desapercibido para Kalinamanteni, que sonrió.

—Los zaldrim se extralimitan a veces —comentó—. Todo ese poder en manos de un ser humano cualquiera... Y la transformación, tan conflictiva en ocasiones, incluso para los drim, incluso para aquellos que han seguido el entrenamiento adecuado... —Se encogió de hombros—. Deberían estar mejor controlados, ¿no crees? Pero a Yinimakintanam no le importa. Está enamorado del poder, y hará cualquier cosa por conservarlo. La única persona que puede pararle los pies es el auténtico Emperador.

Guardó silencio unos instantes, permitiendo que la idea calase en la mente del prisionero. Después dijo sin más:

—Si quieres vengar a tu chica, acaba con la vida de la falsa Emperatriz. Y el dominio de Yinimakintanam se vendrá abajo como un castillo de naipes.

El rostro enmascarado de Kelan dibujó un rictus de rabia.

—Veo que empezamos a entendernos. —Kalinamanteni sonrió. Alzó de nuevo el frasco por encima del sumidero—. Así que, dime, ¿aceptas el trato?

Kelan mantuvo los labios cerrados, pero no apartó la mirada de la botellita que sostenía la Consejera.

—Cuando recuperes tu poder —prosiguió ella—, nadie podrá detenerte. Tendrás que ser rápido, sin embargo, y llegar hasta la alcoba de la Emperatriz antes de que nadie descubra tu ausencia. Estará sola, porque he despedido a los sirvientes y a su doncella de compañía. Y hay muchas formas de acabar con la vida de una muchacha indefensa. Nadie tiene por qué descubrirte ni saber que lo has hecho tú. Ni siquiera tiene por qué parecer un asesinato, de hecho. Oh, habrá sospechas, por supuesto, en cuanto se den cuenta de que has escapado. Pero, si eres listo y haces bien tu parte, nadie podrá demostrarlo jamás.

»Después, podrás marcharte a donde quieras. Lejos de Akidavia, más allá de nuestras fronteras. De todos modos, si lograras salir de aquí serías igualmente un fugitivo.

Kelan apartó la mirada. Kalinamanteni suspiró, contrariada.

—Es una lástima —dijo, y se apartó del sumidero.

Cuando ya se cernía sobre él, lista para administrarle el contenido de la redoma, Kelan comprendió que aún no había reunido las fuerzas suficientes para resistirse.

Y que no tendría otra oportunidad de hacerlo.

—¡Es... pera! —susurró. La botellita se detuvo muy cerca de sus labios—. Lo haré —logró decir, con voz cascada—. Acabaré... con la vida de la Emperatriz.

Kalinamanteni sonrió.

—Eso está mejor —asintió.

Kelan respiró hondo. La Consejera se apartó de él y se dirigió de nuevo al sumidero.

—Parece que tenemos un trato, niño de la Larga Noche —declaró con satisfacción.

Y derramó el contenido del frasco en el sumidero. Después lo volvió a dejar sobre la bandeja, vacío.

Cuando abandonó la habitación, cerrando la puerta tras ella sin mirar atrás, Kelan se preguntó, aún aturdido, si no lo habría soñado todo.

Pero pasaron las horas y nadie más acudió a visitarlo, y a medida que iba recuperando el control de su propio cuerpo, la máscara drim lo reclamaba con mayor urgencia.

Por fin, al filo de la medianoche, fue capaz de conectar con la esencia de su máscara, que estaba ansiosa por devolverle el poder que había perdido. De inmediato sintió que le inundaba el cuerpo como una oleada de energía que lo renovó por dentro, llevándose consigo los restos de la droga que lo inmovilizaba.

Kelan respiró hondo un par de veces y activó su poder.

Momentos más tarde abandonaba la celda en silencio, apenas una sombra cambiante de ojos que relucían como brasas en la oscuridad.

Y así, inadvertido, se deslizó por las dependencias del palacio imperial, atravesando muros bajo la luz de las dos lunas, en dirección a los aposentos de la Emperatriz.

Día 117, año 17 de la era de Vintanelalandali (por la noche)

Kunavamastedal ha muerto.

Necesito escribirlo para hacerme a la idea, porque no parece real. Siento que en cualquier momento despertaré y descubriré que este largo y horrible día no ha existido jamás.

Sucedió hace unas horas, poco después de la cena. Kalinamanteni entró en mi habitación para informarme del fatal desenlace. Se mostraba abatida, por descontado, pero no quiso compartir su duelo conmigo. Me comunicó la noticia con demasiada formalidad, casi con frialdad. En comparación con la suya, mi reacción debió de parecerle desproporcionada: la aparté con brusquedad para salir corriendo en busca de mi mentor, porque me resistía a creer que me hubiese abandonado de verdad.

Me precipité en el interior del cuarto donde velaban el cuerpo de Kunavamastedal, ignorando las exclamaciones consternadas de los sirvientes. Los eché a todos fuera para quedarme a solas con él. Después me quité los guantes, retiré el paño que lo cubría y, sin atreverme a mirarlo a la cara, coloqué las manos sobre su pecho.

En momentos como este envidio a los akidavos corrientes, porque ellos tienen a alguien a quien elevar sus plegarias: me rezan a mí, la encarnación del Eterno Emperador, la deidad que vela por Akidavia y todas sus gentes.

Pero yo no tengo a nadie a quien suplicar para que obre un milagro.

No sé cuánto tiempo estuve junto al cuerpo de Kunavamastedal, luchando por hallar en mi interior el poder que lo devolvería a la vida.

Pero, bajo la peluca blanca, mi cabello sigue siendo oscuro, y eso significa que aún no poseo la Mano Restauradora que podría haberlo salvado.

Cuando finalmente Kalinamanteni entró en la estancia, me encontró de rodillas junto al lecho de Kunavamastedal, sollozando sin control. Colocó una mano sobre mi hombro.

—Guardad la compostura, Divinidad. Recordad quién sois.

Inspiré hondo varias veces hasta que logré calmarme. Después me puse en pie, me sequé la cara y permití que Kalinamanteni me acompañase de vuelta a mi habitación.

Habría deseado seguir llorando sobre su hombro, pero ella se limitó a inclinarse ante mí y a continuación se marchó y me dejó a solas con mis propios pensamientos.

Y sigo aquí, sola en mi habitación, porque tampoco se me permite ver a Zaralane.

La echo tanto de menos... Querida Zaralane, cómo detesto tener que mentirte, cómo odio mantenerte lejos de mí. Solo ahora que no puedo contar contigo empiezo a darme cuenta de hasta qué punto me haces falta.

Las cosas están cambiando tan deprisa que apenas me siento capaz de asimilarlas. Kunavamastedal ha sido lo más parecido a un padre que he tenido desde que renací, y por supuesto era consciente de que lo perdería tarde o temprano, igual que perderé a todos los demás, incluida Zaralane, con el paso del tiempo. Pero no lo esperaba tan pronto.

Debería haberme quedado a su lado esta tarde, haberlo acompañado hasta el final. Pero estaba convencida de que se recuperaría, de que lo mejor que podía hacer por él era dejarlo descansar.

¿Qué voy a hacer ahora? ¿De qué me sirve ser la Emperatriz si mis poderes no han despertado aún, si no puedo utilizar la Mano Restauradora para traerlo de vuelta?

Kunavamastedal... Toda una vida dedicada al servicio del Eterno Emperador, y yo le he fallado cuando más lo necesitaba.

Si pudiese

La sombra en la ventana

Kelan no tuvo problemas para encontrar las dependencias de la Emperatriz. Era de noche y las dos lunas, apenas un par de sonrisas gemelas en el cielo, no iluminaban lo bastante como para distinguir gran cosa en la oscuridad. Pero el poder de la máscara drim potenciaba sus sentidos y le permitía percibir los colores con mayor claridad. Por ello pudo diferenciar el pabellón de la Emperatriz, un elegante edificio de mármol rojo, profusamente decorado con filigranas de oro y coronado por dos pequeños torreones. Trepó por la fachada trasera, la que no se veía desde el patio, hasta la cornisa del primer piso, y entonces se deslizó de ventana en ventana en busca del dormitorio principal.

En el primer y el segundo piso solo halló habitaciones vacías en su mayoría, salvo por la ocasional presencia de algún sirviente que limpiaba las repisas o barría los rincones. De modo que subió hasta el tercero, ocupado casi por completo por una única habitación de varias estancias comunicadas. La más amplia estaba iluminada, así que Kelan espió lo que sucedía en el interior a través de la celosía.

Descubrió a una muchacha vestida con un sencillo camisón blanco que tomaba notas en un cuaderno, sentada ante un amplio escritorio. A primera vista no le pareció la Emperatriz, porque no tenía el cabello blanco, sino una media melena cobriza que le caía en bucles sobre los hombros.

Pero le llamó la atención el hecho de que llevara guantes en aquellas circunstancias, y observó la escena con mayor atención. Y descubrió una larga cabellera blanca tendida cuidadosamente sobre la cama. Frunció el ceño, desconcertado, preguntándose qué hacía allí el pelo de la Emperatriz, por qué razón se lo habría cortado y lo habría dejado en la habitación de aquella chica.

Un sollozo lo sacó de sus pensamientos, y fue entonces cuando se percató de que ella estaba llorando. La contempló mientras escribía, furiosa, en su cuaderno y la vio secarse las lágrimas con un gesto de rabia y desconsuelo que le pareció desconcertantemente humano..., porque en aquel momento se dio cuenta de que, en efecto, ella era la Emperatriz, la criatura semidivina que había tenido la vida de Kelan en sus manos aquella misma mañana.

Pero ya no parecía... la Emperatriz. Volvió a fijarse en la cabellera que reposaba sobre la cama y comprendió por fin que se trataba de un disfraz.

Que aquella muchacha no tenía el cabello blanco en realidad.

Y recordó lo que había dicho la Consejera Kalinamanteni: «No es más que un fraude, una niña normal y corriente». ¿Significaba eso entonces que no habría podido Ejecutarlo en el Juicio, aunque hubiese pretendido hacerlo? Kalinamanteni había insinuado que esa era la razón por la que se había echado atrás. Porque esperaban de ella que usara en público un poder que no poseía.

Kelan se sintió muy confuso. ¿La Emperatriz no era la Emperatriz? ¿Qué implicaba aquello para Akidavia?

Alguien llamó a la puerta entonces, y Kelan se retiró un poco más entre las sombras, contrariado, maldiciéndose a sí mismo por haber esperado tanto en lugar de aprovechar que la joven estaba sola para...

Sacudió la cabeza. Había acordado con la Consejera que mataría a la chica a cambio de su libertad. Kalinamanteni tenía razón, sería capaz de hacerlo de modo que nadie pudiese probar que había sido él. Asfixiarla con los almohadones mientras dormía sería probablemente la mejor opción.

Pero no tenía ninguna posibilidad de llevar a cabo sus planes con discreción si había alguien más en la estancia.

Por otro lado, si era cierto que Yinimakintanam, el Consejero que estaba al mando de los Ejércitos y, por tanto, de los zaldrim, era quien movía los hilos en el imperio...

... Entonces no tenía sentido atentar contra la vida de aquella muchacha. Su objetivo debía ser el Consejero Yinimakintanam.

Vintanelalandali (¿tenía derecho a un nombre tan largo, si no era la auténtica Emperatriz?, se preguntó Kelan) se secó de nuevo las lágrimas, tragó saliva y dijo, esforzándose para que su voz sonase serena:

—Adelante.

Justo después de haber pronunciado aquella palabra se dio cuenta de pronto de que no llevaba la peluca puesta. Se llevó las manos a la cabeza y se levantó precipitadamente para correr hacia la cama.

—¡Espera! ¡Seas quien seas, no entres aún! —gritó mientras aferraba la peluca.

Pero era demasiado tarde. La puerta se había abierto ya, dejando paso a otra chica un poco mayor que ella. Tenía el cabello negro y la piel moteada, de tonos similares a un otoñal manto de hojas secas, propia de los habitantes de la provincia de Obediencia. Kelan había conocido a algunos de ellos en la plantación, pero aquella muchacha estaba muy lejos de ser una esclava de nombre monosilábico. Llevaba una túnica cómoda pero elegante, claramente apropiada para la corte.

—¡Divinidad! —exclamó, azorada—. Lo siento, no pretendía...

Las palabras murieron en sus labios al contemplar a su Emperatriz.

—Zaralane —susurró ella—. No deberías..., no deberías estar aquí.

Ella se había quedado sin voz. Se aclaró la garganta y logró decir, con la mirada aún clavada en la peluca que la otra chica aferraba entre las manos:

—Disculpadme..., Divinidad. La Consejera Kalinamanteni dijo que no deseabais ser molestada, pero tras las terribles noticias acerca del Consejero Kunavamastedal, pensé que tal vez... —Tragó saliva y titubeó un poco antes de añadir—: Disculpad mi impertinencia, pero... ¿qué le ha sucedido a vuestro cabello?

Y la Emperatriz se derrumbó. Bajó la cabeza con los ojos llenos de lágrimas y dejó la melena postiza sobre la cama antes de hundir el rostro entre las manos.

—Perdóname tú a mí, Zaralane —musitó con la voz entrecortada—. Te he mentido..., os he mentido a todos.

La joven llamada Zaralane corrió junto a la Emperatriz y la estrechó entre sus brazos. Ella correspondió a su abrazo, apoyó la cabeza sobre su hombro y se echó a llorar. Su compañera la consoló como pudo, acariciando con ternura su cabello castaño y susurrándole palabras tranquilizadoras al oído. Kelan percibió muy claramente la afinidad que existía entre las dos jóvenes y el gran afecto que se profesaban.

En ese mismo instante comprendió que sería incapaz de matar a la Emperatriz. Aunque hubiese acabado con la vida del zaldrim, allá en Lealtad, él no era un asesino a sangre fría.

Se apartó un poco, dispuesto a marcharse, pero el movimiento llamó la atención de Zaralane, que miró en su dirección. Cuando descubrió allí a aquella criatura hecha de sombras, observándolas con su mirada de fuego, lanzó un grito de terror.

Vintanelalandali alzó la cabeza con un respingo. En cuanto vio a Kelan en la ventana, se situó delante de su compañera, en un intento de protegerla, mientras le devolvía al intruso una mirada desafiante.

Kelan se sintió impresionado. La Emperatriz estaba pálida, con los ojos rojos y las mejillas todavía húmedas, pero alzaba la cabeza con orgullo, dispuesta a enfrentarse a él.

—¿Qué quieres de mí? —demandó—. ¿Has venido a matarme?

Kelan dudó un poco antes de responder.

—No —dijo por fin, con la inquietante voz cavernosa que le confería la máscara. Y sin saber muy bien por qué, añadió—: Pero debes saber que hay gente en tu entorno que sí quiere verte muerta.

Las dos muchachas cruzaron una mirada sorprendida.

—¿Quién? —preguntó la Emperatriz—. ¿Quién quiere verme muerta?

Kelan no tuvo ocasión de contestar. Oyó un rumor de pasos abajo, en el patio, y dejó de prestar atención a lo que sucedía en el interior de la habitación. Se volvió rápidamente, justo a tiempo de ver a varios guardias apuntándolo con ballestas. Le dispararon en cuanto lo vieron moverse, y uno de los dardos atravesó su pierna intangible. No lo hirió, por descontado, pero él no quiso arriesgarse. Aún no se había recuperado por completo y existía la posibilidad de que su poder le fallase en cualquier momento.

De modo que trepó hasta lo alto del pabellón, mientras los virotes silbaban a su alrededor, alguno incluso traspasando su cuerpo de humo. Se parapetó tras una de las torres, corrió por el tejado y saltó por encima de los guardias que rodeaban el edificio. Atravesó una pared y siguió corriendo hacia el muro que delimitaba el recinto del palacio imperial.

Y, como temía, su poder comenzó a agotarse. Primero fueron un par de parpadeos en los que recuperó la corporeidad apenas un instante.

Después chocó contra un muro cuando iba a atravesarlo.

Retrocedió, inquieto. Se miró las manos y descubrió que volvían a ser humanas. Se dio la vuelta al escuchar pasos tras él.

Y vio a tres zaldrim que se aproximaban con precaución. Los colores de sus máscaras relucían fantásticamente en la oscuridad. El primero de ellos parecía envuelto en relámpagos, y su rostro presentaba rayos luminosos y zigzagueantes sobre su frente y sus mejillas. El segundo, una mujer, tenía la máscara completamente blanca, con una textura ondulante, similar a la de un banco de niebla o a la espuma del mar, lo que le daba el aspecto de una espectral calavera. Avanzaba flotando, sin que sus pies llegaran a tocar el suelo.

El último era el zaldrim que había escoltado a Kelan durante su encierro. Las líneas de color escarlata recorrían su rostro como ríos de lava, pulsantes, como sangre bombeada por un corazón en llamas.

Kelan ya sabía que la máscara le confería una fuerza descomunal; de hecho, mientras se acercaba a él blandía un espadón formidable que manejaba con tanta facilidad como si fuera una pluma.

Se pegó a la pared, asustado. Sin su poder, estaba completamente desarmado y a merced de sus perseguidores.

En aquel momento llegaron los soldados. Se detuvieron detrás de los zaldrim con las armas a punto, listos para intervenir. El enmascarado de los relámpagos alzó la mano; sus dedos estaban envueltos en chispas que se movían cada vez más deprisa. Kelan se encogió, alerta, previendo un ataque inminente. Inspiró hondo, buscando con desesperación cualquier gota de poder que pudiese quedar en él.

De la mano del zaldrim brotó un haz de rayos cegadores. Kelan se cubrió el rostro con el brazo, retrocedió por instinto... y atravesó la pared.

Cayó al otro lado del muro, aturdido. Se miró las manos, que volvían a ser oscuras garras de sombra. Se incorporó con rapidez y echó a correr. Volvió la vista atrás y vio que la zaldrim del rostro blanco levitaba sin esfuerzo por encima del muro; entonces giró sobre sí misma, aún flotando en el aire, y Kelan oyó algo que se precipitaba hacia él, silbando con fuerza. Saltó a un lado por instinto, pero un objeto punzante le desgarró la piel del brazo y le hizo lanzar una exclamación de sorpresa y dolor. No había sido consciente del momento en el que su poder lo había abandonado, volviéndolo vulnerable a los ataques. Se aferró el brazo y sintió la sangre escurriéndose entre sus dedos.

En aquel momento, un poderoso golpe hizo temblar el muro hasta los cimientos, abriendo una brecha en él. Por ella asomó el zaldrim de la máscara roja, seguido del que generaba rayos. Kelan dio media vuelta y echó a correr. Invocó su poder, y este regresó de nuevo, aliviando el dolor de su brazo.

En lugar de atravesar el patio en dirección a la muralla exterior, sin embargo, corrigió su rumbo y se zambulló en la pared del edificio más cercano. Apareció en una amplia cocina y despertó exclamaciones de alarma y gritos de terror entre los sirvientes que la estaban limpiando, pero no se detuvo. Siguió corriendo hasta cruzar la pared del fondo, y luego se perdió por entre los pasillos, galerías, patios y habitaciones, traspasando muros con la esperanza de dejar atrás a sus perseguidores, pues dudaba que estuvieran dispuestos a derribar el pabellón entero a puñetazos con tal de atraparlo.

Atravesó una última pared y se halló en un pequeño jardín interior. Sintió que su poder titubeaba de nuevo, y miró a su alrededor, buscando un refugio. Fue entonces cuando descubrió un resplandor que avanzaba hacia él desde el pórtico, e identificó la figura envuelta en relámpagos de uno de los zaldrim que lo perseguían. Retrocedió y, de nuevo, chocó contra la pared que acababa de cruzar. Volvía a ser tangible.

Aún tardaría al menos unos segundos en recuperar su poder. Lo suficiente como para que una descarga del zaldrim lo dejara fuera de combate, en el mejor de los casos. Además del pórtico por el que acababa de entrar su perseguidor, había una pequeña puerta al otro lado del patio, pero estaba demasiado lejos. Jamás la alcanzaría a tiempo.

Su mirada se topó con un pozo que había en medio del jardín. Y antes de pensar siquiera en lo que estaba haciendo, echó a correr hacia allí.

Su súbito movimiento desconcertó al zaldrim durante un breve instante, pero enseguida se precipitó hacia él. Kelan se agachó para tomar impulso, esquivando por los pelos un rayo que chisporroteó en el aire e incendió un arbusto cerca de él, y saltó sobre el brocal del pozo. Cuando se enganchó a la cuerda para dejarse caer en el interior comprendió de pronto que, si había agua en el fondo, acababa de cometer un error fatal.

Pero era demasiado tarde. Cayó por el agujero mientras la polea daba vueltas alocadamente y Kelan estiraba las piernas, tratando de detenerse. Chocó contra las paredes del pozo un par de veces y logró estabilizarse. Y sus pies tocaron una reja que cerraba un conducto horizontal. Inspiró hondo, invocó de nuevo la última gota de su poder y se balanceó para alcanzarlo.

Saltó, soltando la cuerda, y atravesó la reja limpiamente. Ya era corpóreo otra vez cuando aterrizó en el suelo del conducto, que, por fortuna, estaba seco. Probablemente se trataba de un desagüe para aliviar el exceso de agua en caso de lluvias torrenciales, pero al parecer hacía tiempo que no llovía. Kelan retrocedió todo lo que pudo y se pegó a la pared del conducto, temblando.

Un rayo descendió entonces por el pozo hasta alcanzar el fondo lleno de agua. Un brutal chispazo lo sacudió todo, y Kelan se cubrió el rostro, comprendiendo lo cerca que había estado de morir electrocutado. Con el corazón desbocado, retrocedió todavía más, sumiéndose en la oscuridad del túnel. Tal vez los zaldrim quisieran asegurarse de que estaba realmente muerto y, en ese caso, sería mejor que no lo encontraran allí cuando buscaran su cuerpo en el fondo del pozo.

No tenía la menor idea de a dónde lo conduciría, pero siguió adelante, a tientas en la oscuridad, en busca de un lugar donde sentirse a salvo mientras terminaba de recuperarse por completo..., si es que existía tal lugar para él en la Ciudad Imperial de Armonía.

Día 118, año 17 de la era de Vintanelalandali

Ayer no pude terminar de escribir en mi diario porque el rebelde Kel irrumpió de manera inesperada en mi habitación.

Dicho así suena muy dramático, y tal vez las cosas no sucedieron exactamente de ese modo. Porque, aunque todo resultó muy confuso, ahora que lo pienso fue Zaralane quien entró primero. Yo no llevaba puesta la peluca; me sentía tan angustiada por la muerte de Kunavamastedal que olvidé que me la había quitado cuando le di permiso para entrar.

Y justo cuando estaba tratando de explicárselo todo, ella gritó de pronto y me di cuenta de que el rebelde estaba mirándonos desde la ventana. El poder de su máscara le confiere el aspecto de un horrible demonio escapado de las leyendas más terroríficas, un espectro morador de las más oscuras pesadillas. Nunca en mi vida había pasado tanto miedo.

Porque al parecer, sí, se las había arreglado para escapar, y en lugar de huir del palacio, como habría sido lógico, acudió a mis aposentos... para matarme, imagino. Tal como Yinimakintanam vaticinó que haría.

Por fortuna, la guardia lo ahuyentó a tiempo, aunque Yinimakintanam dice que no lograron atraparlo. Esto ha desencadenado una fuerte discusión entre él y Nayanalidestu, que había abogado por ejecutarlo sin juicio, porque opina que es demasiado peligroso y no podemos arriesgarnos a dejarlo con vida.

Pero sé que la culpa es mía, porque pude haberlo matado por la mañana, con el guante envenenado, y entonces ya no sería un problema. Y aunque nadie me lo ha echado en cara, puedo leer en las miradas de mis Consejeros que piensan que no estuve a la altura de lo que se esperaba de mí.

Kalinamanteni lo ha organizado todo para que Zaralane y yo nos traslademos a otros aposentos en un pabellón diferente del palacio, más recóndito y seguro, porque se encuentra junto a los cuarteles del ejército. La nueva habitación es pequeña, pero no me quejo porque, dado que mi doncella ha descubierto mi secreto, los Consejeros han decidido que es mejor que se quede a mi lado. Al enterarme solté una exclamación de alegría muy inapropiada y muy poco imperial, pero no me importa. Con Zaralane a mi lado, me siento capaz de enfrentarme a todo.

Más tarde, sin embargo, cuando ya estábamos las dos solas en nuestros nuevos aposentos, me sentí un poco culpable por todo lo que esta nueva situación implica para ella.

—Lo siento mucho —le dije—. Parece que ahora eres una prisionera, igual que yo.

Ella estaba ocupada guardando algunas de mis prendas favoritas en el vestidor, pero se volvió para mirarme con una cálida sonrisa.

—No me importa si así puedo permanecer a vuestro lado, Divinidad —respondió con dulzura.

Siempre me he sentido muy afortunada por poder contar con Zaralane, pero últimamente tengo la sensación, cada vez más habitual, de que no la merezco.

—No soy una deidad —murmuré con la cabeza baja—. Probablemente no sea más que un fraude.

Corrió a abrazarme y acarició con ternura un mechón suelto de mi peluca blanca.

—Algún día encanecerá vuestro cabello de verdad, no tengo ninguna duda. Y aunque no fuese así..., vos siempre seréis mi Emperatriz.

Nos abrazamos, emocionadas. Pero yo estaba inquieta, y Zaralane lo notó. Se apartó un poco de mí para mirarme a los ojos.

—¿Os encontráis bien, Divinidad?

Hay una cosa que no he contado, y es que, antes de salir huyendo, el prófugo dijo que no había venido a matarme, pero que hay alguien muy cerca de mí que sí quiere verme muerta.

Me estremecí al recordarlo.

—Es por eso que dijo el rebelde... —Bajé la voz—. Eso de que alguien quiere verme muerta.

—Naturalmente: él —replicó Zaralane con un resoplido de indignación.

Pero esa explicación no me convencía.

—¿Por qué no me mató, entonces? Con el poder que le confiere su máscara, podría haberlo hecho, y ninguna de las dos habríamos podido impedírselo.

Zaralane se quedó pensativa.

—Quizá es porque decidisteis no ejecutarlo durante el Juicio —sugirió.

—Aplacé su ejecución, eso es todo —maticé—. Pero iba a morir tarde o temprano, y probablemente lo sabe. Si logró escapar, lo más sensato por su parte habría sido marcharse sin más, en lugar de venir a advertirme. Se arriesgó mucho al dejarse ver en mis aposentos.

Ella negó con la cabeza.

—No parece muy sensato creer en la palabra de un criminal huido de la justicia, Divinidad —señaló.

Suspiré con preocupación. Quizá se deba a que siempre me he sentido protegida tras los muros del palacio, pero es posible que me cueste comprender de verdad hasta qué punto ese rebelde supone una amenaza para mí. Hasta hace poco podía verlo como algo lejano y totalmente ajeno a mí, pero ayer se presentó nada menos que en mi ventana, y debería empezar a tomármelo en serio.

Al evocar los detalles de nuestro encuentro, sin embargo, caí en la cuenta de algo importante.

—¡Me ha visto sin mi disfraz! —exclamé, y añadí, bajando mucho la voz—. Sabe que mi cabello aún no es blanco en realidad. No podemos permitir que siga con vida y arriesgarnos a que lo cuente por ahí.

Una sombra de miedo nubló los bellos ojos de Zaralane, y entonces me di cuenta de lo que implicaban para ella mis palabras. Me apresuré a aclarar:

—¡Pero tú estás a salvo conmigo! Sé que jamás me traicionarías.

Ella me dedicó una sonrisa de agradecimiento. Pero luego frunció el ceño, y me di cuenta de que había algo más que la turbaba.

—¿Qué sucede, Zaralane? ¿Todavía estás preocupada por el rebelde?

—Sí, por supuesto, pero no solo por él. Es que estaba pensando... que, si alguien tuviese intención de haceros daño, ni siquiera le haría falta una máscara drim.

—¿Qué quieres decir? Este palacio es el lugar más seguro de todo el imperio. Cuando neutralicemos al rebelde...

—¿Y qué hay de Kunavamastedal? —preguntó ella con brusquedad. Me puse pálida, y Zaralane se apresuró a añadir—: No tenía intención de disgustaros, Divinidad. Os pido disculpas.

A pesar de que el estómago aún se me retuerce de angustia cada vez que recuerdo a mi mentor, tragué saliva y la animé a continuar:

—No, no, no te lo guardes para ti. Di lo que tengas que decir.

Aun así, Zaralane dudó un poco antes de empezar a hablar, titubeando:

—Esa extraña enfermedad... que se lo llevó tan rápido... Nadie más ha enfermado en palacio, así que me pregunto...

Dejó la duda en el aire. Asentí.

—Yo también me he dado cuenta, y por tanto descarté que su dolencia fuese contagiosa. Los médicos dicen que probablemente comió algo en mal estado.

—Si fuese así, otras personas estarían afectadas también. El Consejero Kunavamastedal no seguía ninguna dieta especial, la comida que se prepara en las cocinas se sirve también al resto de los Consejeros.

La miré fijamente. Entendía muy bien lo que estaba insinuando, pero me parecía demasiado terrible como para pensar seriamente que hubiese sucedido de verdad.

—¿Estás segura de eso?

Zaralane vaciló.

—Puedo preguntarlo —se ofreció.

Lo pensé. Aunque ella tiene la movilidad restringida desde la fuga del rebelde (desde que descubrió mi secreto, más bien), sí se le permite salir de los aposentos para hacer recados.

—De acuerdo —asentí.

De modo que fue a indagar a la cocina.

Mientras la espero, y aunque todavía me cuesta afrontar el hecho de que Kunavamastedal ya no se encuentra entre nosotros, estoy intentando valorar todas las opciones y pensar en este asunto con frialdad. No sé a quién podría beneficiar la muerte de Kunavamastedal, el más sabio y sensato de todos mis Consejeros. Tal vez a Yinimakintanam, pero no estoy segura de que él se hubiese atrevido a llevar a cabo un acto tan drástico. No es que no lo crea capaz; es que sé que suele ser mucho más sutil.

Y, por último, y si tomara en serio la advertencia del rebelde, también descartaría que Yinimakintanam estuviese conspirando para asesinarme a mí. De nuevo, no porque piense que él nunca haría algo semejante, sino porque sé que me necesita. Como Consejero de los Ejércitos de una Emperatriz sin autoridad, su poder es inmenso. Sin la Emperatriz, en cambio, él no es nadie. Podría tratar de imponerse por la fuerza, pero nunca se ganará el corazón de los akidavos si no habla en nombre del Eterno Emperador.

Fuera de la ciudad

as cloacas recorrían todo el subsuelo de la Ciudad Imperial y, si uno se las arreglaba para pasar por alto el mal olor, los pasadizos estrechos y la abundante presencia de ratas, podían considerarse una buena vía de escape. Kelan, no obstante, no se dejó llevar por las apariencias. Sabía que, en cuanto los guardias bajaran al pozo para recuperar su cuerpo, comprobarían que no estaba realmente muerto, y no tardarían en descubrir el túnel por el que había escapado.

De modo que se había detenido allí solo el tiempo suficiente para hacerse un vendaje improvisado con un jirón de su camisa. Después había salido a la superficie, fuera ya del recinto del palacio, y se había desplazado por las sombras de las calles más estrechas y oscuras que había podido encontrar, evitando las amplias avenidas que rodeaban las mansiones del corazón de la ciudad. Se había dejado ver aquí y allá, en zonas concurridas que aún tenían tabernas abiertas, con la consiguiente alarma de los ciudadanos, y después había vuelto sobre sus pasos para rodear de nuevo el palacio imperial y salir de la ciudad por otro lado.

No había dejado de moverse en toda la noche, utilizando su poder siempre que le había sido posible, y al amanecer había alcanzado por fin los límites de la Ciudad Imperial.

Ahora caminaba por una campiña salpicada de granjas y casas de campo, buscando el cobijo de las arboledas que bordeaban los arro-

yos mientras trataba de ignorar el sordo dolor de su brazo. Pero no podía detenerse todavía. Aunque estaba bastante seguro de que había logrado despistar a los soldados, a plena luz del día su rostro enmascarado llamaba mucho la atención.

Siguió avanzando, pues, hacia las montañas del norte, por sendas que discurrían entre tierras de labranza, alejándose de los caminos principales y corrigiendo el rumbo cada vez que veía algún campesino a lo lejos.

Sus pasos lo condujeron finalmente a una amplia llanura despejada de bosque y sin apenas matorral. Atravesarla de día lo dejaría muy expuesto y, además, estaba demasiado cansado como para seguir caminando. Decidió que buscaría un refugio y reemprendería la marcha al caer la noche.

Halló un pajar no lejos de allí. El olor de aquel lugar le evocó los campos de cereal en los que había trabajado como esclavo, antes de que su vida se torciera irremediablemente. Subió hasta el desván por una escalera de mano desvencijada, buscó un rincón oscuro, se tendió sobre un montón de paja, se hizo un ovillo y se durmió.

Se despertó al cabo de un rato, sobresaltado, porque sintió que había alguien a su lado. Se incorporó de golpe, y la persona que lo observaba retrocedió con una exclamación de sorpresa.

Kelan la observó con cautela. Se trataba de una niña de unos siete u ocho años. Llevaba el pelo oscuro recogido en una trenza y cubría su ropa con un delantal lleno de manchas de algo que parecía mermelada. A su espalda pendía un sombrero de paja, que llevaba sujeto al cuello con una cinta.

La niña lo contempló con suspicacia y genuina curiosidad. No parecía asustada, sin embargo.

—¿Eres un espíritu? —quiso saber.

—No —susurró Kelan con voz ronca—. ¿Quién eres tú?

Pero ella lo ignoró y siguió disparando preguntas:

—¿Qué te pasa en la cara? ¿Por qué estás herido? ¿Quién te lo ha hecho? ¿Por qué has entrado en mi escondite secreto? ¿Vas a atacarme o solo quieres dormir la siesta?

—No —fue lo único que pudo responder Kelan, aturdido.

La niña parpadeó.

—No, ¿qué?

—No voy a hacerte daño. Solo necesito... descansar un poco en alguna parte.

Miró a su alrededor. Fue entonces cuando se dio cuenta de que, en efecto, el lugar que había escogido parecía una guarida secreta infantil. Vio una manta en un rincón, con un par de muñecas de trapo cuidadosamente envueltas en ella. También se fijó en una hilera de pequeños cuencos de barro, cada uno de ellos lleno de distintos tipos de guijarros, arena, flores silvestres y hojas desmenuzadas. Estaba claro que había ido a ocultarse en el rincón donde la hija de los granjeros se escondía para jugar.

—Lo siento —murmuró—. No me había dado cuenta. Ya me marcho.

Pero ella lo detuvo.

—¿Con esa pinta? —Sacudió la cabeza—. Estás hecho una pena, espíritu. No llegarás muy lejos.

—No soy un espíritu. Soy un... —titubeó—. Un zaldrim.

Ella lo miró de arriba abajo con escepticismo.

—Los de las máscaras son más altos y fuertes que tú. Y todos llevan el uniforme del ejército.

—Bueno —murmuró él—. Puede que yo no sea un zaldrim del ejército, al fin y al cabo.

El gesto de incredulidad de la niña se hizo más marcado. Después suspiró y comenzó a descender por la escalera.

—¡Espera! —la detuvo Kelan—. No le digas a nadie que estoy aquí.

Ella se cerró los labios entre el índice y el pulgar. Después desapareció de su vista con rapidez, dejando a Kelan profundamente preocupado.

Examinó la herida del brazo, que había dejado de sangrar. Por fortuna el corte parecía limpio; con un poco de suerte, no se habría infectado. No obstante, necesitaba lavarlo y vendarlo adecuadamente.

Cerró los ojos un momento y sintió el poder de la máscara burbujeando en su interior. Al parecer ya se había recuperado de los efectos del veneno.

Pero tenía hambre y sed, y se sentía débil y cansado después de su huida del palacio y de la persecución que lo había llevado hasta allí. Alzó la cabeza, inquieto. El sol se filtraba a raudales por la ventana. Salir a plena luz del día era peligroso, pero ya lo habían descubierto, y el pajar había dejado de ser un lugar seguro para él.

Bajó por la escalera, pues, dispuesto a marcharse de allí en cuanto pudiese asegurarse de que no había nadie por los alrededores. Una vez en el suelo, no obstante, volvió a toparse con la niña.

—¿A dónde crees que vas con esas pintas? —lo regañó ella.

Kelan pestañeó, perplejo.

—Yo...

—¿No has dicho que necesitabas descansar? Mira lo que te he traído —añadió, y Kelan se dio cuenta entonces de que acarreaba un pequeño balde con agua—. Para que bebas y te limpies un poco, que estás muy sucio. En ese orden, ¿eh? Que no se te ocurra limpiarte antes de beber.

Lo cierto era que Kelan tenía muchísima sed, de modo que aceptó su ofrecimiento, agradecido. Bebió hasta quedar satisfecho, y después volvió a subir por la escalera hasta el refugio del desván. Allí se sentó de nuevo en el rincón y se dispuso a quitarse la venda del brazo para limpiarse la herida con el agua que quedaba en el balde.

Entonces se dio cuenta de que la niña había subido tras él y lo observaba con curiosidad.

—Esto no va a ser agradable —le advirtió, pero ella se encogió de hombros.

—Yo me hago heridas todo el tiempo —replicó—. En los codos, en las rodillas, en todas partes. No me asusta la sangre.

Kelan se encogió de hombros y procedió a quitarse el vendaje para lavarse la herida. La niña lo observaba en silencio. Cuando el joven estaba a punto de volver a vendársela, ella lo detuvo.

—Con eso no, qué porquería. Toma —añadió, sacando un paño limpio de uno de los bolsillos de su delantal—. Usa esto.

Kelan la obedeció, impresionado. Pero ella no había terminado. Rebuscó en otro de los bolsillos del delantal hasta sacar un trozo de pan y una manzana.

—Y cómete esto —le ordenó—. No es mucho, pero es que estaba mi tía en la cocina. En cuanto pueda colarme en la despensa sin que nadie me vea, te traeré algo más.

Kelan la contempló boquiabierto.

—Gracias —acertó a decir—. Pero no tengo nada con que pagarte.

Ella le quitó importancia con un gesto.

—Estás en mi guarida secreta, y eso significa que eres mi invitado y tengo que tratarte bien. Por cierto, me llamo Miya. ¿Y tú?

Kelan dudó.

—No te puedo decir mi nombre —respondió finalmente, con precaución.

Temía que ella se molestase, pero se encogió de hombros otra vez.

—Bueno, pues entonces te llamaré Espíritu. No te ofendas —añadió—, pero sigues sin parecerme un zaldrim de verdad.

Día 118, año 17 de la era de Vintanelalandali (por la tarde)

Esta mañana ha sucedido algo profundamente inquietante, casi tanto como la visita del rebelde.

Como Zaralane tardaba un poco en regresar de las cocinas, decidí ir a buscarla. Pero, cuando estaba a punto de salir, la oí gritar de pronto desde el pasillo.

Me precipité fuera de la habitación para ayudarla. La encontré con la espalda pegada a la pared, temblando de miedo, y enseguida vi qué era lo que la había asustado tanto.

Había un zaldrim apostado junto a la puerta. A primera vista costaba reconocerlo como tal, porque la máscara que portaba había deformado horriblemente sus facciones. Los trazos de la pintura, que debían fluir armónicamente sobre su piel, habían tallado profundos surcos en su carne, como si hubiesen sido marcados con un hierro al rojo.

Pero lo más perturbador era su expresión. Nos observaba fijamente, con una sonrisa torcida y un punto de locura en la mirada.

Me coloqué ante Zaralane y alcé mis manos enguantadas ante él.

—Márchate de aquí —le ordené—. Te lo ordena tu Emperatriz.

Su sonrisa se acentuó.

—He venido a serviros, Divinidad. Es mi cometido como parte de vuestra guardia personal.

Y se inclinó brevemente ante mí, aún sonriendo con arrogancia.

—¿Mi... guardia personal? —repetí.

Venciendo mi repulsión, lo observé con mayor atención. Por fin pude reconocer en la piel de su rostro el patrón verde y azul de una de las máscaras drim que yo había escogido tiempo atrás, cuando Nayanalidestu me las había mostrado. Se me revolvió el estómago y retrocedí hasta situarme junto a Zaralane.

—No te necesito aquí —le ordené—. Puedes marcharte.

—Se me ha encomendado que vele por vuestra seguridad —insistió él con una horrible voz pastosa—. Estáis en peligro y mi deber es protegeros. Permaneceré montando guardia ante vuestra puerta hasta que se me ordene lo contrario.

Zaralane y yo cruzamos una mirada de horror.

—Te acabo de ordenar lo contrario —le recordé—. No volveré a repetirlo: márchate.

Pero el zaldrim no se movió.

—Mis instrucciones provienen del Consejero Yinimakintanam en persona, Divinidad —objetó.

—Yo soy Vintanelalandali, Emperatriz de Akidavia —repliqué, alzando la barbilla para que mi falso cabello blanco ondease a mi alrededor—. Estoy muy por encima del Consejero Yinimakintanam, y de cualquier otro.

Por primera vez, el zaldrim pareció dudar.

—Pero vos... me escogisteis.

—Escogí la máscara que llevas puesta. No te elegí a ti. —Inspiré hondo y lo miré a los ojos—. ¿No te das cuenta? No eras la persona adecuada. La máscara te ha cambiado...

El zaldrim respondió con una carcajada desdeñosa.

—¿Qué importa mi aspecto? —me espetó, y Zaralane lanzó una exclamación de sorpresa ante su atrevimiento—. Os disgusta porque todo el mundo está acostumbrado a esos enmascarados fuertes y musculosos. Pero yo soy diferente... No, yo soy mejor que todos ellos juntos. Ellos no son nadie. Yo, en cambio, tengo un nombre de cinco sílabas porque desciendo por vía paterna del decimoquinto emperador...

Siguió perorando y no lo interrumpí porque, por encima de la in-

dignación, empezaba a sentir por él una profunda lástima. Era muy evidente que la máscara lo había destrozado, física, mental y emocionalmente..., pero no se daba cuenta.

—... y por eso ahora tengo por fin el poder que merezco —concluyó el zaldrim, alzando las manos ante nosotras.

Sus brazos desnudos cambiaron de aspecto de manera súbita; los músculos se le hincharon, recorridos por una maraña de brillantes capilares verdes y azules, y aquella transformación se extendió con rapidez por el resto de su cuerpo, volviéndolo monstruosamente fornido. Cuando algo burbujeó bajo su piel un instante, su rostro se contorsionó en un rictus de dolor. Pero luego volvió a mirarnos, triunfante.

Nosotras estábamos horrorizadas. Creo que la máscara debería haberlo transformado en alguna clase de criatura subacuática, a juzgar por las pálidas escamas que cubrían su piel de forma irregular, como si fuesen parches, y por las membranas traslúcidas que le habían crecido entre los dedos. Pero la transición lo había dejado a medias, convirtiéndolo en un monstruo.

Él, sin embargo, nos sonreía con satisfacción, sin ser consciente del espanto que causaba en nosotras. Al parecer, lo tomaba por admiración.

No fui capaz de seguir mirándolo, no tanto por su aspecto, sino porque no soportaba que hubiese desvirtuado el poder de la máscara drim de aquella manera.

Zaralane dio un paso al frente.

—¿Qué pretendes, zaldrim? —le espetó—. ¿Acaso estás amenazando a tu Emperatriz?

El monstruo alzó la barbilla con altanería.

—He venido a protegerla.

—En ese caso, ¿montarás guardia en la puerta y no te moverás de aquí hasta que tu superior te lo ordene? —le preguntó súbitamente Zaralane.

La miré con una exclamación de sorpresa. Ella asintió en silencio, y de pronto comprendí qué era lo que pretendía.

—Responde a la pregunta —le ordené al zaldrim—. ¿Juras, por el honor de los zaldrim, del ejército imperial y de la Emperatriz de Akidavia, que no abandonarás tu puesto hasta que te ordenen lo contrario?

Una expresión de triunfo iluminó el torturado rostro del zaldrim.

—Lo juro, Divinidad.

Asentí, satisfecha.

—Muy bien —resolví—. Vamos, Zaralane. Nos marchamos.

La tomé de la mano, di media vuelta y nos alejamos de allí, dejando al zaldrim muy confundido. Hizo ademán de seguirnos, pero finalmente, tras un largo titubeo, decidió permanecer donde estaba.

Lo siguiente que hice fue buscar a Kalinamanteni e informarle de que no me sentía a gusto en mis nuevos aposentos y quería trasladarme a otra ala del palacio. Ella se mostró contrariada, pero no puso ninguna objeción.

Momentos después, cuando Zaralane y yo estábamos instalándonos en nuestra nueva habitación por segunda vez en el mismo día, llegó el Consejero Yinimakintanam. Se mostraba tranquilo en apariencia, pero sé reconocer en su comportamiento los signos que indican que empieza a perder la paciencia.

No voy a reproducir aquí el diálogo que mantuvimos, porque en los últimos tiempos ha habido otros similares. Yinimakintanam trató de convencerme de que debía volver a los otros aposentos o al menos permitir que el zaldrim velase por mi seguridad. Sé muy bien que lo ha enviado para vigilarme, y no tengo la menor intención de permitir más control por su parte. Podría haberle recordado que, según la legislación, es la Emperatriz quien decide cómo y cuándo hacer uso de su guardia personal, pero Yinimakintanam es experto en retorcer las normas, leyes y procedimientos en su propio beneficio. Y ya no puedo contar con el apoyo de Kunavamastedal.

De modo que, en lugar de enfrentarme a él, opté en esta ocasión por una táctica diferente.

—Ese zaldrim que me has enviado está loco, Consejero. Se ha comportado de forma muy inapropiada, nos ha amenazado y ha aterrorizado a la pobre Zaralane.

Ella entendió mi estrategia y fingió mostrarse muy asustada al recordarlo. Yinimakintanam nos observó, pensativo, y detecté un brillo calculador en sus ojos.

—Comprendo —dijo—. Me aseguraré de sustituir al zaldrim por otro un poco menos... intimidante.

Zaralane y yo le dimos las gracias, pero Yinimakintanam no había terminado:

—Espero que comprendáis, Divinidad, que nos encontramos ante una situación muy grave. El rebelde debería haber sido ejecutado, pero escapó y se las arregló para llegar hasta vuestros aposentos. Mientras no consigamos abatirlo, estaréis en grave peligro. Vuestra seguridad es mi máxima prioridad en estos momentos.

Bajé la cabeza y soporté su regañina sin una sola objeción. Yinimakintanam, satisfecho al parecer por haberme hecho entrar en razón, se despidió con una inclinación y nos dejó solas de nuevo.

Me volví de inmediato hacia Zaralane.

—No tenemos mucho tiempo —le dije—; hemos de trazar un plan antes de que envíe a otro zaldrim a espiarnos.

—¿Un plan?

—Hemos de averiguar la verdad sobre Kunavamastedal y, sobre todo, descubrir qué trama Yinimakintanam.

Hice todo lo posible por parecer serena y segura de mí misma, pero lo cierto es que estoy muy preocupada. Si hubiese despertado mi poder, si pudiese contar con una guardia zaldrim eficiente y leal...

Pero aún no poseo los recursos de una verdadera Emperatriz. Parezco más bien un juguete, una marioneta en manos de mis Consejeros.

Zaralane debió de leer la duda en mi expresión, porque preguntó:

—¿Qué podemos hacer nosotras?

Incliné la cabeza, pensativa.

—Kunavamastedal me dijo algo antes de morir. Probablemente no tenga ningún sentido, pero es la única pista que tenemos.

Ella me miró, interrogante. Le sonreí.

—Nuestro siguiente paso será convencer a los Consejeros para que me permitan retomar mis lecciones con la maestra Mindaleva —decidí—. Porque vamos a tener que pasar mucho tiempo en la biblioteca.

Un refugio provisional

Resultó que los granjeros contaban con un granero de reciente construcción y tenían el pajar prácticamente abandonado. Esa era la razón por la que Miya podía utilizarlo como guarida secreta y espacio de juegos sin que nadie la regañara por ello. Al parecer, todos sus hermanos eran mayores y se pasaban el día trabajando en el campo, por lo que ella no tenía a nadie con quien jugar.

—Bueno, están los niños de la casa grande junto al arroyo, pero son tontos —le confió a Kelan.

Parecía claro que Miya pasaba mucho rato sola, porque no dejó de parlotear en toda la tarde, encantada de poder contar con un público algo más animado que sus muñecas. Kelan la escuchaba, al principio un poco incómodo, después ya con interés e incluso con agradecimiento, cuando la niña se las arregló para arrancarle un par de carcajadas. Era refrescante oírla hablar de su familia, de su vida en la granja y de las historias que inventaba con sus muñecas.

—Las quiero mucho porque son mis mejores amigas —le contó—, pero a veces son un poco pesadas. Tú, al menos, me escuchas sin llevarme la contraria.

Lo cierto era que Kelan estaba maravillado. Los últimos meses de su vida habían sido una pesadilla. Concentrado en sobrevivir, en escapar, en buscar refugios seguros, había olvidado por completo la felicidad que existía en las pequeñas historias de la vida cotidiana. Y ahora descubría que la echaba de menos.

Era un sentimiento agridulce. La voz de Miya regaba su alma como las lluvias de otoño tras un verano de sequía. Pero al mismo tiempo le recordaba todo lo que había perdido, y que jamás podría recobrar.

Nunca regresaría a casa.

Nunca se reencontraría con su padre.

Nunca recuperaría a Ran.

Nunca volvería a mostrar su verdadero rostro, oculto para siempre tras la máscara.

Bajó la cabeza y dejó caer los hombros, abatido. Miya lo notó.

—¿Estás seguro de que quieres marcharte esta noche, Espíritu? Creo que aún no te has curado del todo. —Kelan vaciló—. No te preocupes, puedes quedarte aquí más tiempo. No le hablaré a nadie de ti, y puedo seguir trayéndote comida de la despensa. No me descubrirán.

Y Kelan decidió que, después de todo, no le vendría mal descansar un poco antes de iniciar su viaje al exilio.

Día 121, año 17 de la era de Vintanelalandali

Rayinemagaloran, séptimo Emperador de Akidavia, nació en el año 5358 y murió cuatrocientos quince años después. De la primera etapa de su vida no conocemos gran cosa, puesto que se mantuvo recluido entre los muros del palacio imperial hasta su entronización. Pero después, una vez despertaron sus poderes, se volvió un viajero incansable. Recorrió de punta a punta el imperio, que por aquel entonces contaba solo con cinco provincias, y aseguró sus fronteras en los puntos más débiles, para protegerlo de posibles invasiones. A diferencia de otras encarnaciones del Eterno Emperador, no inició guerras de conquista. Por el contrario, optó por explorar lugares nuevos, y así llegó hasta las altas cordilleras de Bilaval, al sudeste del continente. Tras atravesarlas con grandes dificultades, él y su expedición alcanzaron el valle de Aladrim, donde habitaban los pintores de máscaras.

Esa fue la mayor contribución de Rayinemagaloran a la gloria del imperio de Akidavia. Los Emperadores anteriores habían ignorado la agreste península de Bilaval por su complicada orografía, pero él se dejó llevar por su curiosidad, su espíritu viajero y su sed de aventuras y halló allí un tesoro de valor incalculable: a los drim y su excepcional capacidad para crear máscaras que conceden poderes extraordinarios.

Allí contempló los maravillosos portentos realizados por los enmascarados drim, personajes casi legendarios que vivían semiocultos en las estribaciones de las montañas, de las que solo salían para defender su territorio de los extraños. Ellos, por su parte, asistieron sobrecogidos a los milagros obrados por el Emperador de Akidavia. Comprobaron con asombro que actuaba con el rostro descubierto, lo cual indicaba que su poder nacía de su interior, que no necesitaba tomarlo prestado de una máscara.

Y se inclinaron ante él. Y le juraron fidelidad.

Hace unos años, cuando leí por primera vez los diarios de Rayinemagaloran, me sorprendió descubrir que su encuentro con los drim le generó grandes dudas al principio. Que estuvo tentado de regresar a la Ciudad Imperial y olvidar para siempre el secreto que ocultaban las cumbres de Bilaval. Y que lo que le hizo cambiar de idea fue la certeza de que, según le contaron los ancianos drim, ninguna máscara, por poderosa que fuese, sería capaz de conceder a nadie un poder similar al de la Mano Restauradora del Eterno Emperador. Así, aunque los portadores de máscaras drim bien podrían ser considerados semidioses, la única deidad verdadera que camina entre los mortales será siempre el Eterno Emperador de Akidavia.

Ayer pasé toda la tarde en la biblioteca, releyendo los diarios de mi séptima encarnación. No sé si Kunavamastedal deliraba cuando mencionó el nombre de Rayinemagaloran en su lecho de muerte, pero lo menos que puedo hacer es investigarlo e intentar averiguar qué estaba intentando decirme. Si se trata, en efecto, de información importante, y no de los desvaríos de un pobre enfermo, probablemente tiene algo que ver con el origen o la naturaleza de las máscaras drim.

Pero las memorias de Rayinemagaloran constan de ocho volúmenes redactados en akidavo antiguo, así que tardaré como mínimo varios días en releerlos todos. Y ni siquiera sé si era esto lo que Kunavamastedal quería que hiciera.

La maestra Mindaleva, como tantos otros en el palacio, se comporta de forma diferente conmigo desde que vio por primera vez mi

falsa melena blanca. Ahora no se atreve a llevarme la contraria, como si pensara que voy a fulminarla con la Mano Ejecutora si me encuentro de mal humor. Así que se ha mostrado incluso aliviada cuando le he dicho que lo único que necesito de ella es que me deje leer tranquila.

Todos los que me conocen saben que suelo refugiarme en mis estudios y lecturas cuando atravieso una época complicada, así que a nadie le ha sorprendido que esté pasando tanto tiempo en la biblioteca. No obstante, al parecer Yinimakintanam considera que no me tiene lo bastante controlada, porque ayer, al regresar a mis aposentos, descubrí que había vuelto a apostar un zaldrim ante mi puerta.

Se trataba de una mujer cuya máscara imitaba los rasgos de un pájaro, con un patrón de plumas de brillantes colores y algo similar a un pico curvo que le protegía la nariz. Reconocí de inmediato que era una de las máscaras que yo había escogido para mi guardia personal, porque en esta ocasión la fusión con el rostro de su portadora había resultado ser perfecta. Ella, por otro lado, se erguía junto a la puerta con el porte sereno, sobrio y disciplinado de los verdaderos zaldrim del ejército imperial.

Se inclinó brevemente ante nosotras y dijo:

—Divinidad, doncella Zaralane... Mi nombre es Valinasendra, y se me ha ordenado que me ocupe de vuestra seguridad y protección de ahora en adelante.

Crucé una mirada con Zaralane, que parecía un tanto cohibida, quizá porque nunca se había relacionado con un zaldrim de nombre más largo que el suyo.

Examiné a Valinasendra con atención.

—Tú no estabas entre los Excelentes que escogí hace unas semanas, ¿verdad?

—No, Divinidad. Fui seleccionada por el Consejero Yinimakintanam. Pero he realizado el entrenamiento reglamentario y superé las pruebas finales con resultados satisfactorios hace dos años. El Consejero me pidió que mencionara este punto —añadió—. Dijo que os complacería.

Asentí, pensativa. Recordaba que Kunavamastedal me había hablado de ella: la Excelente que había sustituido a la joven aristócrata que cambió de idea y se negó, con buen juicio por su parte, a ponerse una máscara drim. No cabe duda de que Valinasendra está mucho mejor preparada, y hará un buen papel como guardaespaldas, pero tampoco puedo asegurar que no la hayan situado ante mi puerta para ejercer además como espía de Yinimakintanam. No obstante, no tengo razones objetivas para despedirla, a menos que recurra a mi autoridad imperial..., algo que no funcionaría con Yinimakintanam, que sabe perfectamente que no cuento con ese poder en realidad.

De modo que agradecí a Valinasendra su presencia ante mi puerta y me propuse ser mucho más discreta en lo sucesivo.

Esto pasó ayer. Hoy he continuado mi investigación en la biblioteca. A la hora del almuerzo, sin embargo, Zaralane ha detectado que no estaba de buen humor.

—Ni siquiera sé lo que estoy buscando —le he confesado cuando me ha preguntado al respecto—. Puedo volver a estudiar la biografía de Rayinemagaloran una y mil veces y estar pasando por alto algo importante. Tengo la sensación de que no hago más que perder el tiempo.

Zaralane inclinó la cabeza, pensativa.

—Pero el Consejero os dijo que buscarais... algo relacionado con el séptimo Emperador, ¿no es así?

—Sí, pero todo lo que hay en la biblioteca...

—Lo de la biblioteca ya lo conocéis —me interrumpió ella—. ¿Y si Kunavamastedal os estaba sugiriendo que debéis buscar nueva información... en otra parte?

La miré, perpleja.

—¿Cómo, en otra parte? ¿Dónde?

—¿Dónde está todo lo que queda de Rayinemagaloran? Gobernó el imperio durante casi quinientos años, ¿no es cierto? Pero en la biblioteca solo se conservan sus escritos.

¡Y me di cuenta enseguida de que tenía razón! Estoy tan acostumbrada a investigar en la biblioteca que no se me había ocurrido pensar que había otras fuentes de información.

Esto es lo que sé: cuando un emperador muere, sus aposentos se vacían por completo hasta que su siguiente encarnación tome posesión de ellos. Es por eso por lo que, salvo la peluca blanca y los diarios de la biblioteca, no conservo nada personal de Ulayanamivandu, a pesar de que vivió durante más de ochocientos años en el ala del palacio que ocupaba yo hasta hace apenas unos días. Pero sus cosas no se destruyeron; sé que se guardan en unas estancias reservadas para tal fin en el subsuelo del palacio.

Allí debería haber también una cámara destinada a almacenar las pertenencias de Rayinemagaloran.

Ni siquiera acabamos de almorzar; nos levantamos de inmediato, emocionadas, y salimos de la habitación.

En el pasillo nos aguardaba Valinasendra, que insistió en acompañarnos. Zaralane y yo cruzamos una mirada. La zaldrim no nos había pedido explicaciones, pero yo temía que se lo contara a Yinimakintanam de todos modos.

—¡Ah, te lo agradezco de veras, Valinasendra! —exclamó entonces Zaralane—. Porque vamos a las galerías del sótano, y es un sitio que me da mucho miedo.

Valinasendra ladeó la cabeza, casi como un ave de verdad.

—¿Al sótano? —repitió, con un matiz de curiosidad en su voz.

Estuve a punto de intervenir para negarlo, pero Zaralane siguió hablando:

—A su Divinidad se le ha antojado leer un raro tratado de astronomía que fue redactado por el emperador Rodenivanadriyen. No se encuentra en la biblioteca, por lo que pensamos que tal vez esté entre sus objetos personales, que se almacenan en el subsuelo del palacio.

—Entiendo —murmuró Valinasendra, pensativa.

Comprendí enseguida que la jugada de Zaralane había sido muy inteligente, y la contemplé con admiración. ¡Es tan lista...! Aunque yo cuente con una cultura más amplia, es a ella a quien se le ocurren siempre las mejores ideas. Porque Valinasendra no tenía modo de saber si la cámara que íbamos a visitar contenía las pertenencias de Rodenivanadriyen, de Rayinemagaloran o de cualquier otra de mis encarnaciones. Y si transmitía la información a Yinimakintanam, lo único que conseguiría sería alejarlo de la pista de nuestra verdadera investigación.

De modo que, escoltadas por Valinasendra, abandonamos el ala del palacio donde nos alojamos ahora y regresamos hasta el corazón del recinto, las dependencias imperiales, que habían sido nuestro hogar hasta hace pocos días.

Nadie nos detuvo ni nos pidió explicaciones, lo cual confirma mis sospechas de que se me permite moverme libremente por el palacio siempre que esté acompañada por un zaldrim de mi guardia personal. Puede que Yinimakintanam quiera protegerme de verdad, por motivos que solo él conoce, o puede que únicamente pretenda tenerme controlada. No importa; tendremos que lidiar con ello.

Las puertas de las cámaras que contienen las reliquias de los emperadores están adornadas con la versión del escudo de Akidavia que era oficial durante su mandato. A simple vista son todos muy similares, y solo alguien que los haya estudiado es capaz de identificar cada uno de ellos y saber a qué emperador corresponde cada cámara sin consultar los planos correspondientes.

Naturalmente, yo soy una de esas personas, de modo que encontré la de Rayinemagaloran sin grandes dificultades. Como es una de las más antiguas, no conserva demasiados objetos suyos. Aun así, Zaralane y yo nos dispusimos a inspeccionarlos mientras Valinasendra montaba guardia pacientemente en el corredor.

No sabíamos por dónde empezar, pero, dado que le habíamos dicho a la zaldrim que estábamos allí a causa de un libro, fingimos que era eso lo que buscábamos, aunque solo fuese para disimular. Pero no había mucho que ver en ese sentido, la verdad. Obviamente, cualquier libro que hubiese podido guardarse allí en tiempos remotos había sido trasladado a la biblioteca tiempo atrás, donde sería más fácil de conservar.

Examinamos el contenido de la cámara de todas formas. Había una silla de montar, un juego de té, varias alfombras enrolladas en un rincón, una mesa de mármol macizo, una escultura de Rayinema-

galoran que ni siquiera tenía bien escrito su nombre en el pedestal, una colección de estatuillas rituales wrusi y un buen repertorio de dagas y espadas de distintas procedencias. Esto me llamó la atención, pues las encarnaciones del Eterno Emperador no suelen ir armadas, porque no lo necesitan para defenderse. Quizá Rayinemagaloran las conservaba solo como adorno.

Había más cosas, aunque no demasiadas, la verdad, para tratarse de las pertenencias de una persona cuya vida se prolongó durante más de cuatro siglos. Pero probablemente muchos de sus objetos personales fueron recuperados por sus sucesivas encarnaciones, y otros simplemente se estropearon con el paso del tiempo. Hay que tener en cuenta que todas estas cosas llevan miles de años guardadas en el sótano.

Encontramos también varios cofres pequeños de metal amontonados en un rincón. Los abrimos, emocionadas, pero su interior solo contenía documentos tan antiguos que ni siquiera pudimos leerlos, porque se nos deshicieron entre los dedos.

Finalmente desistimos, agotadas, al menos por el momento, y regresamos a nuestros aposentos, acompañadas por Valinasendra. Todavía quedan rincones de la cámara por explorar, así que espero poder continuar con nuestra inspección mañana por la mañana.

Noche de tormenta

Kelan se quedó más tiempo del que había previsto en el pajar de la familia de Miya. Era consciente de que, cuanto más alargara su estancia allí, más posibilidades habría de que lo descubrieran. Pero la alternativa era emprender un largo viaje en solitario hacia el exilio en tierras salvajes, más allá de las fronteras del imperio. Y una parte de él deseaba retrasar aquel momento todo lo posible.

Miya, por otro lado, parecía encantada con su invitado del pajar. El primer día le llevó varias cosas para comer y le dio permiso para usar la manta que servía de cama improvisada para sus muñecas. El segundo día, como se dio cuenta de que la manta era demasiado pequeña para Kelan, le prestó una capa de lana larga y gruesa, y el joven se quedó mirándola, sorprendido.

—¿Estás segura de que puedo usar esto? ¿No lo echará nadie de menos?

Ella hizo un gesto indiferente.

—Mi padre nunca la usa en verano, así que no se dará cuenta de que ya no está en el arcón —le aseguró.

Pero Kelan se quedó preocupado, sobre todo porque en los días siguientes Miya se las arregló para sustraer de la casa no solo una gran cantidad de comida para él, sino también una sorprendente variedad de objetos que, según decía, eran absolutamente impres-cindibles para que su invitado se encontrase cómodo en el pajar.

Cuando Kelan rechazó, alarmado, un par de botas nuevas que al parecer pertenecían al tío de la niña, ella se mostró un poco ofendida.

—Tienes que comprender que tu familia sospechará algo si empiezan a desaparecer tantas cosas, Miya —trató de explicarle él.

Este razonamiento pareció aplacarla un poco.

—Pensarán que han sido los ratones —dijo, sin embargo.

Kelan alzó una ceja.

—¿Ratones que roban botas?

Ella levantó la nariz, desafiante.

—Ratones con las patas muy grandes —replicó.

Kelan le sostuvo la mirada un momento... y ambos estallaron en carcajadas.

Pero Miya accedió por fin a devolver las botas y le prometió que tendría más cuidado en lo sucesivo.

Kelan, no obstante, comprendió que, por muy a gusto que se encontrase en el pajar de Miya, no debía quedarse más tiempo. No solo por él, sino también por la seguridad de la familia que lo ocultaba en su propiedad sin saberlo. Si las autoridades capturaban a Kelan y se descubría que Miya lo había estado ayudando, existía la posibilidad de que culparan a sus padres por ello.

De modo que aquel mismo día le informó de que se marcharía por la noche, cuando todo el mundo estuviese durmiendo ya.

—¡No te puedes ir! —exclamó ella, alarmada.

—¿Por qué no?

—Porque..., porque..., porque va a llover. Sí, eso es. Va a llover muchísimo esta noche, y tú te mojarás de arriba abajo, y encima estará todo oscuro y no vas a ver nada, y resbalarás en el barro y te caerás en una zanja...

Kelan se rio, y le prometió que, si se desataba una tormenta, retrasaría su partida hasta que escampase.

Pero resultó que, al parecer, Miya no hablaba por hablar. A medida que avanzaba la tarde, el cielo se fue cubriendo de negros nubarrones, y antes de que se hiciese de noche ya había comenzado a caer una lluvia torrencial. La niña apareció una sola vez en el pajar, para llevarle la cena, y antes de marcharse, le advirtió:

—Quédate a cubierto esta noche... ¡y ten cuidado con las goteras!

Después se cubrió la cabeza con una capucha de fieltro y regresó corriendo a su casa.

Kelan decidió, pues, retrasar su partida hasta el día siguiente. Después de cenar, se acurrucó en su rincón y se quedó dormido.

Miya lo despertó bruscamente horas después, sacudiéndolo sin contemplaciones. El joven se incorporó, aturdido. Fuera seguía lloviendo, y aún era de noche.

—¡Levántate, Espíritu! —lo urgió ella—. ¡Tienes que salir de aquí!

Kelan se dio cuenta de que estaba empapada a pesar de la capucha. Se la había echado por encima del camisón y estaba descalza, como si hubiese salido directamente de la cama y no se hubiese molestado en vestirse. Se espabiló de golpe.

—¿Qué pasa?

—Han venido unas personas a casa... Han despertado a mis padres y a mis tíos y les están haciendo preguntas... Parecen soldados, y los acompaña un zaldrim de verdad... Creo que te están buscando.

Habló atropelladamente, pero Kelan estaba en pie antes de que llegara a pronunciar la segunda frase. Se echó la capa por encima, recogió el zurrón repleto de vituallas que había preparado para su viaje y descendió por la escalera con rapidez. Una vez abajo, alzó la cabeza para despedirse de su amiga:

—¡Gracias por todo, Miya!

No esperó a que ella le respondiera. Se colgó el zurrón al hombro y avanzó hacia la puerta, dispuesto a abandonar el pajar y aventurarse bajo la lluvia.

Se detuvo de golpe, sin embargo, al detectar tres siluetas oscuras en el umbral. Una de ellas alzó un farol cuya luz deslumbró brevemente a Kelan.

—¡Allí hay alguien!

Kelan retrocedió un paso y miró a su alrededor con el corazón desbocado mientras las voces de los recién llegados resonaban en el pajar.

—¿Quién es?

—¿Es el que buscamos?

—¡No lo dejéis escapar!

Una cuarta figura se abrió paso entre el grupo y avanzó hacia Kelan, levitando por encima del suelo. Su máscara blanca resplandecía como una tercera luna en la penumbra.

Kelan la reconoció. Cuando la zaldrim giró sobre sí misma como una exhalación, el joven activó su poder instantáneamente para evitar los proyectiles que sabía que estaba a punto de lanzar. Tres dagas atravesaron su cuerpo etéreo sin causarle el menor daño.

En algún lugar a su espalda, no obstante, se oyó un grito de dolor y sorpresa, seguido del sonido de un cuerpo pequeño desplomándose sobre el suelo.

Kelan se dio la vuelta, horrorizado, y confirmó sus peores temores: allí, tendida sobre los tablones, estaba Miya, aún descalza y con la capucha por encima de la ropa de dormir, con el cabello suelto, los ojos abiertos como platos y un desconsolado gesto de incomprensión en su rostro. De su pecho sobresalían dos de los tres punzones de plata que Kelan acababa de esquivar. Se habían hundido profundamente en su cuerpo, manchando de sangre su camisón blanco.

La zaldrim se posó con suavidad sobre el suelo, desconcertada. Dos de sus uñas todavía eran metálicas y anormalmente largas, pero, al desactivar su poder, decrecieron poco a poco hasta recuperar su tamaño normal.

Kelan se precipitó hacia Miya. Cuando se dejó caer a su lado volvía a ser tangible, pero no le importó. La zaldrim de máscara blanca y los soldados tampoco reaccionaron, aún impresionados por lo que acababa de suceder.

—Miya... No, no, no... —gimió Kelan, sosteniendo en sus brazos el cuerpo de la niña, sin saber qué hacer para ayudarla.

Trató de ignorar el hecho de que ella no reaccionaba, de que su corazón no latía, de que su mirada estaba ya vacía de vida. Le arrancó los dardos del pecho, pero solo consiguió que brotara aún más sangre de las heridas. Intentó taponarlas con las manos, desesperado, evocando el día en que la vida de Ran se había escapado entre sus dedos sin que pudiese hacer nada para evitarlo.

No podía volver a pasar. No podía permitirlo.

—¡No, no, no, no! —rugió, y algo despertó dentro de él.

Primero fue como si un violento torrente hubiese brotado en su interior, inundándolo por completo y amenazando con desbordarlo. Jadeó, sorprendido, y de pronto sintió exactamente lo contrario: algo succionaba toda aquella nueva energía y se la arrancaba para extraerle hasta la última gota. Kelan intentó controlarlo, después luchó por detenerlo, exigió a su máscara que parase... Pero la máscara drim mantenía una inactividad expectante, como si fuese una silenciosa invitada a una función en la que no tomaba parte.

Todo terminó tan súbitamente como había empezado, dejándolo tan débil que estuvo a punto de desvanecerse. Inclinó la cabeza y cerró los ojos, respirando con dificultad.

Y entonces el cuerpo de Miya se estremeció entre sus brazos.

—¿Espíritu? —susurró—. ¿Qué estás haciendo?

Kelan abrió los ojos y la contempló, incrédulo. Su ropa todavía estaba manchada de sangre, pero la niña se había incorporado y le devolvía una mirada perpleja, con los ojos brillantes y muy vivos y las mejillas arreboladas.

—No... puede... ser —murmuró el joven.

Sin duda estaba soñando. Pero Miya frunció el ceño y alzó la mano hacia él para tocarle la cabeza, y el contacto parecía muy real.

—¿Qué te ha pasado en el pelo? —le preguntó—. ¿Te has vuelto viejo de repente?

Kelan la miró sin comprender.

—¡Miya!

En aquel momento, un hombre se precipitó en el interior del pajar y corrió hacia ellos, abriéndose paso entre los desconcertados

soldados. Se arrojó sobre la niña, sollozando, y Kelan retrocedió un poco.

—¡Miya! ¿Qué te ha pasado? ¿Qué te han hecho? —gemía el hombre, aterrorizado al ver la sangre en el camisón de su hija.

—Estoy bien, papá. No me pasa nada. Hacía mucho frío de pronto, pero ya no.

Kelan se puso lentamente en pie, todavía con la sensación de que estaba viviendo un extraño sueño. Se volvió para mirar hacia la zaldrim que había matado a Miya (había matado a Miya, se recordó, pero la niña, que estaba muerta, ya no lo estaba, si es que eso tenía algún sentido) y descubrió que lo observaba fijamente. No había manera de descifrar las emociones que latían en su rostro enmascarado, pero los soldados que la acompañaban se mostraban asombrados y temerosos, y habían alzado las armas de forma instintiva.

Kelan estaba junto a la pared; podía atravesarla en cualquier momento y escapar de allí, pero se resistía a abandonar a Miya y a su padre a merced de aquella gente. Alzó una mano con lentitud, y los soldados retrocedieron un paso. Uno de ellos dio media vuelta y salió corriendo sin mirar atrás. La zaldrim permaneció inmóvil.

Había varias herramientas colgadas de la pared, y Kelan se apropió de una hoz, porque no estaba dispuesto a volver a enfrentarse a sus perseguidores desarmado. Cuando sintió el peso familiar de la herramienta en la mano, sonrió para sí mismo.

La zaldrim reaccionó por fin y dio un paso al frente. Kelan enarboló la hoz, preparado para defenderse. A su espalda, el granjero aún sollozaba de alivio mientras estrechaba a su hija entre sus brazos.

Pero entonces la mujer cayó de rodillas ante Kelan y agachó la cabeza. Los dos soldados que quedaban cruzaron una mirada, dejaron caer las armas y la imitaron.

—Loado sea el verdadero Emperador de Akidavia —murmuró la zaldrim con voz grave.

Día 124, año 17 de la era de Vintanelalandali

Hoy he vuelto a la biblioteca. Aún no hemos encontrado nada interesante en la cámara de Rayinemagaloran, y no quiero despertar las sospechas de Yinimakintanam. Porque aún no puedo asegurar que Valinasendra, la zaldrim que me acompaña ahora a todas partes, no lo esté informando de cada paso que damos.

Nuestros aposentos están a cierta distancia de la biblioteca; sé que los Consejeros preferirían que permaneciese encerrada todo el día en el nuevo pabellón, porque algunos consideran que corro un riesgo innecesario al desplazarme todos los días para seguir leyendo y estudiando, cuando simplemente podría ordenar que me trajesen de la biblioteca los libros que necesito. Pero me sienta bien caminar y, además, prefiero poder examinar yo misma todos los libros disponibles. Siempre existe la posibilidad de que haya pasado alguno por alto.

Esta mañana, de camino a la biblioteca, me he detenido de nuevo en la galería de los retratos. En esta ocasión me he quedado contemplando la imagen de Rayinemagaloran, tratando de adivinar, una vez más, qué era lo que Kunavamastedal quería que descubriese acerca de él. Su retrato muestra a un joven de quince años que parece muy serio y reflexivo para su edad. Nada en su aspecto, su atuendo o su expresión anticipaba el gran viajero en el que se convertiría.

Incluso diría que estaba un poco pálido, como si acabase de superar una larga enfermedad. En aquella época parecía, más bien, un estudioso que pasase muchas horas en la biblioteca. Un poco como yo, tal vez.

Observándolo con atención, sin embargo, me ha parecido descubrir que esa formalidad de su gesto enmascara en realidad una profunda tristeza. ¿Tal vez se sintiera desgraciado porque no lo dejaban salir? ¿Por eso se marchó bien lejos del palacio imperial en cuanto tuvo la oportunidad?

Pero eso no tiene sentido. Las leyes de restricción de movimientos del Eterno Emperador son muy posteriores al reinado de Rayinemagaloran. Aunque me consta que sí llevó una vida muy retirada durante su niñez y primera juventud, debió de hacerlo por voluntad propia, no porque lo obligase la ley.

Estaba todavía contemplando los retratos de mis anteriores encarnaciones cuando Yinimakintanam me salió al encuentro. Lo saludé con cierta frialdad. Estoy segura de que no pasaba por la galería por casualidad.

—Divinidad —comenzó—, comprendo que echáis de menos vuestros estudios, pero sería conveniente que permanecierais en vuestros aposentos hasta que hayamos neutralizado la amenaza del rebelde.

Me volví para mirarlo fijamente.

—A estas alturas, Yinimakintanam, el rebelde debe de estar ya muy lejos de aquí —hice notar—. Según tengo entendido, el ejército lo está buscando por el camino del norte, en dirección a Rectitud.

Yinimakintanam dirigió una fugaz mirada a Valinasendra, que no se inmutó. No me importa que piense que la zaldrim me revela algún tipo de información. Lo cierto es que tengo otras maneras de enterarme de las cosas.

—Es verdad —respondió por fin, con precaución—. Pero los informes que nos están llegando son... inquietantes. O como mínimo, confusos.

—¿Por qué? ¿Qué ha pasado? Habéis encontrado al rebelde, ¿sí o no?

—Aún lo estamos investigando —replicó Yinimakintanam, sin responder a la pregunta—. Mientras tanto, os ruego que no os toméis esta amenaza a la ligera.

Reprimiendo un suspiro, me volví de nuevo hacia el cuadro de Rayinemagaloran, envidiando, una vez más, la libertad de la que gozó para poder recorrer su imperio sin restricciones. Yinimakintanam se percató de mi gesto.

—Tengo entendido que estáis investigando acerca de las vidas de vuestros antepasados.

—Anteriores encarnaciones —lo corregí—. No de las de todos, en realidad. Tengo curiosidad por leer un tratado de astronomía escrito por Rodenivanadriyen, el decimoquinto Emperador. No lo he encontrado en la biblioteca. —Me dirigió una mirada penetrante, y añadí, con inocencia—: Ya ves; las horas transcurren muy lentamente para una Emperatriz que aún no ha sido entronizada y que se ve obligada a permanecer recluida en sus aposentos. Al final, encuentro entretenimiento en las cosas más peregrinas.

—Comprendo —murmuró Yinimakintanam, inclinando la cabeza—. Bien; es posible que se pueda hacer algo al respecto. Entretanto —añadió con una sonrisa—, tal vez podríais seguir los pasos de vuestro predecesor en otros aspectos y dedicaros a actividades que requieran menos... movimiento por vuestra parte. Como, por ejemplo, los juegos de mesa.

Lo miré, interrogante, pero no dio más explicaciones. Se inclinó ante mí, murmuró unas palabras de despedida y se alejó por el corredor.

Examiné de nuevo el retrato de Rayinemagaloran, por si había algo en él que pudiese haberle dado alguna pista a Yinimakintanam sobre lo que estaba buscando realmente. Y entonces comprendí su alusión a los juegos de mesa.

En el cuadro, Rayinemagaloran aparece retratado en una sala de la biblioteca, con un libro en la mano. Pero en la mesita del fondo hay un tablero de in-oyuk con sus piezas aún dispuestas sobre su superficie, como si hubiese abandonado una partida a mitad.

El in-oyuk fue un juego muy popular en Akidavia en tiempos pasados. Cayó en desuso ya en la época de Ayanimadelanti, aunque todas las encarnaciones del Eterno Emperador aprenden a jugar, porque es bien sabido que estimula la memoria, la lógica y el razonamiento estratégico. Yo le dediqué un tiempo también cuando era niña, pero recuerdo que perdí el interés en el juego la primera vez que conseguí derrotar a Kunavamastedal.

Ahora que lo pienso, no recuerdo haber leído en los diarios de Rayinemagaloran que fuese aficionado al in-oyuk. De hecho, estoy casi segura de que no lo menciona en ningún momento, aunque es posible que esté equivocada.

Entonces ¿por qué hizo que representasen un tablero con sus piezas en su primer retrato oficial?

En las montañas

Kelan se inclinó sobre el arroyo para contemplar su imagen sobre el agua. Se había acostumbrado ya a que la máscara drim ocultase sus rasgos, pero el nuevo color de su cabello, de un blanco tan puro que parecía irreal, era algo nuevo para él. «¿Qué me está pasando?», se preguntó, angustiado. Ya no se reconocía. Ya no estaba seguro de saber quién o qué era. No solo su rostro y su cabello habían cambiado; también su constitución, pues los meses de trabajo en la plantación habían desarrollado sus músculos, transformando al niño en un joven fuerte y atlético. Recordó haber mantenido en el pasado alguna conversación al respecto con su padre, y sonrió amargamente. Aunque tuviese la oportunidad de volver a verlo algún día, él ya no reconocería a su hijo en la extraña criatura que le devolvía la mirada desde la superficie del agua.

Se puso en pie con lentitud. Al final se había llevado la capa de Miya, una prenda campesina que parecía fuera de lugar en contraste con su melena blanca y los fantasmagóricos colores pulsantes de la máscara drim.

Oyó un rumor a su espalda y se llevó la mano al cinto, donde había prendido la hoz que todavía llevaba encima. Pero se relajó enseguida al volverse y descubrir la identidad de las personas que lo habían alcanzado. Se trataba de la zaldrim que había estado a punto de matar a Miya y de los dos soldados que la acompañaban. El tercero había salido huyendo, y Kelan era consciente de que se habría apresurado a informar a sus superiores de lo que había visto en el pajar. Por eso el joven había abandonado la granja de inmediato para dirigirse hacia las montañas, como tenía previsto. No había podido evitar, sin embargo, que la zaldrim y los soldados lo acompañasen. Ella le había revelado su nombre: Sulani. Los dos hombres se llamaban Malko y Yambu, aunque Kelan había olvidado quién era quién.

La zaldrim dirigió una mirada dubitativa a la herramienta que Kelan llevaba en el cinto, y él relajó la mano. Adivinó una sonrisa tras el rostro cubierto de Sulani; sabía que opinaba que él no necesitaba armas de ninguna clase.

Kelan no estaba tan seguro. Tenía claro por qué aquellos tres guerreros habían abandonado el ejército imperial para seguir a un proscrito hasta las montañas. Sabía que creían que poseía el poder del Eterno Emperador y, por tanto, era perfectamente capaz de arrebatar la vida a una persona con un solo roce de sus dedos.

Aquello no tenía nada de particular, en realidad. Cualquier persona podía matar a otra de muchas maneras diferentes. Además, había algunos zaldrim cuyos poderes amplificaban de sobra la capacidad letal del ser humano.

Pero nadie en todo el mundo, ni siquiera los zaldrim, podía devolver la vida a un muerto.

Nadie, salvo las encarnaciones del Eterno Emperador.

Kelan había tratado de convencerse a sí mismo de que lo que había sucedido en el pajar no había sido una Restauración en realidad. Que Miya no estaba muerta de verdad, sino solo gravemente herida. Y, después de todo, también había zaldrim capaces de sanar lesiones y enfermedades críticas.

Pero tenía que admitir que no parecía lógico que su máscara poseyese tal poder y no lo hubiese manifestado antes. Por no mencionar el hecho de que su cabello se había vuelto blanco de repente, y para eso solo cabía una explicación posible.

—Divinidad —murmuró entonces Sulani.

Kelan reprimió un estremecimiento.

—Te he pedido que no me llames así.

Ella bajó la vista.

—Es lo que sois —dijo, sin embargo—, mi señor —añadió, antes de que él pudiese objetar nada—. Desearía preguntaros acerca de vuestros planes. Si tenéis a bien compartirlos con nosotros, naturalmente.

Kelan desvió la mirada. Siguiendo su idea inicial, se dirigía hacia Rectitud, una provincia agreste y montañosa, similar a su tierra natal. Allí esperaba poder despistar a los rastreadores del imperio y llegar a la costa para tomar un barco que lo condujese hasta el continente oriental, donde tendría que cruzar toda la provincia de Paciencia para alcanzar por fin los límites de Akidavia. Sería un viaje muy largo y, ahora que lo pensaba, probablemente sus seguidores no estarían dispuestos a acompañarlo hasta tan lejos. Habían tardado varios días en atravesar los frondosos bosques que cubrían el norte de Armonía, pero hasta aquel momento nunca le habían preguntado acerca de su destino. Y Kelan tampoco les había contado nada al respecto. Después de todo, no dejaban de ser parte del mismo ejército imperial que lo buscaba para matarlo. Y aunque ellos le habían jurado lealtad y le habían asegurado que matarían y morirían por él, Kelan no estaba seguro de que pudiese confiar en un trío de desertores.

—¿Mis planes? —repitió—. ¿Y qué hay de los vuestros? ¿Hasta dónde pensáis acompañarme?

—Hasta donde vos dispongáis, Divini..., mi señor —respondió Sulani con suavidad, y los dos hombres asintieron con energía.

Kelan casi sonrió.

—Entonces ¿qué importa a dónde me dirija?

La zaldrim vaciló. Cruzó una breve mirada con los soldados y se atrevió a decir:

—Dábamos por hecho que regresaríais al palacio imperial para reclamar lo que os pertenece por derecho.

—¿De verdad? —murmuró Kelan.

—Aunque tal vez estéis pensando en reunir un ejército primero —prosiguió Sulani, cada vez más insegura—. No dudo de que gran

parte de las tropas imperiales se pondrán de vuestra parte en cuanto conozcan la verdad, pero es posible que a algunos les cueste admitir...

—Ya hay una Emperatriz —cortó Kelan—. El Augur señaló a Vintanelalandali como decimoséptima encarnación del Eterno Emperador.

Sulani desvió la mirada y se mordió el labio, indecisa.

—Aún no ha sido entronizada, señor —se atrevió a señalar Yambu (o tal vez fuese Malko).

—Pero ya está celebrando Juicios —replicó Kelan, con una media sonrisa socarrona.

Sulani sacudió la cabeza, turbada.

—Es verdad... que se la vio... con el cabello blanco. Sin embargo, no hizo uso de su poder. Os perdonó la vida, pero, aunque os hubiese Ejecutado, todavía no ha Restaurado a nadie. No como vos, Divinidad —añadió, alzando de nuevo la mirada hacia Kelan.

En esta ocasión, él no la contradijo. ¿Qué iba a decirle? ¿Que el cabello blanco de la Emperatriz también era una mentira?

Reprimió un suspiro. Lo cierto era que no quería enfrentarse a la posibilidad de que aquellas personas tuviesen razón, y él fuese la verdadera encarnación del Eterno Emperador. Quería aferrarse a su identidad, a su historia. En la plantación le habían arrebatado su nombre y después había perdido su rostro al ponerse la máscara drim. Pero nunca había olvidado quién era: Kelan de Gratitud, hijo de Noli y de Dugan, el chico del bosque, el niño de la Larga Noche. Era cierto que había nacido en la fecha adecuada, pero los Augures nunca se equivocaban. Estaban unidos al Eterno Emperador por un vínculo de sangre. Y habían señalado a Vintanelalandali de Integridad, no a Kelan de Gratitud. El hecho de que ambos hubiesen nacido el mismo día solo había servido para que Kelan fuese objeto de burlas y desprecios desde su más tierna infancia, mientras la verdadera Emperatriz crecía en un palacio rodeada de lujos y sirvientes.

Hasta la noche de la muerte de Miya.

Kelan alzó la mano y la contempló, pensativo. Aquella noche había devuelto a la vida a una niña que debería estar muerta, y su cabello había encanecido.

Si eso significaba que en su interior latía el alma del Eterno Emperador...

Cerró la mano y se volvió bruscamente hacia la zaldrim y los soldados, que aguardaban en silencio.

—Me marcho —anunció—. Voy a seguir mi camino, y vosotros deberíais seguir el vuestro. Después de todo, todavía soy un proscrito.

Los tres cruzaron una mirada, pero no dijeron nada. Kelan cargó con su zurrón y prosiguió la marcha por el sendero que serpenteaba por la ladera de la montaña, junto al arroyo. Oyó un rumor tras él y comprendió que los guerreros todavía lo seguían, pero no hizo ningún comentario. Se limitó a reprimir un suspiro y a continuar adelante sin mirar atrás.

Día 126, año 17 de la era de Vintanelalandali

Zaralane y yo hemos hecho un gran descubrimiento. No sé si es lo que Kunavamastedal quería que encontrásemos, pero, aunque no lo fuese, se trata de un documento histórico de vital importancia. E, irónicamente, fue el propio Yinimakintanam quien me puso tras la pista.

No quería parecer demasiado interesada en la cámara de Rayinemagaloran, así que Zaralane y yo hemos pasado los últimos días en mis aposentos, leyendo, organizando el vestidor y... jugando a juegos de mesa, tal como sugirió mi Consejero. Quiero hacerle creer que me tiene bajo control y que estoy lo bastante asustada como para confiarle las riendas del Gobierno hasta que mis poderes despierten por fin.

Esta mañana me he enterado de que el Consejo se había reunido de forma urgente (sin mí; al parecer ya no consideran necesario informarme de lo que sucede en el imperio), de modo que he aprovechado para visitar la cámara de Rayinemagaloran una vez más. Por descontado, Valinasendra no se ha separado de nosotras en ningún momento, pero hemos fingido que no era más que un juego, dos chiquillas a la caza de una reliquia de tiempos pasados... ¡y hemos encontrado el tablero! Estaba envuelto en uno de esos tapices milenarios que se deshacen entre los dedos cuando los tocas, por eso no lo vimos la primera vez. El mismo tablero de in-oyuk, increíblemente bien conservado, que aparece representado en el retrato de la galería. ¡Tiene más de siete mil años! Está hecho de cerámica vidriada, con incrustaciones de ónice, jaspe y lapislázuli. Una auténtica joya.

Con todo, lo más emocionante está en su interior. Resulta que el tablero contiene un pequeño compartimento para guardar las piezas... y allí hemos encontrado el diario perdido del Emperador.

Al menos, yo pienso que se trata de eso. No puedo saberlo con seguridad, porque, a diferencia del resto de los diarios de Rayinemagaloran, este cuaderno está escrito en un dialecto que desconozco. Tengo la sospecha de que podría tratarse de su lengua materna, el draasni, que hablaban los habitantes de la zona de la provincia de Dignidad, donde él nació. En aquellos tiempos era habitual que las encarnaciones del Eterno Emperador contasen con un tutor de su provincia natal, para que conociesen el idioma y costumbres del lugar del que procedían. Actualmente ya no se hace así; el Emperador, independientemente de dónde renazca, recibe su educación en la lengua oficial del imperio, aunque estudie también las lenguas locales más habladas entre sus súbditos.

El problema es que el draasni es una lengua muerta. Hace dos mil años que ya no queda en el imperio nadie que la hable, así que se ha eliminado de la formación académica de los Emperadores.

No obstante, sospecho que puede tratarse del diario perdido de Rayinemagaloran por varios motivos: en primer lugar, porque el cuaderno está marcado con su sello. En segundo lugar, porque lo hemos encontrado en el interior de uno de sus objetos personales. Pero, sobre todo, precisamente porque está escrito en draasni. Tiene sentido que durante su infancia redactase su diario en su lengua materna, y que después de ser entronizado pasase a escribirlo en akidavo, porque dejaba de ser un relato personal para convertirse en un documento histórico que conservaría para sus encarnaciones futuras.

Dudo, sin embargo, que Kunavamastedal conociese la existencia de este cuaderno. Así que no estoy segura de que lo que debía buscar se halle escrito entre sus páginas. Pero, si consigo descifrarlo, como

mínimo descubriré muchas cosas acerca de la misteriosa infancia del séptimo emperador, y podré añadirlo a los libros de historia.

Solo tengo que aprender draasni..., tarea que probablemente me lleve un tiempo. Sé que en la biblioteca hay algunas gramáticas y diccionarios, pero quizá despierte las sospechas de la maestra Mindaleva si se los pido. No sé hasta qué punto esta búsqueda debería ser secreta. Le hemos contado a Valinasendra que se trata del libro de astronomía que buscábamos, y que corresponde a la época de Rodenivanadriyen, para despistarla un poco más, a ella y a cualquiera que tenga interés en nuestras actividades. Pero Rodenivanadriyen es muy posterior a Rayinemagaloran y fue educado en akidavo, tal como estipulaban las leyes de la época, por lo que resultará difícil justificar que no sea capaz de leer un libro escrito por él.

No obstante, tengo la sensación de que ni Yinimakintanam, ni mucho menos Valinasendra, tienen clara la cronología de los emperadores de Akidavia. Deberían, pues es algo que todo el mundo estudia en la escuela, especialmente cuando se trata de personas de nombres largos, como ellos dos. Pero es posible que lo hayan olvidado. Después de todo, la lista de reencarnaciones del Eterno Emperador solo interesa a los eruditos... y a sus nuevas encarnaciones, como yo.

Descifrar el cuaderno de Rayinemagaloran es una tarea a largo plazo, y yo no puedo esperar. Tiene que haber algo que pueda hacer mientras tanto. Sospecho que está pasando algo fuera de los muros del palacio, algo que tiene inquietos a los Consejeros y de lo que no quieren hablarme. Pero, desde que Valinasendra vela por mi seguridad, tengo todavía menos libertad que antes. No podría escuchar tras las puertas o interrogar discretamente al servicio sin que ella se enterase. Y dado que Zaralane conoce el secreto que oculta mi peluca blanca, tampoco a ella se le permite moverse con libertad por el palacio.

Por el momento, le he encargado que me consiga libros para estudiar draasni sin despertar las sospechas de la maestra Mindaleva.

No soporto estar encerrada sin poder hacer nada. Tengo muchos planes en la cabeza, pero me veo obligada a actuar con prudencia, y siento que los acontecimientos se desarrollan con mucha lentitud. Con demasiada lentitud.

Es extraño, porque se supone que voy a vivir mil años. Pero tengo la sensación de que el tiempo se me agota.

Séquito

Kelan tenía pesadillas a menudo. Soñaba con los campos de cereal, con el zaldrim al que le había arrebatado la máscara, con las mazmorras del palacio imperial, con la Consejera Kalinamanteni y su droga paralizante, con su huida desesperada a través del alcantarillado de la ciudad, con los zaldrim que lo perseguían para matarlo..., pero, especialmente, con la muerte de Ran.

Revivía en sueños una y otra vez el momento en que el puño etéreo del zaldrim le había atravesado el pecho y la veía agonizar entre sus brazos sin que él pudiese hacer nada para impedirlo.

E, irónicamente, esto era lo único que lo había consolado de alguna manera hasta la noche en que su cabello había encanecido de pronto: que la muerte de Ran había sido inevitable, que no había nada que él hubiese podido hacer para salvarla.

Ahora, no obstante, sus sueños se habían vuelto mucho más siniestros, si cabe. Porque en ellos se le aparecía Ran, con el rostro pálido y el pecho aún sangrante, para reprocharle una y otra vez:

—Podrías haberme devuelto a la vida, como hiciste con esa niña. ¿Por qué no usaste tu poder para salvarme? ¿Por qué me dejaste morir?

Kelan siempre intentaba responderle, suplicarle su perdón, pero la máscara drim le mantenía los labios pegados mientras lo obligaba a seguir escuchando las acusaciones de Ran.

A menudo, Kelan se despertaba bruscamente en plena noche con los ojos llenos de lágrimas y un grito de angustia atrapado en la garganta. Cuando lograba tranquilizarse se miraba las manos y se repetía a sí mismo las preguntas que Ran le formulaba en sus sueños: «Si poseo los poderes del Eterno Emperador, ¿dónde estaban cuando ella los necesitaba? ¿Por qué no despertaron entonces? ¿Por qué la dejé morir?».

Aquella mañana se despertó al rayar el alba, de nuevo tras un sueño inquieto y plagado de pesadillas. Le sorprendió comprobar que se encontraba solo, y su primera reacción fue de alivio. Pero después vio que no faltaba nada en el campamento y que todo estaba tal como lo habían dejado la noche anterior, y los músculos se le tensaron.

Se levantó y miró a su alrededor. Habían acampado en una pequeña explanada entre dos picos rocosos, al pie de una pared de piedra al abrigo del viento. Kelan seguía apegado a su plan original y mantenía su ruta siguiendo la cordillera, en busca de un paso adecuado para cruzar al otro lado y adentrarse en los bosques de Rectitud. Se había hecho a la idea de que Sulani y los dos soldados lo acompañarían por el momento, y tenía sentimientos encontrados al respecto. Pero, aunque todavía no hubiese decidido si los quería o no a su lado, tenía que averiguar a dónde habían ido, y por qué.

Oyó a Yambu un poco más allá, senda abajo; pero estaba hablando con alguien cuya voz no le resultaba familiar, y frunció el ceño, alerta. Sin embargo, la niebla matinal era aún demasiado densa como para que pudiese distinguir lo que estaba pasando.

Percibió entonces pasos que regresaban por la senda, y su inquietud se acrecentó, porque parecía un grupo numeroso. Activó su poder y se transformó de nuevo en una silueta de humo, dispuesto a defenderse si hacía falta. La hoz que sostenía en la mano se volvió también intangible, como cualquier cosa que estuviese en contacto con su cuerpo cuando la máscara entraba en acción, pero se volvería sólida de nuevo en cuanto él lo hiciera.

De entre las brumas surgió primero Sulani, caminando con calma, envuelta en una capa que la protegía de la humedad. La siguie-

ron los dos soldados, y Kelan retrocedió un paso cuando el grueso del grupo avanzó tras ellos.

—No son enemigos, señor —dijo entonces la zaldrim—. Han venido hasta aquí solo para serviros.

Kelan se fijó mejor en los recién llegados. No parecían soldados; la mayoría de ellos eran de hecho campesinos, hombres y mujeres, algunos de edad avanzada. Contemplaron a Kelan unos instantes y después se miraron unos a otros, inquietos.

—¿Para... servirme? —repitió él sin comprender.

Un hombre de más edad se adelantó para tomar la palabra.

—Hemos oído hablar de ti —dijo con reverencia—. Eres el zaldrim que devolvió a la vida a la hija de Broyan.

—Son solo rumores —replicó Kelan.

—Yo lo vi —intervino Malko, y Yambu corroboró sus palabras con un gesto.

Los campesinos se volvieron hacia Sulani, que asintió también en silencio.

—Nadie puede hacer eso —señaló una anciana desde la multitud—. Ni siquiera los enmascarados del ejército imperial. Es un don que solo posee el Eterno Emperador.

Se levantó un murmullo entre la multitud. Kelan negó con la cabeza.

—Yo no soy el Emperador —insistió.

—Dicen que naciste durante la Larga Noche —apuntó entonces Sulani.

Kelan tuvo entonces la sensación de que nada de lo que pudiese argumentar los haría cambiar de opinión.

—Os equivocáis conmigo —replicó, sin embargo.

Pero no podía obligarlos a marcharse, de modo que les dio la espalda y los ignoró mientras se dirigía al arroyo para asearse. Los recién llegados se quedaron esperando a una respetuosa distancia, sin osar acercarse más, mientras Kelan se lavaba la cara.

Sulani, en cambio, avanzó en silencio hasta situarse junto a él.

—¿Todavía deseáis marchar al exilio? —le preguntó en voz baja.

—¿Qué otra cosa puedo hacer?

—Estas personas están dispuestas a seguiros allá donde vayáis. Y pronto vendrán más.

Kelan alzó la mirada hacia ella.

—¿Más? ¿Qué quieres decir? ¿Quiénes son?

—Los rumores circulan deprisa, señor. No tardarán en alcanzar todas las aldeas de Armonía. La noticia llegará después a otras provincias interiores, y con el tiempo, incluso en los más remotos confines del imperio se sabrá de vuestra existencia. La usurpadora tratará de acallarlos, por supuesto. Por eso debemos actuar ahora, antes de que tenga tiempo de reaccionar.

—¿La usurpadora? —repitió Kelan a media voz.

Sulani sacudió la cabeza.

—Ambos sabemos que esa chica no es la verdadera encarnación del Eterno Emperador.

«Esa chica», «la usurpadora»... Kelan recordó las palabras de la Consejera Kalinamanteni. Evocó la peluca blanca sobre la cama de la Emperatriz.

Sabía que Sulani no estaba diciendo nada descabellado. Sin embargo, aún le costaba aceptarlo.

—Entonces ¿por qué la llevaron al palacio cuando nació? —planteó—. ¿Por qué a ella, y no a mí? Si yo fuese el Emperador, el Augur lo habría sabido.

—Los Augures pueden equivocarse —replicó ella con suavidad.

Kelan abrió la boca para seguir discutiendo, pero entonces le vinieron a la memoria las palabras que había pronunciado Reku la noche de fin de año, mientras estaba prisionero en el sótano del alcalde: «Vinieron a la aldea la noche que tú naciste, cuando todos dormían, y preguntaron por tu madre. Los vi entrar en tu casa y después se marcharon sin más».

Cerró los ojos un momento, mareado. ¿Sería posible que Reku hubiese dicho la verdad y que aquello hubiese sucedido realmente, por absurdo que pudiera parecer? A Kelan le costaba creerlo.

Pero... ¿y si...?

¿Y si realmente el Augur lo hubiese señalado a él? ¿Y si la comitiva imperial se hubiese presentado en su casa la noche de su nacimiento? ¿Y si lo hubiesen dejado atrás, por las razones que fueran, tal como Reku había afirmado?

¿Podía ser él, Kelan de Gratitud, hijo de Dugan y Noli, la verdadera encarnación del Eterno Emperador de Akidavia?

Sulani percibió su vacilación.

—No sé si se debió a un error del Augur o si fue algo intencionado —prosiguió, aún en voz baja—, pero esa muchacha que vive en el palacio no puede ser la verdadera Emperatriz. No ha mostrado ningún poder por el momento, más allá de su nueva cabellera blanca. ¿Qué pasará cuando deba Restaurar a alguien? ¿Cómo va a convencer a sus súbditos de que le rindan pleitesía, si no es más que una chica corriente?

Kelan no respondió.

—Debéis ocupar su lugar antes de que sea demasiado tarde, Divinidad. —El joven frunció el ceño ante el apelativo, pero la zaldrim no lo retiró—. Debéis volver al palacio imperial y desalojar a la impostora, antes de que el ejército os encuentre.

Kelan alzó la cabeza para dirigirle una mirada penetrante. Sulani todavía vestía el uniforme del ejército imperial, aunque en aquel momento él se dio cuenta de que se había arrancado la insignia que llevaba bordada en el pecho, y que indicaba la división a la que pertenecía.

—Actuarán rápido —prosiguió ella—, porque cuando corra el rumor de que la Emperatriz es un fraude, muchos desertarán igual que yo, para unirse a vos. También entre los zaldrim —añadió.

Kelan negó con la cabeza.

—No quiero iniciar una guerra —murmuró.

«Nada de todo eso me devolverá a Ran», añadió en silencio.

—No tenéis elección —respondió Sulani—. Cuanto más esperéis para reclamar lo que es vuestro, más dividido estará el imperio. Al final, el conflicto será inevitable.

Kelan permaneció un momento callado mientras recogía sus escasas pertenencias. Después se cargó el morral al hombro y se volvió un instante para observar el rostro blanco de la zaldrim.

—Ya lo veremos —respondió solamente, y se puso en camino, siguiendo la senda que serpenteaba por la montaña.

No necesitó darse la vuelta para saber que todo el grupo lo seguía.

Día 129, año 17 de la era de Vintanelalandali

Acabo de volver de la Sala de las Deliberaciones, donde he asistido a una reunión con el Consejo. En otras circunstancias, me sentiría satisfecha porque han decidido contar conmigo, pero las noticias que me han transmitido me han dejado profundamente preocupada.

El hecho de que fuese el propio Yinimakintanam quien insistió en que yo estuviese presente debería haberme hecho sospechar que algo no iba bien. Pero no lo vi venir.

En la reunión faltaba Galakuntiname, como suele ser habitual. Pero también Kunavamastedal, y su ausencia me resultó insoportablemente dolorosa. No recuerdo haber asistido en esta vida a una sola reunión del Consejo en la que él no estuviese presente.

No obstante, me sobrepuse a la pena y me esforcé por mantenerme serena cuando pregunté:

—¿Cómo van los trámites para sustituir al Consejero Kunavamastedal?

Yinimakintanam y Viyatenisgani cruzaron una mirada. El segundo carraspeó.

—De hecho, Divinidad...

—Elegiremos a su sustituto después de que hayáis sido entronizada —completó Yinimakintanam.

—¿Qué? —Me sorprendí—. Pero no podemos estar tanto tiempo sin Consejero de Leyes y Justicia.

—Yo mismo asumiré sus funciones hasta que llegue ese momento —anunció Yinimakintanam, sonriendo de un modo que se me antojó particularmente siniestro.

Me estremecí de forma tan evidente que todos los Consejeros se quedaron mirándome.

—Esto es muy irregular, Yinimakintanam —le advertí.

—Vivimos tiempos irregulares —se limitó a responder él, sin perder la sonrisa.

—Será por poco tiempo —aclaró Viyatenisgani—, porque... —Miró de reojo a Yinimakintanam, esperando que fuese él quien me diese la noticia.

—Porque seréis entronizada muy pronto —completó este—. En la primera doble luna de otoño.

Me quedé tan sorprendida que fui incapaz de responder. Paseé la mirada por los cuatro Consejeros presentes, sin acabar de creer lo que acababa de escuchar. Ellos asintieron con gravedad.

—Pero... no puede ser... —farfullé.

—Es una fecha adecuada —añadió Viyatenisgani—. Tendremos tiempo de sobra para prepararlo si empezamos ya; por otro lado, las cosechas habrán acabado en casi todas partes, por lo que mucha gente tendrá la oportunidad de viajar hasta la ciudad para asistir a los festejos. Aún no hará demasiado frío, además, de modo que los caminos estarán transitables y el mar en estado óptimo para travesías.

Era evidente que ya habían hablado de ello con anterioridad, y que mi Consejero de Finanzas y Tributos había tenido tiempo de sobra para sopesar las ventajas e inconvenientes de la propuesta, porque, de lo contrario, no se habría mostrado tan convencido. Viyatenisgani detesta la improvisación.

—No podemos posponerlo más —prosiguió Yinimakintanam—. Vuestros poderes han despertado ya, de modo que... ¿por qué deberíamos aplazar vuestra entronización?

—Pero... —empecé, llevándome inconscientemente una mano a mi melena postiza. Me interrumpí a tiempo y miré a los Consejeros, inquieta.

Yinimakintanam seguía sonriendo. Kalinamanteni apartó la mirada, molesta. Viyatenisgani y Nayanalidestu, en cambio, permanecían tranquilos. Y fue entonces cuando comprendí que solo los dos primeros están enterados del engaño. Los demás creen de verdad que mi cabello se ha vuelto blanco. Que poseo el poder de arrebatar una vida humana... y devolverla... a voluntad, solo con el roce de mis dedos.

Recordé entonces que, aquel aciago día en que se celebró el Juicio del rebelde Kel, Yinimakintanam dijo que todo el Consejo había votado a favor de que se llevase a cabo la farsa. O bien me mintió, o quizá lo que votaron fue que la Emperatriz estrenase su Poder Ejecutor, imaginario o no, por primera vez aquel mismo día. No me extrañaría nada que Yinimakintanam se las hubiese arreglado para retorcer las palabras y hacerme creer algo que en realidad no había dicho.

Da igual, en el fondo; el caso es que me sentí manipulada, una vez más. Estuve a punto de rebelarme ante los planes de Yinimakintanam, de confesar delante del resto de los Consejeros que todo aquello era una burda mentira..., pero entonces mi mirada se detuvo en la silla vacía de Kunavamastedal, y recordé las extrañas circunstancias de su muerte. Cada día que pasa estoy más convencida de que Yinimakintanam tuvo algo que ver. Posiblemente sabía que Kunavamastedal nunca accedería a representar semejante pantomima. Jamás habría consentido que se llevara a cabo el falso Juicio en el que casi ejecutamos al rebelde.

Y tampoco se habría dejado engañar por una peluca blanca.

Si Nayanalidestu y Viyatenisgani descubren la verdad sobre mis poderes y se oponen a las maniobras de Yinimakintanam..., ¿acabarán siendo víctimas de un inesperado accidente o de una misteriosa enfermedad..., como le sucedió a Kunavamastedal?

Es esta duda la que me ha impedido sincerarme ante el Consejo esta mañana. Quizá pueda pedir ayuda a Nayanalidestu, pero no

delante de Yinimakintanam o Kalinamanteni. Si me decido a confesar la verdad a alguno de los Consejeros que no la conocen todavía, debo ser muy discreta al respecto.

De modo que me he limitado a sonreír y a responder que, por descontado, celebrar mi entronización el próximo otoño me parece una magnífica idea. Todos se han mostrado aliviados. Todos, salvo Kalinamanteni, que cada día se esfuerza menos por disimular lo mucho que le desagrado.

—Esperemos que el rebelde haya sido detenido antes de la ceremonia —comentó entonces Nayanalidestu, dirigiendo una mirada severa hacia Yinimakintanam.

Y de pronto todos se han puesto muy nerviosos, como si la Consejera hubiese tocado un tema prohibido. Incluso a Yinimakintanam le ha costado mantener la compostura.

—Por supuesto —ha asegurado, tras un breve silencio perplejo.

Sé que Nayanalidestu está irritada porque fue ella quien capturó al rebelde en Noradrim, y porque este acabó escapando mientras estaba bajo la custodia de Yinimakintanam. Es muy evidente que considera al Consejero responsable de la fuga de Kel, pero parece como si todos los demás hubiesen acordado que no mencionarían el tema durante la reunión. Hay pocas cosas capaces de turbar a Yinimakintanam, de modo que anoté mentalmente la información y me dirigí a mis Consejeros con una sonrisa de inocencia fingida:

—¡Ah! Ya que lo mencionáis, ¿cómo va la búsqueda del rebelde?

Viyatenisgani parecía particularmente intranquilo. Lo conozco bien, y sé que le cuesta guardar secretos, por lo que yo no le quitaba ojo; pero Yinimakintanam recuperó rápido las riendas de la conversación:

—Nuestros rastreadores tienen indicios de que se encuentra en el norte de la provincia, en algún lugar de las montañas. Muy cerca de la frontera con Rectitud. Es una zona agreste y de difícil acceso para los que no la conocen, pero no tardaremos en dar con él.

Incliné la cabeza, pensativa.

—Así que... ¿está huyendo? ¿No tiene intención de asaltar el palacio, pues?

—Eso no lo sabemos —replicó Nayanalidestu con seriedad—. Es posible que solo haya buscado un escondrijo para organizar sus tropas antes de atacar.

—¿Sus... tropas? —repetí, perpleja—. Pero Kel siempre ha actuado en solitario.

—Ya hemos hablado de esto, Divinidad —intervino Yinimakintanam con calma, utilizando de nuevo ese tono condescendiente que tanto detesto—. Es un niño de la Larga Noche. Mucha gente descontenta lo seguirá solo porque piensa que tiene alguna posibilidad de acabar con el imperio. Por eso es tan importante que seáis entronizada cuanto antes. Y que empecéis a celebrar Ejecuciones y Restauraciones. Sé que aún os sentís insegura con respecto a vuestro poder —añadió con una larga sonrisa, antes de que yo pudiese replicar—, pero hallaremos la manera de mostrar al mundo que sois la verdadera Emperatriz.

Y con esto terminó la reunión.

Si no me sentía cómoda con la idea de celebrar una falsa Ejecución, la posibilidad de ser entronizada sin que los Poderes Imperiales hayan despertado en mi interior me revuelve el estómago de angustia. Pero no veo cómo podría evitarlo. Kunavamastedal ha muerto, Kalinamanteni me desprecia, Galakuntiname se encuentra muy lejos de aquí y tanto Viyatenisgani como Nayanalidestu piensan que puedo hacer uso de un poder que no poseo en realidad.

Existe la posibilidad de que mi cabello encanezca de verdad de aquí a la fecha de la entronación, pero no quiero basar mi estrategia en algo que no puedo controlar.

Así que he escrito una carta para Galakuntiname y he pedido que se la envíen con la paloma más veloz. Sé que Kalinamanteni le mandará también una notificación oficial, para que regrese a Armonía a tiempo de estar presente en la ceremonia. Pero es posible que no lo haga de inmediato, y prefiero que reciba mi carta primero. Las últimas noticias que tuve de ella fueron que se encontraba en Lealtad. Por lo menos no está en otro continente, así que, si nada se tuerce, no debería tardar mucho en regresar.

Aún no sé si puedo confiar en la Consejera Galakuntiname. Sé que me ocultó aquel asunto de la rebelión en Alegría, pero por otro lado me gustaría creer que, dado que apenas pasa tiempo en la Ciudad Imperial, es más probable que se mantenga ajena a las intrigas del palacio.

No me he atrevido a confesarle que mi cabello no es blanco en realidad, por miedo a que mi carta caiga en las manos equivocadas. Pero sí le he contado muchas de las cosas que han pasado últimamente y que son de dominio público. Le he dicho que me gustaría poder hablar con ella en persona. Y he dejado caer que tengo dudas con respecto al uso de mis poderes. Espero que ella entienda que pasa algo extraño y me responda de inmediato. Pero, sobre todo, deseo que regrese muy pronto a Armonía, preferiblemente antes de la entronización.

De modo que ya solo me queda esperar a que mi mensaje llegue a sus manos, y sea interpretado de forma correcta.

Mientras tanto, hay otras cosas que puedo hacer. Hasta hoy me he limitado a estudiar gramática draasni con la esperanza de poder descifrar el diario de Rayinemagaloran, pero ahora, además, me he propuesto como objetivo averiguar qué pasa con el rebelde fugado y por qué la simple mención de su nombre pone tan nervioso a Yinimakintanam.

El hecho de que ya haya fecha para mi entronización, por otro lado, tiene un aspecto positivo: los preparativos tendrán a mis Consejeros muy ocupados y es posible que relajen su vigilancia. Entonces tendré más libertad para investigar sin levantar sospechas.

Cambio de planes

Kelan aún no había conseguido librarse de la gente que lo seguía. Les había explicado que se marchaba lejos, a las tierras incivilizadas que se extendían más allá de las fronteras del imperio. Aquellas personas habitaban muy cerca de la capital; llevaban vidas modestas, pero seguras y satisfactorias. Armonía era una de las provincias más ricas de Akidavia. Sus habitantes rara vez pasaban necesidad.

Y, no obstante, los seguidores de Kelan estaban dispuestos a abandonarlo todo con tal de acompañarlo hasta lo desconocido.

Él no se sentía a gusto con aquella situación; además, sabía que los soldados de la Emperatriz lo estaban buscando. Era consciente de que el grupo de campesinos que lo acompañaba ralentizaba su marcha y lo hacía mucho más fácil de localizar.

De modo que decidió que, si ellos no lo abandonaban, sería él quien los dejaría atrás. Se marcharía sigilosamente por la noche, sin que nadie lo advirtiera, y utilizaría su poder para viajar más deprisa. Tal vez Sulani lograra alcanzarlo, pero sería la única. Y después, cuando lo hubiesen perdido de vista, los demás no tendrían más remedio que regresar a sus casas.

Ese era el plan, al menos. Así pues, aquella noche se esforzó por actuar con naturalidad, aunque tenía la sensación de que Sulani, que estaba siempre muy pendiente de él, sospechaba sus intenciones.

Más tarde, sin embargo, cuando todo el mundo en el campamento se preparaba para ir a dormir, recibieron una visita.

Fue Yambu, que estaba haciendo guardia, quien condujo al recién llegado ante Kelan. Este lo reconoció de inmediato: se trataba de Menki, un pastor que en aquella época del año habitaba en las montañas con su rebaño y solo bajaba a las aldeas de vez en cuando. El grupo se había cruzado con él varios días atrás, y el hombre había pensado seriamente en unirse a ellos, aunque al final no se había atrevido.

Ahora se postraba ante Kelan, temblando y sin aliento. Parecía claro que se había esforzado mucho por alcanzarlos.

—Venía corriendo por el camino —informó Yambu—. Dice que no ha comido ni dormido en todo el día porque tiene algo urgente que deciros.

—¿Te has decidido a acompañarnos? —preguntó Kelan, un poco preocupado. Aún pretendía marcharse sin avisarlos, y se sentía culpable porque el pastor al parecer había hecho todo aquel camino en vano.

—No es eso —jadeó Menki. Alguien le tendió un odre con agua, y él bebió con ansia antes de continuar, más aliviado—: Son los soldados. Los soldados...

Sulani cruzó una mirada con Kelan. Yambu se tensó.

—¿Qué pasa con ellos? —preguntó—. ¿Nos han encontrado?

El pastor negó con la cabeza, inspiró hondo y soltó:

—Se han llevado a Broyan y a su hija. Entraron en su casa para interrogarlos y después los detuvieron por traición a la Emperatriz.

Kelan tardó unos instantes en comprender que estaba hablando de Miya y de su padre, pero, cuando lo hizo, se le heló la sangre en las venas.

—No puede ser —musitó.

—Dicen... que solo la Emperatriz puede devolver la vida a los muertos —prosiguió Menki—. Que Broyan está mintiendo. Que difunde falsos rumores para alentar la rebelión contra la Emperatriz.

Sulani se volvió hacia Kelan y lo observó en silencio, atenta a su reacción. La máscara drim que ocultaba sus rasgos hacía difícil leer sus emociones. Pero vio que los hombros del chico se tensaban mientras apretaba los puños.

—El resto de la familia se ha marchado de la casa —continuó el pastor—. Iban a refugiarse en una aldea vecina. Tienen miedo de que vuelvan los soldados y los detengan a ellos también.

—¿A dónde se han llevado a Miya y a su padre? —preguntó Kelan a media voz.

—Nadie lo sabe..., pero dicen que tomaron el camino de la ciudad.

Kelan se irguió, decidido.

—Voy a buscarlos —dijo.

Nada más pronunciar estas palabras se dio cuenta de que sus seguidores, que habían estado mirándolo con expectación, respiraban aliviados. Seguía sin sentirse cómodo con la inquebrantable fe que parecían haber depositado en él, pero no había pronunciado aquellas palabras solo para hacer que ellos se sintieran mejor.

Tenía planes; planes que había trazado cuidadosamente durante los últimos días, y que había pensado poner en marcha aquella misma noche. No obstante, y como ya le había sucedido en otras ocasiones, era capaz de descartarlos sin pensarlo dos veces cuando algo lo hacía saltar.

Sencillamente, no podía seguir huyendo y abandonar a Miya, que lo había acogido y alimentado cuando no tenía a dónde ir, que había guardado sorprendentemente bien el secreto de su presencia en el pajar, para tratarse de una niña de su edad.

Miya, que había muerto por su culpa.

Sí, Kelan la había devuelto a la vida de alguna manera que aún no terminaba de comprender. Pero, mientras Miya y su familia estuviesen en peligro por su causa, su deuda con ella no estaría saldada.

Se volvió hacia la multitud.

—Esperadme aquí —ordenó—, a no ser que los soldados vengan a buscaros. En ese caso, dispersaos y buscad un refugio. —Había comprendido que aquella gente, igual que la familia de Miya, podía estar en peligro también—. Sulani, encárgate de guiarlos...

—No —lo contradijo ella—. Os acompañaré a rescatar a la niña. Yo también me siento responsable.

Kelan iba a discutir, pero recordó entonces que habían sido las dagas de Sulani las que habían matado a Miya en el pajar. La zaldrim no era cruel ni deseaba que personas inocentes muriesen por culpa suya. Conocerla mejor había permitido a Kelan corregir la idea que tenía de los enmascarados imperiales desde la muerte de Ran en la plantación de cereal.

Por otro lado, Sulani no lo retrasaría, y podía ser una poderosa aliada. Asintió lentamente.

—Pero me quedaría más tranquilo si te quedases a protegerlos —dijo, sin embargo, y se preguntó en qué momento había empezado a sentirse responsable de aquellas personas a las que apenas conocía.

Malko dio un paso al frente.

—Yambu y yo nos encargaremos de eso —declaró.

El pastor, ya más descansado, alzó la cabeza.

—Yo conozco un lugar —anunció—. Una cañada escondida que no está muy lejos de aquí. Solo tiene un acceso y es difícil de encontrar si no conoces el camino. Puedo guiaros hasta allí.

Kelan se prendió la hoz al cinto y se volvió hacia Sulani. Ella asintió, indicando que estaba lista.

Antes de ponerse en marcha, Kelan se dirigió a sus seguidores una vez más.

—Haré todo lo posible por liberar a Miya y a su padre —declaró—. Nadie debería sufrir por culpa mía.

De hecho, eso era lo que pretendía con sus planes de exilio: no causar problemas a nadie más. Era consciente de lo que había hecho, de que había cometido crímenes que la Emperatriz no podía perdonar, y sabía que su sola presencia complicaría la vida de cualquiera que se relacionase con él. Sin embargo, estaba empezando a comprender que, independientemente de lo que hiciera, el imperio lo consideraría una amenaza de todas formas. Aunque no tuviera el menor control sobre el cambio de color de su cabello o el nuevo poder que latía en su interior.

Sus palabras levantaron entre los presentes un murmullo de aprobación, casi de veneración. A Kelan seguía sin gustarle, pero no sabía qué podía hacer al respecto. Se despidió con un gesto, dio media vuelta y, seguido por Sulani, se alejó del grupo y se internó en la oscuridad.

Día 131, año 17 de la era de Vintanelalandali

He descubierto por fin lo que mis Consejeros me ocultaban con tanto celo. Y no sé qué pensar. Ni cómo debo sentirme.

Zaralane intenta animarme. Dice que solo es un rumor, que es muy probable que sea mentira. Se siente culpable porque fue ella quien me lo contó.

Es posible que tenga razón y que, si el Consejo prefiere que yo no me entere, se deba a que no desean aumentar la angustia y las dudas que alberga mi corazón.

La cuestión es esta: al parecer, se cuentan muchas cosas acerca de Kel desde que escapó de la prisión. A día de hoy, las autoridades todavía no han conseguido atraparlo. Aunque ya circula por ahí el dato acerca de su fecha de nacimiento, hasta ahora, y a pesar de los temores de Yinimakintanam, yo no pensaba que tuviese intención de convertirse en el rebelde de las antiguas historias, el niño de la Larga Noche que derrocará al Eterno Emperador.

Pero lo cierto es que, si los rumores son algo más que rumores, el papel reservado para Kel en las crónicas de Akidavia podría ser otro muy distinto.

Porque dicen que devolvió la vida a una niña muerta. Y que ahora luce una melena blanca. Una de verdad, no como la mía.

Zaralane me repite que eso es imposible. Que tiene que ser men-

tira. Que los rumores muchas veces exageran o distorsionan los hechos, cuando no los inventan directamente.

Pero ¿y si...?

¿Y si lo que se cuenta acerca de Kel de Gratitud resulta ser cierto? ¿Y si es verdad que posee el poder de Restaurar personas?

¿Y si el Augur se equivocó al señalarme... y yo no soy la verdadera encarnación del Eterno Emperador?

Esta noche no he podido dormir pensando en todo esto. En que puede que toda mi vida sea una mentira. En que puede que haya estado a punto de matar al verdadero Emperador.

Y hay otras cuestiones todavía más inquietantes. Por ejemplo, me pregunto si alguien del Consejo lo sabía ya. Alguien... como Yinimakintanam. Tal vez su empeño por acabar con Kel se deba a que tiene intención de entronizar a una Emperatriz falsa para seguir moviendo los hilos del imperio en la sombra.

Pero, sobre todo, me pregunto cuál era el papel de Kunavamastedal en todo esto. Qué sabía de Kel en realidad. Y si fue esa información la que desencadenó su muerte.

Zaralane me ha sugerido que hable con mi Augur. Pero Mayadilaya no estuvo presente la noche de mi nacimiento. Fue elegida después para vincular su alma a la mía.

He investigado un poco. Sé que el Augur que predijo mi renacimiento se llamaba Sunodavindu. Era muy joven cuando murió mi predecesor, así que, en efecto, es posible que hubiese cometido un error al señalar el lugar donde nací. Sé que lo acompañaron Kunavamastedal y Kalinamanteni, según manda el protocolo en estos casos. Pero Kunavamastedal está muerto, y no confío en Kalinamanteni. Es muy posible, de hecho, que su odio hacia mí se deba a que sabe o sospecha que no soy la verdadera Emperatriz.

Así que ya solo me queda el Augur. Ahora que lo pienso, es extraño que no continuara en su puesto después de mi renacimiento... o de mi nacimiento a secas, si es cierto lo que temo. Era lo bastante joven como para seguir vinculado a la nueva Emperatriz. Pero lo sustituyeron por Mayadilaya, y lo cierto es que nunca me había preguntado por qué.

Esta mañana he consultado las crónicas oficiales, aprovechando que la maestra Mindaleva estaba distraída. No he encontrado nada fuera de lo corriente, aunque me he emocionado al reconocer la elegante caligrafía de Kunavamastedal en el relato de su viaje hasta Integridad para recogerme. Como mandan las leyes y los procedimientos, la crónica no ofrece detalles sobre el lugar exacto de mi nacimiento, ni sobre mi familia de origen. Hace ya mucho tiempo que a las encarnaciones del Eterno Emperador no se nos permite conocer esa información.

Pero ahora que he releído el texto con mayor atención, me he dado cuenta de que es demasiado escueto para narrar un acontecimiento tan importante como es el renacimiento de la Emperatriz. Especialmente porque Kunavamastedal siempre era muy minucioso en todo lo que hacía, y prestaba mucha atención a los detalles.

Si pudiese localizar a Sunodavindu, el Augur que predijo mi renacimiento y que acompañó a los Consejeros en su viaje... Si pudiese hablar con él...

He pensado en enviar un mensaje a mi Augur, Mayadilaya, para que pregunte por él. Pero Zaralane ha argumentado que Yinimakintanam podría interceptarlo, y tiene razón. El Consejo pretende mantenerme al margen de todo esto. Es mejor que sigan pensando que no sé nada.

Pero no puedo quedarme de brazos cruzados. Necesito averiguar la verdad. Necesito saber si albergo el alma del Eterno Emperador o si, por el contrario, solo estoy aquí porque el Augur cometió un error... o porque alguien decidió engañar a todo el imperio entronizando a una niña corriente, mientras ordenaba ejecutar a la legítima encarnación de nuestro dios... a propósito.

De cualquier modo, necesito hablar con los Augures. Si pudiese visitar su monasterio y tratar de averiguar qué ha sido de Sunodavindu...

Es posible que se me permita hacerlo, excepcionalmente, después de mi entronización. Pero para entonces ya será demasiado tarde.

Debería rebelarme, enfrentarme al Consejo y declarar que no voy a seguir formando parte de esta farsa. Pero tengo la sensación de que, si lo hago, nunca llegaré a descubrir la verdad. Necesito seguir investigando por mi cuenta, fingir que me creo todo lo que me dicen sin cuestionarlo... Porque, si es cierto lo que dicen de Kel..., si no soy yo la Emperatriz..., significa que no tengo ninguna autoridad sobre Yinimakintanam. Que, si lo desafío, no existe la menor posibilidad de que salga vencedora.

Tengo la sensación de que no soy capaz de expresar mis pensamientos de forma coherente, y por eso quizá lo que estoy escribiendo ahora puede parecer confuso o reiterativo para cualquiera que lo lea. Es así como me siento en realidad, como si estuviese caminando de puntillas por el borde de un precipicio muy profundo. Todas las certezas de ayer se han transformado hoy en preguntas sin respuesta.

¿Soy yo la verdadera Emperatriz? Si no lo soy, ¿quién soy en realidad? ¿Por qué estoy aquí? ¿Qué puedo hacer al respecto?

Necesito saberlo seguro. No podré tomar ninguna decisión..., no podré descansar... hasta que descubra la verdad.

Se ha acabado

—**H**ay un acantonamiento a las afueras de la ciudad —había dicho Sulani—, junto al camino del norte. Es el más cercano al lugar donde los detuvieron. Según el protocolo, permanecerán allí hasta que el capitán reciba autorización de sus superiores para conducir a los prisioneros al cuartel general. Con un poco de suerte, todavía no se los habrán llevado.

—¿Y si están ya en la ciudad? —planteó Kelan.

Sulani se encogió de hombros.

—Entonces el rescate será un poco más complicado —se limitó a responder.

Para cuando llegaron al puesto de guardia al que se refería la zaldrim, ya habían pasado tres días desde que los soldados capturaran a Miya y a su padre. Era una pequeña fortaleza que contaba con una torre de vigilancia y, según Sulani, tenía un par de calabozos en el interior.

—Si hemos llegado a tiempo, seguirán encerrados allí —añadió.

Aguardaron a que se hiciera de noche, ocultos en un bosquecillo contiguo, antes de aproximarse sigilosamente a su objetivo. La entrada principal estaba custodiada por dos soldados, de modo que rodearon el recinto para cruzar el muro desde atrás.

—¿Dónde están las celdas exactamente? —susurró Kelan.

Sulani señaló una zona de la pared. El joven asintió sin una palabra y extrajo su hoz del cinto.

—No necesitáis eso para defenderos —señaló Sulani—. Sois el Emperador; lleváis la muerte en la punta de los dedos.

Kelan tardó un poco en responder. Sabía que ella estaba en lo cierto: si podía resucitar a las personas, si era realmente el Emperador, también sería capaz de matar con el simple roce de sus manos. Tenía entendido que la Emperatriz llevaba siempre guantes por esta razón, pero la perspectiva de poseer aquel poder lo mareaba.

Aferró la hoz con más fuerza.

—Prefiero seguir llevándola —replicó—. Para no olvidar nunca de dónde vengo.

Sulani inclinó la cabeza, pero no dijo nada. Kelan inspiró hondo y se echó la capucha por encima de su cabello blanco, que destacaba poderosamente en la penumbra.

—Voy a entrar a buscarlos —le dijo a su compañera—. ¿Puedes encargarte de despejar la entrada?

Sulani asintió en silencio. Kelan activó su poder y se transformó de inmediato en una inquietante silueta incorpórea.

Avanzó hacia la parte posterior del edificio, ligero y sigiloso como la niebla. Cuando alcanzó el muro, miró a su alrededor para asegurarse de que nadie lo había visto y lo atravesó sin más.

Se encontró en una celda pequeña, pero limpia. Había un camastro junto a la pared, y las dos personas que estaban acurrucadas sobre él dieron un respingo, sobresaltadas, cuando Kelan se volvió hacia ellas y sus ojos rojos relucieron en la oscuridad. Pero entonces Miya lo reconoció y soltó una exclamación de alegría.

—¡Espíritu!

Y corrió a abrazarlo.

No lo consiguió, por supuesto, y movió la mano a través de la silueta de Kelan, sonriendo. Aquello siempre le había parecido muy divertido.

—¿Quién..., qué eres? —susurró el padre de Miya, aterrorizado.

Kelan se llevó un dedo a los labios.

—He venido a sacaros de aquí, pero tenéis que estar en silencio —les advirtió.

Atravesó la puerta enrejada con precaución. Al otro lado había una habitación circular vacía. Tenía tres puertas más, aparte de la del calabozo donde estaban encerrados Miya y su padre. Dos de ellas eran celdas, también vacías, y la tercera, que estaba cerrada, conducía probablemente a otras dependencias del edificio... y a la salida. Tendrían que cruzarla para escapar, porque los prisioneros no eran capaces de atravesar paredes igual que él. Pero eso ya lo resolvería después.

Por el momento, lo que le llamó la atención fue el manojo de llaves que pendía de un gancho en la pared. Kelan se volvió corpóreo para cogerlas y se apresuró a abrir la puerta de la celda.

—Sois vos —musitó Broyan, contemplándolo maravillado—. El verdadero Emperador.

Iba a postrarse ante él, pero Kelan lo detuvo, incómodo.

—Soy solo Kelan —aclaró—. Si queremos salir de aquí, no podemos entretenernos.

Apartó con gentileza a Miya, que había aprovechado su recién recuperada corporeidad para abrazarlo con fuerza.

—Tenemos que irnos —le recordó.

—Parece que ya es un poco tarde para eso —dijo entonces una voz desde la puerta.

Kelan se volvió con brusquedad, pero reprimió el impulso de activar su poder. En su lugar, se colocó ante Broyan y Miya para protegerlos con su propio cuerpo mientras enarbolaba la hoz, dispuesto a defenderse.

Cuando vio a las personas que acababan de entrar en la estancia, se le detuvo el corazón un instante.

El que acababa de hablar era un oficial del ejército, probablemente el capitán que había mencionado Sulani. Tras él estaba la propia zaldrim, debatiéndose para zafarse del hombre de la máscara roja que Kelan ya conocía. Sus poderosos brazos sujetaban férrea-

mente a Sulani, cuyas uñas como dagas crecían y menguaban con desesperación, en un inútil intento por alcanzar a su captor.

—El Consejero dijo que vendrías a buscar a estas personas —añadió el capitán—, porque ya intentaste sacar de Noradrim a un chico al que conocías.

El recuerdo del desastroso rescate de Dif cayó sobre Kelan como un jarro de agua fría. De nuevo había fracasado en su intento de salvar a alguien, y aquel pensamiento le resultaba insoportable.

—Por eso esperamos que seas razonable —concluyó el capitán—. Si usas tu poder, la traidora Sulani morirá en el acto.

—No lo escuchéis, Divinidad —gruñó ella, aún luchando por escapar del abrazo hercúleo del otro zaldrim—. Sé cuidar de mí misma. Faranun —añadió, dirigiéndose hacia su compañero de la máscara roja—, cometes un error. Estás luchando en el bando equivocado. Kelan es el verdadero Emperador.

—Solo es un vulgar criminal —gruñó el zaldrim—. Y tú nos has traicionado por él.

La oprimió con más fuerza, y Sulani gimió de dolor.

—Después de ella —prosiguió el capitán—, morirán la niña y su padre. A no ser que te entregues sin oponer resistencia.

—No me importa morir —intervino Miya, desafiante—, porque Espíritu me devolverá a la vida todas las veces que haga falta.

El capitán alzó una ceja y la miró con una sonrisa socarrona. Broyan envolvió a su hija en un abrazo protector.

Kelan estaba bastante seguro de que nadie, ni siquiera un capitán del ejército, podía matar a dos ciudadanos que aún no habían sido juzgados. Probablemente aquella amenaza fuera solo un farol..., pero no podía arriesgarse a comprobarlo.

Miya intentó separarse de su padre para acudir junto a Kelan, lo que distrajo la atención de sus captores. Sulani aprovechó la ocasión para tratar de escapar, y casi lo consiguió. Lanzó un súbito cabezazo hacia atrás que golpeó al zaldrim de la máscara roja. No le hizo daño, porque aquel hombre era como una roca, pero le sorprendió lo suficiente como para que aflojara un poco su presa.

Sulani sacó las uñas y se volvió como una centella para acuchillar a su contrario. Faranun reaccionó a tiempo y se echó hacia atrás.

Y pasaron dos cosas a la vez. La primera, que las uñas de Sulani llegaron a alcanzar el costado del hombre de la máscara roja, que rugió de dolor. La segunda, que este descargó su brazo derecho como si fuera un ariete y aplastó la cabeza de Sulani contra la pared con un sonido desagradable.

Miya chilló. Kelan rugió de ira y se abalanzó contra el zaldrim. Él trató de detenerlo, pero Kelan simplemente lo atravesó, se dio la vuelta y se materializó a sus espaldas.

Había dejado la hoz en el interior del cuerpo del zaldrim, y tiró de ella para recuperarla, desgarrándolo por dentro.

Miya gritó de nuevo. Kelan se irguió, jadeando, con la mano empapada en sangre. Faranun se desplomó a sus pies, muerto. La máscara drim se desprendió de su rostro y cayó al suelo junto a él.

Kelan sintió que se le revolvía el estómago. Incapaz de echar un vistazo al cuerpo inerte de Sulani para ver si había perdido su máscara también, se volvió hacia el capitán, que había desenvainado la espada y había retrocedido hasta la pared. Se esforzaba en fingir determinación, pero el chico se dio cuenta de que tenía miedo.

—Se ha acabado —anunció Kelan con gesto torvo.

Momentos después, todos avanzaban por el pasillo formando una extraña comitiva. En cabeza iba Kelan, llevando de rehén al capitán, ya convenientemente desarmado. La hoz del muchacho rozaba la piel del cuello de su prisionero, amenazando con rebanárselo ante el primer amago de fuga.

Tras él avanzaba Broyan, aún muy impactado por todo lo que había sucedido. Cargaba sobre sus hombros el cuerpo de Sulani.

Junto a su padre, aferrada a sus ropas, iba Miya. Sujetaba dos máscaras drim contra su pecho: la del zaldrim muerto y la de Sulani.

Ninguno de los soldados que les salieron al paso se atrevió a detenerlos. Más tarde dirían que los dejaron escapar porque la vida de su capitán corría peligro, pero lo cierto es que la mayoría de ellos

temía a aquel joven de rostro siniestro y cabello blanco que había matado al zaldrim más fuerte que conocían.

Algunos, además, empezaban a creer que Kelan era de veras la encarnación del Eterno Emperador; pero ninguno se atrevería a afirmarlo en voz alta.

De modo que los dejaron marchar, y los fugitivos desaparecieron en el interior del bosque, cargando con el cadáver de la zaldrim traidora. Dejaron al capitán tras de sí, bien atado y amordazado, tan oculto entre la maleza que sus hombres no lograron encontrarlo hasta el día siguiente.

Para entonces, ya era tarde: Kelan y sus compañeros se habían escapado.

Día 133, año 17 de la era de Vintanelalandali

Ya es muy tarde, pero no puedo dormir. Han pasado tantísimas cosas hoy que me siento incapaz de asimilarlas. Aún estoy temblando mientras escribo, y mi caligrafía se resiente por ello. Pero necesito sacarlo todo fuera.

En los últimos días, Zaralane y yo hemos estado trazando un plan para salir del palacio y visitar el monasterio de los Augures. Es algo que nunca he hecho antes, o, al menos, no en esta vida. En cambio, me conozco mi hogar como la palma de la mano. Incluso mejor, puesto que sé de zonas y pasadizos ocultos que nunca he recorrido, pero que sé que existen porque están en los planos que se conservan en la biblioteca.

Por esta razón sé que los sótanos donde se almacenan las pertenencias de ~~mis anteriores encarnaciones~~ los antiguos Emperadores tienen una salida secreta al exterior.

Así que esta mañana Zaralane se escabulló un momento para guardar ropas discretas en la cámara de Rayinemagaloran. Por la tarde nos dirigimos las dos allí, acompañadas por Valinasendra, y pasamos un buen rato trasteando entre los objetos del séptimo Emperador, fingiendo que buscábamos otra reliquia perdida. Zaralane lo había organizado todo para que reclamasen a nuestra zaldrim en otro lugar con un pretexto falso, de modo que nos dejó solas un momento... y aprovechamos para cambiarnos de ropa. Guardamos nuestras túnicas y la peluca blanca en un viejo arcón y, disfrazadas como ciudadanas corrientes, abandonamos la cámara y nos adentramos en los laberínticos sótanos del palacio.

Es fácil perderse en el subsuelo si no posees un mapa, pero nosotras contábamos con uno. No obstante, tengo que admitir que, aunque intentaba disimularlo, pasé mucho miedo durante todo el trayecto. Llevábamos una lámpara para iluminar el camino, pero el aceite se acababa, y por un momento llegamos a pensar que se apagaría y nos dejaría en la más absoluta oscuridad.

Por suerte, alcanzamos la salida antes de que eso sucediera. Se trataba de una compuerta hábilmente disimulada tras una rejilla de saneamiento que, obviamente, no conduce a las cloacas en realidad. Zaralane respiró aliviada cuando nos encontramos por fin al aire libre, pero mis miedos no desaparecieron.

Nunca antes había salido del palacio. Jamás había visto la ciudad con mis propios ojos. Todo me parecía muy grande, muy extraño y muy oscuro, puesto que ya había anochecido.

Zaralane percibió mi agitación y me pasó un brazo por los hombros para tranquilizarme.

—No temáis, Divinidad —me dijo con dulzura—. Yo sé cómo llegar hasta el monasterio de los Augures. Os guiaré.

Asentí sin una palabra. Supongo que ella piensa que es lógico que sienta aprensión en estas circunstancias. Pero para mí, salir del palacio suponía mucho más que eso.

Hay una razón por la cual las encarnaciones del Eterno Emperador ya no salen nunca del palacio. Sucedió en tiempos de Urdunamidalaina, la decimotercera Emperatriz, que solía pasear a menudo por la ciudad. Pero un día desapareció misteriosamente durante una de aquellas salidas. Había sido secuestrada por un indeseable que la mantuvo prisionera durante meses y la obligaba a Restaurar a personas fallecidas, cobrando por ello elevadas sumas de dinero a los familiares de los difuntos. Naturalmente, y aunque el secuestrador trató de mantener en secreto su negocio, pronto se corrió la voz, y llegó a oídos del Consejo, que logró localizarla y liberarla por fin.

La pobre Emperatriz se hallaba en un estado lamentable. La habían mantenido encadenada y amordazada en un oscuro sótano todo aquel tiempo, en condiciones penosas, de modo que, para cuando lograron rescatarla, ya era demasiado tarde: los rigores del secuestro habían deteriorado su salud hasta un punto irreversible. Urdunamidalaina murió apenas unas semanas después, a la temprana edad de ciento cuarenta y tres años.

Desde entonces, las encarnaciones del Eterno Emperador tienen prohibido abandonar el palacio, por su propia seguridad.

Por eso yo estaba muerta de miedo mientras recorría las calles de la ciudad, bien aferrada a Zaralane. A Urdunamidalaina la raptaron a pesar de que iba escoltada por su guardia zaldrim, y nosotras nos atrevíamos a emprender aquella expedición completamente solas.

Intentaba consolarme pensando que, de todos modos, era poco probable que nadie me identificara como la Emperatriz, porque mi cabello sigue siendo cobrizo y, después de todo, no existen retratos oficiales míos aún y muy poca gente me ha visto en persona.

Así que respiré hondo y traté de calmarme para centrarme en mi misión.

No describiré con detalle nuestro trayecto hasta el monasterio, porque de todas formas estaba demasiado asustada como para fijarme en nada. Sí puedo decir que se me hizo muy largo. El palacio imperial es grande, pero pasear por él no tiene nada que ver con recorrer las calles de una ciudad como Armonía. Tuvimos que detenernos a descansar en varias ocasiones porque me dolían los pies, e incluso llegamos a perdernos en un barrio de callejuelas estrechas y laberínticas (tras lo cual me hice el firme propósito de no volver a salir del palacio sin un buen mapa).

En todo aquel tiempo no solté la mano de Zaralane ni una sola vez, como si temiese ahogarme en un pozo muy profundo si se me ocurría perder el contacto con ella. Quizá por eso apenas recuerdo los pormenores de aquella caminata, porque estaba tan centrada en la calidez de la mano de Zaralane, en su presencia consoladora a mi lado, que no presté atención a nada más.

Llegamos al monasterio bien entrada la madrugada, todavía cogidas de la mano, y llamamos a la campanilla, nerviosas y agotadas.

—Seguro que ya hace mucho rato que os buscan —murmuró Zaralane, inquieta.

—Y acabarán por encontrarme —repliqué—. Cuanto antes acabemos, mejor.

El monasterio de los Augures se llama en realidad Agrilia Akidav, y es uno de los edificios más antiguos de la ciudad. De hecho, fue en sus orígenes la fortaleza de los primeros reyes akidavu, cuando su territorio se reducía a lo que es hoy la provincia de Armonía, antes de la primera encarnación del Eterno Emperador. Las crónicas dicen que fue la tercera Emperatriz quien mandó construir el actual palacio imperial, y que entregó el antiguo castillo a los descendientes del primero, que eran akidavu de raza pura. Ellos fundaron la comunidad que acabaría alumbrando a los primeros Augures.

Desde entonces, Agrilia Akidav ha pasado por diversos procesos de reformas, ampliaciones y reconstrucciones, pero los Augures siguen habitándolo. Sé que mantienen una vida ascética, alejados de los conflictos del mundo, y que por lo general no les gusta ser molestados. Y mucho menos, de madrugada.

Nos abrió la puerta un Augur de mediana edad con cara de sueño y expresión irritada.

—¿Quiénes sois? ¿Por qué llamáis a estas horas? —ladró.

Me quedé muy sorprendida, porque nadie me había hablado así en toda mi vida. Zaralane tomó la palabra por mí:

—Buscamos a un Augur llamado Sunodavindu. Es importante. Y urgente.

El Augur la miró con los ojos entornados.

—Nadie entra aquí sin una petición previa, jovencita. Y no has respondido a mi primera pregunta.

Zaralane se quedó sin saber qué decir. Lo cierto es que nuestro objetivo era escapar del palacio y llegar hasta el monasterio, pero no habíamos pensado en lo que haríamos una vez nos encontrásemos allí.

De nuevo me sentí desconcertada. Tampoco estoy acostumbrada a que la gente se niegue a cumplir mi voluntad de forma tan tajante; como mínimo, se ven obligados a deshacerse en disculpas o a elaborar complicadas excusas en vez de negarse sin más. Comprendí entonces que no he aprendido a relacionarme con otras personas como si fuese una chica corriente. Siempre he sido la Emperatriz, no sé comportarme de otro modo. Así que, si al final resulta que soy un fraude, ¿cómo voy a encajar en el mundo?

Supongo que me entró miedo y por eso revelé mi identidad al Augur. Por eso, y porque no sabía qué otra cosa hacer. De modo que di un paso al frente y me retiré la capucha.

—Soy Vintanelalandali, la Emperatriz de Akidavia —proclamé—. Deseo hablar con Sunodavindu ahora mismo.

Zaralane dejó escapar una exclamación ahogada, pero el Augur no se mostró impresionado. Entornó los ojos y me miró fijamente.

—Ya he tenido suficiente, jovencita. Marchaos de aquí o llamaré a los guardias.

Abrí la boca, desesperada, pero no se me ocurría nada más que decir. Cuando el Augur se disponía a cerrarnos la puerta en las narices, Zaralane trató de impedírselo y los dos forcejearon mientras yo los observaba desconcertada. Y entonces se me ocurrió una idea.

—Mayadilaya —exclamé.

El Augur se detuvo para mirarme.

—¿Cómo dices?

—Mayadilaya es mi Augur —expliqué—. Ella sabe quién soy. Me reconocerá.

—No voy a despertarla ahora para...

—¿Y si tenemos razón? —interrumpió Zaralane—. ¿Vas a cerrarle la puerta a la Emperatriz?

El Augur vaciló, pero finalmente accedió a ir en busca de Mayadilaya.

Cerró la puerta de todos modos, y durante un buen rato nos quedamos allí de pie, preocupadas ante la posibilidad de que hubiese cambiado de idea. Pero poco después reapareció, acompañado por mi Augur.

—Mayadilaya —murmuré con un suspiro de alivio.

Ella parecía molesta, probablemente porque la habían despertado a horas intempestivas, pero le cambió la expresión y palideció de golpe al reconocerme.

—¡Divinidad! —exclamó, y el otro Augur se quedó mirándola con perplejidad.

Al final nos dejó pasar, suplicando perdón por haber dudado de mí. Se presentó como Videmalanki y se ofreció a avisar al abad para organizar una cena en nuestro honor, pero, a pesar de que estábamos hambrientas, lo convencimos de que no despertara a nadie más. Y volví a recordarle que habíamos venido a buscar a Sunodavindu.

—¡Oh! —dijo Mayadilaya al escuchar su nombre.

—Fue él quien predijo mi renacimiento, ¿verdad? —quise asegurarme—. Pero no permaneció a mi servicio. Fue... sustituido. —Evité mirar a Mayadilaya al pronunciar estas palabras, pero ella bajó la cabeza de todos modos—. ¿Sigue vivo? —pregunté.

—Sí, Divinidad —respondió Videmalanki—. Y aún habita entre las paredes de este monasterio.

Zaralane y yo cruzamos una mirada de alegría. Pero el Augur no había terminado de hablar.

—Sin embargo —prosiguió—, lamento comunicaros que no sacaréis mucho en claro de su conversación.

Mientras recorríamos los vetustos pasillos del monasterio, Videmalanki nos explicó que hacía muchos años que Sunodavindu tenía graves problemas de memoria.

—Es capaz de recordar las rutinas diarias, sabe quién es y dónde se encuentra, y nos reconoce a todos la mayor parte del tiempo. Pero olvida a menudo todo lo que aprende, y apenas conserva memorias del pasado. Algunos retazos inconexos, tal vez...

—¿Cómo es posible? —pregunté con incredulidad—. Según mis informaciones, tiene poco más de treinta años. ¿No es demasiado joven para sufrir problemas de memoria?

Videmalanki suspiró con pesar.

—Durante su viaje a Integridad con los Consejeros, el Augur Sunodavindu contrajo unas fiebres que lo llevaron al borde de la muerte. Sobrevivió, pero su memoria quedó gravemente dañada. Y, aunque ha ido recuperando recuerdos con el paso de los años, no ha vuelto a ser el que era.

Zaralane y yo cruzamos una mirada consternada. Ella alzó las cejas significativamente, pero en aquel momento no entendí lo que quería decir.

—Esa es la razón por la que no pudo seguir al servicio del Eterno Emperador —concluyó Videmalanki—. Y elegimos a Mayadilaya en su lugar. —Se volvió para mirarme, preocupado—. Espero que no tengáis queja de ella, Divinidad —añadió.

Mayadilaya se tensó, intranquila, pero yo me apresuré a asegurarles que todo estaba bien.

—¿Podemos hablar con Sunodavindu, entonces? —pregunté—. ¿Está en condiciones de atendernos?

—Sí, sí, no creo que le importe. No suele dormir por las noches.

—¿No? —preguntó Zaralane, desconcertada—. Y, entonces, ¿qué hace?

El Augur se había detenido ante la puerta de uno de los dormitorios, y nos dedicó una leve sonrisa antes de llamar suavemente.

—Adelante —se oyó una voz distraída al otro lado.

Videmalanki abrió la puerta y nos asomamos al interior. El cuarto era austero y estaba limpio y ordenado, con excepción de las pilas de libros que se acumulaban en las esquinas. Junto a la ventana había un pequeño escritorio iluminado por un candil, y frente a él, inclinado sobre un grueso volumen, había un Augur tan inmerso en la lectura que ni siquiera alzó la cabeza cuando entramos. Vestía la túnica roja de los Augures, pero se había dejado crecer el cabello y no lucía el peinado ritual que era habitual entre los de su orden.

—Esto es lo que hace —explicó Videmalanki en voz baja—: lee. A todas horas. Ha leído todos esos libros docenas de veces, pero nunca se cansa, porque siempre acaba por olvidarlos. De modo que, cuando se sumerge entre sus páginas, para él es como si los descubriese por primera vez.

Yo no supe qué decir. Videmalanki se despidió de nosotras y encargó a Mayadilaya que nos acompañase hasta la salida cuando hubiésemos terminado. Ella le aseguró que así lo haría y se quedó esperándonos en el pasillo.

Zaralane y yo entramos en la habitación.

—Sunodavindu —lo llamé en voz baja.

El Augur se volvió por fin hacia nosotras. Primero sonrió, pero enseguida se mostró inseguro.

—¿Nos conocemos? —preguntó, y tuve la sensación de que había formulado aquella pregunta cientos de veces en los últimos años.

—No —lo tranquilicé—. Soy...

Dudé. Supuse que no pasaba nada por decirle la verdad, puesto que de todas formas acabaría por olvidarme. Pero tenía prisa, e imaginé que tendría que dar muchas explicaciones si le revelaba mi identidad.

—Me llamo Vinta —empecé—, y esta es Zara. Nos gustaría hablar contigo sobre... sobre tu viaje en busca de la Emperatriz. Cuando vaticinaste su renacimiento.

No estaba segura de si recordaría aquello, pero Sunodavindu asintió, pesaroso.

—Ah, sí. Me temo que no puedo ayudaros. Sé que hubo un viaje, pero no recuerdo los detalles. Desde entonces, me falla la memoria —explicó con una sonrisa de disculpa.

—Cualquier cosa que recuerdes nos será de mucha utilidad —intervino Zaralane.

Sunodavindu suspiró y cerró los ojos con fuerza, masajeándose las sienes. Después volvió a abrirlos y nos miró, desconsolado.

—Sé que predije el renacimiento de la Emperatriz porque me lo han contado muchas veces. Y que luego acompañé a los Consejeros a

buscar al bebé. A veces la oigo llorar en sueños, pero no sé si sucedió de verdad. No guardo recuerdos de aquel viaje.

Intenté tirar de aquel hilo, desesperada.

—¿Cómo son esos sueños? ¿Los del bebé?

Pero Sunodavindu negó con la cabeza, derrotado, y guardó silencio.

Zaralane se disponía a insistir, pero la detuve. No tenía sentido molestarlo más.

—Lo siento —susurré—. Ya nos vamos.

Él se encogió de hombros, abatido, pero ni siquiera alzó la cabeza para mirarnos. Cuando ya estábamos en la puerta susurró a nuestras espaldas:

—Quizá tampoco quiera recordarlo. Dicen que fue en ese viaje cuando me puse enfermo. No me sorprendería, ¿sabéis? Me mareo mucho en los barcos. Eso sí que no lo he olvidado.

Nos despedimos y lo dejamos tranquilo. En el pasillo nos esperaba Mayadilaya para acompañarnos hasta la salida.

Durante el trayecto permanecimos las tres en silencio, hasta que la Augur carraspeó, incómoda.

—Si me permitís el atrevimiento, Divinidad... —comenzó, dudosa; asentí, animándola a continuar, y dijo—: ¿Qué le ha pasado a vuestro cabello? Tenía entendido que había encanecido ya...

Alcé la cabeza, alarmada, y Mayadilaya rectificó:

—Sé que no es asunto mío; olvidad lo que he dicho, os lo ruego.

Pero Zaralane intervino:

—Es un disfraz —explicó con desparpajo—. Su Divinidad necesita a veces salir de incógnito del palacio y, desde que su poder despertó, es mucho más difícil. Por esa razón usa una peluca.

—Ah —murmuró Mayadilaya.

Sentí que me observaba de reojo, pero afortunadamente la luz del pasillo era muy tenue, y yo había vuelto a echarme la capucha sobre la cabeza.

En el atrio nos encontramos con una sorpresa desagradable. Videmalanki estaba allí, acompañado de un Augur de más edad que

resultó ser el abad, y que discutía con el Consejero Yinimakintanam. Lancé una exclamación de sorpresa y me detuve en seco.

Pero Yinimakintanam ya me había visto. Desplegó ante nosotras su sonrisa zorruna y abrió los brazos obsequiosamente.

—¡Divinidad! ¡Qué alivio haberos encontrado por fin!

Inspiré hondo y sonreí, aparentando despreocupación.

—Ah, bueno, no tenías por qué inquietarte. Nuestra visita se ha alargado un poco más de lo que habíamos previsto, eso es todo.

La sonrisa de Yinimakintanam se congeló un breve instante.

—¿Eso es... todo? —repitió.

Ladeé la cabeza con inocencia.

—Bueno, ¿qué hay de malo en que una Emperatriz visite a su Augur? Nos une un vínculo muy poderoso, más allá de la muerte. Tengo entendido que mi predecesor tenía un trato muy estrecho con sus Augures.

—Eran ellos quienes iban a visitarlo al palacio, Divinidad, no al revés.

Fruncí el ceño.

—¿De veras? Tendré que revisar el protocolo, pues. Te agradezco que hayas venido a recogernos, Consejero. Confío en que hayas traído contigo un carruaje porque, aunque hemos disfrutado mucho del paseo, lo cierto es que no me apetece regresar caminando a estas horas. Estas sandalias me están destrozando los pies.

—Naturalmente, Divinidad —respondió Yinimakintanam entre dientes.

Nos despedimos de los Augures y nos marchamos de allí. Esperaba que Yinimakintanam me reprendiera durante el trayecto de vuelta, pero permaneció en silencio, muy serio. Me pregunto hasta qué punto he logrado engañarlo.

Aún han sucedido dos cosas más en este día tan largo y repleto de acontecimientos.

La primera es que, cuando el vehículo se detuvo en el patio principal del palacio, un soldado llegó corriendo y se inclinó ante Yinimakintanam, casi sin aliento.

—Consejero, el general Uminadavin necesita reunirse con vos con urgencia —le dijo—. Es sobre el rebelde: ha asesinado a otro zaldrim a las afueras de la ciudad.

Yinimakintanam dirigió una mirada nerviosa al interior del carruaje, donde seguíamos Zaralane y yo. Lo habíamos oído todo, pero fingimos que estábamos demasiado cansadas y soñolientas como para prestar atención.

La segunda cosa ha sucedido hace apenas un rato, y es la razón por la que me he levantado de la cama, donde permanecía desde que llegamos, incapaz de dormir, para poner por escrito todo lo que ha pasado.

Y es que he recordado las palabras de Sunodavindu. Sé que debería concederles una importancia relativa, porque es muy probable que haya mezclado recuerdos, pero ahora no me las puedo quitar de la cabeza.

Dijo que había hecho una travesía en barco. Y yo nací en Integridad, a donde se puede llegar por tierra desde aquí.

En cambio, Gratitud, el lugar de donde procede Kelan, se encuentra en otro continente, al otro lado del mar.

De vuelta

Estaba ya amaneciendo cuando Kelan se detuvo junto a un arroyo. Echó un vistazo a Miya y a su padre, que permanecían junto a él en silencio. La niña se mostraba cansada y abatida, pero no se había quejado en toda la noche. Broyan, por su parte, apenas había pronunciado palabra desde que escaparon de la prisión.

Kelan depositó el cuerpo de Sulani en el suelo con delicadeza. Después se acuclilló a su lado y respiró hondo.

Aún le resultaba difícil mirarla a la cara. Sin la máscara, el rostro de Sulani parecía suave y delicado como la porcelana. Pero estaba muerta, y Kelan no podía ignorar la hendidura en la parte posterior de su cabeza, ni la sangre, ya seca, que salpicaba su piel. Por primera vez desde que había encanecido, sin embargo, se planteó la posibilidad de utilizar su poder a propósito para salvarla. Si él era realmente la encarnación del Eterno Emperador, sería capaz de devolverla a la vida.

Broyan pareció adivinar lo que pensaba, porque se acercó a él y preguntó, vacilante:

—¿Estáis... pensando en Restaurarla? —Kelan no respondió de inmediato, y el hombre insistió—: Pero esa mujer mató a mi hija.

—Solo estuve muerta un ratito —puntualizó Miya—. No fue para tanto.

Broyan se estremeció, pero no dijo nada.

—Fue un accidente —respondió Kelan—. En realidad, Sulani quería matarme a mí.

Broyan sacudió la cabeza con incredulidad.

—Sigo sin entender por qué queréis traerla de vuelta.

—Porque debía matarme pero, en su lugar, ha decidido entregar su vida por mí —respondió él sencillamente.

Broyan desvió la mirada. Miya se situó junto a él y le tomó la mano en un intento de tranquilizarlo. Cuando Kelan colocó las manos sobre el pecho de Sulani, ninguno de los dos hizo ningún comentario.

No obstante, el chico se sintió inseguro de pronto, sin tener claro cómo actuar. Había Restaurado a Miya, eso parecía evidente, pero no estaba seguro de poder repetir la hazaña. Todo había sido muy rápido y confuso, y no recordaba si había hecho algo en particular para desencadenar aquel poder, o si todo había sucedido de forma espontánea.

Tenía que intentarlo, sin embargo; de modo que cerró los ojos para concentrarse y evocó lo sucedido aquella noche de tormenta en el pajar. Su angustia por la muerte de Miya, su impotencia, su desesperación. Su necesidad de hacer algo, lo que fuera, con tal de salvarla. Entonces había sentido un estallido de energía en su interior. Había comenzado en el pecho, o quizá un poco más abajo, en la boca del estómago, y después se había extendido por todo su cuerpo.

Y entonces se había liberado de golpe a través de sus manos, derramándose en el cuerpo inerte de Miya.

Pero las circunstancias no eran las mismas. Había pasado ya un buen rato desde la muerte de Sulani, lo bastante como para que él hubiese asimilado lo que había sucedido.

Por otro lado, cuando usaba su poder para volverse inmaterial sentía que la máscara drim acataba su voluntad con solo desearlo. Esta otra habilidad, sin embargo..., la capacidad divina de resucitar a los muertos..., solo dependía de él, al parecer.

Inspiró hondo de nuevo y se esforzó por encontrarla en su interior.

Y allí estaba, como un manantial borboteante, listo para surgir con la fuerza de un torrente desbordado.

De modo que lo liberó.

Se le cortó la respiración cuando el poder brotó de su cuerpo de golpe a través de sus manos. De nuevo tuvo la sensación de que se vaciaba, y fue mucho más angustiosa que la vez anterior, como si Sulani estuviese tomando de Kelan toda la vida que a ella le faltaba. El chico intentó detenerlo, pero era demasiado tarde. La energía lo abandonó tan deprisa que ya no pudo reaccionar. Luchó por mantenerse consciente, pero todo empezó a dar vueltas a su alrededor y, finalmente, perdió el sentido.

Cuando lo recuperó, más tarde, el sol estaba ya alto. Lo primero que reconoció fue el rostro ansioso de Miya, que le dedicó una amplia sonrisa en cuanto lo vio con los ojos abiertos.

—¡Se ha despertado, se ha despertado! —avisó.

Otra persona se inclinó sobre él, una mujer de rostro pálido, ojos oscuros y cabello negro como la noche. Tardó un poco en darse cuenta de que se trataba de Sulani, sin la máscara drim que le otorgaba sus poderes. Se incorporó.

—¿Qué ha pasado? ¿Estás...?

Calló de pronto al recordar que, la última vez que la había visto, ella estaba muerta. Pero no se le ocurría ninguna manera delicada de señalarlo.

Sulani sonrió levemente.

—Estoy viva —confirmó—. Antes estaba muerta, pero me habéis Restaurado. Y ahora estoy de vuelta. Casi del todo —añadió frunciendo el ceño, mientras se rozaba la mejilla con la yema de los dedos.

Se había lavado en el arroyo, a juzgar por su rostro limpio y su cabello húmedo. Pero su uniforme aún estaba manchado de sangre.

Kelan hundió el rostro entre las manos, mareado.

—Todavía me cuesta creer que esto esté sucediendo de verdad.

Sulani le dirigió una mirada críptica.

—He perdido mi máscara —señaló—. Y solo la muerte puede separar a un zaldrim de su máscara.

Kelan levantó la cabeza.

—La hemos guardado. Puedes volver a ponértela, si quieres. —Como Sulani no dijo nada, se apresuró a añadir—: Pero no tienes por qué hacerlo. Sé que cuando te convertiste en zaldrim pensabas que sería para siempre, pero ahora tienes la oportunidad de cambiar de opinión y recuperar tu vida.

«Yo no podré», pensó. Si era de verdad el Emperador, no habría nadie para resucitarlo a él cuando muriera, de modo que seguiría enmascarado toda su vida..., que podría llegar a ser muy larga, al parecer. «Un Emperador zaldrim», se dijo, y sonrió con amargura. Estaba bastante convencido de que sería el primero.

Sulani alzó la mano para contemplarse las uñas, pensativa. Al desprenderse de su máscara, había perdido también la capacidad para convertirlas en armas mortíferas.

—Supongo que volvería a ser Sula, sin más —murmuró. Cerró el puño—. Pero eso no importa ahora. ¿Qué os ha pasado? ¿Estáis... enfermo, o herido?

Kelan reprimió un suspiro de cansancio. Aún se sentía agotado, como si hubiese caminado durante días sin detenerse a dormir. Recordaba vagamente que la resurrección de Miya también lo había debilitado..., pero no hasta ese punto.

—Estoy bien —aseguró—. Me recuperaré.

—¿De verdad? —intervino Miya, mirándolo de soslayo—. Porque, con máscara y todo, se te ve muy blanco.

—Estoy bien —repitió él.

Se puso en pie, o al menos lo intentó; las piernas le fallaron como si fuesen de gelatina.

—¡Espíritu! —exclamó Miya, alarmada.

Sulani se apresuró a sostenerlo para que no cayera al suelo; pero ya no poseía la resistencia extra que le proporcionaba la máscara drim, y el peso de Kelan la desestabilizó también. Afirmó mejor las piernas y lo ayudó a apoyarse contra un árbol.

—Me recuperaré —insistió él.

—¿Esto... es normal? —preguntó Broyan, inquieto.

—No lo sé —murmuró Kelan—. Todo esto es nuevo para mí.

—Pero si vos sois... el Emperador —argumentó Broyan—, debéis de haber usado vuestro poder muchas veces. En otras vidas.

Kelan le dirigió una mirada penetrante.

—Qué lástima que no recuerde ninguna de ellas —comentó.

Logró erguirse por fin sin marearse.

—Tenemos que marcharnos —dijo—. Aún nos están buscando.

Miya suspiró, preocupada.

—¿A dónde vamos? ¿Volvemos a casa?

Broyan desvió la mirada, pero no respondió. Kelan reprimió un suspiro. Recordaba que Menki, el pastor, había mencionado que el resto de la familia de Miya había abandonado la granja para buscar refugio en otra parte, por miedo a los soldados.

Probablemente había sido una buena decisión.

—No, no podéis volver a casa —respondió—. Es el primer sitio donde os buscarán. Venid con nosotros; tenemos un escondite en las montañas.

Miya miró a su padre en silencio. Broyan asintió lentamente, derrotado.

—Gracias, Divinidad —musitó.

Kelan abrió la boca para insistir en que prefería que lo llamase por su nombre, pero comprendió que era una pretensión inútil. El granjero acababa de presenciar una segunda Restauración. Ya nunca lo convencería de que era un muchacho normal.

Y él mismo estaba empezando a convencerse de que no lo era en absoluto.

De modo que asintió sin una palabra y se volvió hacia Sulani, que aguardaba a su lado en silencio.

—Vámonos —dijo.

—¿Podéis caminar? —preguntó ella, sin embargo.

En realidad, Kelan aún se sentía como si lo hubiese pisoteado una docena de caballos, pero eso era irrelevante. La cuestión era que no podían entretenerse más.

—Tendré que poder —se limitó a responder.

Día 134, año 17 de la era de Vintanelalandali

Hoy me he despertado tarde, pero anoche estaba tan cansada que perfectamente podría haber dormido varios días seguidos. Zaralane se ha encargado de que nadie me molestara y, cuando por fin me he levantado de la cama, se ha ocupado de que trajesen el desayuno para las dos.

—La Consejera Kalinamanteni ha dado instrucciones de que no salgáis hoy de vuestros aposentos, Divinidad —me ha explicado.

—¿Sigue Valinasendra montando guardia en el pasillo?

—Sí, y además ahora hay otro zaldrim con ella. Al parecer, el Consejero Yinimakintanam ha llegado a la conclusión de que una sola persona, aunque sea una zaldrim, no basta para proteger a la Emperatriz.

—O para controlarla —añadí con sorna.

Lo cierto es que lo esperaba, así que no me ha sorprendido. De todos modos estaba demasiado cansada como para ir a ninguna parte. Además, tengo el diario de Rayinemagaloran y los tratados sobre lengua draasni, así que puedo seguir trabajando aquí.

Pero lo que realmente deseaba era comentar con Zaralane todo lo que pasó ayer. Como me preocupaba que Valinasendra nos escuchase desde el pasillo, se me ocurrió que podíamos hablar en bei-bei, que es la lengua materna de Zaralane. Obviamente yo no la hablo tan bien como ella, pero la he estudiado a fondo y creo que me defiendo bien.

Así que le conté a Zaralane lo que he descubierto sobre el viaje en barco de Sunodavindu. Pero ella se mostró escéptica.

—Podría referirse a cualquier otra travesía en barco —señaló—. No tiene por qué referirse al viaje en busca del nuevo Emperador. Además, ¿por qué pensáis que fueron precisamente a Gratitud?

—Allí es donde nació Kel —señalé a media voz.

—Disculpad, Divinidad, pero sigo sin entenderlo. ¿De modo que pensáis que el Augur y los Consejeros no viajaron a Integridad, como afirman las crónicas, sino que fueron hasta Gratitud para buscar a la nueva encarnación del Eterno Emperador? ¿Por qué razón? Si hubiese sido así, ¿no habrían traído a Kel al palacio, en lugar de a vos?

Lo cierto era que en mi cabeza tenía sentido, pero las sensatas palabras de Zaralane me hicieron dudar.

—Es por lo que dijo Sunodavindu —traté de explicar—. El barco y el llanto del bebé. Lo dijo como si estuviese relacionado.

—Puede que fuesen dos recuerdos diferentes, Divinidad. Hemos visto que la memoria de ese pobre Augur ya no funciona correctamente.

—Tienes razón, por supuesto —murmuré—. Pero, aun así...

—¿Todavía pensáis que se equivocó al señalar el lugar? —preguntó ella con suavidad.

Sacudí la cabeza.

—Un Augur puede equivocarse de casa o de pueblo, pero no de provincia. Si Kelan es el verdadero Emperador, Sunodavindu debería haber conducido a los Consejeros hasta Gratitud, aunque luego señalase la casa equivocada. Pero yo nací en Integridad. Si no debí ser yo la elegida, ¿por qué el Augur fallaría por tanta distancia?

—¿Qué os hace pensar que no debió elegiros a vos? —argumentó Zaralane.

Su fe en mí resulta conmovedora, pero no pude evitar sonreír con cierta tristeza.

—Kelan Restaura a los muertos —le recordé—. Yo llevo una peluca blanca.

—Lo primero son solo rumores. Y en cuanto a lo segundo..., debéis tener paciencia. Vuestro cabello encanecerá tarde o temprano.

—Dentro de cincuenta años, probablemente —bromeé.

Pero ella no me estaba escuchando. Parecía preocupada y distraída, así que le pregunté:

—¿En qué estás pensando?

Alzó la cabeza para mirarme.

—Estoy pensando en la pérdida de memoria del Augur. Y en la muerte del Consejero Kunavamastedal. Demasiadas tragedias convenientes. —Frunció el ceño—. Casi se diría que hay una bruja beibei cerca de vos.

—¿Convenientes? ¿Bruja? ¿A qué te refieres?

Zaralane procede de Obediencia, una exuberante región selvática donde hay una gran variedad de plantas que no se encuentran en ningún otro lugar del imperio. Muchas de ellas poseen grandes propiedades, y algunas forman parte del repertorio de todo herborista que se precie. Pero Zaralane me explicó que ninguno cuenta con una décima parte de los conocimientos de las verdaderas brujas bei-bei, mujeres que dominan el uso de las sustancias que produce la selva.

—Extractos de plantas, partes de animales... Y no solo saben preparar medicinas, sino también... otro tipo de filtros y pócimas..., como venenos que causan toda clase de efectos nocivos en el ser humano.

Yo ya sospechaba que Kunavamastedal fue envenenado, pero comprendí que Zaralane insinuaba que la pérdida de memoria de Sunodavindu tampoco había sido accidental.

—¿Existen filtros que destruyen los recuerdos de las personas? —pregunté con cierto escepticismo.

—Por supuesto —respondió ella con total rotundidad.

Incliné la cabeza, pensativa.

—Si es cierto eso que dices —murmuré—, si alguien causó a propósito el triste estado de Sunodavindu..., entonces yo tenía razón. No soy la verdadera Emperatriz.

—¿Qué? ¡No! ¿Por qué decís eso?

—¿Por qué otro motivo querría nadie que el Augur olvidase los detalles del viaje? —razoné—. Pues para que no pudiese contar que habían llevado al palacio al bebé equivocado.

—O para que vos no pudieseis descubrir la verdad —rebatió Zaralane—. Pensadlo bien: en primer lugar, ese tal Kel escapó de prisión y nadie sabe cómo, y ahora circulan rumores sobre sus supuestos poderes. Pero podría ser todo una farsa, un falso Emperador para crearos dudas sobre vuestros derechos sobre el trono imperial. En segundo lugar, las personas a las que podríais consultar al respecto no pueden responderos, lo cual afianza en vuestro corazón el sentimiento de que no sois la verdadera Emperatriz. Si alguien quisiera sustituiros por ese tal Kel, ya tendría medio trabajo hecho.

—Pero..., pero... —Busqué un fallo en su argumentación, y lo encontré—: Pero Sunodavindu perdió la memoria hace ya muchos años. Además..., Yinimakintanam no formaba parte de la comitiva que acudió a buscarme cuando nací. Si Sunodavindu enfermó en el viaje de vuelta, él no pudo...

—¿Yinimakintanam? —repitió Zaralane sin comprender.

Nos miramos con extrañeza.

—¿No es de él de quien sospechas?

—¡Oh, no! —aclaró ella—. Yo pensaba más bien en... —Vaciló antes de continuar, en voz más baja—: La Consejera Kalinamanteni. Sé que la apreciáis mucho —añadió, deprisa—. Y que quizá no debería hablar mal de ella en vuestra presencia, pero es que he visto cómo os mira. Os desprecia, Divinidad. Y, por otro lado... —Se interrumpió de pronto, al ver mi expresión—. Oh, por favor, no estéis triste. Perdonadme. No era mi intención lastimaros con mis palabras.

Negué con la cabeza.

—No, tienes razón. Es verdad que Kalinamanteni me desprecia. Y hay que tener en cuenta también que ella formó parte de la comitiva que fue a buscarme cuando nací. Y es la única que está en condiciones de contarnos qué sucedió. —Inspiré hondo—. Sin embargo, eso solo refuerza mi teoría. Porque Kalinamanteni cree que no soy la verdadera Emperatriz, y por eso me odia. Ella nunca accedería a entronizar a una Emperatriz falsa, si tuviera la certeza de que lo es.

—Y si ese fuera el caso, tampoco trataría de silenciar a aquellos que conociesen la verdad —comprendió Zaralane.

Me sujeté la cabeza con un gruñido de frustración.

—Todo esto es muy complicado. Siento que no tengo suficientes piezas para componer este rompecabezas, Zaralane. Y es muy frustrante, porque no puedo dejar de intentarlo. Ni lo haré hasta que descubra la verdad.

Ella parecía abatida también, pero me abrazó para consolarme.

—Lo conseguiréis, Divinidad. Solo tenéis que pensar sobre ello un poco más.

Pero siento que, por muchas vueltas que le dé, no voy a dar con la solución.

Lo que más frustración me causa es que Kalinamanteni sabe lo que sucedió durante aquel viaje: si la comitiva fue hasta Integridad, tal como consta en las crónicas oficiales, o si tomaron un barco para viajar a un lugar más lejano, como, por ejemplo, Gratitud. Pero soy consciente de que, por mucho que le pregunte, no me va a contar la verdad.

Es posible que a Sunodavindu le haya traicionado su maltrecha memoria, y sus recuerdos sobre la travesía en barco correspondan a otro viaje. Es posible, también, que la enfermedad que sufrió entonces se debiera a la pura mala suerte, y no a una oscura conspiración que hubiese querido silenciarlo con alguna exótica poción bei-bei.

Pero sé que hay algo que se me escapa. Algo que debería saber, algo que intuyo pero no soy capaz de concretar. No sé si se trata de una mera intuición o de algún dato que estoy pasando por alto.

Como no he podido sacar nada más en claro, he dedicado el resto de la tarde a estudiar draasni con la intención de empezar a traducir el diario de Rayinemagaloran. Sé que es posible que no sea más que otra pista falsa, y que las palabras pronunciadas por Kunavamastedal en su lecho de muerte no tengan ninguna relevancia en realidad.

Pero ahora tengo mucho tiempo libre, y, mientras no se me ocurra nada mejor, tengo intención de seguir trabajando en el diario, al menos un rato todos los días.

Ya he podido descifrar algunas cosas. Rayinemagaloran tenía diez años cuando empezó a registrar sus vivencias por escrito. Al parecer, vivía en el palacio con su familia de origen (eran otros tiempos). Le gustaba más jugar en el patio, al aire libre, que estudiar. También adoraba el asado de codorniz a la miel. Y era sorprendentemente presumido para su edad, aunque fuese el Emperador.

Estrategia

Kelan y Sulani fueron recibidos con vítores cuando aparecieron en el refugio de las montañas acompañados de los prisioneros a los que habían ido a rescatar. Una mujer salió de entre la multitud y echó a correr hacia ellos con un grito de alegría.

—¡Madre! —exclamó Miya, encantada, y ambas se fundieron en un abrazo.

Ella y su padre descubrieron, emocionados, que toda su familia estaba allí. Y fue entonces cuando Kelan se dio cuenta de que el grupo había crecido considerablemente.

—Los rumores se extienden, al parecer —le explicó Yambu—. Todas estas personas llegaron ayer. Dicen que quieren unirse a nosotros.

—No es bueno que tanta gente sepa dónde encontrarnos —opinó Sulani—. Si ellos han llegado hasta aquí, el ejército imperial lo hará también.

—Estas personas no nos encontraron, en realidad —puntualizó Malko—. Fue Menki quien se topó con ellos mientras pastoreaba su rebaño. Estaban perdidos por el monte, así que se los trajo aquí.

Kelan movió la cabeza, preocupado.

—No podremos defender a esta gente nosotros solos si los soldados nos encuentran.

—No estáis solos —intervino una nueva voz—. Nosotros lucharemos a vuestro lado. Por nuestro Emperador.

Kelan y Sulani repararon entonces en un grupo de hombres, la mayoría jóvenes, que habían dado un paso al frente. El que había hablado parecía ser el líder, un tipo musculoso que enarbolaba una horca de cuatro puntas con expresión resuelta. Era una herramienta de granjero, probablemente la mejor arma que había sido capaz de encontrar. Kelan se fijó en que el resto de los hombres se habían provisto de utensilios similares. Inconscientemente, se llevó la mano a la hoz que pendía de su cinto.

Se preguntó si valía la pena explicarles que no tenía intención de desafiar a la Emperatriz para ocupar su lugar. En el mejor de los casos no le creerían. Pero también existía la posibilidad de que se sintieran decepcionados o incluso trataran de obligarlo a iniciar una rebelión.

¿Quería hacerlo, en realidad? Se lo planteó en serio por primera vez. Lo cierto era que estaba cansado de salir huyendo, de tener que esconderse, de soñar con una vida que jamás recuperaría. Pero, por muchos poderes divinos que fuese capaz de demostrar, tampoco creía que su sitio estuviese entre los muros del palacio.

No obstante, tenía que defenderse. Y, por algún motivo que no llegaba a concretar, sentía que debía proteger también a todas las personas que lo habían seguido hasta allí.

Se volvió hacia sus compañeros.

—Lo primero que tenemos que hacer es asegurarnos de que estamos a salvo aquí —les dijo—. Los soldados vendrán a buscarnos, y es posible que acaben por encontrarnos.

—Este sitio está bien como refugio si no nos encuentran —opinó Yambu—, pero es una ratonera. Si los soldados consiguen llegar hasta aquí, estaremos acorralados.

Sulani asintió.

—Deberíamos tenderles una emboscada antes de que puedan llegar a acercarse —sugirió—. Detenerlos lejos de aquí, al pie de las montañas. Y hacerlos huir.

Malko y Yambu cruzaron una mirada.

—¿Qué ha pasado con tu máscara, Sulani? —preguntó el primero—. Tenía entendido que ningún zaldrim puede quitársela.

—No —confirmó ella, mientras Kelan apartaba la mirada, incómodo—. Para desprenderse de su máscara, un zaldrim debe morir primero.

Los presentes tardaron un poco en asimilar lo que implicaban las palabras de Sulani. Cuando lo hicieron, contemplaron a Kelan en un silencio maravillado.

—Él la trajo de vuelta —explicó entonces Miya con naturalidad—. Igual que me trajo a mí.

Hubo murmullos entre la multitud, pero Kelan no añadió nada más. Se llevó aparte a Sulani, Malko y Yambu para hablar con ellos en privado.

—Vosotros sois soldados —les dijo—. ¿Qué opináis de la idea de Sulani?

Yambu y Malko intercambiaron otra mirada.

—Somos pocos —respondió Yambu—. Tendríamos que elegir muy bien el lugar y, aun en el caso de que lográramos sorprenderlos de verdad, seguiríamos estando en desventaja.

Malko carraspeó, incómodo.

—Además —añadió—, antes contábamos con dos zaldrim entre nuestras filas. Ahora solo quedáis vos, señor.

Sulani alzó la mirada.

—Puedo volver a ser una zaldrim —declaró—. Hemos guardado la máscara. Puedo ponérmela de nuevo; no será peor que la primera vez.

Kelan tuvo entonces una idea. Rebuscó en el interior de la faltriquera y extrajo las dos máscaras drim que guardaba en ella. Yambu y Malko reprimieron una exclamación de sorpresa.

—Aunque Sulani decida no volver a enmascararse —dijo Kelan—, seguimos contando con esto. Si alguien está dispuesto a usarlas...

—No —cortó Sulani—. No funciona así. Una máscara drim no es algo que pueda usar cualquiera, señor. En el ejército se selecciona cuidadosamente a los candidatos. Se les hace pasar por un entrenamiento especial, y después deben someterse a unas pruebas en las que solo se elige a los mejores.

—Los Excelentes —corroboró Malko.

—Las máscaras drim son poderosas. Pueden consumir el alma de su portador. Pueden transformarlo de forma irreversible, o incluso destrozarlo, por dentro y por fuera. De hecho, la guardia de la Emperatriz... —Se calló de pronto, como si no estuviese segura de que debiera mencionar el tema.

Kelan tampoco preguntó.

—Pero yo no soy uno de esos... Excelentes —señaló—. Y dudo mucho que tenga antepasados drim. Sin embargo, llevo mi máscara sin problemas.

—Vos sois el Emperador —se limitó a replicar Sulani.

El joven desvió la mirada sin saber qué decir. Entonces ella alzó la cabeza con decisión y alargó el brazo para recuperar la máscara blanca que Kelan aún sostenía entre sus manos. Él levantó la vista para mirarla.

—¿Estás segura, Sulani? —le preguntó.

—Completamente —le aseguró ella.

Y se puso la máscara.

El artefacto cobró vida al contacto con su piel. Sulani dejó escapar un gruñido de angustia y aferró con fuerza el brazo de Kelan, que la sostuvo, preocupado, mientras la máscara envolvía su rostro y se fundía con él. Ella agachó la cabeza, cerró los ojos y soportó el proceso lo mejor que pudo. Kelan casi percibió el aura de poder que irradiaba su cuerpo cuando la máscara drim terminó de vincularse a ella. Yambu y Malko la contemplaban, boquiabiertos. Era la primera vez que presenciaban algo así.

Sulani respiró hondo, abrumada.

—¿Te encuentras bien? —le preguntó Kelan con suavidad.

—Me recuperaré —respondió ella con una media sonrisa.

—No hacía falta que volvieras a pasar por esto. Ahora ya no tienes elección.

Pero Sulani negó con la cabeza.

—Nunca la tuve. Estaba muerta, y mi Emperador me trajo de vuelta.

Mientras hablaba, alzó la mano para contemplarse las uñas. Las hizo crecer a voluntad, convirtiéndolas en letales agujas. Sonrió tras la máscara. Malko y Yambu se echaron hacia atrás por instinto, pero Sulani retrajo las uñas y se volvió hacia Kelan.

—Mi vida ahora os pertenece —anunció—. Como zaldrim, serviré mejor a vuestra causa.

Kelan iba a responder que aquella declaración de lealtad no era necesaria, pero se lo pensó mejor. Sulani había tomado una decisión y sería insultante para ella que rechazase su ofrecimiento. De modo que asintió en silencio.

No obstante, mientras guardaba de nuevo la otra máscara en la bolsa, se le ocurrió una idea. Alzó la cabeza para mirar a sus compañeros.

—El ejército no tardará en venir a buscarnos, ¿verdad? —preguntó.

—Están ya en camino, con toda seguridad —asintió Yambu.

—¿Y habrá zaldrim entre ellos?

—Probablemente —respondió Sulani.

Kelan sonrió, mientras la semilla de un plan comenzaba a germinar en su mente.

Día 136, año 17 de la era de Vintanelalandali

¡Ya sé qué estaba pasando por alto! Esta mañana se me ha ocurrido releer lo que he escrito en mi diario los últimos meses, particularmente desde que Kelan irrumpió en mi vida. Y, al volver a leer todo lo que sucedió a la luz de lo que sé ahora, he descubierto algo muy importante: cuando las noticias sobre Kelan empezaron a llegar al palacio, Kunavamastedal comenzó a comportarse de forma extraña. Como si no fuese la primera vez que oía hablar de él. Como si... lo conociera.

Y habló de ello con Yinimakintanam en privado, en una conversación que escuché tras la puerta sin que ellos lo supieran. Y, según transcribí en mi diario, esto es lo que dijo Kunavamastedal: «Es él, estoy seguro. El bebé de la aldea. Kelan de Gratitud, hijo de Dugan y Noli».

Esto quiere decir que Kunavamastedal sí estuvo en Gratitud. Más o menos en la época en la que yo nací. Porque Kelan era un bebé, y ambos vinimos al mundo en una fecha parecida. Durante la Larga Noche, con unos días de diferencia.

Y Yinimakintanam sabe todo esto. Todo lo que sucedió en aquella época, quién es Kelan, quién soy yo. Voy a volver a escribir la conversación que mantuvieron, tal como la escuché entonces, para asegurarme de que esta vez no se me escapa nada:

—Yo también he consultado los documentos, y su fecha de nacimiento no cuadra. Tiene que tratarse de otro Kelan.

—¿Y si no lo es?

—¿Qué propondrías, en ese caso? ¿Que pasemos por alto la rebelión, el robo de la máscara, el asesinato...? Está a punto de iniciar una revolución, Kunavamastedal. Hay que arrancarla de raíz. Y debe hacerlo la propia Emperatriz. Sabes que tengo razón.

—No está preparada.

—Ayanimadelanti ejecutaba en los Juicios con trece años.

—Porque los Poderes Imperiales ya habían despertado en ella. No es el caso de Vintanelalandali.

—Pero lo será, tarde o temprano, así que... ¿qué importa que adelantemos un poco el momento?

—No podemos engañar a todo el mundo...

—Nadie lo sabrá. Y, aun en el caso de que lo descubriesen en el futuro, para entonces ya no importará.

—No la traje al palacio para esto.

—Al contrario, Consejero. La trajiste precisamente para esto. Y si quieres que llegue a ser entronizada, y que gobierne Akidavia durante mucho mucho tiempo..., debemos eliminar cualquier obstáculo que se interponga en su camino. Incluido el chico de Gratitud.

—No es así como imaginaba que comenzaría su dominio. Su primer acto público después de la entronización tiene que ser una Restauración, no un Juicio. De los dos Poderes Imperiales, el de Restaurar es el más amable, el que infunde esperanza y devoción en los corazones de los akidavos. Por eso, si la Emperatriz se presenta por primera vez ante ellos como Mano Ejecutora en un Juicio... Es un mal augurio, muy malo.

—Debería hacerse como dices en otras circunstancias, sin duda. Pero vivimos tiempos complicados. Ya es problemático el hecho de que el cabello de Vintanelalandali tarde tanto en encanecer. Si a eso le sumamos la aparición de un rebelde, un niño de la Larga Noche...

—Ese muchacho es mucho más que un niño de la Larga Noche.

—Lo sé, Kunavamastedal. Pero hace dieciséis años tomaste una decisión. Y tiempo después me explicaste por qué, y me pediste que me mantuviese alerta, por si acaso ese niño reaparecía en algún momento. Y es lo que estoy haciendo, ¿no es así? Porque es mi deber asegurarme de que las consecuencias de tu decisión no amenacen con derribar los cimientos del imperio.

Ojalá hubiese prestado más atención entonces a lo que se traían entre manos Kunavamastedal y Yinimakintanam. Sigo sin entender de qué se trata, pero ahora tengo claro que ambos conocían el secreto que me estaban ocultando. El problema es que, si bien no me fío de Yinimakintanam..., en Kunavamastedal sí confiaba. Me gustaría pensar que esa decisión que mencionaron, fuera la que fuese, tenía como objetivo protegerme. Porque él nunca me habría engañado, no habría conspirado contra mí y jamás me habría hecho daño.

O al menos, es lo que quiero creer. Porque la posibilidad de que estuviese equivocada con respecto a Kunavamastedal me angustia profundamente.

Sí parece que ambos tenían interés en entronizarme. Y consideraban que Kelan era un obstáculo que había que eliminar, aunque siempre me pareció que Kunavamastedal se resistía a esa idea. Pero, según parece, hace dieciséis años..., es decir, cuando yo nací..., el Consejero tomó una decisión... ¿con respecto a Kelan? ¿En Gratitud? Ojalá hubiesen sido más explícitos.

Hay una parte positiva en todo este asunto, y es que ahora sé que Kalinamanteni no es la única que está al tanto de lo que sucedió entonces. Parece que Yinimakintanam también lo sabe. No espero que ninguno de los dos me cuente nada voluntariamente, pero quizá pueda sonsacárselo, o tal vez se me presente la oportunidad de espiar otra conversación.

Porque aún hay muchas cosas que no entiendo. Si Kelan es la verdadera encarnación del Eterno Emperador... Si Kunavamastedal y Kalinamanteni estuvieron en Gratitud cuando él nació... Si sabían de su existencia...

¿Por qué lo dejaron allí? ¿Por qué me escogieron a mí en su lugar? ¿Por qué Kalinamanteni accedería a sustituir al verdadero Emperador, la nueva encarnación de su padre, por una niña cualquiera? Cuantas más piezas del rompecabezas reúno, menos sentido tiene toda esta historia.

No obstante, Kunavamastedal quería que la entendiese. Me lo dijo en su lecho de muerte. Mencionó a Rayinemagaloran, un Emperador que vivió hace siete mil años.

Me da vueltas la cabeza. Quiero hacer algo al respecto, quiero descubrir la verdad, pero no sé por dónde empezar. De modo que seguiré trabajando en el diario de Rayinemagaloran, aunque no puedo evitar pensar que es una pérdida de tiempo. Que no tiene sentido que investigue la biografía de un Emperador que murió hace miles de años, cuando están sucediendo tantas cosas importantes en el presente.

Pero ya no sé qué más hacer. Aún no he recibido respuesta por parte de Galakuntiname, y empiezo a ponerme nerviosa. ¿Y si no ha recibido mi mensaje? ¿Y si la paloma se ha perdido, o ha caído bajo las garras de algún ave rapaz por el camino? O peor aún: ¿y si alguien ha interceptado mi carta?

Emboscada

En circunstancias normales, el general Uminadavin no se habría encargado personalmente de liderar una simple batida por el bosque. Sobre el papel, no debería ser tan complicado capturar a un preso fugado, incluso en el caso de que el fugitivo portase una máscara drim.

Pero aquello no eran circunstancias normales. El Consejero Yinimakintanam en persona había exigido resultados inmediatos en la búsqueda del rebelde, no solo porque hubiese derrotado ya a dos zaldrim, sino, sobre todo, a causa de los perturbadores rumores que comenzaban a circular acerca de él.

—No podemos permitir que la gente empiece a dudar de la legitimidad de nuestra Emperatriz, general —había dicho el Consejero—. Quiero a ese Kel fuera de combate de inmediato. Utiliza cuantos zaldrim sean necesarios para atraparlo, vivo o muerto. Preferiblemente muerto —había añadido, tras pensarlo un momento.

Para hacer honor a la verdad, Uminadavin no pensaba que aquel encargo requiriese un gran número de zaldrim de refuerzo. Pero no era ningún estúpido, así que seleccionó cuidadosamente a los tres que lo acompañarían en su expedición, teniendo en cuenta las habilidades del fugitivo que estaban buscando.

El primero de los elegidos, Gadovan, tenía una vista extraordinaria. Los ojos dibujados en su máscara eran enormes y agrandaban los suyos propios, de modo que le daban un aspecto parecido a un ave nocturna. Gadovan podía ver cosas que al resto del mundo se le escapaban, incluso en la más completa oscuridad.

La segunda, Miridia, era capaz de paralizar todo lo que entraba en contacto con ella, aunque fuera tan intangible como el humo o la niebla. Su máscara estaba pintada con un sencillo patrón de líneas zigzagueantes en varios tonos de azul. Con ella en el grupo, Uminadavin no necesitaba que el rebelde se volviera corpóreo para inmovilizarlo.

El último zaldrim que los acompañaba se llamaba Duvali. Su máscara dibujaba círculos concéntricos que partían de la boca y se extendían por todo su rostro como las ondas provocadas por una piedra en un estanque, y tenía el poder de debilitar a su objetivo con un solo grito. Si el rebelde caía bajo su influencia, sería incapaz de mantener activo su poder.

En conjunto, el general Uminadavin estaba bastante satisfecho con su elección. Reclutó también a una docena de soldados y al capitán Orbadasu, el mismo que había sobrevivido al último ataque del fugitivo, y que por tanto podía facilitarle información de utilidad. Decidió que un grupo más numeroso entorpecería su avance por el monte; tenía intención de realizar una operación rápida, discreta y eficaz.

El bosque acababa al pie de una cadena montañosa en la que, según sus informes, se encontraba el refugio secreto del rebelde y sus aliados. Por el camino se cruzaron con un pastor que les indicó que había visto pasar individuos sospechosos por una senda que se adentraba en las montañas. Solo cuando ya habían avanzado bastante por una cañada encajonada entre dos paredes rocosas se dieron cuenta de que aquel parecía el sitio perfecto para una emboscada. Pero el general tenía plena confianza en sus posibilidades.

Gadovan localizó a los rebeldes ocultos en el desfiladero antes de que pudiesen atacarlos. El general y sus hombres se prepararon para la batalla. Tenían entendido que se trataba solo de unos cuantos granjeros, un par de soldados desertores y un único enmascarado, cuyos poderes estaban preparados para contrarrestar.

El capitán había informado, de hecho, de que la zaldrim renegada, Sulani, había muerto durante su último enfrentamiento. Y a pesar de los rumores, nadie se había planteado la posibilidad de que el rebelde pudiese haberla resucitado.

Naturalmente; pues, de haber creído en los rumores, ninguno de los miembros del grupo habría accedido a dar caza a su legítimo Emperador.

Por esta razón, al principio todo se desarrolló como el general había previsto. Gadovan, el de la vista extraordinaria, localizó al fugitivo oculto entre las rocas, y los tres zaldrim, obedeciendo las órdenes de sus superiores, se centraron en abatirlo. Mientras tanto, los soldados se enfrentaron al resto de los rebeldes.

Descubrieron que los aliados de Kelan no eran únicamente granjeros, al parecer. También había cazadores y leñadores, gente habituada a moverse en terrenos agrestes, para quienes el bosque y la montaña no guardaban secretos.

No obstante, las fuerzas del general Uminadavin habrían vencido con facilidad, incluso derrotado al propio Kelan, de no ser porque no habían contado con Sulani.

La zaldrim se elevó por encima de los peñascos sin tocar el suelo, como una pluma al viento; Gadovan la vio, pero era demasiado tarde; ella ya había girado con brusquedad sobre sí misma, arrojando contra él una salva de dagas letales.

Miridia se enfrentaba a Kelan, que la esquivaba con facilidad. La zaldrim imperial solo necesitaría rozarlo un instante para dejarlo paralizado y, aunque él ignoraba el alcance de los poderes de su adversaria, trataba por todos los medios de mantenerse alejado de ella, por si acaso.

No obstante, cuando Gadovan cayó muerto, atravesado por las dagas de Sulani, hubo una súbita conmoción entre las filas imperiales. Miridia vio a su compañera revivida, levitando sobre las rocas, y dejó escapar una exclamación de sorpresa.

El capitán Orbadasu reparó también en la presencia de Sulani y palideció como si hubiese visto un fantasma.

—Estaba muerta —masculló el general—. Dijiste que estaba muerta.

—Lo... lo estaba —musitó el capitán—. Faranun la mató. Yo mismo vi su rostro muerto cuando se le cayó la máscara.

—Entonces debe de ser otra persona, que se ha puesto la máscara de Sulani —resolvió Uminadavin, y su subordinado asintió, aliviado.

—Eso debe de ser —coincidió.

El general se volvió hacia sus hombres.

—¡Escuchadme todos! —vociferó—. ¡No os dejéis engañar por trucos baratos! ¡Nosotros luchamos por la verdadera Emperatriz!

—¡Por la Emperatriz! —corearon los soldados.

Entretanto, Kelan había aprovechado el breve instante de desconcierto de Miridia para atravesar su cuerpo con su hoz incorpórea.

No obstante, algo raro sucedió: en cuanto entró en contacto con ella, sintió una especie de latigazo que recorrió toda su esencia y lo dejó tan agarrotado que le resultó imposible moverse. Por un breve momento de pánico pensó que su poder había dejado de funcionar; pero la zaldrim se movió con agilidad, apartándose de él, y la hoz intangible atravesó su cuerpo sin problemas. Kelan sintió que recuperaba la movilidad, pero fue solo un instante antes de que ella lo aferrase por el cabello. Y, aunque sus dedos se cerraron en el vacío, bastó para que Kelan volviese a quedar inmovilizado.

—Parece que te tengo, impostor. —Miridia sonrió.

Kelan se preguntó cómo pretendía atraparlo. Lo había paralizado, en efecto, pero él seguía siendo intangible. Ni Miridia ni ninguna otra persona tenía la menor posibilidad de hacerle daño, al menos mientras su propio poder continuase activo.

Entonces, alguien gritó. No era un grito de guerra o de ira; sonaba más bien como si entonasen una nota aguda en una canción. Miridia dio un salto atrás, liberando así a Kelan; él se volvió rápidamente hacia ella... y de pronto sintió, horrorizado, que las fuerzas lo abandonaban y su poder comenzaba a debilitarse.

—Ahora jugamos con las mismas cartas. —La zaldrim sonrió.

Kelan sintió una presencia tras él y se dio la vuelta. Allí estaba Duvali, el tercer enmascarado del grupo, que avanzaba hacia ellos, imperturbable. Kelan fue perfectamente capaz de percibir que su energía era absorbida por el zaldrim a medida que se acercaba, e intuía vagamente que tenía algo que ver con el grito que había escuchado momentos antes. Se volvió hacia él, con la hoz en la mano, dispuesto a defenderse..., y entonces su cuerpo fluctuó un instante entre el estado corpóreo y el inmaterial.

Kelan obligó a su máscara a extraer hasta la última gota de la energía que le quedaba y logró mantenerse intangible. Era consciente, no obstante, de que no sería capaz de pelear y permanecer incorpóreo al mismo tiempo. Y en cuanto perdiera su poder, sería vulnerable.

Pero justo en aquel momento llegó Sulani, abatiéndose sobre sus enemigos como un halcón en plena caza. Duvali se volvió hacia ella, alarmado, y abrió la boca para lanzar su ataque sónico, pero era demasiado tarde: una de las dagas de Sulani le atravesó la garganta de lado a lado.

Kelan recuperó las fuerzas de golpe, y no lo dudó un momento. Se volvió con rapidez hacia Miridia y atravesó su cuerpo con la hoz. En cuanto su mano inmaterial entró en contacto con la mujer, sin embargo, se vio paralizado de nuevo. Pero en esta ocasión, Kelan no se dejó sorprender. Antes de que ella tuviera ocasión de apartarse, desactivó su poder.

Miridia abrió mucho los ojos, horrorizada, al sentir de pronto la hoja de la herramienta atravesándole las entrañas. Kelan no podía moverse aún, de modo que la zaldrim lo apartó instintivamente de un empujón, antes de darse cuenta de lo que estaba sucediendo.

Sulani la remató ya en el suelo, poniendo fin a su agonía.

Kelan se puso en pie y contempló los cuerpos de los zaldrim. Sus máscaras habían caído al suelo, revelando los rostros que habían ocultado hasta entonces. Sulani reprimió un breve suspiro, impresionada.

—Va a ser difícil arreglar esto —comentó él, abatido.

—Uno por uno, mi señor —le recomendó ella.

Mientras tanto, los soldados habían hecho retroceder a los rebeldes, muchos de los cuales huían de regreso a las montañas. Sin embargo, el general Uminadavin no estaba satisfecho. Había visto cómo la zaldrim de la máscara blanca —se negaba a creer que fuera realmente Sulani— abatía a Gadovan y acudía después en auxilio del rebelde Kel, que parecía tener dificultades contra Duvali y Miridia, tal como el general había pronosticado. No obstante, no contaba con aquella misteriosa mujer enmascarada, cuya intervención podía inclinar la balanza en favor del fugitivo.

Desde su posición no podía ver cómo se desarrollaba la batalla entre los zaldrim, por lo que solo le quedaba rezar al Eterno Emperador para que todo se desarrollase como había planeado, a pesar de los imprevistos.

Por eso, cuando divisó al rebelde y a la mujer de la máscara blanca descendiendo hacia ellos por el acantilado, comprendió que la variable inesperada había hecho fracasar su estrategia... y posiblemente lo hiciera perder la batalla.

Porque la zaldrim llevaba en hombros el cadáver de Gadovan.

Se detuvieron en lo alto de un peñasco, para que todos pudiesen verlos bien. El resto de los rebeldes habían huido ya, y el general comprendió, demasiado tarde, que se habían retirado en aquel preciso momento solo para que sus soldados pudiesen dedicar toda su atención a lo que estaba a punto de suceder.

—¡Soldados del ejército imperial! —proclamó Sulani—. ¿Veis a este hombre? Era un zaldrim, pero ahora está muerto.

Alzó el cuerpo en alto, y todos pudieron ver que, en efecto, el rostro de Gadovan ya no estaba enmascarado. Kelan, a su vez, mostró en silencio la máscara que le habían arrebatado. Los enormes ojos pintados en ella resultaban inconfundibles, de modo que todo el mundo la reconoció de inmediato.

—¡Pero nuestro señor, el verdadero Emperador de Akidavia, lo devolverá a la vida! —concluyó Sulani con aplomo.

Fue entonces cuando el general comprendió lo que estaban tramando. Se volvió hacia sus hombres, furioso.

—¡No la escuchéis! —gritó—. ¡Son unos impostores que roban máscaras drim y no tienen derecho a usarlas!

—¡La verdadera impostora habita en el palacio y se hace llamar «Emperatriz»! —replicó Sulani, y su voz resonó por todo el desfiladero.

—¡Atacad! —ordenó el general—. ¡Acabad con ellos!

Pero Sulani se alzó sobre el suelo, levitando por encima de la roca, y giró sobre sí misma con violencia para disparar una ráfaga de agujas mortales.

Los soldados se detuvieron bruscamente. Las dagas se clavaron en el suelo frente a ellos.

—Es una advertencia —dijo Sulani—. La próxima vez no fallaré.

Los soldados se miraron unos a otros, dudosos. No se esperaba de ellos que combatiesen contra zaldrim, ni habían sido adiestrados para ello. Por lo general, los enmascarados estaban siempre de su lado, y si había problemas con alguno que se descarriaba, eran los otros zaldrim los que se encargaban de él.

Entretanto, Kelan se había inclinado sobre el cuerpo de Gadovan. Cuando Sulani, que ya había atraído la atención de todos los soldados, se volvió hacia él, ellos lo miraron también.

Y asistieron, maravillados, al momento en el que aquel fugitivo de cabello blanco y máscara inquietante devolvía la vida a un hombre que había estado muerto momentos antes. Lo vieron levantarse por su propio pie, vacilante, pero indudablemente vivo, con el uniforme aún teñido con la sangre de las heridas que lo habían matado hacía unos instantes. Lo vieron mirar a su alrededor con perplejidad, llevarse las manos a la cara en busca de su máscara y, finalmente, volverse hacia el fugitivo enmascarado.

Un murmullo reverente recorrió las filas de los soldados.

—Tiene que ser un truco —farfulló el general; pero en el fondo de su corazón había empezado a dudar, y el capitán, que se erguía a su lado en silencio, no fue capaz de darle la razón en esta ocasión.

—Tú... —musitó Gadovan, maravillado.

Pareció sobresaltarse ante el sonido de su propia voz. Volvió a tocarse la cara, y al observar a Kelan reparó por fin en la máscara que sostenía entre las manos. Se palpó entonces el pecho, con precaución; pero, a pesar de las manchas de sangre, no halló heridas en él.

—Se lo debes a tu Emperador, Gadovan —dijo entonces Sulani, en voz lo bastante alta como para que todos la escucharan—. Él te ha devuelto la vida, como hizo conmigo. Te ha Restaurado.

—¡Eso es mentira! —bramó el general; pero los murmullos entre los soldados se intensificaron.

Entonces, sin una palabra, Kelan le tendió a Gadovan la máscara drim que le había pertenecido hasta hacía apenas unos instantes. Él la tomó con manos temblorosas y la contempló, incrédulo.

—¿Qué vas a hacer ahora? —le preguntó Kelan con suavidad.

Gadovan estaba aún tan conmocionado que fue incapaz de hablar. Quiso dar un paso al frente, pero le temblaban las piernas, y cayó de rodillas ante Kelan.

Probablemente no había sido su intención, y el gesto se debiera más bien al hecho de que se sentía demasiado débil como para mantenerse en pie. Pero a los soldados los impresionó profundamente.

Sulani aprovechó la ocasión:

—¡Uníos a nosotros! —los invitó—. ¡Abandonad a la impostora y luchad por el verdadero Emperador!

Los soldados se miraron unos a otros. Después, uno por uno, envainaron sus armas y corrieron hacia ellos.

—¿Qué hacéis? —exclamó el general—. ¡Volved! ¡Volved atrás, cobardes! ¡Traidores!

Nadie le hizo caso. Con un gruñido de frustración, Uminadavin se dispuso a ir tras ellos. Pero Sulani saltó desde su puesto en lo alto del peñasco y se detuvo frente a él, levitando por encima de su cabeza con las uñas extendidas como las púas de un puercoespín.

—Habéis perdido, general —dijo ella—. Podéis regresar a la ciudad para informar de lo que habéis visto o, por el contrario, podéis morir aquí ahora mismo. Está en vuestra mano.

Uminadavin aún empuñaba la espada. La alzó tentativamente, y las uñas de Sulani se alargaron todavía más. Al final, el general desistió. Bajó el arma y retrocedió un par de pasos sin perder de vista a la zaldrim. Ella no se movió.

Cuando consideró que se había alejado lo suficiente, Uminadavin dio media vuelta y salió huyendo. Tras un instante de vacilación, el capitán lo siguió.

Sulani regresó junto a Kelan, flotando por encima de las cabezas de los soldados, que trepaban como podían por los riscos para reunirse con ellos. El joven se había inclinado junto a Gadovan, que aún contemplaba su máscara sin acabar de asimilar lo que había sucedido.

—Eres libre para elegir —le estaba diciendo Kelan—. Puedes seguir siendo un hombre corriente... o volver a convertirte en un zaldrim al servicio de nuestra causa.

Gadovan alzó la mirada.

—¿Qué ha pasado con mis compañeros? —preguntó—. ¿Los otros dos zaldrim están...?

—Muertos —asintió Kelan—. Pero, al igual que tú, tendrán una segunda oportunidad.

En cuanto pronunció estas palabras, se sintió desfallecer. La Restauración de Gadovan lo había dejado sin energía, y había tenido que recurrir a un soberano esfuerzo de voluntad para mantenerse en pie mientras Sulani parlamentaba con los soldados. Si ahora se había inclinado junto a Gadovan no se debía solo a que tratase de reconfortarlo sino, sobre todo, a que sus propias piernas tampoco lo sostenían.

Sulani se posó suavemente a su lado.

—Ya está —anunció—. Hemos vencido.

Kelan trató de sonreír tras la máscara, pero empezaba a verlo todo borroso. Cerró los ojos e inclinó la cabeza, pero fue casi peor, porque el mundo comenzó a girar descontroladamente a su alrededor.

—¿Mi señor...? —lo llamó Sulani, inquieta.

Todo se puso negro y ya no oyó nada más.

Día 137, año 17 de la era de Vintanelalandali

Hoy he visto a Yinimakintanam más nervioso de lo habitual. Se ha convocado una reunión del Consejo en la que se ha valorado la posibilidad de adelantar la entronación. Kalinamanteni y Viyatenisgani han votado en contra. Yinimakintanam y Nayanalidestu estaban a favor.

De modo que han solicitado mi parecer para deshacer el empate. Por supuesto, me he manifestado contraria al cambio de fechas, y no me avergüenza confesar que lo he hecho solo porque sabía que a Yinimakintanam le iba a molestar.

Después de la reunión, he hablado con Zaralane al respecto. En bei-bei, porque aún no estamos seguras de que nadie nos espíe.

—Estoy segura de que ha pasado algo —le confié—. Hoy Yinimakintanam le ha gritado a Viyatenisgani en la reunión, y él nunca pierde los papeles de esa manera. Tenemos que averiguar por qué le han entrado tantas prisas de repente.

Zaralane inclinó la cabeza, pensativa.

—Quizá pueda preguntar a mi familia —ofreció.

—Pero Kalinamanteni no te concederá permiso para visitarlos, en estas circunstancias —objeté.

—Puede que no —admitió ella—. Pero mañana es día de mercado.

Comprendí enseguida lo que quería decir.

Zaralane no debería ser mi doncella en realidad. Por norma general, los servidores de confianza del Eterno Emperador se escogen entre las familias nobles. Así que yo tendría que haberme criado con niñas de linaje aristocrático, descendientes de alguna de mis anteriores encarnaciones, y no con la hija de un mercader bei-bei.

(El problema no es que sea bei-bei; de hecho, la malograda Emperatriz Urdunamidalaina nació en una tribu bei-bei, y sus descendientes habitan aún en la ciudad. La diferencia es que la familia de Zaralane procede directamente de Obediencia y no tiene vínculos con la estirpe imperial.)

De hecho, Zaralane y yo ni siquiera nos habríamos conocido, de no ser por un incidente fortuito que tuvo lugar cuando yo tenía solo cinco años. Al parecer, una mañana burlé la vigilancia de mis niñeras para ir a explorar el palacio por mi cuenta. Se pasaron un buen rato buscándome, alarmadas, hasta que me localizaron por fin en las cocinas, jugando con una niña un poco mayor que yo. Era la hija de uno de los proveedores del palacio, un mercader que nos suministraba (y todavía lo sigue haciendo, según creo) exóticas especias procedentes de Obediencia para aderezar nuestros platos. Aquella mañana había visitado el palacio con su hija Zarala para cerrar un trato. Yo no recuerdo los detalles porque era muy pequeña, pero Kalinamanteni me ha contado que, cuando nos encontraron juntas, todo el mundo pensó que parecía que nos conociésemos de toda la vida.

Probablemente lo único que sucedió fue que congeniamos, sin más. Pero suele ocurrir que, cuando un Emperador muestra predilección por algo o alguien, especialmente durante sus primeros años de vida, la gente a su alrededor tiende a pensar que se trata de una reminiscencia de alguna de sus vidas pasadas. Kalinamanteni dio por sentado que yo conocía a la familia de Zarala de una vida anterior, así que habló con su padre y acordaron que ella sería mi doncella a partir de entonces. Tanto Zarala como su familia pudieron añadir una sílaba más a sus nombres, y desde entonces estamos juntas. Al principio, cuando ella era más pequeña, sus padres venían a verla una vez al mes. Después, cuando creció, obtuvo permiso para salir del palacio e ir a visitarlos.

En teoría estas visitas son oficiales y siguen un calendario muy estricto, controlado por Kalinamanteni. Pero Zaralane no tiene prohibido salir del palacio para pasear por la ciudad. Y su familia atiende un puesto en el mercado semanal.

—¿Te dejarán salir, dadas las circunstancias? —pregunté, dudosa.

Ella sonrió con picardía.

—Si no solicito permiso, no me lo pueden negar —respondió—. Si me piden cuentas cuando regrese, diré que fui a cumplir un encargo vuestro.

—A Kalinamanteni no le va a gustar que la ignores —comenté—. Se sentirá muy ofendida.

Zaralane sonrió todavía más.

—Tanto mejor —respondió.

De hecho, desde que Kalinamanteni empezó a poner en duda mi legitimidad, también trata a Zaralane con mayor frialdad. Lógicamente, si mi afecto por mi doncella no se debe a un vínculo establecido en una vida anterior, desde su punto de vista cometió un error al elegirla.

Pero Zaralane no se muestra dolida por la actitud de Kalinamanteni. Más bien está furiosa con ella, porque piensa que me ha traicionado.

De modo que mañana Zaralane intentará escabullirse del palacio para ir al mercado. No solo hablará con su familia, sino que también aprovechará para prestar atención a los rumores. Con un poco de suerte, puede que se entere de algo interesante.

Reparación

K elan despertó en el interior de una tienda improvisada. Se incorporó un poco, pero la cabeza todavía le daba vueltas. Se detuvo, desorientado.

Sulani asomó por la entrada y le echó un vistazo preocupado.

—¿Cómo os encontráis, señor? —le preguntó.

—Fatal —masculló, llevándose una mano a la cabeza—. Como si me hubiese despertado después de una noche de borrachera.

En realidad, Kelan nunca se había emborrachado, pero había visto los efectos que producía la bebida en otras personas, y supuso que aquello no debía de ser muy diferente. Frunció el ceño.

—Si soy realmente el Emperador, ¿por qué me pasa esto? ¿No debería resultar más fácil?

Sulani inclinó la cabeza.

—Yo era todavía una niña cuando murió el anterior Emperador —evocó—. Pero recuerdo haber asistido a una de sus Restauraciones. Había un calendario para eso, creo. Una vez al mes. O cada dos meses, no lo sé muy bien.

—Oh —murmuró Kelan—. Tiene sentido, si es tan agotador.

Se levantó como pudo. Tuvo que apoyarse en Sulani para mantener el equilibrio, y ella lo sostuvo sin el menor comentario. Kelan respiró hondo y se esforzó por centrarse.

—¿Cómo está el zaldrim? ¿El que traje de vuelta después de que lo mataras?

Aún le costaba emplear la palabra exacta para lo que él hacía, «Restaurar», porque tenía la sensación de que, pese a todas las evidencias, el simple hecho de insinuar que él poseía el poder del Eterno Emperador no solo implicaba una traición, sino también un sacrilegio.

—Haciéndose a la idea. Pero está agradecido, mi señor. Y arrepentido por haber defendido a la falsa Emperatriz. Estoy segura de que acabará luchando a nuestro lado.

—¿Ha vuelto a enmascararse?

—Todavía no, pero está decidido a hacerlo, en cuanto se reponga un poco.

—Muy bien —asintió Kelan—. ¿Has traído a los otros?

—Sí, mi señor. —Dudó un momento antes de añadir—: El cuerpo de Miridia presenta graves destrozos. ¿Seréis capaz de... Restaurarlo? Disculpad —se apresuró a aclarar—, no es mi intención dudar de vuestro poder.

Kelan alzó la mano.

—No tienes que disculparte. Tampoco yo lo sé, pero imagino... —Vaciló un momento, porque la idea le resultaba perturbadora—. Imagino que no debería esperar más para intentar arreglarlo, ¿verdad? Si dejo pasar mucho tiempo, quizá el cuerpo ya no esté en condiciones.

Pero Sulani le devolvió una mirada repleta de fe inquebrantable.

—Vos sois la encarnación del Eterno Emperador —respondió sin más.

Kelan suspiró. «Supongo que sí», pensó con resignación. Pero no lo dijo en voz alta.

Cuando salieron de la tienda, el chico caminaba ya por su propio pie.

Estaban acampados en un claro del bosque. Parecía evidente que sus compañeros habían decidido que aún no era seguro conducir a los nuevos miembros del grupo hasta su refugio secreto en las montañas, pero a ellos no parecía importarles. Habían encendido una hoguera y estaban asando algo de caza para cenar.

Cuando Kelan se acercó, todos se volvieron para contemplarlo con un silencio reverencial; alguno se puso precipitadamente en pie para inclinarse ante él. Kelan optó por ignorarlo y miró a su alrededor. Localizó bajo un árbol los cuerpos de los zaldrim muertos, cubiertos con sendas capas. Se dirigió hacia ellos.

—¿No preferís descansar un poco primero? —preguntó Sulani.

Pero Kelan negó con la cabeza.

—Cuanto antes acabemos, mejor.

Se inclinó junto a los cuerpos y los observó en silencio, preguntándose de cuál de los dos debía ocuparse en primer lugar. Le preocupaba la posibilidad de que no tuviese fuerzas para traerlos de vuelta a ambos. Retiró los mantos que los cubrían y reprimió un gesto de horror al contemplar las espantosas heridas de la mujer. El cuerpo del hombre, que había muerto atravesado por las afiladas agujas de Sulani, parecía mucho más entero en comparación. «Tengo que dejar de hacer esto», pensó, llevándose la mano inconscientemente a la hoz que pendía de su cintura. Hasta hacía poco, había matado solo en defensa propia, en circunstancias extremas. El asesinato de aquellos zaldrim, en cambio, había sido premeditado. Porque tenía intención de traerlos de vuelta después.

Sin duda había maneras más limpias de matar, pero Kelan no las dominaba. En cierta ocasión había dicho que empleaba la hoz para no olvidar sus orígenes. No obstante, en realidad la había elegido porque era una herramienta que sabía utilizar con destreza.

Abrió las manos, flexionando lentamente los dedos. Si era realmente el Emperador, pensó, contaba con un segundo poder del que todavía no había empezado a servirse. Se contempló las palmas de las manos y se estremeció al considerar que su simple contacto pudiese ser letal. Se preguntó si debía empezar a usar guantes, solo por si acaso. Después se le ocurrió que, si pudiese Ejecutar de verdad, no tendría que seguir usando la hoz, y el proceso sería mucho menos sangriento. Quizá la Restauración posterior resultase más sencilla también.

Cerró los puños. No se sentía cómodo con aquellos pensamientos. No eran propios de él.

Pero lo cierto era que la idea de matar le resultaba mucho menos perturbadora desde que sabía que podía devolver la vida a sus víctimas.

Cerró los ojos con fuerza. «No olvides esto nunca», se dijo. «No olvides que, si matas, debes repararlo después.»

Y decidió que, costara lo que costase, tenía que traer a aquellos dos zaldrim de vuelta, independientemente de la gravedad de sus heridas o de lo agotado que pudiese sentirse. Tenía que hacerlo, y punto.

Consciente de la expectación con que lo contemplaban los soldados, Kelan inspiró hondo, colocó las manos sobre el cadáver de Duvali y se dispuso a devolverle la vida.

Día 138, año 17 de la era de Vintanelalandali

Kelan está Restaurando a los muertos. Y no a cualquier muerto. Por lo visto, se dedica a matar zaldrim. Y luego les devuelve la vida. Solo que, cuando vuelven, ya no son zaldrim, porque han perdido su máscara. Así que él se ofrece a devolvérsela si le juran lealtad.

Naturalmente, todos aceptan su propuesta. ¿Cómo no iban a hacerlo, si él les ha demostrado con hechos que es el verdadero Emperador, que han estado sirviendo a la persona equivocada?

Así que Kelan está reuniendo un ejército de zaldrim Restaurados y soldados que han desertado del ejército para unirse a sus filas.

Al menos, es lo que se dice por ahí, según Zaralane, que estuvo ayer en el mercado y escuchó todas estas cosas. Ella dice que son solo rumores, y que puede que los haya difundido el propio Yinimakintanam para meter miedo a la gente. Pero yo no lo creo. Primero, porque él parece muy interesado en que yo sea proclamada Emperatriz, y en mantener a Kelan bien lejos del trono. Así que no le conviene sembrar dudas acerca de mi legitimidad.

Y segundo, porque al parecer está prohibido hablar de Kelan y su poder en voz alta. Zaralane dice que había soldados patrullando por el mercado y prestando atención a las conversaciones. Que su madre y su hermana le han contado que hay gente en prisión por anunciar la llegada del verdadero Emperador. Gente que afirma que

Kelan puede Restaurar, y que eso significa que el Augur se equivocó y yo no soy la verdadera Emperatriz.

—Nadie puede decir tales cosas en público —me contó Zaralane—. Yo me comunico con mi familia en mi lengua natal, que muy poca gente conoce aquí, en Armonía, y aun así ellos hablaban en voz baja por miedo a que alguien los oyera y los denunciara ante el juez.

—Pero no pueden encarcelarlos por eso —argumenté, horrorizada—. No es delito dudar de la divinidad de un Emperador que aún no ha sido entronizado ni ha participado como Mano Ejecutora en ningún Juicio.

En cuanto pronuncié estas palabras comprendí lo que estaba sucediendo. Si Kunavamastedal siguiese con vida, jamás habría consentido semejante despropósito. Pero es Yinimakintanam quien controla la justicia ahora, y lo conozco lo bastante bien como para saber que no dudaría en reinterpretar las leyes en su beneficio, retorciéndolas para justificar cualquier cosa que se le ocurra.

Porque es cierto que aún no he sido entronizada, pero ya hay fecha para la ceremonia.

Y es cierto que aún no he mostrado poder alguno en público, pero sí participé en un Juicio. El de Kelan, precisamente.

Y con esto le basta para proclamar que yo soy la verdadera Emperatriz y que todo el que siga a Kelan no solo está colaborando con un fugitivo de la justicia, sino que, sobre todo, está cometiendo un delito de alta traición... y de sacrilegio.

Si juzgan a todas esas personas, las condenarán a muerte.

—Tiene que haber alguna manera de impedir todo esto —murmuré—. Pero ¿cómo?

Zaralane tiene sentimientos encontrados al respecto. A ella tampoco le parece bien que haya ciudadanos presos solo por difundir rumores. Pero, por otro lado, está convencida de que esos rumores son mentira; que la gente que cree en Kelan está, en efecto, cometiendo sacrilegio, porque yo soy la única Emperatriz de Akidavia, la verdadera encarnación del Eterno Emperador.

Ojalá yo tuviese tanta fe en mí misma.

—Si es mentira lo que dicen —argumenté—, ¿por qué tiene Yinimakintanam tanto interés en silenciar esos rumores?

—Porque los rumores son peligrosos, Divinidad —respondió ella con suavidad—. Especialmente cuando son mentira.

Bajé la cabeza con un suspiro.

—Entonces ¿tú no crees que Kelan sea capaz de Restaurar?

—Ni por un momento. Es todo una pantomima, estoy segura. Y cuando vuestro cabello encanezca y vuestro poder despierte por fin, todo el mundo lo verá también. Y ya nadie se atreverá a dudar de vos.

Pero yo estoy cada día más convencida de que no debería estar aquí. De que van a sentar en el trono a la persona equivocada, a un fraude con una túnica escarlata y una peluca blanca.

El don imperial

Kelan estuvo dos días enteros inconsciente. Cuando despertó, se sentía tan desorientado que en un primer momento ni siquiera recordaba su propio nombre. Después fue situándose poco a poco, y cuando por fin logró ponerse en pie, exigió a Sulani que lo pusiese al día de inmediato.

—Quizá deberíais descansar un poco, mi señor —respondió ella, preocupada.

—Ya he descansado suficiente —cortó él con brusquedad.

Le dolía todo el cuerpo al moverse, y aún se sentía débil y agotado, como si hubiese envejecido de golpe. Pero necesitaba saber qué se había perdido.

—La Restauración... funcionó, ¿verdad? —Fue lo primero que le preguntó a la zaldrim.

La mirada de ella se suavizó tras la máscara.

—Sí, mi señor.

—¿Para ambos? Los dos... ¿están bien? —insistió él.

Estaba bastante seguro de que había conseguido traer de vuelta al primero, pero tenía dudas con respecto a la mujer. Sus recuerdos estaban un poco borrosos en aquel punto.

—Ambos están bien. Pero Miridia... —Sulani dudó. Kelan se irguió, tenso—. Miridia ha rechazado su máscara —concluyó ella—. Dice que no quiere volver a ser una zaldrim.

Kelan se relajó.

—Si es lo que ella quiere...

—Pero su poder nos sería muy útil, mi señor —protestó Sulani—. Es capaz de paralizar a cualquier persona a la que toque, y eso podría...

—Sulani —interrumpió él—. No pasa nada. Nos quedaremos con su máscara, así que de todas formas tampoco podrá seguir luchando en el ejército imperial.

La zaldrim resopló, indignada.

—¡Pero le devolvisteis la vida!

—Porque se la había quitado. —Kelan inspiró hondo—. Parecía un buen plan al principio, pero ahora empiezo a dudar de que podamos continuar con esto mucho tiempo. No quiero seguir matando zaldrim. Morir, y regresar a la vida..., no es sencillo para nadie.

—Sulani apartó la mirada, pero no dijo nada—. Tampoco parece que a mí me siente bien Restaurar a tanta gente. —La zaldrim sonrió tras la máscara—. ¿Qué te hace tanta gracia?

—Por fin reconocéis que poseéis el don de la Restauración imperial —respondió ella.

Kelan suspiró con cansancio.

—¿Y en qué cambia eso las cosas? Vintanelalandali va a ser entronizada. Está claro que el Consejo no quiere proclamar Emperador a un proscrito de nombre corto, como yo. Y, para ser sincero, no estoy seguro de quererlo yo tampoco.

Sulani frunció el ceño, desconcertada.

—¿Y qué deseáis entonces, mi señor?

Kelan tardó un poco en contestar.

—En realidad —murmuró por fin, con una sonrisa amarga—, lo único que yo quería era cultivar cereal.

Ni siquiera había pasado un año desde que se había fijado en los pequeños brotes que crecían junto a la plaza principal de su aldea natal. Su vida había dado un vuelco que jamás habría imaginado, y no solo eso: él mismo apenas se reconocía ya. A veces tenía la sensación de que los recuerdos que conservaba de sus días en Gratitud formaban parte de la memoria de otra persona.

Sulani lo devolvió bruscamente al presente.

—Pero no podemos detenernos ahora —objetó—. Solo faltan diecisiete días para la proclamación de la Emperatriz. Debemos impedir que sea entronizada.

Pero Kelan sacudió la cabeza.

—¿Y cómo vamos a hacerlo? Aún somos un grupo muy pequeño, incluso con los nuevos zaldrim que se han unido a nosotros. El ejército nos aplastaría antes de que pusiésemos un pie en la ciudad.

—Hay mucha gente dispuesta a unirse a vos, mi señor. Solo necesitan una señal. Pero si la impostora es entronizada...

—¿De verdad es eso tan importante? —preguntó Kelan—. Aunque se lleve a cabo la proclamación de Vintanelalandali, no podrán mantener la farsa durante mucho tiempo. Pueden disimular el color de su cabello bajo una peluca blanca, pero sin el poder del Eterno Emperador, si ella no es capaz de Restaurar a los muertos...

—Tal vez encuentren la manera de engañar a todo el mundo —murmuró Sulani—. De todos modos, una vez que se lleve a cabo la entronización, las leyes ya no permiten dudar de la divinidad del Emperador. Muchas personas que podrían luchar en vuestro favor cambiarán de idea si el Consejo consuma la ceremonia... y si vos no reclamáis vuestro derecho a ocupar el trono en lugar de la impostora.

Kelan se llevó las manos a las sienes con un suspiro.

—De acuerdo, espera. Déjame pensar. Está claro que no podemos combatir abiertamente, porque no tenemos tiempo de formar un ejército que tenga la mínima posibilidad de vencer. Sobre todo si estoy varios días fuera de combate después de cada Restauración. ¿No hay ninguna posibilidad de que retrasen la ceremonia?

Sulani negó con la cabeza.

—Está ya todo preparado. Nuestros informantes nos dicen que la ciudad entera se está engalanando para la ocasión, y que las posadas empiezan a llenarse de visitantes y representantes de todas las provincias. Incluso han reabierto los albergues de peregrinos de las afueras, que llevaban dieciséis años cerrados.

—¿Albergues de peregrinos? —repitió Kelan sin comprender.

—Vos sois demasiado joven como para haberlo vivido, y procedéis de una provincia demasiado alejada del corazón del imperio —explicó la zaldrim—, pero, en vida de un Emperador, siempre hay un gran número de personas que peregrinan hasta la capital con la esperanza de que él los Restaure cuando mueran. Se trata de personas aquejadas de graves enfermedades, habitualmente jóvenes que saben que no vivirán mucho tiempo o gente de nombres largos que no acepta el hecho de que solo el Eterno Emperador es verdaderamente inmortal. Muchos de ellos, sin embargo, no sobreviven al viaje. Los que sí llegan a la ciudad se alojan en los albergues y viven allí sus últimos días, con la esperanza de que, cuando fallezcan por fin, el Emperador los traiga de vuelta.

—¿Y... suele hacerlo? —preguntó Kelan, impresionado.

—A veces, pero es imposible Restaurarlos a todos. Y los muertos de los albergues no son los únicos que entran en los sorteos de las Restauraciones.

Kelan inclinó la cabeza, con un extraño peso en el corazón.

—Entiendo —murmuró.

—Cuando el decimosexto Emperador nos abandonó —prosiguió Sulani—, dejaron de llegar peregrinos a la Ciudad Imperial. Durante mucho tiempo, mientras Vintanelalandali crecía, los albergues estuvieron vacíos.

—Hasta ahora —comprendió el joven. Frunció el ceño, pensativo—. Pero ella no podrá devolverles la vida cuando mueran. Las esperanzas de esas personas son inútiles. Su viaje ha sido en vano.

—Ellos no lo saben, mi señor.

Kelan alzó la cabeza.

—Quizá haya otro modo de impedir la entronización —dijo de pronto—. Uno que no implique pelear. Ni tener que matar a más zaldrim para Restaurarlos después.

Sulani alzó las cejas, interesada.

—¿En qué estáis pensando?

Día 146, año 17 de la era de Vintanelalandali

Esta mañana, Kalinamanteni me ha hecho probarme el atuendo que luciré durante la ceremonia de entronación. Al contemplar mi reflejo en el espejo me he visto, una vez más, fuera de lugar. Me parece tan obvio que no se trata de mi verdadero cabello, que no comprendo cómo hay tanta gente que se ha dejado engañar por un truco tan burdo.

—Tú no crees que sea yo la Emperatriz, ¿no es cierto? —le he preguntado a la Consejera.

Kalinamanteni se ha sobresaltado ligeramente, como si no esperase que se lo preguntara de forma tan directa. Pero se ha limitado a apretar los labios y a sacudir la cabeza.

—Lo que yo crea no es relevante, Divinidad.

En efecto, y dado que ella me desprecia y probablemente me detesta, lo que piense de mí no debería afectarme. Pero todavía me importa, aunque trate de fingir que no.

No obstante, respondí en voz baja:

—Habrá más gente que dude, ¿verdad? Y, si es así, ¿qué pasará cuando llegue al trono? ¿Habrá revueltas? ¿Estallará una guerra?

—El Consejero Yinimakintanam se ocupará de que no suceda nada de eso —replicó ella con voz neutra, aún sin mirarme.

—¿Y después? —insistí—. Si yo no soy la Emperatriz, ¿qué sucederá cuando mis poderes no despierten? Aunque Yinimakintanam logre engañar a todo el mundo para que crea que sí soy capaz de Ejecutar, o incluso de Restaurar..., ¿qué va a pasar cuando todos vean que la Emperatriz envejece como cualquier otra persona? ¿Cuando muera mucho antes de lo que nadie había previsto? ¿Cómo localizarán los Augures a las siguientes encarnaciones del Eterno Emperador, si se rompe la cadena conmigo?

Me interrumpí de pronto, porque Kalinamanteni había alzado la cabeza para mirarme. Y había tanto odio en su mirada que retrocedí un paso instintivamente, asustada. Pero se limitó a decir, de nuevo con ese tono indiferente tan impropio de ella:

—No debéis preocuparos por eso. Vos sois la verdadera Emperatriz.

Esto es lo que repite la gente a mi alrededor, incluso aquellos que saben que mi cabello no es blanco en realidad. Zaralane lo cree de veras; Kalinamanteni no, aunque sus palabras afirmen lo contrario. Pero sigo sin saber qué es lo que piensa Yinimakintanam, qué es lo que creía Kunavamastedal ni cuál es la estrategia que se oculta detrás de todo este fingimiento y esta entronización precipitada. Cada día que pasa estoy más convencida de que yo no debería ser proclamada Emperatriz. Pero no puedo hablar de esto con nadie, porque Zaralane tiene tanta fe en mí que le entristece mucho que yo albergue tantas dudas. Dice que es precisamente eso lo que pretenden nuestros enemigos, y trata de animarme para evitar que me venza el desaliento.

Ya solo faltan doce días hasta que las dos lunas estén llenas y el Consejo me proclame la legítima Emperatriz de Akidavia. Tengo la sensación de que no debería consentirlo, pero no sé qué puedo hacer para evitarlo. Algo en mi interior me dice que tengo que salir de aquí, escapar del palacio, marcharme a donde nadie pueda encontrarme. Pero ¿a dónde iría? ¿Y qué pasará con Akidavia si yo desaparezco?

Hasta hace poco, estaba bastante segura de que Kelan no era el rebelde que todos decían. No me llevo a engaño con respecto a él; sé que es un criminal y un asesino. Pero estaba convencida de que lo único que él quería era escapar de la justicia, no iniciar ningún tipo de revuelta, y mucho menos asaltar el trono de Akidavia.

Ahora..., ya no sé qué pensar. Si los rumores son ciertos, si está reclutando a los zaldrim del ejército para su causa..., sus intenciones no pueden ser pacíficas.

Y aunque yo no sea la verdadera Emperatriz, me han educado como tal. No podría dar la espalda a mi pueblo y salir huyendo. No sin antes estar segura de que es lo correcto, y de que es Kelan quien debería estar ocupando mi lugar.

Sigo sin tener noticias de Galakuntiname, por otro lado, y empiezo a temer que nunca llegó a recibir mi mensaje. He preguntado discretamente a Viyatenisgani si sabe algo de ella, si estará en Armonía a tiempo para la entronización. Dice que Kalinamanteni le envió una carta con el correo imperial, más lento, pero mucho más fiable que las palomas mensajeras. No han recibido confirmación por parte de Galakuntiname, pero no es de extrañar, teniendo en cuenta que se está organizando todo con mucha precipitación.

Cada día que pasa tengo menos esperanzas de que mi carta haya alcanzado su destino.

Reunión en el cementerio

K elan estaba maravillado.

En su última visita a la Ciudad Imperial había acabado huyendo desesperadamente en busca de un refugio seguro, ocultándose en las alcantarillas y buscando los callejones más oscuros, herido y sin apenas fuerzas para activar su poder, perseguido por los zaldrim imperiales, entre los que se encontraba precisamente Sulani. Así que no se había tomado tiempo para recorrer las amplias avenidas ni los hermosos jardines del centro, ni tampoco para contemplar los farolillos que iluminaban la plaza del mercado, donde, a pesar de lo tardío de la hora, los puestos de comida que ofrecían especialidades de todos los rincones del imperio funcionaban a pleno rendimiento para atender al gran número de visitantes que invadía la ciudad. Kelan no recordaba aquel ambiente festivo, las calles abarrotadas de gente, de cantos y de risas, que se debían a que por fin Akidavia iba a entronizar a su venerada Emperatriz.

Tampoco es que ahora estuviese en situación de disfrutar de todo aquello como un ciudadano más, pero al menos estaba bastante seguro de que nadie lo buscaba allí. Ciertamente, había soldados patrullando por las calles y las plazas, pero parecía tratarse de rondas rutinarias. Y si Kelan se movía con cuidado, si evitaba las calles más concurridas y se deslizaba como una sombra por los rincones más oscuros, podía desplazarse por la ciudad sin que nadie lo descubriera. El poder de su máscara funcionaba ahora sin problemas, de modo que incluso podía atravesar los muros como una nube de humo en un instante en el caso de que alguien volviese la mirada en su dirección.

No tenía muy claro qué era lo que estaba haciendo allí, sin embargo. Contaba con algunas ideas, pero no con un plan desarrollado. Sí sabía que no tenía ningún sentido continuar con la estrategia que habían mantenido hasta entonces. No solo lo había debatido con Sulani, sino también con Malko y Yambu, y con Gadovan, uno de los zaldrim que había Restaurado en la última batalla, y que había resultado ser una gran fuente de información. Todos estaban de acuerdo en que no tendrían tiempo de formar un ejército antes de la proclamación de la Emperatriz, pero nadie había propuesto un plan alternativo. Kelan había dicho que tenía intención de acercarse a la ciudad de incógnito, pero Sulani creía que era demasiado peligroso. Yambu había dado por sentado que tenía intención de sabotear la ceremonia, y se había ofrecido a acompañarlo.

Pero las intenciones de Kelan eran muy diferentes. Y se le acababa el tiempo, de modo que optó por abandonar el campamento sin decírselo a nadie. Sabía que se preocuparían, que probablemente Sulani se sintiese molesta, pero necesitaba estar solo.

Y llevaba toda la noche merodeando por la Ciudad Imperial, observando, tomando nota de todo lo que veía y reflexionando sobre lo que debía hacer a continuación. Trataba de evitar, no obstante, la alta sombra de los muros del palacio, como si pudiese hacerlo desaparecer simplemente fingiendo que no se encontraba allí. Si seguía adelante con todo aquello, solo existían dos posibles futuros para él: o bien ocuparía aquel palacio como su legítimo residente..., o bien sería ejecutado por traidor y por sacrílego.

Pero, por mucho que se negara a pensar en ello, lo cierto era que no podía evitar que el recuerdo de la Emperatriz acudiese a su mente una y otra vez. Evocaba su postura firme, sus hombros erguidos y su cabeza alta, contrastando todo ello con la mirada asustada de sus ojos color avellana. Recordaba su imponente túnica en oro y escarlata, sus labios tan rojos que parecían ensangrentados y su larga cabellera de un blanco níveo, que ahora sabía que no era su verdadero pelo en realidad. Pensaba también en el inmenso alivio que había sentido cuando ella se había negado a Ejecutarlo. Entonces había creído que ella era mucho más de lo que parecía, una joven resuelta con personalidad propia a pesar de las apariencias, que osaba desafiar a un Consejo que obviamente poseía más poder e influencia que ella. Pero ahora se preguntaba si no habría sido todo una pantomima coordinada.

Porque, al fin y al cabo, la Emperatriz no habría podido Ejecutarlo, por mucho que lo hubiese intentado.

¿Cómo era posible que una muchacha así estuviese a punto de ser proclamada legítima Emperatriz de Akidavia, decimoséptima encarnación del Eterno Emperador?

Sacudió la cabeza, tratando de apartar aquellos pensamientos de su mente. ¿Qué le hacía creer que él mismo sería una mejor opción? Era cierto que poseía el poder de Restaurar, al parecer, la marca que lo señalaba como la auténtica deidad de Akidavia. Pero era Vintanelalandali quien se había preparado para ello durante toda su vida. Kelan solamente había asistido a la escuela elemental, y ni siquiera podía contarse entre los mejores de su clase.

Pensó en su padre, de quien se había despedido tiempo atrás, convencido de que volvería a verlo apenas unos días después, cuando regresara de su viaje a la capital de Gratitud. No había vuelto a saber de él desde entonces, ni sabía si Dugan había tenido noticias de su hijo. Suponía que Aigol y Riven le habían informado de que Kelan había perdido una sílaba de su nombre y de que lo habían condenado a un año de trabajos forzados en los campos de cereal. Pero ¿habría llegado hasta sus oídos la noticia de la rebelión en la plantación, de que su hijo era ahora Kel, el proscrito, el criminal más buscado de Akidavia? Se estremeció.

«Si consigo salir de esta», pensó, «si me proclaman Emperador, iré a buscarlo y lo traeré aquí, a la Ciudad Imperial, para que nunca tenga que volver a salir al bosque ni pasar necesidad». Después se le ocurrió que su padre nunca se sentiría cómodo entre los muros de un palacio. Probablemente se las arreglaría para escapar de la ciudad y adentrarse en el bosque de todas maneras. Sonrió con nostalgia y sacudió la cabeza. Tampoco él era capaz de imaginarse a sí mismo como Emperador.

«Quizá», pensó, «no se trate de una decisión que deba tomar yo». Después de todo, nadie le había preguntado a Vintanelalandali al respecto cuando se la habían llevado al palacio siendo apenas un bebé.

Pero lo cierto era que algunos Consejeros habían decidido ya que era ella quien debía ser entronizada; para lo cual, al parecer, debían eliminar a toda la competencia.

Esta era la razón, en realidad, por la que Kelan rondaba aquella noche por la Ciudad Imperial. Gadovan les había contado que circulaban muchos rumores acerca del Verdadero Emperador y su poder para traer de vuelta a los muertos, pero que nadie se atrevía a hablar de ello en voz alta, y que, de todos modos, muchos se mostraban escépticos ante lo que oficialmente no era más que un montón de habladurías.

«Tienen derecho a saber», reflexionaba Kelan. «El Consejo dirá que es mentira, pero la gente debería saber la verdad. Que puedo Restaurar como un Emperador. Y después... que decidan si prefieren a Vintanelalandali, la chica del palacio..., o al proscrito rebelde Kel.»

Sería un alivio para él que fuesen otros los encargados de decidir si él era o no la nueva encarnación del Eterno Emperador. Porque, aunque no podía negar la evidencia de lo que era capaz de hacer, tampoco acababa de creérselo del todo.

Poco a poco se fue alejando de los concurridos barrios del centro, hacia las afueras, donde Sulani le había dicho que se encontraban los albergues de los peregrinos. No sabía muy bien qué era lo que le atraía de ellos, ahora que sabía que existían. Sulani le había contado que eran lugares tristes, que mucha gente evitaba sistemáticamente, por si allí se alojaban personas con enfermedades contagiosas. Ni siquiera en el caso de que Vintanelalandali poseyese los poderes de una verdadera Emperatriz lograría salvar a toda aquella gente, comprendió Kelan. Empezaba a entender que la facultad para Restaurar la vida no era ilimitada.

Aun así, deseaba que la gente supiese que él la poseía. Matar a zaldrim para Restaurarlos después en algún desfiladero perdido en las montañas no parecía una forma demasiado constructiva de utilizar su poder. Por otro lado, Kelan no podía culpar a los ciudadanos por no creerse los rumores que circulaban sobre él. También a él le habrían parecido absurdos, de haberlos escuchado.

Pero ahora quería hacer algo más. Algo diferente.

Quería que los ciudadanos de Akidavia supiesen que él no era un criminal, no en el fondo. Que podía usar su poder para hacer algo bueno. Para reparar injusticias..., como la que había terminado con la vida de Ran.

Por alguna razón pensaba que sería en un albergue de peregrinos donde encontraría a alguien a quien ayudar. Pero, antes de que lograse localizar alguno, un encuentro fortuito en un barrio de las afueras lo hizo cambiar de rumbo.

La comitiva le llamó la atención porque estaba formada por personas que vestían prendas oscuras, llevaban la cabeza cubierta y se mostraban profundamente afligidas, y aquello contrastaba vivamente con el ambiente festivo que reinaba en la ciudad. Dominado por la curiosidad, Kelan los siguió en silencio, ocultándose entre las sombras. Solo entonces se dio cuenta de que llevaban a hombros una plataforma sobre la que yacía un bulto cubierto que parecía un cuerpo humano.

Aquello era un funeral.

Kelan se estremeció, pero continuó escoltando a la comitiva como una sombra furtiva hasta que llegaron a un pequeño cementerio a las afueras de la ciudad. Entonces se ocultó entre los árboles para escuchar el discurso de despedida.

El hombre que habló resultó ser el padre del fallecido, un chico de apenas quince años, que había contraído una enfermedad mortal que se lo había llevado a la tumba en solo tres días. Contó que, tras la muerte de su esposa, aquel muchacho era lo único que le quedaba, puesto que no habían tenido más hijos.

Kelan volvió a pensar en su propio padre, y se sintió conmovido.

—Ya no hay esperanza para mi Rodian —sollozaba el hombre—. Si hubiese aguantado unos días más, tal vez la Emperatriz lo hubiese escogido para su primera Restauración. Pero ahora es demasiado tarde.

Kelan lo dudaba. Todos los días moría gente en aquella ciudad tan grande y, por otro lado, si la Emperatriz Restauraba solamente una vez al mes, era muy poco probable que las fechas coincidiesen.

No obstante, en eso se basaba el culto al Eterno Emperador: en la fe. En la esperanza.

Kelan tomó una decisión. Alzó la cabeza y avanzó hacia ellos, saliendo de su escondite.

—No es demasiado tarde —dijo con suavidad.

Los asistentes se volvieron hacia él, sobresaltados. Alguien chilló al detectarlo en la penumbra, una silueta informe y oscura con ojos como carbones encendidos. Pero entonces Kelan recuperó su corporeidad y, aunque su aspecto seguía siendo inquietante, al menos ahora parecía humano. La luz de las dos lunas se reflejaba en su cabello blanco, haciéndolo destacar poderosamente en la oscuridad. Cuando entró en el círculo iluminado por las antorchas y todos pudieron ver su rostro enmascarado, hubo murmullos de sorpresa e inquietud.

—¿Quién eres tú? —preguntó el padre de Rodian, temeroso.

Kelan sonrió.

—Soy el que va a devolverte a tu hijo —respondió solamente.

Día 150, año 17 de la era de Vintanelalandali

Solo faltan ocho días para la proclamación, y mi cabello sigue siendo castaño.

Hoy he hablado con Yinimakintanam. He intentado hacerle ver que es una locura entronizar a una chica normal como yo. Que están cometiendo un terrible error, que deben buscar a Kelan y declarar en público que él es la auténtica encarnación del Eterno Emperador.

Yinimakintanam ha repetido una vez más que los rumores en torno a Kelan son solo rumores, que él no es el Emperador y ni mucho menos ha Restaurado a nadie, y que todo este asunto de la entronización es solo una solución de emergencia para sofocar cualquier atisbo de rebelión antes de que mis poderes despierten por fin.

Sé que no lo cree de verdad. Sé que solo repite la misma mentira una y otra vez porque piensa que no seré capaz de oponerme a su voluntad. Sé que piensa que no soy la verdadera Emperatriz, pero le da igual.

Y él sabe que yo lo sé. Y tampoco le importa.

Ya no sé qué más hacer. Cuando estoy a solas contemplo mi imagen en el espejo, como hacía constantemente Rayinemagaloran, esperando que mi cabello encanezca por fin. Pero sé que eso ya no va a suceder.

Zaralane di

Un viejo templo para un nuevo dios

—Este es el lugar que quería mostraros, Divinidad —dijo Gadovan.

Kelan avanzó unos pasos con la lámpara en alto y examinó la vieja construcción que se alzaba en silencio ante ellos, con sus vetustos muros bañados por la luz de las dos lunas. Se trataba de un antiguo templo abandonado en las afueras de la capital. Ciertamente, y a juzgar por su aspecto, parecía que nadie lo había visitado en años, aunque Kelan no las tenía todas consigo. Tal vez Gadovan, gracias a su vista extraordinaria, fuese capaz de ver en la penumbra detalles que a él se le escapaban, pero tenía la sensación de que no parecía un escondite particularmente seguro.

—¿De verdad crees que nadie nos buscará aquí? —preguntó.

El zaldrim se encogió de hombros.

—Este templo lo erigieron en honor a la anterior encarnación del Eterno Emperador, pero, tras su muerte, la gente dejó de frecuentarlo. —Inclinó la cabeza, pensativo—. Lo lógico habría sido que lo restaurasen para consagrarlo a Vintanelalandali tras ser entronizada, pero al parecer el Consejo prefiere levantar templos nuevos. Por lo que tengo entendido, se van a inaugurar un total de cinco solo en la capital. Son nuevos tiempos —concluyó—, así que ¿a quién le va a interesar una reliquia del pasado como esta?

Aquel edificio en concreto había sido poco más que un pequeño espacio de oración y ofrendas. Kelan sabía que, en la antigüedad, los Emperadores solían visitar de vez en cuando los templos erigidos en su nombre, no solo en la provincia de Armonía, sino también por todo el imperio. Pero Ulayanamivandu no había abandonado el palacio ni una sola vez en sus más de ochocientos años de vida, y se daba por sentado que su sucesora tampoco lo haría.

Sulani se cruzó de brazos y desvió la mirada con cierto escepticismo.

—Sigo sin creer que sea una buena idea —opinó—. Aunque este lugar esté abandonado, se encuentra demasiado expuesto. Estábamos más seguros en las montañas.

—Es aquí, en la ciudad, donde debemos estar —le recordó Kelan con suavidad.

No era la primera vez que mantenían aquella conversación, y él sabía que no la convencería. Pero repetirlo en voz alta también lo ayudaba a él a mantenerse apegado al plan que había trazado.

Tras la Restauración del chico del cementerio, Kelan había regresado a su base en las montañas con una idea bastante precisa de lo que iba a hacer en los días siguientes. Una vez allí, había convencido a Sulani para que lo acompañase de vuelta a la ciudad, junto con Gadovan y media docena de soldados. Los demás permanecerían en el campamento, que había quedado a cargo de Yambu y Malko.

Necesitaban, no obstante, un lugar donde ocultarse mientras estuviesen en la capital, y por esa razón Gadovan los había conducido hasta el templo.

Kelan era consciente de que Sulani tenía razón, y de que aquel edificio abandonado no sería el mejor de los refugios. Pero, por otro lado, encontraba muy atractiva la idea de instalarse precisamente allí, en un espacio consagrado a un Emperador que no lo había pisado jamás. Los ciudadanos valorarían el gesto, aunque a Sulani le preocupaba que a los soldados imperiales también se les ocurriera que aquel era un buen lugar para buscarlo.

Inspiró hondo.

—No nos queda mucho tiempo —les recordó a los suyos—. No podemos perderlo en buscar otro sitio mejor.

La puerta del templo estaba sólidamente cerrada, pero él no tuvo problemas para atravesarla. Después, la abrió para sus compañeros desde dentro.

Y así, sin ceremonias, Kelan de Gratitud tomó posesión de uno de los lugares dedicados al culto de la deidad que habitaba en su interior.

Día 151, año 17 de la era de Vintanelalandali

~~No sé~~

~~Todavía no entiendo~~

~~Estamos en~~

Cuando era más pequeña, me costaba exponer mis pensamientos en voz alta porque en mi cabeza se solapaban las ideas y me parecía muy difícil elegir por dónde empezar a expresarlas. La maestra Mindaleva solía decirme entonces que parase, respirase hondo varias veces y tomase un hilo conductor, solo uno, para seguirlo hasta el final. Y que, para ello, lo mejor es empezar desde el principio.

Y el principio es, supongo, lo que sucedió anoche mientras estaba escribiendo en mi diario, y la razón por la que dejé la frase a mitad.

Ahora que lo pienso, realmente no estaba escribiendo nada importante. Solo estaba lamentándome del poco control que tengo sobre mi propia vida, como de costumbre.

Fue entonces cuando alguien entró en la habitación. Di por sentado que se trataba de Zaralane, que había ido a las cocinas para pedir que nos preparasen una cena temprana.

Pero era Kalinamanteni, que había entrado sin llamar. Se detuvo en la puerta y se quedó mirando con desaprobación la peluca y los guantes que yo había dejado abandonados sobre el diván.

—No sirve de nada que los lleve si estoy sola, ¿verdad? —comenté, antes de que me reprendiera por ello—. Y Zaralane ya sabe que no...

—¿Que no eres la verdadera Emperatriz? —concluyó ella.

Me quedé conmocionada ante el desprecio con el que me había escupido aquellas palabras a la cara. Ya había sorprendido anteriormente alguna expresión de odio en su rostro, pero nunca había visto que lo manifestara de forma tan directa en mi presencia, y mucho menos alzando la cabeza de esa manera, con orgullo, como si estuviese muy por encima de mí.

—Si no lo eres —prosiguió Kalinamanteni con los labios apretados—, no deberías ser entronizada.

—Es... es posible, pero... —tartamudeé.

—No te preocupes —cortó la Consejera, sonriendo de forma particularmente siniestra—. Lo vamos a arreglar.

Y sentí miedo.

Me levanté, pero tuve que recurrir a toda mi fuerza de voluntad para no retroceder cuando Kalinamanteni cerró la puerta tras ella sin una palabra.

—¿Qué es lo que pretendes? —atiné a preguntar, inquieta.

Ella no respondió. Avanzó hacia mí con expresión decidida y aquel brillo de desprecio aún latiendo en su mirada.

Y luego ya no estoy segura de lo que pasó, porque todo fue muy confuso. Kalinamanteni me agarró por el cuello con violencia y me echó sobre la cama, y yo quise gritar pidiendo auxilio, pero ella dijo que había ordenado a la guardia zaldrim que se marchara, y que nadie vendría ayudarme.

—Nunca serás Emperatriz —me aseguró, mientras sus manos se cerraban sobre mi garganta—. Voy a subsanar el error que cometí permitiendo que Kunavamastedal te trajera al palacio.

Después dijo algo sobre una aldea miserable y el error del Augur, pero apenas le presté atención, porque estaba luchando desesperadamente para liberarme mientras me iba quedando sin aire. Pero las manos de Kalinamanteni eran como tenazas, y ella era mucho más fuerte que yo.

~~Y entonces hice~~
~~Y no sé cómo~~
Vuelvo a tener dificultades para expresar lo que quiero contar. Lo cierto es que tampoco lo recuerdo demasiado bien. Solo sé que, de repente, tuve la sensación de que me invadía una nueva energía, como si hubiese devorado todo un banquete después de pasar hambre durante un mes entero. Estaba sujetando a Kalinamanteni por las muñecas, intentando liberarme, y súbitamente fue tan sencillo que me la saqué de encima sin más, apartándola como si fuese una hoja de papel.

Me incorporé, boqueando, luchando por recuperar aire. Cuando por fin pude respirar, me apresuré a alejarme de Kalinamanteni, aún aterrorizada.

Pero ella no se movió.

Cuando la miré a la cara, descubrí que tenía la piel anormalmente blanca, los ojos abiertos como platos y el rostro congelado en una expresión de sorpresa y horror. Sin apenas darme cuenta de lo que hacía, me precipité sobre ella y traté de reanimarla. La llamé por su nombre, sollozando, mientras la sacudía para que volviera en sí, pero era demasiado tarde. ~~Estaba muerta Había Al parecer yo~~

Estaba muerta.

Tengo que detenerme y respirar hondo otra vez para poder seguir escribiendo, porque me tiembla tanto la mano que no estoy segura de que mi caligrafía resulte legible.

Fue entonces cuando llegó Zaralane, aunque apenas fui consciente del momento en el que entró en la habitación. Sí sé que corrió hacia mí, pero se detuvo bruscamente a medio camino, y cuando me volví hacia ella me di cuenta de que me miraba con una expresión extraña, entre asustada y maravillada.

—Zaralane, ayúdame —le supliqué—. Creo que Kalinamanteni está..., está...

Ella se había fijado en el cuerpo de Kalinamanteni al entrar, pero ahora no me quitaba los ojos de encima.

—Divinidad —susurró con adoración, y me estremecí.

—Ayúdame... —repetí, pero ella se dejó caer de rodillas ante mí.

Me incliné junto a ella para levantarla, alarmada, pero Zaralane alzó la mano para acariciarme el cabello, con los ojos llenos de lágrimas.

—Divinidad —repitió—. Yo siempre creí. Siempre tuve fe.

No entendía lo que estaba diciendo, pero cerré los ojos un momento para disfrutar de su caricia, que me consolaba inmensamente. Me sentía aturdida, sin comprender lo que estaba pasando, sin acabar de creer que fuera real.

Y todo se volvió aún más extraño cuando Zaralane me tendió un espejo de mano... y, al contemplar mi reflejo, descubrí que mi cabello se había vuelto completamente blanco.

Busqué con la mirada la peluca que había dejado sobre el diván. Seguía allí, junto con los guantes. Me toqué el pelo con miedo, como si temiese que se me fuera a caer. Me miré las manos.

Sin guantes.

Y me volví de nuevo, horrorizada, hacia el cuerpo de Kalinamanteni, que yacía inerte sobre la cama. Pero, antes de que pudiese verbalizar lo que estaba pensando, Zaralane me abrazó con fuerza.

—Vos sois la verdadera Emperatriz —me susurró al oído—. Vuestro poder ha despertado al fin. Siempre supe que lo haría, antes o después.

—Zaralane —acerté a decir, con un nudo en la garganta—. ¿He... he matado a Kalinamanteni? —Ella se separó un poco de mí para mirarme a los ojos—. No llevaba los guantes puestos —proseguí, angustiada—. Me los había quitado... No creía que los necesitase... Y ahora...

Pero Zaralane no me escuchaba. Me observaba el cuello con el ceño fruncido.

—Tenéis marcas aquí —dijo, acariciando un punto en mi piel con la yema de los dedos. Me estremecí ante la ternura que había en aquel roce—. ¿Qué ha pasado? ¿Qué os ha hecho esa bruja?

Respiré hondo varias veces. Y por fin empecé a pensar con claridad.

—Ha intentado matarme. Me estaba estrangulando, y yo no podía respirar, y entonces...

—¡Oh, no, no! —exclamó Zaralane, muy preocupada—. Nunca debí dejaros sola. ¿Dónde están los zaldrim?

Traté de recordar.

—Kalinamanteni ha dicho que les había ordenado que se fueran. Que nadie me oiría pedir auxilio.

Se me llenaron los ojos de lágrimas otra vez. Zaralane volvió a abrazarme, y yo le devolví el abrazo, de buena gana.

—Y me..., me ha atacado —recapitulé—, pero yo he... Algo ha pasado, y la he..., la he matado. ¿Qué voy a hacer ahora? ¡Oh! —Se me ocurrió una idea de pronto—. Si soy de verdad la Emperatriz, ¡tal vez pueda Restaurarla!

—¿Qué? —Zaralane se separó de mí, perpleja—. ¡Pero esa mujer ha intentado asesinaros!

—Porque pensaba que yo era un fraude, pero si supiese..., si entendiese...

—Entonces iría a juicio por haber atentado contra la vida de la Emperatriz —razonó ella—. Y la condenarían a muerte. Y moriría otra vez.

Me sentí tan desolada que estuve a punto de echarme a llorar de nuevo. Pero logré contenerme y me esforcé por centrarme. Aunque todo seguía pareciéndome muy confuso, un pensamiento cristalizó entonces en mi mente.

—Tengo que salir de aquí —murmuré.

—¿Disculpad?

—No puedo quedarme en el palacio ni un minuto más —resolví, porque sentía que me quedaba sin aire, como cuando Kalinamanteni me estrangulaba—. Tengo que irme lejos, a un lugar donde Yinimakintanam no pueda encontrarme.

—Pero, Divinidad..., vuestra entronización es dentro de ocho días.

—¡Ya lo sé! Pero necesito..., necesito pensar. Si Kalinamanteni ha intentado matarme porque creía... Pero Yinimakintanam piensa que yo... Si quiere entronizar a una chica normal y descubre que no lo soy...

Y si Kunavamastedal... —Inspiré hondo—. Quiero salir de aquí. Por favor —supliqué.

Zaralane se dio cuenta de que estaba demasiado nerviosa como para razonar, y tomó las riendas de la situación.

—Muy bien, no os preocupéis. Yo me ocuparé de todo.

Así que salimos de la habitación prácticamente con lo puesto (solo me detuve un momento para recoger mis libros y mis guantes), dejando atrás el cuerpo de Kalinamanteni. No nos encontramos con nadie en nuestro camino hacia los sótanos. La propia Kalinamanteni se había asegurado de ordenar a todos, guardias y sirvientes, que abandonaran aquella ala del palacio, con la intención de que nadie pudiese sorprenderla mientras ~~intentaba~~ cometía me atacaba. No pude evitar preguntarme cómo reaccionaría Yinimakintanam ante todo aquello, qué pensaría cuando encontrase a Kalinamanteni muerta en mi habitación. ¿Comprendería lo que había sucedido? Teniendo en cuenta que él daba por hecho que yo era un fraude, lo dudaba mucho.

Pero sí estaba segura de que intentaría encontrarme. Faltan solo siete días para la entronización, y obviamente necesita a alguien a quien entronizar.

Y yo no sé si quiero ser esa persona.

Sí, ahora ya parece claro que soy la verdadera Emperatriz, y sí, Zaralane tenía razón desde el principio. Pero tengo la sensación de que estoy enredada en una telaraña de secretos y mentiras, una madeja que debo deshacer antes de acceder al trono. Siento que debo alejarme del palacio y, sobre todo, de Yinimakintanam.

Y necesito saber quién es Kelan en realidad. Necesito comprender qué tiene que ver conmigo y por qué era tan importante para Kunavamastedal.

Zaralane y yo escapamos del palacio por los túneles subterráneos, como la última vez. En esta ocasión no nos dio tiempo de cambiarnos de ropa, así que, cuando nos encontramos en la calle, nos sentimos muy fuera de lugar. Ella llevaba puesta una capa, pero se la quitó para que yo pudiese cubrirme la cabeza con ella.

—Vuestro cabello es muy llamativo, Divinidad —me dijo.

Es cierto; es de un blanco incluso más puro y radiante que el de la peluca de Ulayanamivandu, que ha perdido un poco de lustre con el paso del tiempo. Por fortuna, como ahora lo llevo mucho más corto, no es tan difícil ocultarlo.

No estoy muy segura de cómo llegamos hasta el lugar donde nos escondemos ahora. Zaralane dice que se trata de un almacén que pertenece a su familia. No ha querido conducirme hasta su casa, porque piensa que es el primer lugar donde Yinimakintanam nos buscaría.

—La casa de mis padres y el monasterio de los Augures —enumeró—. Esos son los sitios que tenemos que evitar a toda costa.

El almacén es un lugar frío y oscuro, pero Zaralane ha conseguido un candil y varias mantas. Ha vuelto a salir ahora a buscar ropa más discreta para las dos. De modo que me he quedado sola, y por eso aprovecho para escribir.

Tengo mucho miedo. Había empezado a asumir que el Augur se equivocó conmigo, que no habitaba en mi interior el alma del Eterno Emperador, así que todo esto me ha tomado por sorpresa. Ya no sé qué pensar, ni sé cómo debo actuar. Quizá he actuado con precipitación al escapar del palacio, no lo sé. Solo tengo claro que necesito tiempo para reflexionar.

Lo único que me consuela es que Zaralane permanece a mi lado.

Rumores

Kelan inspiró hondo antes de posar las manos sobre el pequeño cuerpo que la mujer sostenía entre sus brazos. El niño tendría solamente unos cinco o seis años, pero una mala caída le había arrebatado la vida súbita y trágicamente. Y, a pesar de que Sulani le había recomendado que no Restaurase a nadie aquel día, Kelan no había sido capaz de negarse a salvarlo.

De modo que invocó su poder. Cada vez le resultaba más sencillo, aunque eso no le evitaba la espantosa debilidad que se apoderaba de él después. Por esta razón había recibido a la angustiada madre acomodado sobre un sillón elevado que sus compañeros habían situado en el fondo de la sala. A Kelan no terminaba de gustarle del todo porque parecía una especie de trono improvisado, pero también entendía que no era buena idea que se supiera que el verdadero Emperador era incapaz de mantenerse en pie por sí mismo.

De nuevo sintió que el cadáver del niño le drenaba su propia energía, dejándolo exhausto y bastante mareado. Pero logró mantenerse consciente para ver cómo el pequeño abría los ojos e inspiraba bruscamente, como si hubiese estado a punto de ahogarse. Para cuando su madre lo estrechó entre sus brazos, llorando de alegría, el color ya había regresado a sus mejillas.

—Gracias…, gracias, Divinidad —sollozaba la mujer, mientras Sulani la conducía hasta la puerta.

Kelan las oyó hablar en voz baja. Aunque no llegó a entender lo que decían, lo podía imaginar: Sulani le advertía a la madre que no debía revelar a nadie lo que había sucedido en aquel lugar. A pesar de que la mujer juró por el alma del Eterno Emperador que así lo haría, ambos eran conscientes de que era inevitable que se corriera la voz. Contaban con ello, en realidad.

—Sigo pensando que esto es muy peligroso —comentó Sulani cuando se quedaron a solas.

Kelan suspiró con cansancio y se recostó sobre el sillón, pero no dijo nada. Era consciente de que se estaba arriesgando mucho, y por esa razón permanecía oculto durante el día, mientras Gadovan salía a recabar información. Dado que aún usaba el uniforme del ejército y portaba una máscara zaldrim, la gente solía reaccionar en su presencia como si se tratase de una patrulla oficial. Solamente debía tener cuidado de no cruzarse con ninguno de sus antiguos compañeros, puesto que la noticia de lo sucedido en el desfiladero ya debía de circular por el ejército, aunque los oficiales tratasen de acallar los rumores.

No obstante, el hecho incuestionable era que había cada vez más personas que tenían conocimiento de lo que estaba haciendo Kelan y, lo que resultaba aún más peligroso..., sabían dónde encontrarlo.

—Mi señor. —La voz de Sulani a su lado lo sobresaltó y lo hizo abrir los ojos de golpe—. Hay un plan, ¿verdad? —Kelan no respondió, por lo que ella insistió—: No os pido que lo compartáis con nosotros, pero si tenéis a bien confirmarnos al menos que...

—El tiempo juega contra nosotros, Sulani —interrumpió él—. Si tuviésemos varios meses por delante, o incluso semanas, tal vez podríamos preparar algo. Pero si todas nuestras opciones terminan con la entronización de la Emperatriz...

—La falsa Emperatriz...

—... entonces no sé siquiera si vale la pena intentarlo. Y enviar a nuestra gente a una muerte segura en una empresa imposible.

Ella permaneció en silencio un instante. Después dijo, con suavidad:

—Yo, en cambio, tengo la sensación de que hemos de superar un obstáculo aún más insalvable que el tiempo, mi señor.

—¿Ah, sí? ¿Y cuál es?

—Que, en el fondo, no deseáis ser el Emperador. Ni pensáis que lo merezcáis.

Kelan se irguió, dispuesto a responderle, pero no halló nada que decir.

En aquel momento llamaron a la puerta. Los golpes seguían un código concreto, y Sulani lo reconoció de inmediato, de modo que fue a abrir.

Cuando regresó, venía acompañada por Gadovan y por otro hombre al que Kelan ya conocía, un comerciante de telas del barrio del mercado. El día anterior había Restaurado a su esposa, que acababa de fallecer en un parto complicado.

—Divinidad —exclamó el hombre; hizo ademán de postrarse ante él, pero Sulani, que sabía que Kelan se sentía incómodo ante aquellos gestos, lo detuvo.

—¿Ha pasado algo? —preguntó el chico—. ¿Se encuentra bien tu mujer?

—Sí, ella... está muy bien, Divinidad, loado seáis. Incluso ha vuelto a trabajar en la tienda esta mañana.

—Entonces no deberías haber vuelto —lo reprendió Sulani—. Y tú —añadió, volviéndose hacia Gadovan— no deberías haberlo traído.

El zaldrim se encogió de hombros, dirigiendo hacia ella la mirada de sus enormes ojos, amplificados por la máscara.

—Dice que tiene información importante. Información que os puede interesar.

Kelan se inclinó hacia delante.

—¿Es eso cierto? —El comerciante asintió con energía—. Habla, pues.

—Veréis, Divinidad, el otro día visitó mi tienda una muchacha bei-bei —empezó él—. Vestía una túnica de muy buena calidad, pero compró ropa femenina de diario, como la que llevaría cual-

quier chica de nombre corto. Tal vez la adquiriera para sus sirvientas, pero en tal caso serían ellas las que comprarían su propia ropa, y no su señora, pensé. Sin embargo...

—Abrevia, por favor —cortó Sulani, un poco molesta.

—Claro, enseguida. Lo siento mucho. El caso es que esta joven ha venido de nuevo hoy —prosiguió el comerciante—, para preguntar por la salud de mi señora. Al parecer, había oído rumores acerca de lo que había sucedido durante el parto... y ha intentado averiguar discretamente qué había de cierto en ellos.

Kelan se tensó.

—No le dirías...

—No, no, en absoluto. Le he explicado que son solo rumores, que mi esposa ha tenido un parto difícil pero que ya está recuperada. Que de ningún modo ha... fallecido. —Tragó saliva—. De hecho, ella misma estaba presente para corroborar mis palabras. Y, aunque debo reconocer que lo ha hecho con reparos, su vacilación podía atribuirse fácilmente al hecho de que todavía se siente débil tras el parto.

—¿Y has venido hasta aquí para contarnos...? —empezó Sulani, pero el comerciante se apresuró a responder:

—¡Lo más importante viene ahora! Veréis, la muchacha ya no iba vestida con la túnica elegante, sino que llevaba puesta parte de la ropa que había comprado en su visita anterior. Así que yo no la he reconocido al principio. Pero mi esposa, que tiene buena memoria para las caras, ha preguntado, cuando ella ya se había marchado: «¿No era esa joven la hija de los mercaderes de especias?».

Sulani iba a protestar de nuevo, pero Kelan la detuvo con un gesto y asintió, animando al hombre a continuar.

—Se trata de una familia muy bien considerada en el gremio —prosiguió él—. Son proveedores del palacio imperial, nada menos. Y tienen una hija que vive desde pequeñita en el palacio. Es doncella de la Emperatriz. Por esta razón ellos tienen un nombre de cuatro sílabas.

Sulani inspiró hondo y cruzó una mirada con Kelan, que se inclinó hacia delante, interesado.

—¿Es una chica bei-bei, dices? ¿De cabello negro y piel moteada?

—Sí, sí, procedente de Obediencia, como toda su familia. Al señalar mi esposa su parentesco, he recordado que estuvo en la tienda hace unos días, comprando ropa, y se lo he comentado, y a ella le ha parecido extraño. De modo que hemos enviado tras la muchacha al chico que nos hace los recados, para que la siguiera discretamente.

—¿Y qué ha pasado? ¿A dónde ha ido?

—Pues no ha regresado al palacio, sino que ha entrado en uno de los almacenes próximos al mercado. Uno que al parecer está vacío, pues no se usa en esta época del año. Por eso, cuando el chico ha vuelto con la información, le he dicho a mi mujer que debía de haberse equivocado de persona. Pero ella está tan convencida de tener razón que ha insistido en que os buscara para contaros lo que hemos visto.

Kelan y los zaldrim guardaron silencio un instante.

—Tal vez no sea nada —murmuró Sulani.

—Creo que la conozco —dijo entonces Kelan—. La he visto junto a la Emperatriz. Es mucho más que una doncella, esa chica... probablemente sea la persona en quien ella más confía.

—Puede que no se trate de la misma joven —apuntó Gadovan.

—Tal vez —admitió Kelan—, pero lo del cambio de ropa es extraño. Quizá deberíamos ir a investigar.

Gadovan asintió y se volvió hacia el comerciante.

—¿Crees que podrías prestarnos a tu recadero un rato para que nos guíe hasta ese almacén?

El hombre asintió con tanta fuerza que Kelan temió que se le desprendiese la cabeza de los hombros.

—Claro, señor. Por supuesto, señor.

Cuando se hubo marchado, dejándolos a solas, los tres siguieron conferenciando en voz baja.

—Hay una actividad inusual entre la guardia de la ciudad —dijo entonces Gadovan—. Patrullan las calles con más frecuencia y entran a registrar las casas y los comercios. La mayoría de la gente

piensa que es parte de las nuevas medidas de seguridad adoptadas por la entronización, pero otros creen que están buscando rebeldes.

Sulani sacudió la cabeza.

—Era inevitable que los rumores los pusieran sobre aviso. Sin duda ya deben de sospechar que estamos aquí.

—O puede que... —empezó Kelan, pero no concluyó la frase.

—¿En qué estáis pensando, mi señor? —inquirió Gadovan.

Kelan sacudió la cabeza.

—Es solo una intuición. Pero pienso que deberíamos echar un vistazo en ese almacén. Puede que nos llevemos una sorpresa.

Día 156, año 17 de la era de Vintanelalandali

Llevo varias noches sin dormir apenas, pero, curiosamente, me siento pletórica de energía, como si hubiese estado sumida en un extraño sopor del que acabase de despertar.

Sin embargo, y a pesar de mis deseos de hacer algo, lo que sea..., lo cierto es que me encuentro encerrada otra vez, y en esta ocasión se trata de una prisión mucho más pequeña e incómoda que mis aposentos en el palacio imperial.

No es que nadie me haya hecho prisionera, literalmente. Es que no puedo salir de mi escondite, porque sería demasiado peligroso. Zaralane me ha contado que los soldados del ejército patrullan sin descanso las calles de la ciudad. Se dice que están buscando al rebelde Kelan, pero yo sé que Yinimakintanam los ha enviado para capturarme. Las noticias acerca ~~del asesinato~~ de la muerte de Kalinamanteni y de mi fuga del palacio todavía no han trascendido. Nadie sabe nada, al parecer. Todo el mundo piensa que me van a entronizar pasado mañana. Todos creen que sigo en el palacio, como siempre.

Aún no he decidido si quiero volver. Zaralane dice que no debería tener más dudas, que ahora ya es evidente que yo soy la verdadera Emperatriz. Pero siguen circulando rumores acerca de Kelan, y por alguna razón necesito comprobar si son ciertos antes de tomar una decisión.

Pero, si no vuelvo a tiempo para la ceremonia, ¿qué va a suceder? Aunque ya hace varios días que me escapé del palacio, no se ha anunciado mi desaparición. Los preparativos para la entronización siguen adelante, como si nada hubiese sucedido. No se ha promulgado ningún bando decretando su cancelación, y no puedo evitar preguntarme por las intenciones de Yinimakintanam. Si estaba dispuesto a entronizarme aunque mis poderes no hubiesen despertado, ¿sería capaz también de sustituirme por otra cualquiera, una muchacha corriente disfrazada con una túnica deslumbrante y una peluca blanca? Ni Kunavamastedal ni Kalinamanteni lo consentirían, por descontado; pero ninguno de los dos puede evitarlo ya.

Zaralane ha conseguido ropa más discreta para ambas. Son de tonos más apagados que las prendas que suelo llevar, y la tela es áspera y pesada, pero abriga bien, lo cual es de agradecer, porque este lugar es muy húmedo y frío. Zaralane también trajo un tinte para disimular mi cabello blanco. Ahora es de un color indefinido que parece negro por la noche, pero que a la luz directa se ve como una especie de gris oscuro. Ella me ha pedido reiteradas disculpas por «estropear la divina blancura de vuestro cabello con un color tan sucio», pero le he dicho que es necesario.

No obstante, y a pesar de todas nuestras precauciones, no he salido de nuestro escondite todavía. Es Zaralane quien entra y sale, y trae comida para ambas y todo lo que necesitamos.

Mientras tanto, está tratando de averiguar más cosas acerca de Kelan. Hay quien dice que se encuentra en la ciudad, oculto en algún lugar, preparándose para asaltar el palacio, para secuestrarme, para impedir que se celebre la ceremonia..., o todo al mismo tiempo. Me parece poco probable, porque, por muchos seguidores que tenga, no podrá hacer nada contra el ejército imperial.

Me interesan más los rumores acerca de sus Restauraciones. Parecen bastante consistentes, aunque Zaralane ha sido incapaz de encontrar la fuente directa. Siempre se trata de alguien que lo escuchó de alguien que conocía a alguien que fue Restaurado por el rebelde Kelan, pero no ha podido hallar a nadie que pueda relatar su experiencia en primera persona.

Mientras Zaralane investiga, yo aprovecho las horas muertas para seguir traduciendo el diario de Rayinemagaloran. Por fin he llegado a la parte en la que menciona el juego de in-oyuk. Aprendió a jugar con doce años y a partir de entonces solía hacerlo todos los días, pero esos párrafos son confusos, porque no menciona a ningún contrincante. Es más, si no he entendido mal, se diría que jugaba contra sí mismo. Pero eso no es posible: el in-oyuk es un juego para dos, no se pueden hacer solitarios. Seguro que hay algo que estoy traduciendo mal, o algún detalle del contexto que se me escapa.

O puede que todo esto no sea importante en realidad. No puedo evitar pensar que estoy siguiendo una pista falsa, que no he entendido lo que Kunavamastedal intentaba decirme y que, por tanto, estoy perdiendo el tiempo tratando de descifrar un texto escrito en una lengua muerta.

Zaralane debe de estar a punto de llegar. La echo de menos cuando no está, porque siento que ilumina este lugar tan vulgar y polvoriento con su sola presencia. No sé qué haría sin ella, sin su sonrisa consoladora y su apoyo incondicional.

El proscrito y la Emperatriz

—Se-se fue por ahí —balbuceó el chico, señalando con un dedo trémulo.

Se trataba de una hilera de construcciones muy similares: planta amplia, techos bajos y una única altura. Paredes de piedra a prueba de incendios, pero poco más. A Kelan le habían explicado que aquellos almacenes habían sido construidos por el gremio de comerciantes mucho tiempo atrás, y que cada uno de ellos pertenecía a una familia distinta. Solía haber bastante trasiego de gente a lo largo de todo el verano, cuando los almacenes se llenaban tras las cosechas y con el regreso de los barcos mercantes de las provincias exteriores; y en invierno, a medida que las trastiendas se iban vaciando y había que recurrir al género almacenado. Pero ahora, a principios del otoño, la zona estaba bastante tranquila.

Gadovan, no obstante, señaló un levísimo resplandor que asomaba bajo la puerta de uno de los edificios. Kelan asintió.

—¿Es ese el almacén? —le preguntó al chico.

Cuando él lo confirmó, le dijeron que podía marcharse, y así lo hizo, a paso ligero y sin mirar atrás.

Kelan y sus compañeros (Sulani, Gadovan y dos soldados) se acercaron en silencio al almacén y se pegaron a una de las paredes exteriores. No se oía nada.

—Voy a entrar —anunció Kelan.

Sulani abrió la boca para replicar, pero finalmente permaneció en silencio.

—Esperadme aquí —añadió el joven—. Y cubrid la puerta, que no entre ni salga nadie.

Los demás asintieron, mostrando su conformidad. Kelan se transformó en una sombra y atravesó en silencio el muro del almacén. Una vez en el interior, se ocultó en un rincón oscuro y miró a su alrededor con interés.

Localizó enseguida a las dos muchachas. Una de ellas, la chica bei-bei, era en efecto la doncella de la Emperatriz, o al menos se le parecía mucho. Y la otra...

Kelan entornó los ojos y la examinó con atención. Llevaba el cabello en una media melena que apenas le rozaba los hombros, pero no era castaño rojizo, como él recordaba, sino de un tono negro carbón. El corazón se le aceleró, porque le resultó muy familiar de pronto. Estaba bastante seguro de que era ella, la Emperatriz, a pesar de sus ropas humildes y del cambio de color de su cabello. Pero se suponía que la Emperatriz no debía salir nunca del palacio, así que no tenía sentido que estuviese allí. Kelan aún dudaba, de modo que se quedó entre las sombras, espiando a las dos muchachas con la intención de descubrir quiénes eran, qué hacían allí y qué estaba sucediendo en realidad.

Habían improvisado un par de jergones en un rincón, así que parecía que estaban instaladas allí, al menos de forma provisional. A la luz de una lámpara de aceite, la joven bei-bei remendaba una pieza de ropa, mientras que la chica del cabello negro, que podía ser o no la Emperatriz, parecía enfrascada en el estudio de un pequeño y ajado cuaderno. Tenía un par de libros, papel y pluma dispuestos sobre una caja que hacía las veces de escritorio, y tomaba notas, muy concentrada. Fue entonces cuando él la reconoció, a pesar del color de su cabello. La última vez que había visto a Vintanelalandali, también estaba escribiendo.

Y llevaba guantes, recordó. Exactamente igual que ahora. Unos guantes incongruentemente elegantes, que contrastaban con sus ropas sencillas.

«Es ella», pensó Kelan. Pero ¿qué hacía allí? ¿Por qué no se encontraba en el palacio? ¿De qué se estaba escondiendo?

Recordó entonces que la Consejera que lo había liberado de la prisión le había exigido a cambio que atentase contra la vida de la Emperatriz. Pero él no solo se había echado atrás en el último momento, sino que además había tratado de advertirla de la conspiración que se estaba gestando en su entorno. No había sido lo bastante claro, sin embargo, y una parte de él se arrepentía de ello.

Reflexionó. Vintanelalandali había escapado del palacio, al parecer. Y ahora era mucho más vulnerable. Kelan y sus compañeros podrían capturarla y obligarla a renunciar al trono. Hasta hacía apenas unos instantes, no tenían la menor oportunidad de impedir que se llevase a cabo la entronización, pero aquello..., aquello lo cambiaba todo.

No podría celebrarse la ceremonia si el Consejo no tenía a nadie a quien entronizar.

Vintanelalandali apartó entonces los papeles, con un gruñido de frustración.

—Esto es un galimatías, Zaralane —se quejó—. Solo soy capaz de traducir una de cada cuatro frases, y ni siquiera estoy segura de estar haciéndolo correctamente. Necesito más tiempo.

La doncella dejó a un lado su labor y alzó la cabeza con una sonrisa comprensiva.

—Estoy convencida de que daréis con ello, Divinidad. Pero...

Dudó un momento, y Vintanelalandali se volvió hacia ella, interrogante.

—¿Qué?

—¿No deberíamos... pensar en lo que vamos a hacer... pasado mañana?

La Emperatriz inspiró hondo.

—No puedo regresar al palacio. No sin antes haber hablado con Kelan.

Desde su escondite, el aludido abrió los ojos con sorpresa, pero permaneció en silencio.

—No será sencillo llegar hasta él, Divinidad —objetó Zaralane—. Creo sinceramente que sí se encuentra oculto en algún lugar de la ciudad, pero está cubriendo muy bien sus huellas. Su gente le es leal, y no lo traicionará con facilidad.

La Emperatriz bajó la cabeza, pensativa.

—Si está aquí es porque tiene intención de provocar algún altercado en la entronización. Tal vez podamos dar con él cuando salga de su madriguera.

—¿La entronización? —repitió Zaralane, extrañada—. Pero no podrán llevarla a cabo sin vos.

—Yinimakintanam encontrará una manera, no te quepa duda. Lleva demasiado tiempo esperando este momento como para permitir que nadie se lo arruine. Ni siquiera yo.

Zaralane aún dudaba.

—Pero..., si se diera el caso de que encontrásemos al rebelde Kel..., ¿qué vais a decirle?

Vintanelalandali abrió la boca para replicar, pero alguien se le adelantó.

—Eso —intervino una voz con suavidad, desde la penumbra—. ¿Qué tenéis pensado decirme, cuando os encontréis ante mí?

Las dos chicas lanzaron una exclamación y se levantaron de un salto, alarmadas. Kelan avanzó hacia ellas; todavía era una sombra cambiante de siniestros ojos rojizos que relucían en la oscuridad.

Vintanelalandali se situó delante de su doncella para protegerla y alzó una mano hacia Kelan con una mirada de advertencia.

—Quédate donde estás, proscrito. No des un paso más.

Kelan sonreía, pero la máscara disimulaba su expresión.

—¿Cómo vais a impedirlo..., Divinidad? —preguntó, con un ligero matiz burlón en su voz.

Ella alzó la barbilla, desafiante.

—Soy la Emperatriz de Akidavia —declaró—. Llevo la muerte en las manos.

Kelan dejó escapar una carcajada escéptica. Vintanelalandali trató de quitarse el guante de un tirón, pero se le quedó atascado y tuvo

que intentarlo de nuevo. Por fin consiguió arrojarlo al suelo, pero el gesto había perdido dramatismo. Aun así, la joven le mostró su mano desnuda.

—Lleváis la muerte en las manos y una peluca en la cabeza —respondió él, todavía sonriendo—. Conozco vuestro secreto, ¿recordáis? A mí no conseguiréis engañarme.

Esta vez fue ella la que sonrió. Dio un paso al frente, aún con la mano en alto y un brillo de triunfo en la mirada.

—Si tan seguro estás de que no puedo hacerte daño, ¿por qué no te atreves a materializarte ante nosotras? —lo retó—. ¿De qué tienes miedo?

—Oh, así que queréis verme con mi aspecto verdadero. ¿Por qué no?

Desactivó su poder, y Vintanelalandali alargó rápidamente la mano hacia él. Pero la detuvo a medio camino, porque la radiante melena blanca del joven había atrapado su atención.

—No... puede... ser —musitó, sin poder apartar los ojos de él.

—Os mostraría mi rostro también, pero, como sabéis, una máscara drim es para toda la vida. —Sonrió—. O, mejor dicho, hasta que mueres o te matan. Porque, mientras exista el Eterno Emperador encarnado, siempre existe la posibilidad de volver. ¿Verdad?

Se acercó más a ella mientras hablaba, pero Vintanelalandali no retrocedió. Cerró el puño y lo dejó caer a un lado del cuerpo.

—¡No te atrevas a tocarla, criminal! —amenazó entonces Zaralane, alarmada ante la proximidad del proscrito.

Se abalanzó hacia él con un grito de ira, sin más armas que sus propios puños, pero Kelan no se defendió. Se limitó a activar su poder, y la muchacha simplemente lo atravesó con una exclamación de sorpresa. Recuperó el equilibrio y se volvió hacia Vintanelalandali, tendiéndole la mano con urgencia. Ella alargó primero su mano desnuda, corrigió el movimiento y le tendió la mano enguantada. Zaralane la aferró con fuerza y tiró de ella hacia la salida.

Kelan, aún incorpóreo, retrocedió un poco y las vio marcharse sin intervenir.

Sabía que no iban a llegar muy lejos.

En efecto, apenas unos instantes más tarde oyó ruidos fuera, exclamaciones ahogadas y forcejeos. Y las chicas volvieron a entrar, esta vez inmovilizadas por los compañeros de Kelan. Sulani sujetaba a Zaralane, y uno de los soldados había aferrado a la Emperatriz, que se retorcía con furia.

—¡Cómo te atreves a ponerme la mano encima! —bramaba, furiosa.

Gadovan se quedó fuera, vigilando, pero los demás entraron en el almacén y cerraron la puerta tras ellos.

—No les hagáis daño —ordenó Kelan a los suyos.

El soldado aflojó un poco la presión, temiendo haber lastimado a la Emperatriz, pero ella aprovechó para tratar de escapar. En el forcejeo, olvidó mantener su mano desnuda lejos de él.

Y de pronto el soldado quedó inmóvil, como alcanzado por un rayo, y el color desapareció de sus facciones. Cuando se desplomó en el suelo, a los pies de la joven, aún tenía los ojos abiertos y una expresión de sorpresa congelada en el rostro.

Ella gritó, asustada. El otro soldado desenvainó su daga y dio un paso al frente, pero se detuvo, dudoso, sin comprender lo que acababa de suceder.

Sulani hizo crecer sus uñas y acarició con ellas el cuello desnudo de Zaralane.

—Haz un solo movimiento y ella morirá —advirtió a Vintanelalandali, con peligrosa suavidad.

Pero ella estaba demasiado impresionada como para reaccionar. Temblaba violentamente, incapaz de apartar la mirada del soldado muerto.

—Yo no quería..., no quería... —musitaba, horrorizada.

Kelan desactivó su poder y avanzó hacia ellos.

—Atrás —ordenó a Vintanelalandali, y ella obedeció, sujetando su mano desnuda como si fuese una víbora lista para morder—. Quédate junto a la pared y no te muevas.

Vintanelalandali pegó la espalda al muro y respiró profundamen-

te varias veces, tratando de calmarse. Kelan se inclinó junto al soldado muerto.

—No ha pasado ni un solo día desde la última vez, mi señor —le recordó Sulani en voz baja.

Kelan no respondió. Colocó las manos sobre el cuerpo del soldado, dispuesto a Restaurarlo, y se sorprendió al comprobar que no quedaba ni una sola gota de vida en él. Por lo general, cuando traía de vuelta a una persona muerta, percibía en ella rastros de energía, especialmente en el caso de aquellos que acababan de morir. Pero a aquel hombre lo habían vaciado por completo.

Kelan se volvió para mirar a Vintanelalandali, que todavía temblaba junto a la pared, y le pareció que estaba un poco distinta, más despierta..., radiante, incluso, a pesar de su turbación.

Sacudió la cabeza. Ya resolvería aquello después.

Así que respiró profundamente, cerró los ojos y Restauró al soldado muerto.

Le resultó sorprendentemente fácil. Restaurar solía ser como volver a llenar de agua una jarra con grietas que había que reparar, o que estaba rota en pedazos y debía ser recompuesta antes de que pudiera contener líquido de nuevo. El poder de la Restauración podía arreglar todo eso, si actuaba en un tiempo prudencial después de la muerte.

Pero, en el caso del soldado, la jarra estaba intacta. No había ninguna razón aparente por la que hubiese podido perder toda el agua que contenía y, aun así..., se hallaba completamente vacía. Seca.

De modo que Kelan la llenó de nuevo, devolviendo a aquel cuerpo todo el aliento vital que había perdido. Cuando el soldado tomó aire y se incorporó de golpe, desconcertado, Kelan solo experimentó un ligero mareo. Bajó la cabeza, sin embargo, y se mantuvo en cuclillas en el suelo, por precaución.

Oyó que Zaralane lanzaba una exclamación ahogada, pero apenas le prestó atención. Cuando se hubo recuperado, se volvió hacia Vintanelalandali, que lo contemplaba con los ojos muy abiertos.

—Tú... —musitó ella—. ¿Cómo puede ser?

—Él es el verdadero Emperador —proclamó Sulani.

—¡No es verdad, es un truco! —bramó Zaralane—. ¡Mi señora es la única Emperatriz!

—Tu señora puede matar —replicó la zaldrim con indiferencia—. Eso no tiene mucho mérito, yo también sé hacerlo con bastante eficacia —añadió, acariciando la piel del cuello de la chica con la punta de la uña—. Pero, dime, ¿acaso es capaz de devolver la vida a los muertos?

Vintanelalandali acusó el golpe y contempló sus manos, una enguantada y la otra no.

—No lo sé —murmuró—. Nunca lo he intentado, yo...

Se interrumpió de pronto, sobresaltada, al sentir la presencia de Kelan. Alzó la cabeza y lo vio justo frente a ella. Cuando él levantó la mano, quiso retroceder, alarmada, pero estaba atrapada contra la pared. Cerró los ojos con fuerza. Kelan se limitó a tocarle el pelo, y Vintanelalandali volvió a abrir los ojos, ofendida.

—¿Cómo te atreves...?

No terminó la frase, porque él no le estaba prestando atención. Contemplaba la palma de su propia mano, tiznada de color carbón.

El joven se volvió hacia el segundo soldado, que observaba la escena, perplejo.

—Busca un cántaro o algo parecido y ve a llenarlo a la fuente más cercana —le ordenó, y él asintió, aliviado por tener un motivo para marcharse de allí.

Vintanelalandali miró a Kelan sin comprender, pero Zaralane estaba indignadísima.

—¡Apártate de ella, desgraciado! —estalló—. ¡Y no vuelvas a ponerle la mano encima!

Él no le hizo caso. En su lugar, se dirigió a Vintanelalandali.

—Si tu doncella causa problemas, Sulani la matará —le advirtió—. Y yo podría Restaurarla después... o tal vez no —añadió, tras una pausa.

La Emperatriz se estremeció.

—Calma, Zaralane —ordenó a la muchacha.

—Pero...

—Por favor —insistió ella.

Zaralane inspiró hondo, profundamente preocupada, pero por fin asintió y se encerró en un mutismo hosco.

Los cinco permanecieron quietos, en tensión, esperando a que el soldado volviera con el agua. La mirada de Vintanelalandali no se apartaba de la mano de Kelan.

—¿Cómo lo haces? —preguntó ella de pronto.

—¿El qué?

—No llevas guantes. Tocas a la gente y no..., no pasa nada. Si están vivos, quiero decir.

Kelan se contempló la palma de la mano, pensativo.

—No lo sé. Nunca he usado este poder para matar, solo... para Restaurar.

Zaralane dejó escapar un gruñido de disconformidad al oír la palabra, pero no dijo nada. Vintanelalandali se sujetó la mano desnuda por la muñeca, sintiéndose de pronto muy vulnerable.

—Yo ni siquiera sé si puedo hacer eso. Nunca lo he intentado. Es todo... muy reciente.

Kelan se quedó mirándola en silencio.

Nadie pronunció palabra hasta que el soldado regresó momentos después con un balde lleno de agua. Lo depositó a los pies de Kelan; él se agachó primero para recuperar el guante de Vintanelalandali, que seguía olvidado sobre el suelo. Se lo tendió a su dueña.

—Póntelo —ordenó.

Ella le lanzó una mirada desafiante, pero obedeció. Pareció mucho más aliviada, no obstante, en cuanto tuvo ambas manos cubiertas otra vez.

—Y ahora —añadió Kelan—, agacha la cabeza.

—¿Qué? —soltó ella, incrédula—. ¡No pretenderás que la Emperatriz de Akidavia se incline ante un vulgar...!

—Ante el verdadero Emperador de Akidavia —corrigió Sulani, y oprimió con un poco más de fuerza a Zaralane.

La doncella reprimió un gemido de dolor, y Vintanelalandali se estremeció y les dirigió a ambas una mirada de angustia antes de volverse de nuevo hacia Kelan, hirviendo de ira.

—Te lo haré pagar —le advirtió, y bajó la cabeza lentamente.

Él sonrió.

—No necesito que me hagas reverencias —respondió—. No hago esto para humillarte.

—Entonces ¿por qué...? —empezó ella, extrañada. Pero él le volcó parte del contenido del balde sobre la cabeza, y la chica lanzó un chillido de alarma—. ¿Qué...? ¿Cómo...? —boqueó, intentando retirarse el agua de la cara—. ¡No te atrevas...! —empezó, pero Kelan acabó de vaciar el cubo sobre ella.

Zaralane lanzó una exclamación de angustia, mientras Sulani reía discretamente. Kelan solo sonrió.

Vintanelalandali estaba indignadísima.

—¡Jamás... en toda mi vida...! —farfulló, escurriéndose el pelo como pudo. Dejó escapar un gemido consternado al ver que sus preciosos guantes se habían manchado de negro.

—Toma, sécate con esto —dijo Kelan, ofreciéndole su capa.

Era una prenda muy humilde, bastante más que la ropa de incógnito que ella llevaba puesta, pero la Emperatriz no la rechazó. El agua le había chorreado por el cuello y los hombros, dejando surcos oscuros sobre su piel, y ella ya empezaba a temblar de frío. De modo que se frotó la cabeza hasta que dejó de gotearle el cabello y después se envolvió en la capa con gesto adusto.

Kelan volvió a alargar la mano hacia ella. Tomó un mechón de su cabello entre los dedos y lo examinó con atención. Una vez aclarado el tinte, volvía a ser de color blanco, un blanco sucio y apagado en comparación con el suyo propio, pero blanco, al fin y al cabo. Kelan suspiró para sus adentros y se volvió hacia sus compañeros.

—Llevaos a la doncella a la guarida —ordenó—. Nosotros iremos después.

—¿Qué? —saltó Zaralane—. ¡No pienso dejar a mi señora a solas contigo, delincuente!

—No tienes opción —replicó Sulani, empujándola hacia la puerta.

—Tratadla bien —les indicó Kelan.

Vintanelalandali no dijo nada, pero le dirigió una mirada retadora. Él se cruzó de brazos y la observó con calma. Cuando la puerta se cerró por fin y los dos se quedaron solos en la estancia, le advirtió:

—No le harán nada a tu doncella, por ahora. Pero si intentas algo raro, ella morirá. Y no seré yo quien la traiga de vuelta.

Ella ocultó las manos tras la espalda en gesto de rendición, pero replicó, sin embargo:

—Entonces, lo haré yo. Después de todo, soy la Emperatriz. Si tengo el poder de Ejecutar, también puedo Restaurar. Mi cabello se ha vuelto blanco...

—¿Y por eso lo ocultas ahora, igual que antes lo escondías debajo de una peluca blanca?

Vintanelalandali resopló por lo bajo.

—Tengo razones para hacer todo lo que hago —replicó—. Puede que tú no las comprendas, pero...

—¿De qué estás huyendo, Vintanelalandali? —preguntó Kelan de golpe.

Y ella se derrumbó. Tragó saliva varias veces, luchando por deshacer el nudo que tenía en la garganta. Rehuyó su mirada unos instantes mientras reunía valor para contestar. Cuando por fin lo hizo, habló en voz muy baja. Le temblaba el labio inferior, pero se las arregló para no llorar.

—Alguien en el palacio ha intentado matarme. —Hizo una pausa, tragó saliva de nuevo y admitió, de mala gana—: Tal como tú me advertiste que pasaría.

Kelan inclinó la cabeza, pensativo.

—La Consejera, ¿verdad? La de cabello gris. O alguien enviado por ella —añadió, al ver que Vintanelalandali no decía nada.

—Kalinamanteni —susurró ella por fin—. Intentó matarme con sus propias manos, porque creía... que yo no era la verdadera Emperatriz. Que no soy digna de ser entronizada.

Kelan asintió lentamente.

—Algo así me contó a mí. Me dejó escapar a condición de que acabara con tu vida. —Se encogió de hombros con indiferencia—. Supongo que no cumplí mi parte del trato.

Vintanelalandali lo miró con sorpresa.

—¿Sabías que ella...? Pero... ¿por qué no me lo dijiste entonces?

—¿Me habrías creído?

—Supongo que no —admitió ella. Alzó la cabeza de pronto, con suspicacia—. ¿Tienes intención de llevar a cabo su encargo, a pesar de todo?

—Aunque lo pretendiera —respondió él—, la Consejera me ordenó asesinar a una Emperatriz falsa. ¿Lo eres tú, acaso? —La examinó con aire crítico—. Empiezo a tener mis dudas al respecto.

Vintanelalandali frunció el ceño, pensativa.

—Pero no puedo entenderlo —murmuró—. Mis manos tienen la capacidad de Ejecutar, que es uno de los Poderes Imperiales. Mi cabello se volvió blanco la primera vez que lo hice. No obstante, es imposible que haya dos Emperadores. Si lo que te he visto hacer con ese hombre es algo más que un truco... —Sacudió la cabeza—. No, no lo es, claramente hemos asistido a una Restauración. Pero no es posible, el Eterno Emperador es solamente uno. A no ser que la leyenda del niño de la Larga Noche tenga una base real...

Kelan había estado observando a la chica con interés mientras ella reflexionaba en voz alta. Le resultaba curioso comprobar cómo verbalizaba el curso de sus pensamientos, como si hubiese olvidado que él se encontraba presente. Pero reaccionó al oírla mencionar al niño de la Larga Noche.

—Así es como me han llamado toda mi vida —comentó—. Debido a la fecha en que nací.

Vintanelalandali se volvió hacia él y lo miró fijamente. Kelan le sostuvo la mirada. Cuando ella alzó la mano para tocar su cabello, no hizo nada para impedírselo.

—Tu pelo también es así de blanco, ¿verdad? —preguntó él con curiosidad—. Cuando está del todo limpio, quiero decir.

—Sí —asintió ella—. Es un tono especial. Nadie posee este color de cabello, tan resplandeciente, tan puro. Ningún anciano y, por descontado, ninguna persona tan joven como nosotros. Es el blanco imperial. El signo del Eterno Emperador.

Kelan se cruzó de brazos, pensativo.

—Parece que el Eterno Emperador ha tenido algún problema a la hora de reencarnarse esta vez —comentó con humor.

Pero Vintanelalandali no le prestó atención. Seguía enredando sus dedos en el cabello de Kelan, fascinada. Parecía haber perdido todo su miedo, y él se planteó si debería hacer algo al respecto. Después se preguntó si eran enemigos en realidad. O si deberían serlo.

—Es increíble —seguía diciendo ella—. Mi peluca estaba hecha de auténtico cabello imperial, pero era muy antigua y estaba algo deslucida. Esto, sin embargo, es... —Calló un momento, buscando la palabra adecuada. Al parecer, no la encontró—. Es como mirarse en un espejo —concluyó.

Kelan alzó una ceja.

—¿Tú crees? ¿Es que puedes ver a través de mi máscara? —bromeó.

Pero, de nuevo, Vintanelalandali no lo escuchaba. Había abierto mucho los ojos de repente, sacudida por una súbita revelación.

—Como mirarse en un espejo... —repitió, asombrada—. Como mirar tu reflejo.

Se volvió hacia todos lados, buscando a Zaralane, antes de recordar que ella ya no se encontraba presente. Se precipitó hacia su escritorio improvisado, pero Kelan se interpuso en su camino.

—¿A dónde crees que vas?

Ella lanzó un grito y retrocedió.

—Déjame pasar —ordenó—. Tengo que consultar mis notas. Es importante. Si no lo he entendido mal..., si tengo razón...

Parecía muy alterada, de modo que Kelan se apartó a un lado y la dejó hacer, porque también sentía curiosidad. La observó mientras ella revolvía entre sus papeles y pasaba las páginas de su cuaderno, murmurando para sí misma.

—Rayinemagaloran se pasaba el día mirándose al espejo. O al menos eso pensaba yo, porque él no hacía más que hablar de «su reflejo» en sus diarios. Pero tal vez lo haya interpretado de forma demasiado literal. ¡Aaah! —gruñó con frustración—. ¿Dónde he puesto mi glosario draasni?

Kelan temió que la Emperatriz se hubiese vuelto loca, porque no entendía una palabra de lo que estaba diciendo. Por fin, ella alzó un grueso volumen con gesto triunfal y empezó a pasar las páginas con urgencia.

—¡Aquí! —exclamó por fin—. «*Hraalda*: habitualmente se refiere a la imagen que vemos al contemplarnos en el espejo» —leyó—. Oh, hay una nota a pie de página que había pasado por alto: «También puede hacer referencia, en algunos contextos, a alguien cuyo aspecto es muy parecido al nuestro. En algunas tribus, el término se utilizaba de forma afectuosa por parte de hermanos gemelos idénticos para referirse el uno al otro».

Vintanelalandali lo había leído todo del tirón, casi sin respirar. Después tomó aire, con los ojos muy abiertos, antes de repetir:

—Hermanos... gemelos... idénticos. ¡Eran dos, no uno solo! ¡Oh! ¡La estatua! —exclamó de pronto—. ¡La estatua del sótano que tenía el nombre mal escrito! ¿Cómo era...? «Davinemagaloran». ¿Y si... y si no estaba mal escrito? ¿Y si la estatua representaba... a otra persona?

Kelan comenzaba a perder la paciencia.

—No tengo la menor idea de lo que estás diciendo, pero si estás intentando distraerme...

Ella se detuvo frente a él y lo miró fijamente, con una intensa emoción aflorando a sus ojos. En esta ocasión le acarició la mejilla con la mano enguantada, y Kelan empezó a sentirse incómodo.

—Si pudiese verte la cara detrás de la máscara... —murmuró—. ¿Crees que... nos parecemos?

—¿Cómo dices?

Ella tomó aire y lo soltó:

—¿Crees que... podríamos ser hermanos... mellizos?

Kelan se quedó tan sorprendido que no fue capaz de responder. Pero entonces Vintanelalandali dejó caer los hombros y sacudió la cabeza, abatida.

—No, no puede ser —murmuró—. Naciste durante la Larga Noche, pero unos días antes que yo, según tengo entendido.

—¡No! —exclamó él abruptamente—. Nací el mismo día que la Emperatriz. —Cuando ella lo miró, intrigada, Kelan añadió—: Al menos, es lo que decía mi madre. —La chica no dijo nada, y él continuó—: El alcalde de mi pueblo cambió mi registro de nacimiento para que pudiesen juzgarme como a un adulto. Solo tuvo que adelantar la fecha unos cuantos días. —Suspiró—. Una cuestión de mala suerte, supongo.

Ella frunció el ceño.

—¿Cambió el registro? ¿Por qué?

—Es una larga historia. Pero, aunque hayamos nacido el mismo día, es imposible que seamos... hermanos. —La idea le parecía tan ridícula que sacudió la cabeza con incredulidad—. No nacimos de la misma madre. Ni siquiera nacimos en el mismo sitio.

—No, no, no. —Vintanelalandali daba saltitos, muy nerviosa—. Hace tiempo que sospecho que los registros de mi nacimiento están alterados también. Tengo motivos para pensar que el Augur condujo a los Consejeros hasta Gratitud. Hasta hace poco creía que estuvieron en tu pueblo pero se marcharon sin más, abandonando allí al auténtico Emperador por razones que solo ellos conocían. Y que, en el camino de regreso a Armonía, recogieron a una recién nacida cualquiera de la provincia de Integridad. Pero después despertaron mis poderes, y encanecí, y no comprendía... —Frunció el ceño, pensativa—. ¿Y si, guiados por el Augur, se presentaron en tu aldea..., en tu casa..., pero no se marcharon con las manos vacías? ¿Y si había dos bebés... y se llevaron a uno solo..., y al otro lo dejaron allí?

Kelan contuvo una carcajada escéptica.

—Mi madre lo habría sabido, ¿no crees? Pero nunca me dijo que tuviese una hermana.

—Quizá le ordenaron que no lo contara a nadie. ¿Quién más podía saberlo, de todos modos? ¿Tu padre?

Él negó con la cabeza.

—Estaba lejos de casa, en el bosque, cuando yo nací. Mi madre solía mencionarlo a menudo. Y en cuanto a la partera..., era una mujer anciana, murió hace ya varios años. De todas formas, si naciste en mi aldea y los Consejeros te recogieron allí, debería...Ah —recordó de pronto—. Había un chico en mi pueblo... Una vez comentó...

—¿Qué?

—Que vino gente de la capital la noche que yo nací. Que llegaron a mi casa, pero se marcharon después, sin decir nada a nadie. Me dijo que él lo había visto todo, aunque lo único que pretendía era burlarse de mí: el niño de la Larga Noche al que la gente importante rechazó por no ser lo bastante bueno como para ser proclamado Emperador. —Sonrió con amargura—. Siempre pensé que se lo había inventado, hasta que mi pelo cambió... y empecé a hacerme preguntas.

Vintanelalandali suspiró y se recostó contra la pared, aún impresionada.

—Pero eso no demuestra nada —prosiguió él—. Lo único que sabemos con certeza es que hay dos niños de la Larga Noche con los poderes del Eterno Emperador. La posibilidad de que seamos hermanos es...

—Hay más —cortó ella—. Kunavamastedal..., uno de los Consejeros que me llevaron al palacio cuando renací..., murió hace poco, y en su lecho de muerte quiso decirme algo importante. Pronunció el nombre de Rayinemagaloran, un antiguo emperador... —De nuevo miró a su alrededor en busca de Zaralane, y suspiró al no hallarla a su lado—. Llevo desde entonces investigando sobre él, y creo que es posible que tuviese un hermano también. «Hraalda.» Un gemelo, nacido al mismo tiempo que él. Si tengo razón, si Kunavamastedal no pronunció su nombre por casualidad...

—Son demasiados «si...» —hizo notar Kelan.

Pero se acercó a ella y estudió su rostro con atención. Vintanelalandali le sostuvo la mirada.

—Mi madre tenía el cabello negro y los ojos verdes, como yo —empezó él—. Pelo oscuro, ojos claros. Es algo muy habitual en Gratitud. Pero también hay allí mucha gente con el cabello rojizo, que es característico de algunas tribus de las montañas. El de mi padre es así, como el cobre. —Hizo una pausa y añadió—: Igual que el tuyo, antes de que se volviera blanco.

—¿Crees que... me parezco a él? —preguntó ella, casi sin aliento.

—En los ojos, tal vez... La nariz, quizá... Pero antes, al entrar aquí, he pensado que me recordabas a alguien, por el cabello negro, y por la forma de la cara. Puede que a mi madre —admitió por fin.

Vintanelalandali se cubrió la boca con las manos, emocionada y con los ojos húmedos. Kelan desvió la mirada, incómodo.

Evocó su infancia, los días en el bosque, la soledad, el hambre en las noches de invierno.

El juicio que lo había condenado a un año de esclavitud en los campos de cereal. Las jornadas interminables trabajando bajo el sol.

La muerte de Ran.

La máscara. Las persecuciones. El miedo y la incertidumbre. Todos los momentos en los que había creído que estaba a punto de morir.

Alzó la cabeza de nuevo.

—Si eso es verdad —murmuró—, si esa noche nacimos dos niños..., ¿por qué te llevaron a ti? ¿Por qué me dejaron atrás?

Las lágrimas fluyeron por fin de los ojos de Vintanelalandali y rodaron por sus mejillas.

—No lo sé —susurró—. No lo sé.

Día 156, año 17 de la era de Vintanelalandali (por la noche)

Es muy tarde, pero no puedo dormir. Me siento repleta de energía, despierta como un ave nocturna, inquieta, emocionada, asustada..., todo al mismo tiempo. Y hay tantas cosas que quiero hacer que tengo la sensación de que dormir es una pérdida de tiempo.

Pero todo el mundo está durmiendo ahora, incluida Zaralane, que está tendida junto a mí.

Ha sido un día muy largo y completamente agotador, y por eso me limito a escribir en silencio, a la luz de una pequeña vela, para no despertarla.

¿Por dónde empezar a contar todo lo que ha pasado? Intentaré resumirlo: al final no encontramos a Kelan, sino que fue él quien logró dar con nosotras primero. Al parecer, Zaralane no fue tan discreta como ella pensaba, hizo demasiadas preguntas y llamó la atención de algunas personas. El caso es que Kelan se presentó hace unas horas en nuestro escondite, acompañado de algunos de sus acólitos. Nosotras intentamos escapar, y en la confusión ~~asesi mat Ejecu~~ uno de los soldados cayó muerto al suelo.

Y entonces Kelan lo Restauró.

No fue un truco, el hombre estaba muerto y él lo trajo de vuelta. Y le ha cambiado el cabello. Ahora es de color blanco imperial, como el mío. No hay peluca capaz de conseguir eso, salvo que esté hecha con cabello de un auténtico Emperador. Y estoy convencida de que, en el caso de Kelan, no se trata de un disfraz.

Kelan fue un poco grosero conmigo al principio, pero luego tuvimos la oportunidad de hablar a solas y de intentar resolver el misterio de cómo es posible que haya dos encarnaciones del Eterno Emperador... al mismo tiempo.

Y creo que tengo la clave.

Tengo la teoría de que Kelan y yo podríamos ser hermanos mellizos. Creo que la comitiva del Consejo fue a la aldea natal de Kelan, en Gratitud, guiada correctamente por el Augur. Y allí vieron que la madre del nuevo Emperador había dado a luz a dos bebés. Y se llevaron a uno, y dejaron al otro con ella.

¿Por qué lo harían? Lo cierto es que no lo sé, y ahora ni Kunavamastedal ni Kalinamanteni pueden responder a mis preguntas. Sí creo que mintieron en los registros oficiales y documentaron que mi nacimiento se había producido en Integridad, para evitar que nadie investigara mis orígenes y descubriera la verdad sobre Kelan.

Pero eso no explica qué pensaban que sucedería cuando los poderes de Kelan despertasen al llegar a la adolescencia. Tal vez creían que solo uno de los dos albergaba el alma del Eterno Emperador. Quizá por eso Kalinamanteni se mostraba tan fría conmigo en los últimos tiempos: porque los rumores sobre Kelan le hicieron pensar que se habían equivocado de bebé, y que habían dejado atrás al verdadero Emperador.

No obstante, el caso es que ambos tenemos poderes. ¿Es posible que el alma del Emperador se... escindiera de alguna manera? ¿O que se duplicara?

Creo que ya sucedió algo parecido en otro momento de la historia de Akidavia, y es lo que Kunavamastedal trataba de decirme en su lecho de muerte: que el emperador Rayinemagaloran tenía un hermano gemelo. Todas las encarnaciones del Eterno Emperador tuvieron una familia de origen, por descontado, y la mayoría tenía hermanos de sangre. Pero, si mi teoría es cierta, el gemelo de Rayinemagaloran era idéntico a él y, al haber nacido al mismo tiempo, fue considerado también Emperador, al menos hasta que despertaron los poderes del auténtico. Lo sé porque se llamaba Davinemagaloran, un nombre tan largo que solo pudo pertenecer a una encarnación del Eterno Emperador, o a alguien tomado por tal.

Pero no hay rastro de Davinemagaloran en las crónicas de Akidavia, salvo una estatua dedicada a él que languidece en un rincón polvoriento de los sótanos del palacio. Por eso pienso que debió de perder sus privilegios cuando despertaron los poderes de su hermano. Probablemente tuvo que renunciar a la última sílaba de su nombre. Para la historia, dejó de ser alguien relevante.

Quizá era eso lo que el Consejo esperaba que sucediera: que solo uno de los dos, o Kelan o yo, encanecería al llegar a la edad adecuada.

Pero ahora resulta que los dos poseemos los Poderes Imperiales.

O tal vez no. Porque Kelan no lleva guantes, y me ha confesado que nunca ha usado el poder de Ejecutar, solo el de Restaurar.

Las encarnaciones del Eterno Emperador no llevamos guantes por capricho. Es un poder difícil de controlar. La Restauración requiere voluntariedad y un cierto esfuerzo, pero la Ejecución puede ocurrir espontáneamente, sobre todo cuando las emociones del Emperador se descontrolan. No tiene que ver tampoco con la juventud o la inexperiencia. Todos los Emperadores llevan guantes desde el día de su nacimiento hasta el día de su muerte.

Todos, salvo Kelan, al parecer. Él necesita armas para matar, no lo hace con sus propias manos. Y yo todavía no he Restaurado a nadie. Es cierto que tampoco lo he intentado, pero...

Es muy frustrante. Aún quedan muchas incógnitas por resolver, y se nos acaba el tiempo. Apenas falta un día para la entronización, y todavía no sabemos qué vamos a hacer al respecto.

Ahora mismo, Zaralane y yo estamos alojadas en el escondrijo de Kelan, un templo en ruinas en algún lugar de la ciudad. No sabría decir si estamos secuestradas por los rebeldes. Tengo la sensación de que ni el propio Kelan está seguro de ello.

No sé qué pensar de él. Tiene un aspecto muy inquietante, con esa máscara y el cabello tan blanco, y su poder es muy peligroso. Sé que es un asesino y que tiene las manos manchadas de sangre. Pero, aunque sus modales son bruscos y provincianos, tengo la sensación de que es buena persona. Restauró al soldado sin dudarlo, a pesar de que utilizar su poder lo debilita mucho y lo hace vulnerable. Y no nos ha hecho daño a ninguna de las dos. Si realmente tuviese pretensiones sobre el trono imperial, yo a estas alturas ya estaría muerta.

O quizá me estoy engañando a mí misma porque la posibilidad de que sea mi hermano está nublando seriamente mi buen juicio.

No debería importarme. Todas las encarnaciones del Eterno Emperador proceden de alguna parte. Todas se ven obligadas a separarse de su familia de origen antes de que puedan establecer algún tipo de vínculo con ella. Es lo mejor, ya que el Emperador está destinado a vivir mil años.

Pero, al mismo tiempo, pienso que..., si Kelan es de verdad mi hermano..., si alberga en su interior el alma del Eterno Emperador..., entonces ya no me sentiría tan sola.

No es que esté sola de verdad. Siempre he estado rodeada de gente, Consejeros, doncellas de compañía, sirvientes del palacio... Y tengo a Zaralane.

No obstante, ninguno de ellos puede comprenderme de verdad ni saber o intuir lo que implica ser la Emperatriz.

Y a todos ellos los veré morir.

No sé qué piensa Kelan sobre la posibilidad de que seamos hermanos. Creo que no se lo toma muy en serio, o no lo ha asimilado todavía. Le he preguntado sobre su familia, allí en Gratitud. Dice que su madre dio a luz a otro niño, cuando él tenía cinco años, pero por lo visto la criatura no sobrevivió al primer invierno.

Así que yo sería su única hermana, si es que lo soy.

Tampoco sé si nos parecemos. Obviamente no somos idénticos, como al parecer lo eran Rayinemagaloran y su gemelo. Él dice que le recuerdo a su madre, pero yo no puedo comprobar si tenemos rasgos similares, pues el rostro de Kelan estará para siempre oculto tras su máscara drim.

Durante mil años, tal vez. ¿Dura tanto tiempo el poder de una máscara drim? No lo sé, la verdad. Creo que es la primera vez que una encarnación del Eterno Emperador es también un zaldrim.

Me gustaría poder preguntarle a Kelan sobre todo ello, sobre lo que sucedió de verdad en la plantación de Lealtad, sobre por qué decidió enmascararse a pesar de los riesgos. Pero ahora mismo está profundamente dormido.

Somos nueve personas ocupando este sótano, aunque han instalado una cortina en el rincón que compartimos Zaralane y yo, para concedernos un poco de privacidad. Todo el mundo duerme a mi alrededor, salvo un zaldrim cuya máscara tiene pintados unos extraordinarios ojos que al parecer lo convierten en el vigilante y espía perfecto. Kelan duerme a pierna suelta, confiado, a pesar de que Yinimakintanam ha enviado al ejército tras sus pasos. En cualquier momento podrían encontrarlo. Cualquiera podría traicionarlo.

Me pregunto qué sabe Yinimakintanam acerca de Kelan. Estoy bastante segura de que Kunavamastedal le habló de él, del bebé de la aldea. Creo que sabe que éramos dos. Y que la comitiva cometió un error, ya fuera eligiendo al bebé equivocado o simplemente tomando la decisión de llevarse solo a uno de los dos.

Pero no sé si es consciente de que mis propios poderes han despertado ya. Tengo la sensación de que estaría dispuesto a sacrificar al verdadero Emperador, de que sería capaz de entronizar a una chica corriente, con tal de reiniciar el ciclo y conseguir que el espíritu divino se reencarne de nuevo en un bebé que él sea capaz de controlar desde su nacimiento.

Como lo era yo, hasta que me escapé, con poderes o sin ellos.

No sé lo que va a pasar. No sé quién se sentará en el trono imperial. Ni siquiera puedo garantizar que Kelan no vaya a cambiar de idea con respecto a nosotras. Quizá mañana nos considere un obstáculo para la realización de sus planes y decida matarnos para poder ocupar el trono sin competencia.

Creo que no lo hará. Pero también creí en el pasado que Kunava-

mastedal siempre me decía la verdad. Y confiaba en Kalinamanteni. Incluso hubo un tiempo en que pensaba sinceramente que todo lo que hacía Yinimakintanam era por mi bien.

Así que, en el fondo, no me atrevo a confiar en él.

El pregón imperial

lguien sacó bruscamente a Kelan de un sueño pesado y profundo.

—Mi señor..., despertad, por favor. Es importante.

Kelan tardó un poco en procesar que se estaba refiriendo a él. Con un soberano esfuerzo de voluntad, abrió los ojos lentamente. Frunció el ceño con extrañeza al ver ante sí los enormes ojos de Gadovan, y se preguntó si estaría soñando todavía.

—Hay algo que debo mostraros —añadió Gadovan, y Kelan terminó de despejarse del todo.

Se incorporó con lentitud. Se sentía torpe y le dolían todos los huesos. Aún luchando contra los últimos tentáculos del sueño, Kelan lo siguió escaleras arriba, hasta la planta principal del templo. Allí los aguardaba otro de sus hombres. Escoltaba a un muchacho que parecía muy alterado.

—¡Divinidad! —exclamó el chico en cuanto vio a Kelan. Y, para disgusto de este, se arrojó de bruces ante él—. Os lo ruego, mi señor, tenéis que ayudarme. Mis padres...

Kelan lo hizo levantarse. Fue entonces cuando lo reconoció: se trataba del muchacho al que había Restaurado en el cementerio. Rodian, recordó. Había algo de perturbador en el hecho de que ahora se presentase ante él, tan vivo como si su corazón no se hubiese detenido jamás, con los ojos brillantes y un saludable color de piel, a pesar de su agitación.

—Cálmate y cuéntamelo todo desde el principio —lo tranquilizó Kelan, hablándole como lo haría a un niño.

Lo cual era extraño, pensó, pues aquel muchacho tendría como mucho un par de años menos que él. Pero se sentía mucho mayor de lo que era en realidad. Mayor y cansado, como un viejo prematuro. Tal como estaban las cosas, la idea de que pudiese llegar a vivir mil años le parecía completamente inverosímil.

Rodian le explicó que la guardia se había presentado en la casa de sus padres de madrugada, preguntando por él. Hacía unos días que se había ido a vivir con unos amigos, le contó, precisamente porque sabía que los soldados habían estado haciendo preguntas sobre lo sucedido en el cementerio. Al no hallar a Rodian en la casa familiar, los soldados habían optado por llevarse presos a sus padres.

—Una vecina vino a avisarme —concluyó el chico—. Dice que los oyó hablando. Tenían una lista de casas y estaban buscando a todas las personas que se rumorea que han sido Restauradas.

—Los están deteniendo a todos; a ellos y a sus familiares —añadió Gadovan con suavidad—. Los acusan de conspiración, de rebelión y de blasfemia.

Kelan oyó una exclamación ahogada a su espalda. Se volvió y vio a una chica acurrucada en la escalera, escuchando la conversación. Su cabello era de un color indefinido entre blanco y gris, y Kelan lo recordó todo de golpe. La Emperatriz... se había escapado del palacio. Y ahora estaba con ellos. Y parecía convencida de que ambos eran hermanos.

Sacudió la cabeza. Todo aquello sonaba tan absurdo que tenía que haberlo soñado. Pero no, allí estaba ella, mirándolo con los ojos muy abiertos y la cabeza bien alta, tratando de parecer menos asustada de lo que se sentía en realidad. Aunque Kelan advirtió que estaba temblando.

No obstante, había algo radiante en ella, como una especie de luz interior. Y estaba mucho más despierta y atenta que él, para empezar.

—Es solo una primera criba —continuó el zaldrim—. Mañana por la mañana empezarán a registrar todas las casas, una a una.

—¿Por qué ahora? —preguntó Kelan—. Si es por la entroniza-ción, ¿por qué han esperado al último momento?

—Me están buscando a mí —susurró Vintanelalandali.

Kelan tomó una decisión.

—Tenéis que marcharos todos —resolvió—. Recoged las cosas, reunid a todo el que creáis que pueda estar en peligro y escapad de la ciudad antes de que los soldados os encuentren. Gadovan, quiero que os llevéis a todo el mundo a nuestra base en las montañas. A ella también, si es lo que quiere —añadió, señalando a la Emperatriz—. Allí estaréis a salvo, por el momento.

—¿Y qué pasa con mis padres? —inquirió Rodian.

—¿Y vos, mi señor? —preguntó el zaldrim a su vez, entornando sus enormes ojos de rapaz nocturna.

—Voy a entregarme —anunció Kelan—. Ya estoy cansado de esconderme.

—No —replicó Vintanelalandali—. Kelan, tenemos que hablar de esto.

Kelan dirigió una mirada a Gadovan, y él asintió, captando el mensaje. Condujo a Rodian al sótano, y Kelan y la Emperatriz se quedaron a solas.

—Si puedes Restaurar —prosiguió ella—, es porque en ti habita el alma del Eterno Emperador. No pueden... Yinimakintanam no puede tratarte como a un simple criminal.

—No puede haber dos Emperadores en el trono, y es obvio que el Consejo ya te ha elegido a ti —se limitó a señalar Kelan.

Vintanelalandali negó con la cabeza.

—Ellos no tienen potestad para elegir al Emperador, eso solo lo deciden los Augures. Sunodavindu..., es decir, el Augur que predijo mi... nuestro renacimiento..., sigue vivo. No recuerda gran cosa, pero es posible que el vínculo que lo unía al anterior Emperador le permita reconocerte como su reencarnación, realizando el ritual adecuado.

—No tenemos tiempo para eso...

—Tenemos tiempo de sobra, si así lo decidimos. —Inspiró hondo—. Hay que detener a Yinimakintanam. No podemos consentir que siga rigiendo el destino del imperio en nuestro nombre.

Kelan ladeó la cabeza y se quedó mirándola.

—¿Insinúas que la Emperatriz está considerando unirse a la rebelión... para destronarla?

—Todavía no he sido entronizada —puntualizó ella—. Y lo que te estoy proponiendo no es que luches contra mí, sino que te unas a mí... para derrotar a Yinimakintanam.

Kelan sacudió la cabeza y le dio la espalda.

—Ya has visto a mi gente. No tenemos nada que hacer contra el ejército imperial.

—No necesitamos enfrentarnos al ejército, solo llegar hasta Yinimakintanam. No es más que un hombre corriente. En cambio, tú eres un zaldrim, y ambos poseemos los Poderes Imperiales. Podemos derrotarlo.

Kelan se volvió para mirarla. Se preguntó de dónde sacaría toda aquella energía y determinación.

—Es un hombre corriente que está al mando del ejército imperial —le recordó.

—Los soldados no podrán ayudarlo si lo sorprendemos a solas, en el palacio. Yo sé cómo entrar sin que nos vean.

El joven alzó una ceja.

—¿En serio?

Ella asintió.

—Por el mismo lugar por el que salimos Zaralane y yo.

Kelan inclinó la cabeza, pensativo.

—Podría funcionar. Pero no quiero poner en peligro a mi gente.

—Solo entraríamos nosotros dos. Un grupo más numeroso tendría más problemas para infiltrarse sin ser detectado.

—Te das cuenta de que eso se parece mucho a una trampa, ¿verdad?

—¿Crees que me he escapado del palacio para encontrarte por mi cuenta y entregarte a Yinimakintanam? ¿A ti, que estabas a punto de rendirte a cambio de nada?

—A cambio de la vida de mi gente —replicó él, molesto.

Vintanelalandali dejó escapar un suspiro exasperado.

—Los van a ejecutar igual, Kelan. Si te entregas a las autoridades y aceptas los cargos que tienen contra ti..., si admites que te has hecho pasar por una encarnación del Eterno Emperador, no solo te condenarán a muerte a ti, sino también a todos los creyentes de tu secta.

—¿Mi... secta?

—Ya me has entendido. Tengo que pararle los pies a Yinimakintanam, pero no puedo hacerlo yo sola. Por favor —suplicó.

Kelan gruñó por lo bajo. Empezaba a dolerle la cabeza.

—Es la única manera de salvarlos —insistió ella—. A los padres de ese chico, y a todos los demás que están en prisión.

—Señor —intervino entonces Sulani discretamente—. Ya estamos listos para partir.

Kelan suspiró y la siguió de nuevo hasta el sótano. Allí comprobó que sus compañeros lo habían recogido todo con tanto celo que nada indicaba que aquel lugar hubiese estado habitado. Ahora contemplaban a Kelan con fe inquebrantable, lo que lo hizo sentirse un tanto incómodo. Se aclaró la garganta antes de hablar.

—Tengo un plan, pero lo más seguro para todos es que no lo comparta con vosotros. Os refugiaréis en las montañas y esperaréis allí noticias mías. Si todo va bien, podréis volver a la ciudad en breve, porque estaréis a salvo y nadie volverá a perseguiros por haberos relacionado conmigo. Si me capturan y me condenan a muerte... —Hizo una pausa—. Deberéis escapar de aquí. No solo de Armonía, sino más allá de las fronteras del imperio.

—Si eso sucede, lucharemos para vengar a nuestro Emperador —declaró Sulani con fiereza.

—No servirá de nada si el Emperador está muerto —replicó Kelan—. Se reencarnará treinta y tres días después, pero tampoco podrá hacer nada por vosotros si no es más que un bebé. Sulani, necesito que pongas a salvo a esta gente, y a todos los que estén en peligro por mi causa. Es lo último que voy a pedirte.

Ella inclinó la cabeza, derrotada.

—Se hará como deseáis, mi señor. Pero... ¿y ella? —preguntó, señalando con un gesto a Vintanelalandali.

—La Emperatriz viene conmigo. Lo creas o no, es bastante probable que los dos estemos en el mismo bando.

Zaralane se adelantó, decidida.

—Yo voy con vosotros.

—No —replicó Vintanelalandali—. No puedes acompañarme esta vez, Zaralane.

—¡Pero, Divinidad...! ¡Mi lugar está a vuestro lado!

—Lo sé, pero en esta ocasión necesito que vayas con ellos. Necesito que estés a salvo.

Zaralane dirigió una mirada desdeñosa a Sulani, pero esta no se inmutó.

—Dadnos unos minutos —pidió la Emperatriz, y Kelan asintió.

Subieron todos a la planta principal del templo, dejando a las dos chicas a solas para que resolvieran sus diferencias.

—Podría ser una trampa, mi señor —dijo Sulani—. ¿Por eso queréis que la doncella venga con nosotros? ¿Como rehén?

—No, Sulani. Hablo en serio, protégela como a cualquier otra persona del grupo. Suceda lo que suceda después, ella no tiene la culpa.

—Tenemos que darnos prisa, señor —intervino Gadovan—. No debemos estar aquí cuando amanezca.

La Emperatriz y su doncella subieron momentos después. Zaralane se mostraba pálida y con señales de haber llorado. Vintanelalandali estaba curiosamente ruborizada. Pero parecía que ambas habían llegado a un acuerdo, porque Zaralane se unió en silencio al grupo liderado por Sulani y Gadovan.

—Te..., te prometo que volveré a buscarte, Zaralane —balbuceó la Emperatriz, embargada por la emoción.

Kelan intuía que la despedida había sido dolorosa para ambas, pero no podían entretenerse más.

Momentos más tarde, avanzaba junto a Vintanelalandali por las estrechas callejuelas de la ciudad. Aún era de noche, y las dos lunas lucían prácticamente llenas. La Emperatriz parecía encontrar reconfortante la claridad que proporcionaban los astros, pero Kelan se habría sentido más seguro en una noche más oscura. Contempló de reojo a la muchacha que caminaba a su lado. Aún llevaba puesta la capa que él le había prestado, y se había cubierto la cabeza con la capucha para ocultar su cabello blanco. Eso le recordó a Kelan que su propia melena estaba al descubierto, y también llamaba mucho la atención.

Ella llevaba una bolsa colgada del hombro con todos sus libros. Kelan había tratado de convencerla de que la dejara atrás o se la entregara a su doncella, pero Vintanelalandali había argumentado que eran importantes y no podía separarse de ellos. Al parecer, entre los documentos que guardaba contaba con un plano de la ciudad, y se detenía cada cierto tiempo a consultarlo. A Kelan nunca se le habían dado bien los mapas, pero para ella parecía tener sentido, porque lo guiaba por las laberínticas callejas con rapidez y seguridad.

Se detuvo de golpe, sin embargo, cuando oyeron pasos al volver la esquina. Caminaban con ritmo marcial, y el sonido metálico de sus armas al moverse les indicó que se trataba de guardias.

—Escóndete —advirtió Kelan. Activó su poder y atravesó la pared más cercana.

Se encontró en un pequeño establo en compañía de una mula que lo observaba con ojos legañosos. Se preguntó si su compañera habría logrado ocultarse a tiempo, pero, cuando oyó voces al otro lado de la pared, comprendió con el corazón encogido que no lo había conseguido.

—¿A dónde vas a estas horas, muchacha? ¿No sabes que es peligroso?

—Vengo de..., vengo de visitar a mi tía..., está enferma y...

—¿Y le llevas libros? —preguntó uno de los guardias con escepticismo.

—No, no, los libros..., los libros..., los libros los traigo de su casa. Mi tía es una dama muy instruida y tiene una gran biblioteca. Me presta libros para ayudarme en mis estudios.

Kelan casi pudo percibir las dudas de los guardias al otro lado. Muy poca gente podía presumir de tener una biblioteca en su casa, pero probablemente Vintanelalandali no lo sabía. Al mencionarlo, no obstante, daba a entender que su tía podía ser una mujer importante. Alguien a quien más valía no molestar.

—¿No ha enviado a nadie para acompañarte? ¿Te permite caminar sola de noche por la ciudad?

—¿Qué podría ocurrirme estos días, con tantos soldados de la guardia imperial patrullando las calles? —replicó ella con agudeza.

Los dos hombres parecieron satisfechos con la respuesta.

—El rebelde Kel todavía anda suelto —le advirtió uno de ellos, sin embargo—. Deberías volver a tu casa de inmediato.

—Lo haré, señores. Gracias por velar por mi seguridad. Mi casa no está lejos, pero si deseáis escoltarme..., sin duda mi madre os ofrecerá un desayuno temprano.

Kelan temió que Vintanelalandali hubiese ido demasiado lejos. Si los soldados aceptaban...

—Eres muy amable, muchacha, pero tenemos trabajo que hacer.

Se despidieron y prosiguieron su camino. Kelan esperó un rato antes de volver a atravesar la pared para reunirse con ella.

—¡Me has dejado sola! —le reprochó la chica en voz baja.

—Soy un proscrito —respondió él, encogiéndose de hombros—. No puedo entretenerme a charlar con los guardias que quieren echarme el guante.

Pretendía ser un reproche, pero Vintanelalandali soltó una risita. Ante la mirada severa de él, se puso seria de pronto.

—Cuando derrotemos a Yinimakintanam —le dijo—, podremos liberar a toda la gente inocente que está en prisión. Sé que estás haciendo esto por ellos. Y que por eso no has escapado con todos los demás.

Kelan no respondió.

Llegaron a su destino cuando ya casi amanecía. Se trataba de un callejón solitario que corría paralelo junto a la antigua muralla. Vintanelalandali señaló sin dudar un enrejado de saneamiento, y Kelan no discutió. También él había escapado una vez del palacio a través de las alcantarillas. No obstante, le resultaba sorprendente que la Emperatriz y su doncella se hubiesen rebajado a seguir una ruta similar.

Estaban retirando ya la rejilla cuando oyeron el sonido de una corneta desde una calle principal.

—¡Es el pregonero! —exclamó Vintanelalandali, y soltó la rejilla para correr a asomarse por el otro extremo del callejón.

—¡Espera! —la llamó Kelan, que se vio de pronto sosteniendo todo el peso él solo—. ¿A dónde vas?

Gruñendo por lo bajo, volvió a tapar la boca de la alcantarilla y se reunió con Vintanelalandali.

—Ya hay demasiada luz —le susurró, irritado—. ¿Por qué te arriesgas tanto?

—Nadie sabe que soy la Emperatriz —respondió ella en el mismo tono—. Nadie me ha visto fuera del palacio ni se han pintado retratos míos aún, y la gente no esperaría verme paseando por las calles como una ciudadana cualquiera. No me reconocerán.

—Pero a mí, sí —replicó él.

La chica lo mandó callar, porque ya comenzaba a oírse la proclama.

El pregonero se había subido a una tarima en una plaza cercana, lo que había congregado a un nutrido número de ciudadanos a su alrededor. Su potente voz, no obstante, resonaba con claridad hasta el callejón donde se ocultaban los dos fugitivos.

—¡El Honorable y Excelentísimo Consejero Yinimakintanam, administrador del Ejército en nombre de la Venerable Emperatriz Vintanelalandali, Luz de Akidavia, decimoséptima encarnación del Eterno Emperador...!

—Ojalá hablase de verdad en mi nombre —masculló ella, irritada; pero esta vez fue él quien la hizo callar.

—¡... hace saber a todos los ciudadanos del imperio que la sagrada ceremonia de entronización de Su Divinidad, programada para mañana..., se ha cancelado por causas de fuerza mayor!

Kelan y Vintanelalandali cruzaron una mirada sorprendida.

—Pero si ya hace varios días que me escapé —murmuró ella—, ¿por qué han tardado tanto en pararlo todo?

—¡Con harto pesar y aflicción, el Consejero Yinimakintanam informa a los ciudadanos de Armonía y de toda Akidavia... que el malvado rebelde Kel ha logrado infiltrarse en el palacio imperial..., y después ha asesinado a la muy querida y admirada Consejera Kalinamanteni, administradora del palacio imperial en nombre de la Venerable Emperatriz Vintanelalandali, Luz de Akidavia, decimoséptima encarnación del Eterno Emperador..., y ha secuestrado a Su Divinidad, nuestra reverenciada Emperatriz!

Vintanelalandali se puso muy pálida. Kelan la sostuvo porque, por primera vez desde que la conocía, parecieron fallarle las fuerzas.

—No puede ser —susurró.

Pero el pregonero no había terminado de hablar.

—¡El Consejero Yinimakintanam decreta tres días de luto por el trágico fallecimiento de la Consejera Kalinamanteni! —prosiguió—. ¡Y ordena a todos los ciudadanos que interrumpan de inmediato todos los festejos y regresen a sus casas! ¡A partir de ahora, queda declarada la ley marcial! ¡Todos los ciudadanos tienen prohibido abandonar sus domicilios sin permiso explícito de la guardia! ¡La guardia procederá al registro sistemático de todas las casas de la ciudad! ¡Todo aquel que se resista o se niegue a facilitar información será detenido de inmediato! ¡Si se confirma que colabora con el rebelde o trata de encubrirlo de alguna manera, será ejecutado al amanecer del día siguiente! ¡Esta situación de emergencia extraordinaria continuará hasta que el rebelde sea abatido o capturado y la Emperatriz se encuentre de nuevo sana y salva en el palacio!

—Espero que Sulani y los demás hayan conseguido salir a tiempo de la ciudad —murmuró Kelan, preocupado.

Vintanelalandali fue incapaz de escuchar nada más. Corrió de regreso a la rejilla de saneamiento y la levantó para descender a los túneles cuanto antes.

Kelan bajó tras ella, y volvió a colocar con cuidado la rejilla en su lugar.

Había unas escaleras de piedra que conducían hasta un túnel que, sorprendentemente, no olía a cloaca. Cuando bajó hasta el fondo, descubrió que no era un conducto de saneamiento en realidad, sino una galería estrecha que avanzaba hacia delante y desaparecía en la oscuridad.

Encontró a Vintanelalandali acuclillada al pie de la escalera, intentando encender una lámpara de aceite.

—La primera vez que nos escapamos por aquí —le dijo ella con voz queda—, estuvimos a punto de quedarnos a oscuras. Por eso la otra noche dejamos aquí esta lámpara de repuesto, por si acaso. Pero no sé encenderla —suspiró—. Ese tipo de cosas siempre las hace Zaralane.

Kelan le arrebató el pedernal y el eslabón de las manos y los golpeó con habilidad hasta que las chispas prendieron la mecha. Cuando esta se encendió con una llama clara y potente, el chico le devolvió la lámpara con una sonrisa disimulada por su máscara. Vintanelalandali suspiró.

—¿Cómo voy a ser la Luz del Imperio si ni siquiera soy capaz de iluminar mi propio camino?

Kelan sintió una oleada de simpatía hacia ella, pero no encontró palabras para consolarla. En su lugar, le ofreció la mano para ayudarla a levantarse. Ella dudó un momento, pero finalmente le tendió una mano enguantada. Él se quedó mirándola.

—¿Aprenderás a controlarlo en algún momento? —le preguntó.

Ella se puso en pie y retiró la mano, cohibida.

—No se puede controlar —respondió—. No por completo, al menos. Por eso todas las encarnaciones del Eterno Emperador llevan guantes durante toda su vida —añadió, mirando de reojo las manos desnudas de Kelan.

Él asintió, pero no añadió nada más.

Avanzaron por el túnel a la luz de la lámpara, sumidos en un silencio incómodo.

—Apenas hace unos días que despertaron mis poderes —confesó ella al cabo de un rato—. Pero desde entonces he ma..., ya ha habido dos... accidentes. —Se abrazó a sí misma, escondiendo las manos bajo las axilas—. Aun así, no es eso lo que más me preocupa. —Kelan permaneció callado, y la Emperatriz prosiguió—: Tengo miedo de que, con el tiempo..., pueda llegar a gustarme.

Kelan se volvió hacia ella.

—¿Gustarte?

—Cuando uso mi poder, me siento... viva. Horriblemente viva. —Se estremeció—. Como si hubiese tomado una infusión vigorizante especialmente potente. Es una sensación agradable, y no me gusta que lo sea. Debería sentirme miserable.

Kelan inclinó la cabeza.

—Nunca pensé que la Emperatriz pudiese sentir remordimientos —comentó—. Aprendí en la escuela que su obligación es utilizar sus poderes por el bien del imperio.

—A mí también me enseñaron lo mismo —respondió ella en voz baja—. Lo tengo asumido desde que era muy pequeña. Pero eso no significa que me tenga que gustar.

Kelan permaneció un momento en silencio, pensativo.

—A mí, en cambio —dijo por fin—, Restaurar me deja completamente exhausto. Como si me quitara varios años de vida. Supongo que no importa mucho —añadió, con humor—, si voy a vivir mil años.

Pero Vintanelalandali se había quedado pensativa.

—No todas las encarnaciones del Eterno Emperador viven mil años —precisó—. Las crónicas cuentan, de hecho, que Karanuvidalastan superó los dos mil.

—¿El Emperador Desalmado?

—Así lo llaman en los cuentos, ¿no? Por otro lado —añadió, frunciendo el ceño—, ahora que lo pienso, Rayinemagaloran...

Pero no terminó la frase, y Kelan casi lo agradeció. Después de todo, la historia de Akidavia nunca había sido su fuerte en la escuela, y de hecho ni siquiera había llegado a aprenderse los nombres de todas las encarnaciones del Eterno Emperador. Parecía, no obstante, que Vintanelalandali manejaba esa información con gran soltura.

—Si Ejecutar te da fuerzas, y Restaurar te las quita —observó él—, los dos Poderes Imperiales están equilibrados, ¿verdad?

—Lo están, cuando convergen los dos en una sola persona, como suele suceder. Sin embargo...

Lo miró de reojo, sin atreverse a continuar. Kelan asintió, y verbalizó la conclusión en su lugar:

—Crees que cada uno de nosotros posee solamente uno de los Poderes Imperiales, ¿no es cierto?

—Es una teoría. El Eterno Emperador es solamente uno. Por tanto, es poco probable que su esencia se haya multiplicado, pero sí puede haberse... ¿dividido? —Sacudió la cabeza—. No sé si tiene sentido.

—Tampoco tenemos tiempo de pensar en eso ahora —señaló Kelan—. Si no he entendido mal, mañana por la mañana comenzarán las primeras ejecuciones. Tenemos que hacer algo, cualquier cosa, para evitar que Yinimakintanam empiece a matar a gente inocente.

Vintanelalandali inspiró hondo.

—Cierto —dijo abruptamente—. Acción ahora, elucubraciones después. La verdad es que no se me da muy bien hacer planes —confesó—. Paso tanto tiempo preocupándome por tomar la decisión adecuada que nunca llego a tomar ninguna en realidad.

—A mí tampoco se me da bien —admitió Kelan—. Puedo hacer proyectos a largo plazo, pero cuando me veo en una situación imprevista actúo siguiendo mi primer impulso y estropeo todo el plan. —Se detuvo de pronto, porque acababan de llegar al final del túnel—. Esto no lleva a ninguna parte —hizo notar, examinando la pared de ladrillo que se alzaba ante ellos.

Pero Vintanelalandali estaba examinando el muro de la derecha.

—Es lo que parece, pero en realidad hay que fijarse mejor. Mira.

Kelan se reunió con ella y descubrió una estrecha abertura en la pared, donde los sillares no se juntaban del todo. Era fácil pasarla por alto si no la estabas buscando.

Los dos jóvenes se deslizaron a través del resquicio y se encontraron en otro túnel, más estrecho y oscuro que el que acababan de abandonar.

—A partir de aquí, el trayecto se vuelve laberíntico y es muy sencillo perderse —advirtió Vintanelalandali, tendiéndole la lámpara.

Kelan la sostuvo para que ella pudiese rebuscar en el interior de su bolsa. Cuando desplegó por fin un plano de los sótanos del palacio, el chico pensó que aquello parecía un galimatías.

—¿Estás segura de que podrás encontrar el camino con un simple papel? —le preguntó.

Ella sonrió.

—La única forma que he tenido siempre de conocer el mundo es a través de los mapas. Créeme, sé muy bien cómo interpretarlos.

Kelan no respondió. Él, por el contrario, había aprendido a orientarse en el bosque fijándose en los detalles, en los cambios del paisaje, en las huellas del suelo y en la posición del sol, las lunas y las estrellas sobre su cabeza. No imaginaba cómo podría nadie llegar a alguna parte con los ojos fijos en un papel, sin mirar a su alrededor.

Pero Vintanelalandali no tuvo, al parecer, ningún problema para hacerlo. Lo guio con paso seguro por una maraña de túneles, con vueltas y revueltas, con ramificaciones que parecían todas iguales, y todo ello bajo tierra y a la única luz de la temblorosa llama de la lámpara.

Por fin, ella se detuvo y se volvió hacia él.

—A partir de ahora debemos ir en silencio —le advirtió—, porque estamos muy cerca de las criptas de los antiguos emperadores. Seguro que a estas alturas Yinimakintanam sospecha que es por allí por donde nos escapamos Zaralane y yo, y no sería de extrañar que hubiese puesto guardias por todo el lugar.

Kelan asintió.

—¿Tienes un plan? —preguntó.

Ella respiró hondo.

—Creo que sí. Entraré yo sola, llamaré a los guardias y reclamaré la presencia de Yinimakintanam para pedirle explicaciones. Diré la verdad: que me marché por voluntad propia y que tú no me has secuestrado. Exigiré a Yinimakintanam que reanude los actos de la entronización y que libere a los detenidos.

—¿Y te hará caso? —preguntó Kelan con cierto escepticismo.

—Probablemente no, porque tengo intención de destituirlo en cuanto sea entronizada, y él lo sabe. Pero necesitará encontrar una buena excusa para negarse, ahora que mi cabello ha encanecido por fin. Sin embargo, lo que pretendo en realidad es mantenerlo distraído para que tú puedas entrar en el palacio sin que te vean.

—Entiendo. ¿Y después?

—Quédate cerca, listo para actuar si fuera necesario. Aún existe la posibilidad de que Yinimakintanam crea trabajar de veras por el bien del imperio, y no lo haga únicamente en su propio beneficio. En ese caso, tendrá que hacer lo que le diga.

—¿Y si no?

—Si trata de enfrentarse abiertamente a mí, deberás intervenir.

Kelan inclinó la cabeza.

—Pareces pensar que mis poderes incluyen pasearme por el palacio imperial sin ser visto, Vintanelalandali. Pero solo me permiten atravesar paredes. Además, mi pelo llama mucho la atención.

Ella lo observó un momento, pensativa. Después se quitó la capa y se la devolvió.

—Yo ya no la necesito —aseguró, a pesar de que se puso a temblar de frío casi al instante—. Voy a llevar el cabello descubierto. Eso facilitará las cosas.

Kelan se echó la capa sobre los hombros y cubrió su propia melena con la capucha.

—Voy a adelantarme —anunció ella—. Solo tienes que seguirme a una discreta distancia y estarás dentro del palacio. —Inspiró hondo—. Lo demás ya depende de ti.

El joven asintió en silencio. Los dos cruzaron una mirada. Había tantas cosas que querían decirse que no sabían por dónde empezar.

—Buena suerte —susurró por fin Vintanelalandali.

—Buena suerte a ti también —respondió Kelan, devolviéndole la lámpara.

Ella sonrió débilmente, dio media vuelta y se alejó por el corredor, bien aferrada a su bolsa de libros. Kelan esperó hasta que la luz del candil fue apenas visible al fondo del túnel, y la siguió en silencio.

Día 157, año 17 de la era de Vintanelalandali

Me encuentro otra vez en mis aposentos del palacio, pero ahora estoy sola. Zaralane se ha ido con los rebeldes a buscar refugio en las montañas, donde al parecer tienen una guarida secreta o algo similar, porque Yinimakintanam está llevando a cabo una batida por toda la ciudad para capturarlos. Acusa a Kelan de haberme secuestrado, y también... ¡de haber matado a Kalinamanteni! Por fortuna, recibimos un aviso y pudimos desalojar el escondite a tiempo. Kelan estaba dispuesto a entregarse para salvar a los suyos, pero le hice comprender que la única manera de poner fin a esto es pararle los pies a Yinimakintanam.

De modo que finalmente decidimos que iríamos solo nosotros dos. Zaralane quería venir conmigo, pero le ordené que se quedara con la gente de Kelan. En su momento me pareció lo más prudente, al menos hasta que descubra si yo también soy una proscrita en cierto modo. Porque no sé si Yinimakintanam está buscándome de verdad para entronizarme... o si todo es una maniobra para que él pueda hacerse con el poder, en cuyo caso yo sería el principal obstáculo en su camino. Si a mí me sucediera cualquier cosa, a él le bastaría con declarar que Kelan me ha asesinado para asumir los mandos del imperio hasta que mi siguiente encarnación alcance la edad adecuada.

En cualquier caso, es significativo que me parezca que Zaralane estará más segura entre proscritos que bajo la influencia de Yinimakintanam.

Aun así, creo que ella tardará en perdonármelo. Intentó convencerme de que le permitiera venir con nosotros, pero yo estaba segura, por una vez, de haber tomado la decisión correcta. Tuvimos ocasión de hablarlo en privado, antes de separarnos. Traté de hacerle ver que no quería ponerla en peligro.

—No me importa arriesgarme por vos, Divinidad —replicó Zaralane con los ojos brillantes—. Lo haría una y mil veces, si me lo permitierais.

Su lealtad me conmovió profundamente, y al mismo tiempo me hizo sentir incómoda. Todos en Akidavia veneran al Eterno Emperador, pero eso no significa que sus encarnaciones tengan derecho a exigirles que sacrifiquen sus vidas por él.

—Ya has hecho suficiente, Zaralane —respondí—. Tu deber como doncella no...

—Mis deberes de doncella no tienen nada que ver —cortó ella con pasión, y me miró fijamente, con los ojos llenos de lágrimas—. Os amo, Vintanelalandali. No por ser mi Emperatriz, sino por ser... vos. Os amo con todo mi corazón.

Se echó a llorar, y yo no supe cómo reaccionar. El corazón me latía como un loco, y estoy bastante segura de que me ruboricé hasta las orejas. ¿Zaralane está... enamorada de mí?

Lo cierto es que nunca me había parado a pensar en ello. Siempre creí que tenía tiempo de sobra para el amor. Había cosas más importantes y más urgentes, como mi deber como Emperatriz de Akidavia, los Poderes Imperiales, las intrigas del Consejo...

Por otra parte, he de confesar que tengo miedo de enamorarme, porque no deseo ver cómo envejece a mi lado la persona a la que amo, mientras yo permanezco joven. Por eso no tengo prisa por buscar pareja. Tampoco se puede decir que mis circunstancias me hayan permitido desarrollar una intensa vida social, al menos hasta el momento.

Así que nunca me había detenido a pensar en Zaralane de ese modo.

Y no supe qué decirle. Creo que ella lo tomó como un rechazo, porque casi pude ver que la esperanza que había iluminado su expresión se apagaba de golpe como la llama de una vela ante mi silencio. Cuando nos separamos, todavía no le había dado una respuesta.

Creo que necesito tiempo para pensar qué significa Zaralane para mí. Es mucho más que una doncella de compañía, eso por descontado. Es mi mejor amiga, casi como una hermana... ¿o algo más? ¿Podría mi afecto por ella superar los límites entre la amistad y el amor?

Sé que debo dedicarle a este asunto la atención que merece, y ahora mismo no tenemos tiempo. La vida de mucha gente inocente está en peligro.

Por eso, Zaralane, te juro que volveré a buscarte cuando todo esto acabe. Y entonces te abriré mi corazón.

Por ahora, me he visto obligada a despedirme de ella sin poder responder apropiadamente a su confesión. Por esa razón me costó mucho concentrarme durante todo el trayecto de regreso al palacio, pero afortunadamente Kelan y yo logramos llegar a los túneles sin novedad, y encontramos el camino de vuelta hasta las criptas de los emperadores. Una vez allí, acordamos que yo entraría sola y atraería la atención para que luego él pudiese infiltrarse en el palacio detrás de mí sin que nadie lo advirtiera.

De modo que he conducido a un peligroso rebelde hasta el corazón mismo del imperio. Si me hubiesen dicho hace meses que lo haría, no lo habría creído.

Tal como había imaginado, Yinimakintanam había apostado guardias en los sótanos. Dos soldados vigilaban la cámara de Rayinemagaloran, como si Zaralane y yo fuésemos a materializarnos allí de repente. Por las caras que pusieron cuando me vieron avanzar hacia ellos por el corredor, estaba claro que no esperaban que apareciese nadie en realidad.

Se pusieron firmes y me apuntaron con las lanzas.

—¡Detente! ¿Quién eres, y qué estás haciendo aquí? —demandaron.

Utilicé mi mejor tono de autoridad imperial cuando les informé de que estaban amenazando a la mismísima Emperatriz de Akidavia. Mi aspecto les hizo dudar al principio: la ropa corriente, el cabello corto y de un tono blanco apagado, muy diferente de la resplandeciente peluca que suelo lucir en público. Pero me observaron con mayor atención bajo la luz de la lámpara, y uno de ellos me reconoció por fin.

Exigí que me condujeran de inmediato ante Yinimakintanam, y obedecieron, deshaciéndose en disculpas, pero encantados en el fondo de poder anunciar que habían sido ellos los que habían hallado sana y salva a la Emperatriz.

No obstante, resultó que Yinimakintanam no se encuentra en el palacio ahora mismo, sino que está pasando revista en los cuarteles repartidos por la ciudad, supervisando personalmente la «operación», como la llaman, al parecer. Así que me recibió el Consejero Viyatenisgani, que se mostró muy aliviado al verme. Me transmitió la «trágica noticia» de la muerte de Kalinamanteni y me explicó que, en ausencia de la Consejera, le corresponde a él encargarse de la organización del palacio. Y parecía bastante abrumado por ello.

Creo que Viyatenisgani es el único leal de mis Consejeros. Posiblemente se debe a que para él las cosas son como son, de modo que se siente incapaz de fingir que son de otra manera. No podría mentir, engañar ni manipular, ni siquiera disimular, aunque quisiera, así que, por lo que parece, lo más práctico para todo el mundo es dejarlo al margen de cualquier intriga o maniobra política.

Por esta razón Yinimakintanam le ha contado la versión oficial: que Kelan mató a la Consejera Kalinamanteni y luego me secuestró. Creo que el pobre Viyatenisgani ya me daba por muerta, y de hecho su alegría al hallarme sana y salva me ha parecido muy real. Alarmado y escandalizado ante las «penosas condiciones» en las que me encontraba, me ha enviado a una nutrida nube de sirvientes para que me atiendan en mis aposentos mientras esperamos a Yinimakintanam, a quien he ordenado que traigan a mi presencia de inmediato.

Los he dejado prepararme el baño y después los he echado a todos, porque quería quedarme a solas.

No me he bañado en realidad, aunque probablemente me haga mucha falta, pero sí me he tomado mi tiempo para lavarme bien el pelo hasta que he conseguido que recupere el color blanco imperial. Ya no voy a usar más la peluca. Necesito que Yinimakintanam comprenda nada más verme que soy la verdadera Emperatriz de Akidavia.

Una de ellos, en realidad.

De modo que me he puesto la túnica más imperial que he sido capaz de encontrar en mi armario, una de diario, pero bordada en oro y rojo, los colores del Eterno Emperador, y me he dejado el cabello suelto, apenas sujeto por una fina diadema de oro y rubíes. Todo lo he hecho yo sola, porque ni Kalinamanteni, ni Zaralane, ni ninguna otra doncella estaban a mi lado para ayudarme. Y cuando me he mirado al espejo, por fin he visto en él a una auténtica Emperatriz. Mi cabello es ahora de un blanco más puro que la nieve recién caída, más blanco incluso que el de Kelan, que dudo mucho que se lo lave a menudo.

Ahora soy yo, sin disfraz. La encarnación del Eterno Emperador.

Al menos, eso es lo que creo que soy.

Como no confío en Yinimakintanam, he pensado

Por el bien del imperio

Kelan no tuvo problemas en seguir a Vintanelalandali, porque ella no cesó de parlotear en voz bien alta mientras los guardias la escoltaban hasta los pisos superiores. Comprendió que lo hacía a propósito para que él no le perdiese la pista en el laberinto de habitaciones, salones y corredores que constituían el palacio imperial.

No obstante, una vez que abandonaron los sótanos, Kelan se vio obligado a avanzar con mucho más tiento, buscando rincones en sombras y estancias vacías, y ralentizando por tanto sus pasos. Tardó un poco en darse cuenta de que la luz estaba amortiguada: gruesas cortinas cubrían las ventanas, y la mitad de las lámparas de las paredes estaban apagadas. Cuando vio a una sirvienta con la cabeza cubierta, caminando en silencio con la mirada baja, comprendió que el palacio imperial guardaba luto, probablemente a causa de la muerte de la Consejera y la desaparición de la Emperatriz.

Tanto mejor, pensó. Le habría resultado mucho más difícil desplazarse por aquel lugar con la actividad diaria habitual.

Se las arregló, por tanto, para mantenerse relativamente cerca de Vintanelalandali, aunque le perdió la pista en un par de ocasiones. Volvió a oír su voz un poco más allá. Se ocultó en un vestidor y escuchó desde allí la conversación de la Emperatriz con alguien a quien llamó «Consejero». Se tensó, listo para entrar en acción si era necesario; pero la charla entre ambos parecía bastante pacífica y, por otro lado, mencionaron que Yinimakintanam se encontraba ausente del palacio en aquellos momentos.

—Quiero que se presente ante mí de inmediato —ordenó la Emperatriz.

—Sí, Divinidad —respondió el Consejero—. Enviaré a buscarlo y le haré saber que habéis regresado sana y salva. Sin duda recibirá la noticia con gran alegría.

«Sin duda», pensó Kelan, preguntándose si aquel hombre estaría hablando en serio. Pero no detectó la menor huella de sarcasmo en su voz.

Después dio instrucciones para que preparasen un baño a la Emperatriz. Desde su escondite, Kelan oyó claramente el revuelo que aquella orden causó entre los criados. De pronto, todo era prisa y agitación, de modo que decidió que permanecería oculto por el momento. Además, al parecer no iban a enfrentarse a Yinimakintanam de inmediato.

Y entonces alguien abrió de par en par las puertas del vestidor, y un rayo de luz iluminó a Kelan. Oyó un chillido femenino y retrocedió para fundirse con las sombras antes incluso de que la chica cerrase las puertas de golpe. Atravesó el fondo del vestidor y la pared sobre la que se apoyaba y se halló en un pequeño salón de té. Se ocultó tras las cortinas, que seguían echadas, y aguardó.

Oyó voces y pasos que se acercaban.

—¿Qué dices, Lani? ¿Cómo va a haber un fantasma en el armario?

—¡Era una cosa horrible, señora! ¡Con la cara toda oscura, los ojos rojos como llamas y el cabello muy blanco, como el de un anciano!

—Déjame ver... Aquí no hay nada, ¿no lo ves? Está vacío. Vamos, asómate.

—Ay, no sé...

—No seas miedosa, muchacha. Debes de haberlo soñado, eso es todo. Siempre he dicho que tienes demasiada imaginación.

—Pero ¿no estuvo ese monstruo de Kel la otra noche en el palacio? ¿No atacó a la Consejera y se llevó a la Emperatriz?

—Su Divinidad se encuentra perfectamente, ya lo has visto. Y ahora, deja de perder el tiempo; la ropa de la Emperatriz no va a prepararse sola.

Las voces se alejaron, y Kelan se permitió relajarse un poco. Se acercó a la pared para tratar de escuchar lo que sucedía al otro lado. De nuevo sonaron pasos apresurados y un tropel de sirvientes se alejó pasillo abajo.

—La Emperatriz desea estar a solas... No molestéis a Su Divinidad... —oyó.

Y después se hizo el silencio.

Kelan esperó un poco antes de salir de la habitación y asomarse al corredor. Se arriesgó a avanzar hasta la puerta del fondo, de donde al parecer había salido toda la tropa de sirvientes, pero se detuvo antes de entrar, al recordar oportunamente que Vintanelalandali iba a tomar un baño. Miró a su alrededor en busca de un escondite adecuado donde esperar la llegada del Consejero Yinimakintanam. Atravesó una pared lateral y se encontró en un dormitorio anexo al de la Emperatriz; le pareció extraordinariamente lujoso, al menos en comparación con lo que él conocía, pero bastante más pequeño que aquel en el que se alojaba Vintanelalandali, según recordaba de su visita anterior. Por lo visto, pertenecía a una mujer, pero estaba vacío. Tal vez fuese el de Zaralane, pensó.

En tal caso, era un buen lugar para ocultarse. Porque sabía que Zaralane no iba a volver pronto, y no se le ocurría ninguna razón por la que otra persona que no fuese la Emperatriz tuviese interés en entrar allí. Así que, de nuevo, escogió un tapiz que colgaba de una pared contigua a la puerta y se ocultó tras él. Al otro lado estaba la habitación de Vintanelalandali. Desde su posición podría oír todo lo que sucediese allí, y atravesar el muro de inmediato si fuese necesario.

Se preguntó si debía advertir a la Emperatriz de su presencia, pero lo descartó enseguida. No podía asegurar que la joven estuviese a solas en realidad. Tal vez hubiese conservado a su lado a algún sirviente o doncella para que la atendiese. Y seguía estando aquel asunto del baño.

De modo que Kelan esperó con paciencia. No se oía nada al otro lado de la pared, lo cual parecía indicar que, en efecto, Vintanelalandali se encontraba sola. Aun así, Kelan decidió permanecer donde estaba.

Al cabo de un rato, volvió a haber movimiento en el corredor. Alguien se acercaba casi a la carrera, seguido por otra persona que intentaba mantener su ritmo.

—¿La habéis dejado sola todo este tiempo?

—Señor, es lo que..., es lo que deseaba... Su Divinidad —respondió con esfuerzo una voz femenina. Kelan la reconoció como la que momentos antes había reprendido a la sirvienta miedosa—. La pobre se encontraba en un estado lamentable..., sin duda muy afectada..., y sin Zaralane a su lado...

El hombre se detuvo bruscamente.

—¿Su doncella no la acompaña?

—No ha regresado al palacio con ella, señor.

—Está bien. Puedes marcharte.

—Pero...

—Su Divinidad me ha mandado llamar. Desea hablar conmigo a solas.

—Naturalmente, señor.

Los pasos más ligeros se alejaron por el pasillo. Sonaron golpes en la puerta contigua, y Kelan se puso en tensión.

—Pasa, Yinimakintanam —lo invitó la Emperatriz desde el interior.

La puerta se abrió. El hombre del pasillo entró en la estancia, cerrando la puerta de nuevo tras él. Kelan esperó, aguzando el oído. Pero ambos, Consejero y Emperatriz, permanecieron en silencio un momento. Hasta que fue él quien habló primero:

—Divinidad..., ¿qué os ha pasado? Creía..., pensábamos...

—¿Que me había secuestrado el proscrito rebelde? —replicó ella con frialdad—. Ya ves que no. De hecho, elegí marcharme por propia voluntad.

—Entonces...

—Fui atacada en mi propio aposento, es cierto. Pero no fue Kelan quien trató de matarme, y por eso Zaralane y yo tuvimos que escapar, en busca de un lugar seguro.

—¿Un lugar... más seguro que este palacio, queréis decir? Hummm. —Yinimakintanam hizo una pausa, pensativo—. Entiendo vuestra turbación, sobre todo teniendo en cuenta el terrible destino de la Consejera Kalinamanteni. No obstante...

—Fue la propia Kalinamanteni quien intentó matarme, Yinimakintanam —cortó ella, perdiendo la paciencia—. Y tú deberías haberlo previsto, ya que te crees tan perspicaz. Y evitado, puesto que ese es tu trabajo. A no ser, claro..., que ella actuase siguiendo tus instrucciones.

El Consejero inspiró hondo, sorprendido, pero se tomó un tiempo para contestar:

—Sin duda ha de ser un error, Divinidad. Kalinamanteni no pretendía...

—Oh, ¿no pretendía? ¿Insinúas entonces que me lo estoy inventando? ¿Que soñé que ella cerraba sus manos en torno a mi garganta mientras juraba que yo nunca sería Emperatriz? ¿Crees que me he vuelto loca e imagino cosas que no existen?

Vintanelalandali había alzado el tono de voz. Obviamente estaba muy enfadada, y el Consejero soportó su diatriba en silencio. Pero, cuando volvió a hablar, Kelan advirtió que no parecía arrepentido o intimidado en absoluto. Su voz, por el contrario, sonaba segura y serena cuando respondió:

—No era mi intención poner en tela de juicio vuestras palabras, Divinidad. Solo trataba de encontrar una explicación racional al comportamiento de la Consejera Kalinamanteni, una mujer que os ha servido lealmente desde vuestra anterior encarnación. Por lo que decís parece, no obstante, que no la hay.

Vintanelalandali resopló, irritada.

—Hay una explicación, pero no es racional ni justifica en modo alguno su traición: Kalinamanteni estaba segura de que yo no soy la auténtica Emperatriz y, por tanto, no podía consentir que fuese entronizada hoy.

—Ya veo… —respondió Yinimakintanam con precaución.

—Y cuando trató de matarme, el alma del Eterno Emperador despertó en mi interior… y la Ejecuté para defender mi vida —concluyó Vintanelalandali, y Kelan percibió una nota de desafío en su voz, como si retara al Consejero a objetar algo al respecto.

Yinimakintanam optó prudentemente por no entrar en el fondo de la cuestión.

—Entiendo —se limitó a responder.

Al parecer, la actitud calmada del Consejero empezaba a poner nerviosa a la Emperatriz. Kelan intuyó que no era la primera vez que sucedía.

—De modo que —prosiguió ella, cada vez más deprisa— Kalinamanteni era una traidora que trató de atentar contra la Emperatriz de Akidavia, que, en efecto, soy yo, como puedes comprobar fácilmente por el color de mi cabello. —Hizo una pausa, posiblemente para permitir que él la observara con atención—. Y esta vez no se trata de una peluca. Es mi pelo de verdad.

—Lo celebro con júbilo, Divinidad. Soy consciente de que en el fondo de vuestro corazón albergabais dudas, pero yo siempre tuve la certeza de que sucedería tarde o temprano.

Hubo un breve silencio. Kelan tuvo la sensación de que el Consejero mentía descaradamente, y se admiró ante el aplomo con que lo hacía. Sospechaba que Vintanelalandali estaba también perpleja ante su cinismo.

—¿En serio? —logró decir por fin, incapaz de ocultar el sarcasmo en su voz.

—Naturalmente, Divinidad. ¿Por qué razón habría insistido tanto en celebrar vuestra entronización lo antes posible, si no?

Era un hombre especialmente correoso, comprendió Kelan, sorprendido. Al parecer, había vuelto a dejar sin palabras a la Emperatriz.

—Bien, en ese caso —logró farfullar ella por fin—, y dado que, como puedes ver, nadie me ha secuestrado, ni Kelan…, ni el rebelde Kel —se corrigió— estuvo jamás aquí, te ordeno que liberes a todas las personas que tienes en prisión, acusadas de colaborar con él. Nadie será ejecutado mañana, y mucho menos en mi nombre.

—Divinidad —replicó el Consejero con cierta perplejidad—, quizá vos no seáis consciente de ello, pero esas personas están convencidas, de una manera o de otra, de que el rebelde Kel es el auténtico Emperador. De alguno de ellos incluso se dice que... murió... y fue posteriormente Restaurado por él —añadió, disgustado—. Antes, quizá podríamos haberles concedido el beneficio de la duda... El Augur pudo equivocarse, al fin y al cabo... Pero ahora, y dado que ya es público y notorio que el alma del Eterno Emperador habita en vos..., los prisioneros son en efecto culpables de sacrilegio. Un crimen que, como bien sabéis, está penado con la muerte.

—¡Pero...!

—Tal es la ley de Akidavia. Y vos sabéis bien que, si el Consejero Kunavamastedal se encontrase aún entre nosotros, me daría la razón.

—¡Pero los crímenes de los que se le acusa sucedieron antes de que encaneciese mi cabello! Así que, en realidad...

—Eso es irrelevante. El simple hecho de dudar de la divinidad del elegido por el Augur es en sí mismo un sacrilegio. La sentencia queda pendiente de ejecución hasta la entronización del Emperador, por descontado. Si finalmente el acusado estaba en lo cierto, el nuevo Emperador le concederá el indulto, pues no habría cometido sacrilegio en realidad. Pero, si el alma del Eterno Emperador despierta en la persona que el Augur había señalado, la sentencia deberá ejecutarse de inmediato después de la entronización. —Vintanelalandali no respondió, y el Consejero añadió—: Conocéis las leyes tan bien como yo. Sabéis por qué es tan importante que el nuevo Emperador sofoque cualquier conato de rebelión en los primeros compases de su gobierno. Especialmente cuando tenemos un niño de la Larga Noche reclamando su derecho al trono.

—Kelan no... —Se interrumpió, inspiró hondo para calmarse y comenzó de nuevo—: Te estoy diciendo que debes hacer lo que ordeno porque soy la Emperatriz. Y tú respondes que, precisamente porque soy la Emperatriz, esas personas deben morir.

—Tal es la ley de Akidavia, Divinidad.

Vintanelalandali dejó escapar un gruñido frustrado, muy poco imperial.

—¿Y si... me niego a ser entronizada?

—No podéis hacer eso. Vos misma lo habéis dicho: sois la Emperatriz.

—¿Y si no fuese yo la única? ¿Y si te dijese que he conocido a Kelan de Gratitud, que tiene el cabello blanco y que he visto con mis propios ojos cómo Restauraba a una persona que acababa de morir?

Yinimakintanam hizo una pausa.

—Os respondería, Divinidad, que al parecer no soy el único que sabe cómo hacer interpretar un «teatrillo».

Kelan tuvo la sensación de que había escogido aquella palabra por alguna razón en concreto, pero las implicaciones se le escapaban. Vintanelalandali debía de saber de qué estaba hablando, porque resopló de nuevo con irritación.

—Otra vez me hablas como si fuese estúpida, Yinimakintanam.

—Nada más lejos de mi intención, Divinidad. Disculpad si os he disgustado. El asunto es el siguiente: todo el mundo sabe que solo puede haber un Emperador. Los akidavos veneramos a una única deidad, no somos como los bárbaros politeístas que habitan más allá de nuestras fronteras. Esta certeza es uno de los pilares de nuestra civilización. En eso se basa también la unidad del imperio.

—Puedes ahorrarte la lección; he pasado toda mi vida estudiando y conozco la teoría de memoria.

—No lo pongo en duda, Divinidad. Pero tal vez no hayáis tenido aún la oportunidad de reflexionar sobre lo que esa teoría implica... en la práctica. —Ella no respondió, y el Consejero prosiguió—: Si el Eterno Emperador es único, entonces uno de los dos sobra. O el rebelde Kel..., o vos.

Vintanelalandali reprimió una exclamación de sorpresa. En el interior de su escondite, Kelan se estremeció ante el veneno que destilaban las palabras de Yinimakintanam.

—Uno ha de ser entronizado y el otro ejecutado por sacrilegio. No hay más opción. —Hizo una pausa y concluyó—: Di por sentado que vos preferiríais ser la Emperatriz entronizada, y no la sacrílega ejecutada —añadió con un leve tono irónico en su voz—. Y en ello estoy trabajando, si me lo permitís.

Sobrevino un tenso silencio. Kelan temió que las palabras de Yinimakintanam hiciesen dudar a Vintanelalandali, y se preguntó si debía intervenir. No estaba seguro, sin embargo, de que fuese buena idea. Si el Consejero decía la verdad y había actuado conforme a las leyes, detenerlo no serviría de nada. Cualquiera que lo sustituyera obraría del mismo modo. Y podría darse la circunstancia de que Vintanelalandali se viese obligada a Ejecutarlo de todos modos cuando fuese entronizada.

Entonces ella dijo abruptamente:

—¿Sabías que tengo un hermano, Yinimakintanam?

—Las leyes también son muy claras con respecto a la familia de origen del Emperador, Divinidad —respondió él con prudencia.

Pero ella no lo escuchaba.

—¿Te contó Kunavamastedal lo que sucedió la noche en que renací? ¿Te dijo que éramos dos bebés?

—No es eso lo que está documentado en los registros.

—¿No te habló del niño al que dejó atrás, en una remota aldea de Gratitud? ¿No compartió contigo sus sospechas... de que ese niño podría ser Kelan?

—Aunque todo eso fuese cierto, Divinidad, se da la circunstancia de que solo puede haber un Emperador. Eso no ha cambiado, por muchos hermanos que creáis tener.

—¿Y si no fuésemos dos..., sino uno solo? ¿Y si cada uno de nosotros hubiese recibido uno de los dos Poderes Imperiales?

—Esa es... una teoría interesante —respondió Yinimakintanam después de un breve silencio—. De todo lo que decís deduzco, por tanto, que pensáis que el alma del Eterno Emperador se... escindió, por así decirlo, en dos hermanos engendrados al mismo tiempo. Uno de ellos solo puede Restaurar, y el otro, solo Ejecutar. ¿Es correcto?

Hablaba con calma y amabilidad, pero con ello solo conseguía poner más nerviosa a Vintanelalandali. No era de extrañar; el propio Kelan tampoco estaba seguro de qué cartas pretendía jugar el Consejero.

—Eso es lo que creo, sí —asintió ella tras una pequeña vacilación.

—Y puesto que afirmáis haber Ejecutado a la Consejera Kalinamanteni y haber presenciado una Restauración por parte del rebelde Kel, asumo que creéis saber cómo se han repartido los Poderes Imperiales.

Vintanelalandali suspiró.

—Sigues sin tomarme en serio.

—Al contrario, Divinidad, tengo muy en cuenta vuestros pensamientos. Pero, de nuevo, me temo que no sois consciente de las implicaciones que tendría vuestra... teoría... en el caso de ser correcta.

—Explícate —ordenó la Emperatriz, tensa.

—Un Emperador escindido en dos sería algo... muy irregular... y confuso. La gente no sabría a quién adorar. Algunos creerían que hemos caído en el politeísmo. Y puestos a ser gobernados por dos deidades, ¿por qué no tres, cuatro o cien?

—Subestimas a los ciudadanos del imperio, Yinimakintanam.

—Puede ser. Pero seguiría habiendo un Emperador y una Emperatriz, e, inevitablemente, la gente amaría al que puede Restaurar y odiaría y temería a aquella que únicamente arrebata vidas, como una vulgar asesina.

Vintanelalandali inspiró hondo, herida.

—Yo no...

—Los Poderes Imperiales se compensan mutuamente. Si no sois capaz de Restaurar a cambio del toque letal de vuestras manos, ¿qué pensarán vuestros súbditos de vos? ¿Desearán que ocupéis el trono durante mil años? Con todos mis respetos, albergo serias dudas al respecto.

—Entonces, es Kelan quien debería ser entronizado —murmuró Vintanelalandali, y el joven, desde su escondite, cerró los ojos un momento, mareado.

—Hipotéticamente hablando, y siempre que vuestras teorías fuesen ciertas, sí, así es. No obstante... Uno de los dos ha estado dieciséis años preparándose para ocupar el trono imperial de Akidavia. Uno de los dos tiene estudios, conoce las leyes y los protocolos, se ha empapado de la sabiduría de sus anteriores encarnaciones, sabe cuál es su lugar, su deber y sus obligaciones. El otro, en cambio..., es tristemente célebre por su trayectoria criminal. Lo más probable es que ni siquiera sepa leer textos complejos.

Kelan entornó los ojos. No se sentía molesto ni ofendido por las palabras de desprecio del Consejero, pero intuía una intención oculta en ellas. Sospechaba que no estaba hablando «hipotéticamente», ni mucho menos.

—¿De verdad preferiríais verlo a él sentado en el trono de Akidavia? ¿De qué habrían servido entonces todos vuestros años de preparación y sacrificado estudio?

Vintanelalandali no respondió. Kelan casi pudo percibir cómo el Consejero sonreía, seguro ya de su victoria.

—Habría dos modos de solucionar semejante despropósito, sin embargo —prosiguió él—. El primero consiste en prender al rebelde, tal como estaba planeado, y ejecutarlo por criminal, traidor y sacrílego. Quién sabe —añadió—, quizá de este modo recuperaseis el Poder Imperial que legítimamente os corresponde. Tal vez lo único que necesite para despertar en vos es eliminar al plebeyo de nombre corto que os lo ha arrebatado.

—¿Y si no... lo recuperase? —preguntó Vintanelalandali en voz muy baja.

—Si no lo recuperaseis..., siempre estaremos a tiempo de preparar... «teatrillos» convincentes.

—No me gusta esa opción —declaró ella con energía—. ¿Cuál es la otra?

—La otra, Divinidad —respondió él, y Kelan percibió que avanzaba por la habitación para acercarse a donde estaba la muchacha—, consistiría en repararlo todo regresando al punto de partida.

—¿El... punto de partida? —repitió Vintanelalandali con voz débil.

Cuando Yinimakintanam habló de nuevo, su voz sonó peligrosamente próxima a la de ella.

—El renacimiento de Su Divinidad, por supuesto. En un nuevo bebé que sea una reencarnación completa, y no escindida..., del Eterno Emperador.

—Pero para eso...

—Para eso deberíais morir los dos, ciertamente. Tendríais que hacer un sacrificio... por el bien del imperio. ¿No es eso lo que se espera de un Emperador de Akidavia, después de todo?

En esta ocasión el tono de amenaza fue claramente perceptible en sus palabras. Vintanelalandali dejó escapar un grito de miedo, y Kelan no esperó ya más: atravesó la pared y entró en la habitación.

Encontró al Consejero sujetando a la Emperatriz por la nuca con una mano, y amenazándola con un estilete con la otra. La hoja del arma rozaba el cuello de ella.

Kelan desenvainó la hoz que llevaba al cinto y se enfrentó a él. Pero Yinimakintanam lo miró con desprecio, sin soltar a su prisionera.

—Vaya, vaya. A quién tenemos aquí. El rebelde proscrito que de pronto pasó a ser simplemente «Kelan» para nuestra bienamada Emperatriz —comentó, burlón—. Atrás —ordenó, más serio—. Suelta ese artefacto, o ella morirá.

Kelan trató de mantener la calma. El arma del Consejero era pequeña pero afilada, y le bastaría un solo movimiento de muñeca para seccionar la arteria de la muchacha, que permanecía muy quieta y muy pálida junto a él.

—No te atreverás a matar a la Emperatriz —dijo Kelan, alzando lentamente las manos. No soltó la hoz, sin embargo. No confiaba en que Yinimakintanam fuese a mantener su palabra.

El Consejero le dedicó una falsa sonrisa de consternación.

—¿Yo? Pero ¿cómo puedes insinuar tal cosa? No, proscrito: serás tú quien lo haga. Al fin y al cabo, ¿a quién va a creer el juez cuando se lo cuentes? ¿A un criminal... o a un miembro del Consejo Regente?

—Tú ya no eres Consejero —jadeó Vintanelalandali—. Te relevo de tu puesto... y te acuso de traición... Serás juzgado...

—No has sido entronizada todavía —cortó él con frialdad—. Ni lo serás nunca. Intenté arreglar las cosas, Vintanelalandali. Podrías haber sido la Emperatriz de Akidavia, con poderes o sin ellos, pero te resistías a actuar según el plan. Así que ya solo me dejas una única opción.

—Entronizada o no, es la Emperatriz —le recordó Kelan—. Y posee el poder de Ejecutar. Yo mismo lo he visto con mis propios ojos.

Pero mientras hablaba se dio cuenta de que las manos de Vintanelalandali estaban cubiertas con unos guantes rojos, a juego con su túnica.

Yinimakintanam advirtió la dirección de su mirada y sonrió.

—Una Emperatriz perfectamente entrenada —comentó—. Lástima de tantos años de formación... para nada. Si intentas quitarte un solo guante, será lo último que hagas —amenazó a la muchacha.

—Voy a morir igualmente, ¿no? —replicó ella.

Pero de todas formas alzó despacio las manos, bien separadas.

Kelan vio que levantaba la barbilla con decisión y un brillo calculador en la mirada, y comprendió que tramaba algo.

—Si vas a matarnos a ambos —dijo—, ¿qué me impide matarte a ti primero?

Yinimakintanam sonrió.

—Adelante —lo invitó—. Nada te lo impide, ciertamente. Nada, salvo el hecho de que la chica morirá en cuanto des un solo paso.

Kelan dudó. La sonrisa del Consejero se ensanchó.

—Y aquí tenemos un súbdito también perfectamente entrenado —comentó, burlón—, a quien la idea de causar daño a su venerada Emperatriz le resulta impensable. —Kelan no dijo nada, y Yinimakintanam prosiguió—: Vintanelalandali morirá y tú serás acusado de haberla asesinado, pero aún tienes una oportunidad de escapar. Es poco probable que logres esquivar a los zaldrim una vez más porque, mientras hablamos, mis hombres están rodeando el edificio para que nadie pueda salir de él. Ni siquiera tú. Pero si lo intentas, quizá lo consigas, al fin y al cabo. Y si te las arreglas para llegar hasta la frontera, podrás vivir el resto de tu vida entre los bárbaros. ¿Quién sabe? Quizá acaben fundando un culto en tu honor. Tienen ya tantos dioses que no les importará hacerle hueco a uno más.

—¿Me crees capaz de huir y abandonarla a su suerte? —preguntó Kelan, perplejo.

Yinimakintanam se encogió de hombros con indiferencia.

—¿Por qué no? Aún en el caso de que fuera de verdad tu hermana, ¿qué ha hecho ella por ti? ¿Dejarte abandonado en una chabola mientras disfrutaba de una vida repleta de lujos y comodidades?

—Si me dejas escapar —advirtió Kelan—, el Eterno Emperador no se reencarnará cuando ella muera. Porque aún seguirá vivo en mí.

—Oh, ¿de veras? Qué contrariedad. —El Consejero sonrió—. Pero ahora ya no importa, Kelan. Los zaldrim vienen a por ti, y tienen orden de abatirte sin dudar y sin preguntas. Me temo que has perdido demasiado tiempo, y tu destino...

Se interrumpió de pronto, sorprendido. El color desapareció de golpe de su rostro y sus piernas se doblaron, incapaces de sostenerlo. Antes de caer, logró dirigir una mirada sorprendida a Vintanelalandali. Ella se erguía a su lado, seria y severa. Retiró la mano de la nuca del Consejero, donde la había colocado aprovechando que estaba distraído, y este cayó de bruces al suelo.

—¿Qué...? ¿Cómo...? —farfulló Kelan, confuso.

Vintanelalandali alzó las manos.

—No llevo guantes en realidad —dijo—. Solo me las he pintado con carmín.

Yinimakintanam alzó la cabeza con esfuerzo para mirarla, con gesto aterrorizado. Ella sonrió.

—Es un truco que me enseñaste tú, Consejero. Un buen «teatrillo», podríamos decir.

—No está muerto —observó Kelan.

—No —dijo Vintanelalandali—. He logrado contener mi poder, y no lo he Ejecutado... —Inspiró hondo antes de continuar—: Porque quiero que sea juzgado. Quiero que todo el imperio conozca sus crímenes.

Yinimakintanam trató de alcanzar el estilete, que se le había caído al suelo, pero no fue capaz de levantar la mano. La Emperatriz lo puso fuera de su alcance de una patada y alargó las manos hacia él.

—Un solo movimiento y morirás de verdad —le advirtió.

Pero justo entonces las puertas se abrieron de golpe y entró una tropa de soldados, dirigidos por tres zaldrim. Se detuvieron, sorprendidos, y contemplaron la escena con desconcierto.

—El rebelde Kel... me ha atacado —susurró el Consejero—. Proteged a... la Emperatriz.

—¡Eso no es verdad! —replicó ella.

Pero, aunque uno de los soldados pareció dudar, los otros se volvieron inmediatamente hacia Kelan.

El chico no se detuvo a esperar a que Vintanelalandali recuperara las riendas de la situación. No podía arriesgarse. De modo que se volvió intangible, justo cuando uno de los zaldrim, cuya máscara lucía un patrón de llamas, arrojaba hacia él una espiral de fuego que había generado entre sus manos. La Emperatriz gritó a sus espaldas, pero Kelan no llegó a oír lo que decía. Había sentido el calor del ataque del zaldrim a pesar de tener activado su propio poder, y no podía asegurar que no llegara a afectarlo de algún modo. Así que corrió hacia la pared y la cruzó para aparecer al otro lado. De inmediato, se vio rodeado por un nutrido grupo de guardias. Los atravesó entre sus gritos de alarma y corrió pasillo abajo.

Entonces algo lo golpeó con fuerza y lo hizo tropezar. Se enderezó y trató de avanzar, pero de nuevo se topó con una pared invisible que se veía incapaz de atravesar. Se detuvo, perplejo, al comprobar que el poder de su máscara continuaba activo. Alzó la mirada y vio un zaldrim que le cerraba el paso. Su máscara era de color gris, pero había algo extraño en ella: se había apoderado de su rostro como una infección, deformándolo grotescamente.

Kelan, sin embargo, no se entretuvo en preguntarse qué le había pasado. Dio media vuelta para escapar... y volvió a chocar con algo que no podía ver. Desesperado, alzó las manos y palpó a su alrededor. Estaba encerrado en una campana invisible que, al parecer, ni siquiera él podía atravesar.

—Parece que hemos capturado a un escurridizo criminal —dijo una voz desagradable.

Kelan descubrió entonces a otro de aquellos extraños zaldrim contrahechos, uno de piel escamosa y cierto aspecto de reptil. Se puso en tensión, dudando si mantenerse intangible o recuperar la corporeidad para poder blandir su hoz. Cuando el zaldrim de la máscara de llamas apareció también en el corredor, comprendió que ninguna de las opciones lo salvaría de aquello.

Y entonces sucedió algo inesperado. Un soldado se interpuso entre él y los zaldrim y exclamó con voz potente:

—¡Alto! ¡Deteneos en nombre de la Emperatriz!

Los demás soldados se quedaron mirándolo como si se hubiese vuelto loco. Los zaldrim sonrieron con suficiencia.

—¿Quién eres tú? —preguntó el de la máscara gris.

—Mi nombre no importa. La Emperatriz ha ordenado que no se detenga al rebelde Kel.

—¿Quién ha hablado de detenerlo? —dijo el zaldrim de la piel escamosa—. Nosotros tenemos orden de matarlo. Es demasiado peligroso como para dejarlo libre.

—Y nuestras órdenes provienen del Consejero Yinimakintanam —añadió el de la máscara gris—. Solo respondemos ante él.

—¡Pero sois la guardia de la Emperatriz!

—Y vamos a protegerla abatiendo al rebelde.

El soldado blandió su arma.

—No lo permitiré.

—Entonces caerás con él, Kadari —advirtió el zaldrim de la máscara llameante—. Es una lástima; podrías haber conseguido tu máscara el año que viene...

Los tres zaldrim avanzaron hacia ellos, mientras el resto de los soldados se mantenían en un segundo plano, sin intervenir. El guardia llamado Kadari se mantuvo firme. Kelan intentó escapar de su

prisión invisible, buscando con desesperación un resquicio por el que colarse..., pero no lo había.

—¿Qué está pasando aquí? —demandó entonces una voz femenina.

Sonaba grave y autoritaria, y los zaldrim se volvieron de inmediato al oírla. Kelan vio que otros dos Consejeros se acercaban a ellos desde el otro extremo del corredor. Al menos, uno de ellos estaba claro que lo era. La otra lucía también los colores anaranjados del Consejo Imperial y portaba su insignia prendida en el cinturón, pero no vestía las túnicas elegantes y recargadas de los Consejeros, sino un pantalón y una chaqueta de viaje, y cómodas botas de montar. Llevaba el cabello rubio oscuro sujeto en una larga cola de caballo tras la cabeza.

—¡Consejera Galakuntiname! —exclamó el zaldrim de la máscara en llamas, sorprendido.

La mujer estaba escoltada por otro zaldrim; este parecía de mayor edad, y su máscara se ajustaba perfectamente a su rostro, sin deformidades.

—El Consejero Yinimakintanam ha sido atacado —se apresuró a informar el enmascarado de la piel escamosa—. Hemos reducido al rebelde y ahora nos disponíamos a abatirlo, tal como nos ha ordenado el Consejero. Pero este soldado está intentando impedirlo —añadió, mirando a Kadari con desprecio.

—Puedes agradecerle entonces que te haya salvado el cuello, zaldrim —replicó la Consejera con frialdad—, porque estabas a punto de atacar al legítimo Emperador de Akidavia.

Y, ante la sorpresa de todos los presentes, los recién llegados hincaron una rodilla en el suelo, ante Kelan, y proclamaron al unísono:

—Loado seáis, Kelanelalandali, decimoséptima encarnación del Eterno Emperador, Soberana Divinidad del Imperio de Akidavia.

Día 157, año 17 de la era de Vintanelalandali
y Kelanelalandali (por la noche)

Hoy ha sido un día muy complicado, y hasta ahora no he tenido tiempo de seguir escribiendo en mi diario desde donde lo dejé cuando Yinimakintanam llamó a la puerta de la habitación.

Puedo decir que creo que estamos a salvo, por el momento. Nadie será ejecutado mañana, al menos sin juicio, por lo que parece. Aunque las personas a las que Yinimakintanam ordenó detener siguen en prisión todavía, porque hay que revisar sus casos uno a uno, desde luego no los castigarán por estar relacionados con Kelan, y mucho menos por afirmar que él es el Emperador o que ellos u otras personas volvieron de la muerte gracias a su poder.

Porque es la pura verdad.

Yinimakintanam trató de convencerme de que no podía haber dos Emperadores al mismo tiempo. Había llegado a la conclusión de que uno de los dos debía morir, y afirmaba que lo lógico sería que fuese Kelan, a pesar de que él ha sido agraciado con el Poder Imperial más importante de los dos. Cuando le dije que no lo consentiría, intentó matarme a mí. Parecía pensar que le resultaría más fácil mantenerse en el poder si se libraba de la Emperatriz, le echaba las culpas al rebelde y reiniciaba el ciclo de reencarnaciones para llevar al palacio a un nuevo bebé divino al que pudiese controlar desde la cuna.

No sé si le habría funcionado el plan, la verdad. Kelan intervino para salvarme, pero yo no estaba indefensa. Había disfrazado mis manos pintándolas de rojo para que pareciese que llevaba guantes (y por esa razón las páginas anteriores están tan sucias; las escribí mientras aguardaba a que se secase la pintura, pero a pesar de que lo hice con sumo cuidado, no pude evitar manchar el papel un poco). De este modo pude tomar a Yinimakintanam por sorpresa y utilizar mi poder contra él.

No ha muerto, sin embargo. Ha sido detenido y está en prisión, acusado de crímenes tan graves que sin duda será Ejecutado después del juicio.

A pesar de todo, no fue sencillo pararle los pies. Sus hombres irrumpieron en la habitación y trataron de abatir a Kelan, porque Yinimakintanam les dijo que había sido él quien lo había atacado. Nadie me escuchó cuando les ordené que se detuvieran. Solo uno de los guardias tuvo el valor de enfrentarse a ellos cuando yo se lo pedí. Resultó ser Kadari, uno de los Excelentes a los que escogí para mi guardia personal y que luego fueron descartados por Yinimakin-tanam. Fue un acto muy noble... y muy loco, porque los zaldrim estaban dispuestos a pasar por encima de él para cumplir la orden de Yinimakintanam.

Pero entonces llegó Galakuntiname. No puedo expresar la emoción que sentí cuando corrí a ayudar a Kelan y los encontré a ella y a Viyatenisgani con la rodilla hincada ante mi hermano, proclamándo-lo legítimo Emperador de Akidavia. Por primera vez tuve la sensación de que todas las cosas volvían lentamente a su lugar, como el curso de un río que regresaba a su cauce tras una estación de lluvias torrenciales.

Con Yinimakintanam en prisión, acusado de traición, Galakunti-name ha tomado los mandos del ejército. Tardará bastante en poner orden en sus filas, y no es lo único que deberá hacer. Ella, Viyate-nisgani y Nayanalidestu son los únicos Consejeros que quedan para reorganizar el imperio. Yo los ayudaré, por descontado. Aún hay que resolver quién será entronizado, cómo y cuándo, pero todos estamos de acuerdo en que quedan muchas cosas por aclarar antes de tomar una decisión.

Por eso, en cuanto sofocamos el incendio que uno de los zaldrim había causado en mi habitación, ordenamos a los guardias que abandonaran el pabellón imperial y todo volvió a la normalidad, nos reunimos en una sala privada para poner en común la información disponible. Estaban presentes Viyatenisgani y Galakuntiname, y también el zaldrim que había venido con Gala, porque ella insistió en que debíamos escucharlo. Kelan se sentaba a mi lado en silencio. Parecía alerta, como si no terminase de creer que estaba a salvo por fin, como si esperase que todo aquello fuese una trampa más.

Galakuntiname empezó a hablar primero. Me contó que había recibido la carta que le envié mientras se hallaba en Lealtad. No fue interceptada por Yinimakintanam, después de todo.

—Disculpad si no os contesté de inmediato, Divinidad —añadió—. Había algo que debía averiguar primero, y temí alertar a Yinimakintanam si llegaba a enviaros una respuesta.

Bajé la cabeza, dividida entre sentimientos contradictorios.

—Llegué a pensar que mi carta había sido interceptada —murmuré—. O, peor aún, que tú también formabas parte de la conspiración.

Ella abrió mucho los ojos, sorprendida.

—¿Por qué pensasteis tal cosa, Divinidad?

—Por lo de la rebelión en Alegría. —Galakuntiname abrió la boca para responder, pero yo no había acabado—. Sé que hiciste lo posible por ocultarme esa información. No solo tú, también Kunavamastedal y... Yinimakintanam.

Galakuntiname se recostó sobre el respaldo de su asiento, inspirando profundamente.

—Ya veo —comentó—. Lamento mucho haberos mentido al respecto, Vintanelalandali. Hace años, cuando empezasteis a haceros mayor y a formular preguntas, los Consejeros acordamos que os mantendríamos al margen de las tribulaciones del Gobierno hasta que fueseis entronizada. Al fin y al cabo, teníais por delante una tarea que habría de durar siglos; nos pareció natural tratar de aliviar en la medida de lo posible la carga que pesaba sobre vuestros hombros, al menos hasta entonces.

—Comprendo —musité, aún no del todo convencida.

—Por otro lado, yo me tomé aquel asunto de Alegría como algo personal. Mi trabajo consiste precisamente en asegurarme de que todas las provincias se mantienen unidas en el imperio y leales a su Emperatriz. Si no soy capaz de realizarlo correctamente... —Hizo una pausa, buscando las palabras correctas—: Cuando la diplomacia falla —concluyó por fin—, el Consejero de los Ejércitos envía sus tropas para recuperar el mando de la provincia rebelde por la fuerza.

—Oh —exclamé.

—Deseaba resolver aquel asunto cuanto antes. Con la mayor rapidez y discreción, para no alarmar a nadie... y para que Yinimakintanam no lo utilizara como excusa para tomar las riendas en Alegría. Lamento de veras haber sembrado dudas en vuestro corazón.

No puedo decir que me convenzan sus razones, pero al menos las tiene, y soy capaz de comprenderlas.

Una vez aclarado esto, y volviendo al asunto de mi carta, Galakuntiname nos contó que había detectado con facilidad las dudas que yo le expresaba en ella, y había decidido investigar si eran o no infundadas.

—Cuando estuve en Alegría hace unos meses, a causa de la rebelión precisamente —relató—, tuve ocasión de tratar con Yangavi, aquí presente. —Se volvió para mirar al zaldrim que la acompañaba, que asintió con la cabeza—. Él estaba a cargo de la guarnición del ejército destinada en las islas. Recuerdo que me extrañó que, siendo un veterano con un historial impecable, se encontrase aún en Alegría, y no hubiese recibido ya el traslado a la capital, ni una nueva sílaba en su nombre. Medio en broma, le pregunté qué había hecho para seguir desterrado en los confines del imperio. Me respondió simplemente: «Tuve el honor de escoltar a la comitiva que asistió al renacimiento de la Emperatriz». Me pareció una respuesta extraña y en aquel momento pensé que no lo decía en serio. Pero no se me fue de la cabeza, y cuando leí vuestra carta..., empecé a hacerme preguntas.

De modo que Galakuntiname envió una paloma mensajera a Alegría ordenando el regreso inmediato de Yangavi, que debía reunirse con ella en una posada a las afueras de la capital. Como el viaje desde Alegría es largo e incierto, Galakuntiname tardó varias semanas en poder hablar con él en persona. Pero, cuando lo hizo por fin...

—Por favor, Yangavi, cuéntales a Sus Divinidades lo que me relataste a mí —le pidió.

El zaldrim inclinó la cabeza y dijo con voz serena:

—Hace dieciséis años y medio acompañé a la comitiva imperial hasta la provincia de Gratitud, a donde fueron siguiendo las indicaciones del Augur Sunodavindu. Llegamos hasta una pequeña aldea, donde una mujer acababa de dar a luz. Era ya de noche y todo estaba en silencio. La mujer vivía en una casa apartada y al parecer su alumbramiento no había alterado la paz del lugar.

Me volví para mirar a Kelan. Es difícil adivinar las emociones que se ocultan tras su rostro enmascarado. Pero detecté que escuchaba atento, en tensión, como si no estuviese seguro de cómo debía reaccionar.

—El Consejero Kunavamastedal entró en la casa mientras nosotros aguardábamos fuera —siguió rememorando el zaldrim—. Cuando salió, llevaba un bebé dormido en brazos. Tengo entendido que deberíamos haber realizado allí mismo el Ritual de Bienvenida, proclamando al bebé como nueva encarnación del Eterno Emperador y bendiciendo a la familia que lo había traído de vuelta. Pero nos marchamos precipitadamente, sin decir nada a nadie. Kunavamastedal dijo que sería más adecuado hacer los trámites en la capital, en un entorno más... civilizado. La Consejera Kalinamanteni no se sentía cómoda en la aldea y estaba deseando regresar a la ciudad, así que se mostró de acuerdo.

»De modo que abandonamos la aldea con el bebé. Mientras nos alejábamos, sin embargo, me pareció oír un llanto infantil que procedía de la casa que dejábamos atrás. Pero nunca llegué a estar seguro de si lo había oído de verdad o había sido un producto de mi imaginación.

Kelan inspiró hondo, pero no dijo nada.

Yangavi contó que regresaron a la capital de Gratitud, donde contrataron un ama de cría para el bebé, al que habían estado alimentando con leche de oveja hasta el momento. Después zarparon en un barco de regreso al continente interior.

—Durante la travesía, el Augur cayó gravemente enfermo —prosiguió el zaldrim—, hasta el punto de que temimos por su vida. Así que, cuando atracamos en Integridad, nos detuvimos en la ciudad durante un tiempo hasta que se recuperó lo suficiente como para reanudar el viaje.

Pasaron más cosas durante aquella estancia en Integridad, al parecer. Porque fue allí donde realizaron el Ritual de Bienvenida y bendijeron a una familia que en realidad no era la mía. Su bebé acababa de morir en un desgraciado accidente, pero la niñera, temiendo la ira de la familia, accedió a sustituirlo por mí sin decirles lo que había pasado.

Después los Consejeros despidieron al ama de cría y la enviaron de regreso a Gratitud, y para la última etapa del viaje contrataron a una diferente, que sería la que me cuidaría durante mis primeros años de vida, y que siempre creyó que yo había nacido en Integridad. Cuando le pregunté a Yangavi por qué se había hecho de ese modo, respondió que no lo sabía. Pero que la Consejera Kalinamanteni parecía disgustada con la idea de que la Emperatriz hubiese nacido en una aldea humilde y no en una familia acomodada de la ciudad, y que el Consejero Kunavamastedal, que debería haber puesto un poco de cordura en aquel despropósito, estaba de acuerdo con ella.

—Y el pobre Augur se sentía tan desorientado que ni siquiera sabía dónde estaba —concluyó Yangavi con pesar—. En su momento, todo aquel asunto no me pareció nada importante, solo un capricho de gente de la capital que jamás había salido de Armonía. Quiero decir que en el fondo no tenía relevancia si la Emperatriz había nacido aquí o allí, ¿verdad? Nunca volvería a ver a su familia de origen, ni abandonaría la Ciudad Imperial.

Pero años después, nos contó, el general Vandanimasara falleció, y Yinimakintanam ocupó su puesto como Consejero de los Ejércitos. Y fue entonces cuando enviaron a Yangavi a Alegría sin la menor explicación.

—Pedí el traslado muchas veces —rememoró—, pero siempre me lo denegaban por los motivos más peregrinos. Durante mucho tiempo me pregunté qué habría hecho para merecer lo que, a todas luces, parecía una penalización. Mis compañeros no se lo explicaban tampoco. Llegué a pensar que tal vez se debía a mi participación en el traslado de la pequeña Emperatriz. Nunca le había relatado a nadie lo que había sucedido en realidad, pero lo cierto era que lo sabía. Acabé por sospechar que esa era la razón por la que me habían enviado tan lejos de la civilización, pero nunca tuve la certeza de que fuera el verdadero motivo, y por eso, cuando la Consejera Galakuntiname me preguntó al respecto, bromeando, le respondí en el mismo tono.

Kelan se recostó en el respaldo de su silla y respiró hondo, abrumado. Yo tampoco sabía qué decir.

—Entonces ¿todo fue obra de Yinimakintanam... desde el principio? —preguntó Kelan, aún confuso.

—Yo no diría tanto —respondió Galakuntiname—. Yinimakintanam era apenas un adolescente cuando nacieron Sus Divinidades. Si alguien decidió ocultar deliberadamente la verdad sobre el renacimiento del Eterno Emperador, debió de ser uno de los dos Consejeros que se hallaban presentes aquella noche: Kunavamastedal o Kalinamanteni. Probablemente Yinimakintanam se unió más adelante a la conspiración..., o lo que fuera.

—Pero ambos están muertos ahora —suspiré—. Y no podemos preguntarles. Sé que Kunavamastedal intentó decirme algo en su lecho de muerte..., pero no tuvo ocasión.

Ante el interés de Galakuntiname, le hablé de las palabras de Kunavamastedal y del registro que Zaralane y yo habíamos hecho de la cámara de Rayinemagaloran. Y de cómo había deducido finalmente, tras el hallazgo y la traducción de su primer diario, que el séptimo Emperador había tenido un hermano gemelo.

Galakuntiname se mostró impresionada.

—Sois verdaderamente perspicaz, Divinidad —comentó—. A mí jamás se me habría ocurrido buscar en las cámaras del sótano. Me habría limitado a examinar el retrato de la galería, por si hubiese un mensaje oculto en él.

—Bueno, la idea fue de Zaralane, en realidad —respondí—. Por otro lado, fue el tablero de juego ilustrado en el retrato lo que nos dio la pista que necesitábamos al final.

—No, no, no me refiero a la pintura, sino al cuadro en sí. —Sonrió—. Habría supuesto que Kunavamastedal trataba de decirme que había escondido algún tipo de mensaje secreto detrás del lienzo.

Y entonces fui yo la que me sentí como una completa estúpida.

Porque ni siquiera había considerado aquella opción.

Porque insistí en que fuésemos a la galería de inmediato para descartar la posibilidad de que la idea de Galakuntiname no fuese ninguna tontería en realidad.

Porque Kelan y Yangavi descolgaron el cuadro de la pared.

Y porque, cuando rasgaron el lienzo protector del fondo, hallamos una carta oculta en su interior.

Una carta escrita por Kunavamastedal. Dirigida a mí. Con todo aquello que él hubiese deseado decirme en su lecho de muerte.

Con toda la verdad.

Ciudad Imperial de Armonía, día 215, año 14 de la era
de Vintanelalandali

A mi querida y admirada Emperatriz Vintanelalandali, Luz de Akidavia, Decimoséptima Encarnación del Eterno Emperador, de su leal Consejero Kunavamastedal:

Divinidad:

Estoy escribiendo estas líneas sin la certeza de que las vayáis a
leer algún día. Ni siquiera he decidido aún si debería contaros todo
esto en algún momento, ni sé si tendré la oportunidad de hacerlo, después de todo. Por eso lo pongo por escrito, solo por si acaso.
Para descargar mi conciencia, y para que, si en un futuro me veo en
la necesidad de compartir esta información con vos, sea tan sencillo como entregaros este documento. Espero que me perdonéis por
no tener el valor suficiente de relataros todo esto en persona. Pero
temo no ser capaz de hacerlo, tal vez porque me lleve la muerte antes
de tener la oportunidad de hablar de ello con vos, tal vez porque,
aunque se diesen las circunstancias adecuadas, probablemente me
fallarían las palabras.

Pero estoy divagando. Comenzaré, pues, desde el principio: la noche
de vuestro renacimiento.

Consta en los documentos oficiales que Vintanelalandali, decimoséptima Emperatriz de Akidavia, fue alumbrada en el seno de una fa-

milia de nombre largo en la capital de Integridad. No obstante, debo confesar ahora que no fue eso lo que sucedió en realidad.

El Augur nos condujo a la Consejera Kalinamanteni y a mí hasta una remota aldea en la provincia de Gratitud. Fui yo quien entró en la casa donde había renacido el Eterno Emperador, dispuesto a lidiar con una partera particularmente irritada y a anunciar la buena nueva a la agotada madre.

Cuál fue mi sorpresa al encontrar no uno, sino dos bebés acomodados en su regazo.

En aquel momento no supe qué hacer. ¿Llevarme a los dos para que el Augur determinase cuál era un dios encarnado, y cuál un simple niño humano? ¿Sería capaz de diferenciarlos, al fin y al cabo? ¿Y si se equivocaba? ¿Y si acertaba, pero el bebé descartado crecía para convertirse en un niño de la Larga Noche y reclamaba el trono para sí?

Me conocéis bien, y sabéis que jamás habría acudido al encuentro del nuevo Emperador sin haber estudiado antes todas las normas y los protocolos. No obstante, no había nada en ellos que hubiese previsto semejante eventualidad.

De modo que hice lo primero que se me ocurrió: pregunté a la partera cuál de los dos había nacido primero. Me dijo que la niña, así que la elegí a ella. A vos.

Confieso que fue todo muy irregular. No bendije a la familia y ni siquiera le conté a aquella mujer que había dado a luz a la nueva Emperatriz. Simplemente le expliqué que me llevaba a su niña para darle una vida mejor en el seno de una familia de la capital, y la propia partera le dijo que era una buena idea, que criar a dos bebés sería complicado para ella, porque por otro lado su salud era delicada.

Así pues, vuestra madre os dejó marchar.

No era estúpida, sin embargo. Sospecho que comprendió que acababa de alumbrar a la Emperatriz de Akidavia. Creo que intuyó que podía ser problemático el hecho de que hubiese dos bebés. Y estoy convencido de que pensaba que, si guardaba silencio sobre vuestra existencia, protegería de ese modo a vuestro hermano, el bebé que no había sido elegido, pero que podría haber sido Emperador.

El caso es que nos marchamos de allí con la nueva Emperatriz, pero yo nunca confesé a mis compañeros lo que había sucedido en el interior de aquella casita. Nunca les hablé del otro niño, ni de la decisión que había tenido que tomar.

Durante el viaje de regreso, sin embargo, me sentía devorado por las dudas. Temía que alguien llegase a descubrir la existencia del segundo bebé, que, según me dijo su madre, iba a llamarse Kelan. Aún habían de pasar largos años hasta que vuestro cabello encaneciese al despertar vuestros poderes. Mientras tanto, existía la posibilidad de que alguien decidiese que el otro bebé tenía también derecho al trono. Vuestro predecesor, Ulayanamivandu, había dejado tras de sí una Akidavia unida y en paz. Lo último que yo deseaba era ver despertar al Eterno Emperador en una nación partida en dos por una guerra civil.

De modo que seguí tomando decisiones cuyas consecuencias me perseguirán durante toda mi vida.

La Consejera Kalinamanteni desconocía la existencia del segundo bebé, pero se había mostrado profundamente disgustada ante el hecho de que la nueva Emperatriz, la reencarnación de su padre, hubiese nacido en una pequeña aldea de la periferia. Le parecía humillante para ambos.

No me resultó difícil convencerla de que podíamos cambiar esa circunstancia en los documentos oficiales y fingir que la Emperatriz había renacido en realidad en la capital de una provincia interior, en el seno de una familia de nombre largo.

Y en cuanto al Augur... Me cuesta mucho confesar lo que hice, a pesar de todos los años que han pasado.

Durante nuestra estancia en Gratitud, adquirí en una herboristería bei-bei una pócima para borrar recuerdos, y se la administré secretamente al pobre Sunodavindu. En teoría solo debía hacerle olvidar lo sucedido durante los últimos días, pero las cosas no salieron como estaba previsto. Sunodavindu enfermó de tal gravedad que estuvo al borde de la muerte. Y cuando por fin se recuperó, su mente había quedado dañada de manera irreparable.

Este crimen será una oscura sombra en mi conciencia durante el resto de mi vida. Pero juro que lo hice con la única intención de protegeros a vos y a vuestro hermano..., y para preservar la futura paz de Akidavia.

Ya conocéis cómo continúa esta historia. Fuisteis criada en el palacio imperial como la nueva encarnación del Eterno Emperador de Akidavia, y educada para ocupar el lugar de vuestro predecesor cuando vuestro poder despertase al fin.

No obstante, yo jamás logré olvidar a vuestro hermano, Kelan, ni el misterio del doble alumbramiento que trajo a ambos al mundo. Recordaba, por otro lado, una leyenda que solía relatar mi nodriza cuando yo era niño, y que era en realidad un cuento de miedo sobre Karanuvidalastan, el Emperador Desalmado. Contaba que los Augures habían llegado a profetizar la llegada de un niño de la Larga Noche que derrocaría al Emperador y ocuparía su lugar, y por esa razón Karanuvidalastan ordenó asesinar a todos los niños de Akidavia cuya edad coincidía con la suya propia. Mi nodriza añadía que no buscaba a un niño cualquiera, sino a su propio hermano, nacido a la vez que él y aspirante, por tanto, a ocupar el trono de Akidavia en su lugar.

Siempre pensé que se trataba de una leyenda, porque me parecía impensable que un niño de siete años hubiese sido capaz de decretar la muerte de miles de criaturas de su edad. Aunque ese niño fuese Karanuvidalastan, el Emperador Desalmado.

Pero, desde la noche en que os vi a Kelan y a vos en el regazo de vuestra madre, empecé a preguntarme si podía haber algo de verdad en la leyenda. Si el Eterno Emperador se había encarnado con anterioridad en un bebé con un hermano gemelo. Y, de ser así, qué había sucedido con ambos.

Y de este modo llegué a la historia de Rayinemagaloran. Debo confesar que me topé con su caso por pura casualidad. Hace unos meses, mientras buscaba un documento completamente diferente, hallé en el registro de la biblioteca una entrada titulada: «Disputa fraternal por la identidad del verdadero Emperador». Estaba fechada en la época de Rayinemagaloran, y en otras circunstancias yo no habría concedido mayor importancia a algo que parecía haber sucedido tanto tiempo atrás. Probablemente ni siquiera habría interpretado que podía referirse al hermano del Emperador y no a un pariente de quienquiera que hubiese podido redactar el documento. Pero no había olvidado a Kelan, y tuve una intuición.

Tardé varias semanas en hallar el documento, que no se encontraba donde decía el registro que debía estar, sino entre las páginas de un grueso libro de contabilidad de la época de Rayinemagaloran. Parece que en su momento se destruyó toda la información referente a este acontecimiento, y sospecho que el documento de la «Disputa fraternal» tuvo la fortuna de conservarse simplemente porque se traspapeló o porque un bibliotecario descuidado lo guardó donde no debía.

Pero vuelvo a divagar; disculpadme, os lo ruego. Mi mente ya no es tan aguda como solía.

He guardado el documento original en un lugar seguro. Encontraréis al final de esta carta las instrucciones precisas para localizarlo si deseáis consultar la fuente de lo que voy a relataros, pero, por favor, tratadlo con sumo cuidado. Se trata de un texto que tiene miles de años, y su estado de conservación es delicado.

Os resumiré brevemente lo que se relata en el documento, redactado por uno de los Consejeros de Rayinemagaloran:

Al parecer, el séptimo Emperador de Akidavia no nació solo: tenía un hermano gemelo que era exactamente igual a él. Como el Augur fue incapaz de determinar cuál de los dos era la verdadera encarnación del Eterno Emperador, el Consejo optó por llevar a ambos niños al palacio imperial y dejar que el tiempo resolviese por sí solo la situación. Sin duda, cuando llegasen a la edad adecuada, uno de los niños encanecería y despertarían en él los Poderes Imperiales, mientras que el otro seguiría siendo un muchacho normal. Entretanto, Rayinemagaloran y Davinemagaloran (así se llamaba su hermano) serían educados al mismo tiempo para ocupar en el futuro el trono imperial, aunque solo uno de los dos fuese proclamado Emperador cuando llegase el momento.

Para evitar confusión entre los ciudadanos del imperio, ambos niños y su familia fueron encerrados en el palacio imperial, ocultos a

todas las miradas, y se mantuvo en secreto el hecho de que eran dos, y no solamente uno.

Los Consejeros se felicitaban a sí mismos por lo que consideraban que era una solución sin duda más civilizada que el salvaje exterminio que había promovido el Emperador Desalmado tres milenios atrás.

Pero las cosas no resultaron tan sencillas.

En primer lugar, transcurrieron los años y ninguno de los dos niños encanecía.

Y, por otro lado, poco a poco se formaron dos bandos diferenciados en palacio. Consejeros, aristócratas y gente influyente que conocía el secreto de los hermanos optaban por adular a uno o a otro en función de sus preferencias. Algunos incluso trataron de enfrentarlos.

Y, al parecer, lo consiguieron.

El ambiente del palacio se enrareció, y la situación se volvió tan insostenible que el Consejo optó por tomar una decisión drástica.

De modo que, cuando los dos jóvenes cumplieron quince años, los encerraron a ambos en una torre sin comida ni bebida. Daban por sentado que la situación extrema obligaría al Eterno Emperador a manifestarse en uno de ellos. Esperaban que, cuando abriesen por fin las puertas, solo quedaría un muchacho vivo, uno con el cabello blanco.

Y si morían los dos, tampoco sería tan grave, después de todo: el Eterno Emperador volvería a reencarnarse, y con un poco de suerte, en esta ocasión sería un solo bebé, y no dos.

Seis días y seis noches permanecieron los dos hermanos encerrados en la torre. Cuentan que gritaron y suplicaron, pero nadie abrió las puertas. Cuentan también que se les oyó discutir y pelear y llorar. Y que llegó un momento en que ya no se oyó nada más.

Cuando se abrieron las puertas en la mañana del séptimo día, solo Rayinemagaloran permanecía en pie, extremadamente debilitado por la inanición. Su hermano Davinemagaloran había muerto, asesinado por él.

El cabello de Rayinemagaloran se había vuelto blanco como la nieve.

El de Davinemagaloran, también.

Esto era algo que el Consejo Imperial no había previsto ni en sus pronósticos más peregrinos. Abrumados ante la enormidad de lo que habían provocado, se apresuraron a borrar de la historia todas las huellas de la existencia de Davinemagaloran. Cuando el hermano vencedor se repuso de aquella experiencia, lo proclamaron legítimo Emperador de Akidavia.

Y hasta aquí llega la historia contenida en el documento que hallé en la biblioteca, y que al parecer fue escrito por un Consejero con remordimientos. Sabemos, no obstante, que Rayinemagaloran fue un Emperador viajero, que recorrió todo el continente y que descubrió a los drim y el secreto de sus fabulosas máscaras.

Ahora también sabemos que es muy probable que estuviese huyendo de los dolorosos recuerdos que lo perseguían en la Ciudad Imperial, y que no llegase a superar del todo el terrible trance al que lo habían obligado a enfrentarse. Nunca sabremos qué ocurrió en realidad en el interior de la torre, porque Rayinemagaloran no mencionó jamás aquel asunto en sus diarios, ni volvió a pronunciar el nombre del hermano al que había acabado asesinando.

Imaginad mi desasosiego cuando tuve conocimiento de esto, Divinidad. Aún hoy, mientras aguardamos a que vuestro cabello encanezca en cualquier momento, no puedo evitar pensar que cometí un error muy similar al de aquellos Consejeros del pasado. Hasta ahora, mi mayor temor era que me hubiese equivocado de bebé; que un buen día, en un remoto rincón de Gratitud, un muchacho encaneciese de repente sin comprender cómo ni por qué, mientras aquella que había sido educada para ocupar el trono no llegase a desarrollar los Poderes Imperiales jamás.

Hoy, no obstante, mi miedo es muy diferente. Temo que Kelan resulte ser el verdadero Emperador. Y temo que vos lo seáis también.

Os veo crecer día a día, esforzándoos lo indecible por ser la Emperatriz en la que todos esperamos que os convirtáis, mientras miráis de reojo vuestro reflejo en el espejo... preguntándoos cuánto tiempo pasará antes de que vuestro cabello se vuelva blanco por fin. Es una carga muy pesada para unos hombros tan jóvenes, y por esa razón no he compartido con vos mis dudas y mis miedos... ni la verdad sobre vuestro renacimiento. Aún existe la posibilidad de que hiciese lo correcto la noche en que os recogí; de que seáis vos la única y verdadera Emperatriz, mientras vuestro hermano Kelan tiene la oportunidad de vivir una vida normal, y corta, como las del resto de los mortales, sin llegar a saber nunca que compartió el útero de su madre con una diosa reencarnada.

Lo más sencillo para todos, lo más seguro para el futuro de Akidavia, es que los acontecimientos se desarrollen de este modo.

Pero, en el caso de que no fuera así..., de que en un futuro no lejano lleguemos a oír hablar de un muchacho de cabello blanco que hace cosas extraordinarias en la remota Gratitud..., aquí tenéis mi confesión y toda la verdad. La ocultaré en un lugar seguro hasta que llegue el momento de compartirla con vos.

Ojalá halléis en esta carta las respuestas que necesitáis sobre el enigma de la naturaleza dual del Eterno Emperador. Yo llevo trece años buscándolas, y todavía no he llegado a ninguna conclusión definitiva.

Ruego al Eterno Emperador que podáis perdonar mis errores algún día. Ojalá la decisión que tomé aquella noche no traiga consigo consecuencias catastróficas para el futuro del imperio. Solo me resta deciros que, tanto si vuestro cabello encanece como si no, yo no tengo la menor duda de que estáis preparada para ser una magnífica Emperatriz de Akidavia.

Vuestro devoto Consejero

Kunavamastedal

Los Poderes Imperiales

L a tarde anterior, Kelan se había retirado a descansar a los aposentos que le habían preparado mientras su hermana leía a solas, sumida en una gran emoción, la carta póstuma del Consejero Kunavamastedal. El joven había tenido la intención de cerrar los ojos apenas un momento, pero el cansancio de piedra que lo torturaba se había apoderado de él por fin y lo había hecho caer en un profundo sueño del que no había despertado hasta bien entrada la mañana del día siguiente.

Los sirvientes lo habían dejado dormir sin molestarlo. Kelan sabía que no se sentían cómodos en su presencia y que su aspecto causaba temor, confusión e incertidumbre entre aquellos que se veían obligados a atenderlo. Por ello rechazó la ayuda de los sirvientes tanto como le fue posible sin ofenderlos, y ellos se retiraron, aliviados, y lo dejaron en paz.

Le habían preparado un baño, ropas limpias y un desayuno abundante, y Kelan se tomó su tiempo para asearse y comer con tranquilidad. La túnica que le proporcionaron le pareció demasiado ligera para su gusto, acostumbrado como estaba a las prendas gruesas y ásperas que solía utilizar. Pero resultó que era cómoda y abrigaba más de lo que parecía.

Cuando Kelan salió por fin al corredor, se sentía una persona distinta, como si estuviese deambulando por los senderos de un sueño que no era el suyo en realidad. La túnica le hacía sentirse a ratos

disfrazado y a ratos desnudo y vulnerable. Su hoz también había desaparecido, y se veía obligado a reprimir el impulso de llevarse la mano al cinto para recuperarla.

Halló a Vintanelalandali esperándolo en un saloncito al final del pasillo, muy nerviosa.

—¡Buenos días! —dijo ella, levantándose de un salto al verlo—. ¿Has descansado bien? Espero que sí, tienes mucho mejor aspecto —añadió, sin darle la oportunidad de responder—. ¿Has comido algo? Me he encargado de que te preparasen un buen desayuno, espero que haya sido suficiente. Como no sé lo que te gusta, he ordenado que fuese variado y que incluyesen también algún plato típico de Gratitud. He pensado que te gustaría, pero la verdad es que ya no estoy segura, porque de estas cosas solían ocuparse Zaralane o Kalinamanteni, y yo nunca...

—Todo está bien —cortó él con suavidad—. Muchas gracias.

Vintanelalandali respiró hondo.

—... yo nunca había tenido un hermano —concluyó en voz baja.

Kelan la miró con simpatía. Aún le resultaba difícil asimilar el hecho de que la poderosa Emperatriz de Akidavia, la diosa reencarnada que invocaba la muerte entre sus dedos, destinada a vivir mil años, fuese también aquella muchacha inquieta y brillante, empeñada en hallar todas las respuestas, siempre temerosa de no estar haciendo lo correcto.

—¿Querías hablar conmigo? —le preguntó con suavidad.

Ella dijo que sí.

Lo condujo hasta un pequeño jardín interior, y ambos se sentaron en un banco junto a una fuente que lanzaba al aire pequeños chorros de agua. La luz los atravesaba, creando delicados arcoíris sobre los rostros de los dos jóvenes, pero Kelan estaba demasiado inmerso en la historia de Vintanelalandali como para apreciar realmente la belleza del lugar.

Cuando ella terminó de hablar, el chico permaneció un buen rato en silencio, pensando.

De modo que era cierto. Kelan era de verdad Kelanelalandali, la decimoséptima encarnación del Eterno Emperador. No es que existieran grandes dudas a aquellas alturas, pero el hecho de haber escuchado toda la historia de labios de la Emperatriz lo hacía todo más sólido... o más irreal.

Aún no sabía cómo sentirse al respecto.

—¿Estás... enfadado? —preguntó ella, vacilante.

Kelan volvió a la realidad y alzó la cabeza para mirarla.

—¿Enfadado? ¿Contigo, dices? No, ¿por qué?

—Porque..., porque me eligieron a mí, y fue un error, ya que..., en fin, eres tú quien puede Restaurar, después de todo.

Kelan reflexionó.

—No lo sé —dijo—. Yo al menos he tenido la oportunidad de conocer a nuestros padres. A ti, en cambio, te separaron de ellos nada más nacer.

—Nuestros padres —repitió Vintanelalandali en un susurro.

—Ella se llamaba Noli, y murió hace unos años —prosiguió él—. Pero nuestro padre, Dugan, sigue vivo; o al menos lo estaba el año pasado, cuando abandoné la aldea. —Hizo una pausa—. Después me enviaron a trabajar como esclavo en los campos de cereal y no he vuelto a saber nada de él desde entonces.

Vintanelalandali desvió la mirada.

—Algún día... —se atrevió a plantear— me gustaría que me contaras qué pasó en los campos de cereal. Me gustaría que me hablaras de la noche de la revuelta... y de esa máscara que llevas puesta.

Kelan entendió que quería saber si era cierto todo lo que se contaba de él. Qué había hecho para acabar condenado a un año de trabajos forzados. Y si era de verdad un asesino a sangre fría... o, por el contrario, existía alguna razón poderosa que explicase de algún modo sus acciones.

Pero él no se sentía preparado para hablar de eso aún.

—Algún día —respondió con vaguedad.

El recuerdo de Ran todavía era una herida sangrante en su pecho. Una herida que tardaría mucho en sanar.

—No hay prisa —añadió con una sonrisa amarga—. Al fin y al cabo, tenemos mil años para ponernos al día.

La Emperatriz vaciló de nuevo.

—Acerca de eso…, bueno, tengo una teoría. Pero quería compartirla contigo antes de hablar de ello con nadie más.

Kelan reprimió un suspiro.

—Adelante, habla.

—Verás, hasta el momento hay indicios de dos Emperadores más que tuvieron un gemelo a lo largo de la historia. Ya conocemos lo que pasó con Rayinemagaloran y Davinemagaloran. Ahora sabemos que es posible que Karanuvidalastan tuviese también un hermano.

—El Emperador Desalmado.

—El Emperador Desalmado, sí. Que, según las crónicas, vivió casi dos mil años.

Kelan seguía sin ver la utilidad de acumular datos acerca de los Emperadores del pasado. Pero algo en el tono de su hermana le indicó que aquello no era una anécdota histórica más. De modo que asintió, animándola a continuar.

—A Karanuvidalastan no se le conoce ninguna Restauración —prosiguió ella—. Nadie dudaba que pudiese hacerlo, por descontado. Después de todo, era el Emperador. Pero todo el mundo daba por hecho que simplemente no quería traer de vuelta a nadie, porque era demasiado malvado como para hacer cualquier cosa buena por otra persona.

Kelan frunció el ceño, pensativo.

—Quieres decir…

—Quiero decir que es posible que los Poderes Imperiales estuviesen también divididos en su caso. Y que el poder de Restauración del quinto Emperador desapareció con el hermano al que Karanuvidalastan asesinó.

—Pero no tienes pruebas de eso, ¿verdad?

—No, no las tengo. Karanuvidalastan apenas dejó registros escritos. En cambio, la época de Rayinemagaloran sí que está muy documentada.

—¿Crees que Rayinemagaloran tampoco podía Restaurar?

—No, al contrario: creo que lo que no podía hacer era Ejecutar. Eso explicaría la colección de armas que encontramos en su cripta. No tendría sentido que las usara si podía matar con sus propias manos, así que en su momento pensamos que eran solo ornamentales. Pero quizá no lo fueran. Quizá las necesitara de verdad para defenderse. Y quizá —añadió de pronto, como si se le acabara de ocurrir—, quizá por eso trajo a los drim al corazón del imperio. Fue él quien incluyó a los guerreros enmascarados en el ejército imperial. Fue el primer Emperador que tuvo una guardia zaldrim para protegerlo.

Kelan seguía pensando.

—Pero, según has dicho, Rayinemagaloran se enfrentó a su hermano en aquella torre. Y venció. Si era el otro quien tenía el poder de Ejecutar, ¿cómo consiguió sobrevivir?

—No lo sé —admitió Vintanelalandali—. Como dice Kunavamastedal en su carta, probablemente nunca llegaremos a descubrir lo que sucedió entre ellos.

—Entonces, piensas que esto de que haya dos... Emperadores... es más común de lo que creíamos —resumió Kelan—. Y que todas las veces que ha pasado, ha sido siempre igual: uno de los gemelos hereda el Poder Restaurador y el otro el Poder Ejecutor.

—Eso es. Hasta ahora, parece que la única forma que han tenido los Emperadores de lidiar con esto es... asesinando al hermano que creen que «sobra». —Alzó la mirada hacia él—. Espero que nosotros no tengamos que llegar a ese punto —bromeó, aunque Kelan creyó detectar un punto de inquietud en su voz.

Cerró los ojos con cansancio.

—Ni siquiera estoy seguro de querer ser el Emperador —confesó.

—Luego llegaremos a eso. Hay otra cosa que quiero contarte. Otra teoría para la que no tengo pruebas, pero que tiene... mucho sentido.

—Te escucho.

—Supongamos que tengo razón, y que Karanuvidalastan solo podía Ejecutar. Y Rayinemagaloran poseía solamente el Poder Restaurador. Bien, el caso es... que el Emperador Desalmado vivió casi dos mil años. En cambio, Rayinemagaloran... no alcanzó los quinientos.

Kelan parpadeó.

—No entiendo a dónde quieres ir a parar.

—Es algo que me tiene preocupada desde que te vi Restaurar aquella noche. Y cómo te afectó. ¿Recuerdas lo que hablamos más tarde, en los túneles? ¿Que para mí Ejecutar suponía una inyección de energía, mientras que a ti usar tu poder te dejaba sin fuerzas?

Kelan fue poco a poco encajando las piezas.

—¿Quieres decir que los Poderes Imperiales son la causa de que un Emperador viva mil años?

—Pienso que lo natural en un Emperador es vivir mil años, más o menos, si sus poderes están compensados, y si usa con regularidad... los dos. —Inspiró hondo—. Pero... ¿y si Ejecutar alargase la vida... y Restaurar la acortase? Eso explicaría por qué Karanuvidalastan, que solo Ejecutaba, fue el más longevo de todos los Emperadores. Y también por qué Rayinemagaloran, con el Poder Restaurador, no llegó a cumplir el medio milenio.

Kelan se quedó mirándola.

—Entonces...

Pero ella no había acabado.

—Recuerdo que Sulani te dijo que te estabas esforzando demasiado. Tenía razón, ¿sabes? Hay unas normas para la Restauración, no puedes ir devolviendo la vida a la gente sin más. El protocolo señala una sola al mes, y es por un buen motivo, ¿entiendes? De hecho, Urdunamidalaina...

—¿Quién?

—Urdunamidalaina, la decimotercera Emperatriz —aclaró ella—, fue secuestrada y obligada a Restaurar sin control. Cuando la rescataron, ya era demasiado tarde. Sus fuerzas se habían agotado y murió poco tiempo después. Muy prematuramente, con solo ciento cuarenta y tres años.

—Vale —cortó Kelan, mareado—. Estás intentando decirme que ninguno de los dos vamos a vivir mil años. Que yo alcanzaré como mucho la mitad, mientras que tú podrías vivir el doble.

—Sí —susurró ella. Tenía los ojos húmedos, y Kelan advirtió en ese momento que estaba muy asustada—. No puedo ser la Emperatriz, Kelan..., Kelanelalandali —se corrigió—. No soy la persona adecuada. Tienes que ocupar mi lugar. Por favor.

Kelan negó con la cabeza.

—Eres tú quien ha sido educada para esto. Yo ni siquiera sabría por dónde empezar.

—Todo lo que yo he aprendido, lo puedes aprender tú también. A mí me ha costado una década de estudios, pero ¿qué es eso en la vida de un Emperador? Escúchame —insistió, antes de que él pudiese replicar—. Tengo los poderes de Karanuvidalastan, el Emperador Desalmado. Lo único que puedo hacer por mi pueblo es Ejecutar. Y si lo hago, viviré muchísimo tiempo..., más que tú. No quiero seguir aquí, sin ti, y tener la oportunidad de convertirme en una tirana en el futuro.

—Dudo mucho que eso suceda, Vintanelalandali —opinó Kelan con sinceridad—. Además, aún han de pasar siglos antes de que tengamos que preocuparnos siquiera por esa posibilidad.

—Pero hay que decidir quién se someterá a la ceremonia de entronización. Y eres tú quien posee el poder más importante, el que convierte al Emperador de Akidavia en la reencarnación de un dios. Yo solo... mato gente.

—Eso no es verdad, Vinta —protestó él.

Se dio cuenta de que le había acortado el nombre y la miró con precaución, preguntándose si la habría ofendido. Pero la Emperatriz parecía agradablemente sorprendida.

—Vinta —repitió, paladeando la palabra—. Me gusta. Suena... sencillo. Y afectuoso —añadió, como si le resultase sumamente extraño.

Kelan se rio. Le sorprendió oír el sonido de su propia risa. Ya casi había olvidado cómo sonaba.

—No negaré que me gusta estar aquí —confesó—. No tanto por

los lujos y las comodidades, aunque la comida es bastante buena —aclaró—, sino, sobre todo, por la sensación de seguridad. Ya no tengo que escapar ni esconderme. Puedo... descansar, al parecer. Me hacía mucha falta —reconoció.

Vintanelalandali inclinó la cabeza.

—Aun así, vas a necesitar una guardia personal —recomendó—. No permitas que nadie la escoja por ti. Asegúrate de que han superado las pruebas para el cuerpo de Excelentes. Y que son zaldrim en los que puedas confiar.

—Sulani y Gadovan —respondió Kelan de inmediato.

La Emperatriz asintió.

—Hay un joven soldado que recibirá su máscara drim muy pronto —recordó—. Se llama Kadari. Es el que te defendió cuando los zaldrim de Yinimakintanam intentaron matarte. Puedes contar con él, hará un buen papel.

—Hablas como si no fueras a quedarte aquí —observó Kelan.

Ella tardó un poco en contestar.

—Me gustó mucho escaparme el otro día —admitió por fin—. Poder caminar por las calles como una más, hablar con la gente sin que nadie me reconociese. Que me tratasen como a una igual, sin tanto «Divinidad» por aquí, «Divinidad» por allá...

—¿Cuánto tiempo crees que podrías ir por ahí con ese pelo sin llamar la atención? —dijo él con una sonrisa.

—Puedo usar un tinte —se defendió ella—. Uno de calidad, quiero decir. Que no destiña, y que sea algo más permanente que el último que usé. Y también llevaré siempre guantes. Por si acaso.

Aún parecía tener miedo de su propio poder, pero Kelan sabía que se sentía más segura de sí misma desde que se había enfrentado a Yinimakintanam. Se quedó mirándola.

—¿Estás hablando en serio? ¿Querrías vivir como una ciudadana más, como... Vinta, quizá?

Ella titubeó un momento, pero finalmente asintió.

—Sí. Sí, lo cierto es que me gustaría mucho probar algo así. Al menos durante un tiempo.

«Al menos durante un tiempo», pensó Kelan. Su hermana estaba en lo cierto. Ninguna decisión que tomasen ahora tenía por qué ser permanente. Siempre podían cambiar de idea… más adelante. Tenían mucho tiempo, al parecer.

Cerró los ojos un momento, reflexionando. ¿De veras sería tan malo poder establecerse en un lugar? Ciertamente, tendría que estudiar mucho para ponerse al nivel de Vintanelalandali, pero ella tenía razón: había tiempo de sobra.

Podría dejar de huir al fin. Y no solo él: también Miya y su familia, y todas las personas que habían tenido que escapar del ejército por su causa, dejarían de ser proscritos y podrían regresar a sus hogares.

Su padre sabría que estaba vivo. No había tenido noticias suyas desde aquel aciago día en que se habían llevado a Kelan a ver al juez en Gratitud. Seguramente Dugan había perdido la esperanza de volver a verlo alguna vez. Como nuevo Emperador, Kelan no podría volver a reunirse con él. Pero sí podría buscarle un hogar mejor en Armonía. Y hacerle saber todo lo que había pasado. Y que su hijo ya no era un esclavo ni un criminal, sino el verdadero Emperador de Akidavia.

Aceptar la propuesta de su hermana tenía sus ventajas, al fin y al cabo. Y, de todos modos, ¿qué otras opciones tenía?

—¿Qué vas a hacer tú, si te marchas? —le preguntó con curiosidad.

Vintanelalandali se ruborizó un poco y su rostro adquirió una peculiar expresión soñadora.

—Tengo algunas ideas al respecto —se limitó a responder con una dulce sonrisa.

Día 178, año 17 de la era de Vintanelalandali y Kelanelalandali

Hoy se ha celebrado por fin la entronización del decimoséptimo Emperador de Akidavia. Hoy, lo que queda del Consejo Regente ha proclamado que Kelanelalandali es la nueva encarnación del Eterno Emperador.

Yo he estado a su lado en la ceremonia. Con una túnica de color dorado y carmesí, a juego con la de él. Con la peluca del Emperador Ulayanamivandu sobre mi cabeza. Mi verdadero cabello sigue siendo blanco, por descontado, pero lo llevo corto, porque es más práctico a la hora de teñirlo. He aprendido a elaborar un tinte de color castaño rojizo, como era mi pelo antes de encanecer. Zaralane dice que me queda bien. Y a mí me gusta, la verdad. Me hace sentirme yo misma.

Kelan y yo acordamos que no ocultaríamos a los ciudadanos de Akidavia la existencia de su Emperador y su Emperatriz. De modo que, aunque sea él quien ocupará el trono de ahora en adelante, todo el mundo ha podido verme a su lado hoy. No tendrán muchas ocasiones de hacerlo, en realidad, porque en unos días parto de viaje, y no sé cuándo regresaré a Armonía. Así que la gente sabe que Akidavia tiene una Emperatriz, pero oficialmente ella no saldrá nunca del palacio, y será Kelan quien se muestre en público en los Juicios, las Restauraciones y todas las demás ceremonias que requieran la presencia del Emperador. Esto lo asusta un poco, por cierto. Al parecer, no se le da muy bien tratar con la gente.

Yo creo que esto no será un problema porque, como todo el mundo le tiene miedo, los ciudadanos no están especialmente interesados en acercarse a él. Pero también pienso que es algo que cambiará con el tiempo, cuando la gente se acostumbre a la nueva situación, y cuando vean que puede Restaurar, como corresponde a una encarnación del Eterno Emperador.

Y que no será un nuevo Emperador Desalmado. Que, a pesar de su máscara y su aspecto inquietante, Kelanelalandali es una buena persona.

Hablamos de la posibilidad de que yo me quedase en el palacio como su Mano Ejecutora, pero confieso que no me siento cómoda con ese papel. Y de todos modos hay otras maneras de hacer cumplir las sentencias. Ni siquiera tiene por qué ejecutarlas el propio Kelan.

Lo que nadie puede hacer es Restaurar en su lugar. Parece que por fin lo ha comprendido, y por esa razón ha aceptado ser entronizado como nuevo Emperador de Akidavia.

Después de la ceremonia, se ha celebrado la primera Restauración. Así, delante de todos, el Emperador Kelanelalandali ha devuelto la vida a una joven que había fallecido de unas fiebres la noche anterior. Fue Galakuntiname quien realizó el sorteo para elegirla, aunque esta tarea habría recaído sobre Kunavamastedal, si siguiese entre nosotros.

Pero el caso es que la chica ha vuelto a la vida, y así todos han podido comprobar que Kelanelalandali es, en efecto, la decimoséptima encarnación del Eterno Emperador.

Por último, hemos asistido al primer Juicio. El reo era, naturalmente, Yinimakintanam.

Ni Kelan ni yo hemos intervenido en el proceso, de modo que Yinimakintanam ha sido juzgado por un tribunal imparcial de acuerdo a nuestras leyes. Se ha negado a responder a las preguntas del juez, y seguía mirándonos a todos con esa actitud altiva y prepotente, como si nunca hubiese cometido el mínimo error, como si nosotros fuésemos simples niños incapaces de comprender la grandeza de sus propósitos.

Pero nada de todo eso ha logrado impresionar al juez, que, por descontado, lo ha condenado a muerte.

El verdugo lo ha obligado a arrodillarse ante mí. Me he quitado los guantes para ejecutar la sentencia, pero algo en la mirada burlona y desafiante de Yinimakintanam me ha hecho detener la mano a tiempo.

—Te concedo el indulto, Yinimakintanam —he declarado de pronto.

Todo el mundo me ha mirado muy sorprendido, y Kelan el primero. Después de toda la angustia que me ha causado mi antiguo Consejero de los Ejércitos, cualquiera podría pensar que estaría deseando librarme de él de una vez por todas.

Y sí..., pero no.

Es cierto que detesto a Yinimakintanam con todas mis fuerzas. Creo que nunca en mi vida he odiado a nadie tanto como a él.

Pero no merece el honor de morir a manos de la Emperatriz de Akidavia.

—Solicito al tribunal —anuncié en voz alta— que conmute la pena de Yinimakintanam por la pérdida total, permanente e irrevocable de la ciudadanía akidava.

Kelan comprendió entonces cuáles eran mis intenciones, y sus ojos brillaron maliciosamente.

—En adelante se llamará simplemente Yin —añadió, y yo asentí.

—Y será condenado de por vida a trabajos forzados.

—¿En los campos de cereal? —preguntó Kelan alzando una ceja.

Negué con la cabeza, sonriendo. No es que pretenda menospreciar la traumática experiencia de mi hermano en la plantación de Lealtad, pero, honestamente, en el imperio de Akidavia hay destinos peores para un esclavo.

—En las minas de hierro de Alegría —respondí.

A medida que hablábamos, el gesto desafiante de Yin se fue transformando en una auténtica expresión de terror.

—No podéis estar hablando en serio —musitó—. Soy un Consejero. Mi nombre tiene seis sílabas. No soy un esclavo. Nunca lo seré.

Nosotros lo ignoramos y nos volvimos para mirar al tribunal, que deliberaba sobre nuestra propuesta.

—Las leyes de Akidavia contemplan vuestra petición —declaró entonces el juez.

Yo ya lo sabía, por descontado. Conozco bien el derecho akidavo; Kunavamastedal fue un buen maestro.

—De modo que —concluyó el juez—, por la gracia del Emperador y la Emperatriz, el traidor y conspirador Yinimakintanam queda despojado desde hoy de todos sus derechos de ciudadanía. Se condena, por tanto, al esclavo Yin a una vida de trabajos forzados en las minas de hierro de la provincia de Alegría.

Y toda la soberbia de Yin se desvaneció de golpe. Kelan y yo le dimos la espalda y nos alejamos hacia el palacio, sin volvernos para mirarlo ni una sola vez mientras se lo llevaban a rastras. El antiguo Consejero de los Ejércitos se revolvía y pataleaba de un modo muy poco aristocrático mientras chillaba:

—¡Nooo! ¡Ejecutadme! ¡Ejecutadmeee! ¡No soy un esclavo! ¡Soy Yinimakintanam! ¡Yinimakintanam! ¡Yi-ni-ma-kin-ta-nam!

No hemos vuelto a verlo desde entonces. Y espero no volver a verlo nunca.

Pero sí me he reencontrado con Zaralane. No había tenido ocasión de verla hasta hoy, porque Galakuntiname ha preferido asegurarse de que no quedaban partidarios de Yinimakintanam en la ciudad antes de invitar a los rebeldes a regresar.

Sé que hoy se encontraba entre el público. Desconozco qué opina de todo esto porque aún no hemos hablado de ello; soy consciente de que nunca ha confiado en Kelan, y de que, aunque lo ha visto Restaurar a la joven, no termina de creer que comparta conmigo el alma del Eterno Emperador.

Después de la ceremonia se ha presentado ante mí, tímida y dubitativa, como si temiese que fuese a despedirla en cualquier momento. Pero yo he corrido a su encuentro y la he estrechado entre mis brazos, ebria de felicidad.

—¡Zaralane! —he exclamado, sin dejar de sonreír—. ¿Vendrías conmigo?

—¿A dónde? —ha preguntado ella, muy perpleja.

—¡Eso no importa! Iremos a cualquier sitio donde nadie nos conozca. Donde podamos estar juntas... y vivir. ¿Vendrías?

Y me ha dedicado la sonrisa más hermosa del mundo, mientras sus ojos se llenaban de lágrimas de emoción.

—Siempre, Divinidad.

Me costará conseguir que olvide la palabra «Divinidad» de una vez por todas, y que empiece a llamarme simplemente «Vinta».

Pero, por el momento, hemos sellado nuestro acuerdo con un beso.

Epílogo

A Su Divinidad Imperial, Kelanelalandali, Luz de Akidavia, decimoséptima encarnación del Eterno Emperador:

¿Qué tal sienta tener un nombre tan largo, querido Kelan? ¿Te vas acostumbrando ya? Sé que eres inteligente y aprendes deprisa. He notado en tu última carta que ya redactas mucho mejor y apenas cometes errores de ortografía. ¡Muy bien! Estoy segura de que la maestra Mindaleva hará un gran trabajo contigo.

Me alegra saber que has decidido nombrar a Galakuntiname nueva Consejera de Justicia en sustitución de Kunavamastedal. Es una mujer muy sensata y muy capaz. Será el alma del nuevo Consejo, ya lo verás. Pero, sobre todo, lo más importante es que puedes confiar en ella.

Necesitarás encontrar a alguien que la sustituya como delegada imperial en las provincias exteriores. Te recomiendo que te dejes aconsejar por ella. Seguro que a estas alturas ya debe de tener una idea muy precisa de quién puede desempeñar su papel con eficacia.

En cuanto a tu consulta, sinceramente, no sé si Yangavidam sería una buena elección como nuevo Consejero de los Ejércitos. No me malinterpretes: es un gran soldado, es leal al imperio y siempre ha cumplido impecablemente con su deber. Y sin duda merecía ya el traslado a la capital, el ascenso y la nueva sílaba en su nombre. Pero, después de todo, es un zaldrim. Y los zaldrim inspiran temor en la gente, a causa de sus extraordinarios poderes. Los ciudadanos tardarán en acostumbrarse al hecho de que tienen un Emperador enmascarado; si además pones a otro zaldrim al mando del ejército imperial...

¿Sabes qué?, haz lo que quieras. Al fin y al cabo, tú eres ahora el Emperador. Y, por otro lado, Yinimakintanam caía bien a todo el mundo, y luego mira lo que ocurrió.

Lo harás muy bien, estoy segura. Primero, porque tienes la firme voluntad de hacer lo correcto. Pero, sobre todo (y porque las buenas intenciones no bastan ni te impedirán meter la pata alguna vez), porque cuentas con Galakuntiname, Viyatenisgani y Nayanalidestu para aconsejarte, y con tu guardia personal para protegerte.

Y porque nunca estarás solo. Aunque tengas que despedirte de ellos en el futuro, yo seguiré aquí para apoyarte, aunque sea en la distancia. Y regresaré a Armonía si me necesitas.

(Puede que me sienta un poco culpable por haber abandonado mis obligaciones para cargarlas sobre tus hombros. Puedes aprovecharte de ello tranquilamente, y requerir mi presencia o mis consejos tanto como consideres necesario.)

En cuanto a nosotras, he de decir que Galakuntiname tenía razón, y que la provincia de Paciencia es preciosa en esta época del año. Nos hemos instalado a las afueras de un pueblecito que está solo a medio día de camino de la capital. Nuestra casa tiene un pequeño huerto, aunque ninguna de las dos tiene ni idea de cómo cultivar nada (puede que, al fin y al cabo, seas tú el que deba darme consejos a mí). Pero sabemos bordar, y vendemos nuestras confecciones en el mercado, para las chicas pudientes de la capital. Zara opina que es indigno de una Emperatriz, pero yo lo encuentro muy divertido.

¡Me encanta el mercado, por cierto! Me encanta poder pasear y ver cosas, y hablar con la gente, y que me llamen «Vinta»

(es un nombre muy común; muchas mujeres llaman así a sus hijas en honor de la Emperatriz).

Incluso me gusta que me lleven la contraria. Pero de frente, no con circunloquios y subterfugios, como hacía Yinimakintanam.

También tenemos dos árboles mik-mik en el huerto. Darán fruto en primavera, y es algo que me hace mucha ilusión. No sé si te he dicho alguna vez que las nueces de Paciencia son mis favoritas. Deberías probarlas, si no lo has hecho ya. Intentaré averiguar cómo enviarte unas cuantas, cuando llegue la temporada.

A cambio, por favor, mándame libros. Necesito libros. Ya he leído un montón de veces todos los que me había traído, y echo mucho de menos mi biblioteca. Sé que a ti no te entusiasma, pero, por favor, aprovéchala por mí. Te envío adjunta una lista de volúmenes que creo que deberías leer. Algunos son importantes para tu formación y no estoy segura de que la maestra Mindaleva te los recomiende. Otros son simplemente mis lecturas favoritas, y espero que puedas disfrutarlas tanto como yo.

Por favor, escríbeme pronto, y cuéntame noticias de todo el mundo. Zara y yo estamos considerando volver a Armonía para el festival del verano, pero aún falta mucho tiempo para eso. Ella también os envía recuerdos.

Se despide de ti tu hermana

Vinta

P. D.: Manos convenientemente enguantadas y sin lamentar accidentes, por el momento.

Kelan dejó a un lado la carta de su hermana y sonrió con nostalgia. Se levantó y salió al pequeño balcón de su aposento para contemplar el atardecer sobre la Ciudad Imperial.

Sentía algo muy parecido a la paz. Los horarios y las obligaciones que para Vinta habían resultado tediosos, a él le proporcionaban la tranquilidad de saber qué esperar, sin sustos ni sobresaltos. No le importaba que todos los días parecieran iguales, al menos por el momento. Al principio le había resultado difícil adaptarse a la rutina, pero ella tenía razón: aprendía deprisa, tenía mucho tiempo por delante y cada vez se sentía más seguro en su nuevo papel.

Se alegraba de que Vinta y Zara hubiesen encontrado la felicidad en aquel pueblecito en Paciencia. Nadie sabía cuánto tiempo pasarían juntas, ni cómo se enfrentarían al hecho de que Zara envejecería y finalmente moriría, mientras Vinta seguiría siendo joven, pero a ellas no parecía importarles. Estaban dispuestas a aprovechar al máximo los años de vida que podrían compartir.

Kelan no se sentía aún preparado para plantearse aquel tipo de cosas. Tal vez en el futuro encontrase a alguien que calmara el dolor en su corazón por la pérdida de Ran. Por ahora, sin embargo, tenía muchas cosas en que pensar. Debía tomar las riendas del imperio y aprender todo lo que se suponía que debía saber un Emperador. Había mucha información que asimilar y, por otra parte, su mente bullía también con ideas propias.

Por el momento, tenía pendiente una conversación con Viyatenisgani acerca del cultivo de cereal en las provincias meridionales.